विष्णु प्रभाकर
संपूर्ण कहानियाँ-३

अभाव

विष्णु प्रभाकर
संपूर्ण कहानियाँ - ३

अभाव

प्रभात प्रकाशन, दिल्ली

प्रकाशक • **प्रभात प्रकाशन**
४/१९ आसफ अली रोड,
नई दिल्ली–११०००२
संस्करण • २०१७

मूल्य • चार सौ रुपए
मुद्रक • नरुला प्रिंटर्स, दिल्ली

ABHAV
(VISHNU PRABHAKAR SAMPURNA KAHANIYAN Vol. III)
₹ 400.00
by Vishnu Prabhakar
Published by Prabhat Prakashan, 4/19 Asaf Ali Road, New Delhi-2
e-mail: prabhatbooks@gmail.com ISBN 978-93-86300-09-6

मेरी कथायात्रा

सबसे पहले कहानी लिखने की बात मेरे मन में कैसे उठी—यह तो अब ठीक-ठीक याद नहीं। हाँ, प्रेरणा की बात अवश्य बताई जा सकती है। मेरे परिवार में मेरी माँ पहली पढ़ी-लिखी नारी थीं। यह उन्नीसवीं शताब्दी के अंतिम दशक की बात है। उनके पास पुस्तकों का एक बक्स था। उन्हीं को फाड़-फाड़कर मैंने छापे के अक्षरों की महिमा को पहचाना। कुछ बड़ा हुआ तो पिताजी की दुकान पर टोकरे में भरी पुस्तकें खोज निकालीं। वहीं 'किस्सा हातमताई' और 'किस्सा छबीली मटियारी' से लेकर राधेश्याम कथावाचक की 'रामायण', 'प्रेमसागर' और 'सुखसागर' तक का पारायण किया। वहीं 'चंद्रकांता', फिर उसकी संतति, फिर 'भूतनाथ' की रोचक कहानियाँ पढ़ीं। पढ़ते-पढ़ते सोचता था, कैसे लिखीं इन्होंने ये किताबें। क्या मैं भी ऐसा लिख सकता हूँ!

कस्बे में शिक्षा का प्रबंध भी अच्छा नहीं था। पंडितजी की पाठशाला थी। मौलवी साहब का एक मदरसा था या फिर तीसरी कक्षा तक एक सरकारी स्कूल था। बारी-बारी सब में पढ़ा मैं। एक मास्टर साहब से अंग्रेजी भी पढ़ी। माँ इससे संतुष्ट न थीं। उनके छोटे भाई अर्थात् हमारे मामाजी हिसार (पंजाब) में गवरमेंट कैटल फार्म में काम करते थे, बी.ए. पास थे, आर्यसमाजी थे। वहाँ हाई स्कूल भी था। इसलिए मेरी माँ ने हम दोनों भाइयों को उनके पास भेज दिया। बड़े भाई वहीं रहकर दसवीं पास कर चुके थे। मेरी उम्र भी बारह बरस की हो रही थी। तब एक दिन हमारे चाचा हम दोनों भाइयों को हिसार ले गए और मामाजी के पास छोड़ आए।

तब मामाजी ने अपने प्रभाव से मुझे वहाँ के आर्यसमाज के सी.ए.वी. हाई स्कूल में छठी में दाखिल करवा दिया और छोटे भाई को पाँचवीं में। यह इसलिए हुआ कि हम लोगों की हिंदी बहुत अच्छी थी। हिसार में तो हरियाणवी बोली जाती है। हमारी भाषा सुनकर सब चकित रह जाते थे। वैसे हमारे यहाँ की बोलचाल की

भाषा कौरवी थी। वह भी अटपटी थी, पर स्कूल में जो हिंदी पढ़े थे वह शुद्ध थी। स्तर भी ऊँचा था, सुनने में मीठी लगती थी। तीसरी कक्षा में हमने भारतेंदु हरिश्चंद्र, महावीर प्रसाद द्विवेदी, प्रतापनारायण मिश्र, मैथिलीशरण गुप्त—सबके पाठ व कविताएँ पढ़ ली थीं।

उन दिनों आर्यसमाज का बड़ा प्रभाव था। आर्यसमाजी देशभक्त भी थे और शिक्षा में भी आगे बढ़े हुए थे। लड़कियाँ भी पढ़ती थीं, पर उनके स्कूल अलग थे।

मामाजी के घर में बहुत सी किताबें थीं। फिर आर्यसमाज का पुस्तकालय भी था। खूब पढ़ा मैंने प्राचीन साहित्य। वेद (हिंदी भाष्य), पुराण, बाइबिल, कुरान, महाभारत, रामायण—सब पढ़ डाले। इसके अतिरिक्त प्रेमचंद्र, प्रसाद, बंकिम, रवींद्र, शरत और खांडेकर आदि उस समय के लेखकों से भी परिचय हुआ। पढ़ते-पढ़ते मेरे मन में अपना नाम भी छापे में देखने की इच्छा प्रबल हो उठी। यह सन् १९२६ की बात है। आठवीं कक्षा में पढ़ता था। एक दिन चुपचाप 'बाल सखा' पत्रिका को एक पत्र लिखा और आश्चर्य, वह छप भी गया। कितना खुश हुआ मैं, कैसे बताऊँ! मेरे साथी मेरी ओर गर्व से देखने लगे। परिणाम यह हुआ कि पढ़ने-लिखने की लालसा बलवती होती चली गई।

शुद्ध हिंदी बोलता था, इसलिए स्कूल की वाद-विवाद प्रतियोगिताओं में मेरी धाक जम गई थी। कुमार सभा में भाषण देने लगा। दसवीं पास करने के बाद तो आर्यसमाज में भी भाषण देने लगा। बाद में तो गुरुद्वारों, मसजिदों, जनसभाओं—सभी जगह मेरी पुकार होने लगी।

हाँ, तब चुपके-चुपके लिखा भी करता था। लाहौर से उन्हीं दिनों हिंदी में एक नया पत्र निकला 'हिंदी मिलाप'। दिवाली के अवसर पर मैंने स्वामी दयानंद के जीवन पर एक लिखित भाषण दिया। उसी को मैंने लेख के रूप में उस पत्रिका को भेज दिया। आर्यसमाज की पत्रिका थी, लेख तुरंत स्वीकृत हो गया। तब मेरी क्या दशा हुई! बाप रे! मेरा लेख छपेगा! मैं लेखक···न-न! नाम मैंने अपना नहीं दिया था, क्योंकि तब मैं सरकारी नौकर था। यह त्रासद कहानी भी मुझे लेखक बनाने में सहायक हुई और मैंने अपना छद्म नाम रखा—'प्रेम बंधु'। कई वर्ष चला यह नाम।

तभी लिखी एक कहानी—वही दिवाली, वही आर्यसमाज। परिवार का स्वामी जुआ खेलता है, शराब पीता है, उस दिन दिवाली का दिन था। घर का मालिक जुए में सबकुछ लुटाकर शराब के नशे में धुत्त दरवाजे पर आ गिरता है। घर के भीतर अंधकार है। बच्चे तरस रहे हैं कि पिताजी आएँ और मिठाई लाएँ।

माँ एक ओर असहाय मूकदर्शक बनकर सबकुछ देख रही है। यही कुछ थी वह मेरी पहली कहानी।

यह बात नवंबर १९३१ की है शायद। कहानी लिखकर 'हिंदी मिलाप' को भेज दी। तुरंत प्रकाशित भी हो गई। आज वह कहानी कहाँ है, कौन जाने! मैंने किसी को बताया भी नहीं था। पंजाब से भाई साहब के साथ घर लौट रहा था। मेरठ में अचानक उन्होंने उसे पढ़ लिया। कहानी का प्लॉट उन्हें बहुत अच्छा नहीं लगा, लेकिन भाषा बहुत अच्छी लगी। तब मैं अपने को रोक न सका। उनसे कहा कि यह कहानी मैंने लिखी है।

यहाँ एक बात और स्पष्ट करना आवश्यक है। अपने प्रारंभिक जीवन में मुझे वह जीवन जीना पड़ा जो मैं जीना नहीं चाहता था। वही अंतर्द्वंद्व, घुटन और संत्रास का कारण बना। बात यह हुई कि सन् १९२५ की प्लेग की महामारी में हमारा परिवार नष्ट हो गया। जो कमाऊ पूत थे वे चल बसे। हमारा सबकुछ नष्ट हो गया। दसवीं पास करते न करते परिवार गरीबी के चंगुल में फँस गया था। मन था स्वाधीनता संग्राम में भाग लेने और आगे पढ़ने के लिए लाहौर जाने का। कल्पना की जा सकती है कि तब मेरे मन की क्या हालत हुई!

प्रारंभ में क्लास फॉर ऑफिसर की दफ्तरी की नौकरी करने को विवश होना पड़ा। आश्चर्य की बात यह है कि फॉरेन के सबसे बड़े अफसर सुपरिटेंडेंट मि. स्मिथ इस बात से बहुत प्रसन्न हुए और उसके बाद शीघ्र ही मुझे क्लर्क की नौकरी मिल गई। वह आजकल की तरह आपा-धापी का युग नहीं था। सब काम आसानी से हो जाते थे। चालीस रुपए वेतन भी मुझे मिला। लेकिन मन में जो पीड़ा थी वह दूर न हो सकी। डायरी के हर पन्ने पर लिखता था—Better to die.

और भी यातनाएँ सहीं मैंने; पर वे मेरी इतनी निजी हैं कि किसी से बाँटने की इच्छा नहीं होती। यही तो मेरी शक्ति थी।

शुरू में मैंने कविताएँ लिखीं। वह युग गद्य काव्य का भी था, तो मैंने कुछ गद्य काव्य भी लिखे, फिर कहानी भी लिखी; पर अंततः कहानी लिखना ही मुझे रास आया।

उन दिनों की नौकरी आज के जैसी न थी। दफ्तर में बारह घंटे खटने पर भी ओवरटाइम एलाउंस की बात कोई सोच भी नहीं सकता था।

बड़ी लंबी कहानी है और त्रासद भी। यद्यपि मैं कांग्रेस में सीधे काम नहीं कर सका, पर मेरे मित्र वहाँ थे और कार्यक्रम हम सब मिलकर ही बनाते थे। कांग्रेस में सीधे भाग नहीं ले सका, लेकिन आर्यसमाज का तो मैं कार्यकारिणी का

सदस्य बन गया।

उन दिनों पारसी थिएटर का बहुत जोर था और उसके द्वारा हम लोग आजादी की लड़ाई से संबंध रखनेवाले नाटक भी खेला करते थे। शुरू-शुरू में तो पाँच पांडवों में गांधीजी युधिष्ठिर थे, मौलाना शौकतअली भीम, मोहम्मद अली अर्जुन और मोतीलाल नेहरू तथा देशबंधु चितरंजन दास नकुल-सहदेव बनते थे।

मैंने इन नाटकों में कृष्णावतार में राजा उग्रसेन का अभिनय किया, श्रवण कुमार में राजा दशरथ का और धर्माधर्म युद्ध में भगवान् कृष्ण का।

उस समय नारियाँ स्टेज पर नहीं आती थीं, पुरुष ही उनका पार्ट करते थे। मुझे अच्छी तरह याद है 'उषा-अनिरुद्ध' नाटक में उषा का अभिनय एक सिख किशोर ने किया था। हमारा इस नाटक को खेलने का उद्देश्य देशभक्ति को जगाना था। बड़े-बड़े अफसर भी देखने आते थे, लेकिन कोई हमें पकड़ नहीं सका। वह क्रांतिकारियों का युग भी था। हमारा उनसे भी संबंध था।

उस समय पंजाब में हिंदी का प्रचार तो बहुत था, लेकिन शुद्ध हिंदी कम लोग जानते थे, फिर भी आर्यसमाज के प्रभाव के कारण कई अच्छे दैनिक व मासिक पत्र निकलते थे। उनमें मेरी कहानियाँ छपती थीं। ज़ात-पाँत तोड़क मंडल के संस्थापक संतराम बी.ए. ने बहुत काम किया। 'युगांतर' पत्र निकाला। स्वाधीनता संग्राम में भी काम किया। लगभग एक सौ दो वर्ष की आयु में उनका देहावसान उनकी पुत्री के घर पर दिल्ली में हुआ।

सफलता का एहसास तो किसी-न-किसी रूप में शुरू में ही रहा होगा। किशोर और युवक ही सफलता का दावा न करेंगे तो कौन करेगा! इसलिए परिस्थितियों के कारण कुंठाग्रस्त रहने पर भी सफलता कहीं-न-कहीं मेरे मानस के क्षितिज पर मँडरा रही थी। उसका एक और कारण भी था। प्रारंभ से ही मुझे लगभग सभी मित्रों और विशेषकर मेरे बड़े भाई तथा मामाजी ने निरंतर प्रोत्साहित किया। यद्यपि संपादकों में 'आर्य मित्र', आगरा के संपादक पं. हरिशंकर वर्मा और 'युगांतर', लाहौर के संपादक पं. संतराम बी.ए. भी मेरे प्रारंभिक प्रेरणादाता थे; परंतु सुप्रसिद्ध कहानीकार चंद्रगुप्त विद्यालंकार ने जब मेरी कहानियों की प्रशंसा की तब मैं सही रूप से आश्वस्त हो सका।

सन् १९३४ की बात है। लाहौर से मासिक 'अलंकार' का प्रकाशन शुरू हुआ था। उसके कहानी स्तंभ के संपादक थे चंद्रगुप्तजी। मैंने चार कहानियाँ एक साथ उन्हें भेजकर उनकी राय जाननी चाही। उन्होंने मुझे मनोविज्ञान की ओर ध्यान देने की बात सुझाई और दो कहानियाँ उस पत्र में छापीं, फिर पत्र ही बंद हो

गया। उनमें से एक कहानी 'स्नेह की ज्वाला' कहानी संग्रह 'संघर्ष के बाद' में संकलित है। शेष कहानियों का क्या हुआ? कुछ पता नहीं। 'स्नेह की ज्वाला' पर शरतचंद्र का प्रभाव स्पष्ट है। वे मेरी वेदना, व्यथा के बहुत पास थे। पाठकों के पत्र भी आने लगे।

६ जून, १९४० की बड़ी तलाशी में सबकुछ अस्त-व्यस्त हो गया। तलाशी का पता मुझे पहले लग चुका था, इसलिए मैंने अपना सब आपत्तिजनक सामान पड़ोस के मित्र परिवार के पास रखवा दिया था; लेकिन पुलिस को इतनी बड़ी संख्या में देखकर मेरे मित्र घबरा गए और मेरी सारी सामग्री अग्नि को भेंट कर दी। इस प्रकार ६ जून, १९४० से पहले के मेरे महत्त्वपूर्ण दस्तावेज, डायरियाँ, पुस्तकें आदि सब अग्नि की भेंट चढ़ गए।

पत्र व्यवहार मेरा प्रेमचंदजी से भी हुआ था। उन्होंने मेरी रचनाएँ अपने साप्ताहिक पत्र 'जागरण' में छापी थीं। कई कहानियाँ भी छापने के लिए रखी थीं, पर वह उनमें कुछ सुधार करना चाहते थे, लेकिन व्यस्तता के कारण कर न सके। फिर कुछ समय बाद उनका देहावसान हो गया।

प्रेमचंदजी के देहावसान के बाद मैं बनारस उनके घर भी गया और 'हंस' में बराबर लिखता रहा। इस प्रकार 'हंस' से मेरे संबंध सघन होते चले गए। मैं उनके परिवार में भी रहा।

सबसे पहले 'हंस' की संपादिका बनीं प्रेमचंद की पत्नी शिवरानी देवी, उनके बाद जैनेंद्रजी आए। जैनेंद्रजी से मेरा परिचय उन्हीं दिनों हुआ। उन्होंने मेरी कहानी पढ़कर जो शब्द लिखे उन्हें मैं आज भी अपने अंतर में सुरक्षित रखे हुए हूँ।

'हंस' से संबंध गहन होते ही सर्वश्री बाबू गुलाबराय, सियाराम शरण गुप्त, यशपाल, भगवती प्रसाद बाजपेयी, अज्ञेय, अश्क, भदंत आनंद कौशल्यायन, सुदर्शन, त्रिलोचन भास्कर, शमशेर बहादुर सिंह आदि सुप्रसिद्ध लेखकों से धीरे-धीरे मेरा परिचय हो गया।

'हंस' के अतिरिक्त 'वीणा', 'विश्वमित्र', 'माया', 'सुधा', 'माधुरी', 'हिमाचल' आदि उस युग के लगभग प्रसिद्ध पत्रों में मेरी रचनाएँ छपने लगीं। ज्योतिषाचार्य पं. सूर्यनारायण व्यास, पांडेय बेचन शर्मा उग्र, बनारसीदास चतुर्वेदी, भगवती चरण वर्मा, चतुरसेन शास्त्री, इलाचंद जोशी जैसे उस युग के सभी प्रसिद्ध लेखकों ने मुझे अपना लिया।

मैंने दो सौ से अधिक कहानियाँ लिखीं। लगभग एक सौ पचास कहानियाँ संग्रह में आ गईं। कुछ खो गईं, कुछ को मैंने खो जाने दिया।

एक लंबा इतिहास है मेरी कहानियों का। कुछ कहानियाँ बहुत लोकप्रिय हुईं, जैसे 'धरती अब भी घूम रही है'। यह कहानी सन् १९५४ के अंत में लिखी थी और जनवरी १९५५ के कहानी विशेषांक 'पथिक' में प्रकाशित हुई थी। प्रसिद्ध आलोचकों ने इस कहानी को स्वीकार नहीं किया, लेकिन आश्चर्य यह है कि मैं इस एक कहानी के कारण इतना प्रसिद्ध हुआ, जितना मैं अपनी प्रसिद्ध पुस्तक 'आवारा मसीहा' के कारण भी नहीं हुआ। मैंने कभी इन बातों में रुचि नहीं ली। बहस नहीं की, कभी विरोध नहीं किया।

मैं यह अवश्य स्वीकार करूँगा कि मैं निश्चय ही कोई बड़ा लेखक नहीं हूँ। बड़ी कटु समीक्षा हुई मेरी कहानियों की, लेकिन अनेक पाठकों ने उतना ही उनको सराहा भी। समाज के कई स्तर होते हैं। कुछ लोग प्रबुद्ध होते हैं, गहरे पैठते हैं, वैसे ही रचनाओं को पसंद भी करते हैं। कुछ व्यक्ति साधारण समझ के होते हैं, उन्हें विभोर करनेवाली भावुक कहानियाँ अच्छी लगती हैं। और भी कारण हैं। इसलिए हमें अपने आलोचकों के प्रति कभी भी दुर्भावना नहीं रखनी चाहिए, क्योंकि वे हमें सोचने पर विवश करते हैं।

मेरी कहानियाँ अनेक परिवर्तनों में से गुजरीं। प्रेमचंदजी के समय में ही जैनेंद्र, अज्ञेय और इलाचंद जोशी ने मनोवैज्ञानिक कहानियाँ लिखीं। साम्यवाद के प्रभाव के कारण प्रगतिशील आंदोलन का आरंभ भी हुआ।

सन् १९५५ का कहानी विशेषांक 'पथिक' एक महत्त्वपूर्ण कृति है। वह पुराने युग का अंत है और नए युग का आरंभ है। पुराने लेखकों में मंटो की कहानी 'विवेक टोवा', 'टेकसिंह', रांगेय राघव की 'गदर', उग्र की 'पतिव्रता' तथा मेरी कहानी 'धरती अब भी घूम रही है' इसमें प्रकाशित हुईं और साथ ही नए आनेवाले कहानीकारों में शेखर जोशी, अमरकांत, उषा प्रियंवदा, कमलेश्वर आदि नित्य नए अनेक कहानीकारों की कहानियाँ प्रकाशित हुईं। इस विशेषांक के साथ एक युग समाप्त हुआ और दूसरे युग का आरंभ हुआ।

लेकिन वास्तविक परिवर्तन तो कहानी के सन् १९५५ के अगले विशेषांक से ही शुरू होता है। आजादी के तुरंत बाद कई वर्ष तक हिंदी साहित्य में गत्यावरोध रहा।

यह सब मैंने संक्षेप में इसलिए दिया कि उस समय की कहानी की स्थिति स्पष्ट हो सके। मैं बराबर लिखता रहा और प्रगतिशील आंदोलन से मैं सघन रूप से जुड़ा रहा। मुझे याद है कि कॉफी हाउस में उन दिनों इन आंदोलनों की बड़ी चर्चा हुआ करती थी। सभी बड़े-बड़े साहित्यकार नाना नगरों के कॉफी हाउसों की ही

देन हैं। कोलकाता, शिमला, लखनऊ, इलाहाबाद और दिल्ली के कॉफी हाउसों में खोजा जाए तो हिंदी साहित्य का बहुत बड़ा इतिहास मिलेगा। मैं भी निरंतर कॉफी हाउसों में जाता रहता था। वाद-विवाद भी होते थे। ऐसे ही एक प्रसंग में दिल्ली में जैनेंद्रजी ने मेरी ओर देखा और कहा, 'विष्णु, तुम्हारी जिज्ञासा मरती जा रही है।'

मैं तो काँप उठा, जिज्ञासा ही मर गई तो कहानी कहाँ से आएगी। बहुत सोचने के बाद सामने आया कि जैनेंद्रजी कह रहे थे कि तुम कहानी लिखने की ओर ध्यान न देकर, आंदोलनों की ओर ध्यान दे रहे हो। उन्होंने मुझसे यह भी कहा था, यथार्थ का अतिक्रमण करने के बाद ही कहानी बनती है।

यह तो एक घटना है। पूरा इतिहास लिखा जा सकता है कॉफी हाउस की गोष्ठियों पर; लेकिन मैं अपने इस संग्रह की कहानियों की चर्चा करना चाहता हूँ।

मेरे कहानी संकलन को सुविधा के लिए आठ खंडों में विभाजित किया गया है और हर खंड का नाम मेरी एक कहानी के नाम पर रखा गया है। वे आठ कहानियाँ इस प्रकार हैं—

पहला खंड : मुरब्बी
दूसरा खंड : आश्रिता
तीसरा खंड : अभाव
चौथा खंड : मेरा वतन
पाँचवाँ खंड : एक और कुंती
छठा खंड : धरती अब भी घूम रही है
सातवाँ खंड : पुल टूटने से पहले
आठवाँ खंड : जिंदगी एक रिहर्सल

'धरती अब भी घूम रही है' को छोड़कर जो कहानियाँ हैं उनको अधिकतर समीक्षकों के द्वारा सराहा गया है। यह हो सकता है कि उस युग के अनुसार लोगों को जो कहानियाँ अच्छी लगीं, वे शायद अब न लगें; परंतु 'मुरब्बी', 'अभाव', 'मेरा वतन', 'पुल टूटने से पहले', 'जिंदगी एक रिहर्सल' को तो बहुत से मित्रों ने सराहा है, मतभेद यहाँ भी हो सकता है। मैं केवल इतना कहना चाहता हूँ कि कोई भी वस्तु हमेशा के लिए अच्छी या बुरी नहीं होती। कुछ लोगों ने 'अभाव' कहानी को पुराने युग की अंतिम श्रेष्ठ कहानी कहा है।

सन् १९५३-५४ में अंतरराष्ट्रीय कहानी प्रतियोगिता में मेरी कहानी 'शरीर से परे' को हिंदी विभाग में प्रथम पुरस्कार मिला था। वात्स्यायनजी ने इसका अनुवाद करने से इनकार कर दिया, क्योंकि उनकी दृष्टि में इसमें भाव से अधिक

भाषा का सौंदर्य है; लेकिन भीष्म साहनीजी ने इसका इतना सुंदर अनुवाद किया कि इंग्लैंड से इसकी प्रशंसा का पत्र मेरे पास आया। एक और बात इस कहानी के बारे में कहना चाहूँगा। यह प्रेम कहानी है। कुछ लोगों ने इसकी बेहद प्रशंसा की, कुछ ने मुझे धमकियाँ भी दीं। धमकियाँ तो मुझे खैर बहुत मिलती रहीं और ऐसे पत्र भी मिलते रहे कि आपको कहानी लिखनी नहीं आती तो क्यों लिखते हैं और लिखते ही हैं तो मेरे 'कहानी संग्रह' को पढ़कर लिखिए। कोई अंत नहीं इन प्रतिक्रियाओं का।

विकास की रेखाएँ बहुत स्पष्ट हैं। भाव-बोध भी बदलता ही है। प्रारंभ में मैं आर्यसमाज के प्रभाव में आया, फिर गांधीजी की उँगली पकड़ ली। मैं प्रेम का भूखा था, गांधीजी प्रेम का अवतार थे। शरत भी प्रेममय थे। शुरू-शुरू में मेरी कहानियों में आर्यसमाज के सुधारवाद का प्रभाव है, तो उसके तुरंत बाद देशभक्ति और उदात्त मानवता, जो अहिंसा और प्रेम का ही प्रतिरूप है, मुझे प्रिय रहे। मेरे आंतरिक दर्द के कारण। जैनेंद्रजी के शब्दों में—मेरी कृतियों में भावना की मुलामियत कुछ अधिक है। प्रगतिवाद और समाजवाद का प्रभाव भी मुझपर है, लेकिन यह भी सच है कि इसके बावजूद मैं 'हृदय' में ही विश्वास करता हूँ। मेरा समाजवाद और कुछ नहीं, उदात्त मानवता की खोज का ही दूसरा नाम है। मेरे कहने का ढंग सपाट हो सकता है, इसलिए मेरे आलोचक मुझे सृजक नहीं मानते। मुझे कोई आपत्ति नहीं है; पर उदात्तता की तड़प कहीं-न-कहीं मुझे परेशान किए रहती है। मैं न आदर्शों से बँधा हूँ, न सिद्धांतों से। बस भोगे हुए यथार्थ की पृष्ठभूमि में उस उदात्त की खोज में चलता चला आ रहा हूँ। मेरे पास वह कला भले ही न हो जो कहानी को कहानी बनाती है, पर झूठ का सहारा मैंने कभी नहीं लिया। इतिहास में मेरा नाम अंकित होना चाहिए ऐसी लालसा मेरे मन में कभी नहीं रही। अब तक जितना बटोरा है वही प्राण शेष होने तक यथेष्ट है।

आलोचक कहते रहे हैं कि मुझपर शरतचंद्र का प्रभाव है। मैंने भी स्वीकार किया है कि मेरे परिवेश के वे ही सबसे अधिक पास हैं। उनसे मैंने सबसे अधिक पाया है। औरों से भी पाया है। प्रेमचंद, रवींद्र, तालस्तॉय, गोर्की—इन सभी से कुछ-न-कुछ पाया है; पर यह पाना अपने को खोना कभी नहीं रहा। मेरी दुर्बलताएँ मेरी ही हैं। इन महान् सृजकों के पीछे अपनी क्षुद्रता को नहीं छुपाऊँगा।

देश-विदेश में कौन श्रेष्ठ है—यह बता सकने की क्षमता होती तो स्वयं न श्रेष्ठ बन जाता। न जाने किन-किन में मैंने नाना रूपों में, नाना स्तरों पर महानता पाई, फिर मुझे नाम तो याद रहते ही नहीं, बस प्रभाव अंकित हो जाता है। 'साँप'

कहानी कभी नहीं भूलूँगा; पर किसने लिखी, कभी याद नहीं रहा! जो अच्छा लगता है वह अपना निजी हो जाता है। फिर यदि मैं कहूँ कि वेदव्यास कवि ही नहीं, सबसे बड़े उपन्यासकार भी थे तो सुधी गण मेरी बुद्धि पर तरस खाकर आगे बढ़ जाएँगे। तो यंह स्थिति आने ही क्यों दूँ!

आज राजनीति में जो दल-बदलू हैं, वैसा मेरे साथ कभी नहीं हुआ; पर दृष्टि विकसित होती है। वैसा मेरे साथ भी हुआ। कभी थका नहीं। जितनी क्षमता है उतना आगे ही बढ़ा हूँ। मैं न सिद्धांतवादी हूँ, न रूढ़िवादी। गतिमय जीवन में मेरा अटूट विश्वास है। मेरी दुर्बलताएँ मेरी असफलता का परिणाम हैं। सारी विसंगतियों के बावजूद मेरी मनुष्य में आस्था है। संपूर्ण मनुष्य में। खंडों में बँटे मनुष्यों में नहीं। एक विश्व का अर्थ एक जन ही है। यह ग्रह जैसे चुंबकीय शक्ति के सहारे जुड़े हैं। वैसे ही क्या मनुष्य भी नहीं जुड़ा है! मनीषी तालस्तॉय को एक आठ वर्ष के बच्चे ने लेखक बनने की इच्छा प्रकट करते हुए उनका आशीर्वाद चाहा था।

उसके उत्तर में उन्होंने लिखा था, आपकी लेखक बनने की आकांक्षा का यह अर्थ हुआ कि आप सांसारिक प्रख्याति सम्मान के प्रत्याशी हैं। यह केवल आकांक्षा का अहंकार है। मनुष्य की एक ही इच्छा होनी चाहिए कि वह दयार्द्र हो। किसी को आघात न पहुँचाए, किसी से घृणा न करे, किसी के दोषदर्शी न हो, वरन् प्रत्येक व्यक्ति के प्रति ममताग्र ही हो।

कबीर की तरह गहरे पानी पैठकर देखेंगे तो पाएँगे कि साहित्य की सार्थकता के संबंध में इससे सटीक वाणी और कुछ न होगी। प्रत्येक मनुष्य दूसरे के प्रति उत्तरदायी है। यही सबसे बड़ा बंधन है और यह प्रेम का बंधन है। अंत में कवि दिनकर के शब्दों में कहूँ—

> 'पर जब तक जिऊँ वाणी स्वर में बोलती रहे,
> वह मेरी ही नहीं सबका दर्द खोलती रहे।'

नई पीढ़ी के प्रति मेरे मन में सदा स्नेह का भाव रहा है। उन्हें आगे बढ़ना ही था, बढ़े भी हैं। वे हमसे अच्छा नहीं लिखेंगे तो सृष्टि का क्रम नहीं बदल जाएगा क्या! पर यह याद रखना होगा कि साहित्य में पीढ़ियाँ आयु की अपेक्षा नहीं रखतीं, और फिर परंपरा से कहीं मुक्ति नहीं है। हाँ, परंपरा से जुड़नेवाली हर नई कड़ी पहली से जुड़कर भी भिन्न है। जुदा करनेवाली व्यथा सदा छलिया होती है। फिर जब मूल्य इतनी तेजी से बदल रहे हों तो पैर उखड़ ही जाते हैं। पुरानी पीढ़ी ने छद्म ओढ़ा तो नई ने आक्रमण और ध्वंस की मुद्रा अपना ली। कुछ सेक्स से आतंकित होकर हर क्षण नारी के नंगे शरीर में दाँत गड़ाने को पागल रहते हैं। तो नारी के लिए

नर सार्वजनिक हो गया है अर्थात् सेक्स निजी नहीं रहा। कुछ हैं जो पिता के बुतों को तोड़ने में लगे हैं। कुछ को राजनीति लील गई। फैशन क्रांति का प्रतीक बन गई। हर क्षण गदा उठा लेने की मुद्रा में रहने के पीछे का मनोविज्ञान समझ में आता है; पर क्रांति कागज की नाव पर सवार होकर नहीं आती। जैसे नया वर्ष रंगीन कैलेंडरों का नाम नहीं है। मात्र संदेह नहीं, आस्था भी चाहिए। फिर भी मानता हूँ कि संक्रमण काल की धूल और धुएँ के बावजूद युग सदा आगे बढ़ता है। पर आवेश और आक्रोश शक्ति से अधिक दुर्बलता के प्रतीक हैं। छोटा करने के लिए लाइन को काटना नहीं होता। उसके समानांतर बड़ी लाइन खींचनी होती है। उतना धैर्य कम लोगों में दिखाई देता है। इसलिए हर कालखंड के बाद गत्यावरोध सा आ जाता है। प्रतिभाएँ, जो सबकुछ के बावजूद जन्म लेती हैं, अभी कम हैं। प्रतिभाएँ कम ही होती हैं। पर मैं निराशावादी नहीं हूँ। बड़ी आशा है मुझे नई पीढ़ी से। साहित्य उन्हीं की लेखनी का परस पाकर तो समृद्ध होगा। उन्होंने नई दृष्टि दी है। नए अर्थ दिए हैं, उनको ग्रहण करनेवाली भाषा भी दी है। उन्हें बहुत-बहुत स्नेह, बहुत-बहुत शुभकामनाएँ मेरी।

—विष्णु प्रभाकर

बी-१५१, महाराणा प्रताप एन्क्लेव
पीतमपुरा, दिल्ली-११००३४

अनुक्रम

नहुष का पतन

सखि की बात सुनकर चिर-यौवना रूपसी उर्वशी खिलखिलाकर हँसी, 'क्या सच सखि, राजा ऐसा कहते थे?'

सखि बोली, 'उनका संकोच देखकर मेरा मन तो उलझन में पड़ गया है। इतनी बड़ी पृथ्वी का भार कैसे सहा होगा उन्होंने!'

'पगली,' उर्वशी ने मदिरा भरे स्वर में कहा, 'बड़े प्रतापी, बड़े पुण्यात्मा हैं राजा; नहीं तो क्या इस शरीर को लेकर भी कोई स्वर्ग में आया है? राज्य-प्रबंध की शक्ति तो उनकी इतनी सुंदर है कि देवगण ने आप ही उन्हें अपना राष्ट्रपति चुना है। मनुष्य के लिए क्या यह गौरव की सीमा नहीं है!'

'पर देवि, राजा तो जैसे गौरव को जानते ही नहीं। देवों से कहते थे कि आपको भला राजा की क्या जरूरत पड़ सकती है। यहाँ ऐसा कौन हो सकता है जो प्रबंध की अपेक्षा करे!'

'यह उनकी उदारता है, सखि! वे महान् हैं।' कहते-कहते उर्वशी का वक्षस्थल कुछ उभरा, आँखों की तरल मादकता कुछ फीकी पड़ी, जैसे पूर्ण चंद्र के ऊपर से बादल का टुकड़ा गुजर गया। विस्मित-चकित सखि क्षण भर के परिवर्तन से विमोहित सी बोली, 'क्यों देवि, यह अवसाद कैसा?'

व्यर्थ मुसकाने की चेष्टा में ऊपर देखते-देखते उर्वशी ने कहा, 'कौन जाने, देवराज कहाँ हैं इस समय?'

सखि का स्वर भी गिरा, 'शायद किसी तीर्थ में पाप की निवृत्ति करते होंगे, देवि।'

'उनके बिना सब सूना-सूना लगता है,' दीर्घ निश्श्वास लेकर उर्वशी ने कहा।

'सबकुछ सूना है देवि, और न जाने यह सूनापन कितना गहरा होता, अगर पृथ्वी से महाराज नहुष न आ जाते। उनके सामने सब प्रभाव भूल से गए हैं। अपनी उदासी को छिपाकर वे देवराज-रक्षण में पूर्णतया संलग्न हैं और हर क्षण सब प्रकार के भोगों की ओर से आँखें मूँदे वे यही पूछा करते हैं—मैं क्या करूँ?'

'सच··· ?' उर्वशी ने हठात् सिर उठाकर पूछ लिया।

'देवि से क्या कुछ छिपा है, जो मैं झूठ बोलूँगी,' सखि ने मानो उलाहना दिया।

उर्वशी उठ खड़ी हुई, 'ठीक कहती हो सखि, मैं जानती हूँ।' फिर सहसा मुड़कर बोली, 'मैं अभी जाऊँगी।'

'कहाँ?' विस्मित सी होकर सखि ने पूछा।

'महाराज नहुष के पास,' उर्वशी मुसकराई।

'महाराज के पास?···इस समय?'

'उर्वशी के लिए समय का कोई बंधन नहीं है, पगली!'

'नहीं है, देवि।'

'तब क्या पूछती है तू?'

'इसलिए कि देवि एक मानव से मिलने जा रही हैं, देवता से नहीं।'

'जानती हूँ, लेकिन सखि, इस मानव ने जीते-जी देव-पद पाया है।'

'लेकिन देव होकर भी क्या महाराज अपने को भूले हैं? उन्हें आज भी अपनी मनुष्यता पर गर्व है। उस गर्व को प्रकट करते वे कभी नहीं थकते।'

'अंत को मनुष्य ही हैं न। गर्व होना ही चाहिए।'

'तभी तो देवि, मैं कहती हूँ कि वे मानव हैं, इसीलिए उनके पास सीमा है, नियम है, बंधन है, मर्यादा है।'

उर्वशी फिर हँस पड़ी, मानो मोती झरे। बोली, 'और यह कि उसका उत्थान भी है, पतन भी है!'

'स्वर्ग में आकर भी किसी का पतन होता है, देवि?'

'पगली,' उर्वशी ने गंभीर बनते-बनते कहा, 'पतन स्वर्ग से ही हो सकता है, पृथ्वी का मानव तो सदा ऊँचा उठता है!'

इसके पहले कि सखि उसे जवाब दे, वह फिर बोली, 'तू कहती है, राजा उदास हैं। स्वर्ग में मेरे रहते यह क्या गौरव की बात है? मानव का अवसाद भी मैं न हर सकी तो यह दुर्भाग्य ही होगा।'

'अवश्य देवि! महाराज की प्रसन्नता में ही हमारी भी प्रसन्नता है।'

उर्वशी बोली, 'यही बात है सखि, तो मैं चली।'

सखि ने शीघ्रता से कहा, 'मैं भी चलती हूँ।'

'नहीं-नहीं, पगली, तू कैसे चल सकती है।'

'क्यों देवि?'

'भूल गई? अभी तू कहती थी न कि राजा मनुष्य हैं।'

'ठीक है,' सखि ने मुसकराकर कहा, 'मैं भूल गई थी। मनुष्य पाप को पहचानता है, उसे एकांत चाहिए।'

उर्वशी मुसकराकर मुड़ चली, बोली नहीं। सखि ने उसे जाते देखा, देखती रही। उस चाल में न लज्जा थी, न संकोच। वह मणि-मुक्ताओं की हलकी प्रतिध्वनि से तीनों लोकों को चंचल बनाती, आँचल को मलय-समीर के परों पर डुलाती, चंचलता की गति से क्षण-के-क्षण में आँखों से ओझल हो गई। ठीक उसी समय राजा उपवन में निरख रहे थे उस वनश्री को, जो न कभी म्लान होती है, न क्षीण। कभी कोई परिवर्तन नहीं, सब स्वच्छ-सुंदर, एकदम जगमग-जगमग करता वैभव, मानो सुंदरता अमरता का वरदान पाकर अणु-अणु में व्याप्त हो चली है।

पर वे थकते नहीं?—राजा ने मन-ही-मन सोचा, हाँ, वे थकते नहीं, कभी नहीं थकते, सदा एक ही रस पीते हैं, एक ही मादकता उन्हें विमोहित किए रहती है। प्रकाश सदा हँसता रहता है, समीर सदा सुगंध ढोती रहती है, पुष्प सदा खिलता रहता है, मयूर सदा नाचता रहता है, स्वप्नलोक के समान कल्पना यहाँ सदा साकार रहती है। वासना की चिर-पिपासा ही जैसे इन लोगों की प्रकट साधना रह गई है, पर उसमें भी छिपाने को इनके पास कुछ नहीं है। सबकुछ प्रकट है; इतना कि अचरज होता है, इन्हें आसक्त कहें या अनासक्त; मद में तैरते रहकर भी मनुष्य के समान मद इन्हें छू भी नहीं गया है।

महाराज इसी तरह के विचारों में तल्लीन थे तभी पीछे से एक सुमधुर सुकोमल मदिर स्वर सुन पड़ा, 'महाराज की जय हो!'

महाराज स्तंभित से घूम पड़े। नेत्र अपलक उस रूप को देखते ही रह गए, पर दूसरे क्षण-मात्र लज्जित से वे मुसकरा उठे, 'आइए देवि, असमय में कैसे कृपा की आपने?'

पास आती-आती देवांगना मुसकराई, 'हमारे लिए समय-असमय की चिंता नहीं होती, महाराज! पर आपके समय की मर्यादा पर अगर मैंने प्रहार किया हो तो क्षमा चाहती हूँ।'

महाराज हँसे, 'आपके लोक में अभी नया हूँ, देवि। इसी कारण अपनी बात

भूल नहीं सका।'

'संस्कारों की बात प्रबल होती है महाराज,' उर्वशी बोली।

'और मुझे उन संस्कारों पर गर्व है, लज्जा नहीं,' कहते-कहते महाराज का मस्तक ऊँचा हो गया, नेत्रों में एक अद्‌भुत कांति चमक आई, वक्षस्थल उभरकर तन गया।

यह देखकर उर्वशी मुग्ध हो उठी। तरलता नेत्रों से बह पड़ी। वाणी को कोमलतम बनाकर उसने कहा, 'अवश्य राजन्, उन संस्कारों पर आज मानव को ही नहीं, देवगण को भी गर्व है। उसी के कारण वे आज सनाथ हैं, लेकिन हमें इतना सुख पहुँचाकर भी महाराज स्वयं इतने उदास क्यों रहते हैं?'

'उदास… ?'

'हाँ, देखती हूँ, आप सदा अपलक अमरपुरी के सौंदर्य को देखा करते हैं, जैसे यह कोई रहस्यमयी वस्तु हो। अब भी क्या कोई रहस्य बाकी रहा है, जिसे महाराज खोज निकालना चाहते हैं?'

महाराज हँसे, 'मानव-तनधारी के लिए यहाँ सब रहस्य है।'

'कैसे महाराज?'

महाराज क्षण भर चुप रहे। उस क्षण उर्वशी ने महाराज के सौंदर्य को अपलक देखा। उनकी अजानुबाहुओं को, विशाल वक्षस्थल को, उन्नत ललाट को, शरीर की समस्त गठन को, एक-एक करके और फिर समस्त रूप में परखकर वह मुग्ध हो गई। उसके उरोजों का उत्थान, नयनों की मदिरा, उसकी अपनी ही नस-नस में आलोकित हो उठी।

महाराज बोले, 'एक बात पूछता हूँ, देवि!'

'पूछिए महाराज!'

'आपने कभी कली को खिलते देखा है, देवि?'

'कली?' उर्वशी अचरज से प्रतिहत बोली।

'हाँ, वह कली, जो खिलकर एक दिन फूल बनती है, ऐसा फूल, जैसा तुम्हारे अमरलोक में सदा खिलते देखता हूँ।'

उर्वशी हँसी, 'अमरलोक में कली का क्या काम, महाराज! यहाँ तो आँखें खोलते-खोलते पुष्प सदा इसी तरह हँसता रहा है।'

'और तुम भी?'

'मैं… ?' उर्वशी फिर विस्मित हुई।

'हाँ, तुम कभी बालिका थीं या नहीं? किशोरी बनकर क्या कभी तुमने

जीवन के मधुर आलोक को देखा?'

उर्वशी विमुग्ध सी बोली, 'महाराज, जीवन किसे कहते हैं, मौत क्या है, जरा-जीर्णता कैसी होती है, यह सब प्रश्न अमरलोकवासी कैसे जान सकते हैं? वे तो सदा ऐसे रहेंगे। अनंत पृथ्वियाँ बनेंगी और नष्ट होंगी, अनंत लोक-लोकांतर अस्तित्व में आकर विलीन हो जाएँगे, पर देवलोकवासी सदा-सदा यौवन की इसी मादकता में बहते रहेंगे।' महाराज बोले, 'लेकिन यह तुम कैसे जानती हो कि मादकता क्या है, रस किसे कहते हैं?'

उर्वशी खिलखिला पड़ी, 'राजन्, जरूरत ही क्या है, जो हम रस को पहचानें। जहाँ भेद-विभेद होते हैं, वहाँ जानने-पहचानने की आवश्यकता होती है, लेकिन जहाँ आवरण का नाम नहीं, जो कुछ है, सब नग्न है, सब एकरस है, सब एकरूप है और ये रूप-रस सब हमारी ही दी हुई संज्ञाएँ हैं।'

'फिर भी,' महाराज बोले, 'यह अमरता तो थकानेवाली है।'

उर्वशी ने कहा, 'लेकिन वहीं, जहाँ थकान होती है। यहाँ तो स्फूर्ति अमर है। तब थकान कहाँ से आएगी, महाराज?'

महाराज तब निरुत्तर से उर्वशी को देखते ही रह गए, बोल न सके। उर्वशी ने ही तब मधुर मुसकान बिखेरते-बिखेरते कहा, 'इसीलिए तो कहती हूँ महाराज, यह अवसाद कैसा! स्वर्ग आपका उपभोग है, उसे भोगिए।'

'उर्वशी!' मुग्ध भाव से महाराज ने इतना ही कहा।

'महाराज!'

'तुम विश्व-प्रेयसी हो!'

'इसीलिए महाराज की भी··· ?'

महाराज हठात् काँपे, 'अप्सरे, यह क्या? मेरा अवसाद मुझसे दूर होता जा रहा है। चारों ओर से मदिरा की सुगंध मुझे मदहोश करने के लिए बह चली है। तुम्हारे चंचल पैरों से उठती हुई नूपुरों की ध्वनि मेरी छाती में हिलोरें पैदा कर रही है। यह क्या है, उर्वशी?'

'आनंद है, महाराज! इसे ही स्वर्ग-सुख कहते हैं।'

'स्वर्ग-सुख, उर्वशी! सत्य ही तुम सुंदर हो, चिर-सुंदर।'

'और मानव···उस चिर-यौवन, चिर-सौंदर्य का पुजारी!' कहते-कहते उर्वशी की मादकता थिरक उठी। पैर हिले, नूपुरों में झंकार पैदा हुई, भ्रूवंक सीधे होकर तन गए। उरोजों पर झूलते हुए पुष्पहार के फूल एक-एक करके झरने लगे। आँचल मलय-पवन की चंचल तरंगों पर बहने लगा। समस्त वातावरण में एक अपूर्व संगीत

भर उठा। महाराज तब अपने को भूल, विमुग्ध से, अपलक, उस अपूर्व दृश्य को देखते-देखते उसी में लय हो गए।

□

पहली चेरी महाराज के पास पहुँची भी नहीं थी कि दूसरी ने आकर उर्वशी से निवेदन किया, 'देवि, महाराज पूछते हैं, कब तक आपकी प्रतीक्षा करें?'

उर्वशी आदेश के स्वर में बोली, 'महाराज से निवेदन करो, मैं अभी आ रही हूँ।'

वह मुड़ी थी, तभी तीसरी ने प्रणाम किया, 'देवि, महाराज कहते हैं कि देर हो रही है।'

उर्वशी हँसी, 'होने दो, मैं आती हूँ।'

फिर चौथी आई, पाँचवीं आई, अंत में छठवीं ने आकर बताया, 'महाराज स्वयं आ रहे हैं।'

उर्वशी हँसकर उठ बैठी, 'महाराज स्वयं आ रहे हैं! अहोभाग्य मेरा! सखि, ओ सखि, सुना तुमने, महाराज आ रहे हैं!'

सखि ने विस्मित हो दौड़कर कहा, 'महाराज आ रहे हैं?'

'हाँ सखि, महाराज आ रहे हैं! इसी दिन की बाट जोह रही थी मैं। आदेश दो कि स्वागत गान आरंभ हो जाए। नृत्य की भूमिका बँधने दो, मार्ग में पाटंबर बिछवा दो और देखो, द्वार पर मैं स्वयं उनका स्वागत करूँगी। सभी नए संगीत-स्वर, सभी नई राग-रागिनियाँ आरंभ हो जानी चाहिए।'

सखि सुनकर हँस पड़ी, 'क्षमा करो देवि, आप शायद आज कुछ भूल रही हैं। अमरलोक में स्वागत आदि की भला क्या जरूरत?'

'आह सखि,' उर्वशी मुसकराई, 'अमरलोक में आज भूलोक का स्वागत हो तो क्या चिंता है। महाराज के लिए कुछ नवीनता तो चाहिए न?'

'नवीनता देवि, महाराज अब उर्वशीमय हैं। उन्हें अब केवल उर्वशी चाहिए, उर्वशी···।'

'जानती हूँ,' उर्वशी भावावेश से हँसी। तभी पुष्पहार हिल उठा। बोली, 'जानती क्यों न, सखि! मैंने ही तो उस नरपुंगव में वासना की यह आग जला दी है। वह हमारी वासना की तरह न निरपेक्ष है, न शांत। वह नर की वासना है, जिसमें शोले उठते हैं। इन शोलों में पड़कर स्वयं नर ही नहीं, बल्कि उसके आसपास का संसार भी भस्मसात हो जाता है।'

तभी मंत्रमुग्ध की तरह दोनों ने देखा, महाराज आ रहे हैं। दोनों ने पुलकित

होकर कहा, 'महाराज की जय हो!'

महाराज मुग्ध से हँसे। उर्वशी ने पुष्पों की सुवास बिखेरते हुए कहा, 'मेरे भाग्य जागे, महाराज ने आज अपनी पद-रज से मेरा भवन पवित्र किया!'

फिर पुकारा, 'सखि, मधुपर्क तो ले आओ।'

उर्वशी कुछ कहे, इससे पूर्व मधुर सुकोमल शब्द-राशि से भवन की वायु थिरक उठी। वीणा का स्वर तरंगों के सहारे चारों ओर बिखर गया। महाराज बोले, 'मेरे स्वप्नों की रानी, चिर-प्रेयसी, सरिता-तट पर नौका प्रस्तुत है।'

'और मैं भी···!' उर्वशी मुसकराई।

'आओ चिर-कुमारी, आज तुम गाओगी और सुरसरि की तरंगें नृत्य करेंगी।'

उर्वशी खिलखिला उठी, 'चलो महाराज, उनका नृत्य भी देखें।'

धीरे-धीरे दोनों नौका-विहार के लिए चल दिए। सदा की भाँति देव नदी एक अपूर्व संगीत से तरंगित हो उठी। उर्वशी के संगीत ने तीनों लोकों को विमुग्ध कर दिया। लोकपालों ने सबकुछ भूलकर उस मनोमुग्धकारी गान को सुना, नक्षत्र-लोकवासी अपनी गति भूलकर स्थिर हो गए, पृथ्वी पर निद्रा की मदहोशी छा गई। दसों दिशाएँ मुखरित हो उठीं। वसंत का आनंदोच्छ्वास तीव्र से तीव्रतर होता गया।

महाराज ने मदिरा पीते-पीते कहा, 'तुम महान् हो उर्वशी, तुम अनुपमेय हो!'

उर्वशी ने उनींदी आँखों से महाराज को देखा। बोली, 'मेरा संगीत धन्य है, मेरा गान मधुरतम है, अगर वह महाराज को तनिक भी प्रसन्न कर सका है।'

'प्रसन्न?' महाराज बोले, 'प्रेयसी, मैं और कुछ नहीं चाहता। केवल यही चाहता हूँ कि यह क्षण अमर रहे। तुम इसी तरह गाती रहो, मैं इसी तरह सुनता रहूँ और हृदय इसी तरह मुग्ध होकर तुम्हारे प्रत्येक छंद पर ताल देता रहे।'

'होगा महाराज, यही होगा। देवलोक में महाराज इसी अमर और अमिट आनंद को देखेंगे।'

'तो मुझे और कुछ न चाहिए। मैं मुक्त हूँ, आनंदमग्न हूँ।'

महाराज बोल रहे थे कि सहसा सब राग-रंग भंग हो गया। वीणा के स्वर एक बार झनझनाकर बंद हो गए। एक मधुर कंपन के साथ ताल-लय सभी समाप्त हो गए। महाराज हठात् चौंककर काँप उठे। वे कुछ पूछें, इससे पूर्व उर्वशी के साथ समस्त अप्सराएँ जय-जयकार कर उठीं।

'जय···किसकी जय···क्या देवगुरु पधारे हैं?' लेकिन उन्हें आगे पूछने की जरूरत नहीं पड़ी। प्रकाश में एक उत्तेजना पैदा हुई, मानो बिजली कौंधी। फिर

एकदम सब शांत हो गया। देव वीरांगनाएँ अपने-अपने स्थान पर आ बैठीं। संगीत फिर शुरू हो गया। महाराज मंत्रमुग्ध उसको देखते ही रह गए, वह रति की अथवा मोहनी या सौंदर्य और रूप की मूर्तिमती प्रतिमा! उसकी एक झलक के आगे चिर-कुमारी उर्वशी चेरी सी जान पड़ी।

नेत्र अभी भी चकित थे। वक्षस्थल काँप रहा था, लेकिन अब उधर कुछ भी नहीं था। केवल वायु की तरंगों में मिली हुई एक सुवास बह रही थी। महाराज ने समझा, अवश्य ही वह वायु अपूर्व सुंदरी को स्पर्श करके आ रही है। स्पर्श की सुवास जब इतनी मोहक है तो वह स्वयं कितनी सुंदरी होगी…!

सोचते-सोचते विचारों का एक तुमुल प्रवाह अंदर-ही-अंदर उमड़ आया। नृत्य, संगीत, उर्वशी की प्रेम-याचना, अप्सराओं की मादक लीला, सब तुच्छ और सब हेय जान पड़ीं। महाराज ने काँपकर सोचा, 'यह हुआ क्या?'

उर्वशी देखकर मुसकराई, 'अवसाद फिर जागा है, महाराज?'

स्वप्न से चौंकने की तरह महाराज एकदम बोले, 'नहीं-नहीं, प्रिये, अब अवसाद कैसा! चिर-यौवना, चिर-प्रेयसी उर्वशी मेरी प्रिय सखि है।'

'फिर भी देखती हूँ, महाराज उदास हैं। क्या इस क्षणिक रंग-भंग के कारण?'

'नहीं-नहीं, उर्वशी।'

'महाराज, देवराज्ञी की अभ्यर्थना के कारण ही यह अपराध हमसे बना है। उन्होंने संभवत: महाराज को देखा नहीं। पति-शोक के कारण वे विपन्ना हैं। अपने को भूल रही हैं। इसके लिए आप क्रोध न करें। वे आपकी बहुत कृतज्ञ हैं।'

महाराज चंचल हो उठे। उन्होंने कहा, 'उर्वशी, अपराध मेरा है, देवराज्ञी का नहीं। मुझे उनकी सुधि लेनी चाहिए थी। प्रमादवश मैं अब तक भूला रहा।'

उर्वशी ने नहुष को कनखियों से देखा। बोली, 'ऐसा कहना महाराज की उदारता है।'

लेकिन इतना होने पर भी उस दिन महाराज की उदारता प्रकट नहीं हुई। जल-विहार में उनका मन नहीं लगा। रंग एक बार उखड़ा, सो फिर नहीं जमा। रह-रहकर छाती में हूक सी उठती, जी कहीं दूर भटक जाता, रह-रहकर उन्हें अपने पर ग्लानि होने लगती। बार-बार वे अपने से पूछने लगे, 'क्या सचमुच मैं इंद्र हूँ…लेकिन इंद्राणी तो मुझसे दूर ही है…वह क्या सोचती होगी…मैं अपने मानव स्वभाव में भूला रहा, नहीं-नहीं, अब मैं अधिक भूल नहीं करूँगा। आज ही क्षमा का संदेश पहुँचाऊँगा…!'

साथ ही मन में एक प्रश्न और उभर आया, 'उन्होंने मना कर दिया तो··· ?'

मन विषाद से भर आया, 'मना कर दिया तो फिर यह जीवन ही क्या, यह स्वर्ग, यह गौरव—सब व्यर्थ है। प्राणहीन शरीर के समान सब विडंबना है। जिस प्रकार जल के बिना नदी नदी नहीं होती, उसी प्रकार इंद्राणी बिना इंद्रपद कैसा! उसके सामने हजारों उर्वशियों का सौंदर्य हेय है, उसकी शुभ्र-कांति के सामने समस्त देव वीरांगनाओं की कांति मलिन लगती है। उर्वशी का सौंदर्य नग्न सौंदर्य है। उसमें वह मादकता कहाँ, जो शांति की उस देवि के सौंदर्य की एक झलक में दिखाई पड़ी। वह कुलवधू है और उर्वशी मात्र प्रेयसी। प्रेयसी केवल क्रीड़ा की वस्तु है, परंतु वधू सखि भी है, स्वामिनी भी। प्रेयसी नग्न होकर भी पराई है, पत्नी अवगुंठनमय होकर भी अपनी है!···कुछ भी हो, मुझे शचि को प्राप्त करना ही होगा। आवश्यकता हुई तो स्वयं जाकर क्षमा-याचना करूँगा। क्षमा-याचना ही क्यों, उनसे दंड-याचना करने में भी मुझे प्रसन्नता ही होगी।'

लेकिन महाराज इस कार्य को जितना सरल समझते थे, वह उतना ही कठिन निकला। देवराज्ञी महाराज का संदेश पाकर हतभाग्य सी देवदूती की ओर देखती ही रह गई कि यह हुआ तो क्या हुआ। फिर, दूसरे ही क्षण गति-कंपन की एक लहर शरीर को ऊपर से नीचे तक कँपाती हुई निकल गई। आँखों में क्रोध उमड़ आया। हाथ-पैर थर-थर काँपने लगे, 'मनुष्य की इतनी स्पर्धा··· ?'

उनकी सखि ने अचरज से प्रतिहत होकर दूती से पूछा, 'महाराज नहुष के पास से आई हो तुम?'

देवदूती बोली, 'जी महारानी!'

'तो कह देना उनसे, मनुष्य होकर चंद्रमा को पकड़ने की दुराशा त्याग दें।'

'लेकिन, देवि··· ?'

'चुप रहो!' देवराज्ञी बोली, 'जानती हूँ, तुम उनकी दूती हो, परंतु क्यों भूलती हो कि एक दिन देवराज फिर इस पद पर लौटेंगे। उस समय··· ?'

'नहीं-नहीं,' शचि ने तब तक स्वस्थ होकर मन-ही-मन कहा, 'सेविका है यह, अपने कर्तव्य का ही तो पालन करती है।'

सखि क्रुद्ध हुई, 'कर्तव्य-अकर्तव्य में भेद होता है, देवराज्ञी?'

'जानती हूँ,' शचि बोली, 'परंतु कैसा भी हो, कर्तव्य कर्तव्य है। करनेवाले को उसके भेद-विभेद की चिंता नहीं होती।'

फिर मुड़कर देवदूती से बोली, 'अपने महाराज से कहना, उनकी सद्भावनाओं की मैं कृतज्ञ हूँ, परंतु जो कुछ उनका प्राप्य था, वे ले चुके। अब सीमा न लाँघें। मैं

पति-शोकाकुला हूँ, अबला हूँ, मेरी इच्छा त्याग दें। उस इच्छा में कामवासना की गंध आती है और कामवासना मनुष्य को अंधा बना देती है!'

× × ×

'कामवासना मनुष्य को अंधा बना देती है!' क्रुद्ध होकर महाराज नहुष फुसफुसा उठे, 'और शायद देवता वासना से दृष्टि-दान पाते हैं। आह, वासना की नग्न पुतलियाँ मुझे उपदेश देती हैं कि कामवासना बुरी है, पाप है, परंतु यह सारा देवलोक क्या केवल मात्र वासना की साकार पिंड नहीं है? जहाँ सदा वासना की लहरें हिलोरें मारती हैं, वासना की तरंगें तरंगित होती हैं, जहाँ ज्ञान और धर्म की पुकार में भी वासना की नंगी पुकार है, वहाँ पर वास करनेवाली आज मुझे उपदेश देती है कि काम वासना पाप है!'

'पाप…!' महाराज फिर फुसफुसाए, 'क्या अमरलोक में भी वासना पाप है? शचि क्या पर-नारि है? उसका सौभाग्य अखंड है। उसका कौमार्य कभी खंडित नहीं होता। वह एक ऐसा पुष्प है, जो बार-बार कली बन सकती है। फिर क्या है, जो उसे मेरे पास आने से रोकता है? नहीं-नहीं, उसे मेरे पास आना ही पड़ेगा। अवश्य आना पड़ेगा। तीनों लोकों में कोई ऐसी शक्ति नहीं, जो शचि को मुझसे अलग कर सके।'

फिर देवदूत को पुकारकर महाराज ने आदेश किया, 'देवगुरु को संदेश दो कि मैं उनके दर्शन करना चाहता हूँ।'

'जो आज्ञा देव!'

'और निवेदन करना कि मैं उनसे देवराज्ञी के बारे में बातें करने की आज्ञा चाहूँगा।'

'जो आज्ञा देव!'

देवदूत नतमस्तक होकर चला गया और महाराज फिर विक्षिप्त से अपनी विचारधारा में निमग्न हो गए। भूख-प्यास देवलोक में वैसे ही तंग नहीं करती, अब तो बिलकुल ही छुट्टी मिल गई। नृत्य-गान में भी उनका मन न लगा। उर्वशी के सब आकर्षण-विकर्षण व्यर्थ चले गए। उस चिर-यौवना को अब महाराज ने आँखें उठाकर देखा भी नहीं। वैसे शिष्टाचारवश उन्होंने प्रशंसा अवश्य की, परंतु उसमें न माधुर्य था, न उल्लास। उर्वशी ने यह सब देखा और समझा। वह चुपचाप लौट गई। कामवासना की अग्नि कितनी तीव्र होती है, यह वह जानती थी, परंतु जानकर भी उसका मन अवसाद से नहीं भरा, अपितु उसके रोम-रोम में प्रसन्नता की हलकी सी लहर दौड़ गई।

□

अगले दिन उर्वशी सदा की भाँति प्रफुल्लित, हास्यमुखी, नए संगीत पर नृत्य की ताल बैठा रही थी कि सखि ने आकर कहा, 'आपने सुना, देवि?'

'क्या सखि?'

'देवलोक में आज एक ही चर्चा है।'

'जानती हूँ।'

'जानती हो···क्या देवि?'

'यही कि नए इंद्र शचि को अपनी इंद्राणी बनाना चाहते हैं।'

'हाँ देवि, सब देव किन्नर और गंधर्व इसी एक प्रश्न को लेकर विवाद कर रहे हैं।'

'क्या मत है उनका?' स्वर-साधना छोड़कर उर्वशी ने सखि की ओर देखा।

सखि हँसकर बोली, 'वह भी जानती होंगी आप।'

उर्वशी भी हँसी, 'तू बताएगी तो जानूँगी क्यों नहीं। कुछ भेद छिपा है तुझसे?'

'तो सुनो देवि, वे एकमत नहीं हैं। एक पक्ष का कहना है, महाराज नहुष जब इंद्र हैं तो इंद्रणी को भी उनके पास रहना चाहिए।'

'ऐसा कहते हैं?'

'हाँ देवि।'

'और दूसरा पक्ष?'

'वह कहता है कि यह नर की कामवासना है।'

उर्वशी ने अचरज प्रकट करते हुए फिर सखि की ओर देखा, 'क्या सच सखि?'

'हाँ देवि।'

'लेकिन देवलोक में भी वासना!'

'जानती हूँ देवि,' सखि बोली, 'लेकिन स्वयं शचि भी तो नहीं चाहतीं। देवराज के शोक में सबकुछ भूल बैठी हैं।'

'हाँ सखि, देवराज्ञी आज विपन्ना हैं। उन्हें राग-रंग के बीच खींच लाना उचित नहीं है।'

'अब क्या होगा, देवि! देवगण महाराज को समझाकर हार गए। गुरुदेव की मंत्रणा भी व्यर्थ गई। महाराज अडिग हैं, मैं इंद्र हूँ, इंद्राणी को वरके रहूँगा।'

उर्वशी फिर हँसी, 'नर की वासना जागी है, सखि! देव-वासना के समान

वह सदा नहीं जागी रहती और जब जाग जाती है तो विश्व में भूकंप आ जाता है।'

'जान पड़ता है कि अब देवलोक में भी भूकंप आएगा, देवि!'

'जरूर आएगा, सखि!'

'तब तो बड़ा अकल्याण होगा। नर को इंद्रपद देकर देवों ने गलती की है।'

'नहीं सखि, देवों ने कोई गलती नहीं की। यह महाराज का प्रारब्ध था, उन्हें मिला, परंतु डरो नहीं, इस भूकंप का परिणाम शुभ ही होगा।'

'सच देवि?'

'हाँ सखि!'

'कैसे जानती हैं आप?'

'कैसे जानती हूँ? पगली, इस विष-वृक्ष का बीज तो मेरे अंदर ही फूटा है।'

सखि अचकचाई, 'देवि, आप तो पहेली बुझाने लगीं। मैं नहीं समझी।'

उर्वशी बोली, 'समय आएगा, सब समझ जाओगी, लेकिन अब चलो, मेरे संग। मैं देवगुरु के आश्रम में जाऊँगी।'

सखि चौंकी, 'वहाँ किसलिए, देवि?'

'मुझे देवराज्ञी से मिलना है।'

'अभी?'

'हाँ अभी, देव-सभा होने से पहले; समझी।'

यह कहते-कहते देव-वारागंना उर्वशी उठ खड़ी हुई। जैसी थी, उसी के ऊपर एक परिधान और डाल लिया। रथ सदा प्रस्तुत रहता था। दोनों उसपर बैठकर देवगुरु के आश्रम में पहुँचीं। उस समय शचि म्लानवदना, शोकाकुला, विचार-निमग्न बैठी थी। दूती ने जाकर निवेदन किया, 'देवराज्ञी की जय हो! उर्वशी आपसे मिलना चाहती हैं।'

'उर्वशी?' देवराज्ञी सहसा चौंकी।

'जी महारानी!'

'कहाँ हैं वे? उन्हें यहीं ले आओ।' कहती-कहती देवराज्ञी उठीं और स्वयं बाहर आ गईं।

उर्वशी ने नतमस्तक होकर शचि का जय-जयकार किया। बोली, 'असमय आपको कष्ट देने की अपराधिनी हूँ मैं।'

'नहीं-नहीं,' शचि बरबस हँसी, 'तुम्हारे सब अपराध क्षमा हैं, बहन।'

'यह आपकी उदारता है।' उर्वशी भी हँसी।

'कहो तो, कैसे कष्ट किया तुमने?'

उर्वशी झिझकी नहीं। देवराज्ञी को सीधे देखती-देखती बोली, 'यही कहने आई हूँ कि आप नए इंद्र से मिलने से मना न कर देना।'

'क्या?' देवराज्ञी सहसा विश्वास न कर सकीं।

'ठीक कहती हूँ, देवराज्ञी!'

शचि चकित-क्रोधित चोट खाई नागिन की तरह बोली, 'ठीक क्यों न कहोगी, तुम स्वयं भी…!'

उर्वशी ने शचि का वाक्य पूरा नहीं होने दिया। रहस्यमय स्वर में उसने कहा, 'अवश्य महारानी, इसी में आपका कल्याण है।'

'उर्वशी!'

'देवराज्ञी!'

'मैं तुम्हारा आशय नहीं समझी।'

उर्वशी मुसकराई। बोली, 'देवराज्ञी, मनुष्य की वासना अंधी होती है। उसे आसानी से भुलावा दिया जा सकता है। वह पाप को पहचानता है, इसीलिए उसके बंधन में आता है। आँखें रखते हुए भी वह अंधा है। आप उसे उचित-अनुचित जो भी आज्ञा देंगी, वह मना नहीं करेगा।'

देवराज्ञी अब सहसा मुसकरा पड़ीं, 'मैं समझी बहन, तुम क्या चाहती हो।'

'तब आपका कल्याण होगा,' उर्वशी हँस पड़ी और फिर सहानुभूति से भरकर उसने कहा, 'मैं जानती हूँ, विपत्ति का अंत आ पहुँचा है।'

'तुम्हारी वाणी फूले-फले,' कहते-कहते इंद्राणी की आँखें सजल श्यामल मेघ की तरह चमक उठीं। ठीक इसी समय सखि ने आकर देवराज्ञी से निवेदन किया, 'देवगुरु आपको बुलाते हैं।'

'देवगुरु बुलाते हैं? जानती हो, देवों ने क्या निर्णय किया है?'

सखि बोली नहीं। सिर झुकाकर खड़ी रही।

'बोलती क्यों नहीं?' शचि ने गंभीर स्वर में कहा।

'अपराध क्षमा हो, देवराज्ञी! देव-सभा का निर्णय आपके विरुद्ध है।'

'मेरे विरुद्ध?' कहते-कहते शचि फिर क्रोध से उमड़ आईं, परंतु उसी क्षण उर्वशी को देख वे मुसकरा उठीं। बोलीं, 'गुरुदेव से निवेदन करो, मुझे देव-सभा का निर्णय स्वीकार्य है। मैं अभी आ रही हूँ।'

हठात् सखि उनकी तरफ देखती रह गई, लेकिन उर्वशी ने संतोष की गहरी साँस ली। सदा की भाँति मस्तक झुकाया और नए गीतों पर ताल का अभ्यास करने के लिए लौट गई।

उसी संध्या को देवदूत ने महाराज नहुष को जाकर संदेश दिया, 'महाराज, गुरुदेव ने कहा है कि इंद्राणी प्रस्तुत हैं। आप जाकर उन्हें ले आइए, लेकिन···।'

'लेकिन क्या?' प्रसन्नता से गद्‍गद होकर महाराज बोले।

'लेकिन क्या,' दूत बोले, 'यही महाराज कि शचि देवी कहती हैं, आप जिस पालकी में बैठकर जाएँ, उसे उठानेवाले ऋषि हों।'

'ऋषि!' महाराज चकित-विस्मित हो बोले।

'हाँ देव!'

'यह कैसी विडंबना है!' महाराज ने सोचा, लेकिन मन अपार प्रसन्नता से उमड़ रहा था, रोम-रोम पुलकित हो उठा था, लग रहा था कि इंद्राणी उनके बिलकुल समीप है, वही दिव्य सौंदर्य, वही शुभ्र कांति, वही अलौकिक छवि···!

एक मादक कंपन नस-नस को कँपाती हुई शरीर में व्याप्त हो गई। उन्होंने सोचा, 'कोई डर नहीं। ऐसा ही होगा। इस जीवन में मैंने सदा ऋषि-मुनियों के कार्य संपन्न किए हैं। आज वे मेरे काम आएँगे तो इसमें पाप ही क्या है। नहीं-नहीं, यह कोई पाप नहीं है। वे जरूर मेरी प्रार्थना स्वीकार करेंगे।'

बस, उन्होंने उसी क्षण दूत से कहा, 'देवगुरु से निवेदन करो, मैं उनका अपार कृतज्ञ हूँ। सब काम उनकी आज्ञानुसार ही होंगे।'

फिर दूसरे दूत को उचित आदेश देकर तपोवन की ओर रवाना किया। तपोवन में इस समाचार से खलबली मच गई। अचरज, क्रोध, ग्लानि से ऋषियों की मुद्रा विचित्र हो उठी। एक ने कहा, 'कामवासना ने महाराज को अंधा कर दिया है।'

दूसरे बोले, 'अंत को मनुष्य है वह : देवता बना है तो क्या राक्षस नहीं बन सकता?'

तीसरे मुसकराए, 'लेकिन इसमें क्रोध करने की बात ही क्या है? वह भी तो राक्षसों को हमारा वाहन बनाता रहा है।'

'आप सत्य कहते हैं, लेकिन पालकी ढोना क्या उपदेश देना है?' चौथे ने तर्क किया।

पाँचवें ने कहा, 'मैं जानता हूँ यह राजा का अन्याय है, परंतु हम लोगों को उदारता ही दिखानी चाहिए। एक राजा में बोझ ही कितना होता है!'

इसी तरह नाना तर्क-वितर्कों के बाद यह निर्णय हुआ कि ऋषि लोग महाराज की पालकी उठाकर चलेंगे, लेकिन देवलोक में जैसे ही इस समाचार की सूचना पहुँची, और भी सनसनी फैल गई। देवता लोग पहले से ही चिंताकुल थे। अब उन्हें स्पष्ट दिखाई देने लगा कि कोई-न-कोई अप्रत्याशित घटना अवश्य घटने

वाली है। वह क्या हो सकती है, इसपर सब एकदम एकमत नहीं थे। कुछ का विचार था कि जो कुछ होने वाला है, वह कल्याणकारी ही होगा। यह महाराज का अन्याय है, परंतु कुछ ऐसे भी थे, जो इसमें शचि का ही दोष समझते थे और उन्हें भय था कि यह हठ अवश्य ही सबको नीचा दिखाएगा।

अंत में वह चिर-प्रतीक्षित समय आ ही पहुँचा। ऋषियों ने महाराज नहुष की पालकी उठाई और देवगुरु के आश्रम की ओर चले। स्तंभित चकित सबने उस दृश्य को देखा और काँप-काँपकर रह गए। देवगण अपने-अपने यानों में साथ-साथ चले। बार-बार वे आगे बढ़ जाते। बार-बार उन्हें रुककर पालकी की प्रतीक्षा करनी पड़ती। उनके अश्व आतुर थे। उनके विमान क्षण भर में सहस्रों कोस दौड़ने की शक्ति रखते थे, परंतु महाराज की पालकी इस प्रकार आगे बढ़ रही थी, जिस प्रकार कीचड़ हो जाने पर बालक उसमें घिसटता है। कभी दो पग आगे, कभी तीन पग पीछे। महाराज ने यह सब देखा। आतुरता उमड़ी, क्रोध आँखों में झलकने लगा। बोले, 'अरे, आप लोग चार हैं और मैं एक। इतना बोझ भी आप नहीं उठा सकते?'

ऋषियों ने सुना। शरीर में आग लग गई, परंतु शांत होकर बोले, 'महाराज, ज़ीवन में पहली बार मनुष्य का भार उठाया है, इसीलिए अभ्यास नहीं है।'

फिर उन्होंने रुककर कंधे पलटे। साँस लेकर नई स्फूर्ति से आगे बढ़ना शुरू किया। गति कुछ तेज हुई। महाराज हँसे। बोले, 'शाबाश, आप लोगों के लिए पौष्टिक भोजन और दक्षिणा का अभाव नहीं रहेगा। जो माँगेंगे, मिलेगा।'

ऋषि हँसे। दूसरा क्षण आया कि वे पहले से भी अधिक धीमे पड़ गए, साँस चढ़ गई। प्राणायाम कुछ काम न आया। प्रत्येक नया क्षण आता और उन्हें लगता कि वे अब गिरे, अब गिरे।

महाराज क्रोध से पागल हो उठे। चीखकर कहा, 'अरे, चला नहीं जाता? खा-खाकर सारे दिन पड़े रहते हो। तुम लोगों से तो···!'

ऋषि झुँझला रहे थे। एक बोले, 'हम इसी तरह चल सकते हैं, महाराज! कहो तो छोड़ दें।'

'छोड़ दें? लज्जा नहीं आती यह कहते!' नहुष काँपकर बोले।

'बस, महाराज, बस।' दूसरे ऋषि ने कहा।

'चुप रहिए और शीघ्र चलिए।'

महाराज ने पैर पटके कि बिजली कौंधी। वह पैर एक ऋषि को जा लगा, मानो विश्व में भूकंप आ गया। ऋषियों ने उसी क्षण पालकी को पटक दिया। उनके

शरीर कंपायमान हो उठे। नेत्र लाल अंगार के समान दहकने लगे। श्वास की हुंकार ने वायु में चिनगारियाँ पैदा कर दीं। तीव्रतम होकर उन्होंने कहा, 'कामांध राजा, तेरा नाश हो! तू स्वर्गभ्रष्ट हो!'

यह कहते-कहते उन्होंने महाराज नहुष को पालकी से खींचकर नीचे भूमि पर डाल दिया।

देवमंडली में एक भयंकर सन्नाटा छा गया। उस क्षण वे किंकर्तव्य-विमूढ़ से गिरते महाराज को देखते ही रह गए। न हिले, न डुले, मानो घटना की गंभीरता ने सबको जकड़ दिया। जब उसी क्षण यह समाचार लेकर दूत उर्वशी के पास पहुँचे तो वह एकाग्र मन से नए रागों पर नृत्य का अभ्यास कर रही थी। सुनकर हर्षातिरेक से उसके नेत्र चमक उठे। एक दिव्य आभा से वह मुखरित हो उठी। क्षण भर के लिए रुककर बोली, 'ओह, तो महाराज का पतन हुआ! ऐसा होना ही चाहिए था।'

'क्यों देवि?' सखि ने अचरज से पूछा, 'महाराज तो प्रबल प्रतापी थे।'

उर्वशी मुसकराई, 'मनुष्य सबकुछ हो सकता है, सखि! वह दंभ को पहचानता है और पाप सदा अपने पहचाननेवाले को ही खाता है। जन्म, जरा, मरण बंधन में मानव तभी आया है, जब उसने पाप-पुण्य का आविष्कार किया और वासना को पाप की संज्ञा दी। इन नर लोगों का देवलोक में कोई स्थान नहीं है, सखि!'

यह कहकर देव-वारांगना उर्वशी फिर बड़ी तेजी से नृत्य करने में तल्लीन हो गई। उसके नूपुरों की मादक झंकार से दिक्पाल मदहोश होने लगे। उसके संगीत की ध्वनि ने सातों सागरों की तरंगों को कंपायमान कर दिया। विश्व प्राणों में क्रंदन मुखर हो उठा। उस समय लगा, मानो स्वयं अखिल नारायण अपनी कला-कृति पर मुग्ध होकर पुलक उठे हैं।

□

(सन् १९४५)

क्रांतिकारी

रामनाथ ने आज निश्चय कर लिया था, वह अब नहीं रुकेगा। वह अवश्य चला जाएगा। लेकिन रजनी··· ? नाम याद आते ही उसका निश्चय डगमगाने लगा। वह क्रुद्ध हो उठा, यह कैसी मोह-जड़ता है ? जो जीवन भर मौत से जूझता रहा है, जो अन्याय और अत्याचार के विरुद्ध जीवन की थाह लेना चाहता है, वह एक नारी के कारण अपनत्व को खोता जा रहा है। छिः, यह तो निरी कायरता है ! मानता हूँ, रजनी का कोई स्वार्थ नहीं है। वह सहज सहानुभूति के कारण मेरे प्रति करुण है। परंतु करुणा और सहानुभूति क्या जीवन के गुण हैं ? ये तो जीवन के भार हैं··· ।

उसी समय दरवाजे पर खड़-खड़ाहट हुई। उसने सहज स्वर में कहा, 'कौन ?'

'मैं··· ।'

'रजनी··· ?'

वह चौंककर उठा, देखा, बढ़ई की असावधानी के कारण किवाड़ों में जो छिद्र रह गए हैं, उन्हीं में से होकर धवल प्रकाश की किरणें जाने कब की चुपचाप अंदर आ गई हैं। बाहर शांति को भंग करता हुआ धीमा कोलाहल फूट पड़ा है। नीचे सैर के शौकीन बाबुओं की पदचाप बार-बार पास आकर दूर चली जाती है। उसने क़िवाड़ खोल दिए। बदन में हलकी सी सिहरन दौड़ गई। रजनी ने आकर चाय का गिलास और नाश्ते की प्लेट मेज पर रख दी और लौट चली। रामनाथ ने एक बार प्लेट को देखा, फिर रजनी को। कहा, 'बेटी, सुनो··· ।'

'जी।'

'मैं आज जाऊँगा।'

'जी, और··· ।'

‘मैं अब नहीं रुक सकता।’

‘आप रोज ही ऐसा कहते हैं।’

रामनाथ सहसा कुंठित हो उठे, बोले, ‘परंतु आज रोज की बात नहीं है। आज मैं जाना चाहता हूँ।’

रजनी मुड़ी, ‘जाना चाहेंगे तो मैं रोकूँगी नहीं। कौन किसको रोक सका है? फिर भी…।’

‘फिर भी क्या…?’

‘यही कि यहाँ आपको क्या कष्ट है, जिसको सहन करने में असमर्थ आप भाग जाने को आतुर हैं?’

अन्यमनस्क रामनाथ फिर झिझके, लेकिन दूसरे ही क्षण एक विचार उनके मस्तिष्क में उभर आया। वे बोले, ‘जिन्हें तुम कष्ट कहती हो, उन्हीं के बीच पलकर मैं इतना बड़ा हो गया हूँ। उन्हीं का अभाव मुझे यहाँ खटकता है। लगता है, जो कुछ यहाँ है, वह एक षड्यंत्र है, इतना गहरा, जितना मकड़ी का जाला, परंतु मैं मक्खी नहीं बनना चाहता।’

रजनी ने सुन लिया। सोचने लगी, इनकी बात पर हँसूँ या गुस्सा करूँ? दुनिया दुःख से दूर भागती है, यह दुःखों की गोद में जाने के लिए आतुर हैं। कैसा आदमी है यह…!

रामनाथ कुरसी पर बैठकर यंत्रचालित की भाँति चाय पीने लगे। पीते-पीते सोचने भी लगे। मनुष्य बहुधा जानबूझकर नहीं सोचता। विचार आप-ही-आप बादलों की भाँति मस्तिष्क में उमड़ आते हैं।

बादल सभी सजल होते हैं। जल के बिना बादल बादल नहीं होता। फिर भी एक धरती की छाती ठंडी करता है, दूसरा व्यर्थ ही सूरज की धूप और चाँदनी को रोकता रहता है। इसी प्रकार विचार हैं। कुछ के कारण मनुष्य स्वयं आगे बढ़ता है और संसार भी, पर कुछ अड़ियल घोड़े की तरह गाड़ी को पीछे धकेलते रहते हैं। रामनाथ के मन में जो विचार अब उठ रहे थे, वे अड़ियल घोड़े के समान थे। वह कभी का निश्चय कर चुके थे कि उन्हें जाना है, परंतु कब, यह वह नहीं जान पाते थे। जाने का प्रति क्षण आने पर देखते, किसी ने सामने आकर रास्ता रोक लिया है। रोकनेवाले में शक्ति है, यह बात नहीं है। और शक्ति हो भी तो क्या वह ब्रिटिश सरकार से अधिक हो सकती है? पूरे तीस वर्ष से वह इस शक्तिशाली सरकार से लोहा ले रहे हैं। जीवन का कोई भी मोह, कोई भी कष्ट उन्हें त्रस्त नहीं कर सका। वह सदा नदी के प्रवाह के समान आगे बढ़े हैं। जिसने प्रवाह को रोका, वह खुद ही

तहस-नहस हो गया···।

लेकिन तभी न जाने किसने आकर उनके कान में फुसफुसाया—तुम जाना नहीं चाहते, नहीं तो जानेवाले को किसने रोका है?

वह चिल्ला उठे—यह गलत है। मैं जाना चाहता हूँ···।

ठीक उसी समय निशिकांत बाहर से लौट आए। देखकर बोले, 'दादा, चाय नहीं पी अब तक?'

रामनाथ चौंके, 'पी रहा हूँ, निशिकांत।'

'पी रहे हो! खूब, दादा। अभी से आँखें धोखा देंगी, ऐसी कल्पना भी मैं नहीं कर सकता। देखता हूँ, प्लेट में काजू और बादाम उसी तरह पड़े हैं। चाय ठंडी होकर काली पड़ गई है।'

अचरज! रामनाथ का चेहरा कुछ खिंच चला। बोले, 'जो कुछ तुम देख रहे हो, वह ठीक है। मुझे मेवा खाने की आदत नहीं है।'

'तब··· ?'

'मैं यहाँ से जाना चाहता हूँ।'

निशिकांत मुसकराया, 'कहाँ जाएँगे आप?'

'इतना बड़ा संसार क्या नष्ट हो गया है? इसी में पलकर इतना बड़ा हुआ हूँ।'

'संसार में सभी पलते हैं दादा, परंतु सभी को तो पुलिस आवारागर्दी में गिरफ्तार नहीं करती।'

'अपने विरोधियों को सभी लांछित करना चाहते हैं; फिर यदि सरकार मेरे विद्रोह को गुंडागिरी बताती है तो अचरज क्या है, परंतु उनके कहने से क्या मैं आवारा हो सकता हूँ?'

'नहीं हो सकते।'

'तो फिर··· ?'

'फिर यही दादा, इन वर्षों में दुनिया ने कितनी प्रगति कर ली है, यह आप भूल जाते हैं।'

विद्रूप से रामनाथ मुसकराए—'प्रगति? जिसने लोहार के घन बजाए हैं, वह सुनार की खट-खट को प्रगति कैसे मान सकता है? मुझे राजनीतिक पार्टीबाजियों में विश्वास नहीं है। राजनीति का आरंभ आजादी के बाद होता है। गुलामों की एक ही पार्टी है 'विद्रोही'। एक ही धर्म हैं 'बगावत'। मैं क्रांति चाहता हूँ, और क्रांति रक्त माँगती है, सिद्धांत नहीं···।' कहते-कहते रामनाथ तीव्र होने लगे। उनकी

आँखें आरक्त हो गईं। नसों में रक्त का संचार हो आया। उन्होंने तीव्रता से कहा, 'निशिकांत, मैं आज अवश्य जाऊँगा।'

निशिकांत ने धीरे से कहा, 'आज ही जाइएगा?'

'हाँ, आज ही।'

'कहाँ का टिकट लाऊँ?'

'टिकट? मैं टिकट नहीं ले सकता। मेरे पास पैसे नहीं हैं। मैं पैदल जाऊँगा।'

निशिकांत ने गंभीर होकर कहा, 'दादा। आप तूफान की तरह सोचते हैं, परंतु तूफान नाश का प्रतीक है, निर्माण का नहीं।'

'ठीक है। मैं नाश चाहता हूँ। निर्माण नाश के बाद होता है, पहले नहीं।'

निशिकांत ने फिर कुछ नहीं कहा। कहे भी क्या? जहाँ विचारों में विषमता है, वहाँ तर्क है और तर्क का कोई अंत नहीं होता। और फिर न जाने क्यों, इस व्यक्ति से तर्क करते उन्हें दु:ख होता है।

रजनी की हालत और भी विचित्र है और उसका कारण है।

सात दिन पहले की बात है।

रात गहरी हो रही थी और रजनी निशिकांत की बाट देखती रसोईघर में बैठी थी। तभी पैरों की चाप उसने सुनी। सोचा, वह लौट आए हैं, पर यह क्या? वह अकेले नहीं जान पड़ते। सोचने लगी, इतनी रात को कौन आया? तभी निशिकांत ने आकर कहा, 'रजनी! खाना रखा है क्या?'

'नहीं तो, क्यों?'

'मेरे साथ एक आदमी है।'

'बना दूँ···?'

'हाँ, हाँ, बना दो! बेचारे भूखे हैं।'

'अभी बनाती हूँ, जी।'

और खाना खिलाते समय उस आदमी को देखकर रजनी चौंक उठी—ऐसे खाता है, जैसे कभी इनसानों में नहीं रहा। कपड़े फटे हुए हैं। आँखों से वहशीपन टपकता है। बोलता है तो मानो लड़ता हो।

'कौन है यह?' रजनी ने एकांत पाकर निशिकांत से पूछा।

'एक क्रांतिकारी।'

'कांग्रेसी?'

'नहीं, रजनी! कांग्रेसी नहीं है। बहुत पुराना विद्रोही है। लगभग तीस वर्ष से जेल में ही रह रहा है।'

रजनी काँप उठी, 'तीस वर्ष, जेल में!'

'हाँ रजनी! सरकार छोड़ना नहीं चाहती थी। एक बार भागकर विदेश घूम आया है। फिर पकड़ा गया। कांग्रेस राज के समय छूट गया था, परंतु उसके समाप्त होते ही फिर जेल में बुला लिया गया।'

रजनी करुणा से भर उठी, 'बेचारे के घरवाले क्या कहते होंगे?'

निशिकांत मुसकराया, 'यही अच्छा है, उसके घरवाले नहीं हैं।'

'नहीं हैं, क्या कहते हो? आखिर माँ, बाप, स्त्री··· ?'

'ना रजनी, कोई भी नहीं। पहली बार जब उसने बगावत की तो केवल बीस वर्ष का था। पिता एक सरकारी दफ्तर में हेडक्लर्क थे। सुना तो बेटे को त्याग दिया। आजकल जैसे दिन नहीं थे। बगावत का नाम मौत था। हाँ, माँ बहुत रोई-चिल्लाई। समझाया। एक बार पकड़कर घर भी ले गई, पर यह मौका पाकर फिर निकल भागे। सुना, उसके बाद माँ-बाप से कहा-सुनी हो गई। माँ ने अनशन करके प्राण त्याग दिए।'

'हाय··· !'

'और माँ के प्राण-त्याग की बात सुनकर ये अत्यंत प्रसन्न हुए; इन्हें मुक्ति मिली।

रजनी नारी थी। छाती में दरार पैदा हो गई। उसी से होकर करुणा और सहानुभूति का अजस्र प्रवाह बहने लगा। रात में सोने के लिए उसने नया बिछौना, नई चादर, नया तकिया निकाला। ऐसे बिछाने लगी, जैसे अपने प्यारे बच्चे को सुलाना चाहती हो। अभी उसकी गोद भरी नहीं थी, पर अनजाने में अज्ञात शिशु उसकी छाती को घेरे पड़ा था। उसी में आकर अनायास ही इस बूढ़े बालक ने अपना घर बनाना शुरू कर दिया तो उसे तनिक भी दुःख नहीं हुआ। उलटे वह एक अज्ञात गौरव से भर उठी। उसने अपने पति से कहा, 'देश के लिए इन्होंने सबकुछ त्याग दिया। ऐसे ही तपस्वियों के बल पर भारत आजाद होगा।'

निशिकांत बोले, 'सो तो है ही।'

'पर ये अब जाएँगे कहाँ?'

'कुछ पता नहीं।'

'आपको कैसे मिले?'

'शायद कहीं मेरा नाम सुना होगा। पूछते-पूछते चले आए।'

'और कोई नहीं जानते इन्हें?'

निशिकांत फिर मुसकराए, 'दुनिया सदा ऊँचा सुनती है; रजनी! जो शोर

नहीं मचा सकते, उनकी बात वह नहीं सुन पाती। और तुम जानती हो, शोर मचाना भी एक कला है, जो इनको नहीं आती।'

'ठीक है जी। जो चुपचाप काम करते हैं, उन्हें कोई नहीं पूछता।'

'पर रजनी, इनके साथ एक बात और है। सदा जेल में रहे हैं। जनता से कभी वास्ता नहीं पड़ा। इस बीच संसार कहाँ से कहाँ पहुँच गया। इनके विचार, साधन सभी पुराने हो गए हैं। दुनिया इन्हें भूल गई है। इसीलिए इनकी ओर किसीका ध्यान नहीं जाता…।'

रजनी को नींद आ रही थी। सुनते-सुनते वह सो गई, परंतु अचानक ही जिस व्यक्ति ने उसके वात्सल्य को जगा दिया था, वह स्वप्न में भी उसका पीछा न छोड़ सका। देर तक उसी को लेकर उसका मन खिलवाड़ करता रहा। इसी बीच में अचानक उसकी आँखें खुल गईं। देखा, चारों ओर अंधकार है, सन्नाटा है। केवल निशिकांत कभी-कभी कुनमुन-कुनमुन कर उठता है। कभी-कभी दूर कुत्ते भौंक उठते हैं, परंतु यह कैसा शब्द है? कोई धीरे-धीरे रह-रहकर सुबक उठता है। वह भय से काँपने लगी—कौन रोता है ऐसे…पर शब्द दूर नहीं था। शांत होकर सुना, बराबर के कमरे में…बराबर के कमरे में तो वे सोए हैं। तो क्या… ? वह उठी, शीघ्रता से निशिकांत को झकझोरा, 'सुनिए, सुनिए जी।'

निशिकांत नींद में गुर्राए, 'क्या है?'

'अजी, सुनिए तो…।'

चौंककर उठा। अँधेरे में आँखें फाड़कर बोला, 'कौन?'

'मैं…।'

'रजनी? क्यों?'

'अजी, वह रो रहे हैं।'

'रो रहे हैं? कौन?'

'वह…।'

'रामनाथ बाबू?'

'जी।'

निशिकांत की नींद दूर हो गई। लालटेन जलाकर उसने पूछा, 'क्या बात है?'

रजनी बोली, 'कुछ पता नहीं। शायद बीमार हों।'

'तो, देखूँ जाकर?'

'हाँ, देखना तो चाहिए?'

निशिकांत उठा, किवाड़ खोले। रोने का स्वर अब भी आ रहा था। क्षण-क्षण में कोई सुबक उठता था। अचरज से भरकर निशिकांत कुछ देर उसी तरह खड़ा रहा, फिर उसने साहस करके किवाड़ थपथपाए···।

अंदर एकदम शांति छा गई।

'रामनाथ बाबू··· ?'

कोई नहीं बोला।

'रामनाथ बाबू··· ?'

अब वह बोले, 'जी!' स्वर संयत था। किवाड़ खोलकर पूछा, 'क्या बात है?'

निशिकांत झिझका। फिर बोला, 'सोते-सोते वह चौंक पड़ी। ऐसा मालूम हुआ, कोई रोता है।'

'रोता है? कौन?'

'यही तो देखना है।'

अँधेरे में क्या भाव चेहरे पर आए, कुछ पता नहीं लगा, लेकिन कहा उन्होंने यही, 'शायद कोई पास के मकान में रो रहा हो!'

'शायद, पर उसे ऐसा भ्रम हुआ, जैसे आप···।'

वह जोर से हँस पड़े, 'मैं? मैं क्यों रोऊँगा निशिकांत बाबू? मैं तो गहरी नींद में सो रहा था। आपकी पत्नी को भ्रम हुआ है।'

'शायद,' वह हतबुद्धि से लौटने लगा, 'क्षमा करिए, आपको व्यर्थ जगाया।'

वह उसी तरह बोले, 'कोई बात नहीं है। केवल गलतफहमी के कारण ही ऐसा हुआ है।'

और बात वहीं समाप्त हो गई। निशिकांत ने सोचा, अपने को छिपाने की कला में आदमी कितना अभ्यस्त हो गया है। रजनी ने सोचा, ये लोग भी कितना झूठ बोलते हैं। छल और झूठ। हाय रे भाग्य! आदमी इनसे कहीं भी नहीं बच सका। स्वर्ग में उनका अभाव नहीं है। 'मेरी पीड़ा प्रकट न हो' यह यत्न करने में छल और झूठ अनायास ही पुण्यात्मा के अस्त्र बन जाते हैं। कैसी घोर विडंबना है! पर रजनी अब भी सोचती है—यह रोए क्यों?

परंतु इससे भी बढ़कर अचरज रजनी को उस दिन हुआ जब रामनाथ बाबू ने स्वयं यह स्वीकार किया कि वह रोए थे। तब तक उनका अजनबीपन दूर हो चुका था और इस दंपती के अपनत्व के सामने वह झुकते जा रहे थे। वह तब धूप में बैठे रजनी को अपने बीते जीवन के संस्मरण सुनाने में लगे थे। अवस्था की दृष्टि से

रजनी को 'बेटी' कहते थे। माँ की बात सुनाते-सुनाते अचानक बीच में बोल उठे, 'उस रात बेटी, मैं सचमुच रोया था।'

रजनी बोली, 'मैं जानती हूँ।'

'सोचा होगा, कैसे पागल हैं?'

'पागल नहीं, झूठा।'

रामनाथ खुलकर हँसे, 'सचमुच, मैंने झूठ बोला था।'

'क्यों?'

'क्योंकि मैं अपनी कायरता स्वीकार नहीं करना चाहता था।'

'कायरता… ?'

'हाँ, रोनेवाले कायर होते हैं।'

'पर आप रोए क्यों थे?'

'माँ की याद आ गई थी, बेटी। बचपन में वह इसी तरह मेरे लिए साफ बिस्तर बिछाया करती थी। चादर पर एक भी दाग लग जाता था तो मैं उसे फेंक देता था। याद नहीं पड़ता कि कभी तकिए का एक गिलाफ दूसरी रात मेरे तकिए पर रहा हो। तीस वर्ष पहले के वे दिन उस रात मेरे सामने आ खड़े हुए। ऐसा लगा, मानो माँ ने बिस्तर बिछाकर पुकारा हो—रामू! सोएगा नहीं रे? सवेरे कॉलेज जाना होगा…। उस जमाने की बात। कॉलेज जाना श्रीवृद्धि और ऐश्वर्य का मुक्त द्वार था। यही आशा लगाकर मेरे माँ-बाप ने मुझे कॉलेज भेजा था। इसी आशा पर उनका प्यार-दुलार मुक्त होकर बह रहा था। पर हाय रे भाग्य! एक दिन चुपके से आकर बेमाता ने मेरे माँ-बाप का स्वप्न भंग कर दिया। उनका बेटा इंडियन सिविल सर्विस में न जाकर भारत माँ की सेवा में जा पहुँचा। शब्द के अर्थ में कोई भेद नहीं था। भेद था केवल अर्थ की प्राप्ति में। इस प्राप्ति में प्रश्न को लेकर मेरे जीवन की दिशा पलट गई। पिता ने देखा, क्रुद्ध हो उठे। बोले—तूने मेरी नाक काटी है, मैं तेरा मुँह नहीं देखना चाहता।

मैंने कहा—पिताजी, आपकी नाक जहाँ है, वहीं रहेगी, पर अपना मुँह दिखाने मैं आपके घर नहीं आऊँगा।

माँ काँप उठी—क्या कहता है तू? पिता की प्रतिष्ठा धूल में मिलाना ही क्या आजकल की संतान का पेशा है?

मैंने कहा—माँ! पिता की प्रतिष्ठा धूल में मिलाकर भी मैं देश की प्रतिष्ठा बचा सका तो सौदा सस्ता ही होगा।

माँ नहीं समझी, रो पड़ी। न जाने हिंदुस्तानी माँ के ये आँसू कब रुकेंगे?

जिस दिन रुकेंगे, उसी दिन भारत आजाद होगा, उससे पहले नहीं। उस रात मैंने वे आँसू फिर देखे। लक्ष्मण की रेखा के समान इन्हीं आँसुओं की लाग देकर माँ मुझे बाँधना चाहती थी, पर बाँध न सकी। रावण का नाश जो होना था! पर बेटी, उस दिन और आज के दिन में एक अंतर है। तब मेरी धमनियों का रक्त जितना गरम था, आज उतना नहीं है। उत्साह होकर भी उसका स्तंभ ढीला पड़ गया है। न जाने क्यों मैं अपने को निर्बल महसूस करता हूँ? जेल लाँघकर मैंने देश छाना है। वर्षों अधिकारियों के लिए भूत बनकर उनकी नींद हराम की है, पर आज⋯।'

सहसा रामनाथ उद्विग्न हो उठे। आँखें आरक्त हो आईं। मुख तमतमा गया—'नहीं, मैं अब भी सशक्त हूँ। मैं अपना ध्येय भूला नहीं हूँ। मैं मोह-जाल में फँसकर कायर नहीं बन सकता⋯।'

रजनी चौंकी, कुछ दुःखी भी हुई। बोली, 'आपको दुःख हुआ, क्षमा कर दीजिए। आप देश के गौरव हैं, भले ही आपका नाम कोई न जानता हो। आपको रोक रखने की हम लोगों की कतई इच्छा नहीं है।'

रामनाथ को अपनी गलती महसूस हुई, लज्जित हो उठे। कहा, 'नहीं बेटी! गलती मेरी है। सड़क का भिखारी ऐश्वर्य की गोद में रोने के अतिरिक्त और कुछ नहीं कर सकता। आशा से अधिक जिसे मिल जाता है, वह मस्तिष्क का संतुलन खो बैठता है। जो स्नेह स्वप्न बन गया था वही जब साकार होकर सामने आ गया तो मैं कायर बन चला। पर बेटी, मैं अब जाना चाहता हूँ।'

रजनी बोली, 'विश्वास रखिए, हम आपको बाँधना नहीं चाहते, परंतु इस प्रकार भी क्या जीवन बिताया जा सकता है? अराजकता के दिन अब नहीं हैं। कुछ दिन हम लोगों के पास रहिए। देश आपका है। आप किसी पर भार बनने की बात क्यों सोचते हैं?'

रामनाथ द्रवित होने लगे, कहा, 'रजनी बेटी। तुम्हें देखकर माँ की याद आ जाती है। ऐसा लगता है, तुम्हारे रूप में माँ जन्म लेकर फिर से मेरी देख-भाल करने आ गई है। ऐसा नहीं होता तो कैसे उस रात मैं निशिकांत को ढूँढ़ पाता? उनके लेख पढ़े थे। लगा, आदमी विस्तृत है, इसीलिए चला आया। देखता हूँ, उस विस्तृत आकाश के अतिरिक्त यहाँ विशाल धरती भी है। इसी आकाश और धरती की मिलन छाया के नीचे जीवन-संध्या के कुछ दिन बिता सकने का लोभ मुझे बार-बार हो आता है।'

रजनी मुसकराई, 'तो उस लोभ को त्यागिए नहीं। कुछ दिन यहाँ ज़रूर रहिए।'

रामनाथ फिर असमंजस में पड़ गए। कुछ क्षण सोचते रहे, फिर बोले, 'देखता हूँ, यह लोभ त्यागा नहीं जा सकेगा। मैं भाग नहीं सकूँगा···।'

रजनी गद्‌गद हो उठी, मानो मनचाहा वर मिला हो। निशिकांत के लौटते ही उसने कहा, 'सुनिए, ये अब यहीं रहेंगे।'

'सच?'

'हाँ। आज उन्होंने पहली बार स्वीकार किया है कि वह रहना चाहते हैं।'

निशिकांत प्रसन्न हुआ, बोला, 'यह शुभ है, रजनी! कुछ दिन यहाँ टिककर रहेंगे तो जीवन पर विचार करने का अवसर मिलेगा।'

'जी, पर आप इनके लिए कपड़ों का प्रबंध कर दीजिए। इनके पास कुछ नहीं है। और भी जरूरी चीजें···।'

'जरूर करूँगा। आते समय भंडार से कपड़ा लेता आऊँगा।'

'और देखिए, यह पढ़े-लिखे आदमी हैं, चाहें तो ट्यूशन कर सकते हैं। स्वाभिमानी आदमी दूसरे का अन्न खाना ठीक नहीं समझते। उनको ऐसा महसूस नहीं होने देना चाहिए कि वह हम लोगों पर निर्भर हैं।'

निशिकांत प्रभावित होकर बोला, 'रजनी, बात तुमने पते की कही है। मैं अवश्य इसका भी प्रबंध करूँगा।'

और सचमुच, अगले दिन निशिकांत जब दफ्तर से लौटा तो बहुत सा कपड़ा और कुछ अन्य जरूरी सामान बगल में दबाए लेते आया। आकर बोला, 'लो भाई, दादा का सामान ले आया हूँ। कहाँ हैं वह? दरजी भी आ गया है।'

रजनी देखकर हँसी, 'ले आए, बड़ा अच्छा किया। दादा ऊपर बैठे होंगे। आज तमाम दिन बड़े प्रसन्न रहे। कहते थे···।'

निशिकांत ऊपर चला गया। रजनी सामान सँभालने लगी, लेकिन उसी क्षण ऊपर से निशिकांत ने पुकारा, 'अरे भाई, वह यहाँ नहीं हैं।'

रजनी चौंकी, 'नहीं हैं? वहीं तो थे।'

'बाजार तो नहीं गए?'

'मुझसे तो नहीं कहा। मैं जब आई थी तो पढ़ रहे थे। और कहती-कहती वह भी ऊपर चली गई। देखा, कमरा सूना पड़ा है। किताब उलटी रखी है। सब सामान यथास्थान है, केवल उनके पहनने की धोती अरगनी पर नहीं है।'

मन कैसा चोर है? क्षण भर में सबकुछ देख डाला। बोली, 'कहाँ गए? बिना कहे तो वह हिलते भी नहीं।'

'तुमने सुना न हो!'

'शायद! तो अभी आ जाएँगे, आप दरजी से कह दीजिए कि···।'

तभी उसकी दृष्टि पलंग पर पड़ी। तकिए के नीचे एक कागज रखा था। झपटकर उसे उठा लिया। रामनाथ ने उसमें लिखा था—

'तुम लोगों ने मुझपर जो अपने निष्पाप हृदय का स्नेह उड़ेला है, उसका बादला सहस्र जन्म लेने पर भी चुकाना असंभव है। सोचा था कि जीवन के अंतिम दिन तुम लोगों के स्नेह-वट की छाया में बिता दूँ, पर मनुष्य का सोचना क्या स्वतंत्र है? वंदिनी माँ की मुक्ति के लिए जन्मदात्री का वध मैं कर चुका हूँ। सोचता हूँ, किसी दिन तुम लोगों के प्रति भी मुझे कृतघ्न न बनना पड़े। इसीलिए आज जा रहा हूँ। विश्वास रखना, मैं जीवन में विश्वास रखता हूँ। मरते दम तक जीऊँगा। हाँ, एक बात तुमसे कहता हूँ। प्रेम का जो स्फटिक सोता तुम लोगों के हृदय में बहता है, उसे कभी न सूखने देना। सारा संसार उसी का प्यासा है। मैं भाग्यशाली था, जो उस सोते का पानी पी सका। अकेला ही सारा पी जाऊँ, इतना स्वार्थी मैं नहीं होना चाहता।

तुम लोगों का,

रामनाथ'

पढ़ लिया तो कागज हाथ से छूटकर गिर पड़ा, बस।

□

(विशाल भारत, सन् १९४५)

मुक्ति

ठीक उस समय, जब मेरी ट्रेन स्टेशन पर रुकी, दूर से ही रमेश ने चिल्लाकर कहा, 'अरे, निशिकांत आ गए।'

कांत ने हँसकर कहा, 'नमस्ते। कहो, कैसे हो ?'

वह उसी तरह बोला, 'ठीक हूँ। तुम कैसे हो ? मैं जानता था, तुम उन अनाथ बच्चों को देखने के लिए अवश्य आओगे।' और उसने आगे बढ़कर सूटकेस उठा लिया और बोला, 'होलडॉल तुम उठा लो। जगह बहुत दूर नहीं है, मुश्किल से एक फर्लांग होगी।'

वह एक छोटा सा स्टेशन था। भीड़ अधिक नहीं थी। सूरज निकलने में काफी देर थी और बिजली की धीमी रोशनी में जाड़े की वह रात बड़ी सुहावनी मालूम पड़ रही थी। रमेश ने एक शॉल ओढ़ रखा था, इसीलिए आसानी से सूटकेस उठा लिया, परंतु ओवरकोट के कारण मुझे होलडॉल उठाने में कठिनाई महसूस हो रही थी। और वह था कि चलते-चलते कहता जा रहा था, 'बेचारे अनाथ बच्चे! निशिकांत, जब वे पिछले महीने इस स्टेशन पर आए, तो उन्हें देखकर मेरी आँखें भर आईं। हड्डियाँ निकली हुईं, आँखें डूबी-डूबी, पतले-पतले हाथ-पैर और धुएँ से काले, जैसे युगों से अन्न की सूरत न देखी हो। वैसे ही काफी खूबसूरत थे, ऊपर से भूख के शिकार और माँ-बाप का बिछोह।'

और फिर हो-हो करके ऐसे हँसा कि रो पड़ेगा।

कांत होलडॉल के कारण इतना खिन्न मन था कि उसकी ओर देख न सका। केवल इतना कहकर रह गया, 'भूख और स्नेह के अभाव में वे जीते रहे, यही क्या कम अचरज है, रमेश ?'

'हाँ, हाँ,' रमेश बोला, 'अचरज ही तो है। निशिकांत, तुमने वह दृश्य नहीं

देखा। मैंने देखा है, जब पहले दिन उन्हें खाना खिलाया गया था। भैया, सच कहता हूँ, खिलानेवाले थक गए, पर उन्होंने मना नहीं किया। भूखे भेड़ियों की तरह खाने पर टूट पड़े।'

फिर आप-ही-आप धीमा पड़कर बोला, 'न जाने कितने दिनों में उन्होंने पका हुआ खाना देखा होगा। खिलानेवाले डर रहे थे कि कहीं पेट न फट जाए।'

कांत ने कहा, 'बेशक ज्यादा खाने से भी मौत आ जाती है। और फिर इतने दिनों के उपवास के बाद!'

कांत की बात बिना सुने ही रमेश ने कहा, 'पहले तो उनकी बात समझ में ही नहीं आती थी, पर अब वे धीरे-धीरे हिंदी बोलने लगे हैं। भजन गाते हैं, मंत्र पढ़ते हैं, लेकिन भैया, प्रेम के लिए भाषा की जरूरत नहीं होती। एक लड़की मुझसे इतनी हिलमिल गई है कि जैसे जन्म-जन्म का साथ हो। उसका नाम है मीनू। साँवली है, पर आँखें इतनी भोली हैं कि चित्र खींचने को मन करता है। सबसे पहले जब मैंने उसे देखा, तो वह घबराकर चारों ओर देख रही थी। मैंने पास जाकर कहा—क्या बात है, मुनिया? पर वह समझी नहीं। कैसे समझती? बंगाली बच्चे भला हिंदी क्या जानें? मैंने उसका नाम पूछा, तो वह मेरा मुँह देखने लगी। मैं समझा। मैंने कहा—मेरा नाम रमेश, उनका नाम जीवनदास, इनका धीरेन। तो वह हँसी और बोली—आमार नाम मीनू। निशिकांत, अब तो मैं उसके साथ टूटी-फूटी बंगला बोल लेता हूँ। बंगला शिक्षक खरीद लाया हूँ और उसी के सहारे मैं उन सबसे बातें करने लायक बंगला सीख गया हूँ।'

और यहीं आकर उसका एक फर्लांग समाप्त हो गया। कांत हाँफने लगा था, अंगुलियाँ बर्फ की तरह ठंडी होकर अकड़ गई थीं और नाक से पानी टपक रहा था। सामने एक नया सा एकमंजिला मकान था। मुख्य द्वार पर अनाथालय का एक साइनबोर्ड लगा था। मकान का अहाता इतना विशाल था कि दर्शक पर प्रभाव डालता था। रमेश ने यहीं रुककर कहा, 'बस, यही है।' और फिर पुकारा, 'रामू, ओ रामू!'

रामू अनाथालय का नौकर था। काँपता हुआ आया और रमेश ने एकदम बोलना शुरू कर दिया, 'यह सामान ले जाओ। मेरे कमरे में रखो। चाय का प्रबंध करो। पहले हाथ-मुँह धोने को गरम पानी लाओ।'

रामू ने बिस्तर सिर पर उठाया, सूटकेस पकड़ा और चलने को हुआ कि रमेश फिर बोला, 'बच्चे जागे?'

'जी, अभी नहीं।'

'क्यों? छह तो बज चुके। जाओ, जगाओ उन्हें। बेवकूफ, रोज का काम भूल जाता है। शौच जाएँगे, कुल्ला-दातौन करेंगे, सात बजे संध्या करने का समय होता है, जाओ।'

फिर वे लोग अंदर कमरे में गए। कांत तो काठ की कुरसी पर धम्म से बैठ गया। कोट उतारने को भी मन नहीं किया। बैठा-बैठा खिड़की से झाँकने लगा। दूर पूरब में किरणें फूटने लगी थीं, पर कुहासे के कारण धुँधलापन कम नहीं हुआ था। तो भी सर्दी धीरे-धीरे बढ़ रही थी। रमेश काठ की चौकी पर योगासन मारे संध्या के मंत्र गुनगुना रहा था। थोड़ी देर बाद वह सहसा उठ खड़ा हुआ और पूछा, 'तुम्हारी चाय आई?'

'नहीं, अभी तक तो नहीं आई।'

'क्या मुसीबत है! ये लोग समय का मूल्य नहीं जानते। अरे ओ रामू…रामू…!' और फिर मुड़कर बोला, 'उसका कसूर नहीं है। हम लोग चाय पीते ही नहीं।'

इसी समय कपड़े से पकड़े दो गिलास लिये रामू आया और उन्हें मेज पर रखकर बोला, 'जी, चाय तो बन गई थी, पर बच्चों को जगाने में देर हो गई। मीनू कह रही है कि मैं भी चाय पिऊँगी।'

अधिकारपूर्वक रमेश ने कहा, 'नहीं, वह चाय नहीं पी सकती।'

कांत गिलास उठाकर चाय पीने लगा था। बदन में कुछ गरमी आई, तो कहा, 'मीनू को जरा यहाँ तो बुलाओ।'

उसी तरह गंभीर रमेश ने कहा, 'नहीं, उसकी आदत बिगड़ जाएगी, आखिर वह अनाथ है।' और फिर सहसा जैसे जगकर बोला, 'अरे, तुम चाय वैसे ही पी गए? खाली चाय, वाह! जरा ठहरो तो, अभी कुछ नाश्ता…।'

कांत ने कहा, 'नहीं रमेश, अभी कुछ नहीं। मैं चाय के साथ कुछ नहीं खाता। केवल गरमी के लिए…।'

'जानता हूँ,' वह हँसा, 'बड़े शहर में रहकर भी तुम बिगड़े नहीं हो।'

इसी समय अनाथालय की घंटी बज उठी। वह चौंका, 'लो, चलो, संध्या की घंटी बज रही है।'

कांत उसी तरह उसके पीछे-पीछे चल पड़ा और जहाँ वे जाकर रुके, वह एक हॉल था। उसमें सात सौ से अधिक आदमी बैठ सकते थे। उसकी दीवारों पर अनेक चित्र थे—कुछ आर्यसमाजी नेता, कुछ दानवीर पूँजीपति, कुछ अनाथों के ग्रुप और कुछ आदर्श वाक्य, भजन आदि। नीचे फर्श पर एक पुरानी दरी बिछी थी और उसपर लगभग सौ बालक-बालिकाएँ कतार बनाकर बैठे थे। वे योगासन की

मुद्रा में थे। उनसे आशा की जाती थी कि वे शून्य में ध्यान केंद्रित कर मंत्रों का उच्चारण करेंगे, परंतु वास्तव में वे काँप रहे थे। उनके हाथ घुटनों पर से सरककर गोदियों में आ गए थे। लगभग सभी की आँखें खुली थीं और वे दृष्टि चुराकर इधर-उधर ताक रहे थे। उनकी आकृतियाँ भी अजीब थीं। उस धुंध में कुछ तो बड़े दयनीय और त्रस्त मालूम पड़ रहे थे, लेकिन स्वर सबका ऊँचा था। उनमें बागड़ी, पंजाबी, हिंदी, बंगाली सभी थे। सभी का स्वर भिन्न था। जब तक वे संध्या करते रहे, कांत उनको देखता रहा। उसकी कल्पना कहीं से कहीं पहुँच गई। उसने उन सब अनाथ बच्चों के माँ-बापों को देखा। देखा उन सबको अपनी-अपनी माताओं की गोदियों में दूध चूसते, हँसते-रोते और माँ-बाप को हँसाते। उन्होंने इनपर न जाने कितनी आशाएँ लगाई होंगी। उनमें कुछ वे बच्चे भी थे, जिन्हें उनकी विलासिनी माताएँ अपने रास्ते का रोड़ा समझती थीं। इसीलिए वे यहाँ थे।

संध्या समाप्त हो गई। पंडितजी द्वारा प्रार्थना करने के पश्चात् सबने गाया, 'हे दयामय, हम सबों को शुद्धताई दीजिए,' और फिर शांति-पाठ करके सब उठे। लाइन बनाई और बाहर जाने लगे। कांत नया था, सबने उसे देखा और उसने सबको, उनकी दृष्टि खाली थी, मानो उन्होंने अपने को भाग्य के भरोसे छोड़ दिया हो। उनके बदन पर लगभग एक-से कपड़े थे—पीली कमीज, पाजामा और सस्ते स्वेटर, जो शायद किसी पूँजीपति ने अपने पापों का भार उतारने के लिए दान कर दिए थे। लड़कियाँ सादी धोती पहनी हुई थीं। वे लगभग सभी बंगाल से आई थीं। धीरे-धीरे वे कांत के पास से गुजरीं। सहसा उसने एक लड़की को देखा। उसकी आँखों में एक अद्भुत आकर्षण, एक अद्भुत भोलापन था। अवश्य वह मीनू थी, जिसके बारे में रमेश ने कहा था। उसने उसे पुकारा, 'मीनू।' वह हठात् सहमी। अचरज से उसे देखा, जैसे पहचानना चाहती हो। कांत ने फिर पूछा, 'तुम्हारा नाम मीनू है न?'

उसने बिना बोले गरदन हिला दी और कांत की ओर देखती रही। उसने मुसकराकर कहा, 'मेरे पास आओ।'

उसने रमेश की ओर देखा। रमेश बोला, 'हाँ, हाँ, तुम इनके साथ जा सकती हो।'

कांत मीनू को साथ लेकर कमरे में चला आया। इतनी ही देर में मीनू में अद्भुत परिर्वतन हो आया। वह उससे तनिक भी नहीं झिझकी। पूछा, 'चाय आपने पी थी?'

'हाँ,' कांत ने कहा, 'तुम्हें मिली?'

'नहीं, हमें दूध मिलता है।'

'ओ। तब तुम खुशकिस्मत हो। दूध चाय से अच्छा होता है।'

उसने अचरज से कांत की ओर देखा। फिर बोली, 'नहीं, चाय अच्छी होती है। हमें दूध अच्छा नहीं लगता। हमारे देश में बड़ी चाय होती है।'

'तुम्हारा देश कहाँ है?'

'चटग्राम। वहाँ हमारा बाबा बहुत चाय लाता था।'

'तुम्हारा बाबा वहाँ क्या करता था?'

'पता नहीं।'

'माँ… ?'

'माँ?' उसने कांत को देखा, 'माँ तो अपने घर चली गई।'

'और तुम?'

'हम भी जाएँगे। ये भेजते ही नहीं। कहते हैं, वहाँ खाना नहीं है, कपड़ा नहीं है। क्या सच वहाँ खाना-कपड़ा नहीं है? तो माँ क्या खाती-पहनती होगी?'

कांत ने उसे अपने पास खींच लिया और पूछा, 'तुम यहाँ कैसे आई, मीनू?'

सहज भाव से वह बोली, 'माँ ने भेजा था। कह रही थी, तुम्हें बहुत अच्छे कपड़े मिलेंगे, खाना मिलेगा। दीदी को भी उसने इसी तरह भेज दिया था। माँ को लोग एक गाड़ी में बैठाकर ले गए थे। वह रो रही थी।'

कांत का हृदय उसके भोलेपन पर द्रवित हो उठा था, पर जैसे जीवन उसके लिए अभी कोई मायने नहीं रखता हो। कांत ने पूछा, 'वहाँ खाना मिलता था?'

'पहले तो मिलता था, पर पीछे कम मिलने लगा। माँ कहती थी, चावल दुश्मन लूट ले गए। उस पार के देश से दुश्मन आए थे। वे हमारे बाबा को भी पकड़ ले गए।' और फिर क्षण भर रुककर पूछा, 'वे बाबा को क्यों ले गए? अब बाबा कब आएँगे? आएँगे न?…पर वे तो खूब भात खाते होंगे, आप हमें भी वहाँ ले चलिए न।'

'हमारे साथ चलोगी?'

'हाँ, हाँ।' प्रसन्नता से उसकी आँखें चमक उठीं, 'चटग्राम चलेंगे न? आज ही चलो। वहाँ माँ होगी, बाबा होंगे, दीदी, हासी और सोना—सब होंगे।'

उसकी भोली आँखें तब बेहद खुशी से भर रही थीं, पर उन्हें देखकर कांत को रोना आने लगा। उसने बात टालकर पूछा, 'तुम पढ़ती हो?'

भोलेपन से उसने कहा, 'पढ़ती तो हूँ, पर जी नहीं लगता।'

'खेलने को जी करता है?'

'हाँ, खेलने का जी तो करता है। घर में हम लोग—हासी, सोना, बंकू कागज की नाव बनाकर नदी में तैराते थे। हमारे देश में बहुत बड़ी (दोनों हाथ खूब फैलाकर) नदी है। उसे सागर कहते हैं। उसमें बहुत बड़ी-बड़ी नावें चलती हैं।'

उनकी ये बातें चल रही थीं तभी रमेश आ गया। हँसकर बोला, 'मीनू, ये तुम्हारे देश के ही आदमी हैं। इनके साथ जाओगी न?'

'हाँ, हाँ, जरूर जाएँगे,' वह मुसकराकर बोली, 'इन्हीं के साथ जाएँगे।'

'हमें छोड़कर?' रमेश सहसा चौंका।

मीनू क्षण भर रुकी, फिर बोली, 'आप भी चलना, अच्छा। हम सब चलेंगे। वहाँ बहुत चाय होती है, बहुत भात और माछ होती है।'

कांत ने रमेश से अंग्रेजी में कहा, 'मीनू बहुत भोली है। बेचारी अकाल की दुर्दशा को बिलकुल अनुभव नहीं करती। इसे विश्वास है, इसके माँ-बाप जिंदा हैं।'

रमेश धीरे से बोला, 'कौन जाने, इसका विश्वास ठीक हो। रिपोर्ट के अनुसार इसकी माँ इसे एक रुपया में बेच गई थी। इसका बाप बर्मा में व्यापार करता था, वहीं रह गया। एक बहन थी, वह कहाँ गई, पता नहीं। सुनते हैं, इनके जिले में फौज का बहुत बड़ा अड्डा है। युवतियाँ सब वहीं चली गई हैं। मरनेवालों को उनकी जरूरत जो है।'

कहते-कहते उसका मुख घृणा से भर उठा। कांत कुछ नहीं बोला। एक क्षण रुककर उसने फिर कहा, 'उनका अपराध भी क्या है? भूखा क्या पाप नहीं करता? इसीलिए मैंने सोचा है, इस मीनू को मैं ही पाल लूँगा। तुम तो जानते ही हो, तुम्हारी भाभी के मरने के बाद मैंने विवाह नहीं किया, करूँगा भी नहीं। इसीलिए मीनू···बस, जी करता है, इसे देखता रहूँ।' और फिर चुपचाप अनबूझ उन दोनों को देखती मीनू से बोला, 'चाय पीओगी, मीनू?'

मीनू एकदम प्रफुल्लित हुई, 'हाँ, पिएँगे।'

कांत अब तक कल्पना के परों पर उड़ रहा था। उसकी यह बात सुनकर चौंक सा गया। जेब में से पच्चीस रुपए निकालकर रमेश को देते हुए बोला, 'रमेश, आज सब बच्चे पेट भर फल और मिठाई खाएँगे और साथ में चाय भी पिएँगे।' और बिना उसके उत्तर की अपेक्षा किए वह बाहर चला गया।

□

अचरज कि कांत अनाथालय में अधिक दिन नहीं ठहर सका। रमेश के बहुत कहने पर भी उसी रात को लौट आया। उसका मन उद्विग्न हो रहा था और वह

अपने कार्य में डूबकर उस दृश्य को भूल जाना चाहता था। चलते समय उसने मीनू से बातें नहीं कीं। उसे याद है, जब वह चला था, तो वह प्रसन्नता से अपनी साथिन को बंगला में समझा रही थी, 'अब मैं अपने घर जाऊँगी। वे बाबू हमारे देश के हैं।' यह सुनकर उसका गला भर आया और वह शीघ्रता से दृष्टि चुराकर बाहर निकल आया, लेकिन दिल्ली आकर भी उसका मन किसी काम में डूब नहीं सका। वह हर समय उखड़ा-उखड़ा रहने लगा। लिखने को कापी उठाकर वह घंटों शून्य में ताकता रहता।

एक दिन जब वह इसी प्रकार शून्य में ताक रहा था, तो किसी ने करुणार्द्र स्वर में पुकारा, 'क्या मैं आ सकती हूँ?'

वह चौंका। उसके सामने एक युवती खड़ी थी। उसने एक छपी हुई पतली धोती पहन रखी थी, पैरों में साधारण चप्पलें थीं, सिर नंगा था और लंबे बाल दो वेणियों में बँधे थे। वह उत्तर की चिंता किए बिना ही भीतर चली आई और एक चिट्ठी दिखाकर बोली, 'इसे जरा पढ़िए।'

पढ़ा। अंग्रेजी में लिखा था, 'यह लड़की बंगाल के महानाश का शिकार है। इसके माँ-बाप मर गए। भाई बम से मारा गया। भूख से तड़प-तड़पकर यह यहाँ तक पहुँची है। संभ्रात कुल की है, भीख माँगना नहीं जानती। पढ़नेवालों से प्रार्थना है कि इसकी मदद करें।'

पढ़कर उस युवती को देखा। बड़ा अजीब सा लगा। कहा, 'तो आप···।'

वह गिड़गिड़ाई, 'हम भूखे हैं। हमारा सबकुछ नष्ट हो गया। दुःखी-संतप्त हम आपकी शरण में आए हैं। हमारी सहायता करें। हमारा बालक मर रहा है।'

कांत ने कहा, 'देखो, यहाँ पर बंगालियों की कई सभाएँ हैं। मैं कुछ के पते बता देता हूँ। वहाँ चली जाओ। वे लोग तुम्हारा प्रबंध कर देंगे।'

वह बोली, 'हम जानते हैं। वहाँ भी हम गए थे, पर वे हमारी सहायता नहीं कर सकते।'

'क्यों?'

'हम बहुत हैं।'

'कहाँ रहती हो?'

उसने एक जगह का नाम बता दिया और फिर गिड़गिड़ाकर कहा, 'कुछ दीजिए, बाबू।'

कांत को कुछ अच्छा नहीं लगा। उसने देखा, उसकी आँखों में जो रंग था, वह अकसर उन औरतों में होता है, जो पेशा कमाती है। अतः उसने कहा, 'मैं कुछ

नहीं कर सकता।'

'लेकिन बाबू…।'

'नहीं, इस वक्त मुझे माफ करो।'

'बाबू! आप हिंदू हैं, आपको जरूर हमारी मदद करनी चाहिए।'

लेकिन वह उसकी बात नहीं मान सका और अंत में वह निराश होकर चली गई। जाते-जाते उसने कहा, 'तुम सच्चे हिंदू नहीं हो। अगर सच्चे हिंदू होते तो जरूर मदद करते।'

वह क्या कहना चाहती थी, कांत नहीं समझा, पर उसने इतना निश्चय किया कि इनका पता लगाना चाहिए।

और वह उसी संध्या को उस स्थान पर पहुँचा, जहाँ का पता उसने बताया था। उसकी बात सच थी। वहाँ कई बंगालिनें थीं। उसने देखा, उनके कपड़े फटे नहीं थे, उनके बाल भी सुलझे-सँवारे थे और दो-तीन को छोड़कर वे सब युवतियाँ थीं। उस समय वे एक स्त्री को घेरे बैठी थीं। वह स्त्री बहुत बुरी हालत में थी। उसकी साड़ी तार-तार हो रही थी। उसके बाल बिखरे हुए थे, आँखें धँस गई थीं और शरीर एकदम शिथिल था। उसने साहस करके एक स्त्री से पूछा, 'इसे क्या हुआ है?'

चौंककर उन सबने कांत को देखा, घूरा और फिर एक ने कहा, 'बाबू, अकाल की मारी है। सबकुछ लुट गया बेचारी का। अब यह भी मुक्त होने वाली है।'

उसी समय वह स्त्री बोल उठी, 'नहीं, नहीं, मैं लौट जाऊँगी। मुझसे यह पाप नहीं होगा। मेरी लड़की, मेरी बच्ची…।' और मैंने देखा, उस मंडली में खलबली सी मची, जैसे उन्हें यह बुरा लगा हो। एक प्रौढ़ा ने डपटने के स्वर में कहा, 'शोर न मचा। पेट में अन्न पड़ा है तो पाप-पुण्य की बात सूझी है।' और फिर कांत से कहा, 'बाबू, ज्वर तेज है। कोई दवा दिलवा सकोगे?'

कांत ने पूछा, 'तुम क्या करती हो? कहाँ से खाती हो?'

वह गिड़गिड़ाकर बोली, 'आप जैसे बाबुओं से माँगकर जो मिल जाता है, वही खाती हूँ।'

रोगिणी उठ बैठी। वह तमतमा रही थी और उसकी आँखें निकल पड़ती थीं। तेजी से बोली, 'कहाँ से खाती है? माँगने पर कौन देता है? सब युवतियाँ हैं, और यौवन का मोल खाती है, बाबूजी।'

कांत काँपा। दूसरी स्त्रियाँ क्रुद्ध नागिन की तरह उसपर झपटीं, 'जवानी का

मोल खाती है, तो क्या हुआ? अपनी जवानी तो है, पर तू तो दूसरों की जवानी का मोल खाती है। तूने अपनी बेटी को वेश्या के दलाल के हाथों बेचा है और अब हमें उपदेश देती है।'

कांत का दिल धक्-धक् कर उठा। उसने रोगिणी की आँखों को देखा था। उनमें न जाने क्या था, जो उसके दिल को कचोट रहा था। उसे सहसा मीनू की याद आई और वह थरथरा उठा; पर वह कुछ कहे, इससे पहले रोगिणी फिर बोली। इस बार वह शांत थी, 'तुम ठीक कहती हो, मैंने अपनी लड़की बेची है। मुझे इसका दुःख है, मैं वापस जाना चाहती हूँ। मैं अपनी बच्ची को वापस लाऊँगी।' और सहसा मुड़कर देखा, फिर बोली, 'बाबू, बाबू, दिला सकोगे मेरी बच्ची को वापस? मेरी वह भोली बालिका···।'

कांत ने अपने को सँभाला और एक से पूछा, 'आखिर क्या बात है? यह कौन है?'

इस प्रश्न के उत्तर में जो कुछ बताया गया, उसका सारांश यह है—एक दिन वह सुखी परिवार की गृहिणी थी। पति था, पुत्र था, दो पुत्रियाँ थीं। अचानक एक दिन लड़ाई छिड़ी, अकाल आया, लोग भूखों मरने लगे। इसका पति तब बर्मा में था, नहीं लौट सका। पुत्र भी लड़ाई में काम आया। भूख ने इसे घर छोड़ने को विवश किया। जो तन बेचती हैं वे अब भी शासन करती हैं। यह भी कर सकती थी, पर इसका मन नहीं माना, लेकिन शहर में दोहरी मुसीबत थी। न भोजन मिला, न ठौर। आखिर एक दिन एक आदमी बड़ी लड़की को ले गया कि वह उसे पालेगा। उसने जाते-जाते पंद्रह रुपए भी दिए, पर वे कब तक चलते? फिर दूर-दूर भटकना पड़ा। एक दिन सरकार ने इसे पकड़कर शहर के बाहर भेज दिया और छोटी लड़की किसी अनाथालय में भेज दी गई।

कांत ने अनायास पूछ लिया, 'अनाथालय में?'

'हाँ, कहते तो ऐसा ही हैं।'

'उसका नाम?'

रोगिणी फिर चौंकी। बोली, 'किसका नाम? मेरी बच्चियों का? विनोद और मीनू।'

'मीनू।' कांत अपने को न रोक सका और उसने उसे ऐसे देखा, जैसे वह सबकुछ जानता है। बोली, 'हाँ, मीनू। क्या आप मीनू को जानते हैं, क्या आपने मीनू को देखा है?'

कांत ने अपने को सँभाला, 'नहीं, मैं तुम्हारी मीनू को नहीं जानता। मेरी एक

लड़की है, उसका नाम भी मीनू है।'

यह सुनकर वह डूबने सी लगी। उसकी आँखें फैलीं। उसने थके स्वर में कहा, 'बाबू, कहो तो मैं मीनू को जानता हूँ। मैंने विनोद को देखा है। इतना ही कहो, बाबू! मुझे सुख मिलेगा। मैं अभागिन···।'

कांत के मन में रह-रहकर उठ रहा था कि कहूँ, तुम्हारी मीनू को मैंने देखा है, वह सुखी है, पर न जाने क्यों, वह रुक जाता था। न जाने क्यों, वह मीनू का संबंध इस मरणासन्न नारी से नहीं जोड़ना चाहता था। वह चाहता था कि मीनू सदा समझे कि उसकी माँ जीवित है, वह अपने घर पर सुखी और संतुष्ट है।

उसी समय रोगिणी ने चीख मारी। सब स्त्रियाँ उसपर झुकीं। कांत उन्हें परे हटाकर रोगिणी के पास जा बैठा और तेजी से कहा, 'सुनो, मैं सच कहता हूँ, मैंने तुम्हारी मीनू को देखा है। वह सुखी है, खूब प्रसन्न है।'

उसने आँखें खोल दीं, पर उनकी ज्योति मानो बुझ चली थी। अति धीमे स्वर में बोली, 'सच, मीनू को तुमने देखा है?'

'हाँ।'

'वह सुखी है, खूब?'

'हाँ।'

और फिर एक सर्द आह खींचकर रोगिणी ने आँखें मींच लीं। संतोष की गहरी रेखा उसके रक्तहीन विकृत चेहरे पर फैल गई और उसने कहा, 'बाबू, विनोद काक्स बाजार में है। पता लगा सकोगे? क्या उसे बचा सकोगे?'

उसका स्वर गिर चुका था, केवल फुसफुसाहट शेष थी। कांत उसके ऊपर झुका और जोर से बोला, 'अवश्य पता लगाऊँग। तुम चिंता मत करो।'

उसने शायद सुन लिया। अपना दाहिना हाथ उठाया, शायद आशीर्वाद देना चाहती थी, पर वह उठ नहीं सका और साथ ही उसकी गरदन भी एक ओर लुढ़क गई। कांत ने चौंककर कहा, 'अरे, यह तो मर गई।'

अचरज, क्या देखने आया था और क्या देखकर चला।

□

(अभ्युदय, सन् १९४५)

कुहनी की चोट

हरि जैसे ही अंदर आया तो 'ओ माँ!' कहकर बैठ गया। कुहनी बड़े जोर से किवाड़ से टकराई और चीख उठी। क्षण भर में जैसे जान निकल गई। माँ अंदर थी। आवाज सुनकर दौड़ी हुई आई, 'क्या हुआ रे?'

'कुछ नहीं, माँ,' कराहते हुए हरि बोला।

'कुछ तो है। तू ऐसे क्या कर रहा है? चोट लग गई क्या, कहाँ लगी, दिखा तो…।'

फिर हरि के ऊपर झुकते-झुकते बोली, 'मरता फिरता है। जी वैसे ही अच्छा नहीं है।'

हरि में अब कुछ-कुछ जान आ चली थी। बोला, 'माँ, यह कुहनी दीवार से टकरा गई थी, जैसे किसी ने प्राण ही खींच लिये हों। अब भी टीस मार रही है।'

माँ बोली, 'यह कुहनी की चोट ऐसी ही होती है। जान निकल सी जाती है।'

इसी बीच हरि की पत्नी उमा भी आ गई। हँसकर बोली, 'कुहनी की चोट भी कोई चोट है। एक क्षण में जान निकलने लगती है तो दूसरे क्षण सबकुछ भूल भी जाता है।'

हरि भी हँस पड़ा, 'बात तो ऐसी ही है, उमा।' और सब-के-सब हँसते-हँसते अंदर चले गए। यह तो हुई भूमिका। अब कहानी सुनिए—

इस घटना के तीसरे दिन ही उमा अचानक हृदय की गति रुक जाने के कारण इस असार संसार से चल बसी। हरि का हृदय हाहाकार कर उठा। छाती में दरारें पड़ गईं। दुनिया एकदम सूनी हो गई। नवंबर की अच्छी-खासी सर्दी में शरीर से पसीना छूट पड़ा। मुँह पीला पड़ गया। जैसे ही बंधु-बाँधवों ने मुर्दा उठाकर 'राम नाम सत्य है।' की टेर लगाई तो वह चीत्कार कर रो उठा। मित्रों ने लौटकर सँभाला।

हमदर्दी से भरकर बोले, 'हरि भैया, यह क्या करते हो?'

'रोते नहीं भैया··· ।'

'नहीं-नहीं, इस तरह साहस नहीं खोया करते। ईश्वर की इच्छा के सामने सबको झुकना पड़ता है, भैया।'

'और तुम इस तरह रोने लगे तो माँ क्या करेगी?'

'और तुम्हारा बच्चा··· ।'

बच्चे का नाम सुनकर चीत्कार और भी तीव्र हो उठा। हरि ने अपना हाथ जोर से सिर में दे मारा। बोला, 'वह किसे माँ कहेगा अब?'

दो-चार सज्जन और पीछे लौटे। एक अपेक्षाकृत वृद्ध थे। शासन के स्वर में बोले, 'स्त्री के लिए रोता है, शर्म नहीं आती।'

दूसरे ने कहा, 'मृत्यु की बेला में रोया नहीं जाता, हरि।'

तीसरे काफी धार्मिक थे। बोले, 'यह अग्निदान का पवित्र पर्व है, इस समय जलदान पाप होता है। चलो, आँसुओं को पीकर अपनी सहधर्मिणी को अंतिम बार अपने हाथों से अग्नि को सौंप दो। एक बार अग्नि को साक्षी करके ही तो तुमने उसे पाया था।'

प्रेम, शासन और धर्म—कोई इस समय काम न आया। हरि का बाँध टूट चुका था। टूटा ही रहा। जब रात को सब बंधु-बाँधव मौखिक सहानुभूति प्रकट करके अपने-अपने घर लौट गए तो वह अपने तीन वर्षीय बालक रमेश को छाती से चिपकाकर फफक उठा। बालक हतभाग्य सा कभी रोते हुए पिता को देखता, कभी सन्नाटे से भरे हुए कमरे को। फिर पूछ बैठा, 'माँ कहाँ गई, पिताजी?'

पिता को फिर धक्का लगा। बरबस अपने को सँभालकर बोला, 'तुम्हारे नाना के घर गई है। तुम्हारे लिए सुंदर-सुंदर कपड़े लाएगी।'

फिर रमेश को अपने में समेटते-समेटते सोचने लगा, 'आखिर यह स्वप्न सा हुआ क्या, आखिर··· ।'

बाँध फिर टूट गया। तभी माँ आकर चुपचाप सिरहाने बैठकर उसका सिर सहलाने लगी। हरि के शरीर को जैसे जीवन-किरण ने छुआ हो, बोला, 'माँ···आ···आ··· ।'

माँ बोली, 'हाँ-आ-आ··· ।'

दोनों ने एक-दूसरे के रुदन से रुँधे स्वर को पहचाना और फिर चुप होकर शून्य में ताकते रहे। देर तक माँ उसी तरह सिर पर हाथ फेरती रही, रोती रही। हरि उसी तरह लेटा रहा, सोचता रहा और रोता रहा। बालक अबोध था। दो-चार बार

पूछकर सो गया, परंतु उन्हें तो ज्ञान और बुद्धि मिली थी, इसीलिए सोचते रहे, रोते रहे—आखिर यह हुआ क्या···यह हुआ क्यों?

माँ ने सोचा, अभी कल वह हँस रही थी। कह रही थी—'माँजी, अपने बेटे से कहो, इस बार गंगा नहला लावे।'

माँ ने कहा था, 'इस बार तो जाना न होगा, बहू। अगले वर्ष रमेश के बाल उतरवाने हैं, तभी सब चलेंगे।'

लंबी साँस लेकर फिर उसने कहा, 'अगला वर्ष किसने देखा है, माँ? न जाने क्या होगा?'

यही सब सोचकर माँ सिसक उठी, 'राम ही बोल रहे थे उसकी वाणी में। क्यों न कह दिया मैंने कि बहू, इस वर्ष अवश्य चलेंगे।'

और हरि सोच रहा था, कल ही वह कह रही थी, सुनो जी, इस बार गंगास्नान करने अवश्य चलना है और उसके बाद दिल्ली, आगरा, मथुरा भी। आप सब जगह घूम आते हैं और हम यहाँ कैदियों की तरह जेल के सींखचों में से ताका करती हैं। इतना पास रहते हैं, मगर अभी तक ताज भी नहीं दिखा सके।'

हरि ने कहा था, 'ताज नहीं देखा करते उमा, वह तो मृत्यु-समाधि है।'

उमा ने कहा था, 'मृत्यु की इतनी सुंदर समाधि देखकर कहते हैं कि मृत्यु का भय दूर हो जाता है। जीवन क्या है, मौत का भय। जिसने इसे जीत लिया, उसने सबकुछ पा लिया।'

हरि सोचते-सोचते फिर फफक उठा, 'कितनी सुंदर बात कही थी उमा ने और मैं था कि हाँ की ही नहीं। कौन जानता था कि वह अंतिम बार मुझसे बोल रही है। उसके बाद जब सोकर उठी तो इतना ही कह सकी, हृदय की गति धीमी पड़ रही है। डॉक्टर को बुला लीजिए। मैं चली।'

यह सुनकर हरि हँस पड़ा था, 'चलना इतना आसान नहीं होता, उमा। गति अभी तेज हो जाती है। जरा उठो तो।'

जैसे ही हरि ने अपने दोनों हाथों में उसके दोनों हाथ थामकर मुख पर दृष्टि डाली तो वह काँपकर चिल्ला उठा, 'माँ, ओ माँ···।'

और हरि इस समय भी उसी प्रकार चिल्ला उठा, 'माँ···।'

माँ घबराकर उठी, 'हरि, बेटा हरि, अभी तक रो रहा है। नहीं, नहीं···मेरे बच्चे···मेरे लाल···रो मत···मुझे देख, छाती पर पत्थर धरे बैठी हूँ···तू रोएगा तो रमेश किसको देखकर जीएगा।'

× × ×

इसी तरह तेरह दिन बीत गए और तब एक नई समस्या सामने आकर खड़ी हो गई। गहरी मित्रता का दावा करनेवाले एक बंधु बोले, 'सुनो हरि, अगर कुछ दिल में हो तो अभी कह दो।'

हरि समझकर भी नासमझ सा बन खीजकर बोला, 'क्या बात··· ?'

'क्या बात,' मित्र बोले, 'बात तो साफ है। तुम विवाह करना चाहते हो या नहीं?'

'नहीं।' हरि ने दृढ़ता से कहा।

'ताजा घाव है,' मित्र ने समझाकर कहा, 'शायद तुम अपने हाथों में चिता की राख देख रहे हो और दुनिया तुमसे माँगती है सिंदूर। शायद तुम्हारी छाती में आग धधक रही है और दुनिया चाहती है शीतल जल। तुम सोचते होगे कि यह कैसी पाप की नगरी है। एक तुम्हारी ही बात नहीं भैया, सभी इसी तरह सोचते हैं, परंतु मैं तुमसे एक बात कहता हूँ कि ये दिन बीत जाएँगे और तुम्हारे हाथों की राख भी झड़ जाएगी। तब तुम सिंदूर लिये-लिये फिरोगे, लेकिन दुनिया तुम्हारी ओर से मुँह मोड़कर चली जाएगी।'

इतना कहकर उत्तर की प्रतीक्षा किए बिना वे बंधु चले गए। हरि उसी तरह विकल मन घर लौट आया। माँ जैसे बाट देख रही थी, 'बड़ी देर से आया, बेटा। वे तो चले भी गए।'

'कौन?' वह पूछ बैठा अनमना सा।

'वे ही रामपुरवाले लाला आए थे। कहते थे, लड़की ने इस वर्ष मैट्रिक पास किया है···।'

'माँ···।' वह चीख उठा।

माँ खिसियानी सी हो गई। फिर एकाएक आँसू बहने लगे। आँचल से आँसुओं को पोंछती-पोंछती बोली, 'एक मैं ही अभागिन अब तक जी रही हूँ। बहू का मुख देखना मेरे भाग्य में···।'

हरि ने माँ को देखा। बोला, 'आज के बाद मुझसे विवाह के बारे में कुछ मत कहना, माँ।'

'मैं नहीं कहूँगी, पर उनका क्या होगा, जो घर खाली देखकर आते हैं। लक्ष्मी के बिना क्या घर घर होता है? मेरा क्या है, नदी किनारे का रूख हूँ। जाने किस समय ढह पड़ूँ।'

माँ झूठ नहीं कह रही थी। सब लोग उससे ऐसी ही बात करते थे, 'क्यों भैया, कोई अच्छा रिश्ता आया···लड़की देखकर लेना···जल्दी कर डालो···देर का

काम नहीं है।'

कुछ मनचले तो यह तक कह डालते, 'वेल मिस्टर हरि, वाइफ इज डेड, लॉङ्ग लिव दि वाइफ। अरे देश को राजा की जरूरत है और राजा को रानी की। चलो हटो, छोड़ो इस उदासी को। बहू मर गई तो क्या संन्यास लोगे? गेरुए वस्त्र पहनना तो बुरा नहीं है, परंतु जब पीले रंग के नीचे लाल-लाल आग भड़कती हो तो···।'

हरि क्रुद्ध होकर कहता, 'बको मत···।'

वे हँसकर पुकारते, 'इनकलाब जिंदाबाद।'

वे कुछ ज्यादा गलत नहीं कहते थे, पर हरि सोचता, क्या दुनिया में एक भी आदमी ऐसा नहीं है, जो उसे समझ सके, जो यह जान सके कि वह अपने लिए इतना व्याकुल नहीं है, जितना रमेश के लिए। उसे पत्नी मिल सकती है, प्रेम मिल सकता है, परंतु रमेश को माँ कहाँ मिलेगी? जिस कोख को चीरकर वह निकला था, उसका सा दर्द किस छाती में उठेगा? यही दर्द तो माँ-बेटे का संबंध बनाता है। यही दर्द इस सृष्टि का मूलभूत आधार है, लेकिन इसी को भूलकर दुनिया उससे कह रही है, 'ओ हरि, तुम्हारी पत्नी तुम्हें छोड़कर चली गई तो उदास क्यों हो। ये देखो, कितनी षोडशियाँ हैं, जो तुम्हारी छाती से छाती मिलाने को आतुर हैं। एक को स्वीकार कर उसका उद्धार करो और अपने रास्ते पर बढ़ चलो। रोड़ा बनकर क्यों अटक गए हो?'

लेकिन हरि कहता, 'नहीं, मैं अकेले ही रास्ते पर बढ़ूँगा। अपने बच्चे के लिए मैं माँ भी बनूँगा।'

दुनिया ने उपेक्षा से उसे देखा। कोई मुसकराया, कोई हँसा, किसी ने विद्रूप से कहा, 'दर्द का तूफान है। उतरते ही छाती में दरारें पड़ जावेंगी। तब वहाँ दूध नहीं, लहू पैदा होगा।'

शायद उनकी बात ठीक उतरती, परंतु उसे परखने का अवसर ही नहीं आया। बार-बार मना करने पर भी रिश्ता लेकर आनेवाले भद्र पुरुषों का आगमन कम नहीं हुआ। हरि भी उनके आने पर अब पहले की तरह रुष्ट नहीं होता। बहस भी नहीं करता। समय ने उसे सयाना बना दिया है। वह केवल हाथ जोड़कर कह देता, 'मेरा विचार अभी विवाह करने का नहीं है। जब करूँगा, तब आपको भूलूँगा नहीं। आप अपना नाम और पता मेरे पास छोड़ जाइए। अभी विवश हूँ। क्षमा कीजिए।'

वे कहते, 'नहीं, क्षमा की कोई बात नहीं, पर आपको विवाह तो करना ही है।'

हरि उत्तर देता, 'मैंने मना तो नहीं किया, पर आप जानते हैं, दिल से अभी वह दर्द मिटा नहीं है। इस बारे में आप मुझे मजबूर मत कीजिए।'

यह बात वह कुछ कहता कि आगंतुक भद्र पुरुष एकदम असमर्थ होकर उठ जाते। एक दिन एक विचित्र सज्जन आ गए। ज्यों ही उनसे ये बात कही तो सहानुभूति से पूरित होकर बोले, 'तुम ठीक कहते हो, बेटा। यह दर्द ऐसा होता है। मैं इसे जानता हूँ। मेरी पहली पत्नी जब इस लड़की को छोड़कर चली गई तो सच जानना बेटा, मेरी दुनिया जैसे सूनी हो गई। मैं पागलों की तरह सोचा करता, आखिर अब क्या होगा, लेकिन समय से बढ़कर दर्द की दवा कुछ नहीं है। मैं कब तक उस अबोध बालिका को छाती से चिपकाए फिरता···मैं मानता हूँ, बच्चे को माँ नहीं मिल सकती, पर पालनेवाली तो मिल ही जाती है। पुरुष क्या बच्चों को पाल सकता है··· ?'

क्षण भर रुककर हरि को देखा और फिर बोले, 'तुम्हारे पास इसीलिए आया हूँ। मेरी बच्ची शायद तुम्हारे बच्चे के अभाव को ठीक-ठीक समझ सकेगी। शायद पूरा भी कर सकेगी। कुछ भी क्यों न हो, जिसके पैरों में बिवाई फट चुकी होती है, वही दूसरे की पीर को जान सकता है।'

हरि ने कहा, 'आप ठीक कहते हैं, लेकिन··· ।'

बीच ही में बात काटकर वे बोले, 'सो तो मैं जानता हूँ। मैं यह नहीं कहता कि आप अभी विवाह कर लीजिए। किसी की याद को इतनी जल्दी कैसे भुलाया जा सकता है। फिर भी विचार करते समय अपने अबोध बच्चे की तरह इस मातृ-हीन बालिका को मत भूलिए।'

हरि जैसे करुणा से भर चला। सोचने लगा, 'ठीक कहते हैं। सच ही वह लड़की मातृहीन है, मातृहीन··· ।'

वह जैसे काँप उठा। माँ किवाड़ों के पीछे खड़ी यह सब देख-सुन रही थी। काफी देर बाद जब उन सज्जन को विदा करके हरि अंदर आया तो माँ रमेश को गिलास से दूध पिला रही थी। बालक जिद कर रहा था, 'मैं नहीं पीता।'

माँ ने कहा, 'अभागे, माँ चली गई तो क्या तू भी जाएगा? इससे तो अच्छा है कि तुम सब मिलकर मुझे ही मार डालो, जो अपने हाथों से बसाए इस घर को वीरान होते तो न देख सकूँ।'

हरि ने सुना, माँ की ओर देखा, बच्चे को देखा, फिर मुँह फेरकर आँखों में भरते आँसुओं को पोंछ डाला। सोचा, शायद वह लड़की रमेश को पाल सके··· । फिर एकाएक झटका सा लगा—शायद··· ।

× × ×

दिन बीते और हरि बहुत जल्द ही बिना माँ-बाप की लड़की से विवाह करने का वचन दे बैठा। लड़की के पिता कृतकृत्य हुए। माँ ने घी के दीए जलाए। मित्रों ने प्रसन्न होकर कहा, 'यद्यपि यह बधाई का अवसर नहीं है, मगर फिर भी दुनिया में आकर जीवन के साधन जुटाने ही पड़ते हैं।'

इनकलाब जिंदाबादवाले मित्र भी बोले, 'बहुत-बहुत बधाई, लॉङ्ग लिव न्यू वाइफ।'

हरि को प्रतीत होने लगा कि उसने कोई पाप नहीं किया है। वह अब समझने लगा था कि बिना स्त्री के यह जीवन नहीं कट सकता। यद्यपि यह उसकी कमजोरी थी, परंतु इस कमोजरी को छिपाने से तो और भी पेचीदा समस्याएँ पैदा होने की संभावना थी। इसीलिए उसने 'हाँ' कर दी। फिर सबसे बड़ी बात तो रमेश की थी। वह जानता था कि विमाता अपनी सौत के लड़के को प्यार नहीं कर सकती। उसकी दूसरी स्त्री भी नहीं करेगी। तब यही रमेश जो उमा को प्राणों से बढ़कर प्यारा था, जिसके लिए उमा दुनिया का सबकुछ न्यौछावर करने को तैयार थी, वही रमेश नई माँ का प्यार न पाकर मारा-मारा सा फिरेगा और कौन जाने, पिता का प्यार भी वह खो बैठे! नई पत्नी के चोचलों में औलाद की किसे चिंता रहती है। इन्हीं बातों को सोचकर हरि ने निश्चय किया था कि वह विवाह नहीं करेगा। अब इस लड़की से उसने जो 'हाँ' की है, वह इसीलिए कि इस लड़की ने माँ का प्यार नहीं पाया था। वह जानती होगी कि मातृ-हीन बालक क्या चाहता है। इसीलिए वह रमेश के अभाव को समझ सकेगी और शायद पूरा भी कर सकेगी।

इन सब बातों के होने पर भी उसका मस्तिष्क विचारों की भूल-भुलैया में फँसा हुआ था। एक से बढ़कर एक विचित्र प्रश्न वह अपने से पूछता था, 'मैं यह विवाह करके उमा के साथ विश्वासघात तो नहीं कर रहा···कहीं रमेश के सुख के नीचे मेरा सुख तो नहीं छिपा···मेरी वासना ही तो उपचेतना में काम नहीं कर रही है?'

कभी बिलकुल इसके विरुद्ध परिस्थिति हो जाती। वह सोचता, 'मैं कैसा मूर्ख हूँ। उमा को प्रेम करता था। मैंने कभी उसके साथ विश्वासघात नहीं किया। जब तक वह जीती रही, किसी और की तरफ आँखें उठाकर भी नहीं देखा। अब जब वह अचानक मुझे छोड़कर चली गई तो मैं क्या करूँ। मुझे भी तो इतना लंबा जीवन बिताना है। मुझे भी तो जीवन के सारे कर्तव्य पूरे करने हैं···।'

लेकिन इसी बीच जब उमा का बड़ा फोटो बनकर आ गया तो उसका मन फिर डाँवाँडोल हो उठा। उसने अपने कमरे के किवाड़ बंद कर लिये। उसका दिल

भरा आ रहा था और लग रहा था कि उमा अभी आकर किवाड़ को थपथपाएगी। कहेगी, 'खोलिए जी।'

वह नहीं खोलेगा। वह फिर पुकारेगी, 'अजी, खोलिए भी। हम तो खड़े-खड़े थक गए।'

'नहीं-नहीं…।' वह एकदम हिल उठा। उमा कहाँ है? यह तो उसका फोटो है, जो एक अजीब मुद्रा में एकटक उसे देख रहा है।

उसने पूछा, 'क्या गुस्सा कर रही हो? हाँ, तुम्हारी आँखें खुली हैं। उनमें अचरज भरा आ रहा है। यह इसीलिए न कि मैं दूसरा विवाह कर रहा हूँ।'

'क्या यह रमेश के साथ विश्वासघात है?'

'क्या मैं उमा को इतनी जल्दी भूल बैठा?'

वह इसी तरह विक्षिप्त सा बोलता रहा, लेकिन उमा की मुद्रा नहीं बदली, नहीं बदली। वह चिल्ला उठा, 'उमा, सुनो उमा, मैं दूसरा विवाह कभी नहीं करूँगा। यह विश्वासघात है। प्रेम एक बार होता है, एक से होता है। दूसरे से प्रेम करना पहले के साथ धोखा है।'

'हाँ, मुझे विवाह की जरूरत ही क्या है! संसार में संतान के लिए ही तो प्रेम और विवाह के झगड़े चलते हैं। मेरे संतान है। वह जिए-जागे। मुझे अब विवाह की जरूरत नहीं है।'

और उसने उस फोटो को बड़े प्रेम से, स्नेह से, छाती से लगा लिया। बोला, 'उमा, तुम कहीं भी हो, मैं तुम्हें विश्वास दिलाता हूँ कि मैं आजन्म अविवाहित रहूँगा।'

अगले ही क्षण उसने एक लंबा पत्र अपनी भावी पत्नी को लिखना शुरू कर दिया। उसने लिखा—

'भद्रे,

उस दिन जब मैं तुमसे मिला था तो जैसे छाती का बोझ उतर गया था। सोचा था कि रमेश को तुम्हारे हाथों में सौंपकर मुझे ही नहीं, बल्कि स्वर्ग से देखनेवाली उमा को भी सुख मिले, क्योंकि जिसने स्वयं माँ को खो दिया है, वह जरूर मातृहीन बालक के अभाव को समझ सकेगी। काश, यह सब होता; काश, तुम इस घर की लक्ष्मी बन सकती! परंतु भद्रे, मन का चोर असावधान नहीं है। सोच रहा हूँ, मुझे तुमसे विवाह करने का अधिकार ही क्या है। विवाह जीवन में एक बार होता है। बार-बार होना वासना की दासता है। सृष्टि का क्रम चलाने के लिए प्रेम का शस्त्र मानव को मिला है। मेरा क्रम चल रहा है। रमेश जीवित रहे, वह सुखी हो, यही मेरा

ध्येय होना चाहिए। तर्क कर बैठता हूँ, इसीलिए तुम्हारी चाह है, परंतु देखो, इस चाह के नीचे मेरी वासना की पुकार है। और सुनो, अगर यह पुकार नहीं है तो भी तुम्हारे प्रति अन्याय ही मैं करूँगा। रमेश को पालने के लिए एक युवती के जीवन को नष्ट करना, उसकी उमंगों को कुचलना, उसकी कामनाओं को ठुकराना अनाचार है। जीवन की वह 'आयु' मैं बिता चुका हूँ और तुम अभी तक उसे पहचान भी नहीं पाई हो। तब यह असंगत मिलन कैसा?

'और देवि, उमा के प्रति विश्वासघात की बात मुझे नहीं भूलती। उसके साथ की गई प्रतिज्ञाएँ मुझे सालती हैं। मैं क्या करूँ? मैं विवाह नहीं कर सकता। मुझे क्षमा कर दो। तुम सोचो-समझो और मुझे लिखो, उसी जवाब पर मेरा भविष्य निर्भर करेगा। मैं आशा करता हूँ, कि तुम मेरी सहायता करोगी। तुम्हारे लिए उपयुक्त वर ढूँढ़ने का जिम्मा मेरा है।

शुभकामनाओं के साथ

तुम्हारा

हरि'

इस पत्र के जवाब के लिए उसे ज्यादा देर इंतजार नहीं करना पड़ा। सातवें दिन ही काँपते हुए हाथों से उसने विद्या का पत्र खोला। उसने साफ-साफ मोती जैसे अक्षरों में लिखा था—

'देवि,

आपका पत्र मेरे लिए वरदान बनकर आया। मुझे नहीं याद है, इससे पहले कभी मुझे इतनी प्रसन्नता हुई हो। पढ़ लेने के बाद भी वह प्रसन्नता घटती नहीं। केवल यह अनुभव ही क्या कम है कि कोई मुझे अपना विश्वासपात्र समझता है।

रही बात विवाह की, सो मैं नारी हूँ और नारी को चाहिए छाती पर लिटाने के लिए एक पुरुष। पति और पुत्र इन दोनों को अपनी छाती में छिपाकर ही नारी नारी होती है। पत्नी और माता अवस्थाओं के नाम हैं। सो वह पुरुष मुझे मिल ही जाएगा। पहले आपकी आशा थी, अब कोई और होगा। इससे कोई विशेष अंतर नहीं पड़ता। आप इसकी चिंता मत कीजिए। केवल यही देख लीजिए कि क्या आप उमा जीजी की याद में जीवन बिता सकेंगे? बिता सकें तो मेरी जाति के लिए यह गौरवास्पद ही होगा। कहीं छाती से छाती जुड़ाने के लिए आपको दर-दर भटकना न पड़े। जवाब दीजिएगा।

आपकी विद्या'

पत्र में दो टूक बात कही थी। हरि ने पढ़ा तो लज्जा से गड़कर रह गया। जवाब न दे सका।

समय फिर उसी अबाध गति से बढ़ता रहा। दुनियावाले जीवन के दिन तोड़ते रहे। इस तोड़ने-फोड़ने में विवाह-शादी, जीवन-मरण, संधि-विग्रह सभी चित्रपट पर चमके और विलुप्त हो गए। हरि ने विद्या से विवाह कर लिया। रमेश ने नई माँ को परखकर अपनी स्वीकृति दे दी। सास ने प्यार-दुलार की झोली खाली कर डाली। अच्छी-खासी हिंदू गिरस्ती गाँव की मँझोली की तरह फिर रींक-रींककर चलने लगी। तभी एक दिन हरि अपनी पहली पत्नी उमा का फोटो लेकर चिंतानिमग्न हो उठा—इसको कहाँ रखा जाए?

प्रश्न गलत नहीं था। अपने कमरे में नई पत्नी के सामने यह फोटो जख्म के लहू की तरह था। जख्म तो भर चुका है, पर लहू अपनी बदबू के कारण उस जख्म की दर्द भरी याद ताजा कर देता है। पुराने इतिहास का उपयोग तो पुराने इतिहास की तरह होना चाहिए। श्रद्धा से उसे पढ़ लिया, उसपर विवाद कर लिया, अच्छी बात की प्रशंसा कर दी, बुरी की निंदा। वैसे, हरि ने उमा के किसी अवगुण का जिक्र अभी तक नहीं किया था, बल्कि विद्या के सामने सदा उसके गीत ही गाए थे। विवाह के पहले दिन ही माँ का आशीर्वाद लेकर विद्या जब उसके पास आई तो उसने कहा था, 'विद्या, अभी एक व्यक्ति का आशीर्वाद और लेना है।'

विद्या सकुचाई सी बोली, 'कहाँ जाना होगा?'

'मेरे कमरे में।'

विद्या ने चकित-विस्मित उसे देखा, लेकिन जैसे ही हरि ने उसे उमा के फोटो के सामने ले जाकर खड़ा किया तो उसके हाथ आप-ही-आप जुड़ गए और आँखों में आँसू भरकर उसने कहा, 'स्वर्गगामिनी जीजी, आशीर्वाद दो कि मैं तुम्हारी संपत्ति की रक्षा कर सकूँ।'

हरि का हृदय प्रसन्नता से उमड़ आया था। मुँह फिराकर उसने आँसू पोंछ डाले थे। लेकिन आज वह सोच रहा है—जो अब नहीं है, उसकी याद इतना क्यों सताए कि वर्तमान भी दर्द से भर उठे। इसलिए वह दर्द के कारण उस चित्र को हटा देना ही अच्छा समझता है, लेकिन उसे रखे कहाँ—नीचे स्टोर रूम में…नहीं, माँ का दालान ठीक रहेगा…पर माँ…पूरी काँइयाँ है…न जाने क्या-क्या कहेगी…।

इतने में विद्या आ गई। बोली, 'क्या सोच रहे हो जी?'

पहले क्षण तो हरि चौंका। फिर बोला, 'सोच रहा था, यह फोटो कहाँ लगाया जाए?'

‘यहाँ से उतार रहे हो?’

‘हाँ।’

‘क्यों?’

‘यहाँ यह ठीक नहीं है,’ मुसकराता सकुचाता सा बोला, ‘इसको देखकर दर्द सा पैदा होता है और हर समय दर्द…।’

‘ओह, मैं समझी,’ विद्या मुसकराई, ‘लाइए, यह फोटो मुझे दीजिए।’

‘क्या करोगी?’

‘अपने कमरे में लगाऊँगी।’

‘अपने कमरे में…?’

‘रमेश के कमरे में ठीक रहेगा।’

वह यह कह भी नहीं पाई थी कि एकदम रमेश की चीख उन्हें सुनाई दी। दोनों हड़बड़ा उठे।

‘रमेश, क्या हुआ रे?’ विद्या शीघ्रता से दौड़ी।

बालक रमेश बड़ी विकलता से रो उठा था। उसने दाहिने हाथ की कुहनी को जोर से पकड़ रखा था। दादी दौड़कर आई, ‘सारा दिन मरता फिरता है। कहाँ लगी, दिखा तो।’

विद्या बोली, ‘जी, शायद कुहनी में चोट लगी है।’

दादी ने कहा, ‘राम मारी कुहनी की चोट भी क्या होती है, जान सी निकल जाती है। देखो न, रमेश कैसे बिलबिला उठा है।’

विद्या ने अब तक रमेश को गोदी में बैठा लिया था। मुसकराकर बोली, ‘कुहनी की चोट, अजी, यह जितनी तेजी से लगती है, उतनी ही जल्दी मिट भी जाती है। चलो भैया, टिंचर लगा देती हूँ। हवा लगते ही दर्द मिट जाएगा। और यह देख, तेरे कमरे में कितना बड़ा फोटो लगा रहे हैं तेरे पिताजी…।’

हरि उमा के फोटो को पकड़े रमेश के कमरे की तरफ जा रहा था। उसने पत्नी की बातों को सुना। सुनकर न जाने क्यों काँपा, एक वाक्य याद आया, कुहनी की चोट और पत्नी की मौत…।

फोटो एकाएक उसके हाथ से छूट पड़ा।

□

(सन् १९४५)

वह रास्ता

पिछले जाड़ों में जब जिला कांफ्रेंस हुई थी तो अमजद ने प्रांतीय सरकार के मंत्रियों के विरुद्ध इतनी जबरदस्त स्पीच दी थी कि सुनकर जनता काँप-काँप उठी थी। उसने देश के नवयुवकों और नवयुवतियों से जोरदार अपील की थी कि वे धर्म से अपना पिंड छुड़ाकर देश की आर्थिक और राजनीतिक आजादी के लिए जनता का आह्वान करें। उसने कहा था, 'बिना जनता को साथ लिये आजादी नहीं ली जा सकती। बिना जनता में शक्ति आए हम अपने इरादे में कामयाब नहीं हो सकते। दो-चार आराम कुरसियों में लेटनेवाले राजनीतिज्ञों ने क्या कभी देश को स्वतंत्र किया है? मानता हूँ कि उनमें बुद्धि होती है, वे योजना बना सकते हैं, वे रास्ता सुझा सकते हैं, परंतु जब तक उनकी बुद्धि, प्लान और सूझ के पीछे जनता की शक्ति नहीं होती, तब तक वे सफल नहीं हो सकते···।

'धर्म ने कभी रास्ता सुझाया होगा, कभी उसका सहारा लेकर जनता भयंकर से भयंकर खतरों को पार कर गई होगी, पर आज वही धर्म उनकी बुद्धि पर जंग लगा रहा है, उनके पैरों में बेड़ी बनकर पड़ा है, जो उन्हें न आगे बढ़ने देता है, न पीछे हटने देता है···!'

और आगे चलकर उसने एक मार्मिक बात कही थी। उसे सुनकर मुसलमान बौखला उठे थे, हिंदुओं ने घृणा से मुँह फेर लिया था, परंतु यही बात सुनकर भीड़ में खड़े निशिकांत का मन न जाने क्यों बाग-बाग हो उठा था। अमजद ने कहा था, 'आप मेरी बात सुनकर गुस्सा कर रहे होंगे, यह ठीक ही है। धर्म आपके रक्त में घुल-मिल गया है। उसे भूलने के लिए कहनेवाला नफरत का ही पात्र हो सकता है, परंतु मैं एक बात कहता हूँ, हिंदू ईश्वर को मानते हैं, वह सर्वशक्तिमान है, सर्वज्ञ है, अजर है, अमर है! मुसलमानों का खुदा लाशरीक है,

ईसाइयों का गॉड ओमनीप्रेजेंट और ओमनीपोटेंट है। मैं भी क्षण भर के लिए यह बात मान लेता हूँ, परंतु यह सब मानकर भी मेरे दिल में एक बात उठती है कि जब वह ईश्वर ऐसा है तो इनसान क्यों उसके लिए लड़ने-मरने को तैयार रहता है। वह क्या अपनी हिफाजत आप नहीं कर सकता? क्यों लोगों के बाजू निंदक का गला घोंटने को फड़क उठते हैं? क्यों वह उस सर्वशक्तिमान परमात्मा के कामों में दखल देता है? क्यों नहीं सबकुछ उसीपर छोड़ देता कि जो कुछ होता है, उसकी इच्छा से होता है? क्यों वह अपने देश पर काबिज अंग्रेजों को गालियाँ देता है? वह सर्वज्ञ सबकुछ जानता है, वह सर्वशक्तिमान सबकुछ कर सकता है। ऐसा करके तो इनसान उसके गुणों से इनकार करता है, यहाँ तक कि उसकी सत्ता से भी इनकार करता है। और कि, वह अपने आप में कोई स्वतंत्र सत्ता नहीं है, बल्कि अपनी आसानी के लिए इनसान ने ही उसका आविष्कार किया है, वह हमारा निर्माता नहीं, बल्कि हम ही उसके निर्माता हैं। आप मुझे नास्तिक, काफिर कह सकते हैं, परंतु यह सब मेरी सूझ नहीं है। यह तो आपकी मान्यताओं की तर्कपूर्ण परिणति है; लेकिन आप मुझसे पूछें तो मैं कहूँगा कि हमें ईश्वर की चिंता छोड़ देनी चाहिए। जो इतने विशाल ब्रह्मांड का, रहस्यमय नक्षत्र लोक का और प्राणी मात्र का स्रष्टा है, वह क्या हमारे जैसे नगण्य प्राणियों की सहायता की अपेक्षा करता है? सहायता भी वह, जो उसके बनाए संसार में भयंकर और बीभत्स रक्तपात का कारण होती है…।

'मैं सच कहता हूँ, अगर ईश्वर है तो वह हम लोगों से बेहद नाराज है और तभी उसने हमें इस गुलामी में जकड़ा है। इसीलिए मैं कहता हूँ कि हमें उसे छोड़ देना होगा। हमारे पास बहुत काम हैं। हम अपने को नहीं जानते, अपने पड़ोसी को नहीं पहचानते। अपने और पड़ोसी में अंतर समझते हैं। जो अंतर को मानता है, वह मानव सेवा कैसे करेगा? आज तो सबसे बढ़कर राष्ट्र सेवा का सवाल है। राष्ट्र की आत्मा आज तड़प रही है। राष्ट्र आज खून से लथपथ पड़ा है। विश्व की पीड़ा उसी के कारण बढ़ रही है। वह उसी के विशाल शरीर का ही तो एक अंग है। तब अचरज है कि वह हमारा सर्वज्ञ ईश्वर कैसे चैन से बैठा है…।'

और इसी तरह बहुत सी बातें निशिकांत ने सुनीं। सुनकर सोचा कि आदमी समझदार है। ऐसा सोचने के कारण थे। उसके दिमाग में यह प्रश्न स्वयं कई दिनों से जाग आया था। अभी-अभी उसने आर्य समाज की सदस्यता से इस्तीफा दे दिया था, क्योंकि उसका विश्वास हो चला था कि धर्म और ईश्वर मनुष्य को अपनी सत्ता से इनकार करने का संदेश देने के अतिरिक्त और कुछ नहीं कर रहे हैं। अपने से

इनकार करना आत्महत्या है, इसीलिए पाप है। इसीलिए अपने मस्तिष्क के इन विचारों की विस्तृत गूँज सुनकर उसको बड़ी प्रसन्नता हुई। जी में उठा कि अभी चलकर अमजद को धन्यवाद दें, लेकिन तभी उसने सोचा, मैं सरकारी नौकर और वह उग्र राजनीतिक कार्यकर्ता! मेरा-उसका मिलन कैसा?

अचानक उसके तीन हफ्ते बाद एक दिन वह दफ्तर पहुँचा ही था कि बड़े बाबू ने पुकारा, 'निशिकांत बाबू!'

'जी।'

'यहाँ आइए।'

वह वहाँ पहुँचा तो अचरज से उसने देखा कि वहाँ अमजद बैठा था। मुसकराया, बड़े अदब से आदाब अर्ज की। बड़े बाबू बोले, 'देखो निशिकांत बाबू! आज से ये तुम्हारे पास काम करेंगे।'

निशिकांत की छाती में बड़े जोर से धक्का लगा, मुँह से अचरज भरे शब्द निकले, 'मेरे पास… ?'

'हाँ,' बड़े बाबू बोले, 'काम सीखने का सबसे अच्छा प्रबंध तुम्हारी ब्रांच ही में हो सकता है। नए आदमी हैं, बी.ए. तक पढ़े हैं।'

और फिर मुसकराकर कहा, 'शायर भी हैं।'

फिर अमजद से बोले, 'जाइए मिस्टर। ये बाबू आपको काम बता देंगे, मन लगाकर काम करिए। शुरू का प्रभाव अंत तक बना रहता है। अच्छा काम करेंगे तो नौकरी मिल जाएगी और तरक्की के लिए भी रास्ता खुला रहेगा।'

अमजद बिना बोले उठा और निशिकांत के साथ चला गया। उसने अपनी मेज के पास एक कुरसी सरकाकर कहा, 'बैठिए।'

वह बैठ गया और कुछ खिसियाकर बोला, 'आपको कुछ ताज्जुब हुआ?'

'जी?'

'आप मुझे जानते हैं?'

'जी, उस दिन आपका लेक्चर सुना था। आप साम्यवादी हैं न?'

'जी,' उसकी वाणी गिरी, 'मुझे बड़ी शर्म आ रही है, दिल बैठा जा रहा है, परंतु क्या करूँ…!'

'क्या बात हुई आखिर?'

'क्या कहूँ, जी में यही उठ रहा है कि खुदकुशी कर लूँ, पर बीवी-बच्चे हैं।'

'खुदकुशी तो पाप है!'

'बेशक।'

'और कोई वसीला नहीं है?'

'नहीं।'

'कोई तिजारत··· ?'

वह हँसा, 'उसके लिए पैसा कहाँ से लाऊँ?'

'ठीक कहते हैं आप!'

'आपकी क्या राय है?'

'मेरी राय?'

'जी।'

निशिकांत क्षण भर के लिए ठिठका, फिर बोला, 'मैं सरकारी नौकर हूँ। सरकार को धोखा देने की कल्पना भी मैंने कभी नहीं की। जिस दिन ऐसी बात मेरे मन में उठेगी, उस दिन मैं इस्तीफा देकर अलग हो जाऊँगा; परंतु मैं मानता हूँ कि मैं बहुत कुछ आपके विचारों का आदमी हूँ। आपकी इज्जत मेरे दिल में है। इसीलिए सोचता हूँ, यह नौकरी क्या आपके लिए ठीक रहेगी?'

'बिलकुल नहीं,' अमजद ने कहा, 'यह मैं खूब जानता हूँ। मैंने मना भी किया था, परंतु मि. करामत अली, एम.एल.ए. ने मुझे मजबूर किया। उनका भी दोष नहीं है, मेरी हालत ही ऐसी थी कि उन्हें कोई और रास्ता न सूझ पड़ा। मुझे अपनी फिक्र इतनी नहीं सताती, जितनी अपनी बेगुनाह बीवी की···।'

'कोई प्राइवेट नौकरी क्यों नहीं ढूँढ़ लेते?'

वह हँसा 'उन्हें आप क्या समझते हैं! वे पूँजीपति हैं और पूँजीपति Love me and love my dog में विश्वास करते हैं। वे तनिक सा भी मतभेद नहीं स्वीकार करेंगे। वे मेरे विचार जानते हैं, पास भी नहीं फटकने देंगे।'

'सो तो ठीक है।'

'फिर··· ?'

'फिर आप बेबस हैं। आते रहिए। काम मैं बता दूँगा। यह इंडेक्स है, फाइलें हैं, डायरियाँ हैं। आप चाहें तो आज से ही काम शुरू कर दीजिए। डाक पड़ी है, लिफाफे बना लीजिए।'

अमजद ने चुपचाप डाक सँभाली और दूसरी मेज पर बैठकर लिफाफे बनाने लगा। उसका हाथ काँपने लगा था, पते ठीक-ठीक नहीं लिखे जा रहे थे। वह बार-बार निशिकांत के पास आता और पूछने लगता, लेकिन फिर भी उसका मन नहीं जमा। उसको लेकर दफ्तर में इधर-उधर कानाफूसी होने लगी। वह उठा,

बोला, 'मैं कल आऊँगा।' निशिकांत मुसकराया, 'ठीक है, आप कल सवेरे दस बजे आ जाइए। विश्वास रखिए, मेरे होते आपको कोई तकलीफ नहीं होगी।'

उसने कहा, 'आपकी मेहरबानी है।' और वह चला गया, परंतु उसके बाद एक-एक करके अनेक कल आए, पर अजमद नहीं आया। जैसे-जैसे दिन बीतते गए, निशिकांत उसके लिए चिंतित होता गया। वह घर नहीं जानता था। वह किसी से उसकी चर्चा करना भी पसंद नहीं करता था, इसीलिए वह चिंता अंदर-ही-अंदर उसे विकल बनाती रही। तभी एक दिन एक लड़का उसके पास आया। उसका सिर घुटा हुआ था। आँखों से भयंकरता टपक रही थी। बदन काला और नंगा था। उसने केवल एक मैला-कुचैला तहमद लपेटा था। उसने आते ही कहा, 'निशिकांत बाबू तुम हो?' (निशिकांत को उसने निसिकांत कहा था) निशिकांत ने जवाब दिया, 'हाँ, मैं ही हूँ।'

'यह परचा अमजद मियाँ ने दिया है।'

उत्सुकता और अचरज के साथ निशिकांत ने वह परचा ले लिया, पढ़ा—
'जनाब बाबू निशिकांत साहब, तसलीम!

क्या आप मेहरबानी करके आज शाम को बंदे के गरीबखाने पर तशरीफ ला सकेंगे? एक निहायत जरूरी मसले पर आपकी राय का मुतलाशी हूँ। बवजह अलालत आपकी खिदमत में हाजिर नहीं हो सकता। माफी का खास्तगार हूँ।

नियाजमंद,
अमजद'

निशिकांत मुसकराया, फिर उस लड़के से पूछा, 'घर कहाँ है?'

डोगरों की मसजिद के पीछे।

'कह देना, आऊँगा।'

और जब संध्या को निशिकांत डोगरों के मोहल्ले में पहुँचा तो उसे नाक दबा लेनी पड़ी, मांस की बदबू वह सह न सका। छिः, छिः, उसने सोचा, कैसी गंदी जगह है? कैसे रहते हैं यहाँ ये लोग?

तभी तहमदवाला लड़का पास से गुजरा—'उधर, उधर बाबूजी, वह रहा अमजद का घर।' निशिकांत ने उधर देखा तो पाया कि अमजद आप ही टाट का परदा उठाकर बाहर आ गया, 'आइए, आइए। बड़ी तकलीफ की आपने, आदाब अर्ज।'

'आदाब अर्ज,' निशिकांत मुसकराया, 'तकलीफ की क्या बात है? आपकी तबीयत कैसी है अब?'

'शुक्रिया, बुखार अब कुछ हलका है।'

और तब तक वे दोनों टाट का परदा उठाकर अंदर आ गए थे। जैसाकि निशिकांत ने देखा, वह एक कच्ची दहलीज में खड़ा था, जिसकी दीवार सील और जालों से भरी हुई थी। जगह-जगह से लेबड़े उतर रहे थे। यहाँ-वहाँ से छत के बरगे भी खिसक गए थे और कड़ियाँ दोहरी होने के लिए बूढ़ों से होड़ ले रही थीं। परदा बेहद बोदा और काला था। सामान के नाम पर एक मोढ़ा और एक चारपाई वहाँ पड़ी थी, जिसपर यथाशक्ति साफ बिस्तर बिछा था। उसीपर अमजद लेटा हुआ था। उसी के एक कोने पर वह बैठने लगा, तो अमजद ने कहा, 'आप मोढ़े पर आराम से बैठिए।'

'यहीं ठीक हूँ।'

'मानिए तो…।'

'तकल्लुफ न कीजिए। आप कमजोर हैं, लेट जाइए।'

'जी, बुखार में कमजोरी हो ही जाती है।'

'जी हाँ! जान निकाल देता है बिलकुल।'

अमजद मुसकराया, 'जान ही तो नहीं निकालता। सिसकता छोड़ देता है।'

निशिकांत भी मुसकराया, 'ऐसा न कहिए, ठीक हो जाएँगे। मेरे लिए कोई खिदमत फरमाइए।'

अमजद ने कहा, 'बुलाया है तो अर्ज करूँगा ही। न जाने क्यों आपसे कुछ मुहब्बत सी हो गई है।'

निशिकांत हँसकर रह गया।

'आपने जो कुछ उस दिन कहा था, वह मेरे दिमाग में बराबर घूम रहा है। मैं सोचता हूँ, मैं नौकरी नहीं कर सकता। करनी भी नहीं चाहिए, लेकिन…।'

'लेकिन क्या…?'

'क्या बताऊँ, जीने के लिए पेट भरना जरूरी है और वह मैं कर नहीं पा रहा हूँ। घर की हालत जो कुछ भी है, वह बता नहीं सकूँगा।'

निशिकांत ने सहानुभूति भरे स्वर में कहा, 'बताने की जरूरत भी नहीं है, मैं देख रहा हूँ…।'

'जी, यही बात है, वरना निशिकांत बाबू, मैंने तो अपनी जिंदगी का यही उसूल बनाया था कि देश की आजादी के लिए जान लड़ा दूँगा। आजादी की पहली शर्त यह थी कि देश के सब हिंदू-मुसलमान एक हों और इनसान बनें। उसके लिए

मैंने एक ही रास्ता सोचा था।'

'क्या?'

'यही कि हम सब अपने को इन मजहब और खुदा के महंतों से बरी कर लें। वही भाई-भाई को लड़ाते हैं।'

'तुम ठीक कहते हो। मुझे भी ऐसा ही लगता है।'

'जरा सोचिए तो सही, हम सब एक-दूसरे से इसलिए लड़ते हैं कि मैं मुसलमान हूँ और आप हिंदू, लेकिन मुझे मुसलमान बनाया किसने? मैंने जब से होश सँभाला, तब से अपने को मुसलमान पाया और यही सुना कि हिंदू काफिर हैं, गुमराह हैं, उनको रास्ते पर लाना हमारा फर्ज है। फर्ज को पूरा करने के लिए झूठ, फरेब, मक्कारी, धोखेबाजी, जो कुछ भी मैं करूँ, सब जायज है। यही हालत तुम्हारी है।'

'कुछ ज्यादा ही है दोस्त! हम लोग तुम्हारी छुई चीज को भी नापाक समझते हैं।'

'हाँ! देख लीजिए कुछ हद है हैवानियत की?'

'बेशक। वह धर्म और तहजीब क्या, जो हमें ऊँचा नहीं उठा सकती, जो हमें इनसानियत के रास्ते पर नहीं ला सकती?'

'कभी-कभी तो मुझे अपने मुसलमान होने पर घृणा होने लगती है।'

निशिकांत ने कहा, 'इसमें तुम्हारा क्या दोष है? यह तो परमेश्वर की बात है। उसी ने तुम्हें मुसलमान बनाया और मुझे हिंदू। हम-आप तो कुछ बने नहीं, तब क्यों इस बात के लिए नफरत या मुहब्बत करें। सोचने की बात केवल इतनी है कि क्या हम 'इनसान बन सकते हैं?'

'नहीं बन सकते।'

'क्यों··· ?'

'क्योंकि जब तक खुदा और मजहब हैं, तब तक इनसान की अक्ल आजाद नहीं हो सकती।' निशिकांत झिझका, 'शायद तुम ठीक कह रहे हो, लेकिन मैं सोचता हूँ, ईश्वर और धर्म के विरुद्ध सीधे जेहाद बोलने से तो हम कुछ बना न सकेंगे। सारी दुनिया हमारी दुश्मन न बन जाएगी।'

अमजद क्षण भर के लिए ठिठका, 'यह तो आप ठीक कहते हैं। मेरी यही हालत है। मुसलमान मुझसे नफरत करते हैं। हिंदू मुझपर यकीन नहीं करते। कोई मुझे पास नहीं फटकने देता। दु:ख-दर्द में मैं अकेला तड़पता रहता हूँ। गरीबी उतना तंग नहीं करती, जितनी नफरत।'

'आप ठीक कहते हैं। जहाँ सहानुभूति है, वहाँ गरीबी रह ही नहीं सकती।'

'मन कहता है कि छोड़ इस झगड़े को। कौन पूछता है तुझे और तेरी ईमानदारी को, पर दिमाग बोल उठता है कि जिस रास्ते को तू ठीक समझता है, उसे केवल चंद दुनियावी मुश्किलों की वजह से छोड़ना बुजदिली है। उस दिन दफ्तर चला तो गया, पर अभी तक ऐसा लग रहा है कि कोई बड़ा भारी पाप किया हो...।'

निशिकांत सहानुभूति से उमड़ पड़ता था, बोला, 'एक बात कहता हूँ, तुम दिल्ली चले जाओ।'

'दिल्ली?'

'हाँ, वहाँ तुम्हारी पार्टी है, नेता हैं, संगठन है, तुम्हारी पूछ हो सकती है।'

'कहते तो आप ठीक हैं। सोचूँगा।'

'किसी को जानते हो?'

'पार्टी में नेता मिस्टर ज्योति प्रसाद को।'

'तब ठीक है। सुना है, वे तो पैसेवाले भी हैं।'

'पैसेवाले होते खतरनाक हैं। हर चीज को पैसे के मापदंड से नापते हैं।'

'पर भाई, पैसे बिना क्या काम चल सकता है? यह खतरा तो उठाना ही पड़ेगा।'

'अच्छा। अगर आपकी यही राय है। आप नहीं जानते मैं आपकी राय की...।'

'हाँ, हाँ, जरूर जाओ,' बिना सुने ही निशिकांत ने कहा। और वह उठा, 'अच्छा चलूँ अब, देर हो रही है।'

अमजद कृतज्ञता से हँसा, 'जाएँगे। आपको बड़ी तकलीफ हुई, लेकिन रुकिए, पान लाता हूँ।'

'नहीं, नहीं, मैं पान नहीं खाता।'

'आखिर...।'

'यकीन रखिए, मुझे जरा भी परहेज नहीं है।'

और वह मुड़ा, तो सहसा अंदरवाले दरवाजे पर निगाह अटक गई। दो पैर एक कोने में जमे हुए थे। उसके उठते ही तेजी से अंदर गायब हो गए। निशिकांत ने साफ-साफ देखा—वे पैर किसी नवयुवती के थे—गोरे, सुडौल और उठे हुए।

वह आदाब अर्ज करके बाहर निकल आया। अमजद भी दरवाजे तक आया। तब काफी गहरा अँधेरा हो आया था और बिजली की धीमी रोशनी घर की

सफेदी की तरह चमक रही थी। दरवाजे पर रुककर अमजद ने हिचकिचाते हुए कहा, 'निशिकांत बाबू··· ।'

'जी··· ।' वह मुड़ा।

'माफ करिए, मैं एक बात··· ।'

'हाँ, हाँ कहिए··· ।'

'आपके पास अगर दो-चार रुपए हों तो मेहरबानी करके उधार दे दीजिए। मैं जल्द-अज-जल्द लौटा दूँगा। सच जानिए, दवा··· ।'

निशिकांत एकदम बोल उठा, 'मैं जानता हूँ। मेरे पास केवल पाँच रुपए हैं, उन्हें लौटाने की कोई जल्दी नहीं है।'

अमजद ने हाथ बढ़ाकर रुपए ले लिये। निशिकांत ने धुँधले प्रकाश में देखा कि हाथ काँप रहा है और चेहरा सफेद हो गया है। वह तब एक क्षण के लिए भी वहाँ नहीं रुका और शीघ्रता से आगे बढ़ गया।

× × ×

सकीना की आँखों में पीड़ा गहरी थी, उससे बोला नहीं जा रहा था। वह निढाल सी खाट पर पड़ी थी। अमजद ने उसे देखा। पूछा, 'तबीयत ज्यादा खराब है?' सकीना कुछ बोली नहीं, शून्य में ताकती रही।

'सकीना!'

'जी··· ।'

'पूछता हूँ, तबीयत ज्यादा खराब है?'

उसने मुस्कराने की चेष्टा की। मुख का पीलापन गहरा हो आया। बोली, 'क्या कहा उन्होंने?'

'उन्होंने··· ।'

'जी।'

सहसा चेहरे का रंग पलटा, पर किसी तरह अपने को काबू में करके उसने कहा, 'समझ लो कि मना कर दिया।'

'समझ लूँ। क्या माने··· ?'

आँखें ऊपर उठाकर सकीना बोली।

'हाँ सकीना! हमें समझना ही पड़ेगा। उनका कहना है, मैं बहुत घबराता हूँ, मामूली बीमारी है, हकीम की दवा से ठीक हो सकती है। वे डॉक्टर को बुलाकर केस बिगाड़ना नहीं चाहते। मुल्क की सेवा के लिए उन्हें मेरी जरूरत है··· ।'

स्वर तेज होने लगा था तो सकीना मुसकराई, 'ठीक तो कहा उन्होंने?'

'सकीना··· ।'

'मुल्क की खिदमत के सामने किसी की बीमारी कोई चीज नहीं है।'

आवाज फिर गिरी, 'यह मैं मानता हूँ सकीना, पर यहाँ बात कुछ और ही है। बीमारी साधारण नहीं है, उसकी वजह भी आरजी नहीं है। पेट में डालने को जिसे पूरा-पूरा खाना नहीं मिला, जिसकी कोई ख्वाहिश कभी पूरी नहीं की गई, गरीबी और मुफलिसी ने जिसके बच्चों को उठा लिया, जिसने अपनों की ठोकरें खाईं और जो दूसरों की मुहब्बत से महरूम रहा, उसकी बीमारी क्या बीमारी है? वह तो घुन है, जो तन-बदन की मिट्टी बनाकर रहेगा।'

अमजद की आँखों में नफरत फिर उमड़ने लगी! सकीना ने अपना पतला हाथ ऊपर उठाया, आँखों में आँखें डालीं। उनमें रोशनी नहीं थी, पर एक निमंत्रण जरूर था, जो किसी भी कठोर हृदय को पिघला सकता था, लेकिन अमजद ने उसे नहीं देखा। देखता भी कैसे, उसकी अपनी आँखों से चिनगारियाँ फूट रही थीं। वह कहता रहा, 'मुझे उनसे कोई ज्यादा शिकायत नहीं है। मैं उनके पैरों पर पलने नहीं आया था। सिर्फ वे मुझे अपना समझते। मुझे उन्होंने सदा गैर समझा। मेरा मुसलमान होना सदा उनके हिंदूपन को ठेस पहुँचाता रहा। एक बार भी वे या उनकी बीवी तुम्हारा हाल पूछने नहीं आईं। उन्हें हमसे जरा भी हमदर्दी नहीं है। हमसे ज्यादा उन्हें मोटर प्यारी है। दूसरों के लिए केवल तीन लफ्ज वे जानते हैं—त्याग, तपस्या और सेवा, लेकिन इसके लिए इनसानियत की शर्त वे नहीं मानते। उसका उन्हें जरा भी एहसास नहीं है। नहीं तो क्या वे एक दिन भी हमें अपने घर न बुलाते··· ।'

सकीना से रहा नहीं गया, बोली, 'क्या हो गया है तुम्हें। किसी की बुराई करना गुनाह है और फिर उसकी जो हमें पनाह दिए हुए है··· ।'

'चुप रहो सकीना,' वह चिल्ला उठा, 'मैं किसी की पनाह में नहीं रहना चाहता। पनाह गुलामी है। उनके पास पैसे हैं इसीलिए वे पनाह दे सकते हैं! क्या यह इनसानियत है? क्या यह खुदाई है? यह तो···यह तो··· ।'

'तुम्हें क्या हो गया है? तुम चुप क्यों नहीं होते। मेरा दिल बैठा जा रहा है।' सकीना ने फिर मुश्किल से अपने को सँभालते हुए कहा।

अमजद की आँखों में आँसू भर आए, 'मुझे अफसोस है कि मैं भी तुम्हारी बीमारी को भूल चला था, लेकिन मैं क्या करूँ, सकीना! मैं उनके पास गया, बताया कि तुम घुलती जा रही हो, इल्तजा की कि एक बार डॉक्टर शर्मा या हमीद को दिखा दें तो वे चिल्ला उठे—तुम्हारे दिमाग में भी अमीरी घुस गई है; अमीरी गुनाह

है, उसे भूल जाओ। जाओ, उसी दवा से ठीक हो जाएगी।'

'वे शायद ठीक कहते थे।'

'खाक ठीक कहते थे। वे ढोंगी हैं, उन्हें बोलने की भी तमीज नहीं है। हो भी कैसे? वे दूसरे को इनसान समझते ही नहीं। मैं···।'

सकीना ने उठना चाहा, पर उठ न सकी, अधबीच में ही लड़खड़ाकर गिर पड़ी, बदन निढाल हो गया, आँखें मिंच गईं! अमजद ने देखा तो चीख उठा, 'सकीना!!'

वह बोल नहीं सकी, हाथ हलकी सी हरकत करके रह गया।

'सकीना! सकीना!! क्या हुआ तुम्हें···?'

अमजद घबरा उठा। जल्दी-जल्दी मुँह पर पानी के छींटे दिए, हाथ-पैर सहलाए, तब कहीं जाकर सकीना ने आँखें खोलीं। धीरे से बोली, 'घबराओ नहीं। ऐसी बात नहीं है। कमजोरी के कारण दिल में धड़कन बढ़ गई है। ठीक हो जाएगी।'

'मैं जानता हूँ, सकीना! यह कब और कैसे ठीक होगी।'

सकीना मुसकराई, 'तुम न जानोगे तो और कौन जानेगा, मेरे सरताज!' फिर करवट लेकर सकीना ने अपने दोनों पीले हाथ अमजद की गोदी में रख दिए और आँखें मींच लीं, मानो उसे राहत मिल गई।

× × ×

उधर निशिकांत को अमजद का कोई समाचार नहीं मिला तो हिम्मत करके एक दिन वह उसके मकान पर पहुँचा। उसके दरवाजे पर टाट का फटा परदा उसी तरह पड़ा हुआ था। वह ठिठक गया, आवाज दी, 'अमजद साहब!'

कोई नहीं बोला!

फिर पुकारा, 'अमजद साहब!'

अंदर से एक प्रौढ़ आदमी निकल आया। उसका चेहरा तना हुआ था, आँखें चमक रही थीं। बदन पर चारखाने का एक तहमद था, बस आकर बोला, 'हाँ! क्या है?'

'यहाँ अमजद साहब रहते थे?'

'रहते थे।'

'अब कहाँ हैं?'

'दिल्ली।'

'बच्चे भी?'

'हाँ, बच्चे भी। बीमार हो गई थी।'

निशिकांत ने विनम्र होकर कहा, 'माफ करिएगा, क्या आप बता सकेंगे कि वे यहाँ आए थे?'

आदमी ने सिर से पैर तक निशिकांत को देखा, फिर पूछा, 'आप क्यों पूछते हैं? क्या मतलब है?'

'मैं अमजद का दोस्त हूँ।'

उसने अजीब मुद्रा बनाकर कहा, 'शायद स्कूल में साथ पढ़े होंगे, नहीं तो हिंदू की क्या दोस्ती! बहुत दिनों तक अमजद भी इसी भूल-भुलैया में पड़ा रहा। न जाने क्या-क्या कुफ्र की बात करता था। दिल्ली में कोई लाला है लीडर। उनके पास जूतियाँ चटखाता रहा, बीवी मरने को हो गई, पर किसी ने पूछा भी नहीं। तब खुदा याद आया। याद आया तो दिन भी फिरे। अब यहाँ मुसलिम नाईट स्कूल में हेडमास्टर हो गया है। कल ही आएगा।'

निशिकांत ने सुन लिया। एक दफा तो धक् से रह गया, फिर सँभलकर बोला, 'जी, अब उनके घर में ठीक है न?'

'अब तो खुदा का शुक्र-ही-शुक्र है।'

'यही चाहिए।'

वह मुड़ा, तो उस प्रौढ़ व्यक्ति ने पूछा, 'तुम्हारा नाम··· ?'

'कोई जरूरत नहीं। मैं आकर मिल लूँगा।'

और वह शीघ्रता से आगे बढ़ गया कि कोई पुकार न ले। वह उस वातावरण से दूर भाग जाना चाहता था। उसका दम घुट रहा था और दिमाग में एक अजीब उमस सी पैदा हो रही थी। वह कुछ भी स्पष्ट नहीं सोच पा रहा था और कदम इस तेजी से बढ़े चले जा रहे थे कि जैसे ही वह उस बस्ती से बाहर निकला तो एक व्यक्ति से टकरा गया। उसने चौंककर पीछे हटते-हटते कहा, 'माफ करना, मैं जल्दी में था।'

वह व्यक्ति बोला, 'कोई बात नहीं···' कि एकदम निशिकांत को पहचानकर उसने कहा, 'अरे, आप निशिकांत बाबू! कहाँ गए थे?'

निशिकांत ने भी उन बंधु को पहचाना, बोला, 'जरा एक मित्र के यहाँ तक गया था।'

'कौन?'

'अमजद।'

वे चौंके, 'अमजद! वह कब से तुम्हारा मित्र बना। धोखेबाज कहीं का?

साम्यवादी बनता था! अब पाकिस्तान को अपना लक्ष्य बताता है।'

'हाँ, सुना तो है।'

उन बंधु के साथ एक और साथी थे, बोले, 'सुना नहीं, मैंने आँखों से देखा है। जो अमजद धर्म के विरुद्ध बोलते नहीं थकता था, वह आज खुदा की कुदरत, मुसलमान धर्म की वैज्ञानिकता तथा कुरान के फलसफे पर ऐसा बोलता है, जैसे कोई पहुँचा हुआ मौलवी। हिंदू-मुसलिम एकता के लिए जो प्राण तक देने को तैयार था वह अब पाकिस्तान पर कुरबान है।'

'बेशक,' पहले साथी ने कहा, 'बेशक इस बेईमान कौम का क्या भरोसा! यह क्या कभी किसी की हुई है?'

'न कभी हुई और न कभी होगी।'

निशिकांत को झुँझलाहट हो रही थी। उसे लग रहा था कि जैसे वह अपनी पराजय स्वीकार करता जा रहा है। उसने कहा, 'मुझे ताज्जुब होता है···!'

'ताज्जुब कैसा, मैं तो उसे सदा से कमीना समझता रहा हूँ।'

अनायास निशिकांत के मस्तिष्क में एक बात उभर आई। वह तेजी से बोला, 'अच्छा मान लिया कि वह कमीना है, परंतु इस कमीनेपन का कारण क्या है? बिना कारण के तो कभी कुछ होता नहीं। उसे यदि हम खोजें तो मेरा विश्वास है कि उसके पैदा होने में हमारा भी बहुत बड़ा हाथ है। उसका कमीनापन हमारे कारण है। कमीने हम हैं। तब यह हमारे हाथ में है कि उस कारण को नष्ट कर दें, जिसने उसे कमीना बनने को मजबूर किया है। और उसके कमीनेपन को दूर करने से पहले अपने कमीनेपन को दूर करने की कोशिश करें।'

इतना कहकर वह शीघ्रता से आगे बढ़ गया। साथी अचानक भँवर में पकड़े गए तैराक भी भाँति बेबस देखते ही रह गए।

अमजद फिर वहीं लौट आया। अब वह स्कूल का हेडमास्टर था और स्थानीय लीग का सेक्रेटरी। उसकी इज्जत थी, पूछ थी। मुसलमान अदब से सलाम झुकाते थे और मजलिसों में उसे ऊँचा पद मिलता था। निशिकांत ने कई बार दूर से उसे देखा; चाहा, पुकार ले, पर न जाने क्यों झिझक गया—देखना चाहिए कि वह स्वयं आएगा या नहीं, लेकिन वह नहीं आया। तब एक दिन निशिकांत उसके घर पहुँचा। अब वह बाजार में एक पक्के मकान में रहता था, जिसकी मरदानी बैठक में कुरसियों का प्रबंध था। वह संध्या से पहले गया था, ताकि उससे अकेले बातचीत कर सके, और वह तब अकेला ही था। निशिकांत को देखा तो एक बार उसके चेहरे का रंग पलटा, फिर बरबस मुसकरा पड़ा। निशिकांत ने कहा, 'अमजद

बाबू, क्या बात है, दिखाई नहीं दिए?' अमजद सहमा-सहमा बोला, 'माफ करिए। काम की ज्यादती की वजह से आपके नियाज हासिल न कर सका। आपको मेरी चिट्ठी मिली होगी···।'

'जी, शुक्रिया, मनीऑर्डर मिल गया था।'

'जी, आप शरमिंदा करते हैं। मैंने सोचा था कि मैं जाऊँगा ही, पर वे बोलीं—न जाने कब जाना हो, मनीऑर्डर कर दीजिए। जो वक्त पर काम आया था, उसे ऐसा मौका क्यों देते हो कि आपपर शक करे?'

इस बात से निशिकांत बड़ा प्रभावित हुआ, 'नहीं, नहीं, ऐसी बात नहीं थी।'

अमजद ने कहा, 'आपके लिए नहीं, परंतु आज दुनिया के लिए यह बात ठीक है।'

'होगी,' निशिकांत बोला, 'परंतु मैंने सुना है कि अब आप मुसलिम लीग में शामिल हो गए हैं।'

क्षण भर में उसके चेहरे का रंग कई बार उलटा, झिझका, परंतु अंत में दृढ़ होकर उसने कहा, 'बेशक, आपने ठीक सुना है और मुझे उसका जरा भी दुःख नहीं है।'

निशिकांत अचकचाया, 'मैं दुःख की बात नहीं कहता, परंतु मैं तो यही जानना चाहता हूँ कि क्या आपके खयालात पहले जैसे ही हैं।'

अमजद ने अपने को फिर सँभाला, 'खयालात की बात यह है कि मैं अब भी मुल्क की आजादी का हामी हूँ, अब भी मुझे मजहब और खुदा से कोई खास मुहब्बत नहीं है, परंतु मैं मानता हूँ कि मुझे कई वजूहात से इस बारे में समझौता करना पड़ा।'

'क्या वजह हैं वे, बता सकेंगे?'

'वजह सबसे बड़ी एक यह है कि हिंदू-मुसलमान एक नहीं हो सकते। हिंदू अमीर हैं, तंगदिल हैं, वे गरीब मुसलमानों को अपना नहीं समझ सकते।'

'इसीलिए आप पाकिस्तान के हामी हो गए हैं?'

'बेशक मैं मानता हूँ कि पाकिस्तान के बिना इस मुल्क को आजादी नसीब नहीं हो सकती। आजादी के लिए जरूरी है कि मुसलमान अपने को महफूज और ताकतवर समझें। आजकल की हालत में वे सरमायादार हिंदुओं की दया···।'

निशिकांत ने देखा कि अमजद कुछ तेज होता जा रहा है। उसने एकदम बात टालनी चाही और पूछा, 'अच्छा, छोड़िए इन बातों को। कहिए, आपके घर

में से तो ठीक हैं?'

'जी हाँ,' अमजद ने कहा, 'खुदा का लाख-लाख शुक्र है। उसी की बीमारी ने मुझे रास्ता दिखाया है। मैं गरीब था। अकेला था। मि. ज्योति प्रसाद बड़े नेता हैं, अपने को सरमायादारों का दुश्मन कहते हैं, परंतु वे हिंदू हैं और सरमायादारी धर्म की शर्त है। उन्हें हमदर्दी तो जरा भी नहीं थी। उनके घर में हमारा सलूक अछूतों से भी बदतर था। मेरी बीवी उनके घर में कहीं भी बेतकल्लुफी से नहीं बैठ सकती थी। लेकिन आप कह सकते हैं कि ये बातें इतनी जल्दी दूर नहीं हो सकतीं, मैं भी मानता हूँ। पर इनसानियत तो कोई चीज होती है, उस दिन जब मेरी बीवी की हालत नाजुक थी, पर मुसलमान मुझसे नाला थे, नफरत करते थे, मैं कुदरतन अपने हिंदू दोस्त की तरफ मुड़ा, पर सच मानना, उसने मुझे बातों में उड़ा दिया। मुझे अपने पास भी नहीं फटकने दिया···!'

कहते-कहते अमजद का स्वर बहुत कड़ुवा हो उठा। उसने कहा, 'उसकी हालत गिरती ही गई तो मैं लाचार अपने एक पुराने मुसलमान दोस्त के पास गया। उसने मेरी मदद की। वह अमीर नहीं था, परंतु जो कुछ भी वह कर सकता था, उसने किया। अपनी बीवी को लेकर रात-रात भर मेरे घर रहा, उसने मेरी बीवी को बचा लिया। पैसा उसने दिया, पर पैसे से ज्यादा उसने मुझे वह चीज दी, जो इनसान को इनसान बनाती है, वह एहसास है, वह हमदर्दी है। उस दिन मैंने जाना कि अपने कौन हैं···।'

भावों की उत्तेजना में वह खोने लगा था। उसकी रक्तमयी आँखों में जलकण चमक उठे थे। उसने कहा, 'निशिकांत बाबू! तुम्हारी याद उस दिन भी मुझे भूली नहीं थी; आज भी खुदा और मजहब का खयाल मुझे कँपा देता है। अब भी मैं एक ऐसी कौम का ख्वाब देखा करता हूँ, जिसके बाहर-भीतर कहीं कोई भेद न हो।'

निशिकांत मुसकरा उठा। उसने अमजद का हाथ अपने हाथ में लेकर कहा, 'दुनिया का हर बड़ा काम शुरू में सपना ही मालूम होता है, अमजद बाबू! तुम मुसलिम लीग में शामिल हो गए हो तो फिक्र क्या है। पाकिस्तान होने पर भी हिंदू-मुसलमानों को यहीं और इसी तरह रहना होगा। उनके आपसी संबंध किस प्रकार सुधर सकते हैं, यह समस्या बनी ही रहेगी। उसको आपके और मेरे जैसे व्यक्ति ही सुलझा सकते हैं। उसका रास्ता वही है, जो एक दिन आपने सुझाया था।'

फिर उठते-उठते कहा, 'अब चलूँ! देर हो रही है। एक दिन आपके स्कूल

में आऊँगा। अब आप बड़े आदमी हैं, किसी दिन गरीबखाने पर तशरीफ लाइए।'

अमजद न जाने कैसा हो चला। बोला, 'लेकिन आप मुझसे नफरत नहीं करते, निशिकांत बाबू? हिंदू तो···।'

निशिकांत मुसकराया, 'अमजद बाबू! मैं नफरत क्यों करूँ? मैं क्या केवल हिंदू ही हूँ? आप ही ने एक दिन बताया था कि यह धर्म हमारी कमाई नहीं है और फिर आपके दृष्टिकोण को समझने के लिए मुझे आपसे और भी दोस्ताना करना होगा। आप लीग में हैं, इसी कारण नफरत करने की बात मुझे एकदम लचर मालूम होती है···।' और फिर मुड़कर उसने कहा, 'मुझे बड़ी प्यास लगी है, पानी पिलाइए।'

अमजद एकदम बोला, 'हाँ, हाँ! अभी लाता हूँ। तशरीफ रखिए।'

वह उठा कि अंदर जाए, पर न जाने क्यों एकदम झिझक गया, 'लेकिन मेरे घर का पानी क्या आप पी सकेंगे?'

'क्यों नहीं पी सकूँगा? उसमें हुआ क्या है?'

अमजद अंदर चला गया। निशिकांत ने देखा कि चिक के पीछे दो कदम एकदम पीछे हटे। उन्हें देखकर उसके मन में उठा—क्या है जो इतने भेद का कारण है? क्या मैं चाहूँ तो भी ये कारण रह सकेंगे?

अमजद ने आकर कहा, 'निशिकांत बाबू! माफ करिए···।'

निशिकांत एकदम बोला, 'क्यों, क्या घर में पानी नहीं है?'

'पानी तो है।'

'तो फिर···?'

'तो फिर यही कि बेगम किसी भी हालत में राजी नहीं हो रही हैं। वे कहती हैं कि मैं मुसलमान हूँ, अपने घड़े का पानी पिलाकर मैं उनका धर्म नहीं बिगाड़ना चाहती।'

'लेकिन मैं तो···।'

'मैं मजबूर हूँ और मुझे अफसोस है कि आप मेरे घर से प्यासे जा रहे हैं। इसके लिए कयामत के दिन मुझे खुदा को जवाब देना होगा।'

क्षर भर के लिए निशिकांत स्तंभित-चकित शून्य में ताकता रहा, फिर बोला, 'बड़ा करारा तमाचा मारा है आपकी बेगम ने। कोई डर नहीं! यह हमारी कमाई है, पर आप मेरी ओर से उनसे कह दीजिए कि आज न सही, फिर किसी दिन उन्हें मुझे अपने हाथ से अपने घड़े का पानी पिलाना ही होगा और केवल पानी ही नहीं और कुछ भी। इसके बिना न उनका भला होगा, न मेरा।'

इतना कहकर निशिकांत बड़ी शीघ्रता से बाहर चला गया। अमजद अचरज से ठगा क्षण भर उसे देखता ही रह गया। फिर एकदम जोर से बोला, 'सकीना! वह प्यासा ही चला गया, यह ठीक नहीं हुआ।'

सकीना तब तक पास आ गई थी, मुसकराकर बोली, 'उनका प्यासा जाना फिजूल नहीं है, मेरे सरताज! अगर मैं उन्हें ठीक-ठीक जान सकी हूँ तो वह प्यास मुहब्बत के रंग को गहरा ही करेगी, इतना गहरा कि तब उसे कोई धो न सकेगा।'

लेकिन अमजद का दिमाग अब भी चकराया ही रहा!

□

(विश्ववाणी; मार्च १९४५)

दीप जले ये घर-घर

अंतू जब प्रदीप के पास पहुँचा, तो वह बहुत व्यस्त था। देखा, उसका छोटा सा घर प्रकाश से जगमगा रहा है, आँगन में पूर्णिमा है और कमरे में नव प्रभात। उसे लगा, छोटे-छोटे दीपकों का मंद-मंद मधुर प्रकाश हृदय में शीतलता भरने लगा है और धूप-दीप के कारण मस्तिष्क सुगंधित हो चला है; परंतु वह दो दिनों से प्रदीप को पा नहीं सका था, इसी कारण उसे क्रोध आ रहा था। उसे यह विडंबना भी पसंद नहीं थी, कहें, वह इन बातों से घृणा करता था, 'छि:! छि:!' वह कहता, 'इसी पाखंड ने देश का नाश किया है। नव भारत-निर्माण के लिए एक नई सभ्यता, एक नई संस्कृति की आवश्यकता है, जिसमें ऐसी कोई बात नहीं होगी, जो मनुष्य की बुद्धि से परे हो।'

लेकिन यहाँ आकर उसे लगा, जैसे यह शांति और मनोरम वातावरण उसपर मोहनी डाल रहा है, जैसे यह मधुरिका उसके थके हुए मस्तिष्क को सहलाने लगी है। उसने अपने को सँभाला, (छि:! कैसे हैं ये भारतवासी! गुलाम होकर भी स्वतंत्रता के त्योहार मनाते हैं, लकीर के फकीर!) और फिर एकदम पुकारा, 'प्रदीप!'

प्रदीप अंदर से दौड़ा आया, 'अरे अंतू। आओ, बाहर क्यों खड़े हो?'

'आया तो हूँ,' अंतू बोला, 'तुम्हारी राह देखते-देखते दो दिन बीत गए, क्या जहन्नुम चले गए थे?'

प्रदीप हँस पड़ा, 'तो कहिए श्रीमान, जहन्नुम होकर आए हैं, परंतु आप गलती पर थे। देखिए, अब स्वर्ग में आए तो कितनी जल्दी मिलन हो गया।'

अंतू बरबस मुसकरा पड़ा, 'मालूम होता है—जादू पूरा चढ़ा है। क्या कर रहे थे दो दिनों से?'

'स्वर्ग सजा रहा था।'

'लज्जा नहीं आती बोलते?'

प्रदीप अब भी हँसता रहा, 'वह शायद जहन्नुम में रह गई है।'

'प्रदीप!'

'जी।'

'इस पाखंड को आप स्वर्ग कहते हैं!'

'बहुत क्रोध आ रहा है क्या अंतू?'

'क्रोध तो नहीं, पर तुम्हारे दुर्भाग्य पर रोना अवश्य आ रहा है!'

प्रदीप की मुसकराहट गंभीरता में बदल गई। उसने कहा, 'अंतू! मैं तुम्हारी बात समझ रहा हूँ। मानता हूँ, परतंत्रता की बेड़ियों में जकड़े हुए अभागे भारतीयों को यह त्योहार मनाना शोभा नहीं देता। उन्हें तो जीना भी शोभा नहीं देता, पर फिर भी वे जिए जा रहे हैं।'

अब तक वे अंदर कमरे में आकर बैठ चुके थे। प्रदीप ने दीए की मंद-मंद होती हुई लौ को सींक से सरकाकर तेज कर दिया। प्रकाश गहरा हो उठा और साथ ही उन दोनों की गंभीरता भी। बाहर से व्यक्तियों का शोर छन-छनकर कमरे में आ रहा था। आँगन में छोटे बच्चे किलकारियाँ मार रहे थे। प्रदीप ने क्षण भर के लिए बाहर झाँका। फिर वह बोला, 'अंतू! तुम्हें अचरज हो रहा है?'

अंतू ने जवाब दिया, 'जी में आ रहा है, तुम्हें मारकर आत्महत्या कर लूँ।'

'ओह,' प्रदीप इतना ही कह सका।

'तुम ही सोचो, तुम मेरे स्थान पर रहते तो क्या करते?'

'वही, जो तुम कर रहे हो।'

'तो फिर··· ?'

'तो फिर बताऊँ, मैं क्यों इस त्योहार को मनाने के लिए पार्टी का काम छोड़ आया हूँ? क्यों मैंने तुम्हारी अवहेलना की? उस बात को अपने तक रखोगे न? किसी से कहोगे तो नहीं?'

प्रदीप ने यह बात इस प्रकार कही कि स्वर करुणार्द्र हो उठा। मुख पर एक गंभीर याचना की रेखा खिंच गई। अंतू के हृदय को इस स्वर ने छुआ। वह बेबस सा बोला, 'जो बात जानना चाहता हूँ, उसे कहोगे तो क्यों नहीं सुनूँगा।'

'तो सुनो,' प्रदीप अपने स्थान से कुछ आगे झुक आया। उसने धीरे-धीरे कहना शुरू किया, 'सन् १९३० की बात है। मैं लगभग दस वर्ष का था। दुनिया को देखने और समझने की मेरी अपनी दृष्टि थी। मैं अपने को न जाने क्या समझता था।

होली, दिवाली के त्योहार आने पर मुझे इतनी प्रसन्नता होती, जितनी संभवतः भोगी को विश्व राज्य तथा योगी को विश्वात्मा के मिलने पर भी नहीं होती होगी! उस बार भी दिवाली आई, पर वह दिवाली क्या ऐसी-वैसी थी! गांधीजी ने देश को बलिदान के लिए पुकारा था। असंख्य जनसमूह चुंबक की तरह उस पुकार पर खिंचा चला गया था। मेरे चाचा कॉलेज छोड़कर नमक बनाने लगे। सरकार ने उन्हें भीतर भेज दिया। ठीक दिवाली के सात दिन पहले पिताजी बंदी बना लिये गए। स्वर्गीय बाबा की याद मुझे है। मजाल कि तनिक भी माथे पर सिकुड़न पड़ी हो। मैं जानता हूँ, उन्हें ये बातें अच्छी नहीं लगती थीं। वे चिढ़ जाते थे, परंतु मेरे वकील पिताजी की बुद्धि पर उन्हें गर्व था। वे मानते थे कि धर्मवीर जो करेगा, वह गलत नहीं होगा, इसलिए जब उनके सामने पुलिस उनके दोनों बेटों को पकड़कर ले गई, तो वे रोए नहीं। हाँ, दादी चिल्ला-चिल्लाकर रोई, सुबक-सुबककर रोई। उसने सरकार को इस बुरी तरह कोसा कि सुनते तो तुम छिः, छिः कर उठते। माँ कुछ नहीं बोली थी, पर उसके आँसू नहीं थमते थे। उसका सुंदर मुख एक ही रात में पीला पड़ गया था। उसका सुगठित बदन दो ही दिनों में घुल-घुलकर शिथिल हो गया, उसे चक्कर आने लगे, उसने अन्न-जल त्याग दिया। उसके इस हठ से दादा को अपार दुःख होता था। वे समझते थे, पर माँ के आँसू उनकी दृढ़ता को पिघला देते, बेटे की याद हरी हो जाती। उसके पीछे उनका अपना संबल तो था नहीं। इसलिए जब वे माँ के आँसू पोंछने आते, तब अपने आँसुओं की धारा में डूबते-उतराते लौटते।

ऐसे ही वातावरण में सन् १९३० की दिवाली आई। तब न जाने भारत के कितने घर अँधेरे में रहे होंगे? कितने प्राणियों ने प्रकाश के स्थान पर अश्रु-बिंदुओं से लक्ष्मी माँ का स्वागत किया होगा? पहले दिन दादा ने दादी से पूछा, 'कल क्या होगा?'

दादी रो पड़ी।

'वर्ष वर्ष का त्योहार है, लक्ष्मी रूठ जाएगी।'

दादी ने कहा, 'दुकान पर ही लक्ष्मी-पूजन कर लेना।'

'और बच्चे?'

'उन्हें भी वहीं खिला देना।'

'लेकिन···।'

'लेकिन क्या? मेरे दोनों बच्चे अँधेरी कोठरी में पड़े-पड़े तड़प रहे होंगे और मैं यहाँ दीए सँजोऊँगी! वे सूखे टुकड़ों से पेट भरेंगे और मैं मिठाई खाऊँगी!

नहीं, नहीं, अबकी दिवाली नहीं मनेगी।'

दादा लौट गए। अगले दिन घर में सन्नाटा रहा। हमें यह बात खटकी। हम सब भाई-बहन मिलकर माँ के पास गए। वे रो रही थीं। हमें उनसे डर लगता था यद्यपि वे हमें सदा प्यार करती थीं। छोटा बच्चू सबसे आगे था। बोला, 'भाभी! रम्मू, कमला, शिब्बू, सबने नए-नए खिलौने खरीदे हैं।'

सरला ने कहा, 'मिठाई भी।'

अमला बोली, 'मोमबत्ती, गुब्बारे, कागज की लालटेन—बहुत चीजें लाए हैं, भाभी! हम भी लाएँगे।'

बच्चू और सरला एक साथ बोले, 'हाँ भाभी! हम भी लेंगे। रोशनी करेंगे।'

मैं सबमें बड़ा था, इसलिए सबसे पीछे बोला। मुझे अपनी बुद्धिमानी प्रकट करनी थी। मैंने कहा, 'भाभी! गुब्बारे तो फिजूल हैं। हम तो मोमबत्ती लाएँगे और श्रीकृष्ण और गांधी महात्मा की तसवीरें। दादा कहते थे, अपनी भाभी से पूछकर ले आना।'

माँ ने हमें देखा, उसका चेहरा बेहद पीला था। उसकी आँखें भरी आ रही थीं। वह कई क्षणों तक खोई-खोई बैठी रहीं, फिर बोली, 'देखो मुन्ना! तुम्हारे पिताजी आज घर में नहीं हैं।'

छोटा बच्चू एकदम बोल उठा, 'पिताजी दिल्ली गए हैं, हमारे लिए रेलगाड़ी लाने।'

'हाँ, हाँ,' सरला बोली, 'बहुत सारे खिलौने लाएँगे।'

'मिठाई भी,' दादा ने कहा था।

अमला बोल उठी, 'चाचा बहुत दिन से नहीं आए।'

मैं जानता था कि पिताजी और चाचा दिल्ली नहीं गए हैं, लेकिन जेल की महत्ता मुझपर प्रकट नहीं थी, इसलिए मैं चुप रहा। माँ मुझीसे बोली। मुझे याद है कि उसकी आँखों में आँसू भर आए थे और वह बरबस मुसकराने की चेष्टा कर रही थी। उसने कहा, 'प्रदीप। तुम बड़े हो, समझदार हो। इन्हें अपने बाबा के पास ले जाओ। तुम्हारे चाचा नहीं हैं, पिता नहीं हैं। वे होते तो सब काम करते। दादा बूढ़े हैं, सब काम कैसे करेंगे?'

सरला एकदम बोली, 'तुम जो हो भाभी! पार साल तो तुम्हीं ने दीए जलाए थे।'

भाभी की आँखें और भी भर आईं, 'बिट्टी, मेरी तबीयत खराब है नहीं तो मैं जरूर दीए जलाती।'

'बुखार हो रहा है, भाभी?'

'हाँ।'

'दादी को भी?'

'हाँ।'

'तो चलो, बाबा के पास चलें।'

और फिर हम जल्दी-जल्दी बाबा के पास जाने के लिए उठे। मुझे अच्छी तरह याद है कि हमारे पीठ मोड़ते ही माँ ने अपना सिर खाट की पट्टी पर पटक दिया था और सिसक-सिसककर रो उठी थी···।' कहते-कहते प्रदीप के नेत्र भर आए! क्षण भर के लिए उससे बोला नहीं गया। अनंत ने उसे देखा और कहा, 'प्रदीप! क्षमा करना, यह कायरता थी, मैं उस वियोग-रुदन को पाप समझता हूँ।'

'सच अंतू,' प्रदीप बोला, 'यह पाप है, पर किसी पाप को दूर करने के लिए समय और साधन की अपेक्षा होती है। कभी-कभी ऐसा भी होता है कि कोई बात हृदय को इतनी तीव्रता से छूती है कि क्षण भर में वातावरण पलट जाता है; उसी तरह, जिस तरह सूर्य की प्रथम किरण पड़ते ही पृथ्वी की काया पलट जाती है। उस दिन हमारे घर भी यही हुआ।

अमला आठ वर्ष की थी, बोली, 'भइया! अपने घर दीए क्यों नहीं जलते?'

मैंने कहा, 'अपने घर नहीं जला करते।'

'सबके क्यों जलते हैं?'

'उनके घर लक्ष्मी आएगी।'

'हमारे घर नहीं आएगी···?' फिर कुछ सोचकर बोली, 'पिताजी और चाचाजी घर में नहीं हैं, इसलिए नहीं आएगी, भइया?'

मैं जवाब सोचूँ, तभी एक चिरपरिचित स्वर सुनाई पड़ा, 'सरला, अमला, ओ परदीप, कहाँ हो तुम?'

वे हमारे पिताजी के मुंशी अहमददीन थे। जवानी बिदा हो चुकी थी, पर उन्हें इसकी चिंता नहीं थी, क्योंकि वह उन लोगों में से थे, जिनका मन उस दिन तक जवान रहता है, जिस दिन वह अंतिम बार नेत्र मूँदता है। हम उन्हें 'ताऊजी' कहते थे। उस आवाज पर हम लट्टू थे, वह हमारा सहारा थी, उसे सुनते ही हम उछल पड़े और छोटे मुन्ने ने तो एकदम रोना शुरू कर दिया। मुंशीजी ने सबकुछ देखा, मुन्ने को गोदी में उठा लिया और बोले, 'परदीप! क्या है यहं सब? अँधेरा क्यों है?'

मैंने कहा, 'ताऊजी! अब की दिवाली नहीं मनी।'

‘क्यों रे!’

सरला बोल उठी, ‘दादी ने मना कर दिया, ताऊजी।’

‘मना कर दिया! आखिर हुआ क्या?’

किसी आशंका से मुंशीजी घबरा गए! जल्दी-जल्दी अंदर जाकर उन्होंने पुकारा, ‘चाची!’

दादी मन मारे दालान में बैठी आकाश के तारे गिन रही थी। आँखें गीली थीं। आवाज सुनकर सँभली, ‘आओ मुंशीजी।’

‘आया तो हूँ, पर चाची, बात क्या हुई, अँधेरा कैसा है?’

दादी बोली नहीं, आँखों पर आँचल रख लिया।

हम पीछे-पीछे आए थे। सरला बोली, ‘ताऊजी!’ चाचा और पिताजी घर नहीं आए, इसलिए अब की हमारे घर लक्ष्मी माता नहीं आएँगी।’

अमला ने कहा, ‘ताऊजी! पिताजी गुब्बारे, फुलझड़ी लेने गए थे, पर आए नहीं।’

गोद में मन्नू मचल उठा, ‘शिब्बू जैसा खिलौना लूँगा।’

मुंशीजी ने परस्थिति को समझा। उनका लंबा चेहरा और भी खिंच गया। मुझे विश्वास है कि आज मैं उस दृश्य को देखूँ, तो काँप उठूँ। उन्होंने दादी से इतना ही कहा, ‘लालाजी कहाँ हैं?’

‘दुकान से लौटे नहीं। कुछ काम था क्या?’

‘था तो नहीं, पर अब हो गया है।’

दादी अचकचाई, ‘क्या··· ?’

‘कुछ नहीं, सिर्फ इतना ही पूछना है कि बाबूजी और भइया ने कौन सा गुनाह किया था, जिसकी वजह से उनके माँ-बाप को आज मुँह छिपाना पड़ रहा है, जिसकी वजह से उनके बच्चे दूसरों की चीजों पर नीयत डालते फिर रहे हैं?’

दादी एकदम सकपका गई, बोल नहीं निकला। मुंशीजी और भी तेजी से बोलने लगे, वे क्रोध से उफन रहे थे। उन्होंने कहा, ‘चाची! वे मेरे भाई होते तो सच कहता हूँ, आज के दिन घर लुटा देता, वह रोशनी करता कि सारे शहर की रोशनी फीकी पड़ जाती, जैसे सूरज के सामने जुगनू की चमक। आज से बढ़कर भी कोई दिन है? आज राम रावण को जीतकर घर लौटे थे, आज तुम्हारे बच्चे आजादी जीतने गए हैं। क्या तुम नहीं चाहती कि वे राम की तरह जीतकर लौटें? आज तो तुम्हें खुशी से पागल हो जाना चाहिए। आज तमाम दुनिया की निगाहें तुम्हारे बच्चों पर हैं। दुश्मन भी कहते होंगे, धन्य हैं वे माँएँ, जिन्होंने ऐसे लाल

जनमे और तुम हो···तुम···।

आगे मुंशीजी से बोला नहीं गया। नथुने फड़कने लगे, आँखें सुर्ख हो आईं। मुन्ने को गोदी से उतार दिया और लगे झोले से निकाल-निकालकर चीजें फेंकने। उनमें मोमबत्तियाँ, फुलझड़ियाँ, गुब्बारे, कागज की लालटेन, गुलदस्ते और न जाने क्या-क्या था। हम सब सकबकाए-घबराए मुंशीजी को देख रहे थे। मुन्ना जोर से चीख उठा था, अब उन चीजों को देखा, तो किलकारियाँ मारने लगा। दादी की आँखों से पानी बरसने लगा। उसने कहा, नहीं मुंशीजी! यह बात नहीं है, लेकिन बहू का खयाल था कि वे दोनों अँधेरे में पड़े होंगे। लोहे के तसले में मिट्टी भरे टुकड़े उन्हें खाने को मिले होंगे और हम यहाँ रंगरलियाँ मनाएँ···।

बीच में बात काटकर मुंशीजी बोल उठे, हमें किलकारियाँ मारते देख उनके चेहरे की नसें कुछ ढीली अवश्य पड़ गई थीं, उन्होंने कहा, 'बेशक, चाची! हमें रंगरलियाँ मनानी चाहिए। हमारे भाई मुल्क को आजाद कराने गए हैं और रही उनकी बात, सो आजादी के दीवानों को मुसीबतें ही नसीब होती हैं। जानती हो, कितना दुःख पाकर माँ बच्चे को दुनिया में लाती हैं। इसलिए आज दिवाली और भी शान से मनाने की जरूरत थी। रूहों में कशिश होती है, चाची! सोचो, अगर तुम्हारी उदास रूहें जब तुम्हारे बच्चों की रूहों से मिलेंगी तो क्या उन्हें सुख होगा? तुम लोगों की समझ निराली है। ताज्जुब है, लालाजी को भी क्या हो गया। मैं उनसे अभी जाकर पूछता हूँ।'

वे जाने के लिए मुड़े थे कि ठिठक गए, गति पर ब्रेक लग गया। सामने पूजा का थाल लिये बाबा खड़े थे। मुंशीजी ने एक बार उन्हें देखा और कहा, 'मैं आपके पास जा रहा था।'

बाबा बहुत गंभीर हो रहे थे। आँखें गीली हो-होकर सूख गई थीं। कहने लगे—सब सुन चुका हूँ, अहमददीन! तुमने मेरी आँखें खोल दीं। जरा ठहरो, तुम्हारे देखते-देखते मैं उसका प्रायश्चित्त किए देता हूँ।

और उन्होंने आँगन में आकर पुकारा, 'कहाँ हो बहू! प्रसन्न होकर रोशनी का प्रबंध करो। मुंशीजी ठीक कहते हैं। लक्ष्मी माता आज अवश्य हमारे घर आएँगी। आओ, हँसते-हँसते उनका स्वागत करें।'

और फिर क्षण भर के लिए बाहर झिलमिल-झिलमिल करते प्रकाश को देखते हुए प्रदीप ने कहा, 'अंतू, उस बार जो शानदार दिवाली मनाई गई थी, उसे मैं कभी नहीं भूल सकूँगा। मैं उन लोगों की भावुकता को बिलकुल नहीं मानता, पर मुंशी अहमददीन की भावना स्पर्धा की वस्तु है। उसी मधुर स्मृति में माँ यह त्योहार

सदा आनबान के साथ मनाती है, विशेषकर जब पिताजी जेल में रहते हैं। तुम जानते ही हो—वे अगस्त १९४२ से बंदीघर में हैं।'

अंतू ने कहानी सुन ली; सुनकर इतना ही कहा, 'प्रदीप! मुझे लगता है, मुंशी जी की भावना वास्तव में स्पर्धा के योग्य है।'

प्रदीप विजय-गर्व से मुसकरा उठा, बोला, 'तो आओ अंतू, मिलकर गाएँ—दीप जले ये घर-घर!'

□

(सन् १९४५)

ट्रेन में

गढ़मुक्तेश्वर के पास गंगा के किनारे एक छोटा सा स्टेशन है। ट्रेन वहीं आकर खड़ी हो गई। निशिकांत ने देखा कि दिन काफी चढ़ आया है, और यात्रियों का एक बड़ा समूह गाड़ी में घुसने के लिए उमड़ पड़ा है।

गाड़ी खचाखच भरी थी। उसके अपने डिब्बे में पैर टिकाने के लिए जगह नहीं थी। लोगों को रोकते-रोकते वह स्वयं दुःखी हो उठा था। रजनी साथ थी, परंतु यह अच्छा था कि वह सीधा देहरादून से आ रहा था, बैठने के लिए जगह मिल गई थी। उसने चाहा कि तनिक सिर निकालकर पानीवाले को पुकारे। दूसरे ही क्षण 'ओह!' कहकर वह चीख उठा।

रजनी सकपकाई, 'क्या हुआ जीए?'

लेकिन वह सँभले, इसके पहले कि एक ट्रंक उनके बीच में इस प्रकार घुस आया, जिस प्रकार घने जंगल में टेंक वृक्षों को गिराता हुआ आगे बढ़ जाता है। निशिकांत क्रोध से काँप उठा। तीव्र स्वर में बोला, 'पीछे हटा…अंधे…।' इतने में ट्रंक के पीछे-पीछे एक बेडौल बंडल सरकता हुआ चला आया। बाहर तूफान और भीतर युद्ध की चुनौती। रजनी घबराकर कोने में सिमट गई, पर न जाने क्यों क्रोध से तिलमिलाता निशिकांत सहसा हँस पड़ा। वह बेडौल बंडल एक सजीव शरीर में परिवर्तित हो चुका था। वह था एक जीर्णशीर्ण वृद्धा का कंकाल, हड्डियों का मात्र ढाँचा, मांसहीन मुख, छिटकी हुई नसें, ज्योतिहीन गहरी आँखें, आयु मानो अपनी गिनती पूरी कर चुकी थी, लेकिन स्फूर्ति इतनी कि एकदम खड़ी हो गई और बोली, 'भैया, हाथ जोड़ती हूँ। मेरी बहू नीचे है। उसे चढ़ आने दो…।'

निशिकांत की दृष्टि सहसा डिब्बे के बाहर की भीड़ पर पड़ी। एक युवती सिर से पैर तक चादर में लिपटी खड़ी थी और दरख्त की टहनी की तरह बार-बार

धक्के खा-खाकर इधर-उधर झुक जाती थी।

लेकिन निशिकांत क्या करे? उसने तीव्रता से कहा, 'मैं कुछ नहीं जानता।'

वृद्धा रो पड़ी, 'मेरे बिना बहू कहाँ रहेगी, मेरे लाल? मुझपर दया कर।'

निशिकांत अब भी उसी तरह दृढ़ था, लेकिन रजनी का मन भर आया। निशिकांत से बोली, 'चढ़ा लो किसी तरह···।'

'किस तरह चढ़ाऊँ, देख रही हो···।'

'किसी भी तरह···।'

निशिकांत को उठना पड़ा, उसने एक बार अपने डिब्बे को देखा और बाहर खड़ी बहू को भी। स्थान का कहीं नाम नहीं था। वह दरवाजा खोलता है तो यात्री एकदम टूट पड़ेंगे···तभी गाड़ी ने सीटी दी।

वृद्धा हड़बड़ाई, 'मेरी बहू···।'

रजनी ने घबराकर निशिकांत को देखा, यात्रियों में कोई मुसकराया, किसी ने हमदर्दी दिखाई, लेकिन निशिकांत शीघ्रता से खिड़की से कूद पड़ा और बहू से बोला, 'चढ़ो बहन।'

वह झिझकी, पर वृद्धा चिल्लाई, 'चढ़ आ बहू, चढ़ आ।'

और दूसरे ही क्षण वह एक बहुमूल्य वस्तु की तरह बर्थ के बीचोबीच टिका दी गई।

लेकिन अब? सब यात्री दीवार की ईंटों के समान सटे खड़े थे, उनका दम घुट रहा था। उन्होंने निशिकांत को आग्नेय नेत्रों से देखा, 'अपने सिर पर बैठाइए इन्हें।'

'बड़े दयालु हैं। चढ़ा लीजिए न औरों को भी। वे क्या दुश्मन हैं?'

निशिकांत भी अपने को अपराधी मान रहा था, इसलिए बोला, 'अब तो चले ही जाएँगे। बेचारी गरीब बुढ़िया है।'

'अजी, गरीब है, तभी तो अकेली बहू को लिये तीर्थ करने आई थी।'

'जी, बहू के कारण···।'

निशिकांत अब क्रोध से भर उठा। काँपते-काँपते उसने कहा, 'चुप रहिए, जनाब। किसी के लिए इस तरह कहना शराफत नहीं है···।'

यह युद्ध की चुनौती थी, लेकिन सभी तरह की दुनिया है। ऊपर की बर्थ पर लेटे हुए एक साथी ने कहा, 'अब मत लड़िए। अब ये हमारे हैं।'

'जी हाँ, बेचारी दुखिया है।'

'और देखिए, दुनिया लड़ते-लड़ते पागल हो गई है। अब न लड़िए···।'

वृद्धा ने सबकुछ देखा, सबकुछ सुना। आँखें अभी तक सजल थीं। करुणार्द्र सी बोली, 'सफर की मुसीबत मैं भी जानती हूँ भैया, पर कभी-कभी आदमी बेबस हो जाता है।'

पास खड़े व्यक्ति, जिसका चेहरा चेचक के दाग से भरा था, ने कहा, 'ठीक है भाई, पर इस तरह अकेले तो नहीं चलना चाहिए। किसी आदमी को···।'

'किसी आदमी को···।' वृद्धा ने एक साँस खींची।

उस व्यक्ति ने वृद्धा को गौर से देखा, 'क्या कोई आदमी नहीं है तुम्हारे घर में?'

वृद्धा ने सिर हिला दिया, बोल न सकी थी।

'लेकिन बहू का···।'

'वह विधवा है। उसी के कारण तो मुझे घर से निकलना पड़ा। तीर्थ करना चाहती थी···।'

'तो विधवा हैं यह···?' दूसरे व्यक्ति ने दर्द भरे स्वर में कहा।

'और तुम्हारा घरवाला?' तीसरे ने पूछा।

वृद्धा बोली, 'बेटा, एक दिन रेल में बैठकर गया था। फिर नहीं लौटा। सुना कि रेल गिर पड़ी। सैकड़ों आदमी मर गए। वह भी मरनेवालों में था। बहुत दिनों के बाद इतनी ही खबर मैं पा सकी थी।'

वृद्धा के आसपास एक करुणा सी उमड़ पड़ी। लोग भूल गए कि उनका दम घुट रहा है और वे निशिकांत से इसी वृद्धा के लिए लड़ने को तैयार थे। रजनी थी नारी। और भी करुणार्द्र हुई, बोली, 'अम्माजी, और भी लड़का होगा तुम्हारा?'

सिर हिला दिया वृद्धा ने और कहा, 'एक ही था, पर शेर था। मैं उसके लिए रोती नहीं।'

पास के व्यक्तियों का कौतूहल गहरा हुआ। ऊपर बर्थ पर एक नवयुवक लेटा सिगरेट के धुएँ के बादल बना रहा था। उठ बैठा, 'तब तुम बहादुर हो, माई।'

'लेकिन,' एक वृद्ध पुरुष ने पूछा, 'कैसे मरा वह?'

'मरा नहीं, मार डाला गया,' वृद्धा ने शून्य में देखते हुए कहा।

'मार डाला गया···?' एक साथ कई व्यक्तियों ने दोहराया।

'किसने मार डाला?' द्रवित-करुण निशिकांत ने धीरे से पूछा।

वृद्धा उसी तरह बोली, 'आदमी ने मार डाला, अपने आदमी ने···।'

'अपने आदमी ने,' सिगरेट का लंबा कश लेकर और हँसकर नवयुवक

ने कहा, 'बेशक माँ, अपने ही मारते हैं। दूसरे ने कभी किसीको नहीं मारा, कभी नहीं।'

और कहकर युवक कुछ जोर से हँस पड़ा। बनावटी हँसी थी, मानो विषय की गंभीरता वह नष्ट करना चाहता था, पर निशिकांत बोल उठा, 'वे भी क्या अपने जो जान के ग्राहक हों?'

युवक बोलता, इससे पहले रजनी ने पूछा, 'बात क्या थी, अम्माजी?'

'बात?' वृद्धा ने गर्व और दुःख भरे स्वर में कहा, 'उन दिनों डर और घबराहट फैली हुई थी। लोग कहते थे कि अब अपना राज आने वाला है, परंतु मैं तो देखती थी, राज पगड़ीवालों का था। एक दिन कसबे का छोटा थानेदार मेरे पास आया। वह हमारा रिश्तेदार था। मुझे भाभी कहता था। बोला—भाभी यह अंतू सरकार के खिलाफ काम करता है।

मैं जानती थी कि उसका क्या मतलब है। सन् ३० में अंतू जेल हो आया था। तब उसने लोगों को नमक बनाते देखा था। देखना ही उसका कसूर था और उसी के कारण वह छह महीने जेल में सड़ा। उसने कितने ही साथियों की हिम्मत बँधाई, वरना वे थानेदार के जाल में फँस जाते। मैं उससे कुछ पूछती कि अंतू आ गया। थानेदार को उसने देखा, जैसे उसकी देह में आग लग गई। बोला—चाचा, तुम इतने नीच हो?

क्या मतलब?

मतलब यह कि अम्मा को बहकाने आए हो। याद रखो, मैं किसी भी शर्त पर तुम्हारी बात नहीं मानूँगा। मैं उन्हें जानता भी नहीं। मैंने किसी को रेल उखाड़ते नहीं देखा।

और फिर मुझसे बोला—अम्मा, चाचा कहते हैं कि तुम्हारे बचने का एक ही रास्ता है कि उनके खिलाफ गवाही दो। अम्मा, यह कैसे हो सकता है?

मैंने कहा—हाँ बेटा, यह कैसे हो सकता है? हम किसी के खिलाफ नहीं हैं।

सुनकर थानेदार तुनक उठा, बोला—फिर सोच लो।

अंतू बोला—एक बार सोच लिया, चाचा। जरा सी बात के बारे में बार-बार क्या सोचना?

थानेदार उठा, उसकी आँखें सुर्ख हो आई थीं, चेहरा तमतमा उठा था। उसने कहा—मैं तुम्हें अपना समझता था, इसीलिए बचाना चाहता था, पर तुम जानबूझकर आग में कूदना चाहते हो तो फिर मुझे दोष मत देना।

वह चला गया। अंतू हँस पड़ा। पर उसी रात को वह जेल में बंद कर दिया गया। सुना कि वह इतना पिटा कि हड्डी-हड्डी चसक उठी। उसी हालत में मुकदमा चला, पाँच साल की जेल हुई। न जाने उसपर कितने जुर्म लगाए गए थे। उसने रेल उखाड़नेवालों की मदद की थी, उसने डाक के बंबे में तेजाब डाला था, उसने पुलिस का मुकाबला किया था, और न जाने क्या-क्या किया था। मुझे वह फिर नहीं मिला…।'

गाड़ी चल रही थी, पर वृद्धा बोलते-बोलते चुप हो गई। उसका स्वर भर्रा उठा था। बहू ने धीरे से आँखों को मला और सिगरेट का धुआँ छोड़ते हुए युवक ने कहा, 'तो तुम अंतू की माँ हो। अंतू की माँ…।'

युवक का स्वर जैसे एकदम काँप सा उठा। चेचक के दागोंवाला व्यक्ति बहुत धीरे से बोला। स्वर उसका अनायास प्रेम भरा था, 'तुम अंतू को जानते हो?'

'मैंने उसे मरते देखा है…।'

कई आँखें एक साथ उठीं—चौंकती हुई वृद्धा की, घूँघट में छिपी बेबस युवती की, करुणार्द्र निशिकांत की, आँसू भरी रजनी और बहुत से यात्रियों की जिनमें कुछ बुत थे, कुछ लापरवाह, कुछ भावुक और कुछ दार्शनिक-से। सबसे पहले बुढ़िया बोली, 'तुम, तुम, उसके साथ थे…?'

युवक काँपा, 'मैं उसके साथ था, माँ। उसने मेरे खिलाफ गवाही देने से इनकार किया था।'

कहते-कहते वह युवक नीचे उतर आया। वह थर-थर काँप रहा था।

निशिकांत भावुक था। उसका हृदय भर आया। बोला, 'तुम्हारे प्राण बचाए उसने?'

दूसरा व्यक्ति दार्शनिक था, 'कुछ लोग दुनिया में इसीलिए आते हैं भइया कि दूसरों के प्राण बचाने के लिए अपनी जान दे दें।'

'जी हाँ, वे ही आदमी हैं, हम भी क्या…।'

और फिर लगभग सभी ने इस बात का समर्थन किया और समर्थन करते-करते जैसे वे मशीन से खिंचे, मानो डिब्बे को पकड़कर किसी ने जोर से झकझोरा। जगह निकल आई। बुढ़िया और बहू को चुपचाप आराम से बर्थ पर बैठा दिया गया। क्षण भर में आप-ही-आप यह सब हो गया। युवक आकर उनके पास खड़ा हो गया था। उसने सिगरेट का आखिरी कश लिया और फेंक दिया। फिर बोला एकदम, 'मुझे यहीं उतरना है, माँ। क्या तुम मेरे घर चल सकोगी?'

वृद्धा चौंकी…।

'केवल एक दिन के लिए··· ।'

उसके स्वर में अभी भी कंपन था। वृद्धा करुणा और गर्व से भर उठी, 'तू जुग-जुग जी, बेटा। तूने आज हमें पूछा, पर मैं क्या उतर सकूँगी? बहू साथ है और उसे छोड़ना अब मेरे लिए··· ।'

गाड़ी धीमी पड़ी, स्टेशन पास आ गया। जिन्हें उतरना था, उन्होंने श्रद्धा से उमड़कर वृद्धा को प्रणाम किया। चेचक के दागोंवाले व्यक्ति से बोला भी नहीं गया, चुपचाप हाथ जोड़कर चला गया, लेकिन आश्चर्य! नीचे आकर युवक क्षण भर खिड़की के पास खड़ा रहा। एक बार उसने फिर वृद्धा को देखा। उसकी आँखें सहसा उबल पड़ीं। वह रोते-रोते बोला, 'माँ, मैंने झूठ बोला है। मैं पापी हूँ। मैं अंतू की मौत का कारण हूँ। मैं सी.आई.डी. में हूँ, थानेदार के कहने पर मैंने ही उसके खिलाफ रिपोर्ट की थी। लेकिन···लेकिन···मैं··· ।'

और आगे उसने क्या कहा—किसी ने नहीं सुना। जैसे जोर का भूचाल आ गया। सब हड़बड़ा उठे। युवक उसी क्षण भीड़ में गायब हो गया। वृद्धा की सजल आँखों ने कई रंग पलटे। बहू अनायास रजनी के कंधे पर लुढ़क गई और अनेक यात्री फुसफुसा उठे, 'तो यह सी.आई.डी. वाला था··· ।'

'हत्यारा।'

गाड़ी अपने मार्ग पर फिर चल पड़ी, उसी तरह खड़-खड़ करती और चीखती-चिल्लाती।

□

(सन् १९४५)

एक माँ एक देश

केवल कुछ महीने पुरानी बात है, पर जैसे सदियाँ बीत गई हों, जैसे असंख्य वर्षों की सीमा पारकर वह बात बहुत धीमा, अति धीमा स्वर लिये कान में गुनगुना गई हो, 'अरी पगली! कितनी बार कहा, मत चिल्लाया कर इन बच्चों पर। मत झिड़का कर इन्हें हर वक्त। कौन जाने, बड़े होकर ये क्या बनें? देशबंधु, गांधी, रामकृष्ण, विवेकानंद ये सब इस धरती पर माँ का पेट चीरकर ही तो निकले थे। कौन जाने, उन्हीं की तरह हमारे बच्चे भी··· ?'

तब वह चूल्हे पर रखे भात को कलछी से हिलाकर देख रही थी और आँगन में तीन वर्ष के लावण्य दुधमुँहे चित्तरंजन को पटककर, 'भूख लगी है' कहकर रोने लगी थी। बालक गला फाड़कर चीख उठा था। मृणाल के तन-बदन में आग लग गई। क्रुद्ध, पसीने से तर, चिल्ला उठी, 'राक्षसों ने जान खा डाली। मौत भी तो नहीं आती इन्हें। कुएँ-से पेट में सब समा जाता है, कभी आग नहीं बुझती। मुझे क्यों नहीं खा डालते, ना बाबा! ऐसी भी राक्षसी भूख क्या? अभागे, भाग्य भी ऐसा लेकर आए हैं कि देश में अन्न का दाना तक नहीं मिल रहा है।'

तभी बाहर से आ गए नलिन बाबू। बगल में छाता था, हाथों में तरकारी और दो आम। कोलाहल देखकर क्रोध नहीं आया, बल्कि मुसकराकर लावण्य को गोद में उठा लिया, चित्तरंजन को पुचकारा, 'अरे, अरे, इतना भी रोते हैं क्या? अभी चुप हो जाओ। देखो, क्या लाया हूँ? आम खाओगे? हाँ, हाँ! तुम ही खाओगे। अच्छा, लावण्य! छुरी तो ले आना जरा।'

लावण्य का रोना तो नलिन बाबू के हाथ में आम देखकर ही रुक गया था, पर बालक चित्तरंजन था कि रोए जा रहा था। उसे उठाकर नलिन बाबू ने अपने दोनों हाथों के झूले में झुलाना शुरू किया और साथ-ही-साथ गुनगुनाने लगे, 'सो जा, सो

जा, राजदुलारे।' और फिर पत्नी के पास आकर कहा, 'सुनती हो, बच्चे को पालना बड़ा कठिन है। तभी तो इतना बड़ा, करोड़ों नर-नारियों का देश गुलाम पड़ा है। बचपन में ही सबकी आत्मा कुचल दी जाती है। कोई समझता ही नहीं। मैंने तुम्हें कितनी बार समझाया, पर व्यर्थ।'

मृणाल बैठी थी, खड़ी हो गई, तब तक उसकी झुँझलाहट दूर हो चुकी थी। वह लज्जित सी बोली, 'कोशिश तो करती हूँ, पर कैसे करूँ? कभी-कभी जी दुःखी हो उठता है।'

'हाँ, हाँ,' नलिन ने कहा और हँसे, 'सो तो जानता हूँ, मृणाल। पर सोचो तो, एक दिन, बहुत दिन बाद, हमारा चित्तरंजन बंगाल का दूसरा देशबंधु हो तो कितना अच्छा हो?'

मृणाल मुसकाई और बोली, 'बहुत बड़े घर में जन्म लिया था उन्होंने। इनके ऐसे भाग्य कहाँ?'

'बड़े-छोटे घर से क्या होता है पगली।' नलिन ने कहा, 'होता है शिक्षा और लालन-पालन से। प्यार से समझाना एक बात है। लात-घूसे या लकड़ी का चैला उठाकर मार देना दूसरी बात है।'

मृणाल इस बार खिलखिला पड़ी। चित्तरंजन को गोद में ले लिया। मुँह चूमकर और छाती उसके मुँह में देती हुई बोली, 'नहीं, नहीं, मैं कभी नहीं मारूँगी इन्हें। धमकाऊँगी भी नहीं।'

□

आज उसी घर में बैठी-बैठी मृणाल उन बातों को सोचती है और सुबक-सुबककर, हिड़की बाँधकर रोती है। रोने का कारण है। बीते कल की संध्या ने उसके जीवन की दिशा एकदम पलट दी। उसे आसमान से जमीन पर ला पटका। नलिन, जो महाकाल और महायुद्ध की विपदा का मारा एक माह से ज्वर में पड़ा था, सदा के लिए उन्हें छोड़कर चला गया।

'सुनती हो,' उसने मरते-मरते कहा था, 'मैं जा रहा हूँ। मैं इस महाकाल से अपने को बचा न सका, पर, तुम अपने को बचाना। अपने लिए नहीं, अपने बच्चों के लिए।'

मृणाल, भोली मृणाल सुबक-सुबककर रोई, बोल न निकला। केवल हाथ छाती पर रख दिया। धीमे-धीमे, अटक-अटककर नलिन फिर बोला, 'रोती हो? ठीक है, रोने का अवसर तो है, पर समझ लो कि हमारे ऊपर एक जिम्मेदारी है। उसे तो निभाना ही है। देश के दो बच्चे हमें पालने हैं। यह लड़ाई, यह महामारी

अब खत्म होने को है। बंगाल की स्वर्णभूमि अब फिर सोना उगलेगी। मेरी बदकिस्मती कि मैं यह सब देख नहीं सकूँगा, पर तुम देखोगी। इसलिए रोओ मत। सब्र करो, अपने शरीर को देखो, उसे छीजने मत देना। नहीं तो···नहीं तो चित्तरंजन भूखा ही···।'

इससे उससे बोला नहीं गया। गला रुँधने लगा। सिर एक ओर लुढ़क गया। आँखें खुली-की-खुली रह गईं। उसने हिचकी ली, अंतिम हिचकी। मृणाल ने देखा तो एकदम चीत्कार कर उठी, 'हाय स्वामी! तुम कहाँ चले? बोलो तो! मैं अब क्या करूँगी, हाय!' लेकिन उससे रोया भी नहीं गया। बेहोश होकर एक ओर लुढ़कने ही वाली थी कि उसका चीत्कार सुनकर पड़ोस की एक लड़की वहाँ आ गई। 'भाभी, भाभी! क्या हुआ?'

उसने देखा कि चीत्कार एकदम बंद है। नलिन खाट पर लुढ़का पड़ा है और मृणाल जमीन पर। लड़की एकदम घबरा गई, 'भइया! छोटे भइया। भाभी, भाभी! क्या हुआ?'

लेकिन कोई नहीं बोला। दौड़ी-दौड़ी बाहर गई। जरा सी देर में पाँच-सात नर-नारी आए। सिर हिला-हिलाकर उन्होंने कहा, 'नलिन के प्राण मुक्त हो गए। जीर्ण कंकाल में कोई चेतना नहीं है।'

'और भाभी?'

'मूर्छा है।'

और वे सब काठ के ठूँठ की तरह निश्चल खड़े-खड़े एक-दूसरे का मुँह ताकने लगे। तभी दोनों बच्चों को थामे एक प्रौढ़ा ने वहाँ प्रवेश किया। तब अँधेरा बढ़ा आ रहा था। उसने यह दृश्य देखा तो घबरा गई, 'मृणाल बहू!'

'मूर्छित है।'

'नलिन?'

'बोल रे। नलिन को क्या हुआ? नलिन, छोटे भइया।'

'भूख उसे खा गई, दीदी।'

प्रौढ़ा की हठात् चीख निकल गई। पीछे दीवार न होती, तो शायद वह धरती पर ढह पड़ती। उसके हाथ में तीन पुड़ियाँ थीं, वे फर्श पर बिखर गईं। लावण्य माँ के पास आकर रोने लगा। बालक भी गोद में 'माँ, माँ' करके मचल गया। युवती के उपचार और बच्चों के स्वर से जागरित होकर मृणाल उठ बैठी। आँखें फाड़-फाड़कर उसने सबको देखा। फिर सहसा बाँध टूट गया, 'दीदी, दीदी, बताओ तो, कहाँ गए तुम्हारे छोटे भइया? कैसे होगा अब? मैं कहाँ जाऊँगी? यह महाकाल,

यह महायुद्ध, क्या ये कभी समाप्त नहीं होंगे?'

लेकिन उसके प्रश्नों का जवाब कौन देता और क्या देता? सभी तो एक गहरे अवसाद, एक गहरी भूख से भरे पड़े थे। उनकी सूरत मानवता का उपहास करती थी, पर कुछ थे, जिनकी समझ पर भूख की दीमक नहीं लगी थी। वे ही बोले, 'यह चीत्कार अब बंद करो। कौन सुनेगा? उठो और शरीर की मुक्ति का प्रबंध करो।'

नलिन की आत्मा मुक्त हुई और शरीर भी मुक्त हो गया। घर में जो भी कपड़ा मिल सका, उसी में लपेटकर आग लगा दी गई और जरा सी देर में कुछ हड्डियों को छोड़कर सब शून्य में विलीन हो गया। लेकिन उसकी याद, उसकी बातें, उसका काम—इन सबको शून्य भी न लील सका। मृणाल का कंकाल जिंदा है। उसका दिल टुकड़े-टुकड़े हुआ जाता है, पर प्राण चिपके हैं। हतभागी लावण्य माँड़ पी-पीकर जिए जा रहा है। छाती का मांस चाब-चाबकर चित्तरंजन भी आयु बढ़ाए जा रहा है, यद्यपि पतझड़ की शाखा की तरह उसका सुंदर मुखड़ा कांतिहीन हो गया है।

ये मर क्यों नहीं जाते, मृणाल कई बार दुःखी होकर सोच बैठती है और सोचकर काँपने लगती है। कोई चुपके से कान में कह जाता है—कौन जाने, बड़े होकर ये महान् पुरुष हों? इनके नाम की जय बोली जाए।

यही सोचकर एक दिन उसने दीदी से कहा, 'दीदी, तुम्हारे छोटे भइया ने अपने बच्चों के लिए प्राण तज दिए।'

दीदी बोली, 'बच्चों के लिए सारी दुनिया जीती और मरती है।'

'न, न, दीदी! यह बात नहीं। वे कहते रहे, ये हमारे बच्चे नहीं हैं, देश की धरोहर हैं और धरोहर का मान प्राण से ज्यादा होता है। दइया रे, अकाल ने सोने के देश को राख बना दिया। कहते थे, हमारे देशवाले हैं, जो मुख का ग्रास छीनकर तिजोरी में बंद कर रहे हैं। सच, क्या वे सोना खाते हैं? वह भी एक दिन मिट्टी बनेगा, पर तब तक सारे-का-सारा देश मिट्टी बन चुकेगा।'

दार्शनिक सी दीदी बोली, 'अरी पगली, मिट्टी का खेल ही तो है यह सब।'

'जानती हूँ, दीदी। मिट्टी का खेल है सब। मिट्टी का घर है, मिट्टी से ही अन्न उपजता है, पर दीदी, उस मिट्टी को सोना बनाकर क्या जीना हो सकेगा?'

दीदी प्रभावित हुई। बोली, 'तू ठीक कहती है, इसी सोने ने मौत को बुलाया है। हाय, किस तरह धरती लाशों से पटती जा रही है। जो जिंदा हैं, वे शहर की ओर भागे जा रहे हैं।'

मृणाल चौंकी, 'शहर?'

'हाँ। कहते हैं, वहाँ भूख नहीं है। सबको खाने को मिलता है।'

मृणाल की आँखें चमकीं, 'क्या सच दीदी, शहर में खाने को मिलता है?'

'हाँ! सब यही कहते हैं। खैरात बँटती है वहाँ? झुंड-के-झुंड लोग घर-बार छोड़कर भागे जा रहे हैं, पर सब क्या वहाँ पहुँचते होंगे? कंकाल भी अच्छे होते हैं। देखकर डर लगता है, जैसे दीमक खा गई हो। हाय, न जाने किस जन्म के पाप उदय हुए हैं इस देश में।'

मृणाल ने कहा, 'दीदी! पाप की कौन जाने, पर यह भूख भी क्या परमात्मा ने भेजी है? आदमी आदमी को खाता है, पर दीदी…।'

कहती-कहती हिचक गई। दीदी ने देखा कंकाल से उसकी हालत अच्छी नहीं है, पर न जाने कौन आशा प्राण अटकाए है। बोली, 'कहती-कहती रुक क्यों गई?'

'कहती थी, मैं भी शहर चली जाऊँ। चित्तरंजन को देखो, सूखता जा रहा है। बड़ी आशा थी इसपर उनकी, इसे तो जिलाना ही होगा।'

दीदी ने उसे फिर देखा, 'तू चली जाएगी अकेली?'

मृणाल बोली, 'क्यों न जाऊँगी दीदी! सभी तो जा रहे हैं। लावण्य को तुम रख लेना। कुछ दिन बाद लौट आऊँगी।'

'लेकिन मृणाल! शहर क्या पास है? सब तो पहुँच भी नहीं पाते। रास्ते में कहते हैं कि लाशों के ढेर लगे हैं। और फिर तू स्त्री है, अकेली है।'

मृणाल एक जीर्ण हँसी हँसी, जिसने उसके रूखे मुख को और भी दयनीय बना दिया। बोली, 'स्त्री हूँ तो क्या? अब मुझमें है ही क्या, जो कोई माँगेगा? इसी के लिए दो कौर मुँह में दे लेती हूँ। तुम्हारे छोटे भइया कहते रहे, तू न खाएगी तो चित्तरंजन को क्या दूध मिलेगा? कितनी बेबस होती हैं स्त्रियाँ, दीदी! अपने लिए वे कुछ भी नहीं कर सकतीं। खाएँगी संतान के लिए, पहनेंगी स्वामी के लिए। इसीलिए चित्तरंजन के लिए शहर जाऊँगी। वह जिएगा, देश का भला होगा तो उनकी आत्मा प्रसन्न होगी।'

और कहते-कहते मृणाल इतनी प्रसन्नता से उमड़ी कि दीदी अचरज से उसे देखती ही रह गई। मना करने का साहस न कर सकी। और करती भी किस बूते पर? गाँव में अन्न का दाना भी नहीं था। बोली, 'तो तू जाएगी, अच्छा, पर एक बात है, सँभलकर जाना। शहर का नाम बुरा है। न जाने क्या-क्या है वहाँ, घोड़ा गाड़ी, बिजली गाड़ी, फौज गाड़ी और आदमी ही क्या थोड़े हैं। दम घोंटनेवाली हवा है

और भूखे वे भी हैं, खाने की भूख नहीं है, तो अस्मत की भूख है। माँ-बहन शहर में किसी के नहीं होतीं।'

× × ×

मृणाल शहर आ गई। किस तरह आई, यह वही नहीं जानती, केवल आशा उसे खींच लाई। मौत ने पुकारा, शैतान ने पुकारा, दिल के चोर ने पुकारा, पर इस अमर आशा की पुकार के सामने सब पुकार व्यर्थ गई। जिस पुकार का सहारा लेकर वह मुसीबत का समंदर लील आई, वह कोरी मृगतृष्णा निकली। पेट की एक जून की खिचड़ी के लिए उसे जो युद्ध करना पड़ा, उसने मृणाल की कमर तोड़ दी। शहर के दृश्य देख-देखकर उसका बोल बंद हो गया। वह चुपचाप आँखें फाड़े शून्य में ताकती रहती। चित्तरंजन गोद में पड़ा छातियाँ चिचोड़ता रहता। कभी होता, तो अलग अकेले में बुक्का फाड़कर रो उठती। कभी जोर मारकर गिड़गिड़ाती, पर गिड़गिड़ाना उसने सीखा हो तो बात बने। फिर भी कभी उस रक्तहीन रूखे मुखड़े पर किसी को दया आ ही जाती। चुपके से एक दिन एक भद्र पुरुष उसके पास आकर बोले, 'भूखी हो?'

मृणाल की आशा जागी, बोली, 'मेरी चिंता नहीं, पर इस बच्चे को दूध मिल सके तो…।'

'हाँ, हाँ,' भद्र पुरुष बोले, 'इसे दूध मिलेगा, तुम्हें भात मिलेगा।'

'ओह,' मृणाल गद्‌गद हुई, 'कैसे-कैसे पुण्यात्मा हैं अभी इस देश में?'

वह कहते रहे, 'मेरे साथ चलो, तुम्हें कपड़े मिलेंगे। मेरे देश की युवतियों को क्या इस प्रकार रहना सोहता है? और फिर तुम तो…।'

अचानक मृणाल का पाँव जैसे अंगार पर पड़ा, 'ओ दइया।'

'चलो।'

मृणाल ने चित्तरंजन को जोर से दबा लिया। उसका हृदय फटने लगा।

'चलती नहीं?'

'नहीं।'

'नहीं?'

'नहीं, नहीं अभागे पुरुष, नहीं। पापी पेट की ज्वाला में झुलसती हुई नारी से तुम उसकी इज्जत भी माँग लेना चाहते हो। सबकुछ तो तुमने ले लिया। अब क्या इतना भी रखने का अधिकार तुम्हें खलता है?'

भद्र पुरुष में लज्जा कहाँ थी, बीभत्स हँसी हँसकर कहा, 'जान पड़ता है अभी नई आई हो। पगली, इसी के सहारे आज सैकड़ों घरों का खर्च चलता है।

जीने के लिए ऐसा करना पाप नहीं है।'

'आग क्यों नहीं लग जाती ऐसे जीने को? कलंक को माथे पर सजाकर कोई आँखें कैसे खुली रखता है। मुझे नहीं चाहिए तुम्हारा भात, तुम्हारा दूध। मैं हाथ जोड़ती हूँ, तुम मुझे छोड़ दो।'

कहती-कहती मृणाल रो उठी। भद्र पुरुष फिर हँसे। भौंहें चढ़ाकर हाथों को शून्य में हिलाया। फिर शैतानी मुसकराहट से बोले, 'आती लक्ष्मी को ठुकराने का जो परिणाम होता है, वह मैं समझता हूँ, तुम जानती हो, पर अगर कभी आवश्यकता हो तो मैं क्रुद्ध नहीं होऊँगा। मैं सदा तुम्हारी सहायता करने के लिए तैयार हूँ।'

और वे चले गए। मृणाल के प्राण लौटे, मानो आज भर पेट भोजन मिला। उसने निश्चय किया कि वह अब अपने घर लौट जाएगी, जरूर लौट जाएगी, किसी भी शर्त पर, एक भी क्षण वह शहर में नहीं रहेगी। हाय रे! मानव के रूप में कैसे शैतान यहाँ बसते हैं? खून चूस-चूसकर लाल हुए ये दानव अब हमारा एकमात्र संबल भी फुसलाकर छीन लेना चाहते हैं। इसीलिए तो इन्होंने गाँव-गाँव में भूख फैला रखी है, इसीलिए तो ये मछली पकड़ने के काँटे की तरह आशा की डोर हिलाते रहते हैं। हाय रे भाग्य! क्या सचमुच भगवान् है, क्या सचमुच ऊपर की दुनिया है? नहीं, नहीं, यह सब इसी शैतान की माया है, नहीं तो क्या श्मशान में भी मानव को प्रणय की सूझती है?

मृणाल के भीतर का दबा विद्रोह जाग उठा। नारी की समस्त कोमलता जलकर कोयला बन चली। बस, उसमें चिनगारी लगने की देर है कि वह जल उठेगी और ध्वंस कर देगी सब विघ्नजाल, लेकिन···लेकिन गोद में चित्तरंजन है। चित्तरंजन! हाँ, वह देश की धरोहर है, स्वामी की स्मृति है।···लेकिन नहीं! देश इस योग्य नहीं है कि वह जिए, महान् बने। कहाँ हैं देश के वे बड़े आदमी? वे देवता? जिनकी चर्चा करते स्वामी कभी नहीं थकते थे। जिनके सुंदर-सुंदर चित्र उन्होंने कमरे में सजाए हैं, उन्हें दिखाकर वे कहते, 'देख मृणाल! ये हैं स्वामी विवेकानंद। अपनी बंग भूमि के लाल! कैसे तेजस्वी हैं? अमेरिका में इन्होंने ही हिंदू धर्म का नाम गुँजाया था। इन्होंने मानव मानव के बीच की खाई को पाटने का अनथक प्रयत्न किया था। ये रामकृष्ण हैं—इनके गुरु, निर्माता! ये कवि ठाकुर हैं, देश के मुकुट मणि। ये नेहरू हैं, ये चित्तरंजन हैं और ये गांधी।' न जाने उसे क्या-क्या याद आने लगा—हाय, कहाँ हैं ये महामानव, क्यों नहीं ये देश को बचाते? गांधी और नेहरू तो अब भी हमारे बीच हैं। वे क्यों नहीं अपना स्वर ऊँचा करते? वे क्यों नहीं यहाँ आकर देखते कि मानव मानव के रक्त-मांस को खाकर ही संतुष्ट नहीं है, वह

उसकी आत्मा पर भी कलंक लगाना चाहता है?

उसने बहुत कुछ सोचा। उसके स्वामी ने जो कुछ समझाया था, सुझाया था, वह अब इस बेबस, शिकंजे में फँसी तड़फड़ाती नारी को रह-रहकर याद आने लगा। याद ही नहीं, उसमें तेज फूटने लगा, वह तेज जो मृत्यु को चुनौती देता है, पर चुनौती के सामने तो चित्तरंजन है, जो सब विद्रोह को, तेज को लील जाता है। वह रो पड़ती है, हाय स्वामी! स्वर्ग में, नरक में, जहाँ भी तुम हो, देख रहे हो, मुझे बताओ मैं क्या करूँ? तुम मुझे मरने नहीं देते, दुनिया जीने नहीं देती। तुम कहते हो कि यह देश का धन है, पर देश तो अपने धन को पैरों से रौंद रहा है। उसे तो सोना प्रिय है, लेकिन इसे तो बचाना ही होगा। कैसे? कैसे बचाना होगा, गाँव में सर्वभक्षी मौत फैली है। इसे छोड़ेगी नहीं।

और वह फूट-फूटकर रोने लगी, पर रोते-रोते उसे कुछ सुझाई पड़ा। सागर की अथाह तरंगों में थपेड़े खाते-खाते, जैसे उसने उड़ते पक्षी को देखा। उसने जोर से बच्चे को छाती में भर लिया और फिर चूमते-चूमते पागल होने लगी, 'हाय मेरे लाल! तू इतना सुंदर क्यों है? तू इतना प्यारा क्यों है?'

और इसी प्रकार विचारों के आल-जाल में फँसी वह भूखे लोगों के बीच में जाकर पड़ रही। इन आर्तनादों के बीच प्रकृति का नियम उसी तरह चलता रहा। वही अँधेरा, वही चाँदनी, वही गरमी, वही वर्षा। वही चिड़ियों की चहचहाहट, कुत्तों की भौं-भौं। आसमान का नीलापन, सूर्य का उत्थान और पतन। मृणाल जहाँ सोई थी, वहाँ भी रात के बाद दिन शुरू हुआ। चहल-पहल जागी, आवागमन शुरू हुआ। अनगिनत भूखों का रोना चारों तरफ व्याप्त हो गया। जो मरणासन्न थे, वे आर्तनाद कर उठे, जो मुक्त हुए उनकी आत्माएँ आसमान में मँडराने लगीं, लेकिन बीभत्सता से दूर एक ऊँचे मकान के पीछे कुछ विशेष चहल-पहल मची। देखते-देखते एक छोटी सी भीड़ इकट्ठी हो गई।

'क्या है रे, क्या है यहाँ?' एक स्वर उठा।

'बच्चा।'

'बच्चा, किसका बच्चा?'

'बाबा, एक बच्चा है, अकेला पड़ा है धरती पर।'

'कौन डाल गया, देखा किसी को?'

'नहीं।'

'ओ, कितना सुंदर है, पर कितना दुर्बल!'

'अरे रे! रोता है,' वृद्ध पुरुष आगे बढ़ आए, 'ढूँढ़ो रे। किसका है?'

किसी ने कहा, 'किसी भूखे का होगा।'

'ना, ना,' बाबा बोले, 'भिखारी क्या खाकर ऐसा बच्चा पाएगा?'

'सोने की प्रतिमा है।'

भीड़ को चीरते एक भद्र पुरुष आगे आए। वे ऊँचे मकान के स्वामी थे। उनके साथ दो नारियाँ थीं—एक युवती, दूसरी प्रौढ़ा सी।

प्रौढ़ा ने आगे बढ़कर कहा, 'कहाँ है रे वह बच्चा? देखूँ।'

युवती देखकर बोली, 'दइया रे, कैसा रोता है यह?'

'किसका है?' प्रौढ़ा कातर सी बोली।

युवती ने उसे गोद में चिपका लिया। शिशु को न जाने क्या मिला, वह एकदम चुप हो गया और मुँह फाड़-फाड़कर छाती में मारने लगा। युवती करुणार्द्र होकर बोली, 'भूखा है, दीदी। माँ का दूध माँगता है।'

'तो ले चल, घर ले चल, शोभा।' प्रौढ़ा बोली और मुड़कर पुरुष से कहा, 'ढूँढ़ो जी, किसका बच्चा है? माँ होगी तो कलेजा फटता होगा। गोदी खाली रहने पर भी मेरा जी बैठा जा रहा है।'

लेकिन वे भीड़ को चीरकर निकले-निकले कि कोलाहल मच गया, 'देखो, देखो, वह कौन है?'

'कौन है? कौन है जी? वह स्त्री। पगली लगती है वह तो।'

वह पगली दौड़ी-दौड़ी वहाँ आई। वह मृणाल थी। सूखे बिखरे बाल, फीका मुख, सजल नयन, दयार्द्र वाणी, 'अरे ठहरो, बच्चा मेरा है, मैं माँ हूँ, मैं उसकी माँ हूँ।' कहते-कहते उसने बच्चे को युवती की गोद से झपट लिया और छाती में इस तरह दबोचा, जैसे उसे कोई छीनकर ले जा रहा हो और फिर तीर की तरह उसी ओर, जिधर से आई थी, चली गई।

अचकचाकर प्रौढ़ा बोली, 'बच्चा इसीका है, पर यह है कौन?'

युवती की आँखें भर आई थीं, वह बोल नहीं सकी, केवल देखती रही। भीड़ कौतूहल से चर्चा करती फटने लगी तभी प्रौढ़ा फिर भद्र पुरुष को संबोधित कर बोली, 'अजी, इसका पता तो लगाना, यह है कौन?'

भद्र पुरुष ने धीरे से कहा, 'किस-किसका पता लगाएगी, सरोजिनी? आज बंगभूमि का रोम-रोम पीड़ित है, मानवता नष्ट हो चुकी है, प्रलय की भूमिका बँध रही है। कौन बचेगा, और किसको बचाएगा? आओ, चलो, इसे देखूँगा।'

भीड़ के लोग चले गए थे। ये तीनों भी आश्चर्य और करुणा से दबे-दबे घर की ओर लौटे। तभी युवती चौंक पड़ी, 'वह फिर आ रही है।'

प्रौढ़ा मुड़ी, 'आ रही है?'

'हाँ, दीदी। देखो, वह फिर आ रही है।'

और सच ही मृणाल फिर पागलों की तरह लौट आई। आते ही उसने बच्चे को प्रौढ़ा के सामने धरती पर लिटा दिया। बोली, 'मेरी भूल थी। मैं इसे पाल न सकूँगी। इसे तुम ही पाल सकती हो, यह तुम्हारा बच्चा है। देश का बच्चा है।'

और इतना कहकर वह पागलों की तरह लड़खड़ाती हुई मकान, सड़क, बगीचा—सबको चीरती हुई दूर, भिखारियों के बड़े झुंड में अंतर्धान हो गई। यह सब इतनी तीव्रता से, इतने रहस्यमय वातावरण में हुआ कि वे तीनों हक्के-बक्के रह गए। बालक जब रोया, तभी उनकी तंद्रा टूटी। प्रौढ़ा ने लपककर उसे गोद में चिपका लिया और बोली, 'शोभना! मैं सच कहती हूँ, यह बच्चा उसका नहीं है, कभी नहीं है।'

□

(हंस, सन् १९४५)

माँ कि नारी

बहस में तेजी आ गई, परंतु याज्ञिक किसी भी तरह अपनी बात वापस लेने को तैयार नहीं हुआ। वह बोला, 'मैं मानता हूँ कि दुनिया में जन्म-मरण की तरह पाप-पुण्य, अच्छा-बुरा सबकुछ है, इन्हीं के होने के कारण संसार है, और नारी में पुण्य ज्यादा है, पुरुष में कम। नारी जगत् में माँ का दरजा महान् है; परंतु साथियो, इसी कारण तो माँ सदा प्रेममयी और पवित्र नहीं हो सकती। संतान-प्रेम के अतिरिक्त नारीत्व की प्रबल भावना उसमें सदा भरी रहती है। माँ से पहले वह नारी है···।'

एक बंधु एकदम बोले, 'कुछ भी हो, माँ कभी पाप नहीं कर सकती। भले ही वह युवती हो या प्रौढ़ा।'

दूसरे ने कहा, 'याज्ञिक, तुम माँ का अपमान करते हो।'

याज्ञिक उसी शांति से बोला, 'मैं आपको क्या कहूँ, परंतु आप भूलिए नहीं कि नारी माँ है।'

तीसरे बंधु बोले, 'हमें दुःख तो यही है कि तुम अपनी माँ को गालियाँ देते हो। सुनेगी तो कहेगी कि ऐसे पूत से तो मैं निपूती भली थी।'

याज्ञिक हँसे, 'यह तो मैं पूछूँगा, परंतु आप व्यक्ति विशेष को क्यों लेते हैं? मैं केवल यही कह रहा था कि कोई निश्‍चित नियम नहीं है।'

तर्क फिर तेज हुआ, 'है! माँ के बारे में निश्‍चित नियम है। नारी जब माँ बनती है, तब सब भावनाएँ गौण हो जाती हैं।'

'गौण होकर भी वे कभी-कभी उभर सकती हैं, इतनी कि मुख्य बन जाती हैं।'

'नहीं! यह नहीं हो सकता।'

'यह असंभव है।'

'यह होना पाप है और माँ कभी ऐसा पाप नहीं करेगी।'

याज्ञिक ने फिर उसी शांति से पूछा, 'लेकिन आप माँ को नारी से अलग तो नहीं कर सकते?'

'नहीं!'

'और यह भी कि अनेक महापुरुषों के कथनानुसार नारी पाप की खान है।'

जैसे मंडली में सन्नाटा सा छा गया; परंतु तभी एक बंधु बोले, 'याज्ञिक! यह व्यर्थ की बहस कहीं नहीं पहुँचा सकेगी। फिर यह कितनी गलत दिशा की ओर जा रही है।'

'अपनी बात तुम आप काट रहे हो। क्यों नहीं प्रमाण देकर अपनी बात सिद्ध करते कि वासना की भूख के सामने माँ अपने मातृत्व को भूल जाती है।'

'हाँ, हाँ, आप प्रमाण दीजिए,' दूसरे साथी बोले।

'तो सुनिए, मैं आपको प्रमाण दूँगा।'

कई बंधु एक साथ बोले, 'बताइए।'

याज्ञिक ने निम्नलिखित घटना उन्हें सुना दी—'जब मैं जयमती फॉर्म पर काम करता था, तब वहाँ स्टेक बनाने के लिए अकसर छप्पर-बंदो की जरूरत हुआ करती थी। छप्पर-बंदो में चैना नाम का एक ठेकेदार लगभग बीस वर्ष से बराबर उस फॉर्म पर काम करता आ रहा था। बड़ा ईमानदार, नम्र और हँसमुख आदमी था। अकसर घी ला दिया करता था। उसकी मार्फत अनेक जानवर मैंने अपने मित्रों को खरीदवा दिए थे, लेकिन कभी भी उसकी बेईमानी की कोई शिकायत मैंने नहीं सुनी। मुझसे वह जरा ज्यादा ही मुहब्बत करता था। मौसम की जो वस्तु गाँव में मिलती, घर ले आता। मैं मना करता तो वह हँस देता—आपके लिए कौन लाता है?'

'और किसके लिए?'

'बच्चों के लिए।'

'वे भी तो मेरे हैं।'

'जी, वे भी आपके हैं और मैं भी आपका।'

मैं हँस पड़ता। वह फिर कहता, 'और बाबूजी! ये चीजें मैं कहाँ लाता हूँ।'

'तो और कौन लाता है।'

'घरवाली है न? जान खाए रहती है। जहाँ कोई नई चीज खेत से आई तो कहती—बाबूजी के बच्चों के लिए ले जाओ।'

और वह सब इसी तरह करता। ठेका लेता, काम करता, लड़ता भी, गलती भी करता, परंतु घर आकर सब बातें ऐसे धो जाता, जैसे स्लेट पर लिखने के बाद बच्चे पानी धो देते हैं। उसका एक लड़का जवान हो चला था। अकसर बाप के साथ आता था। उसने काम सीख लिया था और ठीक बाप की तरह वह भी हँसमुख, नम्र और ईमानदार था। कभी-कभी तेजी जरूर आ जाती थी। जवानी का जोश था। नाम था रामसुख। एक बार कई दिनों तक उसका पेमेंट रुका पड़ा रहा। कुछ काम भी बाकी था, परंतु न वह आया, न उसका लड़का। दफ्तर से उसके नाम चिट्ठी भेजी गई तो तीसरे दिन रामसुख आया। उसकी हालत खराब थी। निढाल सा आकर मेरे सामने खड़ा हो गया।

मैंने पूछा, 'कहाँ थे अब तक तुम! चैना कहाँ है?'

बाबूजी…। वह बोल न सका। आवाज रुँध गई।

मुझे अचरज हुआ—'अरे! तुम रो रहे हो, क्यों? खैर तो है?'

'बाबा चल बसे।'

'चैना…?'

'जी।'

'क्या हुआ था उसे?'

'डॉक्टर निमोनिया बताते थे। पाँच दिनों ही में हमें छोड़ गए…।'

और वह दीवार से सिर टेक फूट-फूटकर रो पड़ा। मैंने उसे ढाढ़स बँधाया, समझाया तो जरा शांत पड़ा। मैंने पूछा, 'अब कौन है?'

बोला, 'माँ है, मैं हूँ, वह है और दो छोटी बहनें हैं।'

मैंने कहा, 'तो क्या डर है, काम किए जाओ, जवान आदमी हो। सब ठीक हो जाएगा।'

उसके बाद जरूरी काम निबटाकर वह चला गया। ठेके में तरमीम कर दी गई और चैना की जगह रामसुख छप्पर छाने लगा, लेकिन एक बात मैंने देखी। बाद में उसके मुख पर कभी पुरानी हँसी नहीं चमकी। दिन-पर-दिन बीतता ही गया। बात-बात में वह चिनचिना भी पड़ता। आखिर एक दिन मैंने पूछा, क्यों रामसुख, क्या बात है? बाप सभी के मरते हैं, परंतु तुम इस तरह घुल-घुलकर मरने लगे तो हो चुका।

वह हँसा, परंतु दूसरे ही क्षण उसका चेहरा पीला पड़ गया। बोला, 'बाबूजी, बाबा के मरने का इतना गम नहीं है, बात कुछ और है?'

'क्या है?'

'माँ भी हमें छोड़ रही है?'

'बीमार है क्या?'

'बाबूजी, बीमार होकर मर जाती तो क्या ही अच्छा होता!'

मैं शंकित हुआ, 'कैसी बात कह रहा है तू? साफ-साफ बता।'

वह जरा पास आकर धीमे से बोला, 'माँ भाग जाना चाहती है।'

'क्या?' मैं चौंका।

'जी हाँ,' दूसरे गाँव में एक आदमी है। उसी ने ये काँटे बोए हैं और मैं उसका खून करने पर तुला हूँ।'

'लेकिन,' मैंने कहा, 'तुम्हारी माँ तो काफी उमर की है।'

'चालीस से ज्यादा है।'

'ऐसी उमर में···।'

'जी, यही तो बात है। तीन-तीन बच्चे हैं, लड़कियों का विवाह करना है।'

'कोई समझाता नहीं।'

वह हँसा, 'ऐसे समय समझ कहाँ रहती है, बाबूजी?'

'फिर भी···।'

'कोशिश कर रहा हूँ। क्या कहूँ, माँ है···।'

और फिर वह चला गया। धीरे-धीरे काफी दिन बीत गए। मैं वह बात भूल चला था। एक दिन सवेरे आते ही मेरा दफ्तरी बोला, 'बाबूजी! आपने कुछ सुना?'

'क्या हुआ?'

'अजी, हुआ क्या। घोर कलियुग आ गया है।'

'आखिर···।'

'अपना चैना ठेकेदार था न, जो पिछले जाड़े में मर गया था।'

'हाँ।'

'उसका लड़का रामसुख है।'

'हाँ, है।'

'वह गिरफ्तार हो गया।'

क्षण भर में मेरे दिमाग में बहुत सी बातें आ गईं। मुझे बहुत कुछ याद आ गया।

मैंने पूछा, 'क्या उसने अपनी माँ को मार डाला?'

'नहीं बाबूजी! उसकी माँ ने ही उसे मारा है।'

'यानी।'

'बाबूजी, बात यह थी कि वह बूढ़ी लुगाई दूसरे गाँव के एक आदमी से फँसी थी। सबने समझाया, पर वह नहीं मानी। एक दिन चुपके से उस आदमी के साथ भाग गई। जवान बेटा था, बेटियाँ थीं, किसीका प्रेम उसे न रोक सका। वह अंधी हो चुकी थी। चैना के मरते ही औलाद उसकी दुश्मन बन गई। कैसी अजीब बात है! रामसुख ने पता लगाया। वह क्रोध से पागल हो रहा था। गाँव में लड़ाई हुई और रामसुख ने उस आदमी को जान से मार डाला।'

'मार डाला… ?'

'जी।'

'यह तो बुरा हुआ।'

'बुरा तो है, पर माँ को देखिए। राक्षसी की तरह मैदान में दौड़ी आई और अपने बेटे को ताककर इतने जोर से छुरा फेंका कि लग जाता तो खैर नहीं थी। वह तो बीच में दरख्त आ गया। आधे से ज्यादा छुरा उसमें घुस गया।'

मैं क्या कहता। स्तंभित-चकित सोचता ही रहा। वह बोला, 'कितनी घिनौनी बात है।'

मैंने कहा, 'बेशक! लेकिन रामसुख को तो फिर भी फाँसी ही होगी।'

'हो भी सकती है और नहीं भी। कानून तो सबूत माँगता है और वह मिलना मुश्किल होता है। शक-शुबहे में बरी हो जाएगा, लेकिन कुछ भी हो, बात बहुत बुरी है। उन लोगों में तो करेवा होता है, पर बाबूजी, जवान बेटीवाली माँ तो आधी सधवा होती है…।'

और इतना कहकर याज्ञिक अपने साथियों की तरफ मुड़ा, 'बंधुओ, यही वह कहानी है। रामसुख आज भी जिंदा है और उसकी माँ भी।'

एक बंधु बोले, 'वह छूट गया था।'

'जी हाँ, उसका अपराध प्रमाणित न हो सका था।'

दूसरे बोले, 'और माँ कहाँ रही? क्या लौट आई?'

याज्ञिक ने कहा, 'नहीं। वह फिर लौटकर नहीं आई। आ ही नहीं सकती थी।'

तीसरे मित्र बोले, 'यह घटना ठीक हो सकती है, परंतु एक घटना के कारण ही तो सारी नारी जाति को कलंकित नहीं किया जा सकता।'

'मैं कलंकित नहीं करता। मैं तो इसे कलंक मानता भी नहीं, केवल यही कहता हूँ कि ऐसी घटनाएँ अकसर होती रहती हैं। यह भी स्वभाव है और इसे

स्वभाव मानकर ही हम उसका उपचार कर सकते हैं, पाप मानकर नहीं।'

एक और मित्र ने कहा, 'याज्ञिक! तुम्हारी यह कहानी उन लोगों से संबंध रखती है, जो अभी पूरे सभ्य नहीं हैं। ऊँचे कुल की नारियाँ ऐसा नहीं कर सकतीं।'

याज्ञिक इस बार हँस पड़ा। बोला, 'सभ्यता का कोई एक साँचा नहीं है। ऊँचे कुल की नारियों में यह भावना और भी ज्यादा है, क्योंकि वे आलसी हैं और आलस्य का वासना से गहरा संबंध है।'

मित्रों को क्रोध तो आया, पर न जाने क्या सोचकर वे इस तर्क को आगे न बढ़ा सके। केवल एक बंधु ने कहा, 'याज्ञिक, इसका जवाब समय पर ही दूँगा।'

'जरूर!' याज्ञिक बोला।

और तब फिर सभा विसर्जित हो गई। इसके तीसरे दिन ही एक मित्र, जो इस मंडली में नए-नए आए थे और उस दिन की बहस में जिन्होंने कोई विशेष भाग नहीं लिया था, संध्या समय याज्ञिक के पास पहुँचे और इधर-उधर की बातें करके बोले, 'याज्ञिक, बंधु आपको याद होगा कि परसों हमारी मंडली में एक बहस छिड़ी थी।'

'जी।'

'उस बारे में मैं आपके साथ सहमत हूँ कि निश्चित इस दुनिया में केवल जन्म-मरन ही है। मुझे आपके प्रमाण की जरूरत भी नहीं थी। मेरे सामने स्वयं इसी तरह की समस्या है। मैं चाहता हूँ कि आप इस बारे में मुझे, सलाह दें।'

याज्ञिक मुसकराया, 'आप कहे चलिए।'

'बात यह है,' वे बोले, 'मेरी बड़ी बहन हैं। मुझे देख लीजिए, ऐसी ही दीखती हैं, इसलिए कोमलता और भी ज्यादा है। उम्र पैंतीस वर्ष से अधिक है। चार बच्चे हैं—दो लड़के और दो लड़कियाँ। दो वर्ष हुए, विधाता ने उनका सुहाग सिंदूर पोंछ डाला और अब वे···।'

क्षण भर के लिए वे रुके मानो जो कुछ कहना चाहते थे, वह उनके मुख से नहीं निकल रहा था। याज्ञिक ने उनकी सहायता की, 'अब वे फिर विवाह करना चाहती हैं।'

'जी,' उनकी वाणी बहुत धीमी और वेदना से परिपूर्ण थी, 'जी! और उन्होंने नया पति चुन भी लिया है। उनके स्वर्गीय पति के वे दूर के नाते के चाचा लगते हैं। वे हैं और···।'

'लेकिन,' याज्ञिक ने पूछा, 'वे रजामंद हैं?'

'जी, वे रजामंद हैं और मैं आपसे क्या कहूँ, उनका संबंध हो भी चुका है।' कहते-कहते उनकी आँखें डबडबा आईं। बोले, 'बात काफी आगे बढ़ चुकी है। वह दो बार भागकर उनके साथ रह चुकी हैं। उन्हें संतान की बिलकुल परवाह नहीं। सबसे छोटा बच्चा इसी उपेक्षा के कारण चल बसा। कहते हैं, माँ ने उसकी ओर आँखें उठाकर देखा भी नहीं।'

याज्ञिक ने फिर पूछा, 'शुरू से ही ऐसी हालत है क्या?'

'जी नहीं। यह बात तो अभी पैदा हुई है। पहली बार तो वे बच्चे को साथ ले गई थीं, लेकिन जबसे पिताजी उसे धोखे से अपने पास ले आए तो वे अतिशय क्रुद्ध हो उठी हैं। लज्जाशीलता नाम को भी नहीं है।'

'अब वे कहाँ हैं?'

'पिताजी ने उन्हें घर में बंद कर रखा है।'

'आप क्या कहते हैं?'

'मैं क्या कहूँ? मुझे तो यह पाप लगता है। मैं तो आर्यसमाजी हूँ। विधवा-विवाह का पूर्ण पक्षपाती हूँ, परंतु भाई साहब! यह बात दूसरी है। उनकी आयु बड़ी है। उनके तीन बच्चे अभी जिंदा हैं। उनका कर्तव्य है कि वे संतान का पालन करें।'

क्षण भर के लिए वहाँ सन्नाटा छा गया। याज्ञिक की मुद्रा गंभीर हो उठी। बंधु व्यग्रता से उनकी ओर देखने लगे। काफी रात जा चुकी थी। याज्ञिक की दृष्टि कई बार उधर झाँक चुकी थी। बरामदे का स्विच भी 'ऑफ' हो चुका था और कमरे में प्रकाश ही अंधे की लकड़ी की तरह रास्ते में मुसाफिरों को राह दिखाने के लिए बचा था। वातावरण में सर्दी थी, सन्नाटा था। उसी को एकदम भंग करते हुए याज्ञिक बोला, 'अपने-अपने दिल का भेद बताया, इसपर मुझे गर्व है। इसलिए मैं आपसे कहता हूँ कि आप अपनी बहन का पुनर्विवाह कर दें।'

वे मित्र एकदम चौंक पड़े, 'विवाह कर दें⋯आपकी यह राय है⋯।'

'जी⋯।'

'लेकिन भाई साहब! आप क्या कहते हैं? आप समझदार व्यक्ति हैं, परंतु क्या यह नहीं सोचते कि इस प्रकार व्यावहारिक धर्म पर कितना बड़ा आघात होगा? क्या यह प्रथा, वात्सल्य और स्नेह सब नष्ट नहीं जो जाएँगे? क्या सृष्टि पालन में विघ्न नहीं पड़ेगा?'

याज्ञिक बोला, 'आप शायद ठीक कहते हैं, परंतु जो रास्ता आपने पकड़ा है, वह आपको कहाँ ले जाएगा, यह भी क्या आपने सोचा है? जबरदस्ती आप

उनके मन में पुण्य तो पैदा कर नहीं सकेंगे। वे वासना की आग में जलती ही रहेंगी, शायद और भी बड़ा पाप करने के लिए विवश हों! आप मानेंगे, बहुधा ऐसा होता रहता है। रही संतान की बात, वह कोई मिटनेवाली भावना नहीं है। उसमें रक्त का संबंध है। हाँ, इस तरह आपकी बहन में उस भावना के ऊपर एक और भावना हावी हो गई है, उसके शांत हो जाने पर वात्सल्य की धारा पहले की तरह बहने लगेगी; लेकिन यदि आप नारीत्व की भावना को कुचलने की कोशिश करेंगे, तो सबकुछ नष्ट हो जाएगा।'

वे बंधु बोल न सके, सोच में पड़ गए।

याज्ञिक ने पूछा, 'लेकिन आप लोग क्या करना चाहते हैं?'

वे बोले, 'यही तो मैंने आपसे पूछा था, मैं इस बारे में कुछ भी निर्णय कर नहीं कर पा रहा हूँ।'

'तब जो कुछ मैं सोच सका, वह यही है और इसी में आपका कल्याण है। मैं सोचता हूँ कि ऐसी हालत में विवाह करना कोई सुंदर बात नहीं है, लेकिन अप्राकृतिक भी नहीं है। हम लोगों में आज ऐसा रिवाज नहीं रहा, इसी कारण आप नहीं कह सकते।'

'लेकिन जब मैं इस बारे में सोचता हूँ, तो मेरा मन घृणा से भर उठता है।'

याज्ञिक ने कहा, 'आप ठीक कहते हैं, संस्कार की बात प्रबल भी होती है। लेकिन कुछ भी हो, आपको उस घृणा को पी जाना ही होगा।'

फिर वे कुछ न बोले, चले गए। जाते समय उनका मुख बहुत गंभीर हो आया और उनके नेत्रों से वेदना छलक रही थी। कई दिन बीत गए। यह बात छिपी रही। उस दिन के बाद वे मित्र भी मंडली में नहीं आए। याज्ञिक के मन में कई बार कौतूहल हुआ, परंतु बात ऐसी नहीं थी, जो हर एक से पूछी जा सकती। फिर भी उन्हें ज्यादा इंतजार नहीं करना पड़ा। एक दिन सवेरे-सवेरे एक बंधु घबराए हुए आए, बोले, 'याज्ञिक तुमने कुछ सुना?'

'क्या?'

'ये अपने जो मित्र थे न, रमेशचंद्रजी।'

'हाँ-हाँ, थे, क्या हुआ उन्हें? कई दिनों से आ नहीं रहे हैं।' याज्ञिक ने एकदम चकित होकर पूछा।

'उन्हें तो कुछ नहीं हुआ।'

'फिर?'

'फिर यही कि कल रात उनकी बहन का देहांत हो गया। आज सवेरे जैसे

ही श्मशान जाने की तैयारी की गई, वैसे ही पुलिस आ गई।'

'पुलिस आ गई···?' याज्ञिक चौंका, 'मगर क्यों?'

'क्योंकि उनका कहना था कि बहन को जहर दिया गया है।'

'जहर दिया गया है, लेकिन क्या यह सच है?'

'जी, सुना है, उनकी बहन का किसी से अनुचित संबंध था।'

'तब तो बड़ा अनर्थ हुआ। अब क्या होगा?'

'यही तो सोचता हूँ कि उन सबको जेल जाना पड़ेगा, लेकिन अभी रास्ता है, पुलिस को हजार-दो हजार देकर पिंड छुड़ाया जा सकता है। कप्तान तक तुम्हारी पहुँच है।'

'मेरी?'

'जी···।'

बात आगे बढ़ती, इससे पहले घबराए हुए रमेशचंद्र बड़ी तेजी से आए। उनका शरीर काँप रहा था। आँखें सुर्ख थीं और चेहरा पीला। आते ही याज्ञिक के पैर पकड़ लिये, 'साहब, आप ही बचा सकते हैं अब तो।'

याज्ञिक ने अपने को सँभाला, बोले, 'आखिर हुआ क्या?'

रमेश ने कहा, 'सब बात तो यह है कि जहर उसने स्वयं खाया है। उस दिन वह आपके पास से गया था तो मैंने उसे बहुत समझाया। उसे मुक्त करा दिया। उसके बच्चों को उसके पास छोड़ दिया कि संभव है, उसे अब भी समझ आ जाए, परंतु नहीं। उसने वही किया, जो पहले कर चुकी थी। बच्चों को खूब पीटा और भाग गई, लेकिन पिताजी ने ठीक समय पर उसे पकड़ लिया। वे पागल हो उठे थे। उन्होंने बहन को इतना मारा कि वह अधमरी हो गई। मैं तब बाहर था। लौटकर सबकुछ सुना, बहन से बातें कीं। उसने रो-रोकर सबकुछ स्वीकार कर लिया। अंत में बोली, 'मैं विवश हूँ। मैं क्या करूँ? भैया तुम मुझे जहर ही क्यों नहीं ला देते।' उसकी मुद्रा ने और तुम्हारी बातों ने मुझे एक ही रास्ता दिखाया, जो आपने सुझाया था। मैंने पिताजी से कहा, प्रार्थना की, समझाया और चेतावनी भी दी, परंतु वे नहीं माने। बोले, 'मैं उसके प्राण ले लूँगा—यही एकमात्र रास्ता है। मैं तब क्या करता? और फिर उसी रात को उसने जहर खा लिया।'

'लेकिन जहर दिया किसने?'

रमेश झिझका नहीं, बल्कि दृढ़ता से बोला, 'मैं झूठ नहीं बोलूँगा। जहर मैंने दिया था। मुझे लगा कि पिता के हाथों मरने से तो यही अच्छा है कि वह आप ही मर जाए, उसकी भी यही प्रार्थना थी। वह लिख गई है कि जहर उसने स्वयं खाया

है, परंतु···फिर भी इसमें हमारे कुटुंब की बदनामी है। सुना है, आप कप्तान को जानते हैं। क्या आप··· ।'

याज्ञिक एकदम बीच में बोल उठा, 'मैं जानता हूँ, लेकिन आप क्या कहना चाहते हैं। मुझे अफसोस है कि ऐसा पाप नहीं कर सकूँगा।'

और इतना कहकर वह उन लोगों के जाने की प्रतीक्षा किए बिना उठकर बाहर चला गया।

□

नि:शंक

सीता ने उस रात माँ से स्पष्ट कह दिया, 'माँ! तुमने जो कुछ सुना, वह ठीक है। मैं अब विवाह करूँगी।' माँ तब उसके पिता का बिस्तर ठीक करने चली थी। उसने स्वयं सीता को बुलाकर यह बात जाननी चाही थी, लेकिन उसका इतना स्पष्ट उत्तर सुनकर काँप उठी। वह अपने को भूल भी गई और अचकचाकर बोली, 'विवाह? किसका विवाह?'

'मेरा⋯।'

'तेरा?' आँखें विस्फारित कर वह बोली, 'तू विवाह करेगी⋯?'

'हाँ।'

और माँ आगे कुछ पूछे-कहे, इससे पहले वह वहाँ से अपना बिस्तर उठाकर चली गई। माँ स्तंभित, चकित वहीं खड़ी-की-खड़ी रह गई। बिस्तर जैसे पड़ा था, पड़ा रहा। दरी की सिलवटें, चादर की गुलझटें—सब उसी तरह बनी रहीं। उसने बहुत चाहा कि उन्हें ठीक कर दे, पर उसका हाथ उन सिलवटों और गुलझटों को ऊपर से छूता हुआ तकिए से जा टकराया। एक बार, दो बार, बार-बार इसी तरह होता रहा। मस्तिष्क झंझा के प्रबल झोंकों से उत्पन्न आँधी की तरह अव्यवस्थित-अनियंत्रित घूम-घूम उठा। वह न समझ सकी, न सोच सकी। पगली की तरह छत और धरती के मध्य में जो शून्य था, उसी में दृष्टि गाड़े बिस्तर पर हाथ फेरती रही। तभी बाहर से कमलेश ने पुकारा, 'माँ! कहाँ हो तुम?'

माँ नहीं बोली।

कुछ क्षण बीते, बहू ने पास आकर धीरे से कहा, 'भाभीजी! भाभीजी! पिताजी आ गए हैं, उन्हें दूध दे दो।'

जैसे नींद में किसी ने झकझोर दिया हो, 'क्या⋯?'

'दूध, अ···।'

'दूध?'

'हाँ, पिताजी आ गए हैं, दूध माँग रहे हैं। आपको क्या हुआ, भाभीजी?' वह उन्हें इस प्रकार अनमना देखकर घबरा उठी। उनकी जैसे नींद खुल गई हो, 'ओह! मैं समझी। उन्हें यहीं भेज दो।'

बहू चली गई और कुछ क्षण बीते कि ब्रजमोहन आ गए। लगभग पचास वर्ष के थे। बालों में कहीं-कहीं सफेदी नजर आने लगी थी। शरीर की गठन मजबूत थी और चेहरा रोबदार था, परंतु आँखों में वह सरलता थी, जो उनके सख्त चेहरे पर भी एक चमक पैदा कर देती थी। उन्होंने आकर पत्नी को देखा कि हाथ चल रहा है, आँखें खाली हैं, जैसे अदृश्य में ताकती हों। दीवार पर पड़ी हुई अस्पष्ट सी परछाईं धीरे-धीरे हिल रही है। वे मुसकराए, 'क्यों, क्या बात है?'

'बैठिए।'

और वे वहीं खाट पर बैठ गए तो बोली, 'कुछ सुना आपने?'

'क्या··· ?'

'सीता के बारे में।'

'सीता··· !' वे जैसे हठात् चौंक पड़े। एकदम समूचा शरीर हिल उठा। कँपकँपी सी आई कि पत्नी कहेगी—सीता अब किसी युवक के साथ घूमने जाती है या सीता के पास प्रेम-पत्र आते हैं या सीता के पैर भारी हैं···उन्होंने अपने को झटका सा दिया—नहीं, नहीं, ऐसा नहीं होगा...तभी विचारों की ट्रेन उसी क्षण कहीं से कहीं चली गई, बदनामी, घृणा, पाप, कलंक, मौत—सभी उन्हें स्पष्ट दिखाई दी; उन्हें सुनाई दिया कि पत्नी कह रही थी, 'सीता विवाह करना चाहती है।'

और कहकर ऐसे देखा, जैसे कोई बड़ा रहस्य खोल दिया हो। वह रहस्य जो उनकी बुरी से बुरी अवस्था का कारण हो सकता है, लेकिन ब्रजमोहन ने सुना तो लंबी साँस खींची। चेहरे पर हँसी फूटने लगी, मानो उनकी कल्पना के आगे यह बात कोई मायने नहीं रखती थी। बोले, 'अरे, तो यह बात है, जिसने तुम्हें इतना बेचैन बना दिया है!'

'क्या यह कम है, क्या यह ठीक है?'

'हूँ···।'

'सोचो तो, दस वर्ष बीत गए, तब उसपर दुःख का पहाड़ टूटा था। तब से किस तरह रह रही है। दुनिया माथा टेकती है। सब कहते हैं पिछले जन्म की वैरागिन है। भोग-विलास की इस दुनिया में वह उसी तरह रहती है, जिस तरह

पानी में कमल, पर अब जैसे वह सब त्याग, सब तपस्या धूल में मिला देना चाहती है।'

ब्रजमोहन अभी तक सोच रहे थे, बोल उठे, 'लेकिन तुमसे यह सब कहा किसने?'

'सीता ने।'

'सीता ने, अपने आप, तुमसे?'

'हाँ! उसने मुझसे स्पष्ट कह दिया कि वह विवाह करेगी। अभी तो मैंने उसे बुलाकर पूछा था।'

'तुमने पूछा था, क्यों?' वे अचकचाए।

'कई दिनों से मैं सुन रही थी कि उसकी इच्छा विवाह करने की है। बातों-बातों में उसने एक दिन बहू से कहा था, नारी पुरुष के बिना नहीं रह सकती। जो रहती है, वह अपने आपको, अपने समाज को, देश को धोखा देती है। बहू ने कमलेश से कहा। इधर मैंने कई बार उसे देर तक शीशे के सामने खड़े होकर बालों में कंघी करते देखा। बीच-बीच में वह बालों को हाथों में लेकर देर तक अपने में डूबी रहती है।'

'हूँ...।'

'और अपने छोटे भतीजे को गोद में लेकर खूब खिलाती है। खिलाते-खिलाते रुककर एक टक उसे देखने लगती है। फिर छाती में भर लेती है। आँखें बंद हो जाती हैं। आँसू गालों पर बहने लगते हैं। छाती उभरती है, गिरती है। देर तक वह इसी तरह समाधि की अवस्था में रहती है। फिर जैसे एकदम चौंक पड़ती है और घबराई सी चारों ओर देखने लगती है।'

'हूँ, तो यह बात है!' ब्रजमोहन गंभीर तन्मय पत्नी की सब बातें सुनकर बोले और फिर उठते-उठते कहा, 'अच्छा। तो उठो, बिस्तर ठीक करो, दूध दो और सोओ। जो कुछ होना है, वह होना ही चाहिए।' वे उसी तरह बाहर चले गए। बैठक में रोशनी थी। कमलेश कुछ पढ़ रहा था। पास ही सीता बैठी थी। उन्हें देखकर आप बोले, 'कमलेश! सोए नहीं, बेटा?'

'पिताजी! कल का लेसन तैयार नहीं हुआ। जीजी से एक नाटक के भाव समझ रहा हूँ।'

वे हँस पड़े, 'तो कहिए कि सीता प्रोफेसर साहब को लेसन दे रही हैं।'

सीता मुसकरा पड़ी। कमलेश ने हँसकर कहा, 'पिताजी! साहित्य में तो जीजी बड़े-बड़े विद्वानों को पढ़ा सकती है।'

'सो तो है ही,' ब्रजमोहन बड़े जोर से हँसे और फिर सहसा रुककर पूछा, 'क्यों बेटी सीता! तेरा रिजल्ट कब आ रहा है?'

'इस हफ्ते में किसी दिन आ सकता है, पिताजी। शायद कल।'

'कल?'

'जी, कल के पेपर में आ सकता है।'

'अरे, तो तूने तार क्यों नहीं दिया? आज ही पता लग जाता।'

सीता बोली, 'ऐसी क्या जल्दी है? कल ही आ जाएगा।'

'हाँ, हाँ, सो तो मैं जानता हूँ। तुझे किसी बात की जल्दी नहीं है, पर कमलेश! तुझे तो यह काम करना चाहिए था।'

कमलेश मुसकराया, 'वाह पिताजी! पास हो जीजी और तार मैं दूँ?' और फिर सीता की ओर देखकर कहा, 'पिताजी! सच तो यह है कि जीजी कभी फेल नहीं हो सकती।'

'यह तो मैं भी जानता हूँ, फिर भी उत्सुकता तो होती ही है। लेकिन खैर, तुम सब समझदार हो, योग्य हो। परमात्मा तुम्हें खुश रखे, यही मैं चाहता हूँ।'

और वे फिर अंदर चले गए। कमलेश ने अचरज से पिताजी को जाते देखा। बोला, 'जीजी क्या बात है, यह आशीर्वाद कैसा? पिताजी कुछ अनमने से दिखाई देते हैं।'

सीता जैसे हठात् काँप उठी पर सँभलकर बोली, 'मालूम तो होते हैं, पर क्यों, यह मैं नहीं जानती?'

सीता ने तब तो कह दिया कि वह कुछ नहीं जानती, परंतु रात में जब उसकी आत्मा अंतरिक्ष में घूमने के लिए उड़ी तो कमलेश की आत्मा भी असंख्य आत्माओं के बीच में दौड़ती हुई आई और बोली, 'पिताजी आज दुःखी हैं और वह तुम्हारे कारण दुःखी हैं।'

वह बोली, 'मैं जानती हूँ, यह उनकी मूर्खता है।'

'मूर्खता···!' कमलेश की आत्मा क्रुद्ध हुई।

सीता की आत्मा विद्रूप से हँसी, 'हाँ, मूर्खता। मैं विवाह करूँगी, मैं युवती हूँ, नारी हूँ। मेरी आँखों में मेरी माँ और भावज की तरह मादकता है, छाती में उफान है, हृदय में धड़कन है और मन में लालसा है।'

कमलेश की आत्मा घृणा से हँसी, 'तू कैसी विधवा है, अभागिन? तेरे अंदर तो वासना भरी पड़ी है। तुझे विवाह करने का अधिकार नहीं है।'

'तू अधिकार बतानेवाली कौन है··· ?'

तभी ब्रजमोहन की आत्मा भी उधर आ निकली। बोली, 'तू विवाह नहीं कर सकती।'

'मैं विवाह करूँगी। तू रोकनेवाली कौन है?'

'मैं कौन हूँ? तू नहीं जानती, दुष्टा! मैं तेरा जन्मदात्री, पालक, संरक्षक।'

सीता की आत्मा बड़े जोर से हँसी, 'जन्मदात्री, पालक, संरक्षक! मूर्ख कहीं की। जानती नहीं, मैं स्वतंत्र हूँ। मैं जो चाहूँ, कर सकती हूँ।'

और फिर घृणा से बोली, 'तुम अंधी हो। तुम आनंद मनाती रहो और मैं मन मसोसकर तपस्या का ढोंग करूँ? तुम खुलकर खेलो और मैं यौवन की पुकार को अनसुना कर दूँ… ?'

ब्रजमोहन की आत्मा बड़े जोर से किटकिटाई, 'हतभागिनी, तुझपर भगवान् का श्राप है। तुझे अपनी इच्छाओं को, कामनाओं को सबको कुचलना होगा।'

सीता की आत्मा फिर तेजी से अट्टहास कर उठी, 'झूठी कहीं की। तुम भगवान् की आज्ञा पानेवाली कौन हो? आज्ञा मुझे मिली है, मुझे सृष्टि का क्रम चलाना है। इसीलिए तो मेरे सीने में धड़कन और उभार है, आँखों में मादकता और जल है, शरीर में सिहरन और सौंदर्य है, ताकि मैं आनंद का उपभोग करूँ और विश्व को गतिमान रखूँ। मैं प्रकृति हूँ, मुझे पुरुष की आवश्यकता है।' और क्षण भर रुककर फिर कहा, 'मूर्खो! मैं तुम्हें खूब जानती थी। तभी तो मैंने शिक्षा प्राप्त की। मैं आर्थिक दृष्टि से भी स्वतंत्र हूँ। तुम मेरा कुछ नहीं बिगाड़ सकती। मेरी इच्छाओं का आदर करोगी सुख पाओगी, नहीं करोगी जलोगी,' और फिर उनके उत्तर की प्रतीक्षा किए बिना ही वह असंख्य आत्माओं के गिरोह में जा मिली। तभी कमलेश की आत्मा कुछ कह उठी और चाहा कि पीछे दौड़े, पर ब्रजमोहन की आत्मा ने रोक लिया, 'हमें सोचना चाहिए।'

सहसा सीता की आँखें खुल गईं। वह बेतरह काँप उठी थी। खुली खिड़की से प्रातःकाल की ठंडी हवा आ रही थी, तो भी वह पसीने से तर थी। उसका दिल बड़ी तेजी से धड़क रहा था। उसने उसे दोनों हाथों से दबा लिया और झाँका। आकाश में तारे अस्त हो चले थे, पौ फट रही थी। लेकिन पूर्व में शुक्र तारा तेजी से चमक रहा था और कभी-कभी किसी के गुनगुनाने या नल से पानी गिरने या कुत्ते के भौंकने की आवाज सुनाई दे जाती थी। उसने सोचा, यह क्या था, आखिर यह क्या हुआ? उसने खड़ा होना चाहा, पर यदि वह दीवार को न थाम लेती तो जोड़ से गिरती। वह वहीं दीवार से सटकर खड़ी हो गई और बिजली का स्विच दबा दिया। कमरा प्रकाश से जगमगा उठा। उसने गौर से देखा—दीवारें सूनी थीं,

फर्श पर केवल उसका बिस्तर था। एक कोने में बड़ा रैक लगा था, जिसमें किताबें चुनी हुई रखी थीं। वह धीरे-धीरे वहाँ से चली, जैसे देख नहीं सकती हो। दीवार पर हाथ फेरती-फेरती अलमारी के पास पहुँची। उसी तरह उसने हर एक पुस्तक को, अलमारी के तख्तों को छुआ, फिर घूमकर फर्श पर आ बैठी। तकिए को उठाकर गोद में रख लिया। बालों को, जो अस्त-व्यस्त मुँह पर छा रहे थे, पीछे हटाया और फिर दोनों हाथों से उन्हें मलने लगी। मुख पर प्रकाश चमका, आँखें मुसकराईं और उसने एक लंबी साँस ली। कुछ क्षण बाद विचारकर सहसा उसने अपने को एक झटका दिया, सुस्ती गायब हो गई। स्थिर स्वस्थ वह उठ खड़ी हुई। चेहरे का रंग लौट आया। उसने अँगड़ाई ली और कहा, 'मैं भी कितनी पागल हूँ। सीधी सी बात है। मैं विवाह करना चाहती हूँ, करूँगी। किसी को इसमें क्या आपत्ति हो सकती है।'

और यही बात उसने अपने पिता से भी कह दी। वह तनिक भी नहीं झिझकी, चेहरे पर तनिक भी परिवर्तन नहीं आया। इसके तीन दिन बाद वे सवेरे-सवेरे घूमकर लौटे थे और सीता नहाकर निकली थी। उसके हाथों में गीले कपड़े थे और वह उन्हें सुखाने के लिए ऊपर जा रही थी। उन्होंने उसे देखा, पास आकर कहा, 'सीता बेटा! कपड़े पहनकर तनिक मेरे पास आना।'

सीता ने सीधे स्वभाव जाते-जाते कहा, 'अभी आध घंटे में आती हूँ जी।'

'हाँ, हाँ, कोई जल्दी नहीं है, बेटा। आराम से आना।'

और उसके आधे घंटे बाद अपने जरूरी काम निबटाकर जब बैठक में सीता पहुँची तो ब्रजमोहन एक पत्रिका पढ़ रहे थे। उन्होंने आँखें उठाकर अपनी विधवा बेटी को देखा, जैसे कुछ नया-नया लगा हो। वे चौंके—क्या हुआ यह, इतना परिवर्तन! सीता इतनी सुंदर, इतनी तेजोमय! उन्होंने सदा उसे एक वैरागिन के रूप में देखा था, वह वैरागिन जो सबकुछ त्याग चुकी है, जिसके पास न शरीर है, न आत्मा है, जो मुक्त है, जो महासेविका है; पर अब जो सीता उनके सामने खड़ी थी, उसमें रक्त था, मांस था, वह रक्त और मांस जिसमें गरमी है, सुर्खी है। उसके शरीर में कांति थी, उसके चेहरे पर तेज था। वह कांति, वह तेज, जो अधिकार और लालसा से भरा होता है, लेकिन तो भी उसके मुख पर नारीसुलभ लज्जा का अभाव था और उसके स्थान पर वह दृढ़ता थी, जो उन व्यक्तियों में होती है, जो किसी भी संकट को बड़ी आसानी से झेल जाते हैं, यानी उसमें संकोच नहीं था। वह आई और बोली, 'पिताजी! मैं आ गई।'

वे उठे, 'आ गई बेटा, बैठो।'

वह बैठ गई, 'जी।'

'तुम्हारा रिजल्ट नहीं आया, बेटा?'

'आज आने की आशा है।'

'अच्छा। तो अभी आ जाएगा। मैंने कल तार दिया था, जवाब आने वाला होगा।'

वह मुसकराई, 'आपको बड़ी चिंता रहती है, पिताजी।'

वे हँसे, 'चिंता क्या, बेटी। माँ-बाप का दिल ही ऐसा होता है। बच्चे उन्हें सनकी कहा करते हैं…।'

सीता ने एकदम पिता को देखा, 'नहीं पिताजी। आप बहुत अच्छे हैं।' अपने भावों को छिपाने में असमर्थ अधेड़ ब्रजमोहन बड़े जोर से हँसे, 'अरे, अरे सीता! माँ-बाप का क्या अच्छा? स्वार्थ की बात है। संतान में उनका स्वार्थ छिपा रहता है।'

'जी, पिताजी। दुनिया में स्वार्थ के अतिरिक्त है क्या? दूसरों के लिए जीवन तक देनेवाले दिव्य पुरुष भी स्वार्थी होते हैं। वे अपनी आत्मा को ऊँचा उठाने के लिए दूसरों के लिए मर मिटते हैं। संसार उनकी पूजा करता है, यह बुरा नहीं है। बुरा तो वह है, जहाँ स्वार्थ के लिए दूसरों का गला घोंटा जाता है। इस देश में मेरी जैसी नारियों की क्या कमी है, जो स्वार्थ के लिए संसार की उन्नति में रोड़ा बन पड़ी हैं। स्वार्थ भी ऐसा, जो कभी प्राप्त नहीं है।'

ब्रजमोहन मुसकरा रहे थे। तभी हठात् चौंक पड़े। उन्होंने अचरज से सीता को देखा। वह उसी तरह शांत थी, केवल ऊपर के रोशनदान से आती हुई प्रकाश की एक पतली रेखा उसकी नासिका पर पड़ रही थी। उसी के कारण वे उसकी आँखों को ठीक-ठीक नहीं देख सके, पर उन्होंने कहा, 'यह तुमने क्या कहा, बेटा! तुम लोग उस महान् आदेश का निर्माण करती हो, जो हमारे धर्म का मूल है।'

सीता मुसकाई, 'आदर्श! सच पिताजी! आदर्श का निर्माण क्या सरल काम है।' वे अचरज से भरे बोले, 'सरल कहाँ बेटी, उसके लिए बड़ी कठिन तपस्या करनी पड़ती है। सबकुछ मिटा देना होता है…।'

बीच में टोकती सी सीता बोल उठी, 'और मैं समझती हूँ पिताजी कि बिना किसी उद्देश्य के अपने को मिटाना कायरता है। वह कर्तव्य से भागना है।'

'बेटी…।' ब्रजमोहन जैसे आकाश से गिरे, 'क्या कह रही हो तुम?'

'ठीक कह रही हूँ पिताजी,' वह उसी तरह शांति से बोली, 'आप जिस

काम के लिए मेरी प्रशंसा करना चाहते हैं, मैं समझती हूँ, वह मेरी कमजोरी है, लेकिन···।'

उन्हें खाँसी उठने लगी। किसी तरह दबाकर वे बोले, 'लेकिन बेटा, तुम्हें वह दिन याद है··· ?'

सीता को झटका लगा, 'वह दिन···।'

'हाँ बेटा। वह बदकिस्मत दिन, जब तुम्हारे हाथों की चूड़ियाँ तोड़ने के लिए तुम्हारी माँ तुम्हारे उस घर गई थी और जब तुम्हारी माँग का सिंदूर तुम्हारी आँखों में उतर आया था···।'

'पिताजी···।'

'सुनो बेटी। वह दिन मेरी आँखों में आज भी उसी तरह चित्रित है। आज भी तुम्हारी कुम्हलाई, मुरझाई हुई वह सूरत देख रहा हूँ, जिसके विवाह की मेंहदी सूखने से पहले ही पोंछ डाली गई हो···।'

'पिताजी! ठहरिए···।' सीता काँपी, सिहरी, आँखों की पुतलियाँ तेजी से घूमकर चमक उठीं, लेकिन ब्रजमोहन नहीं ठहरे। बोले, 'और बेटी! फिर वह दिन भी याद है, जब इसी कमरे में इसी जगह बैठकर मैंने तुमसे कहा था कि तुमने अभी इस दुनिया में कुछ नहीं देखा। पहाड़-सा जीवन सामने पड़ा है। तुम चाहो तो···और तब तुमने जिस दृष्टि से मुझे देखा था, वह क्या मैं भूल सका हूँ? उस वक्त तुममें तेज नहीं था। तुम बालक की तरह सरल थी। तुम्हारे मुख पर लज्जा उभर आई थी। तुमने कहा था—पिताजी। विवाह जीवन में एक बार होता है। और तुम उठकर चली गई थी। बेटी, उन बातों को दस वर्ष बीत चले हैं। दस वर्ष! एक युग।'

ब्रजमोहन सहसा रुक गए, जैसे उनके हृदय में टीसें उठने लगी हों। सीता के सामने वही दृश्य आ खड़े हुए। उसने अपनी आँखों से अपने को देखा कि उठकर वह अपने कमरे में जा लेटी थी और जैसे संबल खोकर उसका बाँध टूट पड़ा था। वह फूट-फूटकर रोई थी। तब तक रोई थी, जब तक माँ ने आकर उसे छाती में भर नहीं लिया था। इस प्रकार रोएगी तो बेटी, कितने दिन जीना होगा?'

'मैं जीना नहीं चाहती। मैं मरूँगी···।'

'मरना ही है, बेटी। इससे अच्छा मरना ही है, पर यह क्या अपने बस की बात है। बस, अब मत रो···।'

'नहीं माँ; मैं मरूँगी।'

'आह बेटी! तेरे लिए मरना ही ठीक है।'

यही सब सोचकर सीता एकदम काँप उठी। उसका दिल धड़क उठा, पर

जैसे उसे क्रोध आने लगा, मेरे लिए मरना ठीक है, मरना।···उसने खड़े होकर पिताजी की तरफ देखा। बोली, 'मुझे सबकुछ याद है, पिताजी। और मैं उसके लिए लज्जित भी नहीं हूँ, पर मैं सोचती हूँ कि जो उस दिन था, वह आज नहीं है। मुझे अपना जीवन भार मालूम पड़ रहा है। उसका कोई उपयोग नहीं है। जिसका कुछ उपयोग नहीं है, वह क्या जीने का अधिकारी है? मैंने पढ़ा है, सोचा है। मेरा जीवन मेरा नहीं है। वह राष्ट्र का है, देश का है। उनके प्रति मेरा कर्तव्य है, जिसे मैं निभाना चाहती हूँ, पर पिताजी···।'

वह एकदम चुप हो गई। ब्रजमोहन के सामने एक नया पृष्ठ पलटा जा रहा था। यह वह पाठ था, जो उन्होंने पढ़ा तो था, पर भुला चुके थे। अब जैसे याद करने की चेष्टा करने लगे हों, 'पर क्या बेटी···?' सीता जैसे झिझकी, लेकिन दूसरे ही क्षण निःशंक होकर बोली, 'यही पिताजी कि मैं सोचती हूँ, मुझमें अकेले वह कर्तव्य निभाने की शक्ति नहीं है। किसी में होती भी नहीं। अपवाद हो सकते हैं, पर दुनिया अपवादों से नहीं चलती···।'

और फिर क्षण भर साँस लेकर कहा, 'पिताजी, मैं आपसे बहस नहीं करती, मैं उसके बिना भी आगे बढ़ सकती हूँ पर मुझे डर है कि किसी दिन मैं चोरी करती पकड़ी न जाऊँ। चोरी पाप है, मैं उससे बचना चाहती हूँ।'

और इतना कहकर वह जाने के लिए उठी। तभी उसकी आँखें पिता की आँखों से मिलीं। वे मुसकरा रहे थे, पर उस मुसकराहट में मत्सरता नहीं, गर्व था, विश्वास था। उन्होंने कहा, 'सीता···।' कि बाहर एक कोलाहल व्याप्त हो गया, 'जीजी, जीजी। बुआजी, ओ बुआजी···।'

ब्रजमोहन एकदम उठ खड़े हुए, 'क्या है रे? कमलेश, क्या है?'

कमलेश तथा दो-तीन बच्चे खुशी से खिलखिलाते वहाँ आ गए। कमलेश बोला, 'पिताजी, जीजी पास हो गई···।' और···बीच ही में आगे बढ़कर बड़े बच्चे ने कहा, 'फर्स्ट क्लास फर्स्ट···।'

'बुआजी मिठाई···।'

'बुआजी मिठाई···।'

ब्रजमोहन ने अखबार छीन लिया, 'बेटी···।' सीता सचमुच अव्वल थी। परीक्षा-फल के ऊपर मोटे अक्षरों में लिखा था—श्रीमती सीता प्रांत भर में प्रथम। पाँच सौ में से चार सौ पचास नंबर प्राप्त किए। पिछले सारे रिकॉर्ड भंग।

पढ़कर उनकी आँखें चमक उठीं। सीता ऊपर से अब भी शांत थी, यद्यपि उसका दिल उछलने के लिए मचल रहा था। पिता ने उसकी पीठ ठोंकी और

अखबार दे दिया, 'लो, देखो बेटी।'

सीता ने उत्सुकता से अखबार लिया। उसे पलटा कि अपना नाम पढ़े, तभी सहसा काँप उठीं, जैसे भूकंप का झटका लगा हो। पिछले पृष्ठ पर एक जगह उसके पिता का नाम छपा था। वह विज्ञापन का पृष्ठ था। उसकी आँखें बेबस उधर घूम गईं। उसे पढ़ना पड़ा···

आवश्यकता

एक सर्वगुणसंपन्न सुसंस्कृता सत्ताईस वर्षीया बाल विधवा के लिए एक सुशिक्षित सुसंस्कृत वर की। विवरण के लिए ब्रजमोहन दास···से पत्र व्यवहार करें···आदि।

सीता की आँखों के सामने एक धुंध उठी, मिटी, संसार काँपा, हृदय हर्ष से उमड़ा और आँखों में पानी भर आया। भावना से विद्रोह करनेवाली नारी में जैसे भावना उमड़ पड़ी। गद्‌गद होकर बोली, 'पिताजी···!'

'बेटी···।'

सीता की माँ भी शीघ्रता से हँसती हुई आई, 'अरे, आप यहीं बैठे हैं। घर में तूफान मचा है। लीजिए, उठिए। बाजार से जल्दी मिठाई ले आइए।'

'हाँ, हाँ···।' वे उठे, 'जा रहा हूँ, अभी जा रहा हूँ।'

□

(सन् १९४५)

बेटे की मौत

जब वे अस्पताल से उसके बेटे की लाश लेकर लौटे तो रात पड़ गई थी। उसने अंदर आकर कमरे में पड़े हुए पलंग को हटा दिया। जो बिस्तर था, उसे धरती पर बिछाकर बोला, 'मेरे बेटे को यहाँ लेटा दो।'

लानेवालों में से एक ने धीरे से कहा, 'पलंग क्यों हटा दिया तुमने? उसीपर लेटाना ठीक रहता।'

वह मुसकराया, 'माँ की छाती से बढ़कर बेटे के लिए और कौन सा स्थान होगा?'

अचरज से उन लोगों ने उसे देखा और फिर बिना एक शब्द बोले एक पवित्र और बहुमूल्य वस्तु की तरह उस लाश को धरती पर लेटा दिया। लेटाकर वे सब कई क्षण बुत की तरह खड़े रहे और वह अपने बेटे के वस्त्रों को ठीक करता रहा। वह बिलकुल शांत और निर्द्वंद्व था। धीरे-धीरे उसने लंबी चादर को चारों ओर से खींचकर ठीक कर दिया, जिससे बेटे का कोई अंग न दिखाई पड़े। फिर बिस्तर के मुड़े हुए कोने खोलने लगा। इसी समय एक व्यक्ति, जो अपेक्षाकृत युवा था, बोला, 'चाचा, मैं आपके पास ठहरूँगा।'

उसने उसी गंभीरता से कहा, 'नहीं। आप सब जा सकते हैं, मुझे डर नहीं लगता।'

युवक मुसकराया, 'डर की बात नहीं, चाचा! फिर भी मैं चाहता हूँ...।'

वह भी मुसकराया, 'धन्यवाद! परंतु मैं चाहता हूँ, आप लोग मुझे अकेला छोड़ दें। मैं अंतिम बार इसके पास अकेला रहना चाहता हूँ...।'

उन लोगों ने एक बार फिर उसको देखा। उसके मुख पर अशांति का कोई लक्षण नहीं था। वह भयानक रूप से गंभीर था। यह बुरा था, फिर भी वे लोग बहस

नहीं कर सकते थे, इसलिए एक-एक करके चुपचाप जाने लगे। सबसे पहले उसका पड़ोसी बिना बोले ही चला गया। वह कुछ कमजोर दिल का आदमी था। उसके आँसू रास्ता टटोल रहे थे। उसके बाद बूढ़ा अब्दुल्ला चलने को हुआ। उसने जाते हुए कहा, 'बाबू केदारनाथ! सवेरे मैं आऊँगा। तब तक के लिए अलविदा, खुदा हाफिज!'

जवाब में केदारनाथ ने मुसकराकर हाथ उठाया और फिर चुपचाप लाश को देखने लगा। तीसरी बार रामनाथ अपने स्थान से हटा। उसने दर्द भरी आवाज में कहा, 'जीवन भर जिस सरकार की तुमने सेवा की, उसी ने क्षण भर में तुम्हारे निर्दोष बेटे को मार डाला।'

केदारनाथ ने उसका कोई उत्तर नहीं दिया। केवल उसकी मुद्रा कुछ कठोर हो गई। रामनाथ चला गया। उसी के साथ वह युवक भी रवाना हो गया। उनका देर तक वहाँ रहना खतरे से खाली नहीं था। क्षण भर वह उनकी ओर दृष्टि उठाए उनके कदमों की डूबती आवाज सुनता रहा, फिर किवाड़ बंद करके बेटे के पास लौट आया। अब वह कमरे में अकेला था। उसका दिल टूट रहा था। उसके शरीर में एक गहरी सिहरन दौड़ रही थी। वह स्वयं अचरज कर रहा था, वह अब तक रोया क्यों नहीं? कैसे सबके सामने इतनी आश्चर्यजनक दृढ़ता बनाए रख सका? जब सब चले गए तो वह दृढ़ता टूटने लगी। उसका कलेजा उमड़ पड़। आँसुओं की बड़ी-बड़ी बूँदें फर्श पर टपकने लगीं। यह तूफान की सूचना थी। देखते-देखते उसकी हिचकियाँ बँध गईं। वह वहीं लाश के सामने गिर पड़ा और सुबक-सुबककर रोने लगा। सुबकियों के पीछे जो उत्तेजित विचारधारा थी, उसने उसे और भी बेबस कर दिया। परमात्मा के प्रति उसका विश्वास खंडित हो चला। वह सरकार के ऊँचे पद पर था। उसका बेटा भी अफसर बनने वाला था। उसने जीवन में कभी भी राजनीति में भाग नहीं लिया था। उसे राजनीति से चिढ़ थी। वह अपने मित्र से मिलकर लौट रहा था, तभी उन मदांध गोरों ने उसे गोलियों से भून डाला। मूर्ख, कमीने! वे दोस्त-दुश्मन की तमीज नहीं कर सकते थे। वे हिंदुस्तानी मात्र को नष्ट कर देना चाहते हैं। वे...।

सहसा वह चौंक पड़ा। उसने गरदन को झटका दिया। वह विचारों की दुनिया में बहुत दूर चला गया था। उसने सुना, बाहर दरवाजे पर कोई पुकार रहा है।

वह अचकचाया, 'इस समय कौन!'

एक कोमल आवाज आई, 'किवाड़ खोलो।'

अंधकार गहरा हो चला था। बाहर सड़क पर बिजली का प्रकाश तेज था

और उसी प्रकाश में सैनिक राइफल थामे मार्च करते हुए, आते और चले जाते। उसी आवाज से चिढ़कर कुत्ते भौंकने लगते और सन्नाटा रो पड़ता। उसने डरते-डरते किवाड़ खोल दिए और अचरज से देखा, सामने एक लड़की खड़ी है।

क्षण भर वह उसे भौंचक देखता रहा, फिर यंत्रवत् बोला, 'जल्दी करो, अंदर आ जाओ।'

लड़की अंदर आ गई। वह उसे पहचानता था। माँ के साथ उसके पड़ोस में रहती थी। उसका बाप पिछले सांप्रदायिक दंगे में मारा गया था और तब से उसकी माँ एक असहाय की भाँति सूत कातकर या लिफाफे बनाकर जीवन बिता रही थी। इन माँ-बेटी के बारे में अकसर जो कुछ उसने सुना था, वह बहुत अच्छा नहीं था···।

लड़की बोली, 'चाचा, रोशनी नहीं करोगे?'

'करता हूँ, बेटी,' उसने कहा और स्विच दबा दिया। कमरा जगमगा उठा। उसने देखा, लड़की बेहद गंभीर है। आँखों में गहरी वेदना है और हाथों में एक कटोरदान।

लड़की ने बिना बोले, चुपचाप कटोरदान का ढकना हटा दिया। उसमें कुछ फूल और घिसा हुआ चंदन था। वह समझ न सकी। लड़की बोली, 'मैं पूजा कर सकती हूँ?'

'किसकी पूजा?'

'इनकी।' लड़की ने लाश की ओर संकेत किया।

केदारनाथ के नेत्र सजल हो आए। उसके मस्तिष्क में कई धूमिल प्रश्न उठे, परंतु समय प्रश्नों का नहीं था। इसलिए उसने कहा, 'कर लो बेटी!'

वह लड़की लाश के पास बैठ गई। फिर आहिस्ता-आहिस्ता उसने मुख के ऊपर का कपड़ा हटाकर मस्तक पर चंदन का टीका लगा दिया। फिर फूलों को छाती पर बिखेरकर वह उठ खड़ी हुई। उसने कपड़े को फिर उसी तरह दबा दिया, जिस तरह हवा लगने के डर से माँ बेटे को या प्रेयसी प्रियतम को ढक देती है। उसके बाद वह पैरों के पास आई, चुपचाप उन्हें छुआ और लौट चली। उसकी आँखें भर आई थीं और आँचल के छोर से उन्हें पोंछकर वह अपने को रोकने की भरसक चेष्टा कर रही थी। केदारनाथ ने इस मूक वेदना को देखा। उससे रहा नहीं गया। बोला, 'एक बात बताओगी, बेटी?'

'जी।'

'तुम इसको जानती थी?'

'जी। इन्हीं के कारण हम आज तक जिंदा हैं।'

'क्या यह तुम्हारे पास जाता था?'

'जी···।'

लड़की कुछ अचकचाई। केदारनाथ का दिल धक्-धक् कर उठा। सहसा वह क्रुद्ध हो आया। यह दुष्टा यहाँ इस समय क्यों आई है? क्या यह मरने के बाद उसके एकमात्र बेटे को पाप में लपेट लेना चाहती है? क्यों···?

तभी लड़की फिर बोली, 'आपको दुःख होता है शायद, पर हम लोगों के लिए वह क्या थे, यह आप नहीं जानते। बाबा के मरने के बाद दुनिया में अँधेरा-ही-अँधेरा था। हमने मरने का निश्चय कर लिया था, लेकिन अचानक एक दिन ये हमारे घर आए, बहुत देर तक माँ से बातें करते रहे। इन्होंने कहा—मरना आसान है, जीना मुश्किल। इनसान मरने के लिए नहीं है। उसे कठिनाई को आसान करना है।

माँ बोली—तो क्या करूँ?

जीओ।

कैसे?

मन में चाह पैदा करो। हाथों में शक्ति स्वयं आएगी।

इनकी यही बात मेरे मन में बैठ गई थी और इसलिए आज तक साधनों के अभाव में भी हम जी रहे हैं और जीते रहेंगे।'

केदारनाथ का मन बेटे की मौत के दर्द से भरा होकर भी विचलित हो रहा था। उसके मन में इतने विचार उलझ रहे थे कि वह झुँझला उठा था, लेकिन सामने बेटे की लाश पड़ी थी; उस बेटे की, जो शीघ्र अफसर बनने वाला था, परंतु सैनिकों की गोली खाकर प्राण दे चुका था और यह बदनाम लड़की उसकी पूजा करने आई है। पूजा वही करता है, जिसमें श्रद्धा हो। श्रद्धा का कारण प्रेम है। तो यह लड़की उसके बेटे से प्रेम करती है। तभी एक बात होंठों तक आकर रह गई। वह चाहकर भी चुप रह गया। यद्यपि उसका लड़का मर चुका था, तो भी वह उसके तन की उज्ज्वलता पर धब्बा लगता हुआ नहीं देख सकता था। उसे अपने बेटे पर नाज था। उसने कुछ कठोरता से कहा, 'तुम अब जा सकती हो, लड़की!'

लड़की बोली, 'हाँ, मैं अब जाऊँगी, चाचा! आप डरें नहीं। आपका पुत्र महामानव था। वह जब तक जिया, शान से जिया। जब मरा, शान से मरा। ऐसी शान से कि दुनिया उससे रश्क करेगी।'

केदारनाथ झुँझलाहट से भर चला था। उसने कहा, 'लड़की, तुम क्या बक रही हो, मेरी समझ में नहीं आता। उसका किसी भी दल से कोई संबंध नहीं था।

वह धोखे का शिकार हुआ है।'

लड़की मुसकरा उठी, 'चाचा! तुम्हारे बेटे को तुमसे ज्यादा मैं जानती हूँ। उन्होंने जीवन में कभी धोखा नहीं खाया। वह जान-बूझकर आग में कूदे हैं।'

केदारनाथ अचकचाया, 'क्या? तुम आखिर कहना क्या चाहती हो?'

लड़की कुछ कहे, इसके पहले द्वार पर फिर आहट हुई। वह बोली, 'कोई है, दरवाजा खोल दो, चाचा!'

'कौन है?'

किसी ने दरवाजा फिर थपथपाया। केदारनाथ हतबुद्धि सा आगे बढ़ा और किवाड़ खोल दिए। दो युवक अंदर आकर खड़े हो गए। वे परम शांत थे। उनके हाथ में दो राष्ट्रीय झंडे थे। उन्होंने लड़की को देखा। एक जो अपेक्षाकृत युवक था, बोला, 'बिंदा, तुम यहाँ हो?'

लड़की बोली, 'कर्फ्यू के कारण मैं जल्दी चली आई। कोई भय तो नहीं है?'

'नहीं।'

दूसरे युवक ने आगे बढ़कर लाश को झंडों से ढक दिया। फिर दोनों मिलकर उसे आहिस्ता-आहिस्ता ठीक करने लगे। केदारनाथ ने अचरज से यह सब देखा। उसकी समझ में कुछ भी नहीं आ रहा था। उसने चकित होकर पूछा, 'आप लोग कौन हैं?'

पहला युवक बोला, 'आप शायद साथी मोहन के पिता हैं?'

'हाँ, वह मेरा बेटा था।'

'आप खुशकिस्मत हैं।'

'लेकिन आप लोग कौन हैं?'

'हम…।'

'हाँ…।'

'बिंदा ने आपको कुछ नहीं बताया?'

बिंदा बोल उठी, 'मैं बदनाम हूँ। ये मेरा विश्वास नहीं कर सकते थे।'

दूसरा युवक मुसकराया, 'हम लोग केवल देश-सेवक हैं। भारत की आजादी पाना हमारा लक्ष्य है।'

'लेकिन मेरे बेटे से आपका क्या संबंध है? आपको शायद गलतफहमी हुई है। वह राजनीति से घृणा करता था। वह धोखे से मारा गया है। वह अफसर बनने वाला था।'

पहले युवक ने केदारनाथ को परम शांति से देखा और कहा, 'मोहन हमारा नेता था।'

'नेता...।'

'जी...।'

'लेकिन...।'

'कोई फिक्र नहीं। वह धोखे से नहीं मारे गए। उन्होंने एक उद्देश्य के लिए जान-बूझकर प्राण दिए हैं।'

'लेकिन आप बताइए तो आप क्या चाहते हैं?'

पहला युवक बोला, 'कोई विशेष बात नहीं, महोदय! मोहन हमारा नेता था। उसने राष्ट्रीय प्रतीक की प्रतिष्ठा के लिए अपने प्राणों को तुच्छ समझा। उस रास्ते पर चलनेवालों में जिनके सिर पर गांधी टोपी होती थी, गोरे सैनिक उनको पकड़ लेते थे। फिर उनसे कहते, टोपी उतारो और उसपर थूको। प्राणों से जिन्हें मोह था, वे ऐसा करके चुपचाप आगे बढ़ जाते थे। जो निर्मोही थे, वे टोपी उतारने से पहले प्राण दे देते थे, परंतु साधारण जनता में इतना साहस नहीं था। उस दिन कई टोपियाँ गोरे सैनिकों के बूटों के नीचे कुचली गईं। टोपी देखने में गोल कपड़ा है, परंतु वह कपड़ा राष्ट्र की प्रतिष्ठा का प्रतीक है। अपनी प्रतिष्ठा पर गोरों के बूटों का आघात हमने सुना। हमारा खून खौल उठा। यद्यपि भयंकर आग सुलग रही थी, उसमें कूदना मौत को गले लगाना था, लेकिन मोहन ने तनिक भी परवाह नहीं की। वह दृढ़ता के साथ उस मार्ग पर चला गया। उसने प्राण दिए, पर टोपी नहीं उतारी। जिस समय मैंने लाश को उठाया था, टोपी उसकी कमीज के नीचे थी...।'

केदारनाथ पागल हो रहा था। वह जानता था, मोहन अपने एक मित्र के पास गया था। लौटते समय उसे गोली लगी थी। आज संध्या को उसकी लाश उसने अस्पताल से प्राप्त की थी, और ये कहते हैं...।

उसने पूछा, 'आपने लाश को उठाया था?'

'जी! गोरे सैनिक न जाने कितनी लाशें गायब कर चुके हैं। कल रात बिंदा की सहायता से मैं उसे नाले से निकाल लाया था। उसे सड़क पर डाल दिया था, जहाँ से फौजी लारी उठाकर अस्पताल पहुँचा आई। हम उसे घर लाना चाहते थे, परंतु चाँदनी रात के कारण संभव न हो सका।'

केदारनाथ की आँखों के आगे से परदा हटता जा रहा था। वह समझ नहीं पा रहा था कि वह क्या कहे, क्या करे! वह जानता था, मोहन उसका पुत्र है। उसमें विद्रोह की गंध भी नहीं आती। वह कंपीटीशन के लिए जी जान से तैयारी कर रहा

था। लेकिन ये जो बागी हैं, जो सरकार के दुश्मन हैं, ये कहते हैं कि मोहन उनका नेता था, उसने देश की प्रतिष्ठा के लिए हँसते-हँसते बलिदान किया है⋯।

इसी समय वे दोनों युवक बोल उठे, 'बिंदा, अब चलें।'

वे सब मुड़े, तभी केदारनाथ आगे बढ़ आया। द्रवित होकर बोला, 'मेरे बच्चो! क्या सचमुच मोहन ने जान-बूझकर प्राण दिए हैं⋯सैनिकों ने उसे धोखे से नहीं मारा?'

'नहीं।'

'वह कब से तुम्हारे साथ था?'

'वह हमारा साथी था, सदा का साथी।'

केदारनाथ ने ठंडी साँस भरी, आँखों में आँसू भर आए। बोला, 'तो उसने मुझे धोखा दिया⋯सदा धोखा दिया। वह समझता रहा कि मैं सरकारपरस्त हूँ⋯मैं उसे आजादी की जंग में नहीं जाने दूँगा⋯उसने मुझे पापी समझा। मेरे बच्चो! तुम्हारे उस महामानव ने मुझे देशद्रोही और गद्दार समझा⋯।'

कहते-कहते अधेड़ केदारनाथ की सिसकियाँ बँध गईं। उससे खड़ा नहीं रहा गया। वह बैठता-बैठता वहीं बेटे की लाश के पास लड़खड़ाकर गिर पड़ा। बिंदा घबराकर दौड़ी, उसे सँभालती-सँभालती बोली, 'नहीं-नहीं, चाचा! वह तुम्हें पापी नहीं समझते थे। वह तुम्हें बेहद प्यार करते थे।'

'बेशक,' पहला युवक बोला, 'मोहन सदा आपकी तारीफ करता था।'

और दूसरा युवक बोला, 'युद्ध में जाने से पहले उसने मुझसे कहा था, मेरे पिता को अपना पिता समझना।'

वह उठ बैठा। उसने आँखें पोंछते हुए कहा, 'अहा, मेरे बच्चो, तुम कहना चाहते हो कि वह गद्दार के साथ मुझे कायर भी समझता था। यह उसकी भूल थी। वह अगर देश के लिए मर सकता है तो मैं क्यों नहीं मर सकता? आखिर वह मेरा बेटा था, बेटा⋯।'

और इतना कहकर केदारनाथ शांत मन सीधा खड़ा हो गया। बोला, 'अब तुम लोग जा सकते हो मेरे बच्चो, मैं स्वस्थ हूँ।'

□

(सन् १९४६)

मुक्ता

मुक्ता का मस्तिष्क अभी तक चकरा रहा था। उसके हृदय में अजीब सी टीसें चलने लगी थीं। ऐसा दृश्य उसने पहले नहीं देखा। उसने सुना था कि युद्ध, तूफान, विद्रोह और महामारी के समय अनेक आदमी इतनी शीघ्रता से मरते हैं कि उनको ठिकाने भी नहीं लगाया जा सकता। उनकी लाशें सड़ती रहती हैं और उनकी बदबू से दुनिया की हवा गंदी होती रहती है, परंतु···।

उसके मस्तिष्क में खून और क्लारोफार्म की बदबू एक साथ भर गई। उसके सामने वे बेतरतीब और भद्दी लाशें आ गईं, जिन्हें वह अभी-अभी अस्पताल में छोड़ आई थी। उनमें से अनेक के हाथ-पैर टूट गए थे। कितनों का सिर फट गया था, आँतें बाहर निकल आई थीं। वे रक्त से लिथड़े पड़े थे और उनके शरीर गोलियों से छिद गए थे। उनमें जो सदा के लिए मुक्त हो चुके थे, वे भाग्यशाली थे, परंतु जो शेष थे उनके चीत्कार से मौत का कलेजा थर्रा उठता था और वह उनके पास आने से काँपती थी···।

मुक्ता ने घबराकर आँखें मींच लीं। वह अपने पलंग पर चित लेट गई थी और उसका रोम-रोम एक असहनीय वेदना से कसक रहा था। आखिर यह रक्तपात क्यों होता है ? क्यों मनुष्य मनुष्य को मारता है ? कहते हैं, देश गुलाम है, आजादी का युद्ध चल रहा है। उसमें मनुष्य साधन है, साध्य तो आजादी है, पर आजादी किसके लिए ? मनुष्य के लिए! फिर मनुष्य का नाश क्यों··· ?

इस प्रश्न का उत्तर भी वह जानती है। मनुष्य किसी ठोस या स्थिर वस्तु विशेष का नाम नहीं है। वह तो सतत प्रवाहवान शाश्वत शक्ति है, परंतु ऐसा है, तो क्यों एक मनुष्य दूसरे मनुष्य पर शासन करना चाहता है ? क्यों ? प्रश्नों का कोई अंत नहीं है, उत्तर भी अनगिनत हैं, परंतु समस्या का सुलझाव कहीं नहीं हैं। दार्शनिक

कह सकता है, सुलझाव का न होना ही दुनिया के अस्तित्व का कारण है। उलझन जीवन है और सुलझन मौत। कैसी विडंबना है…!

उसका मस्तिष्क झुँझला उठा, क्या मुसीबत है! आज क्यों ये प्रश्न मेरे मन में उठे हैं? क्यों वह इतनी दार्शनिक, रहस्यमयी, दुःखी और त्रस्त हो उठी है। नहीं, नहीं, मैं अब नहीं सोचूँगी। सोचना पाप है। और वह उठकर बैठ गई। उसके पास ही निवार के छोटे खटोले पर उसका एकमात्र बच्चा लेटा था। वह गहरी नींद में था। उसका मुँह खुल गया था। उसकी आँखें मिच गई थीं। उसके हाथ-पैर शांत मुक्त फैले थे। मुक्ता ने आज उसे ध्यान से देखा। कई क्षण देखती रही, तभी न जाने क्यों उसकी आँखें झपकीं। उनमें पानी भर आया…।

आँखों में पानी—वह चिहुँक उठी। उसने रूमाल से उन्हें एकदम पोंछ डाला। वह उठ खड़ी हुई। बोली—मैं कातर नहीं हो सकती, नहीं हो सकती। मैंने उनसे प्रतिज्ञा की है।

और फिर उसकी आँखों के सामने वे सब दृश्य आकर चित्रित हो गए, मानो वह उसी जीवन को अब भी जी रही है। उसके पति देश की आजादी के लिए पागल थे और उसी के लिए वे हँसते-हँसते एक दिन फाँसी पर चढ़ गए। उन्हीं के ज्ञान की बदौलत उसका दिल धनी है। उन्हीं का बलिदान उसकी संपत्ति है, जिसपर उसे ही नहीं, समूचे देश को गर्व है। जैसे ही वह कातर होती है, उसे वे अंतिम क्षण याद आ जाते हैं। उन्हें उस दिन फाँसी दी जाने वाली थी। वह अंतिम बार उनसे मिलने जा रही थी। उसकी गोद में दुधमुँहा बालक था। साथ में देवर था, माँ थी। सब त्रस्त और कातर थे। माँ की आँखें रोते-रोते सूज गई थीं, परंतु उसे न रोने की आज्ञा थी, न सिसकने की।

गाड़ी के दूसरे यात्रियों ने उन्हें देखा, देखते रहे। वे समझ रहे थे कि ये लोग जरूर विपदा के मारे हैं, पर दुनिया तो दुनिया है। उसका काम अपने रास्ते पर चलना है। यात्री आए और गए, पर इसी आने-जाने में एक व्यक्ति ऐसा निकल ही आया, जिसके मन को उनकी वेदना ने छुआ, उसने पूछा, 'आप लोग दुःखी हैं! क्या बात है?'

मुक्ता के देवर ने उदासीन भाव से कहा, 'दुनिया है, इसमें सुख-दुःख चलते ही रहते हैं।'

'जी फिर भी…।'

देवर ने अब प्रश्नकर्त्ता की ओर देखा, फिर धीरे से कहा, 'आपने कमल का नाम सुना होगा।'

'कमल,' वह फुसफुसाया, 'कमल! राजद्रोही कमल! उसे कल फाँसी होगी। तो क्या···।'

'जी।'

पूछनेवाले का दिल सहसा करुणा और आदर से भर उठा। उसका साथी फुसफुसाया, 'कमल! कमल के ये कौन हैं?'

'ये कमल के कुटुंबी हैं।'

इसी तरह तीसरा, चौथा, पाँचवाँ। सभी ने पूछा, 'ये कमल के कौन हैं?'

'कमल राजद्रोही है! कमल को फाँसी होगी? कमल बहादुर है! कमल जैसों के कारण ही देश देश है···।'

'नहीं तो···।'

'नहीं तो गधों से बदतर हैं सब लोग। आदमी क्या गुलाम होने के लिए पैदा हुआ है?'

'जी, आप ठीक कहते हैं।'

पर यह बहस आगे नहीं बढ़ सकी। पास के कुछ लोग दूर हट गए। स्वर मात्र फुसफुसाहट में बदल गया। स्टेशन आया। दो-एक पुराने यात्रियों ने एक नजर से उन्हें देखा, फिर आह भरकर नीचे उतर गए। मन में कहा—कैसी दुनिया है? आज जो पत्नी सधवा है, जो माँ सपूती है, वही कल पति और पुत्र को खोकर विधवा और निपूती हो जाएगी।

दूसरे ने कहा, 'कितने बहादुर हैं ये लोग! जान-बूझकर फाँसी पर चढ़ जाते हैं।'

तीसरा बोला, 'बिना प्राण दिए आजादी नहीं मिलती।'

फिर नए यात्री चढ़े। शोर मचा। तभी एक पुराना यात्री फुसफुसाया, 'शोर मत मचाइए।'

नवागंतुक कुछ तेज होकर बोला, 'क्यों? आपका क्या जाता है?'

'कुछ नहीं मेरे दोस्त।'

'तो फिर।'

'फिर यही कि कमल की माँ और पत्नी इसी डिब्बे में हैं। वे दुःखी हैं।'

'कमल! कौन कमल?'

'जी, वही क्रांतिकारी। कल उसे फाँसी होगी।'

मवागंतुक का स्वर एकदम गिर गया। काँपकर धीरे से बोला, 'कमल इस डिब्बे में हैं! मैं अगले स्टेशन पर उतर जाऊँगा।'

कुछ लोग ऐसे भी थे, जिन्हें इन बातों की तनिक भी चिंता नहीं थी। वे टैंक की भाँति चढ़े, मशीन की तरह चीखे और धुएँ की तरह कालिख पैदा करके चले गए।

और मुक्ता! वह सब ओर से आँखें मूँदे केवल एक ही दृश्य देखती थी। एक ही मूर्ति रह-रहकर उसकी आँखों के आगे आकर खड़ी हो जाती थी। वह मूर्ति जो इन पाँच वर्षों में उसकी आशाओं और कामनाओं का केंद्र रही है, जिसकी ओर देखकर उसने मुसकाना सीखा था, जिसकी उपस्थिति उसकी छाती में गुदगुदी पैदा कर देती थी, वही मूर्ति अब अंतिम बार उसके सामने आने वाली है।

अंतिम बार।

हाँ, अंतिम बार! फिर वह उसे इन पार्थिव आँखों से नहीं देख सकेगी, यद्यपि वह महसूस करती है, कमल कभी भी उससे अलग नहीं हो सकता।

और फिर वह क्षण··· ।

मुक्ता, कमल की माँ और भाई के साथ जेल के एक कमरे में बैठी थी। उसकी छाती में रुदन भरा था। उनका मन उत्सुक, व्यग्र, दुःखी, अशांत अंदर के किवाड़ों की ओर उड़ा जा रहा था··· ।

किवाड़ खुले, सिपाही ने कहा, 'कमल जाने वाला है, जल्दी करो।'

वे हड़बड़ाकर उठे। बाहर सूर्य का प्रकाश चमक रहा था। पक्षी चहक रहे थे। दूर कुएँ पर माली की गहरी गंभीर आवाज गूँज उठी थी और सामने तीन-चार गंभीर व्यक्तियों के बीच खड़ा था—कमल··· ।

वह शांत निर्द्वंद्व मुसकरा रहा था। उसके चेहरे पर अद्‌भुत सौम्यता मुखरित हो उठी थी। उसने उत्फुल्ल होकर कहा, 'माँ! तुम अच्छी हो! और नरेन और··· ।'

'कमल, देखो वह पीछे कौन हैं?'

कमल ने आँखें उठाकर मुक्ता को देखा। वह हँस पड़ा। उसने चुटकी बजाकर बच्चे का ध्यान आकर्षित किया। बच्चा पहले चौंका, फिर निश्छल मन से मुसकराया। मुक्ता ने एक बार बच्चे को देखा, फिर कमल को। जी में उठा—पगली, ये हँसते हैं, तू भी हँस।

तभी सुना, कमल ने कहा, 'तुम्हें जीना है अपने लिए, अपने देश के लिए और सबसे बढ़कर देश की इस धरोहर के लिए।'

वह काँपी। शब्द होंठों पर आकर रह गए।

उसने फिर कहा, 'रोना कायरता है। व्यक्ति परंपरा की एक कड़ी मात्र है। मानव के इस क्रम को अक्षुण्ण रखना तुम्हारी जिम्मेदारी है।'

शब्दों ने अब भी साथ नहीं दिया।

कमल ने फिर धीरे से कहा, 'मैं तुम्हें प्यार करता था, करता हूँ। तुम्हारा प्रेम फाँसी के तख्ते पर मेरा कवच होगा, परंतु उस प्रेम का बदला मैं तुमसे माँगता हूँ, मेरे प्यार को लजाना मत…।'

शब्द बंद हो गए। आँखों से आँखें मिलीं। मुक्ता ने उन तेजस्वी नेत्रों में जीवन का मूर्तिमान और प्रज्वलित भविष्य देखा। वह रोकर भी हँस पड़ी। कमल ने तब आगे बढ़कर माँ के चरण छुए, बोला, 'माँ, मैंने तुम्हारे दूध को लजाया नहीं। उसमें बड़ी प्रबल शक्ति है। मैं तनिक भी नहीं झिझका। देश को तुम जैसी माताओं की जरूरत है।'

माँ के आँसुओं का प्रवाह एकदम रुक गया।

कमल ने फिर भाई के कंधे को जोर से थपथपाया। कहा, 'मेरे बाद तेरी बारी है, नरेन।'

भाई के आँसुओं में मुसकान चमक उठी।

और फिर दरवाजा बंद हो गया। उन्हें बाहर कर दिया गया। जो संबल था, वह हट गया। और वे ढाढ़े मारकर रो उठे…।

सोचते-सोचते अब भी सहसा उसका दिल उमड़ा। जी में उठा, चिल्लाकर रो उठे और पुकारे—मेरे स्वामी, मेरे जीवनधन! तुम आज कहाँ हो…लेकिन उसकी आँखों में आँसू नहीं आए। छाती में ज्वार उठकर रह गया। बाहर जूतों की खट-खट हुई। उसने आँखें उठाकर देखा, उसकी साथिन लौट आई है। वह त्रस्त है। उसका सुंदर मुख वेदना से कुम्हला गया है, परंतु जब उसने मुक्ता को देखा, तो सबकुछ भूलकर चौंक पड़ी, 'मुक्ता, अरे, तुम्हें क्या हुआ?'

'कुछ नहीं।' मुक्ता ने मुसकराने की चेष्टा की।

'फिर भी, तुम तो एकदम सफेद पड़ गई हो।'

'और तुम रजिया?'

'मैं! मेरा जी करता है, मुक्ता! जमीन फट जाए और हम सब उसमें समा जाएँ।'

मुक्ता उठकर बैठ गई, 'यह कायरता है, पर मानती हूँ, आज इससे बचने का कोई रास्ता नहीं दिखाई देता।'

'बेशक, कोई रास्ता नहीं; क्या होगा मुक्ता?'

'आजादी मिलेगी।'

'यदि आजादी यही है, तो इससे घृणित वस्तु और क्या होगी? जिसके लिए

हम आजादी चाहते हैं, उसी का खून हम बहा रहे हैं।'

मुक्ता ने कहा, 'मनुष्य शाश्वत है। जिसका, उसका, यह, वह आदि मात्र संकेत शब्द हैं। इनका कोई मूल्य नहीं है। मनुष्य का खून कौन बहा सका है?'

'हो सकता है, परंतु मुक्ता! यह बीभत्स रक्तपात मनुष्य के राक्षसपन का सबूत है और राक्षस आजादी का हकदार नहीं हो सकता।'

मुक्ता ने इस बार कुछ नहीं कहा, वह ऊपर की महराबदार छत को देखने लगी। उसी समय फिर खट-खट हुई। तीसरी लड़की भी लौट आई। वह भी उन्हीं की तरह शुभ्र-स्वच्छ पोशाक पहने थी। उन्हीं की तरह उसका रंग फीका पड़ रहा था। उसने आते ही कहा, 'बीभत्स। एकदम बीभत्स।'

रजिया ने पूछा, 'क्या हुआ?'

उन्होंने एक ही वर्ष के बालक को गोली मार दी।

क्षण भर के लिए वहाँ सन्नाटा छा गया। दोनों लड़कियों के दिल एक साथ करुणा और घृणा से भर उठे; केवल मुक्ता ने लेटे-लेटे कहा, 'यह क्यों भूलती हो, दो वर्ष का बालक एक दिन बीस वर्ष का डाकू बन सकता था।'

वे दोनों चिल्लाईं, 'मुक्ता...।'

'ठीक कहती हूँ। नहीं तो इन हत्याओं का क्या महत्त्व है?'

'मनुष्य अंधा है।'

'मनुष्य नहीं, उसका स्वार्थ अंधा है।'

मुक्ता बोली, 'यह शब्दों का मायाजाल है, क्लारा। कुछ समझ में नहीं आता। देश पागल हो उठा है, वह आजादी चाहता है।'

'किसी भी मूल्य पर, किसी भी तरह...।'

'आजादी।'

'हाँ, आजादी। कहते हैं कि वह मनुष्य का जन्मसिद्ध अधिकार है।'

क्लारा के मन में गहरा विद्रोह उमड़ उठा। वह मुक्ता से बहस करने के लिए तैयार हो उठी, पर तभी उसने उसके बच्चे को देखा। उसके प्रवाह पर एकदम ब्रेक लग गया। मन में उठा कि आजादी के लिए इसके पति ने हँसते-हँसते फाँसी का फंदा गले में डाला था। यह आजादी की चोट पहचानती है। बस, उसका मन भर आया है और वह उठकर अपने कमरे की ओर चली गई। रजिया वहीं बैठी रही और फिर धीरे-धीरे फुसफुसा उठी, 'कैसी अचरज है, मुक्ता? सभी भले काम जुल्म की नींव पर खड़े हैं?'

मुक्ता मुसकराई। रजिया ने सत्य को पहचान लिया था, परंतु वह सत्य

कितना कड़वा था, कितना···।

'तभी चौथी लड़की लौटी। वह भी बेतरह घबरा रही थी। रजिया ने पूछा, 'क्या खबर है, सरला?'

'लाशोंवाला कमरा ओवरलोड हो चुका है। डॉक्टर घबरा उठे हैं।'

'कितने होंगे··· ?'

'सौ से भी अधिक।'

'वे सब मर चुके हैं।'

'बिलकुल···।'

सरला का कमरा दूर था। वह कहकर चली गई। मुक्ता उस समय तक फिर अपनी दुनिया में लौट गई थी। आजादी के प्रश्न पर उसे पति की बातें याद आने लगी थीं। वे छिपे हुए थे, पुलिस उनके पीछे थी और वह घर में चुपचाप घुटी-घुटी सुना करती थी; उनकी कहानियाँ। उन्होंने डाकखाने जलाए, तार काटे, खजाना लूटा। आखिर क्यों···आजादी के लिए···आजादी। आखिर आजादी का इन कामों से क्या संबंध है?

और एक दिन यही बात मुक्ता ने कमल से पूछी थी। उस दिन वह घर के बरतन साफ कर रही थी। रात का समय था। अँधेरी रात थी, सब सो चुके थे। तभी सहसा उसने काँपकर देखा, उसके सामने कमल खड़ा था। वह सिहर उठी, 'आप!'

उसका दिल भय, हर्ष, रुदन से एक साथ भर उठा। कमल ने शांत मन से कहा, 'हाँ, मैं हूँ, मुक्ता। डरो नहीं।'

'कहाँ थे आप? क्या होगा?'

कमल मुसकराया, 'कोई चिंता मत करो। जो होगा, वह हम जानते हैं, पर तुमसे कहने आया हूँ, डरना मत।'

मुक्ता सहसा जवाब न दे सकी। वह डरती थी, पर स्वामी के सामने स्वीकार नहीं करना चाहती थी। कमल ने उसे देखा, वह समझ गया, बोला, 'मुक्ता! मुन्ना कैसा है?'

वह बोली, 'ठीक है। देखोगे न, आओ।'

'नहीं, नहीं,' उसने कहा, 'समय कम है, केवल तुम्हें देखने आया था।'

मुक्ता का दिल चीत्कार कर उठा। उसकी आँखें भर आईं। उसने कहा, 'आपने यह सब क्यों किया?'

'देश की आजादी के लिए।'

'लेकिन आजादी का इस महानाश से क्या संबंध है?'

कमल हँसा, बोला, 'तुम्हारी बात में बल है, पर जान लो रानी! आजादी वही ले सकता है, जो शक्तिशाली है और यह महानाश हमारी शक्ति का प्रदर्शन है। मुक्ता की समझ में खाक नहीं आया। कमल लौट गया। फिर एक दिन वह पकड़ा गया। मुकदमा चला और फाँसी की सजा मिली। देश के नेताओं ने दया की याचना की, परंतु वह बच न सका। फाँसी लगने के बाद कई माह तक वह अशांत-अशांत डोलती फिरी। वह अपने वीर पति की याद लेकर जीना चाहती थी। देश में कुछ लोग थे, जिनके दिल में दर्द था। उन्होंने उसके परिवार की सहायता की, पर यह सब कब तक? वह पढ़ी-लिखी थी। कुछ और पढ़कर किसी स्कूल में काम कर सकती थी, पर वह शांत जीवन उसे न जाने क्यों अच्छा नहीं लगा। उसने एक दिन निश्चय किया कि वह डॉक्टर बनेगी।

और उसने मेडिकल कॉलेज में नाम लिखा लिया। धीरे-धीरे दो वर्ष बीत गए। इसी बीच देश में अनेक परिवर्तन हुए। जो सुस्ती, जो उदासीनता छा गई थी, वह दूर हो गई। समुद्र-पार से एक पुकार आई और जनता आजादी के लिए पागल हो उठी। उसके बाद कहीं भी, किसी भी समय रक्त खौल उठता, बंदूकें चलने लगतीं, लाशों से सड़कें पट जातीं···। आज वह दो दिन से अपने नगर में यही कुछ देख रही थी। कॉलेज का अस्पताल घायलों से भर चुका था। डॉक्टर परेशान थे। लड़कियाँ चीरफाड़ में मदद कर रही थीं। मुक्ता उनमें सबसे आगे थी और अभी-अभी तनिक सुस्ताने के लिए अस्पताल से लौटी थी। उसके छात्रावास के सभी विद्यार्थी, सभी नौकर जरूरत से ज्यादा काम में जुटे थे। वे सब दुःखी थे। गोलियों का शब्द, घायलों की पुकार, कटी-फटी लाशों का ढेर, लाशों में बच्चे, बूढ़े, अपाहिज, हिंदू, मुसलमान सभी बेबस प्राणहीन एक-दूसरे से सटे हुए, रक्त से रक्त मिलाए हुए···।

रजिया बोल उठी, 'मुक्ता, तुम्हारा बच्चा कितना खूबसूरत है?'

मुक्ता सहसा चौंकी, 'खूबसूरत···।'

'हाँ, कितनी शांति से सो रहा है। बेखौफ, बेखबर।'

मुक्ता मुसकराई, 'और अभी एक गोली आकर इस बेखौफी और बेखबरी को सदा के लिए अमर कर सकती है।'

रजिया काँपी, 'मुक्ता! कैसी बात कहती हो तुम, तुम्हें हुआ क्या है?'

मुक्ता हँस पड़ी, 'आज आजादी का युद्ध जो छिड़ा है, रजिया। आजादी के सामने मनुष्य गौण है, सबकुछ गौण है। मेरा बच्चा भी प्रतीक मात्र है। भूल गई हो, कितने मासूम बच्चों की लाशें मुर्दाघर में पड़ी हैं। वे सब इसी तरह बेखौफ और

बेखबर सोते थे।'

रजिया की आँखें सहसा नम हो गईं। उसके मुँह से शब्द नहीं निकला और इसी तरह उन्होंने देखा, कई लड़कियाँ अस्पताल से घबराई, त्रस्त लौट आई हैं। सुलताना का रास्ता उधर से ही था। उसका चेहरा फक था। उसके पैर काँप रहे थे। रजिया ने उसे पुकार लिया, 'सुलताना! क्या बात है बहन?'

सुलताना ठिठकी, चिनचिनाकर बोली, 'बात क्या है? वे सब पागल हो रहे हैं। उन्होंने उसे भी मार डाला…।'

'किसे…?'

'छोटे डॉक्टर को। वह एक बच्चे की लाश उठाकर ला रहा था। खिड़की तोड़कर गोली उसकी छाती में लगी। वह गिर गया और देखते-देखते मर गया। गोरे चलती गाड़ियों से बेतहाशा गोलियाँ चला रहे हैं। वहाँ आतंक छा गया है। सब लोग भाग गए हैं। घायलों के चीत्कार से शून्य काँप रहा है…।'

सुलताना की आँखों से भय उमड़ रहा था। वह कह रही थी, 'हम सब मर सकते हैं, सब…।'

तभी मुक्त तीव्रता से उठी, बोली, 'मैं जाती हूँ।'

रजिया चौंकी, 'कहाँ?'

'वहीं, जहाँ शैतान नाच रहा है, जहाँ आजादी की पुकार मची है।'

'नहीं, नहीं,' सुलताना ने करुणा से कहा, 'नहीं मुक्ता! वहाँ कोई नहीं जा सकता। वहाँ मौत है। छात्रावास के गेट बंद हैं।'

मुक्ता मुड़ी, मुसकराई, 'पर मैं जा सकती हूँ। गेट की चिंता मुझे नहीं है। मैं मौत को पहचानती हूँ।'

और वह बढ़ चली।

रजिया ने भयातुर कंपित चीखकर कहा, 'लौटो मुक्ता। तुम्हारा बच्चा—'

मुक्ता ने दौड़ते-दौड़ते शीघ्रता से कहा, 'रजिया! बच्चा देश का है। बच्चा तुम्हारा है…।'

और आगे के शब्द बाहर उठते शोर में मिल गए। रजिया और सुलताना भौंचक सी, भयातुर, द्रवित एक-दूसरे को देखती रहीं, देखती ही रह गईं।

□

(सन् १९४६)

वे दोनों

उस दिन एक छोटे से जंकशन पर अचानक मेरी भेंट उससे हो गई। मैं ट्रेन बदलने के लिए रुका था और उसे आगे जाना था। रास्ते दो होकर भी हमें काफी देर साथ रहने का अवसर था। पहले उसी की दृष्टि मुझपर पड़ी। वह चिल्लाया, 'हैलो हरि! हरि!! किधर, कहाँ··· ?'

मैं मुड़ूँ, इसके पहले मेरे दोनों कंधों को झकझोरता हुआ वह मेरे सामने आ खड़ा हुआ। वह मेरा बचपन का प्यारा साथी था। मैं हर्ष से चीख उठा, 'रमन···रमन···तुम··· ?'

'हाँ हरि, मैं,' वह मुसकराया। उसके नेत्रों में तरल स्नेह था, उसका रोम-रोम पुलकित था।

मेरी आँखें भर आईं। और मैंने धीरे से कहा, 'कैसा आकस्मिक मिलन है और कितना अच्छा··· !'

उससे बोला नहीं गया। एक बेंच की ओर संकेत करता हुआ वह स्वयं उसपर बैठ गया, मानो उमड़ते हुए भावों को दबाना चाहता हो। मैं भी उसके पास उससे सटकर बैठा। मौसम सर्दी का था, पर प्रेम और स्नेह क्या मौसम के मंत्र की अपेक्षा करते हैं? अपनी भावुकता को छिपाने के लिए वह हँसा और बोला, 'हाँ, अब कहो। कहाँ हो? क्या करते हो?'

मैंने कहा, 'क्या करता हूँ? अकबर ने अपने एक शेर में आज के इनसान के लिए चार काम गिनाए हैं। मैं एक कर चुका हूँ, दूसरा कर रहा हूँ। दो बाकी हैं।'

'यानी!' वह हँसा।

'बी.ए. कर चुका। नौकरी कर रहा हूँ। भला हो महायुद्ध का। युद्ध-विभाग में डेपुटेशन पर आया हूँ। दो सौ पचास रुपए मासिक वेतन मिलता है। बस, अब

पेंशन लेना और मरना बाकी है।'

रमन उसी तरह हँसता रहा, 'माँ कहाँ है?'

'दिल्ली मेरे पास है।'

'विवाह किया?'

'हाँ!'

'कितने बच्चे हैं?'

'अभी चार हैं—दो लड़के, दो लड़कियाँ; आगे और हो सकते हैं।'

अब रमन खिलखिला पड़ा, 'तो यूँ कहिए कि सृष्टि का क्रम ठीक-ठीक चल रहा है,' और फिर सहसा गंभीर सा होकर बोला, 'क्यों हरि! बचपन की बात याद है?'

मैंने कहा, 'सच कहता हूँ, रमन! इतना व्यस्त जीवन है कि ऐसा लगता है सबकुछ आज ही शुरू हुआ है। हाँ, कभी-कभी जब एकांत मिलता है, अपने बच्चों को खेलते और झगड़ते देखता हूँ तो मुझे मेरा बचपन याद आ जाता है। सिनेमा में देखे किसी दृश्य की तरह क्षणिक आमोद, क्षणिक हर्ष, क्षणिक दर्द और फिर वही वास्तविकता का हृदयहीन चक्कर…पर रमन। तुमने नहीं बताया।'

'क्या बताऊँ, हरि!' वह हँसा, 'कुछ बताने को हो तो?'

'आखिर क्या करते हो?'

'कोई निश्चित काम नहीं, लिखने का शौक है, लिख लेता हूँ। कभी स्कूल खोलकर बच्चे को पढ़ाने लगता हूँ और कभी हमारी सरकार की कृपा हो जाती है तो उसके आतिथ्य का मजा ले लेता हूँ।'

'कांग्रेस में काम करते हो?'

'हाँ।'

'विवाह किया?'

'जरूरत ही नहीं पड़ी।'

'माँ कहाँ है?'

'मर गई।'

मुझे बड़ा अजीब सा लगा। मन भारी हुआ, घबराया सा बोला, 'रमन, लगभग पंद्रह वर्ष बाद हम एक-दूसरे के आमने-सामने बैठे हैं। इस बीच में दुनिया कहाँ से कहाँ पहुँच गई। आज की जिंदगी मौत से भी भयानक है, पर रमन! तुमने अपना क्या कर डाला? कैसे जीते हो, दोस्त?' लेकिन रमन था कि खिलखिला पड़ा, 'कैसे जीता हूँ? वैसे ही, जैसे जीना पड़ता है। तुम्हें यह सब अजीब सा लगता

है, पर मेरे लिए तो सब स्वाभाविक है, जैसे तुम्हारे लिए सरकारी कागजों पर टिप्पणी लिखना और प्रणय-केलि के बाद बच्चे पैदा करना…।'

और वह आगे कुछ कहे, इसके पहले एक बालिका वहाँ आ गई। लगभग पाँच वर्ष की होगी। सुंदर, हँसमुख और स्वस्थ। बोली, 'चाचाजी! अम्मा आपको बुलाती हैं।'

रमन ने कहा, 'अभी चलते हैं, बिट्टी।'

और मेरी ओर देखकर बोला, 'इसे पहचान सकोगे?'

मैंने सोचना चाहा, पर एकदम कुछ सूझा नहीं, कहा, 'इसे कैसे पहचानूँगा, रमन। इधर आए युग बीत गया।'

'नहीं हरि। याद करो! बचपन के सब साथियों के बारे में सोचो! किसी से इसका चेहरा मिलता है? किसी का भोलापन है इसकी आँखों में? सोच लो, बिलकुल बाप को पड़ी है।'

मेरी आँखें खुलीं। मस्तिष्क का चक्कर बड़ी तेजी से उलटा घूमा, धीरे-धीरे सभी साथी सामने आए और चले गए। सबसे अंत में एक भोला चेहरा आया और जाने लगा। मैं झिझका, 'नारायण!'

रमन के नेत्र चमक उठे, 'शाबाश, तुम भूले नहीं हरि! यह नारायण की एक मात्र बालिका है।'

मैं विजय गर्व से मुसकरा उठा। बच्ची को अपनी ओर खींचकर मैंने कहा, 'कहाँ है वह पागल, जो क्लास का मॉनिटर होकर भी सदा हमसे दबता रहता था।'

रमन यथाशक्ति स्वर की स्वाभाविकता बनाए रखते हुए बोला, 'हाँ, वह ऐसा ही था! और अंत तक ऐसा ही रहा।'

मैं हठात् चौंका, कहा, 'क्या मतलब?'

'मतलब यही कि उसने देश के लिए अर्थात् हमारे लिए अपने प्राणों का मोह नहीं किया। हँसता-हँसता फाँसी पर चढ़ गया।'

'फाँसी पर चढ़ गया…!' मैंने बालिका को जोर से अपनी ओर खींचा, मानो किसी ने मुझे ही फाँसी का हुक्म सुनाया हो।

'हाँ, हरि।' रमन कुछ गंभीर, कुछ द्रवित वाणी से बोला, 'गत वर्ष उसे अगस्त आंदोलन में रेल की पटरी उखाड़ने के अपराध में फाँसी दे दी गई। क्या तुमने यह अखबारों में नहीं पढ़ा…?' और फिर उसी क्षण व्यंग्य से मुसकराकर कहा, 'तुम्हें क्या मतलब इन बातों से? तुम तो उनके हो।'

मुझपर घड़ों पानी पड़ गया। क्रोध, लज्जा और ग्लानि से मैं तिलमिला

उठा। आँखों में आँसू भर आए। रमन ने मुझे देखा, मेरे आँसुओं को देखा, जैसे हड़बड़ा उठा हो, 'अरे! मैं तो भूल गया। आओ हरि! नारायण की माँ है, बहू है···।'

और फिर मुझे खींचता हुआ पीछे की ओर ले गया, जहाँ छोटे से वेटिंग रूम में एक वृद्धा बेंच पर चादर लपेटे लेटी थी। उसी के पास बैठी एक युवती बाहर सड़क पर देख रही थी। रमन ने दूर से ही पुकारकर कहा, 'देखो तो अम्मा! यह कौन आया है?'

'कौन है रे,' अम्मा उठती-उठती बोली। युवती ने गरदन घुमाकर मुझे देखा और झट घूँघट खींच लिया। अम्मा ने गौर से देखा। मैं उन्हें प्रणाम करूँ, इसके पहले बोल उठी, 'शुक्लजी के बेटे की सी होर आवे हैं। हरि है क्या?'

रमन हँसा, 'वही हजरत है, अम्मा। नारायण का लँगोटिया यार। बार-बार तुम्हारी मार खाकर भी रात-रात भर इन्हीं के घर तो हम सब पड़े रहा करते थे। शुक्लजी की कहानियाँ और शुक्लनी चाची के गोल-गप्पे! क्यों हरि···अरे, अरे। रोता है, पागल! चुप कर। नारायण ने कोई ऐसा काम नहीं किया, जिसके लिए किसी को रोना पड़े।'

लेकिन मुझे न जाने क्या हुआ? मैं नारायण की माँ के पास बैठकर सुबक उठा। माँ की आँखों से भी अविरल धारा बह चली। बहू ने एक बार फिर घूँघट उठाकर देखा। रमन ने फिर कहा, इस बार उसके स्वर में तीव्र आदेश ध्वनि थी, 'हरि! खबरदार जो रोए, वीरों की समाधि पर आँसुओं का नहीं, रक्त का अर्घ्य दिया जाता है। उसके लिए रोना उसके कार्य का तिरस्कार करना है।'

मैंने आँसू पोंछ डाले। नारायण की अम्मा भी शांत हो गई और पूछने लगी, 'क्यों भइया, शुक्लजी कहाँ हैं अब?'

मैंने कहा, 'जहाँ एक दिन सब जाते हैं।'

उन्हें दुःख हुआ, 'मर गए। कब रे? और माँ कहाँ है?'

'माँ दिल्ली में है।'

'और तूने विवाह किया न? क्या करता है?'

मैंने उसी तरह स्वाभाविक बनने की कोशिश करते हुए कहा, 'विवाह किया है, बच्चे हैं, नौकर हूँ।' इत्यादि!

और कहकर पूछा, 'नारायण ने एक यही लड़की छोड़ी है?'

'हाँ बेटा! एक यही है।'

तभी रमन बोल उठा, 'उसे इस एक की भी जरूरत नहीं थी। वह देश के लिए मरा है। मौत ने उसे अमर कर दिया है। जीवन सबको एक तल पर रखता है,

पर मौत महान् आत्मा का निर्वाचन करती है।'

'बेशक रमन,' मैंने कहा, 'जिसने दूसरे के लिए प्राण दिए हैं, वही जिया है। हमारा क्या है? कुत्तों की तरह पेट भरते हैं।'

रमन जोर से हँसा, 'आत्मनिंदा आत्मश्लाघा के समान पाप है, हरि! यह विशुद्ध कायरता है।'

मैंने कहा, 'और क्या तुम हमें बहादुर समझते हो?'

उसी अल्हड़ता से वह बोला, 'तुम मनुष्य हो, हरि। और मनुष्य कब क्या कर सकेगा, यह कौन जानता है—सच कहना, क्या कभी तुमने सपने में भी सोचा था कि वह भोला और दब्बू नारायण किसी दिन हँसते-हँसते फाँसी को गले लगा लेगा…।'

मुझे लगा कि उसका स्वर स्वाभाविक अल्हड़ता और दृढ़ता को छोड़कर कुछ उत्तेजित होने लगा है। मुझे उसकी यह मुद्रा बड़ी सुंदर लग रही थी। वह कुछ बोलने के मूड में था; लेखक था न! पर अचानक उसी वक्त दो-तीन मनुष्य वहाँ आ धमके। उन्होंने फौजी वर्दी पहनी थी। वे आते ही अकड़कर बोले, 'आप यह कमरा खाली कर दीजिए।'

रमन ने अचरज से उन्हें देखा और नम्रता से कहा, 'क्यों भइया, क्या बात है?'

'यहाँ हम बैठेंगे।'

'लेकिन यहाँ तो हम बैठे हैं।'

उनमें से एक अकड़ पड़ा, 'यह तो हम देख रहे हैं कि आप बैठे हैं, पर अब हट जाइए।'

रमन कुछ कहता, इसके पहले मैं उठकर उसके सामने आ खड़ा हुआ, 'और अगर न हटें तो…।'

'तो हम हटा देंगे,' वह बोला।

'अच्छी बात है, हटा दीजिए तब,' मैंने उसी तरह कहा!

रमन जोर से हँस पड़ा और तभी बाहर से दो पुरुष और दो स्त्रियाँ वहाँ आ गईं। वे सब जाट जान पड़ते थे। उनका पहनावा भला था। पुरुष दोनों वृद्ध थे। उन्होंने कुरता-धोती पहना था। हाथों में बेतें थीं और पैरों में मुँड़े जूते। स्त्रियों में एक वृद्धा थी। सादा घाघरा और ओढ़नी पहने थी, पर दूसरी स्त्री की, जो युवती थी, पोशाक चटकदार थी। उसके हाथ-पैर जेवरों से भरे थे। उसने गहरा घूँघट निकाला था। उनको देखकर रमन ने पूछा, 'कहाँ जा रहे हैं आप?'

'दिल्ली।'

'किसी मेले में?'

एक वृद्ध, जो तब तक कुरसी पर बैठ चुके थे, बोले, 'हाँ भइया, मेला ही है। बेटे की मौत का मेला है।'

हम सब चौंके, 'मौत। यहाँ भी मौत की चर्चा है।' रमन ने फिर पूछा, 'बात क्या है, चौधरीजी?'

'भइया। बात क्या होगी, बड़े लाट ने बुलाया है। लड़का था, लड़ाई में मारा गया, पर था बहादुर। मरा भी तो जीत का रास्ता खोलकर मरा। राजा ने खुश होकर विक्टोरिया क्रॉस का तमगा दिया है।'

'विक्टोरिया क्रॉस! किसे? क्या नाम था उसका?'

'भरत सिंह।'

'भरत सिंह। पाँचवीं जाट रेजिमेंट का सिपाही, जिसने मध्य बर्मा में लगातार हमला करके जापान को पीछे हटाया था, जिसने दुश्मन की मशीनगनों से आती हुई गोलियों के बीच, बिना आदेश पाए ही उस चौकी पर हमला किया था, जो हार-जीत का पासा पलटनेवाली थी।'

'हाँ, हाँ, वही,' अचरज से उस वृद्ध के मुँह से निकला और वे सब स्त्री-पुरुष रमन को देखने लगे, 'तुम तो सबकुछ जानते हो, भइया।'

रमन उसी शांति से बोला, 'हाँ, मैंने अखबार में पढ़ा था। उसने प्राण दिए, पर उस चौकी को दुश्मन से छीन लिया। वह सचमुच बहादुर था। आप शायद उसके पिता हैं।'

'जी। ये उसके चाचा हैं, वह माँ है, और उधर उसकी घरवाली है। ये सब भाई और साथी हैं।'

'कोई बच्चा है?'

'हाँ! एक लड़का है गोद में।'

'ठीक है, वह भी आप जैसा बहादुर बने—यही हम चाहते हैं। अच्छा! आप लोग बैठिए। हम बाहर चले जाएँगे।'

और यह कहकर उसने अम्माजी से कहा, 'चलो अम्मा!'

मैंने अचरज से यह सब देखा। मुझे बुरा लगा। मैं देख रहा था कि वे लोग भी घबरा रहे थे। मैंने तीव्रता से कहा, 'नहीं रमन! हम यहाँ पहले बैठे थे। हम नहीं जाएँगे। जिन्हें तुम बहादुर कहते हो, वे दूसरों के टुकड़ों पर जीनेवाले भाड़े के टट्टू हैं…।' मैं आगे और भी कुछ कहता, पर रमन का स्वर काँप उठा, 'हरि! किसीका

अपमान मत करो। मैं मानता हूँ, वह नहीं जानता था कि वह किसके लिए अपने प्राण दे रहा है, पर वह प्राण देना तो जानता था। और जिन्हें प्राणों का मोह नहीं है, वे वीर पुरुष हैं। वीर पुरुष सदा आदर के पात्र हैं।'

और उसने मुड़कर फिर कहा, 'चलो अम्मा! इन्हें बैठने दो। इन्हें रात भर यहीं रहना है। हमारी गाड़ी तो लगभग दो-तीन घंटे में आ जाएगी।'

वे उठीं तभी वृद्ध बोल उठे, 'नहीं, नहीं, आप बैठिए! किसने कहा आपसे जाने के लिए।'

मैं एकदम तेजी से बोल उठा, 'तुम्हारे इन साथियों ने, जो फौज की भाड़े की वर्दी पहनकर अपने को अफलातून का बाप समझते हैं; वे नहीं जानते कि जिन्हें वे दुरदुराना चाहते हैं, वे सदा मौत के साथ खेलते हैं। यह बात दूसरी है कि तुम्हारी तरह उन्हें सिर कटाने का पारितोषिक नहीं मिलता, बल्कि कुछ अंधे लोग उन्हें घृणित समझते हैं और बैठने का स्थान देने से भी इनकार करते हैं।'

मैं क्रोध से उमड़ पड़ा था। रमन को मेरी इस अवस्था से बहुत वेदना पहुँच रही थी। परंतु वे वृद्ध तिलमिला उठे। हाथ जोड़कर बोले, 'आप गुस्सा मत करिए। हम आपको जानते नहीं, अगर इन बच्चों ने कुछ कहा हो तो माफ कर दीजिए।'

दूसरे वृद्ध, जो अब तक चुप थे, ने कहा, 'आप कांग्रेस में काम करते हैं?'

मैंने कहा, 'मैं तो नहीं करता, पर ये करते हैं।'

'ये इनकी माँ हैं?'

'जी नहीं। इनकी नहीं, ये अब सबकी माँ हैं। इनका लड़का सबके लिए ही फाँसी पर चढ़ा था।'

'फाँसी…!' हठात् वे सब चौंक उठे।

'जी हाँ! अगस्त १९४२ की आजादी की लड़ाई में हिस्सा लेने के अपराध में इनके युवा पुत्र को उसी सरकार, जो तुम्हारे स्वर्गीय पुत्र को विक्टोरिया क्रॉस देने जा रही है, ने फाँसी पर लटका दिया…।'

रमन से अब नहीं रहा गया। वह बड़ी तेजी से हँसा, बोला, 'अरे! यह सब तो चलता ही रहता है, पर हरि, बहादुर आदमी इस तरह भावों के गुलाम नहीं हुआ करते, जिस तरह तुम हो। आओ, हम बाहर चलें, तुम्हारी गाड़ी भी आने वाली है। आओ अम्मा, भाभी, पुष्पा बिट्टी आओ।' और चौधरी की तरफ मुड़कर बोला, 'खयाल न करना चौधरी साहब! दुनिया में सब इसी तरह चलता है। एक का पुण्य दूसरे का पाप है, पर आपस में यह कड़ुवाहट नहीं होनी चाहिए।'

और उसने बाहर जाने के लिए किवाड़ खोले। तभी वे दोनों जो युवक थे

आगे बढ़ आए और बड़ी नम्रता से बोले, 'आप हमारी खता माफ कर दें। हम शरमिंदा हैं। आप लोग सचमुच बहादुर हैं। हम आपकी इज्जत करते हैं।'

दूसरे ने मुसकराकर कहा, 'और जब आप लोग राज सँभालेंगे, तब क्या हम जरूरत पड़ने पर देश के लिए मरने से पीछे हटेंगे? आप हमारी बात मान लीजिए। जब तक गाड़ी नहीं आती, अम्माजी को यहीं बैठने दीजिए, बाहर जाड़ा है।'

रमन उसी तरह हँसा, पर उसे कुछ कहने की जरूरत नहीं पड़ी, क्योंकि दोनों पुत्रहीन वृद्धाएँ तब तक चुपचाप एक-दूसरे से बातें करने लगी थीं और विक्टोरिया क्रॉस विजेता सिपाही की पत्नी ने पुष्पा को अपनी गोद में बैठा लिया था। नारायण की पत्नी बार-बार घूँघट उठाकर उसे देख रही थी।

हम बाहर जाने के लिए उठे, पर मैं मान लूँ मैं अब भी रमन की बात नहीं समझ पा रहा था। गुलामी की जड़ को उखाड़ने के लिए प्राण देनेवाला वीर और अपने मालिक के टुकड़ों के लिए जान देनेवाला गुलाम—दोनों महान् कैसे हैं?

शायद इसलिए कि उन दोनों को प्राणों का मोह नहीं था और जिन्हें प्राणों का मोह नहीं होता, वे महान् होते हैं।

शायद···!

□

(सन् १९४६)

गर्विता

कुसुम ने आते ही अपनी स्वाभाविक अल्हड़ता से कमरे के सब दरवाजे और खिड़कियाँ खोल दीं। फिर हँसकर बोली, 'जो प्रकृति की देन का तिरस्कार करते हैं, उनपर परमात्मा का कोप होता है, राधा! देखती नहीं, ढेर सारा प्रकाश कमरे में बिखरा पड़ा है। यही प्रकाश तो जीवन है, लेकिन तू है कि अँधेरे को छाती से चिपटाए पड़ी रहती है।'

उसकी बात सच थी। दरवाजे खुलते ही कमरा धवल प्रकाश से भर उठा। हलकी-हलकी बयार बहने लगी। बाहर के अनेक स्वरों ने वहाँ की शांति को भंग कर दिया और सामने की दीवार पर पड़ती हुई सुनहरी धूप के प्रकाश से प्रतिबिंबित होकर राधा का मुरझाया हुआ मुखड़ा चमक उठा। वह मुसकराने लगी।

देखकर कुसुम फिर हँसी, व्यंग्य से, 'रंग कुंदन की तरह दमक रहा है और लोग कहते हैं कि बीमार है! ऐसी भी क्या बीमारी, जो रूप को निखार दे।'

राधा ने हँसकर जवाब दिया, 'अगर बीमारी रूप निखार देती है तो क्यों नहीं इसे मोल ले लेती? शायद तेरा काला रंग गोरा हो जाए।'

कुसुम अब राधा की चारपाई पर आ बैठी थी। बोली, 'मेरा रंग बुरा लगता है, क्यों?'

'यह तू अपने 'उनसे' पूछ।'

'किनसे?'

'उन्हीं से।'

'उन्हीं से, उन्हीं से, आखिर 'उन्हीं' है कौन बला?'

और जवाब की चिंता किए बिना कुसुम धीरे-धीरे राधा के ऊपर झुकती गई। सिर छाती पर टिका दिया। बोली, 'सच कहना, राधा! तुझे भी अपने 'उन्हीं'

की याद आती है?'

'याद!' राधा ने धीरे से कहा।

'हाँ, याद।' कुसुम फुसफुसाई।

'आती है।'

'सच?'

'सच।'

'तो फिर⋯।' सहसा कुसुम ने देखा, राधा के नेत्र सजल हुए, छाती उफनी। 'राधा, राधा,' वह पुकार उठी।

राधा नहीं बोली।

कुसुम विह्वल होकर उससे लिपट गई। दुःख भरे स्वर में कहने लगी, 'राधा! सच, मैं बहुत बुरी हूँ। तू बीमार है, तेरे प्रियतम जेल में हैं, तेरा बच्चा तुझे छोड़कर चला गया है; और मैं हूँ कि सदा तेरे सामने हँसती रहती हूँ। तुझे दर्द होता है, मैं मुसकराती हूँ। सच, मैं बहुत बुरी हूँ, तू मुझे माफ कर दे⋯।' कहते-कहते कुसुम का कंठ रुँधने लगा। राधा से बोला नहीं गया। वह चुपचाप कुसुम की पीठ पर अपना हाथ रखे पड़ी रही। दिन डूब चला, धरती को संतप्त कर प्रकाश किरणों के साथ चला गया और इसी वियोग-आच्छन्न वातावरण में दोनों सखियाँ एक-दूसरे से चिपटी, बिना बोले, बिना हिले, बहुत देर तक पड़ी रहीं। बाहर किसी ने पुकारा, 'भाभी!'

दोनों चौंककर उठीं। कुसुम शीघ्रता से बोली, 'आती हूँ।'

फिर दो क्षण बीत गए। कुसुम बाहर हो गई और एक युवक के साथ लौट आई। उसने खद्दर का कुरता-पाजामा पहना था। पैरों में चप्पलें थीं और आँखों पर सुनहरे फ्रेम का चश्मा। रंग साँवला था, पर चेहरे पर चमक थी, दृढ़ता थी। उसका नाम प्रकाश था। सीधे आकर कुरसी पर बैठ गया और बोला, 'भाभी! तुम्हारे पिताजी का पत्र आया है।'

राधा लेटे-लेटे बोली, 'मैं जानती हूँ! उन्होंने लिखा होगा कि मैं आ रहा हूँ। राधा से कहना कि अब उसे मेरे साथ चलना होगा⋯।'

सुनकर सब हँस पड़े। कुसुम बोली, 'अगर ऐसा लिखा है तो बुरा क्या है? स्वास्थ्य के लिए तुम्हें जाना ही चाहिए।'

प्रकाश ने कहा, 'बेशक भाभी! तुम्हें जाना ही चाहिए।'

'चाहिए तो⋯।' राधा बोली।

'तो क्या! बस, चलो! मैं कल उधर जा रहा हूँ। वे आएँगे, व्यर्थ कष्ट होगा।'

'हाँ, हाँ, जाओ राधा,' कुसुम ने आग्रहपूर्वक कहा और फिर उसकी खाट पर बैठ गई। बालों में अंगुली फेरते-फेरते बोली, 'मैं कहती हूँ, तुझे जाना चाहिए।'

'क्यों··· ?'

'क्योंकि जाने से तेरा जी ठीक होगा, बीमारी दूर होगी और बीमारी दूर होने से सबकुछ होगा।'

'सबकुछ क्या, भाभी?' प्रकाश बरबस पूछ बैठा।

कुसुम फिर स्वाभाविक अल्हड़ता से मुसकराई, बोली, 'सबकुछ के माने सबकुछ।'

'सच भाभी! मैं तो जानता नहीं।' और वे सब फिर हँस पड़े। ऐसा लगता था कि वे तीनों अपने-अपने भावों को छिपाने के लिए बार-बार हँसना चाह रहे थे। हँसना एकदम बंद कर प्रकाश ने कहा, 'तो तय हुआ, कल तुम चलोगी?'

'हाँ।'

'बहुत सुंदर, भाभी! बहुत सुंदर। और हाँ, ये पंद्रह रुपए लाया हूँ।'

राधा ने तनिक अचरज से कहा, 'कैसे रुपए?'

'पंडितजी ने दिए हैं। वे राजबंदियों के परिवारों की देखभाल करते हैं। उन्होंने पहले भी कई बार··· ।'

'मैं जानती हूँ,' राधा बोली, 'उनसे हाथ जोड़कर कहना, वे बड़े पुण्य का काम करते हैं, मुझे रुपयों की जरूरत नहीं है। होगी तो कहला भेजूँगी।'

'लेकिन भाभी!' प्रकाश ने कहना चाहा।

'सच भइया! जरूरत होगी तो क्या आत्महत्या करूँगी? माँगूँगी ही, यह बात दूसरी है कि किससे माँगूँगी—अपने से या किसी··· ।' और फिर सहसा कुसुम की ओर दिखाकर बोली, 'तू अपनी इस भाभी को नहीं जानता। बड़ी राक्षसी है यह। एक पैसा भी किसी से माँगते देख लिया तो खा जाएगी। इसीलिए पैसा तू लौटा देना। और हाँ! सूत रखा है। उसे आश्रम में दे आना, मैं अब क्या जाऊँगी।'

और फिर क्षण भर के लिए कमरे में सन्नाटा सा छा गया। कोई कुछ न बोला, जैसे सबके पास सोचने को था, सोचने लगे; लेकिन इस प्रकार चुप होना क्या ठीक है, इसीलिए प्रकाश बोला, 'तो मैं अब जाऊँ भाभी?'

और उत्तर की प्रतीक्षा किए बिना वह शीघ्रता से वहाँ से चला गया। उसके जाने से जो खटखट हुई उसी से चौंककर कुसुम बोली, 'राधा! अँधेरा हो गया, जला दूँ?'

राधा भी चौंकी, 'हाँ! लालटेन उधर रखी है। जला लाओ। एक काम है तुमसे।'

'मुझसे…सच!'

'जी हाँ।'

'तो राधा! तू बड़ी अच्छी है। मैं आशीर्वाद देती हूँ कि तू अचल…।'

राधा एकदम हँस पड़ी और बोली, 'बस, गुरुआनीजी! मुझे सवेरे चले जाना है। मेरे पास बैठो।'

बैठकर कुसुम ने कहा, 'जी!'

'लो, यह चिट्ठी पढ़ो।' राधा ने तकिए के नीचे से एक लिफाफा निकाला और कुसुम को थमा दिया।

'किसको लिखी है?'

'उन्हीं को।'

'उन्हीं को,' कुसुम मुसकराई, 'यह 'उन्हीं' कौन हैं?'

'जैसे जानती ही नहीं।'

कुसुम ने अचरज से भरकर कहा, 'तेरे उन्हीं को मैं जानती हूँ? ना, बाबा! मैं किसी के 'उन्हीं' को नहीं जानती। मेरे अपने ही मुझसे नहीं सँभलते…।'

राधा मुसकरा रही थी, 'तेरी ये आदतें ही तो हैं, जिनपर तेरे वे रीझ गए हैं, वरना यह मुँह और मसूर की दाल।'

कुसुम और भी खिलखिला पड़ी, 'तो क्या सच राधा! तेरे वे भी मुझपर रीझ सकते हैं? नहीं, नहीं, पगली! तेरे वे तो दीवाने हैं। सर पे कफन बाँधे फिरते हैं। ऐसों से मुहब्बत करने के लिए बहुत बड़ा दिल चाहिए। वह दिल मेरे पास तो क्या, तेरे पास भी नहीं है।'

सहसा कुसुम की खिलखिलाहट गहरी करुणा में बदल गई। वह कहती रही, 'सच राधा, तेरे पास भी नहीं है। अगर होता तो क्या तू इस प्रकार अंदर-ही-अंदर घुलती रहती?'

राधा ने आँखें पोंछ लीं। बोली, 'चिट्ठी पढ़ ले।'

कुसुम चौंकी, 'ओ, मैं भूल गई।'

और फिर धीरे-धीरे चिट्ठी पढ़ती चली गई। राधा ने काँपते हाथों से बहुत सँवारकर लिखा था—

'साथी मेरे,

तुम्हारी पिछली चिट्ठी मिली थी। पढ़कर छाती गर्व से उभर आई। सोचती

हूँ कि आज कितनी सौभाग्यशाली नारियाँ मुझसे ईर्ष्या करती होंगी? कितनी माताएँ सोचती होंगी कि उनकी गोदी में ऐसे लाल खेलते होते! कितनी बहनें तुम्हारे जैसे भाई पाने के लिए आतुर होंगी।

जन्म से सुनती आई हूँ, ईश्वर है, देवता हैं। वे लोक हैं, जहाँ से हमारे पुरखे हमें देखते हैं। स्वयं भारतमाता कोई काल्पनिक वस्तु नहीं है, उसका पार्थिव रूप भी है। अनेक बार इन बातों पर शंका हुई है। पुराणों की गप्पें कहकर इनका तिरस्कार किया है, परंतु अब मुझे इन सबके दर्शन दिन-रात होते रहते हैं। प्रत्येक प्राणी के अंतर में देवताओं और राक्षसों का निवास है। निरंतर उनका युद्ध चलता रहता है, और यह युद्ध ही जीवन की संज्ञा बनाता है।

अंतर के उस संघर्ष को जिसने परखा है, वह व्यक्ति जीवन में धोखा नहीं खा सकता। वस्तुत: वह किसी भी कार्य को धोखे की संज्ञा देता ही नहीं। इसीलिए मुझे जब भी शोक आकर दबाना चाहता है, तो उसे शोक करके नहीं लेती। वह तुम्हारे पास से आता है। उसे मैं अपना प्रिय सखा समझती हूँ। इतना समझते ही उसके काँटे झड़ जाते हैं। और वियोग! उसका जन्म प्रेम से होता है। वह सदा अपने जन्मदाता के प्रति कृतज्ञ है। सच तो यह है कि उसके कारण ही प्रेम की परख होती है। आँखें खोलकर देखो तो रोज ही यह सचाई हमपर प्रकट होती है। उषा सूर्य की प्रियतमा है, पर किसी भी युग में उन्हें किसी ने मिलते नहीं देखा। वे चिरविरही हैं, लेकिन इसी कारण वे कभी एक-दूसरे से रुष्ट नहीं हुए। मेरे जन्म-मरण के साथी! जब भी हम अपने इस कथित वियोग को 'कष्ट' की संज्ञा देंगे, तभी हमारा प्रेम नष्ट हो जाएगा। दुनिया की दृष्टि में केवल हम दोनों ही पतित नहीं होंगे; हमारा धर्म, हमारी जाति, हमारा देश—सभी कलंकित हो जाएँगे। धरती माता अपनी मिट्टी की कलुषता पर सिर झुका लेगी, लेकिन मैंने यह सब क्यों लिखा? शायद मेरे अंतर का राक्षस कभी-कभी जाग पड़ता है, शायद कभी-कभी मुझे अपने पर अविश्वास होता है। अविश्वास पाप है, पर इस पाप को जब मैं क्रोध के स्थान पर सहानुभूति से लेती हूँ तो सच मानना, मुझे जरा भी लज्जा नहीं आती; बल्कि बल मिलता है कि आगे दृढ़ रह सकूँ।

सच तो यह है अब तुम मुझसे दूर नहीं हो। सदा हृदय में बसे रहते हो। जब चाहती हूँ, मन की दो बातें कह-सुन लेती हूँ। इसीलिए वियोग कभी अखरता नहीं…।' यहाँ आकर कुसुम ने एकदम पढ़ना बंद कर दिया, बोली, 'राधा! यह दार्शनिकता एकदम अस्वाभाविक है।'

'अस्वाभाविक है?'

'हाँ।'

'लेकिन कुसुम,' राधा बोली, 'कभी-कभी अस्वाभाविक होना भी स्वाभाविक होता है।'

कुसुम इस बार स्तंभित, चकित राधा को देखती रह गई, लेकिन उसका मन अब भी इस ज्ञान को स्वीकार नहीं कर रहा था। उसने झिझकते-झिझकते कहा, 'राधा! तुम्हें अपना जानकर मुझे सदा गर्व रहा है, पर प्यारी सखी! मैं नारी हूँ और नारी जब अपने नारीत्व को भूलकर ज्ञान की चर्चा करती है तो वह अपने को धोखा देती है, धोखा देना पाप है।'

राधा बोली, 'तुम्हारी बात से मैं इनकार नहीं करती, परंतु क्या तुम चाहती हो कि मैं उन्हें लिखूँ—मेरे प्रियतम! मेरे जीवनाधार! तुम्हारे बिना मैं तड़प रही हूँ। आँखों में आँसू, छाती में उच्छ्वास, हृदय में टीस लिये मैं सदा तुम्हारी बाट देखा करती हूँ। तुम आओ, मुझे गले से लगाओ, नहीं तो, नहीं तो…।'

'राधा! राधा,' कुसुम व्यग्र होकर बोली।

राधा का बाँध फूट पड़ा। आँसू तीव्र गति से उमड़ पड़े। सुबकते-सुबकते उसने कहा, 'कुसुम, मैं नारी हूँ। मेरे भी दिल है और दिल में दर्द है। तीन वर्षों से वे मुझसे अलग हैं। उनकी एकमात्र निशानी भी जाती रही, पर…तू ही बता, क्या ये बातें दोहरा-दोहराकर उनके संबल को नष्ट कर दूँ? उन्हें वह अवसर दूँ कि वे अपने कार्य पर क्षण भर के लिए भी लज्जित हों…?'

'नहीं-नहीं।' कुसुम ने राधा को अपनी बाँहों में भर लिया। उसके आँसुओं से भरे मुख पर अपना मुख रखकर कहा, 'बस राधा, अब तुम शांत हो जाओ। मेरा मतलब यह नहीं था।'

राधा को यह मिलन सुखकर लगा। उसने लंबी साँस खींचकर कहा, 'जिस बात से उन्हें शांति मिले, जिस बात से वह हँसते-हँसते फाँसी की रस्सी को गले लगा सकें, वही…।'

कुसुम ने चौंककर कहा, 'फाँसी! ऐसी कुलच्छनी बात क्यों कह रही हो?'

राधा बोली, 'बात ठीक है। उन्हें फाँसी होगी। बहुत दिनों की बात है। ऐसी ही रात थी, वह इसी तरह लेटे थे। भविष्य की बातें हो रही थीं। सहसा वे बोले—रानी, ज्योतिषियों ने हाथ देखकर मेरे भविष्य को बहुत शानदार बताया है। कहा है कि फाँसी होगी।

'फाँसी…ई…ई…क्या कहते हो तुम?'

'सच रानी! हाथ देखकर पंडित ने कहा है कि तुम क्रांतिकारी पार्टी के नेता

बनोगे, तुम्हें फाँसी मिलेगी।'

मैं काँप उठी थी। उन्होंने उसी तरह कहा था, फाँसी का मतलब है अमरता··· ।'

कहते-कहते राधा की छाती उभरी। उसने कहा, 'कुसुम, जैसे ब्राह्मण ने बताया था, वैसे ही तो हो रहा है··· ।'

राधा ने उसके मुँह पर हाथ रख दिया, 'बस कलमुँही, आगे कुछ न कहना।'

राधा बोली, शांत गंभीर, 'कहने की जरूरत ही क्या है, बहन? मैं सबकुछ देख रही हूँ, लेकिन तू अब जा। मेरी ओर से चिंता मत कर। मैं स्वस्थ होती जा रही हूँ। कुछ दिन पिताजी के पास पहाड़ पर रहकर और भी स्वस्थ हो जाऊँगी। मुझे स्वस्थ होना ही चाहिए··· ।'

× × ×

अगले दिन कुसुम सोकर उठी तो बहुत दुःखी थी। राधा को आज जाना था, इसीलिए उसका हँसमुख चेहरा बेतरह मुरझा रहा था। उसके पति नवीन बाबू ने देखा तो पूछा, 'कुसुम! राधा क्या बहुत दुःख मान रही है?'

पति की ओर देखकर कुसुम बोली, 'वह अपने को दुःखी नहीं मानती। अपने ऊपर उसे इतना अमित विश्वास है कि मुझे अचरज होता है। कह रही थी कि दिनेश को फाँसी होगी।'

नवीन बाबू हठात् चौंक पड़े, 'उसने कहा था··· ।'

'जी हाँ। बहुत पुरानी बात है। किसी ज्योतिषी ने भविष्यवाणी की थी।'

'तो,' वे क्षण भर झिझके, 'तो कुसुम, उस ज्योतिषी की बात··· ।'

'क्या,' कुसुम घबरा उठी। पसीना बह चला। लगा कि भूकंप आ गया है।'

'हाँ कुसुम। दिनेश को फाँसी की सजा हुई। कल ही फोन पर यह समाचार मुझे मिल गया था। रात में मैंने किसी को नहीं बताया था। बताता भी क्या, लेकिन अब तो वह सबको अखबार द्वारा मालूम हो गया होगा। फोन पर वकील ने बताया कि फाँसी की सजा सुनकर जनता रोई, पर वह हँसा था। गर्व से उसने और उसके साथियों ने सिर उठाकर कहा, आज हम अमर हुए। इस अमरता के लिए हम न्याय के कृतज्ञ हैं,' लेकिन एक क्षण रुककर अपनी आँखें पोंछते हुए नवीन बाबू ने फिर कहा, 'लेकिन कुसुम! अभी न्याय अंतिम नहीं है। हम अपील करेंगे।'

कुसुम की छाती तूफान के झोंकों के समान काँप रही थी। वह जान न सकी कि क्या करे? सहसा उसे कुछ ध्यान आया। वह काँप उठी, राधा आज जाएगी। पति से कहा, 'मैं अभी राधा के पास जाती हूँ। आप भी आइए।' और शीघ्रता से बाहर निकल गई। मोहल्ले के दूसरे कोने पर उसका मकान था। दिन चढ़ आया था,

अनेक पुरुष, बच्चे, बूढ़े घरों के चबूतरों पर खड़े थे। कुछ बात कर रहे थे, कुछ अखबार पढ़ रहे थे, कुछ-कुछ द्रवित से थे, सभी एक चर्चा कर रहे थे।

अखबार पढ़ते-पढ़ते एक बोला, 'उसे फाँसी की सजा हुई है।'

दूसरा चौंका, 'किसे?'

'दिनेश को।'

'सच, यह तो बड़ा बुरा हुआ,' कहते-कहते व्यग्र होकर उसने अखबार छीन लिया।

दूसरे चबूतरे पर भी यही चर्चा थी। वहाँ एक वृद्ध सज्जन इस समाचार से तनिक भी स्तंभित नहीं हुए। मुँह पिचकाकर बोले, 'जो राजा के दुश्मन हैं, उनकी सजा मौत है?'

तीसरे कमरे में तीन-चार मित्र चाय पी रहे थे। टोस्ट पर मक्खन लगाते-लगाते एक मित्र बोला, 'सुना आपने, दिनेश को फाँसी की सजा हुई है?'

दूसरे ने चाय की घूँट भरी, 'बड़ा बुरा हुआ!'

तीसरे अभी चीनी घोल रहे थे, 'बुरा क्या है। यह तो जागृति का संदेश है। अचरज की बात तो यह है कि जो फाँसी देते हैं, वे कैसे भूल जाते हैं। जितना जोर से आंदोलन दबाया जाएगा, उतनी ही तेजी से वह पनपेगा।'

कुसुम ये बातें सुनकर ठिठकी थी, पर फिर शीघ्रता से आगे बढ़ गई। वह सब सुन रही थी, परंतु उसका मस्तिष्क इतना अस्त-व्यस्त था कि कुछ सूझ नहीं रहा था। उसने शीघ्रता से आगे बढ़कर राधा के दरवाजे पर धक्का दिया। किवाड़ भड़भड़ाकर एकदम खुल गए। कुसुम गिरते-गिरते बची। पुकारा, 'राधा-राधा,' लेकिन दूसरे ही क्षण दृष्टि उठाकर देखा, घर खाली है और कमरे में ताला लगा हुआ है। कुसुम घबरा उठी, राधा कहाँ गई, राधा···तभी सामने आले में देखा, एक पत्र था कुसुम के नाम। झपटकर उठा लिया और पागलों की तरह पढ़ डाला, लिखा था—'सवेरे जब तुम आओगी तो घर खाली मिलेगा। मैं पिताजी के पास जा रही हूँ। तुम्हारे जाने के बाद प्रकाश जब आया तो उसका मुख म्लान था, वह बोल नहीं पा रहा था। कहने लगा, भाभी··· । पर आगे वह रो पड़ा। मुझे हँसी आ गई, इतना छोटा दिल है तेरा! जानता नहीं, किसका भइया है! सुन, जो तू कहने आया है, वह मैं जानती हूँ। जा, ताँगा ले आ! मैं अभी पिताजी के पास चलूँगी। सवेरे यहाँ नहीं रहूँगी।

एक दिन उनके पीछे-पीछे मैंने इस मकान में प्रवेश किया था। विश्वास रखो, छोड़ूँगी नहीं। मोटी होना चाहती हूँ, इसलिए पिताजी के पास जा रही हूँ। घर

में ताला लगाकर ताली रख लेना। दुःख न मानना, मोटी होकर यहीं लौटूँगी। उनकी समाधि पर अमर स्मृति का दीपक जलाने के लिए मेरा जीवन आवश्यक है।'

कुसुम ने पत्र पढ़ लिया। उसके हृदय में हर्ष और पीड़ा एक साथ भर उठे। वह मुरझाई भी, रोई भी। आँखों से आँसुओं की धार बह चली। फिर घबराकर दीवार से सट गई और देर तक उसी प्रकार शून्य में ताकती हुई सोचती रही, वह क्या करे? आखिर वह क्या करे··· ?

□

(सन् १९४६)

हरीश पांडे

अगस्त, १९४२ के तूफानी दिनों की बात है। मैं जब गिरफ्तार हुआ तो कैदियों की संख्या हजार से ऊपर जा चुकी थी और जेल में बिलकुल जगह नहीं थी। लाचार होकर अधिकारियों को कैंप लगाने पड़े। जेल के कंपाउंड में और पीछे की तरफ तंबू डाल दिए गए और काँटेदार तार का घेरा लगा दिया गया। कहते हैं, तारों में बिजली दौड़ती थी, पर हमें उसे आजमाने का अवसर नहीं मिला। पहरा काफी सख्त था। बाहर कुछ भी हो, अंदर काफी चहल-पहल थी और कैंप जेल में हम इस तरह रहते थे, मानो मित्र लोग सैर के लिए आए हों। खेलना, खाना, गप्पें लड़ाना और सभाएँ करके लंबी-लंबी स्पीचें झाड़ना—यही हमारा प्रोग्राम था। बाहर से लोग मिलने आते, तो कभी-कभी मनचले साथी घेरे के तारों को लाँघकर दूर सड़क पर उनसे बातें करते हुए चले जाते और लौट आते। भागने का मन किसी का नहीं करता था। जेल के पहरेदार देखकर भी अनदेखा कर देते थे। बात वास्तव में यह थी कि एक तो कैंप जेल के अधिकारी असली जेल के तानाशाहों की तरह अभी तक मँजे हुए खिलाड़ी नहीं हो पाए थे; दूसरे, उनका विश्वास था कि देश के लिए मरनेवाले भागा नहीं करते; और तीसरे, शायद आजादी की लहर ने चुपके-चुपके अनजाने उनके दिलों को भी छुआ हो। कुछ भी हो, पहरा सख्त होकर भी पाबंदी सख्त नहीं थी। इसका स्पष्ट प्रमाण तो उस दिन मिला, जब थाने से जेल आते-आते हरीश पांडे रास्ते से गायब हो गए।

मेरे आने के तीन दिन बाद पुलिस ने लगभग चालीस आदमियों को गिरफ्तार किया। दिन भर तो वे पुलिस की हिरासत में रहे, परंतु संध्या को उन्हें कैंप जेल में पहुँचा दिया गया। इस जत्थे में सब अपने जाने-पहचाने व्यक्ति थे—दिनेश, गनपत, रफीक, नूरुद्दीन, संत सिंह, शर्मा, वैद्य आदि। हम तपाक से गले मिले और फिर

वह कहकहे लगे कि कैंप जेल काँप उठी। सबने अपने-अपने घर की बात पूछी, साथियों की हालत दरयाफ्त की और पूछा, 'अब स्वराज्य के मिलने में कितनी देर है? किसी ने गद्दारी तो नहीं की?' सहसा मुझे कुछ याद आया। मैंने दिनेश से पूछा, 'क्यों दिनेश, पांडे कहाँ है?'

दिनेश बोला, 'पांडे! वह तो हमारे साथ आया है।'

और फिर चारों तरफ देखता-देखता बोला, 'मेरे सामने थाने से चला था। शेर के बच्चे जैसा झूम रहा था; परंतु यार, उसकी बीवी बहुत बीमार है।'

रफीक को पुकारा, 'रफीक, पांडे कहाँ है?'

रफीक मुसकराया, 'क्यों, क्या हुआ? हमारे साथ ही तो था।'

'दिखाई नहीं देता।'

'तो कहाँ गया?'

'यही तो पूछ रहा हूँ।'

रफीक ने संत सिंह, संत सिंह ने शर्मा, शर्मा ने गनपत, गनपत ने नूरुद्दीन से पूछा, 'क्यों भाई, पांडे कहाँ है?'

'यहीं तो था।'

'यहाँ तो नहीं है।'

'तो क्या··· ?'

'शी, शी··· ।' रफीक फुसफुसाया, 'पांडे भागनेवाला नहीं है। उसकी बीवी सख्त बीमार है।'

'तो शायद··· ।'

'शायद··· ।'

'बस,' नूरुद्दीन ने अधिकार से कहा, 'बस, अब उसका कोई जिक्र नहीं होना चाहिए।'

लेकिन मेरा दिल धक्-धक् कर उठा। मुझे विश्वास नहीं हो रहा था कि पांडे भाग सकता है; पांडे, जो इतना खुलकर हँसता है कि उसके दिल में षड्यंत्र और भेद की छाया भी नहीं पड़ सकती। फिर भी यह कठोर सत्य था, वही पांडे जेल आते-आते मार्ग में खो गया था। अभी दो घंटे बाद जब हाजिरी होगी, तब अधिकारी इस बात को जान लेंगे। तब पगली घंटी बजेगी, तलाशी होगी, जवाबतलबी होगी; परंतु पांडे का पता नहीं लगेगा। शायद लग जाएगा; क्योंकि उसकी बीवी बीमार है और वह··· ।

मैं काँप उठा, 'नहीं; नहीं··· ।'

'तो फिर···।'

'लेकिन पांडेजी!'

वे उस समय आराम से निश्छल, निर्भय अपनी रुग्ण पत्नी के पास बैठे हुए कह रहे थे, 'बात सीधी सी है। जाते-जाते मन में उठा कि खाली हाथ जेल जाना ठीक नहीं है। वहाँ बहुत से मित्र हैं। मुझे देखते ही चिल्ला उठेंगे, अहा पांडे! आ गए तुम! मुँह मीठा कराओ, तब मैं क्या कहता? यह पता नहीं था कि आज ही नंबर आने वाला है, नहीं तो पहले ही प्रबंध कर ले जाता। अच्छा, तो मैं चला। कहाँ है सुंदर, उससे कहो कि जो कुछ हो, दे दे और दस-बीस रुपए भी निकाल दे। और हाँ; अब तो तुम्हारी तबीयत ठीक है न?'

पत्नी के नेत्र डबडबा आए थे। बोली, 'तबीयत का क्या अच्छा; क्या बुरा। जितने दिन जीना है, सो जीना पड़ेगा, नहीं तो···।'

'अरे, क्या बकने लगी तुम?' पांडेजी एकदम हो-हो करके बोल उठे, 'मैं जानता हूँ, अब तुम्हारी बीमारी दूर होने वाली है। सोच रहा था, इस बार तुम भी साथ जेल चलती तो कितनी अच्छी बात होती, लेकिन खैर, अब तो यह तपस्या समाप्त समझो। स्वराज्य आने वाला है। गांधीजी का तप पूर्ण हुआ चाहता है।'

और फिर सहसा धीमे पड़कर कहा, 'स्वराज्य होते ही तुम्हें पहाड़ पर भेज दिया जाएगा। तब अपनी सरकार होगी और यह उसका कर्तव्य होगा कि राष्ट्र के स्वास्थ्य की देखभाल करे। सच जानो, इस बार इसीलिए जेल जा रहा हूँ कि जल्दी से स्वराज्य आ जाए और घर-गृहस्थी के जंजाल से पीछा छूटे। यह राज्य का काम है, आप देखेगा। अच्छा, मैं जाऊँ!'

पांडेजी उठे ही थे कि पत्नी बोल उठी, 'सुनो तो···।'

'कहो।'

'अब मत जाओ।'

'न जाऊँ, मैं···!'

'हाँ, तबीयत बहुत गिरी है, शायद···।'

'क्या कहती हो तुम? मैं न जाऊँ! मित्र क्या कहेंगे? और गांधीजी ने सुन लिया तो शायद अनशन का निश्चय कर लें। कार्यकर्ताओं के पाप-पुण्य की उन्हें बड़ी चिंता रहती है। और चाहे कुछ भी न हो, अपना मन तो है। जीवन भर कचोटता रहेगा, पांडे! तू आदमी होकर भागा था। अच्छा, एक बात बताओ।'

'कहो।'

'तुम ईश्वर को मानती हो?'

'ईश्वर को कौन नहीं मानता?'

'अच्छा! और यह भी मानती हो कि देश की आजादी के लिए जेल जाना ठीक है?'

'हाँ।'

'तब तुम्हारी चिंता और शोक व्यर्थ है। ईश्वर जिसे चाहते हैं और जो स्वयं अच्छा है, वह काम मुझे करना ही चाहिए। तुम प्रसन्नता से जाने दोगी तो तुम्हारे कष्ट भी शीघ्र दूर हो जाएँगे। और देखो, तुम्हारे पास तो सास, ससुर, देवर, ननद, बेटे-बेटी सब हैं; परंतु ऐसे भी लोग हैं, जिनके पीछे उनकी अकेली स्त्री ही रह गई है; कुछ के पीछे उनकी रुग्णा माँ है; किसी का इकलौता बच्चा अभी-अभी मरा है; पर सच मानो उन्हें जरा भी चिंता नहीं है। वे जानते हैं कि हम देश की आजादी के लिए लड़ रहे हैं और आजादी के लिए कोई भी कष्ट, कोई भी कुरबानी ज्यादा नहीं है।'

पत्नी का दिल बैठा जा रहा था, परंतु पांडेजी की बातों से भी वह इनकार नहीं कर सकती थी, एक तरह से उसे उनपर गर्व ही होता था। इसीलिए वह अब दिल थामकर उठी, पुकारा, 'सुंदर, कमला, सुंदर···।'

कमला, जो नजदीक थी, दौड़ी आई, 'भाभी, क्या है?'

'देख, जाली में जो मर्तबान रखा है, उसमें जो कुछ है, एक रूमाल में बाँध दे।'

पांडेजी बोले, 'न, न। रूमाल क्यों खोती हो, जेब में भर लूँगा।'

× × ×

उसके आधे घंटे बाद जब वे घर से निकले, तब दोनों जेबें ठसाठस भरी हुई थीं। वे मुसकरा रहे थे। पत्नी ने उन्हें जाते देखा, एक लंबी साँस खींची, आँखें भर आईं—गर्व से या दर्द से, शायद दोनों से; परंतु पांडेजी के पास न दर्द था, न गर्व। वे मस्ती से झूम रहे थे और इसी मस्ती में उन्होंने बाजार से बहुत सारे केले, सेब, अंगूर खरीदे। फिर जल्दी-जल्दी चलकर कैंप जेल के दरवाजे पर आ उपस्थित हुए। उस समय वातावरण में सन्नाटा भरने लगा था। पश्चिम में सूर्य की अंतिम किरणें पृथ्वी को चूमकर अस्ताचल की ओर चल दी थीं, केवल बड़ी सड़क पर मोटर और ताँगों के आने-जाने की आवाज रह-रहकर गूँज उठती थी या अंदर से कैदियों के गुनगुनाने का धीमा स्वर संतरी के कान खड़े कर देता था। वह कसा-कसाया, कंधे पर बंदूक रखे दरवाजे पर मुस्तैदी से टहल रहा था। सीधे उसी के सामने जाकर पांडेजी बोले, 'ऐ संतरी! जल्दी दरवाजा खोलो।'

संतरी एकदम क्रुद्ध, तमतमा उठा। सिर से पैर तक पांडेजी को ऐसे देखा, मानो अभी गोली मार देगा और फिर निहायत हिकारत से बोला, 'कौन है तू?'

'हरीश पांडे।'

'क्या मतलब है?'

'मतलब! मतलब क्या? मुझे अंदर जाना है।'

'अंदर नहीं आ सकता, सूअर। यह जेल है, तुम्हारे बाबा का घर नहीं। भागो यहाँ से।'

कहकर देखा कि उनके दोनों हाथ भरे हैं, जेबें फूल रही हैं। चेहरे पर अल्हड़पन है। समझा कि कोई मिलनेवाला है, दूर से आया है। कहा, 'शायद किसी से मिलना है। जाओ, कल आना।' पांडेजी बड़े जोर से हँस पड़े! बोले, 'हमें किसी से मिलना नहीं है, हमें तो यहाँ रहना है। सवेरे ही तो सरकार की पुलिस हमें लाई थी।'

'पुलिस···। संतरी कुछ चौंका।'

'हाँ, पुलिस···।'

'तुम गिरफ्तार हुए थे?'

'कुछ भी समझो, मतलब एक ही है।'

अब तो संतरी के पैरों के नीचे से जमीन खिसकने लगी, 'तुम आज गिरफ्तार हुए थे, लेकिन थे कहाँ?'

'था कहाँ। रास्ते से जरा घर तक खाने-पीने की चीजें लेने चला गया था।'

'क्या नाम आपका?'

'हरीश पांडे, कहा तो भाई! तुम शायद नए हो, पाँचवीं बार आ रहा हूँ। हरीश पांडे को कौन नहीं जानता। जल्दी दरवाजा खोलो, हाथ दुख रहे हैं।'

संतरी अब काँप रहा था, 'आप चले गए थे और लौट आए!'

'अरे, हाँ भाई! लौटने के लिए ही तो गया था।'

'पांडेजी···!'

'किवाड़ खोल भाई!'

लेकिन संतरी था विह्वल-विचलित, 'पांडेजी, आप देवता हैं। आपने मुझे बचा लिया, वरना पंद्रह मिनट बाद हाजिरी होती और···और मैं गरीब बाल-बच्चेवाला मारा जाता। आप···।'

पांडेजी के भीतर अनजाने गर्व का तूफान उठा, पर बाहर से उसी अल्हड़पन से बोले, 'क्या कहता है? मैं क्या चोर था, डाकू था, या मैंने किसी के साथ जोर-

जुल्म किया था। मैं आजादी की लड़ाई का सैनिक हूँ, जो होंठों पर मुसकराहट लेकर सिर कटवाते हैं। हूँ···ले बोल, क्या खाएगा—केला, सेब, अंगूर, लड्डू या बरफी··· ।'

और कहते-कहते बारी-बारी से सब चीजें उसके ऊपर फेंकते-फेंकते पांडेजी कैंप जेल के अंदर ऐसे दाखिल हुए, जैसे कोई परदेसी युग-युग के बाद घर लौटता है। पुकारा, 'श्याम, अहमद, संतू, रफीक, शर्मा, वैद्य! अरे कहाँ हो तुम सब? चंदर, ज्योति, गनपत! देखो, देखो, मैं क्या लाया हूँ।'

बस। अब क्या था, देखते-देखते इधर से, उधर से, सामने से, पीछे से हम सब साथी उनपर इस तरह टूटे, जिस तरह आसमान से चीलें अपनी खुराक पर टूटती हैं, और वे दिल खोलकर हँस रहे थे, 'श्याम! यह संतरी बड़े अचरज से कह रहा था, पांडेजी! आप चले गए थे और लौट आए! पागल कहीं का? इतना भी नहीं जानता कि यह आजादी की लड़ाई है और आजादी की लड़ाई का सैनिक होंठों पर मुसकराहट लेकर सिर कटवाता है··· ।'

□

(सन् १९४६)

आत्मग्लानि

शंकर ने देखा कि जगदीश उसी की ओर आ रहा है। उसका हृदय काँपने लगा। उसने चाहा कि रास्ता काटकर निकल जाए, परंतु घबराहट में वह उलटे रास्ते पर चल पड़ा। जगदीश और भी पास आ गया। अब··· ?

'शंकर!' जगदीश ने पुकारा।

शंकर चुपचाप चलता रहा।

'शंकर!' ठहरो मैं आ रहा हूँ।

शंकर क्या करे? धक्का लगा, 'मूर्ख। घबराता क्यों है? जगदीश क्या शेर है, जो खा जाएगा? पगला, न जाने क्यों डरता है!'

और वह दृढ़ हो उठा। मुसकराकर कहा, 'हैलो जगदीश! कैसे हो?'

जगदीश भी मुसकराया, 'प्रसन्न हो शंकर! खूब प्रसन्न।'

'तुम्हारी कृपा है।'

जगदीश बोलते-बोलते चुप हो गया। फिर क्षण भर तक दोनों चुपचाप चलते रहे। शंकर सोचने लगा, न जाने क्या कहेगा! जगदीश सोचने लगा कि कैसे कहूँ? जो बात है, वह वे दोनों जानते हैं। जगदीश बोल उठा, 'शंकर। तुमसे एक बात कहना चाहता हूँ।'

शंकर एकदम काँप उठा। गले से घरघराता हुआ शब्द निकला, 'मुझसे?'

'हाँ।'

'क्या?'

क्षणिक सन्नाटे के बाद जगदीश ने कहा, 'पीपलवाली गली में जो बुढ़िया रहती है, जिसके तीन लड़के हैं, उसे जानते हो?'

'हाँ, क्यों?' शंकर ने स्पष्ट कहा।

जगदीश उसी तरह कहता रहा, 'और जानते हो, उसके दोनों लड़के अगस्त आंदोलन में जेल जा चुके हैं। उनके पीछे बड़ी बहू का स्वर्गवास हो चुका है। छोटी आजकल की है; न जाने कब प्राण निकल जाएँ। दोनों के नन्हें-नन्हें बालक हैं। उन सबको देखनेवाला केवल तीसरा भाई शेष रहा था, परंतु कहते हैं, विपत्ति कभी अकेली नहीं आती। पुलिस ने कल उसे भी गिरफ्तार कर लिया।'

शंकर लड़खड़ाया, 'गिरफ्तार कर लिया!'

'हाँ! उसे गिरफ्तार कर लिया। उसका अपराध यही था कि वह राजबंदियों का भाई था।'

शंकर 'हूँ' करके रह गया।

जगदीश ने कनखियों से उसे देखा, कहा, 'और सुनते हैं कि वह तुम्हारा मित्र था। कभी तुम लोग साथ-साथ पढ़ते थे।'

'हाँ,' न जाने शंकर को पसीना क्यों आने लगा।

उसने चारों तरफ देखा। वे बातें करते सुनसान सड़क पर आ निकले थे। दूर-दूर तक सन्नाटा छाया हुआ था। संध्या का धुँधला प्रकाश पृथ्वी और आकाश के बीच बिखरा पड़ा था और दूर नगर की सड़क पर कोई राहगीर जल्दी-जल्दी घर की ओर लौट रहा था। जगदीश बिना कुछ देखे उसी तरह बोल रहा था, 'और शंकर! मैंने यह भी सुना है कि उसको गिरफ्तार करवाने में तुम्हारा हाथ है।'

शंकर यकायक लड़खड़ा उठा, 'मेरा!'

'जी, तुम्हारा! कहते हैं, तुमने उसके विरुद्ध रिपोर्ट की है। उसकी ही क्यों; रमेश, प्रभात और किशन की भी गिरफ्तारी तुम्हारे ही संकेत पर हुई है। तुमने⋯।'

'जगदीश!' शंकर क्रुद्ध हो उठा, 'तुम⋯जानते हो, तुम क्या कह रहे हो?'

जगदीश ने एक बार शंकर को देखा और कहा, 'जानता हूँ शंकर।'

'फिर⋯।'

'फिर यही कि यदि यह सच है तो इससे बढ़कर घृणित काम और कोई नहीं हो सकता।'

'जगदीश,' शंकर का स्वर काँपा, 'जगदीश! तुमने गलत सुना है।'

'गलत⋯?'

'हाँ, गलत। मेरा पुलिस से कोई संबंध नहीं है, हो भी नहीं सकता। मैं तो स्वयं⋯।'

जगदीश मुसकराया, 'जानता हूँ। तुम स्वयं जेल में रह आए हो और यह

भी जानता हूँ कि तुम इसी शर्त पर जेल से छूटे हो कि अपने मित्रों को जेल भिजवाते रहोगे…।'

'जगदीश! जगदीश!!'

'मेरी ओर देखो शंकर। क्या मैंने झूठ सुना है? तुमने ऐसी प्रतिज्ञा नहीं की है?'

'नहीं, जगदीश, नहीं। यह सब भ्रम है।'

जगदीश का स्वर सहसा तीव्र हो आया। उसने विद्रूप से कहा, 'गलत है…?'

शंकर पहले तो काँपा, परंतु दूसरे ही क्षण वह दृढ़ हो उठा। बोला, 'जगदीश! मैं क्या करता हूँ, क्या नहीं करता इसकी टोह रखनेवाले तुम कौन होते हो? क्या ठीक है और क्या गलत, यह मेरे सोचने की बात है, तुम्हारे सोचने की नहीं।'

जगदीश तनिक भी नहीं झिझका। उलटे उसकी मुसकराहट और गहरी हो गई। वह बोला, 'तो आखिर जो कुछ मैंने सुना, वह ठीक है। यह अच्छा हुआ। मेरा मन शंकाओं से भरा हुआ था, परंतु अब विश्वास लेकर लौट रहा हूँ। मैं तुम्हें मार्ग दिखाने का दावा नहीं करता, परंतु जिस कुमार्ग पर तुम जा रहे हो, उससे बचने का अधिकार तो मेरा है ही।'

और इतना कहकर जगदीश लौट पड़ा। शंकर भयातुर, कंपित, चकित सहसा स्वयं अपने को धोखा देता हुआ चिल्ला उठा, 'जगदीश, सुनो तो…।'

लेकिन जगदीश ने नहीं सुना। तब उसे अकेले ही उस अँधेरे रास्ते पर लौटना पड़ा। उसका मन लज्जा, ग्लानि और क्रोध से भरा पड़ा था। क्षण भर में जी में उठता—मैं आत्महत्या करूँगा। दूसरे ही क्षण सोचता—दुनिया में कौन क्या नहीं करता? देश का धन बाहर भेजनेवाले पूँजीपति, विदेशी शक्तियों के प्रचारक राजनीतिज्ञ और सारी ब्रिटिश मशीनरी को चलानेवाले सरकारी नौकर—ये सब भी तो देश के दुश्मन हैं। ये सब भी तो स्वार्थ के लिए गुलामी की जंजीरें मजबूत करते रहते हैं, फिर मुझे ही क्यों दोष दिया जाता है? क्यों…? तभी उसका घर आ गया। उसे लगा, जैसे कोई उसके आगे-आगे अंदर गया हो। वह ठिठक गया। उसने सुना, किसी ने उसकी पत्नी को पुकारा, 'शोभा बहू! कहाँ है तू?'

स्वर नारी का था, वृद्धा नारी का, जो थक रही थी, परंतु जिसमें क्रोध भरा पड़ा था, 'खबरदार! जो मुझे छुआ तो!'

'माँजी! क्या बात है?' स्वर शोभा का था।

'मैं तुझसे चरण दबवाने नहीं आई हूँ, वरन् यह पूछने आई हूँ कि तुम लोगों

को सरकार कितना धन देती है ? कितना तुम खाते हो ? ऐसा कितना बड़ा पेट है तुम्हारा… ? क्यों तुम गरीबों के पीछे पड़े हो… ?

…मैं कह रही हूँ, गरीब की आह में बड़ी ताकत है। वह लोहे को पानी कर देती है। तू अपने बच्चों को दूध पिलाती है, परंतु उन जैसे मेरे बच्चे भी हैं, जो माँ-बाप की याद में तड़पकर रह जाते हैं। सच कहती हूँ उनकी आह तुझपर और तेरे बच्चों पर जरूर पड़ेगी। वे सुख की नींद नहीं सो सकेंगे। उनके बदन में कीड़े पड़ेंगे। उनके प्राण तड़प-तड़पकर निकलेंगे…।'

'माँ-आँ-जी-ई-ई…।'

'तुझे दर्द होता है, परंतु क्या तू जानती है कि जिस तरह तेरे दिल में कसक है, पीड़ा है, उसी तरह मेरे दिल में भी दर्द उठता है, मुझे भी बेटों की याद आती है ? मेरे छोटे-छोटे बच्चे भी मुझसे पूछा करते हैं—अम्मा ! माँ कहाँ गई ? अम्मा ! चाचा कब आएँगे ?'

शोभा विह्वल हो उठी। उसने रोते-रोते कहा, 'माँजी ! क्या करूँ ? क्या करूँ ?'

'कुछ नहीं, बहू ! अपने पति से केवल इतना पूछ लेना कि क्या सचमुच वह तुझे प्यार करता है ? क्या सचमुच वह तेरे बच्चों को चाहता है ? क्या सचमुच…।'

आगे शंकर से सुना नहीं गया। उसका सिर चकरा उठा, जैसे मधुमक्खियाँ छत्ते से उड़ चली हों। वह घबराकर फिर बाहर लौटा और बिना किसी उद्देश्य के पागलों की भाँति दूर तक चला गया और लौट भी आया। उसे अचरज हुआ कि वह फिर अपने दरवाजे पर खड़ा था। इस बार वह ठिठका नहीं, सीधा अंदर चला गया। शोभा तब बरामदे में खाट पर बैठी थी। बच्चे सो रहे थे और बिजली का तेज प्रकाश आँगन में बिखरा पड़ा था। शोभा ने शंकर को देखा और शंकर ने शोभा को। दोनों की आँखें लाल थीं। दोनों का चेहरा उतर रहा था। दोनों के हृदय बरसात के बादलों की तरह भरे पड़े थे। शोभा सोच रही थी, आज इनसे लड़ूँगी…पर ये तो कुछ दुःखी जान पड़ते हैं।

शंकर सोच रहा था—आज मैं शोभा से कह दूँगा कि वह किसी के मुँह न लगा करे। दुनिया अपनी आँखों के शहतीर को नहीं देखती, दूसरों की आँख का तिनका भी उसे खटकता है। देशभक्त हैं तो जेल जाने पर रोते क्यों हैं ? कष्टों से काँपते क्यों हैं… ?

परंतु उसने सोचा, आज नहीं; आज शोभा दुःखी है, और फिर ऐसी बातों की चर्चा करनी ही नहीं चाहिए !

शोभा बोली, 'खाना ले आऊँ?'

'खाना···।'

'हाँ! यहीं खाओगे या रसोई में?'

'नहीं, मैं खाना नहीं खाऊँगा। मुझे भूख नहीं है।'

'भूख नहीं है?'

'नहीं।'

'क्यों नहीं है? क्या खाया था? क्या पुलिसवालों के पास गए थे? उनकी जेब से क्या खर्च होता है···?'

'शोभा,' शंकर का स्वर तेज हुआ।

शोभा स्वयं तीव्र हो रही थी। काँपी नहीं, बोली, 'जानती हूँ कि गुस्सा आ रहा है। आएगा क्यों नहीं? उन लोगों की संगति ही ऐसी है? मनुष्य को पशु बना देती है। देश कितना अभागा है! जो लोग पशुता का नाश करने के लिए नियत किए गए थे, वे स्वयं पशु बन गए।

शंकर ने अचरज से शोभा को देखा, 'तुम्हें यह ज्ञान किसने दिया? तुम्हें हो क्या रहा है?'

'क्या हो रहा है,' शोभा लापरवाही से बोली, 'बता दूँ आपको! मुझे अपनी और अपने बच्चों की चिंता हो रही है। आपने हमारे साथ धोखा किया है। आपने हमें स्वर्ग का लालच देकर नरक में धकेल दिया है।'

शंकर को कँपकँपी आने लगी, 'शोभा! बंद करो अपनी जबान! वरना···।'

'वरना!' शोभा ने दोहराया।

'शायद मैं कुछ कर बैठूँ। मुझे क्रोध आ रहा है। मैं पागल हो रहा हूँ।'

'आप पागल हो रहे हैं। आज जाना है आपने? मैं तो समझती हूँ कि आप बहुत दिनों से पागल हैं। भला मस्तिष्क ठीक रहते कोई ऐसा काम कैसे कर सकता है?'

शंकर का मस्तिष्क और भी चकरा उठा। जी में आया कि सामने बैठी हुई शोभा का गला घोंट दे, लेकिन···मस्तिष्क में एक झटका लगा। बुढ़िया की बातें याद आने लगीं···शोभा स्वयं दुःखी है, दुःखी मनुष्य सबकुछ कर सकता है···।

फिर मैं क्या करूँ? कहाँ जाऊँ? आत्महत्या कर लूँ? उसका शरीर झनझना उठा। वह बैठा नहीं रह सका। उठ खड़ा हुआ, बोला, 'शोभा! मैं नहीं जानता था कि तुम मुझसे इतनी घृणा करती हो। काश, तुम मेरे अंदर झाँक पाती! परंतु अब क्या हो सकता है? मैं जिस राह पर चल रहा हूँ, उससे लौटा नहीं जा सकता, परंतु

तुम दूसरी राह चुनने के लिए स्वतंत्र हो। मैं रोकूँगा नहीं।

और इतना कहकर शंकर यंत्र की भाँति द्वार की ओर मुड़ चला। शोभा जैसे नींद से जागी। क्रोध और झुंझलाहट सब काफूर हो गई। वह काँप उठी। वह इस अवस्था के लिए तैयार नहीं थी। एकदम उठ खड़ी हुई, 'सुनिए! अजी सुनिए तो! आपको मेरी सौगंध···।'

शंकर नहीं रुका।

शोभा दौड़ी। बाहर की दहलीज पर आकर शंकर का हाथ पकड़ लिया। जो क्षण भर पहले क्रोध और अभिमान से भरी पड़ी थी, वही आँखों में आँसू भरकर बोली, 'नहीं, नहीं। आप नहीं जा सकते।'

'हट जाओ शोभा,' शंकर क्रुद्ध था।

'नहीं, नहीं। मैं नहीं हटूँगी, मैं आपके साथ चलूँगी। नरक में, स्वर्ग में, दु:ख में, सुख में आपका साथ नहीं छोड़ूँगी···।'

शंकर विद्रूप से मुसकराया, 'शोभा! आखिर तुम नारी हो। अपना पार्ट खेलना नारी को खूब आता है।'

शोभा उसी तरह बोली, 'कुछ कह लो पर मैं आपको जाने नहीं दूँगी।'

'शोभा! तुम मुझसे घृणा करती हो?'

'घृणा,' शोभा ने आँसू पोंछ डाले, 'आप गलत समझे! मैं आपसे घृणा नहीं कर सकती। कभी नहीं, परंतु···।'

'परंतु···।'

'परंतु आपके काम मुझे अच्छी नहीं लगते।'

शंकर सहसा अपने ही विरुद्ध विद्रोह कर बोल उठा, 'काम तो मुझे भी अच्छे नहीं लगते।' कहकर उसे स्वयं अपने शब्दों पर विश्वास नहीं आया, परंतु शोभा को जैसे स्वर्ग मिला, 'मैं जानती हूँ। आपको भी अच्छे नहीं लगते। किसी भी इनसान को अच्छे नहीं लग सकते, पर कभी-कभी इनसान अपने ही विरुद्ध कार्य करने के लिए विवश हो उठता है···।'

'शोभा! शोभा! तुम ठीक कहती हो, मैं बेबस हो गया था, परंतु अब वह विवशता मुझे बाँधे नहीं रख सकेगी। मैं अब उस पाश को तोड़ दूँगा।'

'बेशक,' शोभा का हृदय गद्‌गद हो उठा। वह बोली, 'आओ प्रियतम! हम यह स्थान छोड़कर कहीं दूर, बहुत दूर चलें। जहाँ न गुलामी हो, न पुलिस हो, न रिपोर्ट करने की जरूरत हो। न किसी पर अत्याचार हो न किसीकी शिकायत हो! नया घर बसाते हमें देर नहीं लगेगी। मैं चरखा कातूँगी, कपड़े सीऊँगी। आप बच्चों

को पढ़ाना या खेती करना। कितना अच्छा रहेगा! कितना सुखमय होगा! कोई उलाहना देने न आवेगा।'

शंकर ने अचरज से इस विह्वल पर दृढ़ होती नारी को देखा। जैसे विश्वास नस-नस में उमड़ पड़ा। गरदन ऊँची करके उसी अंधकार में उसने कहा, 'तो चलो। नए जीवन की तैयारी करो। तुम्हें अब इस पति के कारण लज्जित, अपमानित होने का कोई अवसर नहीं मिलेगा।'

और वे घर में लौट आए। उनके बच्चे सो रहे थे। वे दोनों फिर कोई बात किए बिना, आत्मविश्वास और भविष्य की कल्पना से भरे-भरे सो गए। उसी रात दोनों ने भिन्न-भिन्न स्वप्न देखे। शोभा ने देखा, वे सब इस नगर से सदा-सदा के लिए विदा होकर आकाश-मार्ग द्वारा किसी दूर देश में उड़े जा रहे हैं। शंकर ने देखा, वह बंदी होकर स्वर्गलोक के न्यायालय में ले जाया गया है। उसका न्याय करनेवाला पुरुष अतिशय वृद्ध है। उसकी आँखें तेज से पूर्ण हैं, उसके बाल श्वेत रेशम के समान हैं। उसकी पोशाक रत्नों की आभा से चमकती है। उसके समान दो और पुरुष वहाँ हैं। वे अपेक्षाकृत युवक हैं। उनकी बलिष्ठ मांसल भुजाएँ रत्न-जड़ित केयूरों से सुशोभित हैं। उनमें से एक पुरुष बोल रहा है—यह मनुष्य है। पेट के लिए पाप करना इसका पेशा है। यह अपनी ही जाति पर अत्याचार करता है। अपनी स्त्री, अपने बच्चों को पालने के लिए यह अपने समान मनुष्यों की स्त्रियों और बच्चों को भूख से तड़प-तड़पकर मरने के लिए विवश करता है। यह मानता है कि आजादी मनुष्य का जन्म-सिद्ध अधिकार है, परंतु अपनी आजादी के लिए दूसरों को गुलाम बनाना इसे प्रिय है। न्याय का ढोंग इसे खूब आता है। सबकुछ करके अपने हाथ झाड़ देता है, क्योंकि यह मानता है कि जो कुछ है, पूर्वजन्मों के पापों का परिणाम है।

यह सुनकर वृद्ध पुरुष बहुत हँसे। बोले—इसे पुनर्जन्म बहुत प्यारा है, तब यह सुंदर होगा। इस मनुष्य को अगले जन्म में नाबदान का कीड़ा बना दिया जाए…।

इस समय शंकर ने कुछ कहना चाहा, परंतु जैसे ही उसने मुँह खोला, उसकी आँखें खुल गईं। उसे इस विचित्र सपने पर बड़ी हँसी आई। उस समय पूर्व में पौ फटने लगी थी। वह उठा और सदा की भाँति नित्यकर्म में लग गया। फिर शोभा जागी, बच्चे जागे, जैसे कभी कुछ हुआ ही नहीं हो; परंतु मन-ही-मन दोनों उमड़-घुमड़ रहे थे। पूछ रहे थे, अब क्या?

फिर तैयार होकर शंकर बाहर जाने लगा तो बोला, 'आने में देर हो तो

चिंता मत करना।'

शोभा बोली, 'अच्छा! लेकिन आप···।'

'हाँ, आज कुछ निर्णय करके ही लौटूँगा।'

और वह चला गया। शोभा सदा की भाँति काम में लग गई। रसोई में खटर-पटर मची। गिरस्ती की गाड़ी सदा की तरह पुरानी लीक पर दौड़ने लगी। धीरे-धीरे सवेरे की धूप तीव्र हुई, दोपहर आ गया। खाना-पीना हुआ। शोभा बार-बार द्वार की ओर देखती रही, पर शंकर नहीं आया। दोपहर बीत गया, संध्या आने लगी। शोभा की चिंता बढ़ी। उसने घर के सामान पर एक दृष्टि डाल ली थी। क्या ले जाना होगा? क्या छोड़ना होगा? सच तो यह है कि काफी सामान उसने बाँध भी लिया। न जाने किस वक्त चल दे।

आखिर दरवाजे पर खटखट हुई। वह दौड़ी, 'वे आ गए।'

पर वह चौंक पड़ी, द्वार पर एक युवक था। वह उसे जानती थी। वह बुढ़िया का तीसरा लड़का था। सुना था, दो दिन पहले गिरफ्तार हुआ था और कहते हैं उसके पति की रिपोर्ट पर ही गिरफ्तार हुआ था। शोभा सिर से पैर तक सिहर उठी। उसके मुँह से निकला, 'तुम!'

वह मुसकराया, 'हाँ मैं हूँ। क्या अंदर आ जाऊँ?'

शोभा यंत्रवत् एक ओर हट गई। वह अंदर चला आया। वह मुसकरा रहा था। उसने कहा, 'मुझे देखकर तुम्हें अचरज होता होगा, पर घबराओ नहीं। मैं जमानत पर छूट गया हूँ और भइया ने मुझसे कहा है···।'

वह फुसफुसाई, 'भइया ने!'

'हाँ, शंकर भइया ने?'

'वे तुम्हें कहाँ मिले और अब कहाँ हैं?'

'वही, वही बता रहा हूँ, भाभी। उन्होंने कहा है कि सवेरे जब घर से चला था तो तुमसे कहीं दूर भाग चलने की बात कही थी, पर फिर सोचा कि भागना तो कायरता होगी। मुझे यहीं रहना चाहिए।'

शोभा का भय यंत्र की भाँति दूर होने लगा। उसने कहा, 'ठीक ही सोचा उन्होंने।'

'हाँ भाभी। ठीक ही सोचा उन्होंने, और सोचते क्यों न? तुम रास्ता सुझानेवाली जो थी।'

शोभा लज्जा से, हर्ष से भर उठी। वह कहता रहा, 'यही सोचकर वे यहाँ से सीधे सिटी मजिस्ट्रेट के पास गए और अपने गिरफ्तार होने से लेकर आज तक की

सब कहानी उन्हें सुना दी।'

शोभा काँपी, 'मजिस्ट्रेट के पास गए। तो अब कहाँ हैं?'

'जहाँ होना चाहिए।'

'तुम कहना चाहते हो कि वे जेल में हैं?'

'हाँ भाभी! वे जेल में हैं। वहीं उनकी मुक्ति का द्वार है। वहीं वे मुझे मिले थे। वे प्रसन्न हैं, बहुत प्रसन्न। डरो नहीं, वे जल्दी लौटेंगे।'

शोभा को न जाने क्या हुआ? क्षण भर पहले काँप रहा शरीर निश्चल हो गया। प्राणों में स्फूर्ति भर उठी, मुख पर एक तेज उभर आया। बोली, 'अरे डरना क्या? अब तो चाहे उन्हें फाँसी भी हो जावे।'

□

(सन् १९४६)

अरुणोदय

जैसाकि सदा होता था, निशिकांत के तीव्र स्वर का उनपर तनिक भी असर नहीं हुआ। उन्होंने बड़ी शांति से फाइल उलटते हुए कहा, 'बाबू निशिकांत, आप युवक हैं, आपके लहू में गरमी है। किसी दिन मैं भी युवक था, मेरे लहू में भी गरमी थी। सच कहता हूँ, गोरे अफसर का अत्याचार देखकर मैं काँप उठता था। जी में आता था कि उसके हाथ से कोड़ा छीनकर उसे ही पीटना शुरू कर दूँ। वह सलाम का भूखा था। सड़क पर चलते समय जो भी उसे सलाम नहीं करता, उसीपर वह बेरहमी से कोड़े बरसाने लगता। यही देख और सुनकर मैं क्रोध से भर उठता था। मैं चाहता तो उसे पीट सकता था, मुझमें शक्ति थी, परंतु···परंतु बाबू निशिकांत! मैं ऐसा करता, तो क्या तुमसे बातें कर रहा होता? मुझे जेल होती, संभवत: मार दिया जाता, और मेरे बच्चे, मेरी स्त्री, मेरा सारा परिवार दर-दर का भिखारी होता··· ।'

निशिकांत ने दाँत पीस लिये, कहा कुछ नहीं। वे ही कहते रहे। वे लगभग पचास वर्ष के थे, परंतु बाल अभी तक काले थे, आँखें चमकती थीं! इसी दफ्तर में अपनी नौकरी के पच्चीस वर्ष पूरे कर चुके थे। उनका नाम था बाबू हरिचंद। हँसमुख, प्रेमी और मिलनसार। कभी क्रोध नहीं आता था उन्हें और जिन्हें क्रोध आता था, उनको वे ऐसी करुण दृष्टि से देखते कि क्रोधी पानी-पानी हो उठता था। उन्हें समय की विशेष चिंता नहीं थी। सबसे पहले आते और लौटते तो रात पड़ जाती। सदा यही कहते—गुलामी पाप है, पीस देती है, परंतु क्या करें, भगवान् की यही इच्छा है। वह चाहेगा, तभी कुछ होगा। अब भी उन्होंने कहा, 'धीरे-धीरे सबकुछ ठीक हो जाएगा। समय सबकुछ करा लेता है। आज तुम कल्पना भी नहीं कर सकते कि कोई गोरा किसी हिंदुस्तानी को गाली दे सकता है; कोड़े मारना तो दूर की बात है।'

निशिकांत का सब्र जवाब दे रहा था। उसने तीव्रता से कहा, 'समय कुछ नहीं करता, उससे कराया जाता है।'

'हाँ, हाँ,' बाबू हरिचंद ने कहा, 'ठीक है, कराया जाता है। भगवान् सबकुछ करा लेते हैं।'

'आह! भगवान् नहीं, आदमी कहिए, आदमी, बाबू साहब!'

'आदमी? आदमी ही कह लीजिए। भगवान् उसीके द्वारा सबकुछ करा लेते हैं। वह भगवान् के हाथ का यंत्र है...।'

'यंत्र...।' निशिकांत का मन घुटने लगा, धुआँ जैसे छाती से उठकर मस्तिष्क में भर चला हो, परंतु वह क्या कहे और किससे कहे? इसीलिए मन मारकर वह भी फाइलों में उलझ चला, लेकिन कहते हैं 'शक्कर खोरे को शक्कर और मूँजी को टक्कर' सब जगह मिल जाती है। उसने फाइल उठाई और बाबू हरिचंद के पास आकर बोला, 'आप समय की बात कर रहे थे। मुझे बताइए, मैं क्या करूँ?'

परंतु शांत मुद्रा में वे मुसकराए, 'क्या बात है?'

'क्या बात होती, वहीं मंगला चपरासी की ग्रैच्यूटी का केस है। तीन वर्षों से बड़े दफ्तर में पड़ा हुआ है। और अब वे कहते हैं कि इसे समाप्त कर दीजिए।'

'यह केस समाप्त हो चुका है।'

'क्यों?'

'क्योंकि बड़े दफ्तर के बाबुओं की ऐसी ही इच्छा थी।'

निशिकांत को फिर तैश आने लगा। उसने कहा, 'मैं जानना चाहता हूँ कि उनकी इच्छा का इतना मूल्य क्यों है?'

बाबू हरिचंद फिर मुसकराए और बोले, 'बाबू निशिकांत, बड़े दफ्तर के बाबू बड़े हैं। हमारे अन्नदाता हैं, हमारे भाग्य के निर्णायक हैं, उनकी कलम क्षण भर में हमारी उन्नति को अवनति में पलट सकती है। तुम कारण की बात कहोगे, परंतु भैया! कारण ढूँढ़ निकालना कोई कठिन काम नहीं। (सहसा धीमा स्वर कर लेते हैं।) और निशिकांत, अब तुम्हारा मामला है। वे चाहें तो तुम्हें सीनियर बना दें, चाहें तो उस्मान को। सीनियर होते ही नया ग्रेड मिलता है, वेतन बढ़ता है। ऐसी अवस्था में कौन मूर्ख होगा, जो उनका विरोध करके अपने उज्ज्वल भविष्य का नाश करेगा?'

निशिकांत ने लापरवाही से कहा, 'मुझे अपने भविष्य की चिंता नहीं है। उसके लिए मैं अपने ऊपर विश्वास करता हूँ, दूसरे पर नहीं।'

'तब तुम मूर्ख हो,' जवाब मिला।

'हो सकता है,' निशिकांत ने कहा, 'परंतु इस केस को समाप्त करने से एक गरीब परिवार की आशाओं पर तुषारापात होता है। जब आप भविष्य को बिगाड़ने और सुधारने की बात कहते हैं तो क्या यह नहीं सोचते कि गरीब की आह में बड़ी शक्ति होती है, वह भविष्य की उज्ज्वल रेखा को तनिक सी देर में काली कर सकती है?'

बाबू हरिचंद ने उसी शांति से कहा, 'लेकिन बाबू निशिकांत! आप क्यों डरते हैं? अगर किसी के भविष्य की उज्ज्वल रेखा काली होगी तो वह बड़े दफ्तर के बड़े बाबुओं की होगी, हमारी नहीं। सच मानिए, हमें उन लोगों के भविष्य की जरा भी चिंता नहीं है।'

यह कहकर उन्होंने निशिकांत की ओर अद्‌भुत मुद्रा से देखा। उनके मुख पर हँसी झलक आई थी। वह हँसी, जो मात्सर्य, व्यंग्य और विजय से पूर्ण थी, मानो कहते थे, निशिकांत! सच मानो, बड़े दफ्तर के बड़े बाबुओं से हमें नफरत है। उनके पतन से हमें बड़ी प्रसन्नता होती है। इसीलिए ऐसे कारणों को रोकने की हम जरा भी चेष्टा नहीं करते।

निशिकांत ने सबकुछ देखा और समझा। उसका मस्तिष्क चकराने लगा। उसे नौकरी करते हुए पंद्रह साल बीत चुके थे, परंतु न जाने क्यों, इधर वह चिंतित और व्यग्र होता आ रहा था। ऐसी सब बातों से उसे घृणा होने लगी थी और वह इस दम घोंटनेवाले वातावरण से दूर, बहुत दूर भाग जाना चाहता था, लेकिन⋯।

बस, यही 'लेकिन' उसके रास्ते का रोड़ा बनकर अटका पड़ा था। इस 'लेकिन' में आदर्श के लिए जीविका छोड़ने का प्रश्न था। उस भविष्य का प्रश्न था जहाँ सरकार की पेंशन पाकर बुढ़ापे में आराम और आसाइश का जीवन बिताया जाता है; परंतु यह भविष्य केवल शारीरिक ही नहीं, बल्कि मानसिक और सांस्कृतिक स्वतंत्रता का हनन करके प्राप्त किया जाता है। मानो मनुष्य मनुष्य नहीं है। न उसमें चेतना है, न बुद्धि है। न उसकी आशाएँ हैं, न आकांक्षाएँ। बस, वह यंत्र मात्र है⋯।

सहसा उसे याद आ गया, उसके साथी ने अभी-अभी कहा था कि मनुष्य भगवान् के हाथ का यंत्र है, और भगवान् जो कुछ भी चाहते हैं, मनुष्य को करना पड़ता है। उसके मन ने तर्क किया—लेकिन भगवान् क्या चाहते हैं, इसका निर्णय कौन करता है?

उत्तर भी स्वयं ही मस्तिष्क में आ गया। जो कुछ होता है, वही भगवान् चाहते हैं। यह उत्तर सोचकर उसे हँसी आ गई। उसने फाइलों को परे सरका दिया। कुरसी पीछे हटाई और पैर मेज पर रखकर लुढ़क गया। हाँ, तो जो कुछ होता है,

वही भगवान् चाहते हैं, और जो भगवान् चाहते हैं, वही होता है। मनुष्य तो उसके हाथ का यंत्र है। जिधर जैसे चाहा, घुमा दिया···।

तभी छोटे बाबू ने आकर कुछ कागज उसके सामने फेंक दिए। बोले, 'देखो।'

'क्या है?'

'तुम्हारा केस है, और बड़े बाबू ने जो कुछ लिखा है, वह तुम्हारे विरोध में जाता है।'

'जाने दो, मुझे उसकी चिंता नहीं है।'

'लेकिन यह उसकी नीचता है। वह इस प्रकार मुसलमानों का भला बनना चाहता है, पर यह उसकी भूल है। वे लोग इसे निकालकर दम लेंगे।'

निशिकांत सबकुछ समझ रहा था। उसने धीरे से कहा, 'मैं समझता हूँ, उनका यह विश्वास है कि उस्मान मुझसे सीनियर है।'

'नहीं, यह निश्चय से नहीं कहा जा सकता कि कौन सीनियर है। बात केवल बड़े दफ्तर के रूलिंग (निर्णय) की है। ऐसी अवस्था में उसका कर्तव्य है कि वह तुम्हारा पक्ष ले।'

'क्यों?'

'क्योंकि तुम हिंदू हो और क्योंकि मुसलमानों ने हम लोगों पर अत्याचार करने में कुछ भी उठा नहीं रखा है। प्रांतीय स्वशासन के बाद तो उन्होंने नौकरियों पर एक प्रकार से धावा बोल दिया है।'

निशिकांत सहसा बोलते-बोलते रुक गया। वह हिंदू है? और उसके हिंदूपन को लेकर ही ये सब बाबू उससे सहानुभूति प्रकट करने आए हैं। इसलिए कोई ऐसी बात कहना, जिससे उनका मन दुःखी हो, ठीक न होगा।

तभी छोटे बाबू फिर बोल उठे, 'तुम लाहौर क्यों नहीं जाते?'

'लाहौर···?'

'हाँ।'

निशिकांत अब चुप नहीं रह सका। उसने दृढ़ता से कहा, 'नहीं! मैं कहीं नहीं जाऊँगा। अगर मेरा पक्ष प्रबल है तो मुझे किसी के आगे हाथ पसारने की जरूरत नहीं है और अगर उस्मान का पक्ष ठीक है तो उसे सीनियर बनाना ही चाहिए। मुझे इस बात का तनिक भी दुःख नहीं होगा।'

छोटे बाबू कच्ची गोली नहीं खेले थे। बोले, 'तुम्हें दुःख नहीं होगा, लेकिन हमें तो होगा। आज की दुनिया में चुपचाप बैठने से न्याय नहीं मिलता। जानते नहीं,

वह कितनी कोशिश कर रहा है, कितने अफसरों से मिल चुका है?'

'सबकुछ जानता हूँ, यहाँ तक कि उसने अपना आदमी लाहौर भेजा है।'

'तो फिर... ?'

'तो फिर यही कि शायद उसे अपने पक्ष की निर्बलता का विश्वास है।'

'बेशक उसका पक्ष निर्बल है, लेकिन कोशिश करके वह उसे प्रबल बना लेगा। तुम न्याय की बाट देखते रहना, परंतु हम यह नहीं होने देंगे। बात केवल निशिकांत की नहीं है, हिंदू-मुसलमान की है।'

और इतना कहकर वे चले गए। निशिकांत ने फिर चिट्ठियों को सँभाला। सामने डाक का ढेर लगा था। उसे सबपर टिप्पणियाँ लिखनी थीं। उसने कलम उठाई और लिखना आरंभ कर दिया, लेकिन मस्तिष्क...वह तो काम से दूर, बहुत दूर, उसके भविष्य की चिंता में लगा था। निशिकांत किसी भी तरह उसे शांत न कर सका। उसने सोचा, यदि मैं सीनियर हूँ तो वे रोकते क्यों हैं? क्या मनुष्य सचमुच इतना गिर गया है कि वह स्वार्थ के लिए न्याय का गला घोंट दे? नहीं, नहीं, परमेश्वर यदि है तो ऐसा नहीं होगा। वह कभी अन्याय नहीं होने दगा...तभी सहसा धक्का लगा—परमेश्वर! कैसी मूर्खता की बातें हैं? ईश्वर, परमेश्वर कहीं कुछ नहीं है। मनुष्य जब निर्बल था, तब ईश्वर का जन्म हुआ था। वह मनुष्य की निर्बलता की स्वीकारोक्ति मात्र है, पर आज तो मानव शक्तिशाली है। उसने प्रकृति को जीता है। उसे अब परमेश्वर की जरूरत नहीं है...।

तभी एक दूसरे मित्र आए और धीरे से बोले, 'कुछ सुना तुमने?'

'क्या?'

'रात मसजिद में मीटिंग हुई थी।'

'किनकी?'

'उन्हीं लोगों की। डिप्टी, ओवरसियर, स्टोरकीपर—सभी थे। तुम्हारे हमवतनी भी थे। डिप्टी साहब ने साफ कह दिया कि अगर निशिकांत को स्टोरकीपर बनाकर भेजा तो मैं एक महीने में नालायक करके निकलवा दूँगा। इसपर स्टोरकीपर ने कहा कि निशिकांत आसानी से नालायक होनेवाला नहीं है। जूनियर होकर भी उलझे हुए केसों पर वही टिप्पणी करता है।

डिप्टी साहब तब मुसकराए, बोले—चोरी के इलजाम में डिसमिस करा देना मामूली बात है।'

'सच! ऐसा कहा उन्होंने?' निशिकांत ने अचरज से पूछा।

'हाँ।' मित्र विजय-गर्व से भरकर बोले।

'बड़े दुष्ट हैं।'

'देख लो। तुम इनकी प्रशंसा करते नहीं थकते और वे हैं कि तुम्हारी जड़ काटने के लिए कटिबद्ध हैं।'

निशिकांत मुसकराया, 'जड़ कौन किसकी काट सका है? जो ऐसा सोचते हैं, मूर्ख हैं, परंतु···।'

साथी बीच ही में बोल उठे, 'मूर्ख तुम हो, निशिकांत! तुम्हें समय रहते चिंता करनी चाहिए। मेरा काम तुम्हें चेतावनी देना था। और मुझसे तुम्हारी कोई सहायता हो सकती हो तो मैं तैयार हूँ।'

'आपकी कृपा है, मुझे आप पर भरोसा है।'

साथी मुसकराकर चले गए और मस्तिष्क के बवंडर को रोकने में असमर्थ निशिकांत फिर चिट्ठियों पर झुका। बीच में कई बार बड़े बाबू ने बुलाया, साहब ने सलाम भेजा, साथी केस पूछने आए और गए। दफ्तर का काम तेजी से होता रहा और उसकी विचारधारा भी तेजी से बहती रही। संध्या होते-होते उस्मान अजीब अदा से मुसकराता हुआ आया। बोला, 'अरे भई निशिकांत! मैंने सुना कि वह केस फिर आ गया है।'

निशिकांत भी मुसकराया, 'कौन सा केस?'

'वही, मेरा और आपवाला।'

'तब···।'

'क्या लिखा है?'

'सर्विस-बुक्स माँगी हैं।'

'यार, तुम्हारी जीत है।'

'कैसे?'

'पर्सनल असिस्टेंट सिख है।'

सहसा निशिकांत उठ खड़ा हुआ और पूर्ण विश्वास के साथ उसने उस्मान को देखते हुए कहा, 'मैं मानता हूँ, तुम मेरा विश्वास नहीं करोगे। इसमें तुम्हारा दोष नहीं है। परिस्थिति ही ऐसी है, परंतु मैं दिल की बात कहता हूँ। मैं न्याय से ऊँचे पद का हकदार हूँ तो ठीक है, अन्यथा मैं सपने में भी तुम्हें गिराने की बात नहीं सोच सकता। तुम्हें क्या, किसी को भी नहीं। मैंने आज तक साहब से इस बात का जिक्र तक नहीं किया, जबकि तुम जानते हो कि उन लोगों से मेरे संबंध कितने गहरे और मीठे हैं। मैं अपने लिए किसी के आगे हाथ फैलाने की बजाय भूखा मर जाना कहीं अच्छा समझता हूँ। इनसान इनसान के आगे हाथ फैलाए, इससे गंदी बात और हो

ही क्या सकती है?'

निशिकांत का स्वर इतना स्पष्ट और बेलाग था कि कोई भी निष्पक्ष आदमी उसकी ईमानदारी से इनकार नहीं कर सकता था। उस्मान मुसकराया, उसकी आँखें चमक उठीं। क्षण भर के लिए विश्वास ने मानो अविश्वास को पराजित कर दिया हो। उसने कहा, 'सच, निशिकांत! मैं भी यही चाहता हूँ।'

और फिर सहसा बात को आगे बढ़ाए बिना वह चला गया। निशिकांत का मन भर आया था। क्षण भर उसने जाते हुए उस्मान को देखा, फिर जल्दी-जल्दी चिट्ठियाँ छाँटने लगा। छह बजने वाले थे और उसका मन काम करने को नहीं कर रहा था। उसने दफ्तरी को पुकारकर कहा, 'मैं जा रहा हूँ। कमरा बंद कर दो।'

और वह लौट चला। चलते-चलते विचारों का एक तुमुल प्रवाह मस्तिष्क में भर आया। कुछ पुरानी बातें नई होकर सामने आ गईं। उस दिन वह पत्नी के साथ नहर के किनारे घूम रहा था। वातावरण में मस्ती थी, उनके मन में, उनकी बातों में मस्ती थी। प्रेम और मुहब्बत की बातें करते-करते वे भविष्य के सुनहरे सपने देखने लगे थे। सहसा निशिकांत का मन विषाद से भर उठा। उसने दर्द भरे स्वर में कहा, 'रजनी, कैसी अचरज की बात है। मुझे नौकरी करते हुए बारह वर्ष बीत गए, परंतु मैंने एक क्षण के लिए भी इसे पसंद नहीं किया। मैं इसे अपने जीवन का श्राप समझता हूँ। प्रतिक्षण यहाँ मनुष्य मनुष्य का गला घोंटता रहता है। प्रतिक्षण दासता की कड़ियाँ कसती रहती हैं। प्रतिक्षण हिंदू-मुसलमान, ऊँच-नीच, जाट-बनिया, सिख-असिख, पंजाबी-गैरपंजाबी, ब्राह्मण-बनिया के रूप में मनुष्य की नीचता, तृष्णा और घृणा फूलती-फलती रहती है।'

रजनी ने पति की ग्लानि को अनुभव किया, बोली, 'ऐसी बात है तो नौकरी क्यों नहीं छोड़ देते?'

निशिकांत मुसकराया, 'मैं भी यही पूछा करता हूँ, मैं नौकरी छोड़ क्यों नहीं देता? परंतु रजनी, पेट की पुकार रास्ते का रोड़ा बन जाती है। जो हितैषी हैं, वे पूछ बैठते हैं—करोगे क्या? देखती आँखों आज की दुनिया में भरी-पूरी रोजी को लात मारना मूर्खता की सीमा है।'

'लेकिन,' रजनी बोली, 'आपको भी पेट की चिंता है? आप तो लिखते हैं।'

'लिखता हूँ, पर लिखने से पेट नहीं भरता। पूँजीपतियों के देश में लेखक की दशा मजदूर से भी बदतर है।'

'अपना कुछ काम कर लो।'

‘उसके लिए पूँजी की आवश्यकता है।’

रजनी ने क्षण भर सोचा, बोली, ‘मेरे पास जो गहने हैं, उन्हें बेच दो। युद्ध के कारण सोना तेज है। जब कभी सस्ता होगा, बन जाएँगे। और न भी बने तो क्या उनके बिना जिया नहीं जाता?’

तर्क इसी तरह आगे बढ़ता गया और जैसाकि तर्क का गुण है, बिना किसी निर्णय के समाप्त हो गया, और निशिकांत को फिर अम्मा की बातें याद आ गईं। वह सदा हवा में बोलती है, ‘छोड़ दे नौकरी। अपने घर चल। भूखा कौन मरता है? भगवान् सबको देते हैं।’

निशिकांत तर्क करता, ‘नहीं अम्मा। भगवान् उन्हीं को देते हैं, जो मेहनत करते हैं।’

‘तो तू क्या लूला या लँगड़ा है? इतना पढ़ा है। यहाँ नहीं मन लगता तो स्कूल में नौकरी कर ले।’

निशिकांत हँसकर रह जाता। और यही अम्मा दूसरे दिन कहती, ‘ना, बेटा! नौकरी नहीं छोड़ा करते। दुनिया भूखी मर रही है। लोग नौकरी के लिए तरसते फिरते हैं और तू लगी-लगाई छोड़ना चाहता है। इस नौकरी के कारण ही तेरी और तेरे कुटुंब की इज्जत है। दुनिया कहती है, लायक बेटा है, कुटुंब को सँभाल रखा है। नहीं तो···नहीं तो···।’

अम्मा को पुरानी बातें याद आ जाती हैं। आँखों से टप-टप आँसू टपकने लगते हैं। निशिकांत न मुसकराता है, न रोता है, केवल शून्य में खोया-खोया देखने लगता है। भावुकता उसमें भी है। माँ की बात चुभती है, पर वह जानता है कि जो कुछ उसके हृदय में है, वह न माँ समझती है, न पत्नी। उसका हृदय देश की परतंत्रता पर कलपता है। वह सोचता है—मेरा देश, करोड़ों नर-नारियों का देश, पराजित क्यों है? यदि हम विदेशी शासकों का साथ छोड़ दें तो उनकी मशीन ठप नहीं हो जाएगी? क्या वे सदा शक्ति का प्रयोग कर सकते हैं? और क्या दो-चार हजार के मर जाने से कोई देश मर सकता है? क्या जनशक्ति से बढ़कर कोई शक्ति है?···प्रश्न तीखे हैं। उसके अपने हृदय को छेद देते हैं। वह बहुत सोचता है। आखिर क्यों···? उत्तर मिलता है, क्योंकि जनता ने अभी अपने आपको समझा नहीं है। वह आजादी और गुलामी का भेद नहीं जानती। जिस दिन जान जाएगी, उस दिन देखेगी कि हमने अपने हाथों में स्वयं ही हथकड़ी डाल रखी है और कि हम स्वयं ही उन्हें उतारकर फेंक सकते हैं। यही बात उसने एक दिन बड़े मनोयोग से रजनी को समझाई, ‘रजनी! जिस दिन तुम समझोगी कि तुम गुलाम हो, उसी दिन तुम्हें मेरे

मन के द्वंद्व का पता लग जाएगा। उस दिन तुम स्वयं बंधन खोलने के लिए आतुर हो उठोगी। बात केवल समझने की है। देश गुलाम है, लेकिन हम आपस में लड़ते हैं पद के लिए, लिप्सा के लिए। सोचते नहीं कि आजादी के सामने सब गौण है।'

रजनी बोली, 'आप ठीक कहते हैं, परंतु आजादी के लिए जो कष्ट उठाने पड़ते हैं, उनसे जनता डरती है। भूख की तो कल्पना भी कँपा देती है।'

निशिकांत हँसा, 'भूख! रजनी, संसार में भोजन की कमी न तो कभी थी, न कभी होगी। बात केवल इतनी है कि वह कुछ थोड़े से हाथों में चला गया है। उसे छीन लेना हमारा काम है।'

'लेकिन कैसे?'

'उसके लिए जो समझदार है, उन्हें रास्ता दिखाना पड़ेगा।'

और यही सोचकर निशिकांत सहसा हर्ष से भर उठा। ठीक तो है। मैं इतना समझता हूँ कि मुझे रास्ता दिखाना चाहिए। मेरा और उस्मान का झगड़ा है। मैं आगे बढ़ गया तो क्या होगा? वेतन बढ़ जाएगा, परंतु साथ ही गुलामी की जंजीरें भी दृढ़ होंगी। मैं गुलामी से घृणा करता हूँ। मुझे कह देना चाहिए कि मैं उस्मान को सीनियर स्वीकार करता हूँ···परंतु मैं कौन?···रास्ते में सरकार है, मेरे साथी हैं···। साथी कहेंगे, कायर! कृतघ्न! हिंदू जाति के माथे पर कलंक का टीका लगाना चाहता है। शेर जाल में फँसा है, उसे मुक्त करना चाहता है। शेर, शेर है। मुक्त होने पर तुम्हें न भी खाए, पर हम तो हैं···। तो···?

उसका मस्तिष्क चकराने लगा। उसे कोई रास्ता नहीं सूझ रहा था। उसका कोई मित्र नहीं था। जो थे, वे हिंदू थे, संबंधी थे या विरोधी थे। सभी जाति-द्वेष, वर्ग-द्वेष और मानवता के प्रति घृणा से भरे हुए थे, वे कायर और कमीने थे···।

धीरे-धीरे निशिकांत पर भी यही कायरता छाने लगी। मैं क्यों पैदा हुआ, मेरा क्या मूल्य है? मैं क्या कर सकता हूँ? मेरे पास न शक्ति है, न संपन्नता, न सौंदर्य, न पारिवारिक महानता। मुझमें प्रतिभा भी नहीं है, जो महान् लेखक ही बन सकूँ। तो मैं किस योग्य हूँ···?

किसी ने पुकारा, 'बाबू निशिकांत।'

चौंककर देखा, पोस्टमैन था, 'बाबू निशिकांत, आपकी चिट्ठी।'

'लाइए।'

'दो अखबार और एक लिफाफा।'

लिफाफा रजनी का था। वह चिर-परिचित अक्षर। खोलकर पढ़ने लगा। सदा की भाँति उसने लिखा था—

'प्रियतम प्राणेश्वर!

आपका प्रेम-पत्र आया। पढ़कर न जाने क्यों, मन भर आया। आप इतने दु:खी क्यों रहते हैं? आप जैसे योग्य आदमी भी तड़पते रहेंगे तो कैसे होगा? बुद्धि आपको मिली है, आप लेखनी के स्वामी है। क्या कोई भी गुणग्राहक नहीं है? और फिर न भी हो। आत्मविश्वास बहुत बड़ी चीज है।···नौकरी में मन नहीं लगता तो सच कहती हूँ, छोड़ दीजिए। आप भूखे नहीं रह सकते। फिर, मैं भी तो हूँ। पेट भरने जितना तो मैं भी कमा सकती हूँ। और सबसे अच्छा तो यह है कि हम दोनों अपना एक स्कूल चलाएँ। अक्षर-ज्ञान के साथ-साथ विद्यार्थियों को आत्मज्ञान भी आप दे सकेंगे। क्यों, ठीक रहेगा न?

पर कुछ भी हो दु:खी मत रहिए। उससे क्या समस्या हल होगी? मुनिया प्रसन्न है। सदा बगीचे में फूल तोड़ती रहती है। आपको नमस्ते लिखाती है··· ।

आपकी ही
रजनी'

निशिकांत ने पत्र पढ़ लिया। मानो पूर्व में प्रकाश की किरणें फूट पड़ी हों। क्षण भर में मस्तिष्क की अशांति दूर हो गई। शब्द सीधे थे, पर उनके पीछे एक मार्ग था, मानो कृष्ण ने अर्जुन को चेतावनी दी थी, भविष्य उन्हीं का है, जो नि:शंक है, मानो रजनी ने निशिकांत को बताया था, दुविधा मौत है। भविष्य का निर्माण हमारे हाथों में है। भविष्य हमारा निर्माण नहीं करता।

'हाँ,' निशिकांत ने कहा, 'ठीक है, मैं भविष्य का निर्माता हूँ। भाग्य मेरे हाथों में है। मैं अब इस चक्की में नहीं पिसूँगा। मैं त्यागपत्र दूँगा···त्यागपत्र··· । हाँ, मैं त्यागपत्र दूँगा। मुझे मुक्ति मिलेगी। मैं खुलकर उन कारणों से लड़ सकूँगा, जिनके कारण ये प्राणघातक परिस्थितियाँ पैदा हो गई हैं। मैं जड़ पर प्रहार करूँगा और जड़ है गुलामी, चाहे वह शारीरिक हो या मानसिक या सांस्कृतिक, गुलामी गुलामी है। मैं उसे स्वीकार नहीं करूँगा।'

और सचमुच, अगले दिन सवेरे जाते ही उसने त्यागपत्र दे दिया। दफ्तर में जैसे विस्फोट हुआ हो—इस्तीफा! आज की दुनिया में इस्तीफा! सरकारी नौकरी से स्तीफा! पंद्रह वर्षों की नौकरी से इस्तीफा।

टाइपिस्ट ने नेत्र विस्फारित कर कहा, 'बाबू निशिकांत ने इस्तीफा दे दिया!'

एकाउंटेंट चौंका, 'इस्तीफा!'

सीनियर बाबू ने पहले तो अचरज से देखा, फिर गंभीरता से कहा, 'तुमने गलत सुना है। कोई और बात होगी।'

'नहीं, नहीं,' टाइपिस्ट ने कहा, 'मैंने स्वयं देखा है, बड़े बाबू उन्हें समझा रहे थे।'

'तब क्या कहा उसने?'

'यही कि मैंने इस्तीफा दिया है, मैं उसे वापस नहीं लूँगा।'

'नहीं लूँगा?' एकाउंटेंट ने व्यंग्य से कहा, 'रात में बड़े बाबू से लड़ा था, वही जोश है। साहब के सामने जाते ही दूर हो जाएगा।'

'जी हाँ, आप ठीक कहते हैं। माना, बड़े बाबू बदतमीज हैं, पर इसका क्या यह मतलब कि नौकरी छोड़ दी जाए? यह तो बुजदिली है।'

'अजी साहब, मैंने भी इस्तीफा दिया था। स्टंट है, केवल स्टंट। देख लेना, शाम तक वापस ले लेंगे।'

तभी आ गए बाबू हरिचंद। अचरज से सबको देखा, बोले, 'क्या बात है?'

'आपने नहीं सुना।'

'नहीं।'

'आपके साथी बाबू निशिकांत ने इस्तीफा दे दिया।'

'इस्तीफा दे दिया… ?'

'जी, दे दिया।'

'तो इस्तीफा दे दिया उसने… ?'

'…'

'मैं जानता था कि वह इस्तीफा देगा। सच तो यह है, उसे इस्तीफा देना ही चाहिए था।'

'क्यों?' कई बाबू एक साथ अचरज से बोले।

'क्योंकि वह शेर है…।'

फिर सहसा रुके, धीरे-धीरे छड़ी को घुमाकर बोले, 'एक दिन मैं भी शेर बनने चला था, परंतु मेरा भाग्य! भेड़ बनकर रह गया। हम सभी भेड़ हैं। हम जानते हैं कि हम गुलाम हैं, परंतु रोज कुत्तों की तरह लड़ते हैं और मालिक के अत्याचारों को न्यायोचित ठहराते हैं। हम अपने घर में वीराने हैं। हम अपनी भाषा नहीं बोल सकते, हम अपने वस्त्र नहीं पहन सकते, हम अपनी बात नहीं कह सकते। कहें भी कैसे? ऊँट ने सारा तंबू घेर लिया है। उससे लड़ेंगे तो तंबू फट जाएगा।'

भावुकता हँसी में पलट गई, कहते रहे, 'तंबू फट जाएगा…भले ही हमारा देश हमसे छिन जाए, परंतु हम, हमारी बीवियाँ, हमारे बच्चे जीते रहें। ठीक है, भेड़ की दृष्टि आँखों से आगे नहीं बढ़ती। जिसकी बढ़ जाती है, वह शेर है। इसलिए

निशिकांत शेर है।'

और फिर बाबू हरिचंद शीघ्रता से निशिकांत के पास पहुँचे और बोले, 'तो तुमने व्यूह तोड़ डाला। शाबाश, तुमने दिखा दिया कि भेड़ें भी शेर बन सकती हैं। मुझे बड़ी खुशी है। तुम अकेले हो, पर रास्ता दिखानेवाला सदा एक होता है! और फिर हम लोगों के शरीर भले तुम्हारे साथ न हों, मन से हम सब तुम्हारी कामयाबी के लिए दुआ करेंगे।'

निशिकांत इस प्रशंसा के लिए तैयार नहीं था। वह सहसा विचिलत हो उठा, न सोच सका, न बोल सका, केवल अपलक सजल नेत्रों से बाबू हरिचंद को इस प्रकार देखने लगा, मानो उनके मुख पर उसके भविष्य में होने वाला अरुणोदय स्पष्ट झलक उठा हो।

□

(सन् १९४६)

नया राजा

आज अम्मा का जी अच्छा नहीं था। इसीलिए कहानी कहने का भार पड़ा पिताजी पर। असित बोला, 'पिताजी, राजा की कहानी कहो।'

अमला ने कहा, 'नहीं, परियों की कहानी।'

छोटी अमिता हँसी, 'नहीं, राजा की।'

पिताजी बोले, 'अच्छा! आज राजा की कहानी कहेंगे, नए राजा की।'

सबने एक स्वर से कहा, 'हाँ, हाँ, पिताजी! नए राजा की कहानी कहो…।'

कहानी शुरू हुई—'एक था राजा, उसकी एक रानी थी और रानी का एक लड़का था। उनके पास बहुत बड़ी सेना थी। बहुत से शहर थे। बड़े-बड़े महल थे। महलों में बहुत से नौकर-चाकर और बहुत सा सुंदर-सुंदर कीमती सामान। राजा के मुँह से शब्द निकलते, तो जो चाहते, वह हो जाता। रानी इशारा करती तो सैकड़ों दासियाँ दौड़ पड़तीं, नहलातीं, धुलातीं, शृंगार करतीं, खाना खिलातीं…'

छोटी अमिता बोल उठी, 'खाना अपने हाथ से नहीं खाती थी?'

प्रमिला ने बड़प्पन से कहा, 'पगली। बीच में मत टोक। राजा-रानी भी कहीं अपने-आप खाते हैं!'

पिता मुसकराकर आगे बढ़े—'हाँ, तो उन्हें सब सुख था। बाहर जाते तो आगे-पीछे सेना चलती। दरबार में बड़े-बड़े सरदार घंटों सिर झुकाए खड़े रहते…।'

असित ने कहा, 'बहुत बड़ा राजा था?'

'हाँ,' पिता बोले, 'बहुत बड़ा राजा था, पर वह सुखी नहीं था। अंदर-ही-अंदर कोई दुःख उसे कचोटता रहता था। उसके महल में कुछ लोग आते और चुपके-चुपके देर तक राजा से बातें करते रहते…।'

'कौन थे वे लोग?' अमला ने पूछा।

'बेटी! वे जासूस थे, जो लोगों का भेद लेते फिरते और राजा को बता जाते।'

'क्या कहते थे?'

'कहते थे कि सेना प्रजा पर जुल्म करती है। जो उसके विरुद्ध बोलता है, उसकी जबान काट ली जाती है; जो आँखें उठाकर देखता है, उसकी आँखें फोड़ देते हैं; जो तंग आकर हाथ उठाते हैं, उनके हाथ उड़ा दिए जाते हैं। प्रजा राजा को गालियाँ देती कि वह बहुत दुष्ट है, अत्याचारी है। स्वयं तो भोग-विलास में मस्त रहता है और हम मरते हैं···।'

'लेकिन पिताजी,' असित ने कहा, 'जुल्म तो सेना करती थी; लोग राजा को क्यों कोसते थे?'

प्रमिला बोली, 'राजा कहता होगा, तभी तो सेना जुल्म करती होगी।'

पिता ने समझाया, 'देखो बेटा! राजा कहे या न कहे, सेना उसकी थी। जो कुछ वह करती, राजा द्वारा किया समझा जाता। इसीलिए प्रजा राजा को गालियाँ देती थी।'

'तो फिर···।'

'तो फिर बेटी, राजा ने बहुत सोचा, और एक दिन सब मंत्रियों को बुलाया। सरदार भी आए, सेनापति भी।

राजा ने उनसे कहा—जनता में असंतोष फैल रहा है। पड़ोस का राजा उन्हें भड़काता है, विद्रोह का डर है।

मंत्रियों के मुख गंभीर हो उठे, परंतु सेनापति ने अकड़कर कहा—महाराज! मैं विद्रोह को क्षण-मात्र में कुचल सकता हूँ।

राजा हँसे—सेनापति! तुम बहादुर हो, परंतु शस्त्र-बल सदा काम नहीं आता। आज शायद हमें मंत्र-बल की जरूरत है।

बड़े मंत्री ने प्रसन्न होकर कहा—बेशक, महाराज ठीक कहते हैं।

बस, फिर तो सभी ने राजा की हाँ में हाँ मिलाई और निश्चय हुआ कि भविष्य में राजा और मंत्री के अलावा राज करने के लिए एक सभा होगी, जिसमें कुछ प्रजा के प्रतिनिध होंगे···।'

'ऐसा क्यों पिताजी?' अमला और असित ने एक साथ पूछा।

पिता बोले, 'देखो, जब प्रजा के लोग राजा के साथ बैठकर राज्य की बात करेंगे तो न सेना अत्याचार कर सकेगी, न राजा मनमानी।'

'हाँ, हाँ, सो तो है।'

'तो बस, ऐसी सभा बन गई। लोग बड़े खुश हुए। राजा ने सुख की साँस ली। और सचमुच कुछ दिन तो बड़ा अच्छा लगा, परंतु धीरे-धीरे सभा के सभी आदमी सेना और राजा के आदमी बन गए। जासूसों ने खबर दी कि कुछ लोग मनमानी करते हैं। जिनके पास धन है, शक्ति है, वे छोटे लोगों को बंधन में कसे हुए हैं। उन्हें न जीने के साधन सुलभ हैं, न उनकी बहू-बेटियों की इज्जत सुरक्षित है। पहले सेना राजा के नाम पर पाप करती थी। अब राजा और प्रजा के नाम पर करती है···।'

'तब···?' प्रमिला ने दिलचस्पी से पूछा।

'तब एक दिन राजा ने गद्दी छोड़ दी।'

'गद्दी छोड़ दी···तो कौन राजा हुआ?'

'कोई भी नहीं। राजा ने कहा—देश अब अपना राज स्वयं ही सँभालेगा। उसने सभा भंग कर दी। मंत्रियों को अलग कर दिया और जनता से कहा कि वे अपने-अपने इलाके से चुनकर प्रतिनिधि भेजें। वे राज्य के शासक होंगे।

रानी ने सुना तो रोई और हँसी। राजकुमार को गुस्सा आया। मंत्री और सेनापति तो राजा को मारने के लिए तैयार हो गए, पर प्रजा में जैसे हर्ष की लहर दौड़ गई। जल्दी-जल्दी चुनाव हुआ, नई सभा बनी। वह प्रजा की सभा थी, उसने प्रजा की भलाई के लिए कानून बनाए और जैसे ही यह काम समाप्त हुआ, राजा राजधानी से गायब हो गया।'

प्रमिला सोच रही थी, परंतु अमला को कहानी में दिलचस्पी थी। वह बोली, 'राजा कहाँ गया, पिताजी?'

पिता ने कहा, 'राजा दूर राज्य की सीमा पर एक गाँव में बस गया। वहाँ उसने स्वयं को पढ़ानेवाला बताया। वह लड़कों को पढ़ाने लगा और शीघ्र ही सबका प्यारा बन गया···।'

'और रानी?'

'रानी राजा के साथ थी। वह साधारण औरत की तरह सब काम करती···।'

छोटी अमिता की नींद टूटी, 'रानी रोटी बनाती थी?'

'हाँ बेटी! रोटी बनाती, बरतन माँजती और घर झाड़ती-बुहारती।'

'तो उसके हाथ दुखते होंगे?'

'दुखते तो थे, पर वह दुःख मानती नहीं थी, क्योंकि दुःख तो जरा सा था, पर सुख बहुत था! महल में कैदी की तरह रहती थी और फिर वहाँ इतनी औरतें होती हैं कि राजा किस-किस को देखे? यहाँ रानी अकेली थी। दिन भर काम करके

जब राजा घर आता तो रानी मीठी-मीठी बातें करती, चरण धुलाती, खाना खिलाती, राजा हँसता, रानी खिलखिला उठती। हाँ; राजकुमार कुछ दिन अनमना सा रहा, परंतु फिर वह भी नौकरों को भूल गया…।'

'लेकिन पिताजी,' अमला बोली, 'लोग राजा को जानते नहीं थे?'

'नहीं बेटी। राजा को आम लोग नहीं पहचानते थे। वह उनके साथ नहीं मिलता। शायद ही किसी ने राजा को अपनी पोशाक में देखा हो।'

असित ने समझदार व्यक्ति की तरह सिर हिलाया, 'ठीक है, पिताजी! परंतु राज्य का क्या हुआ?'

'हाँ बेटा। राज्य की बात ही कहूँगा। अब वहाँ सबकुछ जनता के हाथों में था, परंतु उनका कोई नेता नहीं था। इसीसे वे धीरे-धीरे आपस में लड़ने लगे। बहुत आदमी थे, बहुत विचार थे। कुछ कहते—यह टैक्स लगेगा। कुछ उसका विरोध करते। नतीजा यह हुआ कि जनता में फिर आतंक फैलने लगा। लोग फिर राजा को कोसने लगे…।'

'राजा को क्यों?'

'लोग कहते, वह कायर था, राज्य छोड़कर भाग गया। उसे चाहिए था कि वहीं रहता और सभा को ठीक-ठीक रास्ता दिखाता। त्याग तो तभी कहलाता है, जब सत्ता हाथ में लेकर उसे दूसरों की भलाई के लिए काम में लाया जाए। यही चर्चा राजा के गाँव में भी चली। राजा सुनकर मुसकराया। रानी से बोला—मैं फिर राजा बनूँगा।

रानी हठात् चौंक पड़ी—राजा! नहीं, नहीं। आप मजाक कर रहे हैं।

मजाक नहीं, रानी। सच कहता हूँ।

क्यों…?

क्योंकि प्रजा चाहती है।

प्रजा आपको चाहती है?

हाँ रानी! प्रजा बिना नेता के नहीं रह सकती। उसे रास्ता दिखानेवाले की जरूरत है।

लेकिन प्रजा तो राजा से नफरत करती थी?

पुराने राजा से करती थी, नए से नहीं करेगी, क्योंकि नया राजा जबरदस्ती उनपर लादा नहीं जाएगा। उसके पास न महल होगा, न धन-ऐश्वर्य! उसकी सेवा के लिए नौकर-चाकरों की सेना नहीं होगी और न होंगी उसे लुभाने के लिए सुंदरियाँ…।

रानी मुसकराई—बड़ा विचित्र राजा होगा!

राजा कहता रहा—वह साधारण जन की तरह साधारण होगा। वह देश का होगा। जो चीज देश खाएगा, वही वह खाएगा। देश की शक्ति उसकी शक्ति होगी। देश का ऐश्वर्य उसका ऐश्वर्य होगा। वह न भोगी होगा, न त्यागी। यदि होगा भोगेगा; न होगा तो तृष्णा दुश्चिंता उसे आलोड़ित नहीं करेगी।

फिर राजा ने यही किया। उसने लोगों की हाँ में हाँ मिलाई—बेशक हमारा राजा कायर था। उसने शक्ति का उचित प्रयोग न करके त्याग करना ठीक समझा। त्याग का अर्थ भागना है और भागना है शुद्ध पवित्र कायरता, परंतु भागा वे ही करते हैं, जो अशक्त हैं और वह अशक्त था, क्योंकि उसके पास जनबल नहीं था। वह निर्बल सत्ताधारी था, जो सदा अत्याचार करते हैं। जिनके पास शक्ति है, वे सदा न्यायी और सदय होते हैं…।

बेशक—लोग बोले—आप ठीक कहते हैं। हमें ऐसे ही शक्तिशाली व्यक्ति को ढूँढ़ना चाहिए।

राजा बोला—नहीं, वह ढूँढ़े से नहीं मिलेगा, वह स्वयं आएगा। और राजा ने ठीक कहा था, एक दिन वह स्वयं ही आया।'

असित ने कहा, 'कैसे पिताजी?'

पिता बोले, 'वही बताता हूँ। राजा अपने गाँव का प्यारा था। वह पंचायत का प्रधान था। जिले की सभा में प्रतिनिधि था। अपनी विद्वत्ता और सेवा के कारण प्रांत की सभा में भी चुना गया। चुना क्यों न जाता, वह सच्चे दिल से प्रजा की भलाई चाहता था। उन दिनों देश के एक भाग में बड़े जोर का अकाल पड़ा। देखते-देखते लोग भूखों मरने लगे। घर वीरान हो गए। धीरे-धीरे सड़कें लाशों से पट गईं। माँ-बाप को खोकर सैकड़ों बच्चे अनाथ बन गए। माताओं के बेटे, पत्नियों के पति, बहनों के भाई भूख से तड़प-तड़पकर मर गए। यहाँ तक हुआ कि गीदड़ और कुत्ते तक बच्चों को खाने लगे। माँ-बाप ने अपने लाड़लों को आठ-आठ आने तक में बेच दिया…।'

पिता ऐसी तीव्रता से बोले कि बच्चों की अनुभूति जाग उठी।

असित ने पूछा, 'लेकिन पिताजी, यह भूख कहाँ से आई?'

अमला बोली, 'खाना कहाँ चला गया, पिताजी?'

पिताजी ने कहा, 'बेटा, बात यह थी कि वह प्रांत खेती पर जीता था। खेती होती थी वर्षा के कारण। सिंचाई का प्रबंध नहीं था। उस वर्ष वर्षा नहीं हुई। खेती सूख गई। जो कुछ थोड़ा-बहुत अन्न था, वह महाजन और सरकार के पेट

में चला गया।'

'बड़े बुरे थे महाजन और सरकार!' अमला बोली।

'हाँ बेटी। महाजन को सोने की जरूरत थी। वह मिट्टी का सोना बना-बनाकर तिजोरी में भर रहा था।'

असित ने कहा, 'पर पिताजी! क्या सोना खाया जाता है?'

'शायद महाजन खाते हैं।'

'कैसे?' अचरज से अमला बोली।

पिता हँसे, 'सोना खाने का एक तरीका होता है। हवस होती है, जो पेट भरने पर भूख जगाए रखती है। वही हवस सोना खाती है। महाजनों ने जो कुछ भी अब पाया, अपने गोदामों में भर दिया। सोलह सेर गेहूँ रुपए के दो सेर बिकने लगे। एक के आठ उन्हें मिले...।'

'बड़े दुष्ट थे महाजन! पर सरकार ने भी कुछ नहीं किया?'

'कुछ नहीं बेटा! यह सच है कि वे प्रजा के प्रतिनिधि थे, पर न उनको कोई रास्ता सुझानेवाला था, न उनके पास चरित्र-बल था। मुनाफाखोरों से रिश्वत खाकर वे अपने सिद्धांतों का भूल गए...।'

'तब...?'

'तब हमारा राजा आगे आया। वह सबकुछ देख रहा था। वह जानता था कि चोर कौन है और सरकार ढीली क्यों है। उसने सभा में स्पष्ट कह दिया कि सरकार चोरों की साथी है।

मंत्री क्रुद्ध हो गए—तुम झूठे हो, तुम्हें जेल में ठूँस दिया जाएगा।

राजा ने कहा—कोई चिंता नहीं। केवल एक बार तुम्हें मेरे साथ चलना पड़ेगा। मैं तुम्हें दिखाऊँगा कि अन्न कहाँ हैं!

न दिखा सके तो...?

तो जेल, फाँसी, जो तुम चाहो।

मंत्री निरुत्तर हो गए। भय से उनके दिल काँप उठे। उन्होंने एक चाल चली। सबने मंत्री पद से इस्तीफा दे दिया और नए मंत्री चुने गए। राजा भी उनमें था। यह उनकी चाल थी कि मंत्री बनकर वह उनका विरोध नहीं करेगा, परंतु राजा तो राजा था। मंत्री बनते ही उसने चोरगोदामों पर हमला बोल दिया...।'

अमला बोली, 'तब तो बड़ा अच्छा हुआ होगा, पिताजी?'

'हाँ बेटा! बड़ा अन्न मिला, परंतु विरोध भी बहुत हुआ। महाजनों ने तो राजा को मार डालने की कोशिश की। नगर के सबसे बड़े व्यापारी के घर जब धावा

बोला गया तो राजा सबसे पहले अकेले वहाँ पहुँचे। गुंडे तैयार थे। सेठ ने इशारा किया कि राजा को शूट कर दें, परंतु जैसे ही बंदूक उठी, उसका मालिक जमीन पर लेट गया। राजा और सेठ एक साथ चौंके। अचरज से उन्होंने देखा, सेठ के बड़े पुत्र के हाथ में पिस्तौल थी। उसने कहा—पिताजी! आपका शास्त्र कहता है कि जो अकेले खाता है, वह पापी होता है, परंतु जो दूसरे के मुख का ग्रास छीनकर खाता है, उसके सामने पापी भी निर्दोष है। आप दोनों से बढ़कर हैं। आप अपने त्राता को भी मार डालना चाहते थे। मैं चाहता हूँ कि आपको मार डालूँ; परंतु नहीं, आप राज्य के दुश्मन हैं। आपका निर्णय वहीं होगा।

और राजा की ओर मुड़कर उसने कहा—आपको कष्ट करने की जरूरत नहीं है। चाबियाँ मेरे पास हैं, उसे आप ले सकते हैं

यह कहकर उसने गुच्छा राजा के सामने फेंक दिया और पिता के पास जा खड़ा हुआ, बोला—इस पाप में मेरा भी हिस्सा है। मैं राज्य का अपराधी हूँ।

सेठ के प्राण सुन्न हो गए और खून पानी बन गया, परंतु राजा गर्व से मुसकरा उठा। उसने अभिमान से लड़के से कहा—राज्य को तुम्हारे जैसे अपराधियों पर नाज है। जिस प्रकार तुम्हारा अपराध अभूतपूर्व है, उसी प्रकार तुम्हारी सजा भी अभूतपूर्व होगी। तुम शीघ्र ही इस प्रांत के मुख्य न्यायाधीश बनोगे।

और इतना कहकर राजा आगे बढ़ गया। वह लड़का अचरज से उन्हें देखता ही रह गया…।'

यहीं पर पिताजी ने कहानी समाप्त कर दी।

अमला और असित प्रसन्नता से भरकर बोले, 'बड़ा अच्छा राजा था और लड़का भी।'

'बेशक,' पिता बोले, 'वे बड़े अच्छे थे। अच्छा, अब सोओ। कल नई परी और राजकुमारी की कहानी सुनाएँगे।'

□

(सन् १९४६)

एक पिता की संतान

एक दिन चौधरी रामबख्श सवेरे-सवेरे बड़ी तेजी से सरदार गुरुबख्श सिंह के घर की ओर जाते हुए दिखाई पड़े। उनके लंबे-खुरदरे चेहरे पर नूर बरस रहा था। साफा फैलकर कानों तक आ चुका था और निकर घुटनों से नीचे जाने में उनकी चाल से होड़ ले रहा था। हाथ में लाल फीते से बँधे कुछ कागज थे, जिन्हें उन्होंने बड़े प्यार से छाती से चिपका रखा था। मिलने-जुलनेवालों ने उन्हें देखा, पर वह कन्नी काट गए, परंतु एक मित्र थे कि आँखों में आँखें डाल दीं। पूछा, 'अरे चौधरी, आज किधर?'

चौधरी बरबस हँसे, 'ऐसे ही जरा···।'

'ऐसे ही क्या?'

'फिर बताऊँगा।'

'कोई गुप्त समाचार है क्या?'

'बहुत गुप्त!'

'आखिर···?'

मित्र ने हठ की तो बोले, 'आप तो मानते ही नहीं। अच्छा आओ···लेकिन खबरदार! किसी को कानो कान खबर न हो।'

मित्र ने दाँत निपोड़कर कहा, 'हवा भी नहीं लगने दूँगा।'

तब चौधरी उस मित्र को लेकर सड़क के उस पार जो खंडहर थे, वहाँ पहुँचे। फिर शांत भाव से एक टूटी दीवार पर बैठकर बोले, 'पहले बीड़ी पिलाओ।'

'अजी, सिगरेट लो,' मित्र ने जेब से पैकेट निकाला।

दो क्षण बाद चौधरी साहब ने मुसकराकर एक सिगरेट ली और लंबा कश खींचकर कहा, 'अखबार तो तुम रोज ही पढ़ते हो?'

'क्या करूँ, बिना पढ़े रहा ही नहीं जाता।'

'यही हाल मेरा है। जानता हूँ कि ये अखबार मिलाने से अधिक अलग करने का काम करते हैं, फिर भी साँप-छछूंदरवाली गति रहती है। तुम देख लो, एकता का आंदोलन करते-करते इन लोगों ने भारत के दो टुकड़े करवा दिए।'

मित्र रहस्योद्घाटन के लिए उत्सुक थे, इसीलिए बोले, 'तुम बिलकुल ठीक कहते हो।'

'और यही हाल इन लीडरों का है। पहले हिंदू-मुसलिम एकता के नाम पर डिनर खाते थे, अब भारत-पाकिस्तान-समझौते के नाम पर लंच करते हैं। विदा के समय हाथ मिलाकर मुसकाते हुए वे एक-दूसरे से कहते हैं—हमें खुशी है, हम मिले, मगर अफसोस है कि हम एकमत न हो सके, इसलिए निकट भविष्य में फिर मिलेंगे। सौरे कहीं के, मिलेंगे क्यों नहीं। लंच और डिनर कहाँ मिलेगा? मैं कहता हूँ, इस लंच और डिनर के लिए वे स्वर्ग और नरक में समझौता कराने भी जा सकते हैं⋯।'

चौधरी साहब शब्दों को कुछ इस प्रकार चबा-चबाकर बोल रहे थे मानो लंच और डिनर—दोनों का रस एक साथ ले रहे हों और मित्र थे कि हँसे चले जा रहे थे। इसपर चौधरी साहब ने कहा, 'तुम हँसते हो, पर जब मेरी बात सुनोगे तो दाँतों तले अंगुली दबाओगे।'

मित्र बोले, 'उसी के लिए तो बेताब हूँ, हुजूर।'

चौधरी साहब ने पूछा, 'आप ब्रिटेन के पूर्व प्रधानमंत्री मि. चर्चिल और अमेरिका के पूर्व राष्ट्रपति स्व. रूजवेल्ट के नाम से तो परिचित हैं?'

'जी हाँ, हूँ।'

'और आप यह भी जानते होंगे कि युद्ध के जमाने में वे किस तरह घुल-मिलकर एक हो गए थे?'

'जी हाँ। यह सबकुछ मुझे ऐसे याद है, जैसे अपनी शादी की बात।'

चौधरी साहब ने मित्र की उपमा पर ध्यान नहीं दिया। वह पूर्वतः बोलते रहे, 'जानते हो, उसका क्या कारण था?'

'कारण!⋯कारण तो यही हो सकता है कि वे शांति चाहते थे।'

'ऊहूँ।'

'ऊहूँ क्या? वे हिटलर को हराना चाहते थे⋯!'

'नहीं⋯नहीं⋯नहीं, यह उनकी एकता का कारण नहीं था। चाहते तो हम भी बहुत कुछ हैं, पर एकमत होकर कुछ नहीं कर पाते। वे कर पाए, इसका एक बहुत

ही महत्त्वपूर्ण कारण था।'

'अच्छा, क्या था? बताओ न!'

'वह अखबारों में छपा था।'

'छपा होगा। शायद पढ़ नहीं सका…।'

चौधरी तब ऐसे मुसकराए, जैसे तीसरे विश्व-युद्ध के विजेता वही हों। बोले, 'आठ पीढ़ी पहले चर्चिल-रूजवेल्ट का पुरखा एक ही व्यक्ति था।'

'क्या…?'

'जी हाँ।'

मित्र ने एक बार नेत्र मूँदे, फिर खोले, पर वह इस रहस्य से उत्तेजित न हो सके। न रोमकूप खुले, न बाल खड़े हुए, पर चौधरी थे कि कहे जा रहे थे, 'अगर रूजवेल्ट कुछ दिन और जीवित रहते तो इस बात का भी पता लगा लेते कि स्टालिन और उनका पुरखा किस पीढ़ी में एक था। यदि ऐसा हो जाता तो आज अमेरिका और रूस में ठंडा युद्ध न चलता…।'

मित्र अब ऊब चले। बोले, 'ठीक है, लेकिन तुम्हारा इन बातों से क्या मतलब है?'

इसपर चौधरी साहब फिर मुसकराए। साफे को कुछ ऊपर किया और कागजों का पुलिंदा खोलकर एक टैग में बँधे दो-तीन कागज निकाले। उनको मित्र की ओर बढ़ाकर बोले, 'पढ़ो।'

मित्र ने उन कागजों को लेकर ध्यान से देखा, मानो उनमें किसी गुप्त खजाने का पता लिखा हो। उनपर तीन खाने बने हुए थे, और हर खाने में नामों की एक लंबी सूची बनी थी। वह कुछ नहीं समझे, बोले, 'यह क्या है?'

'पढ़ो।'

मित्र ने पढ़ा। तीनों खानों के ऊपर लिखा था—हिंदू, सिख, मुसलमान। उनके नीचे की सूचियाँ ऐसे थीं।

रामबख्श	गुरुबख्श सिंह	अल्लाबख्श खाँ
चंदन सिंह	लाल सिंह	खुदाबख्श खाँ
प्रह्लाद सिंह	सूबासिंह	मुनीर खाँ
पिरथीचंद	पहाड़ सिंह	मुस्ताक हुसैन
नत्थू सिंह	मंगल सिंह	गालिब हुसैन
फतेह सिंह	पंजाब सिंह	फत्थू खाँ
छोटूराम	बुध सिंह	नत्थू खाँ

लालचंद	बरयाम सिंह	महबूब खाँ
बुद्धिचंद	बादल सिंह	अलाउद्दीन खाँ

पढ़ चुके तो पूछा, 'यह क्या है, जी?'

'नहीं समझे?'

मित्र को जैसे अंतर्दृष्टि मिली। हँस पड़े। 'तो यह बात है, जनाव भी चर्चिल और रूजवेल्ट की तरह इस बात का पता लगा रहे हैं कि तुम लोगों के पुरखा किस पीढ़ी में एक पिता की संतान थे।'

'जी हाँ! अब समझे!'

'बात तो मार्के की है।'

'अजी, बस, पता लगने की देर है। फिर देखना, कैसे सब समस्याएँ सुलझती हैं। पाकिस्तान इसलिए बना कि हिंदू-मुसलिम-समस्या समाप्त हो, पर वह तो रक्तबीज की तरह और भी बढ़ गई और यही नहीं, सिखों ने अलग सिखिस्तान की माँग पेश कर दी है।'

मित्र बोले, 'कर नहीं दी है, प्राणों की बाजी लगा दी है।'

चौधरी साहब ने कहा, 'जी हाँ। और उधर द्रविड़िस्तान का नारा भी सुनाई पड़ रहा है। और इसी तरह अलग होने की प्रवृत्ति बढ़ती चली जा रही है। इन सबका एकमात्र हल हमारे पास है। बस खोज पूरी होने दो। जब हम सबको यह पता लग जाएगा कि हम सबके पिता एक थे तो सब झगड़े छू-मंतर हो जाएँगे…।'

और वह उठ खड़े हुए। मित्र ने तर्क करना चाहा, पर वह आगे जवाब देने के मूड में नहीं थे। तेजी से वह एक ओर बढ़ गए और जब वह सरदार गुरुबख्श सिंह के घर पहुँचे तो वह वहाँ व्यग्रता से उनकी राह देख रहे थे। बोले, 'कहाँ रह गए थे, जनाब?'

'माफ करना, एक नाम और मिल गया था; उसीके बारे में छानबीन कर रहा था।'

'कितनी दूर पहुँचे?'

'पाँच नाम और मिले हैं।'

'मैं भी तेरह तक पहुँच गया हूँ।'

'तो फिर आओ, मिलाओ!'

'अभी लो, तुम्हारा अंतिम नाम क्या है?'

'धरम सिंह।'

'धरम सिंह? सच!'

'हाँ।'

'यह तो मेरी सूची में भी है। उसका बेटा···।'

'रामलाल?'

'हाँ, हाँ आगे···?'

'चंदा···करमा···।'

'बेशक, बेशक, बोलते जाओ। बोलते जाओ।' चौधरी एकदम उछल पड़े, 'अब तो मार लिया पापड़वाले को।'

'वाह-वाह···!'

'चरण सिंह···।'

'यह नहीं मिलता।'

'ठीक तो है, यही चरण सिंह अमृत चखकर सिख बने थे।'

'सच, मेरी लिस्ट में तो करमा का बेटा प्रेमचंद लिखा है। तब प्रेमचंद और चरण सिंह भाई-भाई थे?'

'हाँ, हाँ, यही बात है। चरण सिंह के भाई का नाम प्रेम सिंह लिखा है। यही प्रेमचंद होंगे। बेशक यही होंगे। लो चौधरी! कितनी खुशी की बात है। आखिर पंद्रह दिन की मेहनत सफल हो गई।'

चौधरी खिलखिला पड़े, 'क्यों न होती? आखिर हम सब एक ही तो हैं।'

'बिलकुल एक। बस, अब अल्लाबख्श की लिस्ट पूरी हो जाए। फिर तो···।'

नाम लेना था कि अल्लाबख्श खाँ सशरीर आ पहुँचे। नीचे चारखाने का नया तहमद, ऊपर गंजी टाँट शीशे की तरह चमक रही थी, कुरता इतना ढीला कि एक मनुष्य और समा जाए। जूता बिलकुल नया था, इसीलिए चरमर-चरमर बोल रहा था। आते ही बोले, 'क्या बात है? क्यों कूद रहे हो?'

'पौ बारह है।'

'सच?'

'और नहीं, तो क्या? एक थे चौधरी करम सिंह। उनके दो बेटे थे। बड़े थे प्रेमचंद। उनके हम हैं। छोटे चरण अमृत चखकर चरण सिंह बन गए। इन्हीं के वंश में अपने सरदार गुरुबख्श सिंह हैं। अब तुम बोलो। तुम क्या कर लाए?'

'बस, बाजी मार लाए।'

'यानी?'

'यानी यह कि तुम जिन प्रेमचंद और चरण की बात कह रहे हो, वे तीन

भाई थे। प्रेमचंद के पाँच लड़के थे। उनमें से सबसे छोटे लड़के का पोता गुलाल कलमा पढ़कर बादशाह फरुख सैयद के वक्त में मुसलमान बना। हम उसी की औलाद हैं···।'

इतना सुनना था कि सरदारजी और चौधरी साहब दोनों उछल पड़े, 'वाह, वाह, क्या कमाल किया, तुमने, अल्लाबख्श!'

'वाह, वाह, हम सब भाई-भाई हैं।'

'बिलकुल, बिलकुल।'

'तो अब इस लिस्ट को साफ कर लेना चाहिए। टाइप करवाकर सब अखबारों में भेजनी होगी।'

'जरूर।'

'बस, अब देखना। जिस तरह रूजवेल्ट-चर्चिल का सितारा चमका था, उसी तरह हम लोगों का भी चमकेगा।'

'हमारे साथ तो स्टालिन भी है।'

'क्या मतलब है?'

'हम तीन भाई।'

'ओ हो हो। यह ठीक है···। बहुत दूर की सूझी तुम्हें।'

अल्लाबख्श ने टाँट पर हाथ फेरते हुए कहा, 'अच्छा, अब कुछ देर आराम कर लें। लाओ सरदारजी, बीड़ी-वीड़ी हो तो दो।'

सरदारजी एकदम सहम गए, फिर मुसकराए, जैसे रो पड़ेंगे, 'क्या बातें करते हो जी?'

'क्या बातें? सरदार साहब, बीड़ी का एक कश एक साँस की तरह होता है।'

चौधरी ने टोककर कहा, 'अरे, तो बीड़ी मैं पिलाता हूँ। सरदार भी कहीं बीड़ी पीते हैं!'

'ओ हो हो,' खान हँस पड़ा, 'माफ करना, मैं भूल गया था। समझा था कि हम सब एक हैं···।'

वे तीनों हँस पड़े। सरदारजी बोले, 'कोई बात नहीं। हम सब एक ही हैं।'

'···लेकिन खुशी का यह दिन यूँ ही नहीं जाना चाहिए।'

'तो फिर बताओ।'

'बताऊँ क्या? होटल चला जाए।'

'तर कि खुश्क?' रामबख्श ने हँसकर पूछा।

'तर।'

अल्लाबख्श एकदम चौंका, 'तर का मतलब?'

'शराब!' सरदारजी ने धीरे से मुसकराकर कहा।

खान ने एकदम कानों पर हाथ लगाया, 'लाहौल विला कूबत। क्या नाम लिया तुम लोगों ने। तुम्हारे तो पड़ोस में भी रहना हराम है।'

उसके चेहरे पर सहसा सख्ती उभर आई और वह उठ खड़ा हुआ। तभी चौधरी फिर बोल उठे, 'अरे नहीं, अल्लाबख्श, बैठ। कहाँ जाता है? आज इस खोज का नशा चढ़ा है न, तो गलती-पर-गलती हो रही है, पर ऐसे नाराज होंगे तो कैसे काम चलेगा? चलो, यहीं मिठाई मँगा लेते हैं।'

'हाँ, हाँ,' सरदारजी बोले, 'यह ठीक है।'

'तो फिर मैं ले आता हूँ। चाय भी वहीं अच्छी मिलेगी।' अल्लाबख्श ने कहा और चल पड़ा। पर तभी चौधरी ने टोक दिया, 'तुम लाओगे?'

'हाँ।'

'मैं नहीं खाऊँगा।'

'क्यों?'

'क्यों क्या? तुम्हारी छुई चीज मैं कैसे खा सकता हूँ? ईमान भ्रष्ट करोगे।'

सरदारजी रस लेकर बोले, 'अरे चौधरी! अब क्या हर्ज है। अब तो हम सब एक हैं। इन जरा-जरा सी बातों में क्या रखा है।'

चौधरी के तन में जैसे आग लग गई। कहा, 'यह जरा सी बात है? तुम शराब पी लेते हो, पर सिगरेट का नाम सुनते ही आग लग जाती है।'

सरदारजी तड़प उठे, 'वह धर्म की बात है, हमारे धर्म में तंबाकू पीना पाप है।'

'तो हमारे धर्म में म्लेच्छ का छुआ खाना पाप है।'

अल्लाबख्श चौंका, 'मैं म्लेच्छ!'

'हाँ, तू म्लेच्छ, बकरा निगल जाता है, पर शराब को पाप मानता है।'

अल्लाबख्श ने आँखें तरेरीं, 'आखिर है तो काफिर।'

'मैं काफिर?' चौधरी चीख उठा।

देखते-देखते वहाँ संघर्ष की चिनगारियाँ उड़ने लगीं। शोर सुनकर सरदारनी अंदर से दौड़ी आई और जोर से दरवाजा भड़भड़ाने लगीं। पड़ोस में एक लालाजी रहते थे। वह वहीं से बोले, 'सरदारजी, अजी सरदारजी! क्या बात है? आऊँ क्या?'

यह सब एक ही क्षण में हो गया। दूसरे क्षण वे तीनों झेंप आए। सरदारजी

ने कहा, 'कुछ नहीं लालाजी, कुछ नहीं। वैसे ही बातें कर रहे थे।'

और फिर मुड़कर साथियों की ओर देखा। उनका रंग लौट रहा था। चौधरी साहब ने धीरे से कहा, 'हमारी खोज अभी अधूरी है। एक पिता की संतान तो हम हैं ही। पता अब दरअसल यह लगाना है कि आखिर हम अलग क्यों हुए।'

उसके बाद वे तीनों मित्र इस नई खोज में लग गए, पर वह अभी समाप्त नहीं हुई है। इसलिए पाठकों के सम्मुख हम उसकी रिपोर्ट पेश नहीं कर सकते।

□

(सन् १९४६)

रहमान का बेटा

क्रोध और वेदना के कारण उसकी वाणी में गहरी तलखी आ गई थी और वह बात-बात में चिनचिना उठता था। यदि उस समय गोपी न आ जाता तो संभव था, वह किसी बच्चे को पीटकर अपने दिल का गुबार निकालता। गोपी ने आकर दूर से ही पुकारा, 'साहब सलाम भाई रहमान! कहो, क्या बना रहे हो?'

रहमान के मस्तिष्क का पारा सहसा कई डिग्री नीचे आ गया। यद्यपि क्रोध की मात्रा अभी भी काफी थी, बोला, 'आओ गोपी काका, साहब सलाम।'

'बड़े तेज हो रहे हो, क्या बात है?'

गोपी बैठ गया। रहमान ने उसके सामने बीड़ी निकालकर रखी और फिर सुलगाकर बोला, 'क्या बात होगी, काका! आजकल के छोकरों का दिमाग बिगड़ गया है। जाने कैसी हवा चल पड़ी है। माँ-बाप को कुछ समझते ही नहीं।'

गोपी ने बीड़ी का लंबा कश खींचा और मुसकराकर कहा, 'रहमान! बात सदा ही ऐसी रही है। मुझे तो अपनी याद है। बाबा सिर पटककर रह गए, मगर मैं चटशाला में गया ही नहीं। अब बुढ़ापे में वे दिन याद आते हैं। सोचता हूँ, दो अच्छर पेट में पड़ जाते तो…।'

बीच में बात काटकर रहमान ने तेजी से कहा, 'तो काका, नशा चढ़ जाता। अच्छरों में नाज से ज्यादा नशा होवे है। यह दो अच्छर का नशा ही तो है जो सलीम को उड़ाए लिये जाए है। कहते हैं, इस बस्ती में मेरा जी नहीं लगे। सब गंदे रहे हैं। बात करने की तमीज नहीं। चोरी करने से नहीं चूकें…।'

गोपी चौंककर बोला, 'सलीम ने कहा ऐसे?'

'जी हाँ, सलीम ने कहा ऐसे और कहा हम इनसान नहीं हैं, हैवान हैं। जैसे नाली में कीड़े बिलबिलाते हैं न, उसी तरह की हमारी जिंदगी है…।' कहते-

कहते रहमान की आँखें चढ़ गईं। बदन काँपने लगा। हुक्का जिसे उसने अभी तक छुआ भी नहीं था, उसको इतने जोर से पैर से सरकाया कि चिलम नीचे गिर पड़ी और आग बिखरकर चारों ओर फैल गई। तेजी से पुकारा, 'करीमन! ओ हरामजादी करीमन! कहाँ मर गई जाकर। ले जा इस हुक्के को। साला आज हमें गुंडा कहवे है···।'

गोपी ने रहमान की तेजी देखकर कहा, 'उसका बाप स्कूल में चपरासी था न···।'

'जी हाँ, वही तो खराब करे है। पढ़ा नहीं था तो हर वक्त पढ़े-लिखे के बीच रहवे था, मगर साले ने किया क्या? भरी जवानी में हाथ फैलाकर मर गया। बीवी को कहीं का भी नहीं छोड़ा। न जाने किसके हाथ पड़ती, वह तो उसकी माँ ने मेरे आगे धरना दे दिया। वह दिन और आज का दिन सिर पर रखा है। कह दे कोई, सलीम रहमान की औलाद नहीं है, पर वह बात है, काका···।'

आगे जैसे रहमान की आँख में कहीं से आकर कुणक पड़ गई। जोर-जोर से मलने लगा। उसी क्षण शून्य में ताकते-ताकते गोपी ने कहा, 'सलीम की माँ बड़ी नेकदिल औरत है।'

रहमान एकदम बोला, 'काका, फरिश्ता है! ऐसी नेकदिल औरत कहाँ देखने को मिले है आजकल? क्या मजाल, जो कभी पहले शौहर का नाम लिया हो? ऐसी जी जान से खिदमत करे है कि बस, सिर नहीं उठता। और काका, उसीका नतीजा है···तुमसे क्या कुछ छिपा है, कभी इधर-उधर देखा है मुझे?'

गोपी ने तत्परता से कहा, 'कभी नहीं रहमान, मुँहदेखे की नहीं, ईमान की बात है। पाँच-पंचों में कहने को तैयार हूँ।'

'और रही चोरी की बात! किसी के घर का डाका मारने कौन जावे है, यूँ खेत में से घास-पात तुम भी लावो ही हो, काका।'

गोपी बोला, 'हाँ लावूँ हूँ। इसमें लुकाव की क्या बात है। और लावें क्यों न? हम क्या इतने से भी गए? बाबू लोग रोज जेब भरकर घर लौटे हैं। सच कहूँ रहमान! तनखा बाँटते वक्त अँगूठा पहले लगवा लेवे हैं और पैसों के वक्त किसी गरीब को ऐसा दुत्कार देवे हैं कि बेचारा मुँह ताकता रह जावे है। इस सत्यानाशी राज में कम अंधेर नहीं है, पर बेमाता ने हमारी सरकार की किस्मत में न जाने क्या लिख दिया है, दिन दूनी रात चौगुनी तरक्की होवे है। गांधी बाबा की कुछ भी पेश नहीं आवे।'

रहमान ने सारी बात बिना सुने उसी तेजी से कहा, 'बाबू क्यों? वे जो

अफसर हैं साब बहादुर, वे क्या कम हैं? किसी चीज पर पैसे नहीं डाले हैं। और काका! यह कल का छोकरा सलीम हमें गुंडा बतावे है! गुंडे साले तो वे हैं। सच, काका! कलब में सिवाय बदमाशी के वे करें क्या हैं। शराब वे पिएँ, जुआ वे खेलें और··· !'

'और क्या? हमारे साब के पास आए दिन कलब का चपरासी आवे है। कभी सौ, कभी डेढ़ सौ, सदा हारे ही हैं पर रहमान, उसकी मेम बड़ी तकदीर की सिकंदर है। जब जावे, सौ सवा सौ खींच लावे है।'

'मेम साब! काका तुम क्या जानो? उनकी बात और है। जितने ये साब बहादुर हैं, और साब क्यों, बड़े-बड़े वकील, बालिस्टर, लाला—सभी आजकल कलब जावे हैं। मुसलमान को शराब पीना हराम है, पर वहाँ बैठकर विस्की, जिन, पौरट, सेरी सब चढ़ा जावे हैं। औरतें ऐसी गिर गई हैं कि पराए मरद कमर में हाथ डालकर लिये फिरे हैं और वे हँस-हँसकर खिलर-खिलर बातें करे हैं। काका! जितनी देर वे वहाँ रहवे हैं, वे यही कहते रहे हैं—उसकी बीवी खूबसूरत है। इसकी जोरदार है। सरमा खुशकिस्मत है, रफीक की लौंडिया उसके घर जावे है। गुप्ता की बीवी उसके पास रहे है। सारा वक्त यही घुसर-पुसर होती रहे और मौका देखा तो कोई किसी के साथ उड़ चला। उस दिन जीत की खुशी में ड्रामा हुआ था। पुलिस के कप्तान लालाजी बने थे। वे लालाजी बनकर लेगों को हँसाते रहे और मेजर साहब उनकी बीवी को लेकर डाकबंगले की सैर करने चले गए। ये है बड़े लोगन का चाल-चलन। ये हैं हमारे आका, हमारे भाग की लकीर इन्हीं की कलम से खिंचे हैं।'

गोपी ने फिर जोर से बीड़ी का कश खींचा और गंभीरता से कहा, 'रहमान! देखने में जो जितना बड़ा है, असल में वह उतना ही छोटा है।'

'और खोटा भी।'

'और क्या।'

'और इन्हीं के लिए सलीम हमें बदतमीज, बदसहूर, बे-अकल, न जाने क्या-क्या कहवे है। मैंने भी सोच लिया है कि आज उससे फैसला करके रहूँगा। मैंने हमेशा उसे अपना समझा है। नहीं तो···नहीं तो···।'

गोपी ने अब अपना डंडा उठा लिया, बोला, 'रहमान! कुछ भी हो, सलीम तेरा ही लड़का माना जावे है। जवान है। अबे-तबे न बोलना। समझा। आजकल हवा ही ऐसी चल पड़ी है। और चली कब नहीं थी, फरक इतना है कि पहले मार खाकर बोलते नहीं थे, अब सीधे जवाब देवें हैं···।'

रहमान तेज ही था। कहा, 'मैं उसके जवाबों की क्या परवाह करूँ, काका? जावे जहन्नुम में। मेरा लगे क्या है?…और काका, मैं उसे मारूँगा क्यों? मेरे क्या हाथ खुले हैं? मैं तो उससे दो बात पूछूँगा। बस, रास्ता इधर या उधर। और काका, मुझे उस साले की जरा भी फिक्र नहीं है। फिक्र उसकी माँ की है। यूँ तो औलाद और क्या कम है, पर जरा, यही कुछ सहूरदार था…काका! सोचता था पढ़-लिखकर कहीं मुंशी बनेगा, जात-बिरादरी में नाम होगा, लेकिन लिखा क्या किसी से मिटा है?'

गोपी बोला, 'हाँ रहमान, लिखा किसी से नहीं मिटा। अब चाहे तो मालिक भी नहीं मेट सकता। ऐसी गहरी लकीर बेमाता ने खींची है। सो भइया, अपनी इज्जत अपने हाथ है। ज्यादा कुछ मत कहना। पढ़े-लिखों को गैरत जल्दी आवे है। समझा…।'

'समझा काका।'

और फिर गोपी डंडा उठा, घास की गठरी कंधे पर डाल, साहब सलाम करके चला गया। रहमान कुछ देर वहीं शून्य में बैठा धुँधले होते वातावरण को देखता रहा। मन में उमड़-घुमड़कर विचार आते और आपस में टकराकर शीघ्रता से निकल जाते। वे झाल के गिरते पानी के समान थे, गहरे और तेज; इतने कि उफनकर रह जाते। उनका तात्कालिक मूल्य कुछ नहीं था। इसीलिए उसके मन की झुँझलाहट और गहरी होती गई। करुणा और विषाद, कोई उसे कम नहीं कर सका। आखिर वह उठा और अंदर चला गया। घर में सन्नाटा था। बच्चे अभी तक खेलकर नहीं लौटे थे। उसकी बीवी रोटियाँ सेंक रही थी। सालन की खुशबू उसकी नाक में भर उठी। उसने एक नजर उठाकर अपनी बीवी को देखा, शांत चित्त वह काम में लगी है। उसके कानों के लंबे बाले रोटी बढ़ाते समय वेग से हिलते हैं। उसके सिर का गंदा कपड़ा खिसककर कंधे पर आ पड़ा है। यद्यपि जवानी बीत गई है तो भी चेहरे का भराव अभी हलका नहीं पड़ा है। गोरी न होकर भी वह काली नहीं है। उसकी आँखों में एक अजीब नशा है। वही नशा उसे बरबस खूबसूरत बना देता है। जिसकी ओर वह देख लेती है, एक बार तो वह ठिठक ही जाता है। रहमान सहसा ठिठका, उन दिनों इन्हीं आँखों ने मुझे बेबस बना दिया था। नहीं तो…।

सहसा उसे देखकर उसकी बीवी बोल उठी, 'इतने तेज क्यों हो रहे थे। गैरों के आगे क्या इस तरह घर की बात कहते हैं!'

रहमान कुछ तलखी से बोला, 'गैरों के आगे क्या? पानी अब सिर से उतर

गया है। कल को जब घर से निकल जावेगा, तब क्या दुनिया कानों में रुई ठूँस लेगी या आँखें फोड़ लेगी?'

बीवी को दुःख पहुँचा। बोली, 'बाप-बेटे क्या दुनिया में कभी अलग नहीं होते?'

'कौन कहे है कि वह मेरा बेटा है?'

'और किसका है?'

'मैं क्या जानूँ?'

'जरा देखना मेरी तरफ! मैं तो सुनूँ।'

तिनककर उसने कहा, 'क्या सुनेगी? मेरा होता तो क्या इस तरह कहता? जबान खींच लेता साले की।'

'देखूँगी, किस-किस की जबान खींचोगे। अभी तक तो एक भी बात नहीं सहारता।'

'बच्चे और जवान बराबर होवे हैं।'

'नहीं होवें, पर पूत के पाँव पालने में नजर आ जावे हैं और फिर वही कौन सा जवान है? अल्हड़ उमर है। एक बात मुँह से निकल गई तो उसी को सिर पर उठा लिया, तुम्हारा नहीं तभी तो। अपना होता तो क्या इस तरह ढोल पीटते? अपनों के हजार ऐब नजर नहीं आवे हैं। दूसरों का एक जरा सा पहाड़ बन जावे है...।'

कुछ भी हो रहमान इतना मूर्ख नहीं था। उसने समझ लिया, उसने बीवी के दिल को दुखाया है, पर वह क्या करे? सलीम से उसे क्या कम मुहब्बत है। पेट काटकर उसे रहमान ने ही तो स्कूल भेजा है। उसके लिए वह अब भी कभी बड़े बाबू से, कभी डिप्टी से, कभी बड़े साहब से गिड़गिड़ाता रहता है। इतनी गहरी मुहब्बत है, तभी तो इतना दुःख है। कोई गैर होता तो...।

तभी उनके चारों बच्चे बाहर से शोर मचाते हुए आ पहुँचे। वे धूल-मिट्टी से लिथड़े पड़े थे, परंतु गंदे और अर्द्धनग्न होने पर भी प्रसन्न थे। सबसे बड़ी लड़की लगभग बारह वर्ष की थी। आते ही खुशी-खुशी बोली, 'अम्मी! आज हम भइया की जगह गए थे।'

रहमान को कुछ अचरज हुआ, पर वह जला-भुना बैठा था। कड़ककर बोला, 'कहाँ गई थी चुड़ैल?'

लड़की सहम गई। घबराकर बोली, 'भइया की जगह।'

'कौन सी जगह?'

'जहाँ भइया जाते हैं। दूर···।'

छोटा लड़का, जो दस बरस का था, एकदम बोला, 'अब्बा, वहाँ बहुत सारे आदमी थे।'

तीसरा लड़का आठ बरस का था। आगे बढ़ आया, कहा, 'वहाँ लेक्चर हुए थे।'

रहमान अचकचाया, 'लेक्चर!'

लड़की ने कहा, 'हाँ अब्बा! लेक्चर हुए थे। भइया भी बोले थे। लोगों ने बड़ी तालियाँ पीटीं।'

अम्मी का मुख सहसा खिल उठा। गर्व से एक बार रहमान को देखा। फिर बोली, 'क्या कहा उसने?'

लड़की, जो मुरझा चली थी, अब दुगुने उत्साह से कहने लगी, 'अम्मी, भइया ने बहुत सी, बहुत सी बातें कही थीं। हम गंदे रहते हैं, हम अनपढ़ हैं, हम चोरी करते हैं। हमें बोलना नहीं आता। हमें खाने को नहीं मिलता।'

रहमान चिहुँकक्कर बोला, 'देखा तुमने।'

बीवी ने तिनककर कहा, 'सुनो तो जरा। हाँ और क्या, लाली?'

लड़का बोला, 'मैं बताऊँ अम्मी! भइया ने कहा था, इसमें हमारा ही कसूर है।'

'हाँ,' लड़की बोली, 'उन्होंने कहा था कि बड़े लोग हमें जान-बूझकर नीचे गिराते जाते हैं और हम बोलें ही नहीं।'

और फिर अब्बा की तरफ मुड़कर बोली, 'क्यों अब्बा! वे लोग कौन हैं?'

अब्बा तो बुत बने बैठे थे। क्या कहते?

लड़का कहने लगा, 'अब्बा! और जो उनमें बड़े आदमी थे, सबने यही कहा—हम भी आदमी हैं! हम भी जिएँगे। हम अब जाग गए हैं।'

अम्मी ने एक लंबी साँस खींची। चेहरा प्रकाश से भर उठा, सुनते ही सलीम की बातें। रहमान अब भी नहीं बोला। लड़की बोली, 'और अम्मी! भइया ने मुझसे कहा था कि मैं अब घर नहीं आऊँगा।'

'नहीं आएगा?'

'हाँ अम्मी।'

रहमान की तंद्रा टूटी, 'क्यों नहीं आएगा? क्योंकि हम गंदे हैं?'

'नहीं अब्बा!' लड़की अब आप-ही-आप कुछ गंभीरता से बोली, 'भइया

ने मुझसे कहा था कि मैं अब इस घर में नहीं रहूँगा। यहाँ नया घर लूँगा, बहुत साफ। अब्बा से कह दीजो, वहाँ रहने से गड़बड़ हो सकती है। हम लोगों के पीछे पुलिस लगी रहती है। वहाँ आवेंगी तो शायद अब्बा की नौकरी छूट जाएगी। और फिर व्यग्रता से बोली, 'क्यों अब्बा! पुलिस क्यों आवेगी··· ?'

लेकिन अब्बा हों तो बोलें। उनके तो सिर में भूचाल आ गया था। वह घूम रहा है, घूम रहा है, रुकता ही नहीं···।

□

यह क्रम

उस दिन जब निशिकांत दफ्तर से लौटा तो बहुत प्रसन्न था। रास्ते में एक पुराने मित्र मिल गए थे। देखते ही बोले, 'हैलो निशिकांत!'

निशिकांत मुसकराया, 'अहा, रमेश! बहुत दिनों बाद देखा। प्रसन्न हो न?'

'बहुत प्रसन्न! भई! इस माह के 'नव-भारत' में तुम्हारी कहानी देखी।'

निशिकांत उत्सुक हुआ। पूछा, 'कैसी लगी?'

'एकदम शानदार, बहुत शानदार।'

गद्‌गद होकर उसने कहा, 'शुक्रिया!'

रमेश बोला, 'भई खूब पकड़ है तुम्हारी। जो तुमने लिखा है, वे सब बातें हम दिन-रात देखा करते हैं, परंतु उनका वह रूप जो तुमने प्रस्तुत किया है, कभी हमारे सामने नहीं आता। बहुत गहरी पकड़ है तुम्हारी!'

निशिकांत का मन फूल उठा लेकिन जैसे ही वह घर पहुँचा तो उसकी प्रसन्नता झुँझलाहट में पलट गई। जीने पर चढ़ते-चढ़ते उसने सुना, घर में एक गहरा शोर व्याप्त है। उस शोर में खीज, क्रोध, झुँझलाहट भरी पड़ी है। अनायास ही उसके मुँह से निकला, कैसे कम्बख्त लोग हैं? हर वक्त शोर मचाते रहते हैं। घर न हुआ, कंजरखाना हो गया और तुर्रा यह कि सब पढ़े-लिखे लोग हैं···। वह ऊपर आ गया। उसने देखा, सभी घरवालों ने उसकी छोटी लड़की को घेर रखा है। वे सब उसे ताड़ रहे हैं। सब एक साथ बोल रहे हैं। बालिका भयातुर आँखों में आँसू भरे, मुँह फुलाए बुत की तरह अडिग खड़ी है।

उसने कहा, 'क्या शोर मचाया है?'

उसे देखकर सब सहसा सहम उठे। माँ ने क्षण भर रुककर धीरे से कहा, 'इसने चोरी की है।'

'किसकी चोरी?'

'किसकी क्या, बेटे! कल मैंने एक रुपया भुनाया था। चार आने का दूध, तीन आने का दही, दो आने···।'

वह खीज उठा। बीच में टोककर बोला, 'मतलब की बात कहो, माँ!'

'हाँ! वही कहती हूँ। कुल तीन आने बचे थे। वे पैसे बहू को दे दिए। मैं होती तो सब मेरे सिर हो जाते, कहीं और रख दिए होंगे। वह तो बहू थी; उसने मेरे सामने···।'

निशिकांत की खीज क्रोध में पलट गई। झल्लाकर बोला, 'माँ! तुम सदा दास्तान सुनानी शुरू कर देती हो। बात क्या है? आखिर उसने कितने पैसे चुराए?'

'एक आना!'

'तुमने देखा!'

'हाँ, सरिता ने देखा।'

'कहाँ है सरिता?'

सरिता दबी-दबी एक कोने में खड़ी थी। नाम सुनकर आगे आ गई। निशिकांत ने स्वर को यथाशक्ति कोमल बनाकर कहा, 'क्यों सरिता, तुमने देखा?'

सरिता ने सहमे-सहमे गरदन हिलाकर स्वीकृति दी। बालिका ने तब आँखें उठाकर एक बार सरिता को देखा और फिर पिता को। उसी क्षण निशिकांत के नयन आरक्त हो आए, चेहरे पर क्रोध गहरा हो गया। उसने बालिका का हाथ जोर से पकड़कर खींचा, इतने जोर से कि बालिका चीख उठी। माँ ने अब बालिका का पक्ष लिया, 'अरे नहीं बेटा! मारने से क्या होता है?'

'तुम यहाँ से जाओ माँ! तुम सब···।'

वे सब दूसरे कमरे में चले गए। निशिकांत ने बालिका को दोनों हाथों से पकड़कर अपने सामने खड़ा किया और तीव्र स्वर में पूछा, 'तुमने पैसे उठाए हैं?'

बालिका चुप।

'बोलो।'

बालिका उसी तरह स्थिर।

'नहीं बोलती! मार डालूँगा जान से।'

बालिका पूर्ववत् मौन।

निशिकांत ने जोर से उसे हिलाया और तड़ाक से गाल पर एक चपत दे मारा। बालिका तिलमिला उठी। उसके गालों पर रक्त चमकने लगा। कई क्षणों तक उसकी साँस ऊपर की ऊपर, नीचे की नीचे रुकी रही। और फिर वह बेतहाशा रोने

लगी। स्वयं निशिकांत का अंतर व्याकुल हो उठा, लेकिन बाहर उसी तरह दृढ़, कठोर। उसने चिल्लाकर कहा, 'खबरदार, जो रोई।'

लेकिन बालिका का चीत्कार कम न हुआ। चपत फिर उठा। बालिका सहमी, मुँह बंद करके उसने स्वर को रोका, लेकिन सुबकियाँ कोशिश करने पर भी नहीं रुकीं।

वह फिर चिल्लाया, 'चुप! एकदम चुप!'

बालिका ने फिर कोशिश की…।

'तुमने चोरी की थी?'

बालिका अब भी नहीं बोली। उसने गाल पर हाथ रखा हुआ था। वह सुबक रही थी, उसकी आँखों से भय बिखरा पड़ता था।

निशिकांत ने तीव्र होकर कहा, 'नहीं सुनती तू। ऊपर देख।'

बालिका सहमी, उसने ऊपर देखा, आँखों से आँखें मिलीं, मानो बिजली कौंधी, मानो भूचाल का गहरा धक्का पृथ्वी को कँपाता हुआ सर्र से निकल गया। निशिकांत चौंक उठा, यह क्या… ?

उसने फिर देखा, फिर-फिर देखा, वही आरक्त चेहरा, वही सजल भयपूरित आँखें, वही अनबूझ दृष्टि, वही कंपित गात…उसके दिमाग पर किसी ने दे मारा। वह मिमियाकर रह गया।…उसके सामने उसका अपना मुख था। पच्चीस वर्ष पहले वह ऐसा ही लगता था, बिलकुल ऐसा। एक दिन इसी तरह वह भी काँप रहा था, उसकी भी आँखें आँसुओं से भरी थीं, उसका भी चेहरा तमतमा रहा था। उसने भी चोरी की थी।

निशिकांत फुसफुसाया, मैंने भी चोरी की थी। उसका हाथ ढीला पड़ा। उसने फिर अपनी बेटी को देखा और दूसरे क्षण दौड़ते घोड़े की तरह, शोर मचाती घटनाओं की रेल उसके दिमाग के शैलों से टकराती-उलझती निकल गई। वह तब छह वर्ष का था। उसने अपनी दादी की डिबिया से रुपए निकालकर बहुत सी चीजें खरीद ली थीं—मसलन, किताबें, स्लेट, कलम, पेंसिल, खेलने के लिए ताश, सीटी; खाने के लिए कलाकंद, पेड़े। और वह अकेला नहीं था, उसके कई सहपाठी उसके साथ थे और वह चौंका…उस डांके में उसके मास्टर का भी हिस्सा था। वास्तव में मास्टर को भेंट करने के लिए उसने चोरी की थी। यह बात दूसरी थी कि उन्हें एक रुपया देकर उसके पास चार और बच रहे थे। आखिर वह चोरी पकड़ी गई। चोरी कभी नहीं छिपती। और जब पकड़ गई तो उसपर बेतहाशा मार पड़ी। माँ ने चिनचिनाकर कहा, 'जी करता है, मरे की छाती पर चढ़कर खून पी जाऊँ। मरे ने

मेरे दूध को लजाया है।'

'कुललजावा कहीं का। इतना है तो यह हाल है···।' बाप ने आँखें तरेरकर दाँत मींचकर मुक्का उठाया और चाचा ने मारे तमाचे के मुँह लाल कर दिया, 'तूने चोरी की है···? क्यों की है···? फिर करेगा चोरी···? किसीके भुलावे में मत रहना···हड्डी-पसली तोड़ डालूँगा···।' लेकिन एक बूढ़ी पड़ोसिन ने मुँह बिचकाकर कहा, 'क्यों मारे डालते हो लौंडे को? आखिर इसके बाप ने भी तो चोरी की थी।'

'और चाचा ने भी···।'

बिजली फिर कौंधी। उसे याद आया, उसी संध्या को जब वह खूब पिट चुका था, उसका चाचा हँसा और बोला, 'मैं जब छोटा था तो लाला की दुकान से दो पैसे उड़ा लिया था।'

माँ भी हँसी, 'दो पैसे क्या! न जाने कितने कुएँ खोदे थे तूने?' निशिकांत ने जोर से गरदन को झटका दिया। उसके चेहरे पर कालिख पुतने लगी, 'मेरे बाप-चाचा ने चोरी की थी, मैंने चोरी की थी और आज मेरी बेटी ने की है। मेरा बाप पिटा था, मैं पिटा था, और मेरी बेटी पिटती है···।'

छिः, छिः, वह काँपा, कैसा दूषित क्रम है! यह मेरी बेटी है, मैं अपने बाप का बेटा था और मेरा बाप अपने बाप का···यह अटूट और अनंत परंपरा है, चोरी की परंपरा। बेटी ने मुझसे चोरी सीखी, मैंने अपने बाप से, बाप ने अपने बाप से और इसी तरह हर किसी ने अपने पहले हर किसी से यह गुण प्राप्त किया, लेकिन दंड···।

निशिकांत ने अब अपनी बेटी को बिलकुल मुक्त कर दिया। उसे फिर एक पढ़ी हुई बात याद आ गई।

एक पिता अपने नवजात पुत्र को लेकर एक महापुरुष के पास पहुँचे। परम श्रद्धा से शिशु को उन्होंने उनके चरणों पर लिटा दिया। बोले, 'परमपूज्य! बालक को अशीर्वाद दीजिए कि यह मनुष्य बने!'

महापुरुष मुसकराए, बोले, 'अपने को मनुष्य बनाओ, बालक स्वयं मनुष्य बनेगा।'

और यही बातें सोचकर निशिकांत का मन ग्लानि से भर उठा। वह फुसफुसाया, 'मेरी बेटी ने चोरी की है, यह मेरा अपराध है। दंड मुझे मिलना चाहिए, इसे नहीं।'

अब उसके मन में जो क्रोध था, वह दूर हो गया और स्नेह उमड़ पड़ा, ऐसा स्नेह जो क्षमा से पूरित था। उसने बेटी को छाती से चिपका लिया। कई क्षण चिपकाए रहा। मन जब बहुत भीग चुका तो जेब से बटुआ निकाला। उसमें जो भी

पैसे थे, उन्हें पलंग पर उलटकर बोला, 'बोलो बेटे! क्या चाहिए?'

बालिका ने गरदन उठाकर कौतूहल भरे नयनों से अपने पिता को देखा, देखती रही। निशिकांत ने उसी स्नेह से कहा, 'बोलो बेटे…।'

बालिका का भय बरबस दूर होने लगा। यद्यपि आशंका अभी भी बनी हुई थी तो भी वह मुसकराई। निशिकांत हँसा, 'अब ठीक है मेरी बेटी! यह पैसे तुम्हारे हैं। उठा लो।'

बालिका हँस पड़ी और जल्दी से जल्दी पैसों को बटोरने लगी। बीच में रुककर एक-दो बार सहमी दृष्टि से फिर पिता को देखा। कहीं…।

लेकिन निशिकांत का स्नेह और भी गाढ़ा और गहरा हो रहा था। उसके नेत्र सजल हो उठे थे! उसके मुख पर माधुर्य झलकने लगा था। उसने कहा, 'मेरी बेटी! जब भी तुम्हें पैसों की जरूरत हो तो मुझसे कहो, मैं तुम्हें पैसे दूँगा।'

आखिर अब बालिका की बानी खुली। उसने मुसकराकर कहा, 'अच्छा पिताजी!'

□

(जून १९४६)

अधूरी कहानी

नारों की आवाज धीरे-धीरे धीमी, फिर बहुत धीमी पड़ गई, प्लेटफार्म की भीड़ छटने लगी और सब लोग अपनी-अपनी सीट पर आ बैठे। इसी बीच में एक मुसलिम युवक एक हिंदू सज्जन से उलझ पड़ा था। युवक कह रहा था, 'हम पाकिस्तान नहीं चाहते, लेकिन कांग्रेस ने मजबूर कर दिया है। हम उसे लेकर छोड़ेंगे।'

हिंदू साहब ने तलखी से जवाब दिया, 'पाकिस्तान। जो पाकिस्तान आप छै सौ बरस की हुकूमत में न बना सके, उसे अब गुलाम रहकर बनाना चाहते हैं? एकदम नामुमकिन।'

एक भारी बदन के मुसलमान, जो सामने की बर्थ पर बैठे हुए थे, बीच में बोल उठे, 'छै सौ नहीं, साहब; हमने नौ सौ बरस हुकूमत की है।'

'जी हाँ! नौ सौ वर्ष।'

'और उन नौ सौ बरस में हिंदू बराबर हमसे नफरत करते रहे।'

'जी! क्या कहा आपने?' हिंदू साहब बोले, 'नफरत करते रहे? जो जुल्म करता है, उससे नफरत ही की जाती है, प्यार नहीं।'

उन मुसलमान भाई ने बड़े अदब से कहा, 'जुल्म क्या है, इसपर सबकी अलग-अलग राय है, पर मेरे दोस्त! आप लोगों ने हमें सदा दुरदुराया। हमारी छाया से भी आपको परहेज था। माना कि हम जालिम थे, पर जालिम के पास भी दिल होता है। वह कभी-न-कभी पिघल सकता है, लेकिन परहेज सदा मुहब्बत की जड़ खोदता है। वह नफरत करना सिखाता है। आपने हमसे नफरत की और चाहा कि हम आपसे प्यार करें। यह कैसे हो सकता था? माफ करना, मैं आप लोगों की कद्र करता हूँ। मैं मेल-जोल का पूरा हामी हूँ, पर आप बुरा न मानें तो एक बात पूछूँ?'

हिंदू भाई की तेजी और तलखी अब कुछ घबराहट में बदलती जा रही थी और दूसरे मुसलमान साहब अजीब अदा से मुसकराने लगे थे। तो भी उन्होंने कहा, 'जी! जरूर पूछिए।'

वह मुसलमान भाई निहायत शराफत से बोले, 'अछूत हिंदू हैं, पर आप उन्हें ताकत सौंप दीजिए तब, मैं पूछता हूँ, वह आपसे प्यार करेंगे या नफरत?'

हिंदू भाई सिटपिटाए। उन्हें एकाएक जवाब न सूझा। मुसलमान साहब उसी संजीदगी से कहते रहे, 'मैं जानता हूँ, आज आप उन्हें अपने बराबर मानते हैं। मेरे ऐसे हिंदू दोस्त हैं, जो इनसान-इनसान के बीच के भेद को दुनिया का सबसे बड़ा पाप समझते हैं। पर मेरे दोस्त! भेद की इस लकीर को बराबर गहरी करने में, जाने या अनजाने जो लोग मदद करते आए हैं, उनके पापों का फल तो आपको भुगतना ही पड़ेगा। आप मत समझिए कि मैं आपकी कौम और मजहब पर कोई हमला कर रहा हूँ। मैं आपके धर्म को समझता हूँ। मेरे दिल में उसके लिए जगह है। मैं मुसलमानों की कमियों से भी वाकिफ हूँ, पर दूसरों में कमी है—यह कहकर कोई अपनी कमी को सही साबित करने की कोशिश करे, तो वह महज अपनी जिद और बेवकूफी जाहिर करेगा। जो असलियत है, उसका न सामना करना ही इनसान की इनसानियत है। मैं आपको एक छोटी सी कहानी सुनाता हूँ। मुझे यह मेरी वाल्दा ने सुनाई थी।'

इतना कहकर वह पल भर रुके। डब्बे में तब तक सन्नाटा छा गया था। पता नहीं लगा कि गाड़ी कब चल पड़ी और कब 'शड़ाक-छू शड़ाक-छू' की गहरी आवाज करती हुई अगले स्टेशन पर जा खड़ी हुई। सूरज डूबने लगा था। एक भाई ने स्विच दबा दिया। बिजली की हलकी रोशनी में डब्बा चमक उठा।

तब उन भारी बदन के मुसलमान भाई ने कहना शुरू किया, 'मेरे दोस्तो! बात आज से तीस बरस पहले की है। हमारे सूबे में एक छोटा सा कसबा है। उसमें हिंदू, मुसलमान सभी रहते हैं। वह सदा आपस में मुहब्बत करते थे। एक-दूसरे के सुख-दुःख के साथ में रहते थे। लड़ते भी थे, पर वह लड़ना प्यार की तड़प को और भी गहरा कर देता था। हिंदुओं के त्योहारों पर मुसलमान उन्हें बधाई देते थे। मौसम की पैदावार का लेना-देना चलता था। होली जलती तो जौ की बालें पहुँचाने का जिम्मा मुसलमानों पर था। ईद के दिन हिंदू अपनी गाय-भैंसों का सारा दूध मुसलमानों में बाँट देते थे। सवेरे ही दूध दुहकर वह अपने-अपने दरवाजों पर खड़े हो जाते और थोड़ा-थोड़ा दूध सब मुसलमानों को देते। उस दिन उनके हारों-अहारों या अँगीठियों से धुआँ नहीं निकलता था, लेकिन उनके दिल की दुनिया

खिल उठती थी। मैं नहीं जानता कि यह रिवाज कब और कैसे चला। इसकी बुनियाद जुल्म पर भी हो सकती है, पर उन दिनों यह मुहब्बत, इनसानियत और हमदर्दी का सबूत बन गया था। जो हो, उस साल भी ईद आई। मुसलमानों के घर जन्नत बने। उनके बच्चे फरिश्तों की तरह खिल उठे, लेकिन दुनिया आखिर दुनिया है। यहाँ जिंदगी की बगल में मौत सोती है। रंज हमेशा खुशी का दामन पकड़े रहता है। इसीलिए जब सब लोग हँस रहे थे, एक घर में एक बालक दुःखी मन चुपचाप अपनी अम्मा की चारपाई के पास बैठा था। उसकी अम्मा फातिमा बीमार थी। उसकी साँस फूल रही थी। वह बेचैन हाथ-पाँव फेंक रही थी, लेकिन यह बेचैनी बुखार की इतनी नहीं थी, जितनी खाविंद की याद की। पार साल अहमद का बाप जिंदा था, तो घर में फुलवारी खिली थी। वह अचानक एक दिन खुदा को प्यारा हुआ, घर वीरान हो गया। आज ईद आई, लेकिन··· । एकाएक फातिमा को न जाने क्या सूझा, वह उठकर बैठ गई। उसने हाँफते-हाँफते कहा—मेरे बच्चे! कितना दिन चढ़ गया? तू दूध लेने नहीं गया।'

अहमद ने सिर हिलाकर कहा, 'नहीं अम्मी।'

फातिमा के दिल पर चोट लगी। उसकी आँखें भर आईं। वह अपने को कोसने लगी, 'मैं कैसी कमीनी हूँ। साल का त्योहार आया है और मेरा बच्चा इस तरह मुहताज बेबस बैठा है। नहीं, नहीं, आज ईद मनेगी, जरूर मनेगी।'

और उसने कहा, 'जा अहमद, तू जल्दी जाकर दूध ले आ। मैं तब तक तेरे कपड़े निकालती हूँ। जा, जल्दी कर मेरे बच्चे।'

बच्चे ने एक बार अपनी अम्मी को देखा और फिर चुपचाप बालटी उठाकर बाहर चला गया, लेकिन बहुत देर हो चुकी थी। सब लोग दूध बाँटकर अपने-अपने काम में लग गए थे। रास्ते में उसके साथी हँसते-हँसते लौटे और बालटी दूध से भरे चले आ रहे थे। उन्होंने देखा और अचरज से कहा, 'अरे। तुमने बहुत देर कर दी! तुम कब तक कहाँ सो रहे थे? अब तो सब दूध बँट चुका है। मियाँ, अब जाकर क्या करोगे?'

अहमद सुनता और उसका दिल बैठने लगता, लेकिन उनकी बात ठीक थी। वह जिस दरवाजे पर जाता, वहाँ फर्श पर पड़े दूध के छीटों के अलावा उसे कुछ नहीं मिलता। तब सचमुच उसका दिल भर आया। आँखें नम हो उठीं, लेकिन फिर भी उम्मीद की डोर पकड़े वह आगे बढ़ा चला गया। अचानक एक दरवाजे पर किसी ने उसका नाम लेकर पुकारा, 'अहमद। अहमद।'

अहमद ने रुककर देखा, पुकारनेवाला उसके स्कूल का साथी दिलीप है।

वह उसकी ही जमात में पढ़ता है। उसकी आवाज सुनकर अहमद ठिठक गया। दिलीप दौड़कर आया, बोला, 'तू अब तक कहाँ था? तेरी बालटी खाली है।'

अहमद की आवाज भर्रा रही थी। उसने कहा, 'अम्मी बीमार है, मुझे देर हो गई।'

'तो।'

'दूध बिलकुल नहीं है?'

'ना।'

फिर कई पल तक वे दोनों उसी दरवाजे पर, जहाँ आधा घंटा पहले दूध लेनेवालों की आवाज गूँज रही थी, चुपचाप खड़े रहे। अचानक दिलीप को कुछ सूझा। वह अंदर दौड़ा गया। जाते-जाते उसने कहा, 'तू यहीं ठहर, मैं अभी आया।'

अंदर वह सीधा अपनी माँ के पास पहुँचा और धीरे से बोला, 'भाभी! कुछ दूध और है क्या?'

उसकी माँ बोली, 'हाँ है, तेरे और मुन्ने के लिए है। तू पिएगा?'

'नहीं।'

अचरज से माँ बोली, 'तो।'

दिलीप नहीं बोला।

'अरे, बात क्या है, बता तो।'

'अहमद को दूध नहीं मिला!'

'कौन अहमद?'

'वह मेरे साथ पढ़ता है। उसकी माँ बीमार है, इसलिए उसे देर हो गई।' कहते-कहते दिलीप ने अपनी माँ को ऐसे देखा, जैसे उसने कोई कसूर किया हो। पर माँ का दिल खुशी से भर आया। वह मुसकराई। उसने दूध का भरा लोटा उठाया और कहा, 'चल बता, कहाँ है तेरा दोस्त।'

दिलीप ने तब खुशी की छलाँग लगाई। माँ-बेटे दरवाजे पर आए। अहमद उसी तरह खड़ा था। दिलीप ने हँसते-हँसते कहा, 'अहमद! बालटी ला। जल्दी कर।'

दिलीप के लोटे का दूध अहमद की बालटी में क्या आया, उसकी मुहब्बत अहमद के दिल में समा गई। माँ ने पूछा, 'तेरी माँ बीमार है?'

'जी।'

'तो सेंवइयाँ कौन बनाएगा?'

'वही बनाएगी।'

'अच्छा, हमें भी खिलाएगा न?'

अहमद ने सिर हिलाकर कहा, 'जरूर।'

माँ हँस पड़ी। बोली, 'भगवान् तेरी माँ को जल्दी अच्छा करेगा। जा, घर जा, जल्दी आता तो और दूध मिलता।'

फिर दिलीप का हाथ पकड़कर उसकी माँ अंदर चली आई। उसका दिल बार-बार यही कह रहा था, 'परमात्मा मेरे बच्चे का दिल सदा इसी तरह खुला रखे।'

उधर अहमद फूला-फूला घर आया। घर में घुसते ही उसने पुकारा, 'अम्मी! मैं दूध ले आया।'

फातिमा खिल उठी, 'ले आया? बहुत अच्छा बेटा। कहाँ से लाया?'

अहमद खुशी से बोला, 'अम्मी! दूध थोड़ा तो नहीं है?'

'बहुत है, मेरे बेटे। इतना ही बहुत है।'

'हाँ अम्मी। सब दूध बँट चुका था। यह उसके अपने पीने का दूध था।'

'अपने?'

'हाँ! अपने और छोटे भाई के। जरा सा रखकर सब उसने मुझे दे दिया।'

फातिमा का दिल भर आया। गद्गद होकर बोली, 'खुदा उसका भला करे। उसने गरीब की मदद की है।'

और फिर उन्होंने खुशी-खुशी ईद मनाने की तैयारी की। फातिमा का बुखार हलका हो चला। उसने अहमद को नहलाया और कपड़े बदले। किसी तरह वह उसके लिए कुरता-पाजामा तो नया बना सकी थी, पर जूता पुराना ही था। उसे तेल से चुपड़कर चमका दिया और टोपी पर नई बेल टाँक दी। अहमद खुश होकर बाहर साथियों के बीच चला गया। नमाज पढ़ने जाना था और उसके बाद मेला भी देखना था। सबकी जेबों में पैसे खनखना रहे थे। सबकी आँखें चमक उठी थीं। सबके मन उछल-उछलकर मिठाई और खिलौनों की दुकान पर जा पहुँचे थे। अगरचे अहमद के पास बहुत कम पैसे थे, पर क्या हुआ, उसका दिल तो कम खुश नहीं था। कम होता क्यों, अम्मी ने उसे बताया था कि उसके अब्बा दिसावर गए हैं, बहुत रुपए लेने। अगली ईद पर लौटेंगे, जैसे नियाज के अब्बा लौटे थे। यह क्या कम भरोसा था। इसी भरोसे को लेकर वह ईदगाह पहुँचा। वहाँ उसने हजारों इनसानों को एक साथ नमाज पढ़ते देखा। उसके बाद उसने मेले की सैर की। चाट, मिठाई, फल, खिलौने—सभी तरह की दुकानों की पड़ताल उसने की। उसने अपने साथियों को झूलते देखा, पर वह तो सबकुछ अगले साल के लिए छोड़ चुका था। इसीलिए जो

पैसे अम्मी ने उसे दिए थे, उन्हें ठिकाने लगाकर वह घर लौट आया। देखा— सेंवइयाँ बन चुकी हैं। गरम-गरम, लंबी-लंबी सेंवइयाँ उसे बड़ी खूबसूरत लगीं। बीच-बीच में गोले की फाक पड़ी थी। शक्कर की वजह से दूध कुछ पीला हो गया था। उसका दिल बाग-बाग हो उठा। फातिमा ने प्यार से उसे देखा और कहा, 'मेरे बच्चे! जा, कटोरी ले आ और खाला के घर सेंवइयाँ दे आ। फिर मामू के घर जाना और फिर…।'

अहमद बोला, 'सबके घर देते हैं?'

'हाँ बेटा। वे भी तो हमारे पास भेजेंगे।'

'अच्छा अम्मी, मैं अभी दे आता हूँ।'

और फातिमा ने दोनों कटोरों में सेंवइयाँ भरीं और उनपर रूमाल ढक दिया कि कहीं चील झपट्टा न मार ले। अहमद पहले एक कटोरा उठाकर चला, लेकिन जैसे ही वह दरवाजे के बाहर गया, उसे एक बात याद आ गई। सेंवइयाँ सबसे पहले दिलीप के घर देनी चाहिए। उसने मुझे दूध दिया था, अपने हिस्से का दूध।

बस, उसने अपना रास्ता पलटा। खाला के घर न जाकर वह दिलीप के घर की ओर चला। सोचने लगा, अम्मा सुनेगी तो बड़ी खुशी होगी। बेचारी बीमार है। इसलिए दिलीप का नाम भूल गई। नहीं तो…। यही सोचता हुआ वह खुशी-खुशी दिलीप के घर पहुँचा। दरवाजा बंद था। कुछ देर वह असमंजस में सकुचाया हुआ खड़ा रहा। फिर हिम्मत करके आवाज दी, 'दिलीप।'

कोई नहीं बोला।

फिर पुकारा, 'दिलीप।'

इस बार किसी ने जवाब दिया, 'कौन है?'

और वह कहनेवाला बाहर आ गया। वह दिलीप का बड़ा भाई था। उसने अचरज से अहमद को देखा और पूछा, 'क्या चाहते हो?'

अहमद झिझका, फिर सँभलकर बोला, 'दिलीप है'

'नहीं।'

'उसकी माँ?'

'माँ? माँ से तुम्हारा क्या मतलब?'

अहमद ने कहा, 'मेरा नाम अहमद है। मैं दिलीप के साथ पढ़ता हूँ। सवेरे उसने मुझे अपने हिस्से का दूध दिया था।'

दिलीप का भाई मुसकराया। तब तक दिलीप की माँ और चाची भी वहाँ आ गई थीं। भाई ने कहा, 'तो फिर?'

'जी, सेवइयाँ लाया हूँ। इन्होंने (माँ को बताकर) कहा था कि···।

अहमद अपना कहना पूरा करे, इससे पहले दिलीप के भाई बड़े जोर से हँस पड़े, कहा, 'भोले बच्चे। जाओ, अपने घर लौट जाओ।'

चाची बोली, 'हम क्या तुम्हारी सेंवइयाँ खा सकते हैं। हमें क्या अपना ईमान बिगाड़ना है।'

माँ ने निहायत नरमी से कहा, 'बेटे। मैंने तुमसे मजाक किया था। हम तुम्हारे घर की सेंवइयाँ नहीं खा सकते।'

अहमद एकदम सकपका गया। उसके छोटे से दिल पर चोट लगी। उसने हिम्मत बाँधकर कहा, 'क्यों नहीं खा सकते? हमने भी तो आपका दूध लिया था।'

अब भाई ने उसे समझाया, 'बच्चे! तुम बहुत अच्छे हो। परमात्मा तुम्हें खुश रखे। लेकिन हम हिंदू हैं, और हिंदू लोग तुम्हारे हाथ का छुआ खाना पाप समझते हैं।'

अहमद पाप-पुण्य नहीं समझता था। उसे हिंदू-मुसलमान के इतने गहरे भेद का अभी तक पता न था। वह सिर्फ दिलीप और उसकी माँ की मुहब्बत की बात सोच रहा था, लेकिन यह बात सुनकर उसका दिमाग चकराने लगा। वह खिसिया गया, और जैसे ही घर जाने को मुड़ा, उसका हाथ काँपा। सेंवइयों से भरा कटोरा जोर की आवाज करता हुआ वहीं उसी चौकी पर गिर पड़ा, जिसपर सवेरे-सवेरे दिलीप और दिलीप की माँ ने दूध के रूप में अपनी मुहब्बत अहमद के दिल में उड़ेल दी थी। सेंवइयाँ चारों तरफ फैल गईं और अहमद की मुहब्बत पैरों से रौंदे जाने के लिए वहीं पड़ी रह गई।

सहसा यहीं आकर कहानी को रुक जाना पड़ा। गाड़ी स्टेशन पर आ गई थी और मुझे यहीं उतरना था। डिब्बे की संजीदगी को भंग करता हुआ मैं अपना बैग उठाकर नीचे उतर गया। और नीचे आकर उनकी तरफ देखते हुए मैंने कहा, 'मैं नहीं जानता कि आपकी कहानी कहाँ खत्म होगी, पर इतना जरूर जान गया हूँ कि आप ही अहमद हैं।'

अहमद साहब मुसकराए, उन्होंने कहा, 'आपने ठीक पहचाना, मैं ही वह लड़का हूँ।'

मैंने पूछा, 'लेकिन सच कहना, मुहब्बत की वह लकीर क्या आज बिलकुल ही मिट गई है?'

वह उसी तरह मुसकरा रहे थे, बोले, 'मेरे दोस्त! इस दुनिया में मिटनेवाला कुछ भी नहीं है। मुहब्बत तो हरगिज नहीं। सिर्फ हमारी गफलत से कभी-कभी

उसपर परदा पड़ जाता है।'

'तो,' मैंने कहा, 'विश्वास रखिए, उस परदे को फाड़ देने में हम कोई कसर उठा न रखेंगे।'

इतना कहकर मैं चला आया। कहानी शायद आगे बढ़ी होगी, पर मेरे लिए यह अधूरी कहानी ही दिल का दर्द बन बैठी है। रात के सन्नाटे में कभी-कभी मेरे दिल में इतनी टीस उठती है कि क्या बताऊँ···।

□

(सन् १९४६)

सुराज

झगड़ू मिश्र जब घर लौटे तो थके रहने के बावजूद प्रसन्न दिखाई दे रहे थे। ड्योढ़ी से ही उन्होंने आवाज लगाई, 'अरे मातादीन, क्या बात है, डिबिया क्यों नहीं लाई?'

अँधेरे में से मतादीन ने जवाब दिया, 'तेल नहीं मिला, काका।'

'नहीं मिला? क्यों नहीं मिला?'

'साहू ने मना कर दिया।'

मिश्रजी की आवाज सहसा तेज हो उठी। बोले, 'आज भी मना कर दिया, क्यों रे?'

'हाँ, काका! वे तो रोज मना करते हैं। आज क्या है?'

'है क्यों नहीं? दद्दा के घर गया था। वहाँ दिल्ली से एक वैद्य आए हैं। सवेरे लौंडे की बुरी हालत थी, अब बुखार का नाम भी नहीं है। नामी वैद्य हैं। उन्होंने बताया है कि दिल्ली की गद्दी पर अब कांग्रेस का राज है।'

'काका...।'

'हाँ-हाँ, यह खुद वैद्यजी ने कहा है। उन्होंने नेहरू को गद्दी पर बैठे खुद देखा है। नेहरू कश्मीर का पंडित है, हमसे छोटा है। मुदा विद्वान् है। इसी से गांधी बाबा ने उसे राजा बना दिया। उस दिन राम आसरे कह रहे थे, बस, अपना राज हुआ और सब दुःख-दरिद्र मिटे।'

'वह तो है ही, काका।'

'हाँ, सो तो है ही, पर स्यात साहू को अभी पता नहीं लगा।'

मिश्रजी तब तक अपने ठिकाने पर पहुँच गए थे। खटोले पर बैठकर उन्होंने देखा, चूल्हे में जो आग बनी है, उसकी चमक कोठरी की दीवार पर पड़ रही है।

इससे आँगन का अंधकार और भी गहरा हो उठा है। बाहर से आए थे। इसलिए आँखें कुछ भी नहीं देख पा रही थीं। बस, कुछ ही क्षणों में उन्होंने देखा, वही कच्ची दीवारें, छप्पर की टूटी छतें, गंदा और सीला फर्श, दो टूटे खटोले और दो-चार टूटे-फूटे बरतन। एक खटोले पर धरती से चिपकी उनकी बीमार पत्नी लेटी थी। उसका रंग स्याह पड़ गया था। मांस सूख गया था। आँखें हड्डियों में धँस गई थीं, पर अभी साँस चल रही थी। उसी की ओर देखकर मिश्रजी ने कहा, 'मातादीन की अम्मा! बड़े कमाल के वैद्य हैं। मातादीन जित्ती उमर है, पर सुभाव सोने जैसा। भगवान् उन्हें सुखी रखे। मैं जमीन पर बैठने लगा तो बस तड़पकर उठे—अरे-अरे, मिश्रजी! क्या पाप करते हो। मैं तो तुम्हारा बालक हूँ। और फिर, तुम तो गुरु हो। बस, मातादीन की अम्मा! मुझे खाट पर बैठाया और आप पैताने बैठे। मैं लाज से गड़ रहा था, पर जिनकी आँखें हैं, वे आदमी को पहचानते हैं।'

कहते-कहते मिश्रजी की आँखें भर आईं। बोले, 'मैंने तुम्हारा हाल कहा तो झट नुस्खा लिख दिया और बताया कि बीमारी कम, कमजोरी ज्यादा है। कहना, फिक्र न करें। दवा देने से सब ठीक हो जाएगा। मैं कल अस्पताल जाऊँगा। दवा जरूर मिलेगी। अब तो अपना राज है। भगवान् सबकी सुनते हैं। कांग्रेसवालों ने त्याग क्या कम किया है। मुदा जब हम जेल गए, तब तुम कह रही थी कि इतने बड़े राज से कैसे लड़ा जाए, हाथी चींटी को मसल दे, पर भगवान् बड़े कारसाज हैं। चींटी अगर हाथी की सूँड़ में घुस जाए तो हाथी के प्राण निकल जाएँ। वही हुआ, हाथी मर गया। आज जवाहरलाल राजा है। वह जो चाहेगा, वही होगा।'

मातादीन अब तक उनके पास आ बैठा था। बोला, 'काका, अब अंग्रेजों का क्या होगा?'

'होगा क्या? अपने घर जाएँगे। उन्होंने खुद गांधी बाबा से कहा है—बाबा, अब तुम अपना राज सँभाल लो। हम अपने घर जा रहे हैं।...बस, बाबा ने नेहरू को तिलक चढ़ा दिया।'

कहते-कहते मिश्रजी हँस आए। गर्व से पत्नी की ओर देखा। बोले, 'तब हम दिल्ली में होते तो तिलक का बुलावा हमें भी मिलता। ब्राह्मणों में मिश्र तो हम ही हैं, पर अभी क्या है? राजा कभी यहाँ आएगा, तभी हम उसे आशीष देंगे।'

पत्नी के नयन रिक्त थे। आशा और निराशा की सीमा-रेखा से वह बहुत दूर पहुँच चुकी थी, परंतु आज की बात सुनकर वह धीरे से बोली, 'सच! दवा मिलेगी?'

'हाँ, हाँ, जरूर मिलेगी।'

'और तेल?'

'जरूर।'

'और दियासलाई?'

'अरे, अब तो सभी कुछ मिलेगा। कपड़ा भी, चीनी भी। अब तुम जल्दी से अच्छी हो जाओ। देखना, यह घर कैसा बन जाएगा। अपना राज है, कुछ हँसी-खेल है? वैद्यजी कह रहे थे—अच्छा खाना, अच्छा पीना, अच्छा पहनना, सबका इंतजाम राज करेगा। स्कूल खुलेंगे, सड़कें बनेंगी, और सौ बात की एक बात—जिंदगी का मजा अब आएगा। न कोई भूखा रहेगा, न नंगा। कोई किसी पर जुल्म-सितम नहीं करेगा। गांधी बाबा खुद अपने मुँह से कह रहे थे। जेल से छूटे, तब की बात है और यह सब उन्हीं का प्रताप है। सचमुच, हमारे गांधी बाबा भगवान् के अवतार हैं।'

मातादीन और उसकी माँ—दोनों तन्मय होकर सुन रहे थे। गद्गद होकर मातादीन ने कहा, 'काका, उस दिन चौपाल में मास्टर कह रहे थे—गांधी बाबा की मूरत मंदिर में स्थापित हो गई है।'

पत्नी ने लंबी साँस खींची। बोली, 'कौन जाने, क्या बात है। भगवान् मेरी बात तो सुनते नहीं। उठा लें तो प्राण छूटें। मेरा तो यही सुराज है।'

मिश्रजी ने दयार्द्र नयन से देखा। कहा, 'कैसी बातें करती हो। बहुत दुःख भोगा है। सुख के दिन आ रहे हैं, सो भगवान् कैसे उठा लेंगे? वे अंतर्यामी हैं। घट-घट की जानते हैं। तभी तो इतनी बड़ी बीमारी आने पर तुम्हें जीता रखा है। तभी वैद्य इतनी दूर से आए हैं। अब तो बस, नाव किनारे लगी समझो। चारों तरफ सुख-ही-सुख है।'

पत्नी बोली, 'मैं तो अब यही चाहती हूँ कि यह खुशखबरी सुनते-सुनते प्राणमुक्त होऊँ। तुम सुखी रहो। मातादीन सुखी रहे, मुझे यही क्या कम सुख है।'

और इतना कहकर उसने मुँह फेर लिया। न जाने उन शब्दों में क्या था। कहना चाहकर भी मिश्रजी कुछ कह न सके। मातादीन अपने कोने में जा पड़ा। उसे बड़ा अच्छा लग रहा था। उसकी कल्पना उड़ानें भर रही थी, पर कभी-कभी सहसा वह शंकित हो उठता—क्या यह सब सच है?

मिश्रजी भी अपने खटोले पर उसी तरह लेट गए। चारों तरफ सन्नाटा था, पर आसमान में चाँद निकल आया था। इसीलिए धुँधली-धुँधली रोशनी चुपचाप छप्पर में से होकर उनके आसपास बिखर गई थी। मिश्रजी ने देखा तो मुसकरा आए। सोच लिया—रोशनी की तरह अच्छे दिन भी बिना कहे आ जाते हैं। फिर सहसा करवट लेते-लेते जोर से कहा, 'मातादीन, सवेरे जरा जल्दी आवाज दे

देना। अस्पताल जाऊँगा।'

मातादीन ने धीरे से नींद में 'हूँ' कहा और फिर सन्नाटा छा गया। धीरे-धीरे सपनों की दुनिया ने उनपर कब्जा जमा लिया; तब तक जमाए रही, जब तक सूरज की किरणों ने उसके जाल को छिन्न-भिन्न नहीं कर दिया। दुनिया जागी। सपने सोए। किरणों ने अपना सफर जारी रखा। झगड़ू मिश्र ने अँगड़ाई ली, आँखें मसलीं। देखा, पत्नी सोई पड़ी है। मातादीन खर्राटे ले रहा है। और दोनों पर मक्खियाँ भिनभिना रही हैं। उनके मन में रात की बात उमड़-घुमड़ रही थी। जल्दी से उठे। बिना कुछ कहे गागर से पानी उड़ेला। मुँह चुपड़ा, कुल्ली की और खड़ाऊँ पहनकर बाहर निकल गए। फिर ध्यान आया कि उन्हें पाँच मील जाना है। इसलिए खड़ाऊँ निकाल दी। बाहर दिन चमक रहा था, पक्षी चहक रहे थे और आदमी आने-जाने लगे थे। उन्हीं का प्रणाम लेते-आशीष देते मिश्रजी आगे बढ़ गए। गाँव पीछे रह गया। गाँव क्या था, बीस-पच्चीस झोंपड़ियाँ थीं और उनमें वे लोग बसते थे, जिन्होंने शायद अब तक रेल के दर्शन नहीं किए थे। वे बीसवीं सदी की हवा में साँस लेते थे, परंतु उनका जीवन उन्नीसवीं सदी का था। वहाँ दो-दो, तीन-तीन मील के फासले पर ऐसे ही गाँव बसे थे, जिनके बीच में एक बड़ी बस्ती थी जिसमें डाकघर, एक छोटा अस्पताल, स्कूल, चौकी और एक छोटा सा बाजार था। स्कूल में एक साप्ताहिक अखबार आता था। इसीलिए वहाँ यह खबर फैल चुकी थी कि अब दिल्ली में कांग्रेस का राज स्थापित हो चुका है। भंगी से लेकर साहू तक सभी खुश थे। और समझते थे कि चलो, विपत्ति के दिन बीत गए। साहू तो इतने खुश हुए कि सीधे अस्पताल पहुँचे। डॉक्टर ने देखते ही कहा, 'साहूजी, अब तो आपका राज आ गया है।'

साहू खिलखिलाकर हँसे। बोले, 'वह तो आना ही था, डॉक्टरजी। परमात्मा के घर देर है, पर अंधेर नहीं। हिरणाकुश, रावण और कंस—सभी का एक दिन अंत आया था।'

'जी हाँ, पाप का घड़ा फूटता ही है।'

'हाँ, जरूर फूटता है। लोग बेवकूफ हैं कि घबरा जाते हैं। मैंने तो कह दिया था कि अंग्रेज और कंस की जाति एक है, इसका एक दिन अंत होगा और हुआ।'

और फिर धीरे से बोले, 'तुमसे क्या छिपा है। मैंने कम त्याग नहीं किया। जेल तो मैं गया नहीं। सबकुछ छोड़ा जा सकता है, पर दीन-धर्म नहीं छोड़ा जा सकता। फिर सारा व्यापार भी ठप हो जाता। इसलिए मैंने कह दिया था, रुपया जितना चाहो, ले लो। बिना रुपए के भी काम न चले। और आम खाने हैं या पेड़

गिनने? तुम लड़ो, मैं थैली लिये पीछे हूँ।'

डॉक्टर ने सिर हिलाया, 'आपने लाख टके की बात कही, साहूजी! लड़ाई में सभी कुछ चाहिए। तन भी, मन भी, धन भी। एक न हो तो तौबा बोल जाए।'

साहू ने डॉक्टर की जाँघ को जोर से थपथपाया और कहा, 'अजी, तौबा क्या, टें बोल जाएँ। पैसा है ही ऐसी चीज। हो तो नचाए, न हो तो नचाए। खैर, अब वे दिन गए, सबकुछ ठीक ही होगा। और देखो, अब तुम जरा भी मत डरना। सब अपने ही हैं। और हाँ, डॉक्टर साहब, घर में बड़ी खाँसी है। बच्चे को बुखार चढ़ जाता है। मुझे भी जब-तब पेट में दर्द उठा करता है।'

डॉक्टर शीघ्रता से बोल उठा, 'तो क्या हुआ? दवा आपकी ही है। जब जो चाहिए, कहला भेजिए, पर एक बात है। ये लोग बहुत तंग करते हैं। दवा के मारे तो नाक में दम है।'

साहू हँसे, 'अरे डॉक्टर, लोगों का काम ही है तंग करना। दो तो तंग करेंगे, न दो तो तंग करेंगे। तुम अपना काम किए जाओ। अरे भाई, वजीर आएँगे तो हमसे ही पूछेंगे। फिर हम देख लेंगे। आखिर तुम हमें दवा देते हो, हम एहसानफरामोश नहीं हो सकते।'

डॉक्टर कृतकृत्य हुआ और जल्दी-जल्दी दवा बाँधने लगा। खाँसी, बुखार, पेट, आँख, कान आदि के दर्द, फोड़े-फुंसी सभी की दवा उसने तैयार की। चलते-चलते साहू कह गए, 'अगर तेल, चीनी, चावल चाहिए तो मँगवा लेना।'

वहाँ से वे सीधे डाकखाने पहुँचे। डाक बाबू ने खड़े होकर उनका स्वागत किया और कहा, 'आइए-आइए, सेठजी! बधाई हो। अब तो आपके दिन जागे।'

साहू हँसे, 'सो तो जागने ही थे। रात के बाद दिन का नियम क्या कभी टूटा है?'

'जी हाँ, सो तो है ही। फिर भी आप लोगों ने तपस्या क्या कम की है।'

'अरे, हमारी क्या तपस्या। तपस्या उन्होंने की, जो खप गए, पर आह तक न की। सोचता हूँ, उनके नाम पर यहाँ एक स्मारक बनवा दूँ।'

बाबू गद्‌गद हो उठा। बोला, 'सेठजी, आप तो बस आप ही हैं। आप ऐसा काम न करेंगे तो और कौन करेगा?'

इस बार साहू हँसे नहीं। गंभीर होकर बोले, 'बाबू साहब, कोई बात हो तो कहिएगा। सब अपने ही आदमी हैं।'

बाबू ने हाथ जोड़े। कहा, 'सब आपकी कृपा है, पर हो सके तो किसी से कहकर मेरी बदली शहर में करा दीजिए।'

'अच्छी बात है, कह दूँगा। हाँ, जरा देखना, कार्ड कितने हैं?'

'यही दो सौ।'

'तो फिर दे दो।'

'सभी?'

'हाँ।'

'दीनबंधु पाठक को भी कुछ देने हैं।'

साहू क्षण भर रुके। बोले, 'अच्छा, डेढ़ सौ दे दो। पचास उसे दे देना।'

साहू ने पैसे गिने और चले गए। बाबू मुसकराया। उसने दीनबंधु के लिए भी डेढ़ सौ कार्ड बचा लिये थे।

झगड़ू मिश्र जब अस्पताल पहुँचे तो काफी दिन चढ़ आया था। भीड़ भी काफी थी। और भीड़ में सदा की तरह उत्तेजना थी। लोग दवा माँगते थे और डॉक्टर कहता था, अस्पताल में दवा नहीं है। भरोसे साहू के पास हो सकती है। मरीज जानते थे, भरोसे साहू बिना पैसा लिये दवा नहीं देते। इसीसे तर्क कर बैठते, 'अस्पताल में दवा क्यों नहीं है?'

'इसलिए कि खत्म हो गई। मरीज क्या कम हैं! जाओ, भागो यहाँ से।'

मरीज भागते नहीं। गिड़गिड़ाने लगते हैं। उनमें से किसी का भाई बुखार में बेहोश पड़ा है। किसी की माँ मृत्यु-शय्या पर है। किसी का बच्चा तड़प रहा है। लेकिन डॉक्टर है कि समदर्शी की तरह सबको एक ही जवाब देता है, 'दवा खत्म हो गई तो मैं क्या करूँ! भरोसे साहू या दीनबंधु पाठक से पूछो। शायद वे कुछ मदद कर सकें।'

ठीक इसी समय झगड़ू मिश्र ने वहाँ प्रवेश किया। वे सीधे डॉक्टर के पास पहुँचे और बोले, 'डॉक्टर साहब, यह दवा का पर्चा है। दिल्ली सें बहुत बड़े वैद्य आए हैं। जरा जल्दी से बँधवा दीजिए। अब तो भाई, हमारा राज आ गया। खूब दवा आती होगी।'

डॉक्टर ने एक बार मिश्रजी को देखा। फिर मन-ही-मन मुसकराकर गंभीरता से बोले, 'मिश्रजी, यह दवा तो खत्म हो गई।'

'खत्म हो गई? कब आई थी?'

डॉक्टर ने अकड़कर कहा, 'आपको मतलब?'

मिश्रजी तेज थे। बोले, 'मुझे मतलब है। मेरी घरवाली मरने को पड़ी है।'

डॉक्टर ने देखा, आदमी दमदार है। जरा समझाकर कहा, 'आप तो ख्वाहमख्वाह नाराज होते हैं, मिश्रजी! दवा होती तो मैं क्यों मना करता? देखो,

सबकुछ खाली पड़ा है।'

मिश्रजी ने एक बार चारों ओर देखा। फिर साँस खींचकर बोले, 'पहले तुम कहा करते थे, अंग्रेज-राज बुरा है, पर अब तो अपना राज है। अब भी दवा नहीं आती?'

पीछे से एक मरीज बोल उठा, 'मिश्रजी, दवा तो बहुत आती है, पर…।'

डॉक्टर चीखा, 'चले जाओ यहाँ से।'

मरीज हँसा, 'जाना तो सबको है, डॉक्टर साहब! आपको भी, भरोसे साहू और दीनबंधु पाठक को भी, पर…।'

'पर के बच्चे…।'

मिश्रजी पुनः तड़प उठे, 'डॉक्टर साहब! गाली मत दो, वह ठीक कह रहा है। अब हमारा राज है। हम राज के लिए जेल गए हैं, मरे हैं। हम देखते हैं, दवा कैसे नहीं मिलती। हम अभी सरकार को लिखेंगे।'

और कहकर मिश्रजी तीव्रता से डाकखाने की ओर बढ़े। क्रोध से उनका चेहरा तमतमा उठा था। होंठ काँप रहे थे और चाल में तेजी भर गई थी। उसी तेजी में उन्होंने डाकबाबू से कहा, 'बाबू साहब, एक कार्ड दीजिए।'

बाबू ने उसी तरह काम करते-करते जवाब दिया, 'कार्ड नहीं हैं। खत्म हो गए।'

'क़ब आए थे?'

'कुछ पता नहीं।'

'बाबूजी, आप हमेशा इसी तरह की बातें करते हैं। हमें बहुत जरूरी खत लिखना है।'

बाबू ने कहा, 'तो बाजार में पूछकर देखो। मेरे पास नहीं है।'

मिश्रजी का पारा फिर चढ़ा। अकड़कर बोले, 'बाबू साहब, जमाना बदल गया है। अब राज हमारा है।'

बाबू हँसा, 'राज तुम्हारा है, इसका मतलब यह नहीं कि तुम हमें खा जाओगे।'

मिश्रजी अब आपे में नहीं रहे। चीखकर बोले, 'हाँ बाबू साहब, हम जुल्मी को खा जाएँगे। हमारे राज में तुम भरोसे साहू से मिलकर दो पैसे का कार्ड चार पैसे में नहीं बेच सकोगे।'

बात काटकर बाबू ने धीरे से कहा, 'मिश्रजी, भरोसे साहू कांग्रेस के दुश्मन नहीं हैं। हमेशा उसे पैसा देते रहे हैं। उनसे जाकर लड़िए।'

तमाचा करारा था। मिश्रजी तड़प उठे। उन्होंने एक बार देखा, फिर लौट पड़े। उनके सामने वही रास्ता था, जिससे होकर आए थे, लेकिन अब उनका मन एक अजीब विषाद, एक अजीब दर्द से भरा हुआ था। न सोच सकते थे, न बोल सकते थे। बस, चल सकते थे और चल रहे थे। पता नहीं, कब खेत पीछे रहे, कब कुआँ छूटा और कब अपने गाँव में घुसे। तभी होश आया, जब मातादीन ने व्यग्रता से पुकारा, 'काका, काका, दवा ले आए?'

मिश्रजी चौंके, 'दवा?'

'हाँ काका, दवा लाए हो? अम्मा की हालत बहुत खराब है।'

कंहते-कहते मातादीन का कंठ अवरुद्ध हो आया। उसकी ओर दयार्द्र नेत्रों से देखकर मिश्रजी ने कहा, 'बेटे, अब तुम्हारी माँ को दवा देनेवाला इस धरती पर कोई नहीं है। भगवान् ही उसकी दवा करेंगे। वे बड़े दयावान हैं।'

मातादीन ने अचरज और भय से अपने काका को देखा। आज से पहले वे कभी इतने गंभीर नहीं हुए थे। वह डर गया, पर मिश्रजी न डरे, न काँपे। सीधे पत्नी की खाट के पास पहुँचे। देखा, वक्त आ पहुँचा है। आँखें उन्हीं की राह देख रही हैं। धीरे-धीरे उसका माथा छुआ और बोले, 'तुम ठीक कहती हो। तुम्हें दवा की जरूरत नहीं है। भगवान् ने तुम्हें बुलाया है। वे बड़े दयालु हैं। तुम्हें खुशी होनी चाहिए कि तुम आजाद हिंदुस्तान में प्राण तज रही हो।'

एकाएक मिश्रजी की मुद्रा कठोर हो उठी। आँखें रक्तवर्ण हो आईं। तलखी ने चिनचिनाकर बोले, 'आजाद हिंदुस्तान! कमीने कहीं के। आजादी से मुँह काला करते हैं।'

और ठीक इसी समय एक हाथ से पति का हाथ थामे, दूसरे से पुत्र का शीश सहलाते हुए मिश्रजी की पत्नी ने दवा के अभाव में आजाद हिंदुस्तान की धरती पर आखिरी हिचकी ली। प्राण मुक्त हो गए।

□

(सन् १९४६)

आजादी

गाड़ी जब स्टेशन पर रुकी तो संध्या रात्रि की बाँह पकड़ चुकी थी। सदा की भाँति सवारियाँ चढ़ीं और उतरीं। किशुन भी उतरा। कुली को पुकारा। कुली अधेड़ था, मैला-कुचैला, पर चेतन। एक बार किशुन को सिर से पैर तक देखकर बोला, 'सुना बाबूजी? दिल्ली में कांग्रेस का राज हो गया है।'

किशुन ने कुली को देखा, मुसकराया, फिर बोला, 'सुना तो है। '

'तो बाबूजी, अब मुसीबत के दिन दूर होंगे।'

'हाँ जी। अपना राज है। लोग कहते थे अब दियासलाई, मिट्टी का तेल, कपड़ा, खाना—सब आजादी से मिलेगा।'

आशा की इस लहर ने किशुन के मन को भी छुआ। वह दृढ़ता से बोला, 'हाँ मेरे दोस्त! अब सबकुछ मिलेगा, सबकुछ।'

कुली का मन खिल उठा। सामान सीधे ताँगे पर रखकर उसने किशुन को सलाम किया। किशुन ने, उसने जो माँगा था, उससे एक आना ज्यादा दिया और ताँगे में जा बैठा। ताँगेवाला भी आदमी था। किशुन के कपड़े देखकर उसने पूछा, 'बाबूजी, आप कांग्रेस में हैं?'

किशुन ने कहा, 'हाँ!'

वह हँसा, 'अब तो आपका राज हो गया है, बाबूजी!'

'कुछ हुआ तो है।'

'जी हाँ। लोग कह रहे थे कि अब हमें राहत मिलेगी। महँगाई ने सबकी कमर तोड़ रखी थी। खाना, पीना, रहना सभी हराम था। अब तो इन सबका इंतजाम सरकार करेगी।'

किशुन—'करना तो चाहिए।'

ताँगेवाला—'हाँ जी! जरूर करना चाहिए। गांधी महात्मा का प्रताप है और बाबूजी⋯।'

कहते-कहते वह सहसा रुक गया। किशुन बोला, 'हाँ-हाँ, कहो।'

ताँगेवाला—'मैं पूछता था बाबूजी, कैदी भी छूट जाएँगे। बादशाही जमाने में तो ऐसे वक्त सबको छोड़ देते थे।'

किशुन—'अब भी छोड़ेंगे।'

ताँगेवाला खुश हुआ। बोला, 'तो मेरा बेटा भी छूट जाएगा।'

'तुम्हारा बेटा जेल में है? आजादी की लड़ाई के सभी सैनिकों को सरकार छोड़ेगी। तुम्हारा बेटा भी छूटेगा।'

ताँगेवाला झिझका, 'पर बाबूजी, उसने तो कत्ल किया था।'

किशुन चौंका, 'कत्ल!'

'जी हाँ। आप जानते हैं, गाँव में बात-बात पर तकरार रहती है। एक और का किस्सा था। दो कत्ल की वारदातें हुई थीं। उन्हीं में वह भी पकड़ा गया।'

'कितनी सजा है?'

'बीस वर्ष।'

'कितने बीत गए।'

'पाँच'

किशुन के दिल को धक्का लगा। उसने ताँगेवाले को गौर से देखा। उसके झुर्रियों से भरे खुरदरे मुँह पर चिकनाहट उमड़ आई थी। आँखों में चमक थी और दिल प्रकाश से खिल रहा था। उसे लगा, यह हर्ष कितना झूठा है। कोई भी सभ्य सरकार ऐसे आदमी को कैसे छोड़ सकती है, पर वह ताँगेवाले का जी नहीं दुखाना चाहता था। इसीलिए चुप रहा। उसका घर आ गया था। उसने पैसे चुकाए और उतर पड़ा। घर में प्रवेश करते ही उसने देखा कि बच्चे अभी तक सोए नहीं हैं। वे अपनी छोटी सी कोठरी में दीए जलाने में व्यस्त हैं और भाभी प्रसन्न मुद्रा से उनके इस काम में योग दे रही हैं। वह क्षण भर चुपचाप उन्हें देखता रहा। सारे रास्ते वह यही उत्साह देखता आया था। फिर धीरे से बोला, 'भाभी, दिवाली मना रही हो?'

भाभी चौंकी। दूसरे ही क्षण मुसकराकर बोली, 'आ गए लाला। ये लोग मानते ही नहीं थे। बाहर देख आए थे।⋯और लाला, आज दिवाली मनाने का दिन भी है।'

किशुन ज्ञानशून्य सा बोला, 'सच!'

भाभी को यह मुद्रा बड़ी अजीब सी लगी। उसने कहा, 'तो क्या आज दिवाली नहीं मनानी चाहिए?'

'नहीं।'

'क्यों?'

गांधीजी ने मना किया है।

भाभी के दिल में चोट लगी। सोचा, इसी दिन के लिए उन्होंने, उनकी माँ ने गोली खाई थी? इतना देकर जो प्राप्य मिला है, उसे पाकर कोई कैसे खुशी न मनाए? इसी से पूछा, 'गांधीजी ने क्यों मना किया है?'

'क्योंकि हम अभी आजाद नहीं हुए हैं।'

'नहीं हुए।'

'ना भाभी। यह तो आजादी का नाटक है, सच्ची आजादी नहीं है।' भाभी जो दुःखी थी, अब महादुःखी हो उठी। उसका मुख म्लान हो आया। उसे कुछ सूझ न पड़ा। तभी तीनों बच्चे दीए रखकर लौट आए। उन्होंने किशुन को देखा और एक साथ माँगों की बौछार शुरू कर दी।

'चाचाजी, कंदील क्यों नहीं लाए?'

'चाचाजी, मोमबत्ती नहीं है।'

'और ताजा बंदलवाल।'

'हाँ, हाँ! लाल-पीले झंडे।'

'और तछबील।'

किशुन ने प्यार से तीनों को थपथपाया। उनमें दो भाभी के बच्चे थे। एक उसका था। उसने उनसे वायदा किया कि कल सब माँगें पूरी की जाएँगी।

और फिर ऊपर चला गया। भाभी अब उनके साथ सहयोग न कर सकी। उन्मन सी शून्य में ताकती और सोचती रही। बाहर अब भी कोलाहल बढ़ रहा था और उससे ऊपर उठकर प्रकाश की गहरी रेखा उसके सामने आकर बिखर गई थी। उसने सोचा, आज वे होते! आज माँ होती···पर किशुन तो कहता है कि हम आजाद नहीं हैं। आखिर कब होंगे? आखिर यह आजादी कितना खून पीएगी?

भाभी इस तरह सोच रही थी और उधर खाना खिलाती किशुन की पत्नी किशुन से कह रही थी, 'भाभी आज बहुत खुश है।'

किशुन बोला, 'खुश होना ही चाहिए। खुशी जीवन है।'

पत्नी मुसकराई, 'अब तो अपनी सरकार है। हमारी मदद करेगी।'

'शायद।'

'करनी तो चाहिए…।'

किशुन हँस पड़ा। गुदगुदी उसके मन में भी उठी, पर उसने कुछ जवाब नहीं दिया। वह चुपचाप खुली छत पर जा लेटा और तन्मय होकर तारों से भरे आसमान को देखता रहा। मौसम सुहावना था। वायु में न गरमी थी, न सर्दी। विशेषकर आकाश के नीचे, जो झिलमिल करते तारों से जड़ा हुआ था, वायु मुक्त होकर बह रही थी। उसने सोचा—मुक्ति में कितना आनंद है! आनंद में सुख है, सुख में जीवन! आज मेरा देश मुक्त होने चला है। आज उसे भी जीवन मिला है।

मन में प्रश्न उठा—तो क्या आज प्रकृति भी खुश है?

जवाब दिया आँखों ने। प्रकृति न खुश है, न रंजीदा! तारे उसी तरह चमकते हैं, वायु उसी तरह बहती है। धरती और आकाश सदा की तरह मटमैले और नीले हैं; परंतु हिंदुस्तानी मानव का मन, वह तो उत्साह और उमंग से उमड़ा पड़ता है। सदियों के अभाव वह आज छिन्न-छिन्न होते देख रहा है। कुली पूछता था, अब दियासलाई मिलेगी, तेल मिलेगा, चीनी की तंगी नहीं रहेगी, राशन सवाया हो जाएगा, भाव गिरेंगे, खाना-पीना, रहना-सहना आसान होगा।

ताँगेवाला सोचता था, उसका हत्यारा बेटा मुक्त होगा।

पत्नी सोचती है, सरकार हमारी गरीबी दूर करेगी। क्यों करेगी? क्योंकि हमने उसके लिए बलिदान किए हैं।

सहसा उसका मन विषाद से भर उठा—आजादी के लिए जान देने का बदला! छिः! छिः! कैसी है यह मानव-बुद्धि? क्या इस जरा से स्वार्थ के लिए इतना महान् त्याग किया था…?

सोचते-सोचते उसके सामने वही पुराना दृश्य एक बार फिर आ गया। अगस्त १९४२ में अंतर्चेतना की जो लहर स्वतः फूट पड़ी थी, उसने उसके कसबे को भी नहीं छोड़ा था। गिरफ्तार होनेवाले गिरफ्तार हुए। मीटिंगें हुईं, जुलूस निकले। लोगों ने समझा कि आजादी आ गई है; शासन पर अधिकार करना चाहा। अधिकारियों ने उनका स्वागत किया बंदूक की गोलियों से। गोलियों से जिन्हें प्रेम था, वे सच्चे निकले। धरती माता ने उन्हें अपनी गोद में जगह दी। किशुन का बड़ा भाई उन्हीं में था। कहते हैं थाने के सामने गोली खाकर वह क्षण भर के लिए धरती पर लेट गया, परंतु दूसरे ही क्षण वह हड़बड़ाकर उठा और दौड़कर थाने के अंदर पहुँचा। वहीं से चिल्लाकर उसने कहा, 'आओ साथियो, मैंने थाने पर अधिकार कर लिया है।'

और यह कहकर वह सदा के लिए मौन हो गया। किशुन की आँखें भर

आईं, पर विचारों की ट्रेन अबाध गति से बढ़ती रही।

बेटे की प्यारी मौत का समाचार जब माँ को मिला तो वह रोई नहीं। उसने झंडे को अपने काँपते हाथों में थाम लिया। थानेदार क्षण भर के लिए ठिठका, फिर बोला, 'बुढ़िया। झंडा छोड़ दे।'

माँ हँसकर रह गई थी। थानेदार ने फिर चेतावनी दी। भीड़ और आगे बढ़ी। थानेदार भभक उठा। आगे बढ़कर उसने माँ के हाथों में तानकर डंडा मारा! हाथों में हलका सा कंपन हुआ। चेहरे पर वेदना का हलका सा बादल उमड़ा और मिट गया। थानेदार ने काँपकर कहा, 'फायर।'

राइफल उठी और गिरी। झंडा हवा में एक बार जोर से फरफराया और गिर पड़ा। उसने रक्त से लथ-पथ माँ की छाती को ढक लिया था।

किशुन अब सुबक उठा, पर घर तो उसी तरह मौन था। गहन आसमान उसी तारों में रहनेवाले इस दुनिया को देखते हैं? क्या उन्होंने मेरी माँ को, मेरे भाई को हँसते-हँसते प्राण तजते देखा है… ?

वह चौंका, मेरी माँ और मेरा भाई ही क्यों, इस देश के असंख्य शहीदों को उन्होंने देखा होगा।

तभी उसे कँपाते हुए एक आवाज बाहर फैल गई, 'लाला, लाला! नीचे आओ।'

यह भाभी का स्वर था, जो भय से त्रस्त था, लेकिन आज भय कैसा! वह नीचे दौड़ा, 'क्या हुआ! क्या है भाभी!'

भाभी पीली पड़ गई थी। लड़खड़ाते हुए बोली, 'दंगा हो गया… !'

'दंगा! कहाँ?'

'मुसलमान और हिंदू लड़ रहे हैं। वह देखो शोर! चौक में ही है।'

वह अब तक स्तब्ध था, अब जागा। कान फाड़नेवाला शोर चारों ओर व्याप्त था। उसने शीघ्रता से कहा, 'भाभी! तुम सबको लेकर ऊपर जाओ। मैं देखता हूँ…।'

'नहीं किशुन…।'

तभी भड़भड़ाकर नीचे का दरवाजा खुला। कोई ऊपर दौड़ा, वे काँपे। 'दौड़ो भाभी! शीला, रामू, सावित्री, देवी, ऊपर दौड़ो।'

और पागलों की तरह वे दौड़े। तभी जीने से आकर एक बालक किशुन के सामने खड़ा हो गया। वह काँप रहा था। मौत के भय ने उसके आँसू सुखा दिए थे। किशुन बुरी तरह सहमा, बोला, 'क्या है?'

लड़खड़ाते स्वर में बालक ने कहा, 'वे मुझे मारेंगे। वे···।'

और वह फूट पड़ा। तभी जीने में फिर शोर मचा। एक साथ कई आदमी ऊपर चढ़ आए। बालक चीखकर गिर पड़ा। किशन पागल सा चिल्लाया, 'क्या है? यहाँ क्यों आए हो?'

जो सबसे आगे था, उसने कहा, 'तुम्हारे घर में यह लड़का है, हम इसे मारेंगे।'

'क्यों?'

'क्योंकि यह मुसलमान है और मुसलमान देश के दुश्मन हैं।'

'लेकिन मैं नहीं हूँ और यह मेरे देश का है!'

'यह कृतघ्न है।'

'परंतु मैं नहीं हूँ।'

'हम इस लड़के को मारेंगे।'

'पर मैं नहीं मारने दूँगा।'

पीछे से आवाज लगी, 'कौन रोकता है? मारो इसे।'

और पाँच-छह जने धकेलकर आगे बढ़ आए। तभी ऊपर से दौड़ती हुई भाभी उनके बीच में आ खड़ी हुई। वह न डर रही थी, न क्रुद्ध थी। शांत दृढ़ उसने कहा, 'मुझे जानते हो?'

वे काँप उठे। वही बोली, 'मेरे पति ने देश की आजादी के लिए छाती पर गोली खाई थी। देश की आजादी के लिए मेरे स्वामी की जन्मदात्री ने अपने खून से धरती माता की माँग भरी थी। उसी आजादी के लिए मैं इस बालक की रक्षा अपने प्राण देकर नहीं, बल्कि अपने स्वामी के बच्चे के प्राण देकर करूँगी।'

इतना कहकर वह चुप हो गई। तब उसके नयन विश्वास और स्नेह से पूर्ण थे। उसके होंठों पर दृढ़ता नाच रही थी। उसके मस्तक पर वीरता चमक आई थी। क्षण भर आगंतुकों ने उसे देखा। वे काँपे और पीछे से आवाज आई, 'जो रास्ते में बाधा देता है, उसे मार डालो।'

'हाँ! आगे से हटो। हम उसे मारेंगे। हमें देर हो रही है।'

'हम देश के दुश्मन का नाश करेंगे।'

रश बढ़ा, लाठियाँ उठीं। तभी जो आगे था, उसने हाथ उठाकर कहा, 'रुको।' और भाभी की ओर मुड़कर उसने कहा, 'तुम्हारा सौभाग्य है, मैं तुम्हें जानता हूँ। तुमपर मेरा हाथ नहीं उठ सकता, पर तुमने आज भयंकर पाप किया है। एक दिन तुम इसे जानोगी। तब पछतावे की आग से तुम्हें जलना पड़ेगा। तुम साँप

को दूध पिला रही हो। इसलिए तुम्हारा नाश होगा।'

कहते-कहते उसकी मुद्रा कठोर हो उठी! उसका मुख विकृत हो आया। वह तेजी से मुड़ा और उतरता चला गया। भीड़ उसके पीछे थी।

भाभी ने तब प्रेम से उस बालक को पुचकारा और मुड़कर किशुन से कहा, 'गांधीजी सच कहते हैं कि हम अभी आजाद नहीं हुए हैं। हम तो अभी आजादी को पहचानते भी नहीं हैं।'

□

नर-भक्षक

नरेश कुमार का मन उसी दिन से उखड़ रहा था, जिस दिन से नीला उसकी वामांगी बनकर आई थी। नीला के पिता ने जी खोलकर दहेज दिया, पर वे कोठी नहीं दे सके। कई बार परोक्ष रूप से कहने पर उन्होंने कार दी थी, पर वह पुरानी थी। नरेश कुमार के पिता बैरिस्टर श्रीराम की उपेक्षा उसी क्षण से जाग्रत हो उठी। उन्होंने सबकुछ पर पानी फेर दिया। 'मैं ठगा गया,' हर एक से वे यही एक वाक्य कहते थे। यदि वे शिक्षित-कानूनवेत्ता न होते तो शायद वे ठगी का प्रत्यक्ष बदला लेने के लिए प्रस्तुत हो जाते, परंतु कानून के ज्ञान ने उन्हें क्रिया से दूर रखा। नरेश कानूनवेत्ता नहीं था। रुड़की से परीक्षा पास करके वह सीधा ट्रेनिंग पर चला गया। नीला साथ में थी। वह सुंदर नहीं थी, पर सुशिक्षित थी। उसका स्वभाव सरल और सौम्य था। समझती थी, नरेश अफसर है। वह उसी के अनुसार आचरण करने की चेष्टा करती थी, पर नरेश की समझ में कुछ नहीं आता था। वह बार-बार चिनचिना पड़ता था। वस्तुतः नीला उसकी खीज और रुष्टता का प्रतीक बन गई थी। ऐसा कोई अवसर नहीं चूकता था, जिसमें नीला की किसी भी साधारण सी बात पर भर्त्सना की जा सके। प्रतिक्षण वह उसे कड़वी भाषा में उपदेश सुनाता रहता था। अर्थात्···'नीला, तुम तो निरी बुद्धू हो।' 'नीला, भारत अब स्वतंत्र है।' 'नीला, नारी अब महलों की रानी नहीं, पुरुष की सहधर्मिणी है··· ।'

नीला थी, सुन लेती। कई बार उसने अशक्त भाषा में विद्रोह का स्वर उठाया, पर नरेश और भी तीव्र भाषा का प्रयोग करने लगा। और जैसे-जैसे समय बीतता गया, उनके बाहरी जीवन के नीचे बहनेवाली प्राणधारा में रुक्षता बढ़ने लगी। वे ऊपर से शांत रहते। अफसरों के सामाजिक जीवन की तड़क-भड़क को निभाते, पर नरेश की दृष्टि जब भी नीला पर पड़ती, उसका मन कड़ुवा हो

जाता। वह उसे परखने लगता। 'नीला कुरूपा है। हाँ, कुरूपा तो है ही। साँवला रंग बहुधा प्रिय होता है, पर नीला के स्निग्धतारहित रंग में रस का पूर्ण अभाव है। उसपर आँखें कितनी मोटी हैं। नासिका निस्संदेह सुंदर है, पर मस्तक इतना संकीर्ण कि बालों को यदि एक विशेष प्रकार से न बनाया जाए तो वह निस्संदेह कुरूप लगेगी।'

'छिः-छिः, वह कहाँ जा फँसा। न रूप मिला, न रूपा (धन)। ससुर ने जो कार दी है, वह नीला के समान ही शिथिल और कुरूपा है। बंगला देने से उन्होंने किस चतुराई से इनकार कर दिया। ठगी की विद्या में ये लोग चतुर होते हैं। वचन का कोई मूल्य ये नहीं मानते। सस्ती चीजों की संख्या बढ़ाकर लोगों की आँखों में चकाचौंध पैदा करना चाहते हैं। वस्तुतः इनकी इच्छा कुछ भी देने की नहीं थी, लेकिन नीला के रूप में वे खोटा सिक्का चलाना चाहते थे। उसी की यह रिश्वत है···।'

पर रिश्वत में भी तो धोखा दिया गया। चुभन यही कि उसकी फरियाद किस जज की अदालत में की जाए? कौन इस ट्रेजेडी को समझेगा? कौन इसका सच्चा न्याय देगा?'

उस नीर-क्षीर विवेकी हंस को नरेश बहुत ढूँढ़ना चाहता है, पर वह है कि आ-आकर चला आता है। यह अन्याय है, बुरा है; इसलिए और भी बुरा है कि उसका प्रतिवाद कुछ नहीं हो सकता।

यह भूल-भुलैया है। नरेश इसके मार्ग को नहीं जानता। इसलिए भड़कता है और फिर उससे जो थकान और झुंझलाहट पैदा होती है, वह उसके दिल को कड़वा कर देती है। वह सारी कड़वाहट नीला के तन-मन में विष बनकर रम जाती है। वह जानती है कि उसके पिता ने कितना कुछ दिया है, परंतु विवाह के अवसर पर कार न मिलने के कारण ये लोग कितना बिगड़े थे। उसकी कितनी उपेक्षा की थी और जब पिता ने अपनी कार उन्हें दे दी, तब भी उनके व्यवहार में कोई विशेष अंतर नहीं पड़ा। 'उनका वायदा व्यूक का था, वह उन्हें पूरा करना था'—नरेश कभी-कभी नीला से तर्क करता था। नीला उत्तर देती, 'आजकल कितनी महँगाई है। जितना सोचा था, उससे दोगुना-तिगुना उन्हें देना पड़ा।'

'अरे, वे सेठ हैं। फिर ठेकेदारी करते हैं; लक्ष्मी उनके घर खेलती है।'

'सो तो मुझसे क्या छिपा है। हर बात की सीमा होती है। मैं अकेली नहीं हूँ।'

'हाँ-हाँ। मैं जानता हूँ,' नरेश तेजी से बोल उठता, 'याद रख लेना। तुम्हारे

पिता तुम्हारी प्रत्येक बहन को तुमसे ज्यादा देंगे।'

'कैसे देंगे, आप कैसे जानते हैं?'

'बस, जानता हूँ।'

'आप तो हर बात में उन्हें नीचा दिखाना चाहते हैं।'

नीला की आँखें गीली हो आईं। नरेश ने व्यंग्य कसा, 'पिता से इतना प्रेम था तो शादी क्यों की?'

'इसलिए कि लड़कियों के भाग्य में शादी करना ही लिखा है।'

'अब तो वे शक्तिशाली बनती जा रही हैं। भाग्य को पलट क्यों नहीं देतीं?'

'अगर पुरुष जाति इसी तरह अत्याचार करती रही तो वह भी हो जाएगा।'

नरेश तड़प उठा, 'उस दिन की राह देखूँगा, पर जब तक वह नहीं आ जाता, तब तक तुम्हें पुरुष की अधीनता स्वीकार करनी ही पड़ेगी।'

नीला का भी स्वर तीखा था; बोली, 'वह तो प्रतिक्षण कर रही हूँ।'

और फिर उसका क्रोध ग्लानि बनकर बह निकला। ऐसे झगड़े प्रायः हो जाते थे और फिर उस दिन दोनों में से कोई बाहर नहीं निकलता था। यद्यपि दूसरे दिन नींद खुलते ही दोनों फिर रोज की तरह काम करने लगते थे, पर उनके बीच की खाई बराबर बढ़ती जाती थी। विशेषकर नरेश का व्यवहार तो एकदम सभ्यता के सबसे निचले स्तर से भी नीचे उतरता जा रहा था, पर अचानक कुछ दिनों से उसने एकाएक नया मार्ग पकड़ा है। वह चुप रहता है। कम से कम झगड़ा करता है। हँसता भी है, और नीला को सदा की तरह दौरे पर साथ रखता है।

नीला इस परिवर्तन का पूरा लाभ उठा लेने का प्रयत्न करती है। उसका कृष्णवर्णी मुख एक अनिर्वचनीय आनंद से चमकने लगा है। वह बुलबुल की तरह चहकती है। सितार को उसने फिर निकाल लिया है और उसके तारों को वह अपनी अंगुलियों के संगीत पर साधकर कभी-कभी संध्या के झौलबोले में जब झंकृत कर उठती है, तो उसका अपना अस्तित्व प्रकृति के अव्यक्त संगीत में लय हो जाता है। ऐसे ही एक दिन जब वे एक नहर के किनारे एक निर्जन डाक बंगले में ठहरे थे, तब नरेश ने कहा, 'नीला! कोयल क्यों प्यारी लगती है, यह आज जाना है।'

'सच?'

'हाँ।'

'मेरी सौगंध खाओ।'

'तुम्हारी सौगंध। तुम्हारे संगीत में शराब का नशा है।'

'तो शराब पीना छोड़ दो।'

'वह तो छोड़नी है। गांधी आज नहीं है, पर उसकी विरासत मौजूद है।'

नीला बोली, 'महापुरुषों की महानता का नाप-जोख उनकी विरासत से ही होता है।'

'ठीक है, ठीक है। आओ, घूम आएँ।'

'चलो।'

नीला उसी तरह उठ चली। नरेश ने मुसकराकर कहा, 'शीत को संगीत से ज्यादा प्रेम नहीं है। कोट पहन लो।'

नीला हँसकर दूसरे कमरे में चली गई। उस थोड़े से समय का उपभोग करके तब नरेश ने बहुत कुछ सोच डाला। वह क्या था, यह रवि से शक्तिशाली कवि की कल्पना भी नहीं जान सकी। एक अक्षर भी उसके मुख से बाहर नहीं आया। केवल वह कई बार काँपा। उसकी आँखों का रंग विवर्ण हुआ। एक बार उसने अपना ओवरकोट उतारकर खूँटी पर टाँग दिया और टाई खोलने लगा, पर हुआ यह कि उसने टाई को अच्छी तरह कसा, कोट पहना और छड़ी उठाकर चलने को तैयार हो गया। नीला भी कपड़े बदलकर आ गई थी। उसने तब नीला मखमल का सूट पहना था। सलवार शलूका और उसी रंग का दुपट्टा था, जो ओवरकोट के उपर से निकलकर गरदन के पृष्ठभाग को ढक रहा था।

नरेश मुसकराया, बोला, 'नीला रंग तुम्हें सबसे सुंदर लगता है।'

'तभी तो पहना है।'

नीला मुसकराई। नरेश सिहरा और फिर वे दोनों कोठी से निकलकर नहर के किनारे-किनारे पुल की ओर चलने लगे। नरेश ने पूछा, 'नीला, तुम तैरना जानती हो?'

'नहीं।'

'अरे!' अचरज से नरेश बोला, 'तुमने अब तक कहा क्यों नहीं। यह तो बहुत आवश्यक है। कार चलाने से अधिक आवश्यक। तुम्हें याद होगा कि छत्तीस मील लंबी इंग्लिश चैनल तैरने का रेकॉर्ड एक नारी ने तोड़ दिया है।'

'सच?'

'हाँ, मैं चाहता हूँ कि तुम भी ऐसा कर सको।'

नीला अविश्वास से खुलकर हँसी। उसके गालों में गड्ढे पड़ गए। उसने कहा, 'आप सिखाइए तो सीखूँगी, पर जो तपस्या करनी पड़ेगी, उसके लिए शायद आप तैयार न हों।'

'मैं हर तपस्या के लिए तैयार हूँ; विशेषकर तुम्हारे लिए।'

'सच?' नीला को ये शब्द शरद् की धूप की भाँति प्रिय लगे।

'हाँ।' नरेश ने नीला को अपने पास खींचते हुए कहा।

मार्ग निर्जन था। फिर भी अनेक ओवरसियर और दो ठेकेदारों ने उन्हें प्रणाम किया। बताया, वे शहर से लौट रहे हैं। फलादि ले आए हैं।

नरेश ने कहा, 'नौकर को दे दीजिए…।'

एक ठेकेदार शीघ्रता से बीच में बोल उठा, 'हुजूर। दो बोतल भी हैं।'

'अच्छा, उन्हें सँभालकर रखवा देना। कल शहर में पार्टी है।'

'जी, पार्टी की चिंता आपको नहीं करनी है।'

'और कौन करेगा? सौ व्यक्ति आने वाले हैं। बड़े साहब भी आएँगे।'

'मैं जानता हूँ। अब तक यही तो करता रहा हूँ।'

सब हँस पड़े। ओवरसियर ने उसका समर्थन किया। वे लोग चले गए तो नरेश और नीला फिर आगे बढ़े। नीला का मन डूबते सूर्य की लालिमा में उषा की रक्ताभा को देख रहा था। वह पति-प्रेम के लिए कोई भी दुःख स्वीकार करने के लिए प्रस्तुत थी। यदि वे उस समय भी उससे तैरने को कहते तो वह नहर में कूद पड़ती, लेकिन नरेश ने तैरने की बात तो फिर के लिए उठा रखी। कुछ देर कल होने वाली पार्टी की चर्चा करता रहा; बोला, 'देखो नीला! इन अफसरों को प्रसन्न करने के लिए क्या नहीं करना पड़ता। जानता हूँ, यह अविचार है और इसके लिए मुझे अपयश का बोझ ढोना पड़ेगा, पर करता हूँ।'

नीला समझती थी, कुछ दूर चुपचाप चलती रही, फिर एकाएक बोली, 'एक बात पूछ रही हूँ। क्या इसके किए बिना कोई चारा नहीं? ठेकेदार जो तुम्हें रिश्वत देते हैं, वह क्या अपने पास से देते हैं?'

'नहीं। वे गरीबों का गला काटते हैं।'

'तो क्या यह अच्छा है?'

'नहीं, यह पाप है।'

'फिर भी आप करते हैं?'

'करना पड़ता है। न करूँ तो राह का भिखारी बनूँ। क्या तुम इसके लिए तैयार हो?'

उत्तर देने से पहले नीला झिझकी। एक बार पति के मुख की ओर देखा, फिर साहस करके कहा, 'मैं तैयार हूँ।'

नरेश ठहाका मारकर हँस पड़ा और वह ठहाका जैसे नीला की पसलियों में बज उठा, उसके पति उसपर अविश्वास ही तो कर रहे हैं। उसने और भी दृढ़ता से

कहा, 'मैं जानती हूँ। यह कठिन है कि पिता के घर इसी पाप में पली हूँ, पर मैंने पढ़ा है··· ।'

नरेश ने तीव्रता से हाथ हिलाकर कहा, 'पढ़ने की बात रहने दो, नीला। लिखनेवाले क्या कहना चाहते हैं, इसका स्पष्टीकरण कोई नहीं कर पाया। आजाद भारत में गांधीजी के लिखे की पूजा सब करते हैं, मानता उसे कोई नहीं।'

और फिर कई क्षण मौन रहकर बोला, 'हम क्या इस वितंडावाद के लिए शरद् की इस संध्या को धूमिल करने निकले हैं? आओ, कुछ देर इस पुल पर बैठें।'

आगे जो पुल था, उसके नीचे गहरी झाल थी। फेनिल जल का रौरव नाद दूर तक सुनाई पड़ता था। वह मानो यात्री को पुकारता था, 'ओ रे राही! मेरा नृत्य-संगीत देखे, सुने बिना तुम्हारा कल्याण नहीं।'

और तब प्रत्येक राही को रुकना पड़ता था, यद्यपि उस नृत्य-संगीत में मृत्यु का आवाहन था। राही के अंदर की धड़कन अनायास ही तेज हो उठती थी, तो भी देखे बिना पैर आगे बढ़ते नहीं थे। क्योंकि फेनिल जाल और व्याकुल गति मनुष्य के अपने मन की प्रवृत्तियाँ हैं। वह जगत्-जाल में फँसता है और फिर तेजी से भागता है।

इसलिए नीला पुल पर बैठ तो गई, पर उसका दिल पानी की गति से दौड़ने लगा। उसने नरेश की ओर देखा। वह तब मुसकरा रहा था और एक टक जल के उठते फेन को देख रहा था। और डूबते रवि का रक्तिम किरण-जाल उससे लिपटकर बुरी तरह काँप रहा था। नीला को न जाने क्या हुआ। एकाएक बोली, 'डर लगता है।'

'तुम्हें!' नरेश ने एकदम जागकर कहा, 'तुम तो शक्ति हो।'

'नरेश··· ।'

'नहीं, नहीं, डरने की बात नहीं है। उधर देखो उधर, पश्चिम दिशा में··· ।'

नीला न जाने क्यों चीख पड़ी। उसने अनुभव किया कि एक भयंकर पंजा उसकी ओर बढ़ा आ रहा है। वह सिहरी। भय से उसने आँखें मींच लीं और फिर उससे बचने की चेष्टा में वह झाल में गिर पड़ी। उसका शरीर कई बार जल के नृत्यताल पर ऊपर-नीचे हुआ। फिर, तीव्र धार में बह गया।

यह सब क्षण के सौवें हिस्से में हो गया, पर नरेश कई क्षण उसी तरह हाथ फैलाए खड़ा रहा। फिर एकाएक गला फाड़कर चिल्ला उठा, 'अरे, कोई दौड़ो···दौड़ो···कोई है, मेम साहब नहर में गिर पड़ी। दौड़ो···मेम साहब गिर पड़ी।'

उसे कई बार पुकारना पड़ा, पुकारता रहा। इधर-उधर कुछ लोग आ-जा रहे थे, पुकार सुनकर दौड़े आए। कुछ ही देर में ओवरसियर, ठेकेदार, मजदूर सब वहाँ इकट्ठे हो गए। उस समय तक नरेश खूब होश में था। बाद में गिर पड़ा और बेहोश हो गया।

अगले दिन दूसरे किसी पुल के पास नीला का शव अटका हुआ मिला।

□

(सन् १९४६)

दफ्तर में

अभी उस दिन कांत के नथुने फड़कने लगे थे और परचा लिखता-लिखता वह थर-थर काँप उठा था, लेकिन आज जैसे उसे हँसी आ गई। अपने साथी से बोला, 'कितनी बेवकूफी की बातें हैं!'

साथी गेहुँए रंग का लंबा सा नवयुवक था। वह नया भरती हुआ था। इसी बात पर उसने एक दिन कहा था, 'मेरा जी कहता है कि उसके गले पर अँगूठा रखकर जोर से दबा दूँ!'

आज भी उसने यही कहा।

'यह ठीक है, लेकिन तुम इसके परिणाम के लिए तैयार हो?'

'परिणाम की मुझे चिंता नहीं है। मेरे बदन में आग लगी हुई है। छोटे बाबू हमारी तरफ किरानी है। क्या हुआ, उसका वेतन कुछ अधिक है। उसे आदमी को झिड़कने का अधिकार नहीं है। यह सरकारी काम है!'

वह आगे कुछ कहता, इससे पहले बड़े बाबू हाँफते-हाँफते वहाँ आ गए। बोले, 'आज की डाक से यह केस जाना है। जल्दी तैयार कर दो।'

लाल फीते में बँधे हुए बहुत से कागज लेकर निशिकांत का साथी अपनी सीट पर चला गया। बड़े बाबू कांत से बोले, 'तुम जरा छोटे बाबू के पास चले जाओ। मुझे प्राइवेट लिफाफों की जरूरत है।'

तब कांत ने अपने सामने बड़े रजिस्टरों को समेटते हुए जवाब दिया—'जी, मैं वहाँ नहीं जाऊँगा।'

'क्यों?'

'क्योंकि वह आदमी से कुत्ते की तरह बोलता है!'

'कुत्ते की तरह!' अचकचाकर बड़े बाबू बोले।

'जी हाँ! जब से उसके पैसे बढ़े हैं, वह आदमी को आदमी नहीं समझता। गाली देता है। ऐसे कमीने आदमी से हम कोई वास्ता नहीं रखना चाहते!'

'उसे ऐसा नहीं होना चाहिए।' बड़े बाबू ने कहा।

'बेशक चाहिए तो नहीं, परंतु मेरा विश्वास है कि जब तक उसके गाल पर तमाचा नहीं लगता, तब तक वह ऐसा ही चाहता रहेगा।' कांत कहते-कहते क्रोध से भर उठा। उसकी मुट्ठी भिंच गई। आँखें लाल हो आईं।

बड़े बाबू ने अचरज से उसे देखा और कहा, 'मैं समझा दूँगा; अच्छा।'

× × ×

दफ्तर में घुसते ही बाईं ओर के कमरे में बैठे हुए छोटे बाबू को कोई नहीं भूल सकता। वह नाटा आदमी है। उसका रंग साँवला है। उसका शरीर सुडौल है और हर पोशाक उसपर फबती है। कोट-पैंट या पाजामा अथवा सलवार—कुछ भी वह पहन ले, बुरी नहीं लगती। वह अपनी सीट पर बैठकर जब सिगरेट का लंबा कश खींचता है तो पीड़ा उसकी आँखों से झलक पड़ती है। उसके पतले मुख पर उस्तरे की रगड़ के कारण जरूरत से ज्यादा कालापन उभर आया है और वक्त की झुँझलाहट के कारण वह बड़ा चिड़चिड़ा हो गया है। कभी-कभी लंबे और टेढ़े केसों पर विद्वत्तापूर्ण टिप्पणी करते-करते उसकी छोटी आँखें चमक उठती हैं। वह बहुत चतुर और चलता किरानी है, पर दफ्तर के दूसरे बाबुओं को उसकी विद्वत्ता पर जरा भी गर्व नहीं है। यही बात उसे खटकती है। किसी उलझे हुए केस को सुलझाने के बाद जब वह अँगड़ाई लेकर अंगुली चटखाने लगता है, तो उसकी सूरत देखने योग्य होती है। वह चारों ओर नजर डालकर अपने साथी से कहता है, 'मैं अब यहाँ नहीं रहूँगा!'

उसका साथी भारी बदन का आदमी है। उसका चेहरा चेचक के दागों से भरा है। लेजर लिखते-लिखते वह छोटे बाबू की तरफ देख लेता है और मुसकराकर अपने काम में लग जाता है, मानो कहता है, 'तुम आज ही जा सकते हो। सरकारी काम क्या अटका रहेगा? तुम नहीं तो तुम्हारा कोई भाई आकर करेगा!'

यही बात अपने साथी की मुसकराहट में पढ़कर छोटा बाबू ऊपर से नीचे तक जल जाता है। ये लोग मेरी जरा भी परवाह नहीं करते, जबकि साहब मेरी तारीफ करते नहीं थकता। सचमुच, साहब समझता है कि दफ्तर में से छोटे बाबू को निकाल दिया जाए तो कुछ नहीं रहता। यह बात उसने कई बार साफ कह दी है। गोरे अफसर का मुँह कौन पकड़े? और यही बात दूसरे बाबुओं को खटकती है। अपना-अपना काम सभी करते हैं। इस बाबू में फिर कौन सी विशेषता है? और ऐसे

वक्त यदि कम्बख्ती का मारा चपरासी उसके कमरे में चला जाए तो समझिए, खैर नहीं। दिल की सारी भड़ास वह उसपर निकालता है।

'उल्लू का पट्ठा! सुअर! चला जा यहाँ से!'

चपरासी कहता, 'बाबूजी···!'

'हरामजादे, बेईमान···!'

'गाली मत दीजिए, बाबूजी···'

छोटे बाबू का पारा और भी तेज होता है, 'सुअर का बच्चा! क्या कहता है? गाली न दो! तुम नवाब के बच्चे हो न? मैं कहता हूँ, चले जाओ, नहीं तो पीट दूँगा। जरा भी नहीं करने देते कम्बख्त!'

चपरासी लौट जाता है। कभी वह तेज हो जाता है तो खूब ठन जाती है और चेचक के दागोंवाले बाबू को बीच-बचाव करना पड़ता है, लेकिन अकसर ऐसा उसी वक्त होता है, जब साहब गैरहाजिर होता है। एक दिन सुना, ऐसी ही बात पर दफ्तरी ने छोटे बाबू को रूल खींच मारा था। यह बात पुरानी है और कहते हैं, बहुत दिनों तक छोटे बाबू सबसे हँस-हँसकर उसकी बातें करते रहे थे।

और इन्हीं छोटे बाबू से निशिकांत का झगड़ा हो गया। वैसे तो बहुत दिनों से उनका मन-मुटाव चला आता था। पिछली ६ जनवरी को एक केस में किसी पुरानी फाइल की जरूरत थी। बड़े बाबू ने कहा, 'छोटे बाबू को पता होगा। उसने यह काम किया था।'

लेकिन जैसे ही निशिकांत ने छोटे बाबू के कमरे में प्रवेश करके उनसे कहा, 'क्या कृपा करके आप···।' तो छोटे बाबू चीख पड़े, 'चले जाओ यहाँ से! मैं कुछ नहीं जानता!'

निशिकांत क्षण भर के लिए स्तंभित-चकित सा रह गया। क्रोध उमड़ आया, लेकिन न जाने क्या सोचकर अपने को सँभाल लिया। कहा, 'तुमने तो कमाल कर दिया!' और वह लौट आया। उसने बड़े बाबू से बिना कुछ कहे केस उनकी मेज पर पटक दिया।

उसी दिन से दोनों की बोल-चाल बंद थी। दोनों एक-दूसरे को नमस्ते भी नहीं करते थे। मजेदार बात यह थी कि रोज सुबह सबसे पहले वे दोनों ही दफ्तर आते थे। वे गून-मथून से एक-दूसरे की तरफ देखकर अपनी-अपनी सीट पर बैठ जाते और काम करने लगते, क्योंकि उन दोनों के अतिरिक्त उस वक्त दफ्तर में कोई नहीं होता। उनके हृदय अंदर-ही-अंदर जल-भुनकर खाक होते रहते। वे कभी साँस लेने के बहाने झाँक-झाँककर एक-दूसरे को देख लेते और आँखें

मींचने का अभिनय कर कुरसी की पीठ पर झुक जाते। और जब भी तीसरा आदमी उन दोनों में से किसी के कमरे में आता तो वे एक ही प्रश्न पर वाद-विवाद करने लगते।

छोटे बाबू के कमरे में बातें होती थीं—

'क्यों जी! कांत ने आज क्या कहा?'

'कहेंगे क्या? मेरी बुराई करते होंगे कि मैं बदमिजाज हूँ, नालायक हूँ।'

'सच!'

'और क्या? अरे! उसने बड़े बाबू से मेरी शिकायत की, लेकिन मैंने तो कह दिया कि मेरा दिमाग ठीक नहीं हो सकता। वह अपने को समझता क्या है?'

'बेशक।' एक बाबू ने कहा।

'और तुमने सुना? उसने साहब के पास जाकर अपनी सदाचार पत्रिका में कितने अच्छे रिमार्क लिये। शानदार!'

खजांची ने अचकचाकर पूछा, 'वह साहब के पास गया था?'

'गया ही होगा! नहीं तो क्या साहब इतना भला मानस है कि उस जैसे आदमी के लिए लिखे 'शानदार' काम?'

'हो सकता है…।' उसके साथी ने टिप्पणी की।

'जनाब अब मुझसे बातें नहीं करते हैं। काम होता है तो परचा लिखकर भेजते हैं, जैसे ये ही साहब हैं!'

उसका साथी बीच ही में बोल उठा, इसीलिए छोटे बाबू को रुकना पड़ा, 'तुम जब आदमी को कुत्ते की तरह झिड़कते हो तो वह क्या करें?'

'मैं…!' छोटे बाबू फिर कुछ कहते, इससे पहले चपरासी ने एक परचा लाकर दिया और बोला, 'कांत बाबू ने यह किताब जल्दी माँगी है।'

छोटे बाबू अंदर-ही-अंदर जल रहे थे। परचा देखकर आग-बबूला हो गए। परचे को मुट्ठी में मसोसकर परे फेंक दिया और कहा, 'जाओ, कह दो कि मेरे पास परचा भेजने की जरूरत नहीं है!'

चपरासी हँस पड़ा और परचा उठाकर उसने कांत बाबू को दे दिया। कांत बाबू क्रोध से पागल हो उठा। उसके नथुने फड़कने लगे। उसने उसी चिट पर लिखा—

'छोटे बाबू!

तुम्हारे पास आदमी जाता है तो तुम कुत्ते की तरह झिड़कते हो। परचा लिखते हैं तो तुम बिगड़ते हो। आखिर तुम चाहते क्या हो? सरकारी काम तुम्हारी

वजह से रुक नहीं सकते और अगर तुम समझते हो कि काम करने का हक तुम्हें ही है तो साहब से कहकर सारे दफ्तर का चार्ज ले लो। हम अपना रास्ता देखेंगे। नहीं तो तुम्हें आदमी की तरह बरताव करना चाहिए। समझे! सबके पास दिमाग है और सबके पास हृदय। न जाने क्या हो जाए!

भवदीय

कांत'

चपरासी के हाथ यह परचा उसने छोटे बाबू के पास भेज दिया और दो मिनट में ही उसका जवाब भी आ गया। छोटे बाबू ने लिखा था—

'तुमने मुझे गलत समझा होगा। मैं कभी किसी से बुरा बरताव नहीं करता। तुम हमेशा अपने आदमी को मेरे पास भेज दिया करो। जो तुम चाहोगे, वही किताब या केस मैं भेज दूँगा।'

कांत ने यह पढ़ा तो उसे और भी क्रोध आ गया; उसने फिर लिखा—

'छोटे बाबू!

तुम सरासर झूठ बोल रहे हो। तुम सदा आदमी को झिड़कते हो और गाली देते हो। अगर तुम इतने भोले और नम्र व्यवहार करनेवाले हो तो क्यों सब लोग तुम्हारे पास जाने से मना करते हैं? तुम शेर नहीं हो, जो फाड़ खाओगे। इस बात का तुम्हारे पास क्या जवाब है?

तुम हमारा भी लिहाज नहीं करते। हम लोग तुम्हारे साथी हैं और वर्षों से तुम्हारे साथ काम करते रहे हैं। तब तुम्हारा क्या एतबार? आज यह मामला साहब के सामने पेश होना चाहिए। हम लोगों ने अपने इस्तीफे लिख लिये हैं। तुम हमें निकालना ही चाहते हो तो हम तैयार हैं, लेकिन खूब दिल की निकालकर निकलेंगे।

भवदीय

कांत'

कांत लिख रहा था तो उसका हाथ फिसल पड़ता था और अक्षर तिरछे-टेढ़े बन रहे थे। वह थर-थर काँप रहा था, लेकिन अचरज, उस चिट पर छोटे बाबू ने लिखा—'मैंने आपके दिल को ठेस पहुँचाई, इसके लिए क्षमा माँगता हूँ। मुझे सदा अपना सेवक समझें।'

कांत ने एक बार, दो बार उस चिट को पढ़ा और उसकी कँपकँपी सहसा थम गई। उसने मन-ही-मन कहा, 'कैसा चालाक आदमी है!' लेकिन उसका मन खिल उठा था और वह समझ रहा था कि यह विजय मेरी है।

उसने फिर उस चिट पर जवाब लिखा—

'छोटे बाबू!

माफ वही कर सकता है, जो सजा दे सकता है। मुझसे माफी माँगना सरासर धोखेबाजी है। दफ्तर के काम होने चाहिए, बस यही मैं चाहता हूँ। मैं तुम्हारे ऐसे आदमी से कोई भी ताल्लुक नहीं रखना चाहता। दफ्तर से बाहर मेरा-तुम्हारा संबंध ही क्या है? मैं समझता हूँ, तुम्हें ये शब्द लिखते हुए कितना कष्ट हुआ होगा। कृपाकर तुम अपने शब्द लौटा लो।

भवदीय,

कांत'

कांत ने यह लिख तो दिया, पर भेजा नहीं। लिखा भी कई बार था। यह चिट कहीं चौथी बार जाकर ठीक-ठीक बनी थी, फिर भी उसने उसे जेब में डाल लिया। वह नहीं चाहता था कि यह माफीनामा व्यर्थ जाए। इस माफीनामे के बूते पर वह छोटे बाबू को नीचा दिखा सकता है और उसने अपने साथी को बुलाकर सचमुच वह परचा दिखा भी दिया।

साथी ने अचरज से पढ़कर कहा, 'छोटे बाबू ने माफी माँगी; बिलकुल झूठ!'

'तुम देख सकते हो, उसने ही लिखा है…।'

'कमाल किया है!'

'लेकिन मैं इस परचे को सँभालकर रखूँगा।'

'रखना ही चाहिए,' कांत के साथी ने कहा, 'और तुम्हें पता है, उसने बड़े बाबू को क्या जवाब दिया है?'

'क्या दिया है?'

'यही कि मैं कांत से मजाक किया करता हूँ, वह बुरा मान गया होगा।'

'मजाक?'

'हाँ!'

कांत हँस पड़ा, 'बड़ा अजीब आदमी है! कितना होशियार, कितना धूर्त और कितना कायर!'

□

निशिकांत ने समझा, चलो झगड़ा यहीं खत्म हो गया, लेकिन चार दिन बाद ही उसकी आशा काफूर हो गई। उसने जो कुछ सुना, उसपर उसे हँसी आए बिना न रही। उसने अपने साथी से कहा, 'कितनी बेवकूफी की बात है?'

साथी ने कहा, 'वह तुम्हारे खिलाफ खूब प्रोपेगैंडा कर रहा है। मुझसे कहता

था, तुम्हारे अफसर साहब का मिजाज गरमा गया है।'

'सच!'

'हाँ, और अभी उसने कल टाइपिस्ट से कहा, कांत बाबू बड़ा बदमिजाज है, उसे ठीक करना चाहिए!'

लेकिन सबसे बढ़कर विचित्र बात तो वह थी, जो खजांची ने बताई। उसने कहा, 'छोटे बाबू कल बड़े क्रोध में थे; कहते थे कि कांत मुझे निकालने पर तुला है!'

'मैं!' अचकचाकर कांत ने कहा।

'और कहता था कि उसने अब साहब से साठ-गाँठ लगाई है!'

कांत हँस पड़ा, 'मैं तो साहब की सूरत देखना भी न चाहूँगा! उसका प्रेम-पात्र बनना तो स्वप्न में भी दूर है!'

प्रत्येक किरानी ने उसे कुछ ऐसी ही बातें बताईं। आश्चर्य, उसे तनिक भी क्रोध नहीं आया। उसे छोटे बाबू से जो घृणा हो चली थी, वह नष्ट हो गई। उसके स्थान पर दया उमड़ आई और वह मन-ही-मन बहुत हँसा, 'यह किरानी भी विचित्र जानवर है!' और उसने निश्चय किया, आज वह उसे अवश्य पराजित कर देगा। ऐसा पछाड़ेगा कि वह बोलने का नाम भी न लेगा।

उसने अपने साथी से कहा, 'आज मैं उससे अकेले में बातें करूँगा।'

साथी चौंककर बोला, 'मगर उसने कुछ ऐसा-वैसा कहा तो तुम्हें गुस्सा आ जाएगा और फिर हाथा-पाई का डर है। वह बदमिजाज आदमी है!'

कांत ने कहा, 'मैं उसके लिए काफी हूँ; पर तुमसे कहता हूँ उसमें हिम्मत जरा भी नहीं है।'

'हो सकता है,' साथी ने कहा, 'फिर भी साहब उसके हाथ में हैं, उसके मुँह लगना ठीक नहीं। माना कि बड़े बाबू की तुमसे नातेदारी है, पर बड़े बाबू उससे काँपते हैं!'

कांत ने कहा, 'देखते रहिए, क्या होता है!'

× × ×

और उसी संध्या को जब सब किरानी चले गए थे, वह दफ्तर में बैठा रहा। दिन ढल चुका था और दफ्तर के पश्चिमी द्वार से होकर सूरज की अंतिम किरण दरख्तों के झुरमुट पर पड़कर गायब हो गई थी। कांत अपनी कुरसी छोड़कर स्टोर-कीपर की कुरसी पर आ बैठा, ताकि छोटे बाबू को देखता रहे। उसने आँखें बंद कर लीं। कभी नजर चुराकर उधर देख लेता था। वह ध्यान-मग्न होता जा रहा था, पर

शरीर न जाने क्यों काँप-काँप उठता था! विचारों का चक्कर उसे रह-रहकर झकझोर डालता था।

'मैं उससे कह दूँगा, तुम किस बिरते पर इतना कूदते हो? तुम्हारे कुछ पैसे जो बढ़ गए! छिः-छिः, तुम इतने कमीने हो कि जरा सी तरक्की पर अपने सब साथियों को आदमी नहीं समझते!' छोटा बाबू खिसियाना सा होकर कहेगा कि···लेकिन उसे छोटे बाबू का कहना याद ही नहीं आता था, वह तो अपनी ही बात सोचता चला जा रहा था कि वह कहेगा, 'इस दुनिया में है ही क्या? प्रेम और मुहब्बत! तुम किसी से प्रेम भरे दो शब्द कहोगे, कोई तुम्हें भी कहेगा। तुम एक बार ऐंठोगे तो दुनिया तुमसे लाख बार ऐंठेगी!'

'और क्या तुम समझते हो कि तुम शक्तिशली हो और तुम्हारे विरोधी दब्बू और आश्रयहीन हैं! कहता हूँ, दुश्मन आटे का भी बुरा होता है। न जाने कब आ दबावे! हम तुमसे दफ्तर में नहीं जीत सकते तो हमारा हाथ किसने पकड़ा है? किसी दिन गले पर अँगूठा रख देंगे! निराश आदमी परिणाम का विचार नहीं करता।'

'तुम होशियार हो, यह तो हम मानते हैं, पर हृदयहीन बुद्धि पतन की ओर ले जानेवाली है। जिस आदमी में आदमियत ही नहीं है, उसकी सुंदरता पर दुनिया थूकती है···।' और ऐसे ही सोचते-सोचते उसे झपकी सी आ गई। उसने देखा कि कोई चुपके-चुपके उसके पीछे से आ रहा है। वह पद-चाप सुन रहा है, पर बोल नहीं सकता। आगंतुक ने आहिस्ता से अपना हाथ उठाया और उसके गले को दबोच लिया।

अरे, यह तो छोटे बाबू···!

वह तड़फड़ा उठा। उसने चीख मारनी चाही, पर आँखें खुल गईं। चौंककर उसने देखा, वह सपना था। उसका दिल धक्-धक् कर रहा था, पर उसे हँसी आ गई। उसी समय उसने देखा, छोटे बाबू खट्-खट् करके पैड़ियाँ उतर गए हैं। वह झपटा और काँपता-काँपता बोला, 'मैं भी आ रहा हूँ!'

छोटे बाबू हठात् रुक गए। कांत की अवस्था उस समय अद्भुत थी। वह थर-थर काँप रहा था और उसके मुँह से उखड़े-उखड़े शब्द निकल रहे थे। वह कई महीने के बाद छोटे बाबू से बोला था। उसने कहा, 'आपकी सलाह क्या है?'

छोटे बाबू मुसकरा उठे, 'आपका मतलब?'

'मतलब! आपने मेरे विरुद्ध जो प्रोपेगैंडा फैलाया है और जो कुछ आप कल कह रहे···।'

छोटे बाबू बीच ही में बोल उठे, 'ओह! यह बात है, अरे हमारा-आपका क्या झगड़ा! मैंने जान-बूझकर ऐसा किया था!'

'जान-बूझकर!' कांत की आवाज तेज थी।

'हाँ, ताकि तुम्हें क्रोध आए, लेकिन छोड़ो भी इन बातों को! गलती मेरी थी। मैं ६ जनवरी वाली घटना से बड़ा लज्जित हूँ। क्या तुम मुझे क्षमा नहीं कर दोगे?'

कांत इसके लिए तैयार नहीं था। उसका दिल बातों से भरा हुआ था। उसने कहा, 'लेकिन तुमने टाइपिस्ट से कहा…।'

छोटे बाबू बीच में ही बोल उठे। उसे रुकना पड़ा। उसकी कँपकँपी दूर हो गई थी और वह मुसकरा उठा था। छोटे बाबू ने कहा, 'मैं मानता हूँ कि मैंने जहर उगला; पर आप मुझे माफ कर दें। वस्तुतः मुझे चढ़ गई थी। मैं समझ ही नहीं रहा था कि तुमसे कैसे क्षमा माँगूँ…।'

कांत हँस पड़े, 'और यह न जानकर कि कैसे क्षमा माँगूँ, उलटे मुझे गाली सुनाते चले गए!'

छोटे बाबू खिसिया गए, 'पक्ष पड़ गया था, पर आपने मुझे क्षमा माँगने का अवसर दिया, इसके लिए कृतज्ञ हूँ। हम अब कभी भी नहीं झगड़ेंगे, पर आपने भी मुझे कैसे लिखा कि मैं आपको निकालने पर तुला हूँ। आप कैसे सोच सके?'

कांत ने कहा, 'मैं तो बहुत सोच चुका हूँ। यह मेरी गलती हो सकती है, लेकिन पहले आपकी तरफ से हुई, मैं क्या करता? आपने तो कमाल कर दिया!'

'मैं लज्जित हूँ,' उन्होंने कहा, 'पर मैं क्या करूँ? मेरे पास इतना पेचीदा काम है कि मैं पागल हो जाता हूँ। मैं मानता हूँ कि किसी को झिड़कने का मुझे क्या अधिकार है। मैं अपने स्वभाव को सुधारने का उद्योग करूँगा। देखो न, मैं कितना झुरता जा रहा हूँ।'

'बेशक। इस तरह तो आप बहुत जल्दी ही मर जाएँगे। आपको अपनी सेहत का ध्यान रखना चाहिए। आखिर यह घिस-घिस जीवन के लिए ही तो है!'

'हाँ, हाँ!' छोटे बाबू ने कहा, 'मैं कल साहब से कहूँगा, मैं इतना काम नहीं कर सकता। मेरा दिमाग खराब होता जा रहा है। और देखो न! लोग मेरे इतने विरुद्ध होते जा रहे हैं कि मुझे डर है, मैं अपनी जान न खो बैठूँ, जरा सी देर में दो पैसे का आदमी मेरी इज्जत उतार ले सकता है। कांत! मैं आपका जन्म-जन्म आभारी रहूँगा, आपने मुझे क्षमा माँगने का अवसर देकर गिरने से बचा लिया!'

कांत अपनी सारी बातें भूल गया। उसने भरे हृदय से कहा, 'कोई बात नहीं

जी! गलतफहमी भी दूर हो गई। यह अच्छा हुआ। दुनिया है ही क्या? प्रेम और मुहब्बत से बोलना ही है! अच्छा, तो मैं चलूँ?'

छोटे बाबू बोले, 'कल संध्या का भोजन मेरे घर करना, अच्छा!'

'अच्छा, अच्छा! मीठी डिशेज तैयार करवाना!'

'जरूर-जरूर! अच्छा नमस्ते।'

'नमस्ते।'

कांत लौट चला। बातें करते-करते वे बहुत दूर चले गए थे। अँधेरा काफी गहरा हो चुका था और सड़क बिजली की रोशनी से जगमग हो रही थी। उसने पास से निकलते हुए आदमियों को गर्व से देखा। उसका हृदय कह रहा था, 'देखा, शेर को उसके घर में कैसा पछाड़ा!'

हालाँकि कांत के दिल की बात दिल ही में रह गई थी, पर उसे अब कुछ भी याद नहीं था। केवल आनेवाली कल की धुँधली स्मृति उसके मस्तक में मँडरा रही थी। बारी-बारी से सब किरानी कह रहे थे, 'कांत विजयी हुआ।' 'हम सब कांत के कृतज्ञ हैं!'

और वह सहसा चौंक पड़ा। अपने मोहल्ले में घुसते-घुसते वह अपने पड़ोसी से टकरा गया था। उसने कहा, 'मैं क्षमा चाहता हूँ।'

□

मेरा बेटा

सिविल अस्पताल का नया सर्जन डॉक्टर हसन जैसे ही कमरे में दाखिल हुआ, उसने किवाड़ बंद कर लिये। ठंडी हवा का झोंका, जो साथ-साथ अंदर घुस आया था, क्षण भर के लिए उसके पिता को कँपाता हुआ गायब हो गया। डॉक्टर ने एक गहरी साँस खींची और हाथ के दस्ताने उतारते हुए कहा, 'अब्बा, बड़ी खतरनाक हालत है।'

अब्बा, जो पलंग पर लेटे थे, 'हूँ' करके रह गए! डॉक्टर ने चुपचाप ओवरकोट उतारा और खूँटी पर टाँग दिया, फिर अँगीठी के पास जा खड़ा हुआ। बाहर सन-सन करती हुई हवा चल रही थी और उस ठंड को, जिसके थपेड़े खाते हुए वह अभी लौटा था, याद करके उसे अब भी कँपकँपी आ जाती थी। एकाएक अब्बा बोल उठे, 'अब तक कितने आदमी मर चुके होंगे?'

डॉक्टर ने जवाब दिया, 'अस्पताल में कुल तीस लाशें आई हैं।'

'और जख्मी?'

'सौ हो सकते हैं।'

'मुसलमान ज्यादा होंगे?'

डॉक्टर क्षण भर रुका, फिर हाथों को मलता हुआ बोला, 'कुछ नहीं कहा जा सकता।'

'फिर भी?'

वह झिझका, जैसे कुछ सोचना चाहता हो। अब्बा तब तक उसके मुँह की तरफ देखते रहे। उसने हाथों को आग के आगे किया और कहा, 'हो सकता है, हिंदू ज्यादा हों।'

फिर कई क्षण कोई नहीं बोला। सिर्फ हवा दरवाजे पर थपेड़े मारती रही।

अब्बा के मुख पर अनेक भाव आए और गए, उनके तने हुए चेहरे की नसें और भी तन गईं, एकाएक बैठे-बैठे उन्होंने कहा, 'तो कोई उम्मीद नहीं?'

'किस बात की?' हसन ने चौंककर पूछा।

'फैसले की।'

'फैसला?' डॉक्टर जबरदस्ती मुसकराया और फिर जोश में बोला, 'अब्बा, हजार साल इस तरह लड़ते रहने पर भी फैसला नहीं हो सकता। असली बात यह है कि वे फैसला करना ही नहीं चाहते, वे लड़ना चाहते हैं और लड़ते रहेंगे। इसीलिए वे एक-दूसरे की बात समझने से इनकार करते हैं।'

'इनकार करते हैं?'

'हाँ अब्बा, मैं तो इसे इनकार करना ही मानता हूँ। समझना चाहें तो झगड़ा ही क्या है?'

अब्बा ने एक बार अपने बेटे को देखा, फिर कहा, 'तुम शायद ठीक कहते हो।'

'शायद नहीं अब्बा, मैं बिलकुल ठीक कहता हूँ।'

तभी किसी ने दरवाजा खटखटाया, डॉक्टर चौंका। पूछा, 'कौन है?'

जवाब आया, 'जी, अस्पताल में डॉक्टर शर्मा ने आपको बुलाया है।'

'क्यों?'

'एक नया केस आया है, साब!'

'तो?'

'साब, उन्होंने कहा है, जख्मी की हालत खतरनाक है, आपका आना जरूरी है।'

अब्बा ने सुनकर गुस्से से कहा, 'क्या वाहियात बात है, अभी आए हो। न खाना, न पीना। मरने दो उसको।'

डॉक्टर बोला, 'मरना तो है ही अब्बा; आज मौत के फरिश्ते ने हम सबको अपने पैरों के साए में समेट लिया है।'

और फिर किवाड़ खोले, ठंडी हवा तेजी से अंदर घुसी, उन्होंने काँपते हुए कहा, 'खाना खा सकता हूँ?'

आनेवाला अस्पताल का जमादार था, सिकुड़ते हुए जवाब दिया, 'साब, वह तो जल्दी बुलाते हैं।'

डॉक्टर ने लंबी साँस खींची, कहा, 'अच्छा तो कह दो, अभी आता हूँ।' और उसने जल्दी से किवाड़ बंद कर लिये, सीधे अँगीठी के पास आया और कहा,

'खून जमा देनेवाली सर्दी पड़ रही है, और वे लोग लड़े जा रहे हैं, वहशी, हैवान, दोजखी कुत्ते···!' साथ-ही-साथ दस्ताने पहनते रहा, फिर ओवरकोट उठाया और चलते-चलते कहा, 'मैं कहता हूँ अब्बा, वे हैवान हैं, वे फैसला नहीं कर सकते।'

अब्बा अगरचे क्रोध में भरे हुए थे, पर न जाने क्या हुआ कि हसन की बात सुनकर हँस पड़े। बोले, 'हैवान बड़ी जल्दी फैसला करता है, बेटे!'

वह कुछ जवाब देता, इससे पहले इस बार अंदर के दरवाजे पर आहट हुई। वह मुड़ा, देखा, सामने उसकी बीवी खड़ी है। उसने गरम शॉल लपेट रखी है और उसके सुंदर मुख पर क्रोध भरी मुसकराहट है। पास आने पर वह कुछ नाराजगी से बोली, 'अभी आए और चल दिए, क्या मुसीबत है?'

'खुदा जाने क्या होने वाला है, बेगम।'

'खाना नहीं खाओगे?'

'कैसे खाऊँ, बुलावा आ गया है।'

बेगम के हाथ में कुछ बिस्कुट थे, उन्हें डॉक्टर के ओवरकोट की जेब में डालते हुए कहा, 'चाय तो पी लेते।'

डॉक्टर मुसकराया, बोला, 'तुम बहुत अच्छी हो, बेगम।'

फिर उसके मुँह पर आई हुई एक लट को पीछे करते हुए वह जल्दी से मुड़ा और कहा, 'अब नहीं रुक सकता, बेगम! देर हो गई तो शायद पछताना पड़ेगा।'

बेगम ने कुछ जवाब नहीं दिया। उसका सुंदर मुखड़ा परेशानी से उदास हो गया था। दुःखी मन से उसने डॉक्टर को जाते देखा और देखती ही रह गई। डॉक्टर दरवाजा खोलकर जल्दी-जल्दी कदम रखता हुआ बाहर निकल गया। बूटों की तेज आवाज के साथ सनसनाती हुई हवा एक बार तेजी से उठी और फिर धीमी पड़ने लगी। चटकनी लगाकर अब्बा फिर पलंग पर आ बैठे। तभी पास के कमरे से एक हलकी लड़खड़ाती हुई आवाज आई। डॉक्टर हसन के बाबा ने पूछा, 'अनवर, हसन आया था, अब फिर कहाँ गया?'

'अस्पताल!'

'क्यों?'

'क्यों क्या, कोई और जख्मी आ गया है; यह काफिर न जीते हैं, न जीने देते हैं।'

बात इतनी तलखी से कही गई थी कि बाबा कुछ जवाब नहीं दे सके। नौकर पास बैठा था, उसने कहा, 'जा, पूछ तो उसने कुछ खाया या नहीं, और कुछ न हो तो बिस्कुट वगैरह लेकर वहीं दे आ, जा···।'

उधर डॉक्टर हसन जैसे ही अस्पताल में दाखिल हुआ, डॉक्टर शर्मा ने बेचैनी से कहा, 'हसन, तुम आ गए, जल्दी करो, वह कमरा नंबर छह में है और ऑपरेशन का सामान तैयार है।'

हसन ने जरा शिकायत भरे ढंग से कहा, 'ऐसी क्या बात है, खाना तक नहीं खाने दिया।'

'क्या करूँ हसन, हम लोगों का काम ही ऐसा है।'

'केस क्या बहुत सीरियस है?'

'हाँ, केस बहुत सीरियस है हसन। उसके बदन का कोई हिस्सा ऐसा नहीं है, जिसपर चोट न आई हो। चोट भी ऐसी है कि देखकर दिल काँप उठता है।'

'होश में है?'

'आह, होश? मुझे अचरज है कि वह जिंदा कैसे है?'

'क्या उसका जिंदा रहना जरूरी है?' हसन ने उसी तरह कहा, 'उसके मर जाने पर क्या दुनिया मिट जाएगी?'

शर्मा बोला, 'मैं जानता हूँ, पर जब तक वह मर नहीं जाता, तब तक उसे जिंदा रखने का बोझ हमपर आ पड़ा है, क्या करें?'

वे चल रहे थे और बातें भी करते जाते थे। वे घायलों के वार्ड में दाखिल हो चुके थे और दर्द भरी चीख-पुकारें सुनाई पड़ने लगी थीं। दरवाजा खोलते हसन ने पूछा, 'वह है कौन?'

'एक बूढ़ा हिंदू है?'

'यहीं का रहनेवाला है?'

'नहीं, परदेसी है। जेब में जो कागज मिले हैं, उनसे पता लगता है कि वह कानपुर का रहनेवाला और उसका नाम रामप्रसाद है।'

हसन ने धीरे से दोहराया, 'रामप्रसाद, कानपुर, बस?'

'बस।'

उन लोगों ने कपड़े बदले और फिर नर्सों और कंपाउंडरों से घिरे हुए उस जख्मी के ऊपर झुक गए, जो बीसों जख्म खाकर ऑपरेशन की मेज पर बेहोश पड़ा हुआ था। उसकी साँस बहुत आहिस्ता-आहिस्ता चल रही थी और अधखुली आँखें दिल में डर पैदा करती थीं।

ऑपरेशन खत्म करके वे बाहर निकले तो पूरे पाँच घंटे बीच चुके थे। वे बेहद थके हुए थे और उनके तमाम बदन में दर्द हो रहा था। वे उस हवा में इतने डूब चुके थे कि दूर तक साथ-साथ चलते रहने पर भी वे एक-दूसरे से नहीं बोले। शाम

हो चुकी थी, पर हवा की सनसनाहट उसी तरह गूँज रही थी। उसके थपेड़े खाकर वे कभी कोट का कालर ठीक करते, कभी कदम तेज करके गरमी पैदा करना चाहते। उसी वक्त एकाएक डॉक्टर शर्मा ने धीरे से कहा, जैसे नींद में बड़बड़ाते हों, 'कैसा अजीब केस है!'

डॉक्टर हसन ने भी धीरे से कहा, 'पर मुझे खुशी है कि हम उसे बचा सकेंगे।'

'शायद।'

'नहीं शर्मा,' हसन ने पूरे भरोसे से कहा, 'मुझे यकीन होता है कि वह बच जाएगा।'

डॉक्टर शर्मा ने हसन की ओर देखा, फिर मुसकराकर कहा, 'तुम्हें यकीन होता है, क्योंकि तुमने उसके लिए परिश्रम किया है।'

'वह केस ही ऐसा था, उसे देखकर मुझे लगा कि उसे बचना चाहिए···।'

'क्योंकि उसके बचने में तुम्हारी विद्या का इम्तहान है।' डॉक्टर हसन ने एकाएक डॉक्टर शर्मा को देखा, 'उसे जाना पड़ा। वह ठीक कह रहा है, केस कितना खतरनाक था, उसको बचाने का खयाल भी उतना ही ज्यादा था।'

यह जानकर डॉक्टर हसन को गहरा संतोष हुआ और उसने खुश होकर कहा, 'मेहनत तो तुमने भी की है, शर्मा।'

'पर तुम्हारी तरह नहीं।'

हसन ने इस बात का जवाब नहीं दिया, पहले की तरह चुपचाप चलता रहा। उसका घर सामने दिखाई पड़ रहा था। उसी को देखकर वह बोला, 'मैं समझता हूँ, घर जाने से पहले तुम एक प्याली चाय पीना पसंद करोगे?'

शर्मा ने मुसकराकर कहा, 'जरूर करूँगा। सारा बदन टूट रहा है।'

हसन हँसा, बोला, 'और इस बात की क्या गारंटी है कि हमें अभी फिर उसी कमरे में लौटना न पड़ेगा?'

'हाँ, कौन कह सकता है?'

'लेकिन शर्मा, उस आदमी का पूरा पता मालूम होना चाहिए। देखने में किसी बड़े घर का जान पड़ता है।'

शर्मा ने उसी तरह कहा, 'मैंने पुलिस को पूरी रिपोर्ट दे दी है। वह पता लगा लेगी और न भी लगा तो क्या है, न जाने कौन-कौन मरता है।'

'वह नहीं मरेगा, शर्मा। उसपर आज मैंने बाजी लगाई है।'

शर्मा मुसकराया, 'तब और भी जरूरत नहीं है।'

घर आ गया। किवाड़ खोलते हुए डॉक्टर हसन ने कहा, 'बैठो शर्मा, मैं चाय के लिए कहता हूँ।' और फिर अब्बा की ओर मुड़कर कहा, 'अब्बा, वाकई वह बड़ा खतरनाक केस था, लेकिन उम्मीद है कि वह बच जाएगा। शर्मा और मैं अभी तक उसीपर लगे थे।'

शर्मा ने हसन के अब्बा को आदाब अर्ज किया। जवाब देकर अब्बा बोले, 'कौन है?'

'कोई बड़ा आदमी है।'

'एक बूढ़ा हिंदू है। अच्छे घर का जान पड़ता है।'

'यहीं का रहनेवाला है?'

शर्मा ने कहा, 'जी नहीं, परदेसी है। जो कागजात उसकी जेब में मिले हैं, उनसे पता चलता है कि वह कानपुर का रहनेवाला है और उसका नाम रामप्रसाद है।

अब्बा एकाएक चौंके, 'क्या···क्या बताया···रामप्रसाद···कानपुर···?'

'जी।'

'और कुछ?'

'जी नहीं।'

'उसके साथ कोई और नहीं है?'

'जी नहीं।'

हसन लौट आया था और अब्बा की बेचैनी को ध्यान से देख रहा था; बोला, 'क्या आप उसे जानते हैं?'

अब्बा का चेहरा तन चला था और उनकी आँखों में गुस्से की हलकी लकीरें उभर आई थीं। उन्होंने अनजाने ही तलखी से कहा, 'वह मरा नहीं है?'

शर्मा ने जवाब दिया, 'मरने में कुछ कसर तो नहीं थी, परंतु डॉक्टर हसन ने अपनी होशियारी से उसे बचा लिया है।'

अब्बा ने अब हसन की तरफ गौर से देखा और देखते रहे। हसन को उनका यह व्यवहार बहुत अजीब सा मालूम हुआ। उसने अब्बा के पास जाकर पूछा, 'अब्बा, क्या आप उन्हें जानते हैं?'

जैसे बिना सुने उन्होंने कहा, 'रामप्रसाद···कानपुर···उसके मुँह पर दाईं तरफ एक मस्सा है?'

'है।'

'उसका रंग गोरा है और उसकी शक्ल···?'

'उसकी शक्ल,' हसन ने एकाएक अब्बा की तरफ देखा। जैसे बिजली

कौंधी हो, ऑपरेशन करते समय उसके मन में यह विचार आया था कि इसकी शक्ल तो अब्बा से मिलती है। अब्बा उसी तेजी से बोले, 'हाँ, मेरी तरफ देखो, उसकी शक्ल कुछ-कुछ मुझसे मिलती है?'

हसन काँपा, 'अब्बा…।'

अब्बा अपनी सुध-बुध खो रहे थे। उनके चेहरे की झुर्रियों में नफरत उभरती आ रही थी। उन्होंने जलती हुई आँखों से हसन की तरफ देखा और कहा, 'हाँ, मैं कानपुर के रामप्रसाद को जानता हूँ और मैं उससे नफरत करता हूँ…!'

हसन जैसे पागल हो चला था, 'आप उससे नफरत करते हैं, क्यों…?'

'हाँ, मैं उससे नफरत करता हूँ। उसके मरने का मुझे जरा भी रंज नहीं है।'

वे बुरी तरह काँपने लगे थे। उनकी आँखों में क्रोध और उत्तेजना के कारण पानी भर आया था, पर हसन को जैसे कुछ याद आ रहा था। कुछ वह जो प्यारा होकर भी कड़वा था, उसके अब्बा की इस बेचैनी का कारण था। 'अब्बा की बेचैनी,' वह आहिस्ते से अपने आप से बोला, 'नहीं, यह केवल अब्बा की बेचैनी नहीं है, यह तो…।'

ठीक उसी समय अंदर के कमरे के किवाड़ भड़भड़ाकर खुल गए। सबकी नजरें उस ओर उठीं। देखा, नौकर के कंधे पर हाथ रखे डॉक्टर हसन के बूढ़े दादा अंदर चले आए हैं। उनके बाल सफेद हो चुके थे और कमर झुक गई थी। उनके हाथ-पैर लड़खड़ा रहे थे और आँखें देखने से इनकार कर चुकी थीं। उन्हें देखकर हसन के अब्बा घबराकर उठे और दोनों हाथों से थामकर उन्हें पलंग पर ले आए। बोले, 'आज आप इतनी सर्दी में क्यों उठे?'

दादा ने कुछ नहीं सुना और लड़खड़ाते हुए कहा, 'अनवर, तुमने अभी किसका नाम लिया था? कौन आया है?'

'कोई नहीं अब्बा!' हसन के अब्बा अनवर ने शांति से जवाब दिया। 'यहाँ तो हसन के साथी शर्मा साहब बैठे हैं।'

'नहीं अनवर, मैंने अच्छी तरह सुना, तुम उसका नाम ले रहे थे।'

डॉक्टर शर्मा एक अजीब भूल-भुलैया में फँस गए थे। वे कभी हसन की ओर देखते, कभी अब्बा को और कभी बाबा को, पर उनकी समझ में कुछ नहीं आ रहा था। हसन चुपचाप जेब में हाथ डाले बाबा पर नजर गड़ाए हुए था। उसके मुख पर अब थकान नहीं थी, बल्कि एक गहरे दर्द ने उसे परेशान कर दिया था। इसके खिलाफ उसके अब्बा की नफरत गहरी होती जा रही थी और बाहर हवा उसी तेजी से सर पटक रही थी। अनवर ने अब्बा को आराम से सहेजकर पलंग पर लेटा दिया

और फिर धीरे-धीरे चारों ओर से कंबल ढकने लगे।

दादा उसी तरह बोले, 'अनवर, तू बोलता क्यों नहीं?'

'अब्बा···।'

'हाँ, वह कहाँ है? तू उसका नाम क्यों ले रहा था?'

अनवर की आवाज कुछ लड़खड़ाई। उन्होंने कहा, 'अब्बा, वह यहाँ नहीं आया।'

'तो···?'

'अस्पताल में है।'

दादा की आवाज एकाएक और भी दर्दनाक हो उठी, 'क्या? क्या कहा? अस्पताल में?···क्यों···?'

जब हसन से नहीं रहा गया, तो आगे बढ़कर उसने कहा, 'हाँ दादा, कानपुरवाले रामप्रसाद अस्पताल में पड़े हैं। जख्मी हो गए थे, लेकिन अब बेहतर हैं।'

सुनकर दादा ने कंबल को दूर फेंक दिया और लड़खड़ाते हुए बोले, 'रामप्रसाद जख्मी हो गया···कैसे हुआ···किसने किया···?'

'शहर में जो दंगा हो रहा है, उसी में···।'

'मुसलमानों ने उसे मारा,' दादा ने अब सबकुछ समझकर कहा, और क्षण भर के लिए ऐसे हो गए, जैसे प्राणों ने साथ छोड़ दिया है। फिर उनकी आँखों से आँसू बहने लगे, आवाज भर्रा गई, बोले, 'अनवर, उसे मुसलमानों ने मार डाला और तुमने मुझे बताया भी नहीं, तुमने···।'

'दादा, मैं उनको जानता नहीं था।'

'पर तूने कहा वह अभी जिंदा है?'

'हाँ दादा।'

'अस्पताल में?'

'हाँ दादा।'

'तो हसन, मेरे बच्चे।' उन्होंने उठने की कोशिश करते हुए कहा, 'तू मुझे उसके पास ले चल, मैं एक बार उसे देखूँगा। वह मेरा बेटा है, मेरा बड़ा बेटा···।' कहते-कहते दादा फूट-फूटकर रोने लगे। उनसे उठा नहीं गया, कटे हुए पेट की तरह वहीं लुढ़क गए। अनवर ने उन्हें देखा और पुकार उठे, 'हसन, जल्दी करो, अब्बा को गश आ गया है।'

हसन न काँपा, न घबराया। आगे बढ़कर उसने आलमारी में से दवा निकाली

और उसे प्याली में डालते-डालते बोला, 'शर्मा, क्या तुम इंजेक्शन तैयार कर दोगे?'

'जरूर कर दूँगा।' शर्मा, जो अब सबकुछ समझ गया था, बोला और उठकर स्पिरिट से सुई साफ करने लगा। हसन ने दवा दादा के गले में डाली। फिर पुकारा, 'दादा!'

कोई आवाज नहीं।

'दादा आ···।'

अनवर ने पुकारा, 'अब्बा···।'

धीरे-धीरे उनको होश आया। होंठ फड़फड़ाए, बोले, 'कहाँ है वह? मेरा बेटा···मेरा बेटा···।'

अब्बा···।'

'मैं उसके पास जाऊँगा।'

हसन ने कान के पास मुँह ले जाकर धीरे से कहा, 'अभी चलते हैं दादा। आप जरा अपने को सँभालिए तो···।'

उन्होंने उसी तरह काँपते हुए कहा, 'मैं होश में हूँ मेरे बच्चे, मैं उसके पास जाऊँगा। आखिर वह मेरा बेटा है, कोई गैर नहीं। मैं मुसलमान हूँ और वह हिंदू। वह मुझसे और मेरे बच्चों से नफरत करता है, पर···पर वह भी मेरा बच्चा है। मैं उससे नफरत नहीं करता। हसन···हसन।'

'हाँ दादा···।'

'हसन, मैं उससे पूछूँगा, मैं मुसलमान हो गया तो क्या हुआ। हमारा बाप-बेटे का नाता तो नहीं टूट सकता। आखिर उसकी रगों में अब भी मेरा खून बहता है, इतना ही, जितना अनवर की रगों में बहता है, शायद ज्यादा···।'

उनकी आवाज फिर धीमी पड़ रही थी। वह रो-रो उठते थे। दोनों डॉक्टर उनके ऊपर झुके थे और अनवर ने उनकी नाड़ी सँभाल रखी थी।

बाहर अँधेरा बढ़ा आ रहा था और हवा शांत पड़ रही थी। अंदर बेगम आँखों में आँसू भरे, दुःखी दिल से चाय लिये बैठी थीं, और वह चाय न जाने कब की ठंडी होकर काली पड़ गई थी।

□

(सन् १९४६)

मक्षिका-पात

हैदरकुली में एक वृद्धा भिखारिन दिखाई देने लगी है। वह इतनी जीर्ण है कि देखनेवालों में अनायास ही घृणा पैदा हो जाती है। वह मूर्त्तिमान प्रेत से कुछ कम नहीं है। उसकी हड्डियों के ढाँचे पर चिपटा हुआ चमड़ा स्थान-स्थान पर चिकट गया है। माथे के नीचे दो बड़े-बड़े गोलक सहसा उसके नेत्रों की याद दिला देते हैं। जंगली घास की तरह सिर के रूखे बाल उसके नारी होने के एकमात्र साक्षी हैं। उसके हाथ-पैर हिलते हैं, तो रात्रि के अंधकार में रस्सी को सर्प समझ लेने का भय पैदा हो जाता है। उसके चारों ओर मक्खियाँ भिन-भिन राग गाती हैं। उसका बदन काला पड़ गया है। स्थितप्रज्ञ की भाँति वस्त्र उसकी चिंता का विषय नहीं हैं। संसार में रहकर भी वह क्षितिज-पार की दुनिया के अधिक समीप है। सच तो यह है कि वह जीवन और मृत्यु—दोनों से उपेक्षित और तिरस्कृत है। संसारी जन उसे देखते हैं और मुँह फिराकर अपने मार्ग पर बढ़ जाते हैं, मानो वह पृथ्वी का कोढ़ है, लेकिन पृथ्वी का कोढ़ क्या उनका कोढ़ नहीं है? जो सभ्यता और संस्कृति इस पृथ्वी को घेरकर फैली पड़ी है, वह क्या उसकी दुर्गंध से बाहर है? लेकिन इतनी बुद्धि क्या मानव को मिली है? मिली भी हो तो, उसका उपयोग उसे प्रिय नहीं है। साधारण बात है, आँखें खुलते ही पहले अपने पर दृष्टि नहीं पड़ती, और अपने से अलग इतना कुछ है कि जीवन भर देखने पर भी उसका ब्योरा नहीं मिल पाता। इसलिए मौत की पुकार आ जाती है और मनुष्य 'हाय रे, अभी तो मैंने देखा ही क्या है' कहकर बेबस चल देता है!

लेकिन फिर वही विधाता की अनहोनी सृष्टि है। इसी जाति में से कुछ व्यक्ति निकल आते हैं, जो औरों से भिन्न होते हैं। वे अपवाद हैं। अचानक आज ऐसे ही दो अपवादों की बात याद आ गई है। उनमें एक हैं विश्वनाथ। उनकी पत्नी

किरण कई दिनों से उनकी अनावश्यक उत्तेजना को देखकर बड़ी चकित है। दुःख भी कम नहीं है। मन-ही-मन सोचती है कि भला यह भी कभी संभव हो सकता है? कैसी अनहोनी बात करते हैं वे? अपना आपा तो सँभलता नहीं, उसे कोई कैसे बचा सकता है? और वह है क्या? निरा पाप··· । यहीं आकर उसका मन एक गहरी घृणा से भर जाता है। वह घृणा करना चाहती है, यह बात नहीं है; पर उससे घृणा के अतिरिक्त और कुछ भी किया जा सकता है, यह उसकी समझ में नहीं आता। अभी परसों विश्वनाथ ने कहा, 'किरण, तुमने उसे देखा है?'

'किसे?'

'वही, जो मोड़ पर भिखारिन पड़ी रहती है।'

किरण बोली, 'हाँ, देखा है। क्यों?'

'तुम्हें उसपर दया नहीं आती?'

'आती क्यों नहीं। न जाने क्यों भगवान् उसे उठा नहीं लेते। उसका तो मरने में ही भला है।'

विश्वनाथ ने कहा, 'लेकिन मरना क्या उसके बस में है?'

'हाँ, यह तो ठीक है। बेचारी बेबस है। हम सभी बेबस हैं, लेकिन हुआ क्या? तुम क्यों पूछ रहे हो?' कई क्षण विश्वनाथ चुप बैठा रहा। इतनी देर में किरण का कौतूहल बेहद बढ़ गया। वह फिर बोली, 'कोई बात हुई है क्या?'

'कुछ नहीं।'

'फिर?'

'वैसे ही पूछता था। तुम्हें उसपर दया आती है या नहीं? और सबको तो आती है, लेकिन कर कोई कुछ नहीं सकता।'

'हाँ! क्या करे?'

'क्या करे? बेचारे सब कायर हैं।'

'कायर?'

विश्वनाथ सीधा तनकर बैठ गया। बोला, 'और क्या, तुम उन्हें बहादुर कहना चाहती हो? छि: किरण, हम लोग कितने पलायनवादी हैं! दया और करुणा का नाम लेते भी हमें शर्म नहीं आती।'

किरण बोली, 'बात क्या है आखिर? बताओ तो।'

'यही कि वह वृद्धा हमारी सभ्यता और मानवता पर कलंक है। वह हमारी सारी व्यवस्था और धर्म के खोखलेपन का ढोल पीटती है। करोड़ों आदमियों के देश में कोई व्यक्ति इस तरह तड़पे, तो क्या यह लज्जा की बात नहीं है?'

'तो क्या करे कोई?'

इस बात का उत्तर उस समय विश्वनाथ को नहीं सूझ पड़ा। सच तो यह है कि सूझ तो पड़ा था, परंतु उस समय बताने का साहस उसमें नहीं था। कहीं किरण क्रुद्ध न हो जाए, क्योंकि आखिर जो हल उसके पास था, उसे चलाने का सारा काम किरण को ही करना था। वह तो मात्र अन्वेषक था। इसीलिए उसने तब बात को टाल दिया। अगले दिन जब वह ऑफिस से लौटा, तो जान-बूझकर सीधे मार्ग को छोड़ बाजार के तिरछे रास्ते चला। उस रास्ते पर किरण के लिए कोई उपहार ढूँढ़ने की बात अचानक उसके मन में उमड़-घुमड़ उठी है। कई वर्षों से किरण कानों के नए ढंग के ईयरिंग के लिए उसके पास प्रार्थी है; पर समयाभाव, धनाभाव और सबसे बढ़कर उत्साह के अभाव में वह प्रार्थना अभी तक स्वीकृत नहीं हुई। आज वही बात उसे याद आ गई। जब वह बाजार से होकर घर पहुँचा, तो देखा कि किरण खाना लिये रसोई में बैठी है। देखते ही बोली, 'बड़ी देर कर दी आज!'

'हाँ, कुछ काम अधिक था। तुमने भोजन नहीं किया, क्यों?'

'कैसी अनहोनी बात पूछते हैं?' किरण मुसकराकर रह गई।

विश्वनाथ जल्दी से कपड़े उतार और हाथ-मुँह धोकर पटरे पर आ बैठा। बोला, 'किरण, एक बात कहूँ?'

'हाँ, कहो।'

'आज हम-तुम मिलकर खाना खाएँगे!'

किरण का हृदय गद्गद हो उठा। हँसकर बोली, 'आज हम अकेले हैं, जो चाहें कर लें; पर कल को…।'

आगे जो बात है, वह विश्वनाथ जानता है। मुसकराकर बोला, 'कल बहुत दूर है, किरण!'

फिर दूर और पास की व्याख्या करते-करते दोनों साथ-साथ खाने लगे। दोनों बहुत प्रसन्न थे। इसी बीच बातें करते हुए सहसा विश्वनाथ बोल उठा, 'अरे किरण, आज तुम्हारे लिए एक चीज लाया हूँ।'

किरण बोली, 'क्या भला?'

'बूझो।'

'तुम्हीं बताओ, मैं हार मान लेती हूँ।'

'ऊहूँ, बूझो।'

'जी, बूझूँ क्या? बड़ी चीज लाते हो न। एक ईयरिंग का कहे…।'

विश्वनाथ हर्ष से चिल्ला उठा, 'ठीक-ठीक, किरण! तुमने ठीक बूझा।'

किरण के गले का कौर गले में रह गया। अचरज से पति की ओर देखकर बोली, 'क्या सच?'

'सच!'

'दिखाओ···।'

जब तक विश्वनाथ जेब में हाथ डालकर मखमली केस निकाले, तब तक किरण उतावली होकर उसपर दृष्टि गड़ाए रही। देखकर झटपट हाथ से छीन लिया और केस खोलकर उन दीप्त कुंडलाकार कर्णफूलों को हाथ में लेकर ऐसी प्रसन्न हुई कि स्वयं प्रसन्नता भी अपने प्रभाव पर मुग्ध हो उठी होगी। बोली, 'आप बहुत अच्छे हैं, प्रियतम! बहुत अच्छे!'

'सच?'

'सच।'

विश्वनाथ ने लंबी साँस खींचकर कहा, 'चलो, जीवन में मुझसे भी एक बार अच्छा काम तो हो सका।'

किरण कर्णफूलों को कानों में पहनते-पहनते विद्रूप से बोली, 'हटो जी। आपको मैंने कब बुरा कहा?'

रात के समय घर के सब काम-धंधे निबटाकर किरण जब दूध लेकर ऊपर पहुँची, तो पतिदेव ध्यानमग्न होकर नई पत्रिका पढ़ रहे थे। देखकर बोले, 'बैठो।' किरण प्रसन्न मन बैठ गई। विश्वनाथ क्षण भर उसे देखता रहा, फिर बोला, 'किरण, एक बात है।'

'क्या?'

'अपने नीचे जो बाहर कोठरी है, वह तो हमारे काम नहीं आती।'

'हाँ, खाली पड़ी है। तो क्या करना है उसका?'

'सोचता था, उस वृद्धा को इसमें···।'

'कौन वृद्धा, हैदरकुलीवाली?'

'हाँ···।'

कैसा अनहोना प्रस्ताव है! वह लाश इस घर में! किरण काँप उठी। बोली, 'कैसी अनहोनी बात करते हैं आप?'

'अनहोनी!'

'हाँ, यह भी क्या संभव है?'

विश्वनाथ ने अब तर्क शुरू किया, 'सोचो तो किरण, यह असंभव कैसे है? एक परमात्मा ने ही तो हम सबको बनाया है। वह विपन्ना है और हम संपन्न। यदि

हमारी संपन्नता उसकी विपन्नता को दूर कर सके, तो इससे प्रभु के दरबार में हमारा मान बढ़ेगा, ऐसा हमारे धर्म-ग्रंथों में लिखा है। भला सोचो तो, जिस देश के ऐश्वर्य की चर्चा जग करता हो, उसी देश में ऐसे हृदयविदारक दृश्य देखने को मिलें, यह कितनी अशोभन बात है!'

किरण बोली, 'अशोभन है, तो विधाता के लिए है। उसने ऐसा विधान बनाया ही क्यों?'

विश्वनाथ हारनेवाला नहीं था। कहने लगा, 'उसने ऐसा विधान हमारी परीक्षा के लिए बनाया है। किरण, मुसलमानों के ग्रंथ की एक बात मुझे याद है। उसमें बताया गया है इस धरती का रहनेवाला मरकर जब परमात्मा के दरबार में पहुँचा, तो उसने कहा, अरे मानव, मैंने तुझसे पानी माँगा था, तूने मुझे नहीं दिया। मानव हत्बुद्धि बोला, प्रभो, ऐसा तो कभी नहीं हुआ। आप कभी मेरे द्वार पर नहीं पधारे। परमात्मा ने उसी गंभीरता से कहा, उस दिन उस आदमी ने तुझसे पानी माँगा था, तूने उसे झिड़क दिया था। वह मैं ही तो था। मैं ही तो सब मानवों में हूँ। तो किरण…।'

किरण बीच में ही बोल उठी, 'तो देने से मैं कब मना करती हूँ? जिस योग्य हम हैं, उतना आप उसे दे सकते हैं।'

'यह मैं जानता हूँ, किरण!'

'तो…।'

'तो यही कि मनुष्य का प्रेम देने से ही प्रकट नहीं होता, किरण! अपनत्व के बिना जीवन की मुक्ति नहीं है। मैं चाहता हूँ कि उसे अपने घर लाकर रखूँ। हम दोनों उसकी सेवा करें।'

'किस-किसकी सेवा करेंगे आप?'

'किरण, यह छुटकारा पाने की भावना है। सेवा की कोई सीमा-रेखा नहीं है। जो जितना कर सके, उतना ही शुभ है।

किरण किसी भी तरह यह बात अपने गले से नहीं उतार पा रही थी। उसके लिए एकदम असंभव प्रस्ताव था। वह पति को दान देने से नहीं रोकती थी। आर्यसमाज के साधु-संन्यासियों को अनेक बार उसने घर बुलाकर खाना खिलाया था। श्रद्धा उसमें बहुत है। पास-पड़ोस के अनेक जन उसकी अनेक बातों के लिए आभारी हैं। सब मुक्तकंठ से इस दंपती के स्नेह, सौहार्द, सज्जनता और विशालहृदयता की प्रशंसा करते हैं। समय-असमय वह किसी भी गिरस्ती में जाने से नहीं डरती। भय और संकोच उसके लिए विदेशी तत्त्व हैं, लेकिन वह भिखारिन वृद्धा… ! यहीं

आकर उसका मन नहीं जमता। सोचने पर कलेजा मुँह को आता है। छि:-छि:, वह भी क्या मानव है! कैसे-कैसे पाप किए होंगे इस अभागिन ने! उन्हीं का ऋण वह ब्याज समेत यहाँ चुका रही है। उसके दर्द से स्वामी दुःखी हैं, यह तो उनका बड़प्पन है; पर सड़क की भिखारिन के लिए इतना पागलपन दिखाना किरण को किसी भी तरह संगत नहीं जान पड़ता। स्वामी के सामने तर्क से वह जीत नहीं सकती, यह वह जानती है। इस क्षण वह यही सोचती है, स्वामी की तरह ढेर सारी पुस्तकें यदि उसने भी पढ़ी होतीं, तो आज वह इनपर अच्छी तरह यह प्रकट कर देती कि दया की एक सीमा है और सीमा-मर्यादा की प्रतिष्ठा करना मनुष्य का कर्तव्य है। किरण को इस तरह विमूढ़ देख विश्वनाथ फिर बोला, 'यदि तुम्हारा मन नहीं है, तो मैं हठ नहीं करूँगा।'

किरण ने देखा कि यह कहकर स्वामी का मुख संध्या के आकाश की तरह शांत हो गया है। उसे पीड़ा हुई। वह बोली, 'मैं उसे यहाँ लाने को मना नहीं करती; पर सोचो तो, पास-पड़ोसवाले क्या कहेंगे?'

विश्वनाथ का मन हठात् खिल उठा। बोला, 'किरण, जो पुण्य है, उसकी आलोचना सदा सुखदायी होती है।'

किरण बेमन की हँसी हँसकर रह गई। विश्वनाथ को मुँहमाँगा वर मिला। वह कृतकृत्य हो उठा। बोला, 'किरण, तुम बहुत सुंदर हो, बहुत···।'

किरण ने सिर हिलाकर उस वक्त इतना ही कहा, 'स्वार्थी कहीं के।'

लेकिन बात इतनी ही नहीं है। हैदरकुली की वृद्धा एक है और उसे देखनेवाले अनेक हैं। और जितने हैं, वे उतनी ही तरह सोचते हैं। कुछ मुँह मोड़कर चले जाते हैं। कुछ उसको लेकर 'काव्यशास्त्रविनोदेन कालो गच्छति धीमताम्' का अर्थ सार्थक करते हैं। जो विधाता को कोसते हैं, वे भी नगण्य नहीं हैं। भाग्यवादी भारत माँ की प्रिय संतान हैं, इसीलिए उनकी संख्या पर कोई अंकुश नहीं है। हाँ, विश्वनाथ संभवत: अपने जैसा एक ही है। जिनकी संख्या एक से आगे नहीं बढ़ सकती, उनमें त्रिलोचन की गिनती भी की जा सकती है। वह अकसर उसी रास्ते से आता-जाता है और बुढ़िया को देखकर घृणा से मुँह नहीं फेर लेता, वरन् कई क्षण रुककर उसे देखता और कहता है, 'यह फोड़े का मवाद है। इसे काटकर फेंक देना चाहिए।' लेकिन फेंके कौन? वह कहता है कि इसे मर जाना चाहिए···पर मौत तो एक नियत समय पर आती है। इसे आत्म-हत्या कर लेनी चाहिए। त्रिलोचन मूर्ख है। जो आत्म-हत्या कर सकते हैं, वे कम-से-कम असमर्थ नहीं होते। तो वह क्या करे? यह जीवन पाप है, मौत से भी बुरा, लेकिन मौत आए कैसे···? ये सब

त्रिलोचन के तर्क हैं, जो सदा उसके मन में उदित होकर उसे पीड़ित करते रहते हैं। वस्तुतः कभी-कभी तो वह वृद्धा के दुःख से इतना पीड़ित नहीं होता, जितना अपने तर्क की विफलता से। इसी विफलता के कारण उद्विग्न होकर, सिर हिलाकर, वह यही कह उठता है, 'कुछ भी हो, उसे मरना चाहिए। उसके जीने से लाभ क्या है? क्या है, जो उसके बिना रुका है? जिनके बाहुबल, बुद्धिबल पर दुनिया टिकी है, वे मर जाते हैं और दुनिया धीरे से आँखों के आँसू पोंछकर उन्हें स्मृतिपट से भी धो देती है। आज जिनकी याद है, वे वास्तव में थे या मानव-बुद्धि की कल्पना से उनका जन्म हुआ है, इसमें सब बुद्धिमानों को शंका है। और फिर, वे वास्तविक हों, तो इतनी पुरानी दुनिया में उनका अनुपात ही कितना है? मनुष्य व्यर्थ ही 'मैं हूँ' के अहंकार में फँसा रहता है।

लेकिन यह तर्क-जाल तो समस्या का हल नहीं है। नाबदान में बिलबिलाते कीड़े उसने देखे हैं। डॉक्टर की दुकान पर ऑपरेशन के बाद की गंदगी उसे याद है। उसका मन उबक-उबक उठता है—छिः, छिः, ऐसा मानव! उसे मर जाना चाहिए।

फिर वही उलझन, मरे कैसे?

सहसा एक दिन घनघोर घटाटोप आकाश में बिजली की तरह एक विचार उसके उत्पीड़ित मस्तिष्क में कौंध उठा—वृद्धा को मैं मारूँगा। हाँ, मैं मारूँगा। उसकी मुक्ति मृत्यु में है। मैं उसे मृत्यु का दान करूँगा। ये सब हृदयहीन हैं, जो उसकी वेदना को बढ़ाने के साधन इकट्ठा करते रहते हैं। जो अत्याचार है, उसी को प्रेम का परम तत्त्व उन्होंने समझ लिया है। अपने बल पर जो जीत नहीं सकता, उसके जीने का अधिकार समाप्त हो जाता है। जो इस प्रकार असमर्थ होकर जीने में योग देते हैं, वे सचमुच पापी हैं। यही तर्क-जाल फैलाकर त्रिलोचन ने निर्णय किया कि वह उस जर्जर बुढ़िया को एक रात चुपके से मार देगा। लेकिन कैसे? गला घोंटकर। वह सहसा काँप उठा। गला घोंटने पर बुढ़िया चीख पड़ेगी और चीख सुनकर कोई आ सकता है, तो?

अब त्रिलोचन के मस्तिष्क में हत्या करने के सभी संभावित साधन आने लगे। बंदूक की गोली से लेकर शेविंग-ब्लेड तक की बात वह सोच गया, लेकिन ये सब दुःखदायी हैं। हाय रे भाग्य! मरने में भी आदमी आराम की बात सोचता है! वह कहता, 'इसमें आराम की क्या बात है? मरना क्या पाप है? वह तो पुण्य से भी पवित्रतर है। दुनिया नहीं समझती, इसीलिए तो उसकी पवित्रता कम नहीं हो जाती। अफीम का विश्वास नहीं। कुचला, छिः, कैसी गंदी चीज है। मोर्फिया...हाँ। मोर्फिया इंजेक्शन ठीक रहेगा।' बस, त्रिलोचन का मन प्रसन्न हो उठा। मरने का

इससे सहज और सुखप्रद साधन और नहीं है। स्वर्ग के सुमधुर स्वप्न देखता-देखता मनुष्य सो जाता है ओर सोता ही रहता है। पृथ्वी पर लौटने का कष्ट उसे नहीं उठाना पड़ता। मनुष्य की बुद्धि कितनी द्रवणशील है!

तो त्रिलोचन ने निश्चय किया कि वह एक रात चुपके से जाकर उस बुढ़िया को इंजेक्शन दे आएगा। उसे मुक्ति मिलेगी। और वह अपनी बात का पक्का निकला। एक गहरी रात में वह सब जरूरी चीजें लेकर वहाँ पहुँचा, जहाँ एक तंग कोठरी में वह बुढ़िया आ पड़ती थी। वहाँ पहुँचकर उसने महसूस किया कि उसका दिल आगेवाली बात को लेकर धक्-धक् करने लगा। हाथ अभी से काँप उठे हैं। पैर मार्ग से परिचित होकर भी निपट अनजान की तरह ऐसी ठोकरें खाते हैं कि अपने-आप ही शराब पीने की शंका होने लगती है।

छिः, यह कायरता है। वह दृढ़ होकर आगे बढ़ता है। आज वह संसार के एक महान् कार्य का संपादन करने चला है, जिसके पूरा होने पर, उसे पूर्ण विश्वास है, भारत के भाग्याकाश पर जो विपत्ति-आपत्ति के बादल छाए हैं, वे निमिष मात्र में छिन्न-भिन्न हो जाएँगे। उसने देखा, सामने कोठरी है। उसमें निपट अंधकार है। आसपास कोई आहट नहीं है। वह धीरे-धीरे चोरों की तरह आगे बढ़ता है। छिः, क्या मैं चोर हूँ? बार-बार यही तर्क उसी का अपना मन उसके सामने प्रस्तुत कर देता है। कुछ भी हो, वह कोठरी में आ गया। दुर्गंध से उसकी नाक सड़ने लगी। किसी तरह एक हाथ से उसे दबाकर वह वहीं बैठ गया और आँखें फाड़-फाड़कर देखने लगा, यह वृद्धा और···और वह···? वह ठिठका। वह क्या है? बाहर बिजली का जो प्रकाश ऊपर दीवार पर पड़ रहा था, वह अब मुखरित हो उठा। त्रिलोचन की दृष्टि वातावरण में रम गई। उसने अचरज से सिहरकर देखा, वृद्धा से सटकर एक लड़की लेटी है। उसके हाथ-पैर सिमटे हैं। वह बुढ़िया में एकाकार होना चाहती है।

किंकर्त्तव्यविमूढ़ त्रिलोचन काँपता-सिहरता बैठा ही रह गया। सहसा द्वार पर खड़खड़ाहट हुई। चौंका हुआ त्रिलोचन और भी चौंक उठा, कौन है? आगंतुक उसी की तरह एक युवक था। शब्द सुनकर वह त्रिलोचन से कम नहीं घबराया। उसकी गाड़ी सहसा दलदल में फँस गई। क्षण भर में उसने देख लिया कि जर्जरित बुढ़िया की बगल में एक बालिका चिपटी है और पास में बैठा है एक युवक।

तब उन दोनों के मुख पर जो भाव आए, उन्हें अंधकार के कारण दोनों ही नहीं देख सके। पहले त्रिलोचन बोला, 'तुम कौन हो?'

'और तुम···?'

क्षण भर दोनों चुप रहे और फिर बात बढ़ाए बिना दोनों ने अपने-अपने आने का उद्देश्य कह सुनाया। दूसरा युवक विश्वनाथ था। त्रिलोचन ने उससे कहा, 'मैं इसे मार डालना चाहता था।'

'फिर मारा क्यों नहीं?'

'क्योंकि अब मारना व्यर्थ है।'

'क्यों?'

'क्योंकि वह अब अकेली नहीं है। उसके पास बालिका है।' विश्वनाथ मुसकरा उठा। फिर बोला, 'लेकिन तुम चाहो, तो दोनों को ले जा सकते हो।'

विश्वनाथ ने धीरे से उत्तर दिया, 'नहीं, दोनों का पालन करना मेरे लिए संभव नहीं।'

'और न मैं ही दोनों को मार सकता हूँ।'

फिर वे दोनों यंत्रवत् बाहर आ गए और दूर तक साथ-साथ चलते रहे। गहरे प्रकाश में आकर दोनों ने एक-दूसरे को देखा। दोनों मुसकराए। त्रिलोचन बोला, 'एक बात मेरे मस्तिष्क में आ रही है।'

विश्वनाथ हँसा, 'मैं जानता हूँ।'

'क्या, बताओ?'

'जो मार्ग हमने पकड़ा था, वह ठीक नहीं था।'

त्रिलोचन संतुष्ट हो बोला, 'बेशक, वह गलत था। एक को मैं मार सकता था, दूसरे को देखकर प्राण काँप गए, लेकिन ढूँढ़ें, तो धरती पर ऐसे जर्जर भाग्यहीन व्यक्ति कम नहीं मिलेंगे। उन सबको कैसे मारा जा सकता है, कैसे भला?'

'ठीक है, त्रिलोचन! मैं भी सोचता हूँ, उन सबको कोई कैसे अपने घर में रख सकता है?'

'तब मैं सोचता हूँ, व्यक्ति समस्या का हल नहीं है। उसका हल ढूँढ़ निकालने के लिए हमें नए सिरे से प्रयत्न करना पड़ेगा।'

'मुझे भी ऐसा ही लग रहा है, त्रिलोचन!'

और फिर वे दोनों बिना बोले अपने-अपने मार्ग पर बढ़ गए। दोनों के मनोरथ विफल हुए थे, पर न जाने क्यों दोनों के मन आह्लाद से भर उठे थे।

□

(सन् १९४६)

शव-यात्रा

संध्या को रमेश देर करके लौटा। रामू के घर उसको लेकर जो कलह उठ खड़ा हुआ था, उसी के शमन के लिए उसे काफी वाद-विवाद करना पड़ा, सो देर हो गई। साथ में रामू और रशीद दोनों थे। उन्हीं की बाट जोहती निशा बैठी थी। उन्हें आया जानकर वह नीचे उतरी और एक तार का लिफाफा रमेश के हाथ में पकड़ाती हुई बोली, 'आपका तार है।'

'मेरा तार?' उमेश बोला।

'तार?' रामू ने दोहराया।

रशीद—'कब आया यह तार?'

निशा—'लगभग दो घंटे बीते, प्यून ने भइया का नाम लेकर पुकारा। बहुत देर तक पुकारता रहा। वह लौट जाता, पर मैं उधर आ गई। पूछकर तार ले लिया।'

'खोलो तो, क्या लिखा है?'

रशीद तब तक तार का लिफाफा लेकर फाड़ चुका था। टाइप के सुंदर अक्षरों से युक्त एक लाइन पीले फार्म पर चिपकी हुई थी। उसी को वह शीघ्रता से पढ़ गया।

रामू—'क्या? मदर क्या?'

रशीद—'तपेश लिखता है—माँ मृत्यु-शय्या पर हैं। आपको देखना चाहती हैं।'

सबने सुन लिया। कोई विशेष दुःख उन्हें हुआ हो, यह किसी के मुख पर प्रकट नहीं हुआ। केवल निशा अपने सजातीय व्यक्ति के प्रति थोड़ा सा करुणार्द्र हो उठी। बोली, 'जाओगे?'

उमेश—'जाऊँगा, निशा।'

निशा—'आपके देश के लिए एक गाड़ी दो घंटे में जाती है। उसी से जाना ठीक रहेगा।'

उमेश—'हाँ, मैं भी यही सोचता हूँ।'

फिर रशीद और रामू की ओर मुड़कर उसने कहा, 'मेरे साथ चलना होगा, भइया।'

रशीद—'चलूँगा, उमेश!'

रामू—'अच्छी बात है। मैं अभी घर जाकर सवेरे का प्रबंध कर आता हूँ।'

रामू चला गया। रशीद अंदर दो थैलों में आवश्क सामान भरने लगा। उसी समय निशा फिर लौटी, बोली—'मैं भी चलूँगी।'

उमेश—'तुम!'

निशा—'हाँ। माँ को देखने को मन करता है। यद्यपि वे मेरे हाथ का भोजन नहीं करती थीं, फिर भी मेरे प्रति उन्हें अपरिमित स्नेह था। जब भी आईं तो मुझे भूली नहीं। तुम्हें सुनकर अचरज होगा, अपने पगले बेटे का भार उन्होंने मुझी पर डाल दिया था।'

कहकर लड़की निशा करुणार्द्र हो उठी। उमेश कुछ नहीं बोला। रशीद ने दोनों थैलों को उठाकर कहा, 'तुम लोगों का हृदय बनाते समय किसी कारण विधाता का हाथ काँप जाने से गारे में पानी अधिक पड़ गया जान पड़ता है। वही आवश्यकता से अधिक पानी तुम्हारी नारी जाति को सदा तंग करता रहता है। हम लोगों के संसर्ग में आकर भी यदि वह पानी नहीं सूख सका तो तुम्हारा जीना व्यर्थ ही होगा।'

निशा व्यंग्य से मुसकरा उठी, फिर बोली, 'जिस काम में विधाता से चूक हो गई है, उसमें मानव कैसे सफल हो सकता है?'

रशीद—'निशा! जिस विधाता की चर्चा हम किया करते हैं, उसका निर्माण हमने ही किया है। तब उससे अधिक सफल रचना करना हमारे लिए कठिन नहीं है।'

निशा—'विधाता ने मानव का निर्माण किया या मानव ने विधाता का, यह विवाद अंतहीन है, पर यदि तुम विधाता से अधिक सफल रचना कर सको तो प्रतिज्ञा करती हूँ⋯।'

रशीद—'ठहरो निशा। प्रतिज्ञा करना बहुत सरल है, परंतु उसे निभाना बड़ा दुष्कर। इसीलिए कहता हूँ कि फिर सोच लो।'

निशा—'तुमने मुझे टोका है। टोकना अपशगुन है। इस अपशगुन का फल

तुम्हें ही भोगना होगा।'

रशीद—'सो कैसे?'

निशा—'क्योंकि मैं तुमसे विवाह करने की प्रतिज्ञा करने वाली थी।'

रशीद—'ओह! यह बात थी, पर तुम भूलती हो निशा। तुमसे विवाह करके मुझे तनिक भी प्रसन्नता नहीं होगी।'

निशा—'(चिढ़ाकर) जैसे तुम कर ही तो सकते हो।'

रशीद हँस पड़ा और इसी समय रामू ने आकर कहा, 'चलो भइया। निशिकांत भी आ गए हैं।'

निशिकांत बोला, 'हाँ भइया! मैं भी चलूँगा। मैंने उन्हें केवल एक बार देखा है, पर लगता है, जैसे जन्म-जन्म का परिचय हो।'

'तो चलो भइया, जन्म-जन्म के परिचय की परंपरा टूट न जाए, इसलिए तुम्हारा चलना बहुत आवश्यक है।' उमेश ने कहा। संसार जिसे विषाद की बेला कहता है, उसी में ये लोग खुलकर हँसे। उसके बाद रात्रि की रेल यात्रा को उसी तरह पूरी करके वे पूर्व की लाली के साथ-साथ दिल्ली के कोलाहलपूर्ण विशाल जंकशन पर उतर पड़े। इस भीड़ को देखकर रशीद के प्राण काँप उठे, बोला, 'उमेश भइया! मृत्यु का भय जितना ऐसी नगरी में है, उतना कहाँ होगा? प्रतिक्षण कुचले जाने का डर है।'

निशिकांत—'रशीद! नगरों में मानव नहीं कुचले जाते।'

रशीद—'तो···।'

निशिकांत—'मानवता! उसी की लाश पर होकर मानव इतनी शीघ्रता से दौड़ता है।'

इसी प्रकार मार्ग की जटिलता को स्वनिर्मित दर्शनशास्त्र की व्याख्या से सरल करते हुए वे प्रसिद्ध व्यापारी श्रीमान् धनेशचंद्र के सुरम्य बंगले के सामने आ खड़े हुए। नौकर उमेश को पहचानते थे, देखकर वे दौड़ पड़े, 'आ गए भइया! माँ आपके लिए ही रुकी हैं।'

फिर समूचे बंगले में कोलाहल व्याप्त हो गया। 'उमेश आए हैं।' 'साथ में कई और लोग हैं।' 'एक लड़की।' 'ये लोग मुसलमान, कृस्तान, हरिजन—सभी मिलकर रहते हैं।' 'उमेश ने इसी बात पर घर का परित्याग कर दिया है।' इत्यादि···।

अंदर जब नारी वर्ग को पता लगा तो उनका रुदन सिसकियों में फूट पड़ा। छोटी भाभी ने आकर उमेश को गले से लगा लिया, फिर बोली, 'निर्मोही ऐसे रूठकर गए कि मौत की छाया में ही लौटे।'

बड़ी भाभी के पति संन्यासी हो गए थे। वे उमेश को देखते ही मूर्छित हो गईं। किसी तरह उन्हें सँभालकर उमेश ने इतना ही कहा, 'भाभी! मैं माँ के पास जाना चाहता हूँ। वे कहाँ हैं?'

भाभी बोलीं, 'माँ उधर हॉल में लेटी हैं। अभी चलोगे। ठहरो तनिक और। यह कौन लड़की है?'

'यह हम लोगों की निशा।'

'तुम लोगों की निशा। हाँ, माँ कई बार जिक्र करती थीं।' और फिर निशा की ओर मुड़कर उन्होंने कहा, 'आओ बेटी। माँ तुम्हें भूली नहीं हैं, कहती थीं, एक बात अच्छी है, देखभाल करने को उन्हें एक छोटी माँ मिल गई है।'

ठीक इसी समय तपेश दौड़ता हुआ आया, 'भइया। आप आ गए। माँ तुम्हारे लिए रुकी हैं। आओ तो⋯।'

उसका कहना सत्य था। उमेश को देखकर माँ मुसकरा उठीं। स्पष्ट, पर धीमे स्वर में उन्होंने कहा, 'उमेश! तुम आए बेटा। और तुम सब लोग, सब⋯।'

मुसकराहट गहरी होते-होते एक दिव्य आभा में परिवर्तित हो गई। उस समय वे विशाल सुसज्जित कमरे के बीचोबीच पलंग पर नरम कोमल तकियों के सुव्यवस्थित व्यूह में लेटी थीं। दूर-समीप के सभी परिजन इधर-उधर बैठे थे। दवा पीना छोड़ चुकी थीं, केवल छोटी टेबल पर चाँदी के कटोरे में गंगाजल रखा था। उसी में से लेकर चाँदी के चम्मच से बूँद-बूँद उनके गले में टपका दिया जाता था। उसी को दिखाकर माँ ने उमेश को संकेत किया। तपेश बोला, 'भइया! माँ तुम्हारे हाथ से गंगाजल माँग रही हैं।'

उमेश ने सहसा अपने साथियों को देखा। रशीद आगे बढ़ आया, 'डालो भइया, माँ के मुख में गंगाजल डालो।'

माँ ने उमेश को देखा। उमेश ने काँपते हाथ से चम्मच में जल लिया और माँ के खुले मुख में धीरे-धीरे एक-एक बूँद टपका दिया। माँ का स्वर खुला, बोलीं, 'मेरे पास बैठो, बेटा। तुम सब बैठो।'

सब पलंग की पट्टी के पास माँ को घेरकर बैठ गए। सबसे आगे उमेश था, उसी के हाथ को किसी तरह थामकर माँ बोलीं, 'तुम आए बेटा। तुमने माँ की लाज रख ली। तुमसे एक बात कहने के लिए मैं रुकी थी⋯।'

यहाँ वे साँस लेने के लिए क्षण भर रुकीं और फिर बोलीं, 'मेरे बेटे, जीते जी तुमसे मन नहीं मिला सकी, पर मरते समय तुम्हें आशीर्वाद देती हूँ, तुम सब अपने उद्देश्य में सफल होओ।'

इतना कहकर उन्होंने बारी-बारी सबका नाम लेकर उनके मस्तक को छुआ। निशा को भी बुलाकर आशीर्वाद दिया। कई क्षण तक उसे सजल नेत्रों से देखती रहीं। करुणार्द्र निशा के मुँह से तब यही अस्पष्ट शब्द निकले, 'माँ! तुम अच्छी हो जाओगी।'

माँ ने हाथ पकड़कर हिलाया, मानो कहती हों, वे अब जाना चाहती हैं और फिर कमरे में सबको देखा। सबको संकेत किया, सब पास आ गए। बड़े भइया धनेश, छोटा तपेश, धनेश के बच्चे, संन्यासी रमेश के बच्चे, सब बहुएँ, आदि अंतिम बार माँ के समीप आ खड़े हुए। सबके बीच में उमेश साथियों सहित एकटक माँ को देख रहा था। माँ मुसकराईं, हाथ उठाकर सबको आशीर्वाद दिया, फिर सहसा आँखें सजल हो उठीं। वाणी से एक अस्पष्ट गहरा शब्द हुआ। सबने सुना, माँ ने अपने सबसे बड़े संन्यासी पुत्र का नाम लेकर पुकारा, 'रमेश···।'

आगे के अस्फुट शब्द वायु में विलीन हो गए। माँ ने एक हिचकी ली। गरदन एक ओर लुढ़क गई। तपेश चीत्कार कर उठा, 'माँ! ओ माँ···।' जो बड़े थे वे आगे बढ़ आए और बोले, 'प्राण मुक्त होने वाले हैं, शरीर को नीचे उतारो, शीघ्रता करो।'

क्षण भर में सबकुछ हो गया। माँ प्राणहीन धरती पर लेटी थीं और कमरा अनेक करुणाविगलित कंठों से उठे चीत्कार से व्याप्त हो गया था। उसे सुनकर पत्थर भी पानी हो सकता था। तब इसमें अचरज क्या, कि उमेश और उसके साथियों को आँसुओं के कारण कुछ दिखाई नहीं पड़ रहा था। रमेश ने किसी तरह अपने को सँभालकर सोचा, क्या इसी दिन के लिए···।

माँ चली गईं लेकिन माँ का शरीर शेष था। उसी को लेकर परिजन, पुरजन व्यग्र हो उठे। नाना जाति के पुरुषों ने आ-आकर एक बार फिर संवेदना का रिहर्सल करना आरंभ कर दिया। नारीजन सदा की भाँति दोनों हाथों से छाती पीट-पीट, किसी सज्ञातनामा कवि के शब्दों को स्वर में बाँधने लगीं। शिशु लोग माँ के दुःख से अधिक इस अद्‌भुत कोलाहल से उत्पन्न भ्रम के कारण विह्वल हो उठे।

इसी चीत्कार के बीच अंदर पुकार उठी, 'बहू। ओ बहू। माँ के कपड़े कहाँ हैं? उन्हें क्या पहनाना होगा?'

बाहर सेठजी से पूछा गया, 'अर्थी कैसी बनेगी?'

'शॉल कौन लाएगा?'

'चंदन-घी कितना यथेष्ठ होगा?'

एक वृद्ध परिजन ने पूछा, 'ओ तपेश, क्रिया कौन करेगा?'

तपेश ने धनेश की ओर देखा। वे गंभीरता से बोले, 'हम लोगों के वंश में आर्यसमाजी चलन है।'

'तब पिंडदान नहीं होगा?'

'नहीं।'

एक सज्जन आए। बोले, 'धनेश! किसी को आर्यसमाज मंदिर भेजा?'

'धनेश! क्या बाजा नहीं बजेगा?'

'धनेश! क्या खाजा और चाँदी के फूल नहीं मँगवाए?'

धनेश व्यस्त, व्यग्र सबको उत्तर दे रहे थे, मानो किसी विवाह का आयोजन हो, अंतर केवल इतना था कि विवाह में जो स्वर फटता है, शोक में वही दब जाता है और इसी व्यस्तता-वेदना के बीच अर्थी तैयार हुई। पुरुष अंदर आए और स्त्रियाँ नारियल लिये पूजा में व्यस्त हो उठीं। ठीक इसी समय इन सब झगड़े से दूर खड़े रमेश ने धनेश को पुकारा, 'भइया!' धनेश ने अचरज से अपने विद्रोही भाई को देखा, दबे स्वर में कहा, 'हाँ।'

'मेरे साथी माँ को कंधा देना चाहें तो कोई दोष तो न होगा?'

'नहीं! लेकिन तुमने ऐसा क्यों पूछा?'

'इसलिए कि यदि कोई दोष हो तो मैं भी दूर रहूँ।'

भइया उबलकर रह गए, कुछ बोले नहीं। अर्थी उठाने का समय आया। एक वृद्ध सज्जन बोले, 'सबसे पहले वे आगे आएँ जो निकटतम संबंधी हैं।' लेकिन जो लोग आगे आए, उनमें उमेश नहीं था। किसी ने पुकारा, 'उमेश, आओ बेटा।'

उमेश कुछ कहता, उससे पहले तपेश ने अपनी ओर के बाँस को ऊँचा उठा दिया। बेबस दूसरे पुरुषों को उसका साथ देना पड़ा। उमेश को लेकर जो वितंडावाद उठने चला था, टल गया। अर्थी आगे चल पड़ी। उमेश भी साथियों सहित सबके साथ सम्मिलत हो गए। गहन नदी की तरंगों की तरह ज्यों-ज्यों दल आगे बढ़ा, त्यों-त्यों अनेक पुरुषों ने दौड़कर कंधे बदले। उमेश ने जब अर्थी को अपने कंधों पर सँभाला तो सहसा एक सिहरन सी सिर से पैर तक दौड़ गई। विधि का विधान ठीक उसी समय रशीद, रामू और निशिकांत माँ को कंधा देने के लिए आगे बढ़े। कुछ दूर तक माँ उन्हीं चारों साथियों के कंधों पर चलती रहीं, जिनका जीते जी उन्होंने सदा विरोध किया, जिनके हाथ का छुआ अन्न ग्रहण करना भी उनके लिए जघन्य पाप था। माँ की आत्मा यदि साथ-साथ चल रही होगी तो उसने इस दृश्य को देखकर क्या सोचा होगा? लेकिन नहीं, आत्मा तो शरीर से पृथक् होकर उस अनंत सागर में विलीन हो जाती है, जिसका न आदि है, न अंत। जो 'ख' अक्षर के

समान मात्रा-शून्य की अभिव्यक्ति है। तो फिर क्यों यह विडंबना, क्यों यह भेद-विभेद? क्यों यह ताड़न-प्रतारण? क्यों यह आसक्ति-अनासक्ति··· ? शव-यात्रा के जुलूस के समान ही विचारों का यह दूसरा दल उमेश के दीखनेवाले छोटे से मस्तिष्क में द्रुत गति से चक्राकार घूमने लगा। घूमता ही चला जाता, यदि उसी समय दो बलिष्ठ हाथ उसे धकेलकर अर्थी को अपने कंधे पर न थाम लेते।

'पर यह है कौन?' उमेश मुड़ा, 'ओ गेरुए वस्त्र। संन्यासी··· ।' कंपायमान शरीर की कौतूहलपूर्ण आँखें ऊपर उठीं। संन्यासी की दृष्टि धरती पर टिकी थीं, पर वह चिर-परिचित मुद्रा भुलाई जा सकती है? विद्रोही उमेश, सहसा सहज-स्वाभाविक स्वर में बोल उठा, 'भइया! बड़े भइया!' और फिर आकाश के धूमकेतु के समान मृत माँ के सबसे बड़े संन्यासी···पुत्र ने शव-यात्रा को आक्रांत कर दिया, मानो नदी में किसी ने पत्थर धकेल दिया हो। 'कौन? वह गेरुआ वस्त्रधारी कौन है?'

'रमेश चंद्र।'

'रमेश चंद्र कौन?'

'इन लोगों के बड़े भइया। एक दिन पुत्र-पत्नी सबकुछ त्यागकर संन्यासी बन गए थे।'

'आज कैसे लौटे?'

'कैसे पता लगा उन्हें?'

'अरे संन्यासी हैं, घट-घट की जानते हैं।'

और इसी तरह बातें करते-करते सब लोग अनायास ही एक-दूसरे को आगे धकेलते हुए आगे बढ़ने लगे, लेकिन यात्रा में कुछ कुल-वृद्ध पुरुष भी थे। उन्होंने क्रोध से काँपते हुए कहा, 'यह मर्यादा उल्लंघन है, इसलिए पाप है।'

धनेश, भइया से अप्रसन्न थे। आर्यसमाजी होकर भी उन्होंने कुल-वृद्धों का साथ दिया। यात्रा सहसा विपत्ति की पर्वत-शृंखला के सामने आ जाने से रुक गई। पाश्चात्य प्रणाली के जो उपासक थे, उन्होंने कहा, 'यह क्या गोलमाल है जी। आगे बढ़ो।'

कुल-वृद्धों का दल अपर्याप्त नहीं था। उन्होंने घोषणा की, 'संन्यासी शव को नहीं छू सकता।'

इधर पाश्चात्य वर्ग के साथ सुधारक दल भी मिल गया, 'क्या पाखंड है! यह बीसवीं शताब्दी है। और फिर, तुम लोगों के स्वामी शंकराचार्यजी ने भी तो अपनी माँ का दाह-संस्कार स्वयं किया था?'

स्वयं संन्यासी ने कहा, 'जिस दिन मैंने संन्यास लिया था, उस दिन जो मेरी

धारणा थी वह आज की नहीं है। आज मैं सोचता हूँ कि निवृत्ति त्याग में नहीं है, अपितु अपने को व्यापक बनाने में है। इसलिए संन्यास का अर्थ संसार का त्याग नहीं है, परंतु संसार में लय हो जाना है, क्षुद्र से विशाल बनना है।'

किसी ने व्यंग्य किया, 'तब तो तुम्हारे मत में परित्यक्ता पत्नी को ग्रहण करना भी उचित है?'

'कोई साहसी ऐसा कर सकता है तो अनुचित कुछ भी नहीं है।'

'पापिष्ठ! दुराचारी…।'

धनेश! यह क्या कांड है। हम यह नहीं देख सकते। हम जाते हैं। धनेश की बुद्धि आसक्त थी। बुद्ध संन्यासी के सामने आकर उन्होंने तीखे स्वर में कहा, 'जब तक माँ जीती रहीं, तुमने संन्यासी बनकर उन्हें क्लेश दिया। अब मरने पर संन्यास धर्म की अवहेलना करके उनका परलोक भी बिगाड़ना चाहते हो…।'

संन्यासी ने सिर झुका लिया और फिर बिना बोले द्रुतगति से जिधर से आए थे, उधर ही विलुप्त हो गए। बाधा दूर हो जाने पर शव-यात्रा फिर आरंभ हो गई। केवल चार व्यक्ति चुपचाप पीछे रह गए—उमेश, रामू, रशीद और निशिकांत।

तपेश ने उन्हें देखा। उसका हृदय टूक-टूक हो रहा था। उसके जी में उठा, वह दौड़कर भइया के चरण पकड़ ले और कहे, तुम भी चल दिए। माँ ने मरते-मरते तुमसे तो क्षमा माँग ली थी, भइया। तुम मत जाओ। पर न जाने किस अदृष्ट ने उसे पकड़ रखा। भग्न हृदय बेबस, वह बिना मुड़े शव के साथ चलता रहा।

☐

(सन् १९४६)

पड़ोसी

निशिकांत कुछ देर सूनी सड़क पर चलता रहा, फिर एक गली में मुड़ गया। तब तक चाँद निकल आया था और उसकी धुँधली, पर शांत रोशनी धरती के दर्द को दूर करने के लिए धीरे-धीरे नीचे उतर रही थी। उसका मन फिर दुःख से भरने लगा, उसने अपनी चाल तेज की, लेकिन उसी वक्त यकायक बड़े जोर से काँप उठा। दिल धक्-धक् करने लगा, किसी ने पीछे से उसके कंधे पर हाथ रख दिया था। उसने सोचा, पुलिस है। और वह मशीन की तरह मुड़ा, देखा—गोपाल था।

जान में जान आई, मुसकराकर कहा, 'तुम हो?'

गोपाल भी मुसकराया, 'और तुम क्या समझे थे?'

'पुलिस।'

दोनों हँसे! गोपाल बोला, 'देखते हो, कितना सन्नाटा है?'

'देख रहा हूँ।'

'जैसे हम मर चुके हैं, मरघट में भी इतनी शांति नहीं होती।'

'तुम समझते हो कि हम जीते हैं?'

'दुनिया ऐसा ही समझती है।'

'दुनिया सदा अंधी रही है, गोपाल भइया! जिसने जीना चाहा है, उसी को उसने मारा है।'

गोपाल फिर हँसा। जवाब उसने कुछ नहीं दिया। पूछा, 'कहाँ जा रहे हो?'

'बाबू मोहन किशन के घर।'

'इस समय?'

'क्यों?'

'क्योंकि वे लोग बहुत दुःखी हैं और उनके पास कोई आदमी नहीं है।'

निशिकांत ने कहा, 'तभी तो मैं समझता हूँ कि मुझे अभी जाना चाहिए।'

गोपाल बोला, 'यह बात नहीं है। वह अब हेडमास्टर के घर ठहरी हैं। बोर्डिंग हाउस से उन्हें उसी वक्त ले आए थे।'

निशिकांत का मन सोच में पड़ गया। उसे लगा कि बात ठीक है। वह बहुत दुःखी है। बात करने के लिए कोई आदमी नहीं है और फिर वह कहेगा भी क्या? जाकर बुत की तरह बैठ जाएगा। ऐसे नाजुक अवसर पर उसे बोलना नहीं आता। तब तो यह ऐसी बात होगी, जैसे बेगार टालना। इसके अलावा रात का सन्नाटा, पुलिस का डर···।

लेकिन तभी उसने सोचा इनसानियत का तकाजा···।

बस, उसने कहा, 'गोपाल भइया! कुछ भी हो, मुझे एक बार वहाँ जाना ही होगा। और मैं कहता हूँ कि तुम भी चलो।'

'मैं?'

'हाँ! बेचारे परदेसी हैं। दो को देखकर ढाढ़स होगा।'

'तो चलो निशिकांत! बेचारों के साथ बहुत बुरा हुआ।'

'हाँ, इससे ज्यादा क्या होता।'

'हाँ, और क्या होता? दुनिया मिट गई उनकी।'

'लेकिन अचरज, उन्होंने माँजी और भाभी को नहीं मारा।'

गोपाल बोला, 'तब वह वहाँ नहीं थीं। शहर में किसी के घर गई थीं। उन्होंने तो लौटकर लाश ही देखी।'

'ओफ! तब उनका क्या हाल हुआ होगा?'

'वही, जो होता है। बस, वह मर न सकीं। मुझे तो सोचकर भी कँपकँपी आती है। घंटों वह उस लाश के पास बैठी रहीं। और कोई भी नहीं था, जिसे वह अपने घाव दिखातीं। हम लोग तो बहुत देर में पहुँचे। मैंने देखा कि उनकी पत्नी बेहोश पड़ी थी और माँ पागल सी आसमान की तरफ ताक रही थीं। हमें देखकर उन्होंने जो गुहार मचाई, उसने कलेजे को टुकड़े-टुकड़े कर दिया। सब जार-जार रो उठे। कांग्रेसी हूँ, पर दिल की बात कहता हूँ, उस वक्त मुझे ऐसा लगा, जैसे अभी जाकर सभी मुसलमानों को जान से मार डालूँ। उनकी आँखों के सामने उनके बेटों की, उनकी बीवियों के सामने उनके मालिकों की बोटी-बोटी काट डालूँ और पूछूँ, अब बताओ, कैसा लगता है?'

निशिकांत के मन में भी गहरा तरस और गहरी नफरत भर उठी। निहायत

तलखी से बोला, 'बेशक ऐसे लोग बड़े नीच और गिरे हुए होते हैं!'

'गुंडे, कमीने, बदमाश...!'

'हाँ, उन्हें तालीम ही ऐसी मिलती है। बचपन से बकरे की कुरबानी करते-करते इनसान की कुरबानी करने में जरा भी नहीं झिझकते। उनकी आदत में ही हैवानियत भर दी जाती है। और एक हिंदू का कलेजा खून की चंद बूँदें देखते ही मुँह को आ जाता है।'

गोपाल बोला, 'पर अब वह बात नहीं रही है, निशिकांत बाबू! अब तो हिंदू भी कट्टर और कड़े हो चले हैं। और कब तक न होते।'

'हाँ,' निशिकांत ने कहा, 'कब तक न होते...और मैं कहता हूँ, जिस दिन यह कौम उन्हीं की तरह ताकतवर हो जाएगी, उस दिन दंगे न होंगे। दंगों की वजह ही यह ताकत की कमी है।'

गोपाल ने वाक्य को ठीक किया, 'ताकत नहीं, हिम्मत।'

'हाँ,' निशिकांत ने कहा, 'मेरा मतलब हिम्मत से ही है और...।' जरा रुककर उसने कहा, 'और भइया! हिम्मत भी क्या! निरा गुंडापन है। सामने आकर वह कभी नहीं लड़ते।'

'कभी नहीं।'

'तो फिर?'

'तो फिर यही कि हमें भी उन्हीं की तरह बदमाश बनना चाहिए।'

'हाँ! अगर हिंदू जीना चाहते हैं तो बदमाश बनना ही होगा।'

धीरे-धीरे वे दोनों जोश में आ रहे थे। ऐसा लग रहा था कि सारी हिंदू जाति की ताकत उन्हीं के शरीर में भर चली थी। उनके दिल में दर्द, पीड़ा, टीस जो कुछ भी था, उन सबको पीसकर नफरत ऊपर आ गई थी और उस वक्त उनके लिए हर मुसलमान जुल्म-सितम की तसवीर बन गया था। वह गुस्से में बोल रहे थे और न जाने कब तक बोलते रहते, लेकिन घर पास आ गया था, इसीलिए उन्हें चुप हो जाना पड़ा। निशिकांत ने चौंककर देखा, किवाड़ बंद हो गए हैं। थपथपाकर पुरानी आदत के अनुसार पुकारा, 'भाभी!'

कोई नहीं बोला।

गोपाल ने कहा, 'शायद सो गए।'

निशिकांत ने फिर पुकारा, 'भाभी!'

किवाड़ों के सुराखों में रोशनी झलकी। गोपाल बोला, 'अब कोई आया है।' आनेवाला दस-बारह बरस का बालक था, उनका नौकर। हाथ में लालटेन

लिये उसने कहा, 'कौन है?' और फिर निशिकांत को देखकर वह बोला, 'मास्टरजी!'

'हाँ···।'

वह लौट गया, फिर गहरी तारीकी, फिर घुमड़-घुमड़कर आता हुआ सन्नाटा, दो पल बीते, नौकर ने लौटकर कहा, 'आइए जी।'

तब वह काँपने लगे थे। उनके दिल धक्-धक् कर उठे थे। धीरे-धीरे जैसे मरघट में चल रहे हों, जैसे सदा-सदा के सोनेवालों की नींद न उचट जाए, इस तरह अंदर आकर उन्होंने देखा, सामने ओसारे में कई छाया मूर्तियाँ लंबे साए की तरह इधर-उधर बिखरी पड़ी हैं। वहीं से एकाएक दिल को चीर देनेवाली दर्द भरी आवाज उठी, 'मास्टरजी, मास्टरजी, मेरा बच्चा, मेरा लाल···कहाँ गया वह···!'

मास्टरजी रोओ अब···निशिकांत दिल का बड़ा कच्चा है। उसकी आँखें भर आईं, लेकिन गोपाल ने गहरी हमदर्दी से भरकर दिलेरी से कहा, 'माँजी! तुम्हारा बेटा शहीद हुआ है। शहीदों के लिए रोया नहीं जाता।'

लेकिन माँ का दिल शहादत को क्या जाने? वह तो उसी तरह टूटे दिल से पुकारती रहीं, 'हाय मेरे बच्चे···मेरे लाल!' उनका गला रोते-रोते बैठ गया था। वह बहुत भारी और भयानक हो उठा था। सुनकर कँपकँपी आती थी और दिल फटने लगता था। निशिकांत को ढूँढ़े लफ्ज नहीं मिले। वह बुत की तरह खड़ा रहा और माँजी सिसक-सिसककर रोती रहीं।

और उसकी भाभी···।

उसने आँखें फाड़-फाड़कर देखा। उन्हीं तसवीरों के बीच में एक तरफ दीवार से सटी वह बैठी थी। उसने दोनों हाथों से मुँह ढाँप लिया था और उसकी साँस बड़ी जल्दी-जल्दी और तेजी से उठती थी, पर छाती से बाहर निकलने का रास्ता भूल चुकी थी, इसीलिए वह बुरी तरह तड़प उठी थी।

निशिकांत ने पागलों की तरह सोचा, क्या कहूँ? इनसे क्या कहूँ?

उसका दिल टूट रहा था, लेकिन उसे बोलना चाहिए···बोल निशिकांत, बोल! तेरे एक शब्द की आज बहुत बड़ी कीमत है। दो टूटे हुए, दुःखी और दर्द भरे दिल तेरी तरफ बड़ी आशा से देख रहे हैं। उनके दुःख का भार हलका कर···।

लेकिन क्या बोलूँ···?

बोल तो। कुछ भी बोल···।

वह नहीं बोल सका। गोपाल बोला, 'माँजी! आपको सब्र करना चाहिए। बहू किसका मुँह देखेगी··· ?'

'हाय, वह मर क्यों न गई! क्यों उन्होंने मुझे और उसे मार न डाला! हाय भगवान्, मैं क्यों वहाँ से चली गई···!'

अब कहीं निशिकांत की आवाज फूटी। कहा, 'माँजी! भगवान् की माया कौन जानता है? वह ऐसा ही चाहते थे। आप होतीं भी तो क्या कर लेतीं?'

गोपाल बोला, 'हाँ, क्या करतीं?

'करती क्या मास्टरजी! उससे कहती, तुम मुझे मार डालो, पर उसे छोड़ दो। हाय! मैं अब क्या करूँ? कहाँ जाऊँ? मेरा सुरग एक छिन में नरक कैसे बन गया? मैंने भगवान् का क्या बिगाड़ा था··· ?'

आवाज टूट-टूटकर आ रही थी, पर हर टुकड़े में दर्द की, टीस की और तड़पन की पूरी-पूरी तसवीर मौजूद थी। निशिकांत ने सोचा, शायद भगवान् सबकुछ सुन रहे हैं। वह अंतर्यामी हैं।

सवाल उठा, भगवान् क्या हैं?

भगवान् हों या न हों, पर यह सब बुजदिली है। क्यों यह रोते हैं? क्यों यह सन्नाटा छाया हुआ है··· ?

गोपाल फिर बोल उठा, 'माँजी जो हुआ, उसका अब क्या किया जा सकता है? मौत सबको लिखी है। सब्र कीजिए। आपके लिए हम जो कुछ भी कर सकते हैं, करेंगे।'

निशिकांत ने सोचा, हम यानी गोपाल और निशिकांत! वह खुश हुआ और फिर यकायक शर्म और ग्लानि से भर उठा, हाय! मैं गोपाल की तरह क्यों नहीं बोल पाता? मुझे शब्द क्यों नहीं मिलते?

माँजी कह रही थीं, 'क्या बताऊँ बेटे! कुछ नहीं सूझता!'

यकायक निशिकांत बोल उठा, 'आप कहें तो मैं यहीं सो सकता हूँ।'

मन ने कहा—मूर्ख! इतनी देर में क्या बात कही है?

गोपाल बोला, 'हाँ! मैं भी सो सकता हूँ।'

इस बात का जवाब दिया एक और नारी ने। बोली, 'नहीं, नहीं, सोने के लिए हम हैं। आप तकलीफ न करें।'

गोपाल ने कहा, 'बड़ी अच्छी बात है। हमें भी अपना ही समझिए।'

निशिकांत बोला, 'तो माँजी! मैं सवेरे आऊँगा और जो कुछ···।'

माँजी ने कुछ जवाब नहीं दिया। वह रोती रहीं, सो रोती रहीं। फिर सन्नाटा

छा गया। निशिकांत का मन बिगड़ उठा, छि:! कैसी है यह जड़ता। क्या हुआ, यदि मोहन मर गया? दुनिया उसी तरह चल रही है। धरती घूम रही है, तारे मुसकरा रहे हैं, चंद्रमा हँस रहा है, रात गहरी हो रही है, फिर सवेरा होगा। सुबह की लाली और सूरज आँख मिचौनी का खेल शुरू करेंगे, फिर···। मन ने कहा, मूर्ख! सबकुछ होगा लेकिन माँ को उसका बेटा नहीं मिलेगा और बीवी को उसका प्यारा शौहर···।

मिल सकता है।

मूर्ख, कमीने, पाजी! ऐसे वक्त इस तरह की बात सोचता है।

निशिकांत ने गरदन को जोर से झटका दिया और खुद अपने को अचरज में डालता हुआ बोल उठा, 'मोहन को लोग कितना प्यार करते थे?'

गोपाल ने कहा, 'हाँ! वह था भी प्यार करने लायक। मुसलमान भी उसे प्यार करते थे।'

'और मुसलमानों ने ही उसे मार डाला।'

'इसलिए नहीं कि वह प्यारा था, बल्कि इसलिए कि वह हिंदू था।'

निशिकांत संजीदा होकर बोला, 'हाँ! वह हिंदू था और वह मुसलमान थे। आज की दुनिया में हिंदू है, मुसलमान है, सिख, पारसी, ईसाई, सब हैं, पर है नहीं तो इनसान कहीं नहीं है।'

'हाँ! इनसान कहीं भी नहीं है।'

ठीक उसी समय पास के जीने पर खटखट हुई। एक अधेड़ सज्जन धीरे-धीरे नीचे उतर आए। उनका सर गंजा था, इसलिए पेशानी बहुत चौड़ी मालूम हो रही थी। उनकी आँखों में बरसों का गहरा तजरबा चमक रहा था। वह पाजामा और कमीज पहने थे और वह बेहद गंभीर थे। उन्होंने निशिकांत के पास बैठते हुए कहा, 'मेरे प्यारे दोस्त! इनसान कहीं भी नहीं हैं, ऐसी बात नहीं। बेशक वे कम हैं, पर अच्छी बात हमेशा कम ही होती है।'

'जी हाँ।'

'देखिए मोहन बाबू की मौत! मैं समझता हूँ, दुनिया में इससे बढ़कर कमीना और बुजदिलाना काम और नहीं हो सकता, पर उसकी कुदरत! इस तारीकी में भी रोशनी चमक उठी!'

वे दोनों चौंके, पर गोपाल बोला, 'जी हाँ! उसकी माया है।'

'जी हाँ! देखिए पचास आदमियों ने चढ़कर उस बेगुनाह फरिश्ता तबीयत को जान से मार डाला, सिर्फ इसलिए कि वह उनके धर्म का नहीं था, लेकिन उन्हीं

की जात और उन्हीं के मजहब का एक और इनसान था, जिसने मोहन को बचाने के लिए जान-बूझकर अपनी जान खतरे में डाल दी।'

गोपाल और निशिकांत और भी अचकचाए, 'सच?'

'जी हाँ! जब उन बहकाए हुए दीवानों ने उसे घेरकर मार डालना चाहा, उसकी एक बात भी उन्होंने नहीं सुनी, तभी उसका पड़ोसी एक मुसलमान कुंजड़ा भागा हुआ आया···।'

'मुसलमान कुंजड़ा?'

'जी हाँ! मुसलमान कुंजड़ा। वह भागा हुआ आया और बोला—अरे क्या करते हो? क्या करते हो?

जवाब मिला—हिंदुओं ने एक मुसलमान को मारा है, हम एक हिंदू को मारेंगे।

नहीं, हम दस हिंदुओं को मारेंगे।

वह बोला—लेकिन इसने किसी को नहीं मारा। यह हमें प्यार करता है।

वह हँसे—हम कुछ नहीं जानते। हम हिंदू चाहते हैं और यह हिंदू है।

और इधर वह उसे मारने को झपटे, वह उधर उसके ऊपर जा गिरा।'

'मोहन बाबू के ऊपर?'

'जी हाँ! मोहन बाबू के ऊपर, और तब तक नहीं हटा, जब तक उन दीवानों ने उसे खींचकर एक कोठरी में बंद नहीं कर दिया।'

निशिकांत के दिल में उस गरीब कुंजड़े के लिए गहरी श्रद्धा उमड़ पड़ी। उसने गद्गद होकर कहा, 'कैसी अजीब बात है!'

'जी हाँ! उसकी कुदरत है। पत्थर के पेट से उसने पानी को रास्ता दिया है। लेकिन वह बात है···न जाने कब की करनी सामने आ गई। ऐसा प्यारा, ऐसा भोला इनसान और उसका यह अंजाम···कुछ सोचते नहीं बनता। ओ भगवान, ओ प्रभु! तेरी माया तू ही जानता है। तूने जो किया, ठीक किया···बाबूजी! जब उसकी याद आती है, दिल फट जाता है, लेकिन किया क्या जा सकता है।'

'वह बात है···और देखो! जब वह उसे मारकर चले गए तो उस कुंजड़े ने शोर मचाकर अपने को बाहर निकाला और तब तक लाश की रखवाली करता रहा, जब तक हम लोग वहाँ नहीं पहुँच गए। वह हमारे पैरों पर गिर पड़ा। वह जोर-जोर से रो रहा था। उसने किसी तरह इतना ही कहा—मैं इन्हें न बचा सका। मैं पड़ोसी का हक अदा न कर सका···!'

और आगे वह संजीदा अधेड़ सज्जन एकदम चुप हो गए। आँसुओं से

उनका गला रुँध गया था।

निशिकांत और गोपाल भी दोनों बेतरह कातर हो उठे। उन्हें कुछ सूझ न पड़ा, पर चाँद उसी तरह हँस रहा था। रात उसी तरह गहरी हो रही थी और माँ उसी तरह फफक-फफककर रो रही थी, 'मेरे बच्चे···मेरे लाल···!'

□

(सन् १९४६)

अभाव

ज्यों-ज्यों प्रोफेसर वर्मा की तृष्णा बढ़ती, त्यों-त्यों अभाव की रेखा भी गहरी होती। रसवादी प्रोफेसर और रस-सागर के बीच एक अभेद्य दीवार थी, जिसके पार वे रस के लहराते समुद्र को देख तो सकते थे, पर उस तक पहुँचना असंभव था। इसी कारण अनजाने ही एक नई प्रवृत्ति उनके भीतर जन्म ले रही थी, वे पास-पड़ोस के तथा संपर्क में आनेवाले प्रत्येक व्यक्ति का सूक्ष्म अध्ययन करने लगे थे। हर आदमी के साथ सुख-दुःख लगा रहता है, परंतु जैसे ही वे किसी के दुःख को खोज निकालते, उनका हृदय अनायास ही उल्लास से भर उठता; परंतु दुनिया तो विचित्र है। कभी-कभी ऐसा होता कि प्रोफेसर किसी व्यक्ति में जरा सा भी दुःख न ढूँढ़ पाते। तब उसको हँसते देखकर उनकी छाती में हूक उठने लगती और वे दीर्घ निःश्वास खींचकर कहते, 'आह! कितना सुखी मनुष्य है।'

बात यह है कि अभी-अभी उनके पड़ोस में एक नया परिवार आ बसा है। केवल दो प्राणी—पति और पत्नी। दोनों सुंदर, सुसंस्कृत और मधुरभाषी। सदा हँसते रहते और जब किसी से बोलते, तो दादी की कहानी की राजकुमारी की तरह मुख से फूल झरते। देखते-देखते वे पड़ोस की चर्चा का विषय बन गए। हर एक गोष्ठी में, चाहे वह पुरुष-वर्ग की हो अथवा नारी-वर्ग की, उनकी सज्जनता, विनम्रता और विद्वत्ता की चर्चा बड़ी श्रद्धा से की जाने लगी और सबको उनके सुखी जीवन से ईर्ष्या हो आई। स्त्रियों की सभा में उनकी पत्नी की विशेष सराहना की जाती। युवतियाँ कहतीं, 'कैसा सुंदर है; गोरा-गोरा रंग, सुआ सी नाक, काली-कजरारी आँखें और स्वस्थ सुडौल शरीर। जी करता है, बैठ-बैठे देखा करें। और हमेशा हँसते ही रहे हैं।'

'हाँ बहन! हमेशा हँसते ही रहे हैं, जैसे फूल झड़ते हों। और बोली कितनी मीठी है! जाते-जाते पूछ लेगी—कहो बहनजी! क्या बना रही हो?...अजी बहनजी, हमें भी दिखा दो, क्या बुन रही हो!...ओहो, बड़ा सुंदर हाथ है तुम्हारा।...ऐसे ही सबका मन बढ़ाती रहती है।'

'और बहन! एक बार पूछो तो दस बार बतावे है। फिर-फिरकर समझावे है। इस तरह बतावे है कि बस, मन में उतरता चला जा है। उसपर सिफत यह है कि ज्यादा बात भी नहीं करे।'

एक साथ कई युवतियाँ उनकी हाँ में हाँ मिलातीं। एक कहती, 'सो तो है ही बहन।'

दूसरी बोलती, 'हाँ जी! बड़ी भली है, परमात्मा उसे सुखी रखे।' तीसरी कहती, 'जी करे है बहन कि सदा उसके साथ रहूँ।'

इसपर एक कहकहा लगता। कोई मनचली कह उठती, 'दुर पगली! उसका मालिक क्या तेरी जान को रोवेगा?'

जब हँसी रुकती तो बूढ़ी दादी बोल उठती, 'बहू, मुझे तो उसकी एक बात बड़ी प्यारी लगे है।'

'क्या जी?'

'बस, हमेशा काम करती रहे है और सब काम करे है। नहीं तो नए जमाने की लुगाई क्या ऐसी हो है। बाजार जा है, मगर क्या मजाल, जो कभी पत्ता चाटे। सीधे जा है और सौदा लेकर लौट आवे है। घर में बुहारी-झाड़ू, चौका-बासन आप करे। काते भी है। कहवे थी, माँजी! कातना मुझे बड़ा प्यारा लगे है। घर्र-घर्र में तो जैसे भगवान् गावे हैं। मोहिनी सी छा जावे है। चक्की भी पीसे है।'

बहू ने अचरज से कहा, 'जी, क्या सच!'

'और क्या, झूठ कहू हूँ! तेरी तरह ना है। दो हरफ पढ़े और मेमसाब सेज पर जा सोई। और उसे क्या कम सुख है। मालिक पलकों पर रखे है। दोनों जून दोनों जने हवाखोरी को जा हैं, जैसे सीता-राम की जोड़ी हो।'

दूसरी बहू कहती, 'पर माँजी, एक बात है; अभी उसकी गोद सूनी है। उमर तो उसकी काफी हो गई।'

माँजी जवाब देतीं, 'बहू, देखने में तो लौंडिया सी लगे है। दिन आएँगे तो गोद भी भरेगी। आजकल बच्चे जरा बड़ी उमर में हो हैं।'

इस तरह जहाँ भी दो औरतें मिलतीं, घर में, मेले-ठेले, हाट-बाजार में, शादी-गमी में, वहीं उनकी चर्चा आपसे-आप अनजाने ही चल पड़ती। प्रोफेसर

वर्मा की पत्नी भी सब बातें सुनती है। वह स्वयं उसकी बड़ी प्रशंसक है, क्योंकि अपनी आँखों से अपनी छत से सबकुछ देखती है। उनकी छत मिलती है। जब प्रोफेसर की पत्नी ऊपर आती, तो कभी-कभी पड़ोसिन से दो बातें कर लेती, पर अभी वे बातें बहुत आगे नहीं बढ़ी हैं। एक तो प्रोफेसर की पत्नी बातें कम करती है और करती है तो साधारण औरतों की बातों में उसे ज्यादा दिलचस्पी नहीं है। लड़ाई है, लड़ाई की वजह से जीना दूभर हो गया है। महँगाई बढ़ रही है, और महँगाई छोड़िए, पैसा है, पर चीज नहीं है। खरीज का न जाने क्या हुआ? दियासलाई, मिट्टी का तेल, चीनी, मसाले, इन सबके अभाव में गिरस्ती बस जंजाल बन गई है।

पड़ोसिन मुसकराकर कहती, 'बहन, यह तो जीवन का एक रस है। अभाव न हो तो भाव को कौन पूछे? अपनी असलियत का पता आदमी को ऐसे ही चलता है।'

प्रोफेसर की पत्नी भी अनायास मुसकरा उठती, 'सो तो तुम ठीक कहती हो बहन, पर जी को दुःख तो होता ही है।'

'दुःख तो बहन, मानने का है। मानो तो दुःख का अंत नहीं है और मानो तो मौत भी सुखदायी है।'

और फिर प्रोफेसर की पत्नी की ओर देखती और हँसकर कहती, 'पर बहन, दुनिया में रहकर इस मानता से कौन बचा है? वे कहते थे कि दुःख सभी को होता है। पर हाँ, दुःख मानकर भी जो उसे सहने की शक्ति रखते हैं, उनके लिए दुःख भी सुख हो जाता है।'

प्रोफेसर की पत्नी उसके पति की विद्वत्तापूर्ण युक्ति का जवाब देती और बात एकदम रुक जाती। कभी बेबी रो उठती, कभी प्रोफेसर पुकार लेते। प्रोफेसर को यह सब पसंद नहीं है। पत्नी जब-जब उसकी प्रशंसा करती, वे अनमने से हो उठते। कभी-कभी तो चिनचिना पड़ते, 'छोड़ो जी उसकी बातें, बनती है।' पर पत्नी को ऐसी कोई बात नहीं दिखाई पड़ती। फिर भी वह सोचा करती—शायद ये सच कहते हैं, वरना कोई इतना खुश कैसे रह सकता है? मैं उससे मेल बढ़ाऊँगी। तब उसकी असलियत का पता चलेगा।

मेल बढ़ाने का एक मौका अचानक दूसरे ही दिन आ गया। यद्यपि उसका आरंभ दुःखमय था, पर इसीलिए वह स्थायी था। बात यह है कि माँ की तरह बेटी भी अकसर मुँडेर पर चढ़कर उनके घर में झाँका करती है। ठीक मुँडेर पर पीपल के दरख्त की कुछ शाखाएँ झुक आई हैं। अकसर वह उन्हें तोड़ने लगती है। उस दिन

वह जैसे ही उन्हें तोड़ने को उठी, पैर रपट गया और वह धम्म से नीचे आ गिरी। चीख निकल गई। प्रोफेसर की पत्नी नीचे थी, वह हड़बड़ाकर दौड़ी। देखा, बेबी बुरी तरह रो रही है और उसका चेहरा खून से भरा हुआ है। उसका दिल धक् से रह गया, 'हाय! यह क्या हुआ? बेबी, बेबी!'

बेबी धीरे-धीरे संज्ञा खोने लगी और उसे सँभालती-सँभालती माँ खुद पागल हो चली, पर ठीक इसी समय मुँडेर के पीछे एक मुसकराता हुआ चिर-परिचित चेहरा ऊपर उठा। हाथ में शीशी और डिब्बा है। उसे मुँडेर पर टिकाकर वह ऊपर चढ़ी और फिर फुर्ती से इधर कूद आई। दूसरे क्षण बेबी उसकी गोद में थी। रूई से माथे का रक्त पोंछती-पोंछती वह बोली, 'जल्दी से दूध तो ले आओ। न हो तो निरी ब्रांडी ही दे दूँगी।'

प्रोफेसर की पत्नी ने कृतज्ञ होकर कहा, 'दूध है, अभी लाती हूँ।'

'और चम्मच भी।'

'जी।'

पत्नी गई और वह खून पोंछती रही। माथे पर दाहिनी ओर गहरा घाव बन गया है। उसे 'डीटॉल' से साफ किया और धीरे-धीरे उसमें पाउडर भर दिया। फिर पट्टी बाँधने लगी। बेबी पूरी तरह होश में नहीं है। जब दूध में ब्रांडी मिलाकर चम्मच से उसे पिलाई तो उसने आँखें खोलीं। सुंदर गुलाबी चेहरा सफेद चिट्ट पड़ गया। वह मुसकराई और बोली, 'बस बेबी! घबरा गई। अरे शेर तो न जाने कितनी बार कूदते हैं।'

बेबी आँखें खोले देखती रही। न हँसी, न रोई, न बोली। प्रोफेसर की पत्नी की आँखें फिर-फिर कृतज्ञता से भर आईं। बोली, 'आपने···।'

'अरे छोड़िए भी! बेबी को डॉक्टर के पास ले जाना होगा। प्रोफेसर साहब आएँ तो कह दीजिए, और देखिए, बेबी को लेटाए रखना चाहिए। जख्म गहरा है।'

तभी जीने पर खटखट हुई। प्रोफेसर कॉलेज से लौट आए। पड़ोसिन ने सामान सँभाला और अपने घर लौट चली। जाते-जाते फिर कहा, 'ब्रांडी छोड़े जाती हूँ। जरूरत होगी तो फिर दीजिएगा।'

प्रोफेसर ने यह सब सुना और बेबी को खून से तर देखा तो घबरा उठे। बोले, 'यह क्या हुआ?'

'बेबी मुँडेर से गिर गई।'

'कहाँ चोट लगी? ज्यादा लगी क्या?'

'सिर में खूब गहरा जख्म है। पड़ोसिन ने 'फर्स्ट एड' दी है। कहती है,

अभी डॉक्टर के पास ले जाना होगा।'

प्रोफेसर तभी बेबी को लेकर डॉक्टर के पास गए। मरहम-पट्टी हुई।

डॉक्टर ने कहा, 'प्रोफेसर! आपकी पत्नी बड़ी चतुर है।'

'जी!'

'पट्टी बड़ी अच्छी तरह की है। ट्रेंड है।'

प्रोफेसर के जी में आया कि कहे—डॉक्टर, जिसने पट्टी बाँधी है, वह मेरी पत्नी नहीं है—पर न जाने क्यों वे बोल न सके। चुपचाप बेबी को लेकर लौट आए।

तभी ऊपर से आवाज आई, 'सुनिए तो।'

देखा—वही है। पूछ रही है, 'क्या कहा डॉक्टर ने?'

प्रोफेसर की पत्नी ने जवाब दिया, 'आपकी तारीफ कर रहा था। कहता था, जख्म गहरा है। देर लगेगी, पर डर नहीं है।'

वह मुसकराई, 'सब ठीक हो जाएगा।'

और रात होने से पहले एक बार फिर पूछने आई। इस बार उसके पति भी हैं। और फिर वे दोनों रोज सवेरे घूमकर लौटते तो फूलों के गुच्छे ले आते। पूछते, 'बेबी कैसी है?'

'ठीक है।'

'ये फूल उसे दे दीजिए।'

दिन बीतते, जख्म भरता और साथ ही पड़ोसिन का प्रेम भी बढ़ता। कभी-कभी छत से आकर वह बेबी को देख भी जाती है। अकसर कोई-न-कोई खिलौना ले आती है। फूले हुए उड़नेवाले गुब्बारे, सजी हुई गुड़िया, दो घोड़ों की गाड़ी या सुंदर सलोनी गाय!

प्रोफेसर देखते और एक अनिर्वचनीय पीड़ा से भर उठते। कहते, 'मना क्यों नहीं करती?' पत्नी कहती, 'कैसे करूँ? सोचती हूँ, इस बार जरूर मना करूँगी, पर वह आती है और ऐसे प्रेम से बोलती है, जैसे बेबी उसी की है। बस, मैं बोल भी नहीं सकती।'

प्रोफेसर और भी चिनचिनाते, 'वाहियात! यह सब बंद होना चाहिए।'

'तो क्या करूँ?'

'मना कर दो!'

'पर जानते हो, इन्हीं की बदौलत बेबी बची है।'

और तब पत्नी की आँखें भर आती हैं। प्रोफेसर उसे देखकर मुँह फेर लेते हैं। शायद उनका दिल भी उमड़ता है, प्रेम से या घृणा से, कौन जाने? पर उधर का

क्रम उसी तरह चलता रहता है। यद्यपि जैसे-जैसे जख्म भर रहा है वैसे-वैसे उनका आना भी कम हो रहा है, पर प्रेम की गहराई बढ़ रही है।

आखिर बेबी का घाव भर गया, पर अर्द्धचंद्राकार सा निशान वहाँ बना रह गया है। चंद्रमा के कलंक की तरह यह रेखा प्रोफेसर की पत्नी को अच्छी नहीं लगती, लेकिन पड़ोसिन मुसकराकर कहती है, 'हैलो! बेबी के माथे पर चंद्रमा! शंकर बाबा का चंद्रमा! कैसा सुंदर! कैसा प्यारा!'

बेबी हँस पड़ती है।

एक संध्या को उसने छत पर से आवाज दी, 'जरा सुनोगी बहन?'

प्रोफेसर की पत्नी शीघ्रता से आई, 'क्या है जी?'

'लो, यह क्रीम है। धीरे-धीरे दो अंगुलियों से घाव पर मलिए। देखिए, ऐसे धीरे-धीरे मालिश कीजिए। निशान मिटा नहीं, तो इतना फीका पड़ जाएगा कि दूर से कोई जान न सकेगा कि चंद्रमा में कलंक है।'

प्रोफेसर की पत्नी ने कृतकृत्य होकर कहा, 'आप बहुत अच्छी हैं।'

'यानी बहुत खराब!'

प्रोफेसर की पत्नी धक् से रह गई, 'जी! नहीं, नहीं जी।'

पड़ोसिन खिलखिलाकर हँसी, 'आप तो डर गईं, पर कहा करते हैं कि किसी को यह कहना कि तुम बहुत अच्छे हो, ऐसा ही है, जैसे यह कहना कि तुम बहुत बुरे हो। क्योंकि जो आदमी अच्छा-ही-अच्छा है, वह अभी तो कहीं दिखाई देता नहीं। लेकिन जाने भी दो, यह तो विद्वानों की बातें हैं। वे जानें और जानें तुम्हारे प्रोफेसर। हमें यों ही हँस-खेलकर जीवन काट देना है। और हाँ, कल आप हमारे घर आइएगा!'

'कल क्या है?'

'उनका जन्मदिन!'

'बधाई! बहुत-बहुत बधाई! बहन! तुम्हारा सुहाग अचल रहे।'

'धन्यवाद बहन! पर असली बधाई तो आपके आने की है।'

'जरूर आऊँगी जी।'

'और प्रोफेसर भी।'

'कह दूँगी।'

'कहना नहीं, लाना होगा। घबराइए नहीं, उनके द्वारा न्योता पहुँच जाएगा।' और वह फिर खिलखिला पड़ी। प्रोफेसर की पत्नी लजा गई। पड़ोसिन ने फिर कहा, 'बेबी को न छोड़ आइएगा।'

'जी नहीं, सभी आएँगे।'

'धन्यवाद!' उसने कहा और लौट गई।

प्रोफेसर ने जब सुना, तब एक बार तो मन में उठा कि मना कर दें। फिर सोचा, यह तो बुरी बात है। इसके अलावा उन्हें पास से देखने का जो अवसर मिलेगा, उसे खोना ठीक नहीं होगा। इसलिए वे अगले दिन ठीक समय पर पड़ोसी के घर पहुँचे। द्वार पर उन दोनों ने सदा की तरह मुकुलित-मन सबका स्वागत किया। जिस कमरे में वे बैठे, वह बहुत बड़ा नहीं है। फर्नीचर भी सादा और कम, पर जो है सुंदर है और सुनियोजित है; एक ओर फर्श, जिसपर बिछी है दूध सी सफेद नई चादर। तकिए भी उतने ही उजले और कोमल। कारनिस पर नाना प्रकार के पशु-पक्षी। छोटी गोल तिपाइयों पर शांतिनिकेतन के बने सुंदर और रंगीन फूल। लाल रंग के खूबसूरत फूलदानों में रखे हुए ताजे फूलों के गुलदस्तों से महकती भीनी-भीनी गंध। आदमी भी ज्यादा नहीं। कुल मिलाकर पाँच पुरुष, चार स्त्रियाँ और चार बच्चे, मानो एक पारिवारिक परिचय-गोष्ठी हो और सब छुट्टी के 'मूड' में। आनंद-विनोद और मधुर हास्य का वातावरण जैसे उमड़ उठा हो। जैसे उनके लिए दुनिया में न कहीं पीड़ा है, न विषाद। चारों ओर है बस प्रमोद-ही-प्रमोद। घर में हँसी, आसमान में हँसी, हवा में हँसी, सर्वत्र हँसी-ही-हँसी…।

देखा, एक कोने में फूलों का अस्त-व्यस्त ढेर लगा है। एक मित्र बोल उठे, 'जिधर देखो फूल, मानो आप लोग मनुष्य नहीं, फूल हैं।'

पतिदेव बड़े जोर से हँसे, 'अजी, पूछिए मत! इन्होंने तो आज मुझे फूल ही समझ लिया था।'

दूसरे मित्र हँसे, 'कुशल मनाइए, इन्होंने आपको मसल नहीं दिया।'

एक नवयुवती बोली, 'अजी, फूल नहीं, फूलों का देवता समझा होगा।'

पत्नी ने मुसकराकर कहा, 'अजी, क्या उपमा दी आपने! इनसे तो पत्थर के देवता कहीं अच्छे।'

एक कहकहा लगा। पति ने हँसते-हँसते कहा, 'क्यों नहीं। बेचारों पर कितना ही अत्याचार कर लो, वे बोलेंगे थोड़े ही। पर भाई, मुझसे तो ये सब सहा नहीं जाता। पहले ठंडे पानी में नहाइए। फिर पूजा करिए। फिर पूजा करवाइए। यह खाइए देवी का प्रसाद, यह देवता का, यह आपकी दासी का, यह टीका लगवाइए, लीजिए, मेरी माँग में सिंदूर भर दीजिए। भला कोई अंत है इस पूजा का! बाप रे! पत्थर ही की हिम्मत है!'

और तब ऐसा कहकहा लगा कि हँसते-हँसते सबके पेट में बल, आँखों में

आँसू···पर क्या मजाल कि वह झेंपी हो। उसी तरह हँसती रही। फिर हँसी-हँसी में काम की बातें चलीं। बधाइयाँ दी गईं और सूचना मिली कि चाय तैयार है। सब उठे और मेज पर पहुँचे। प्रोफेसर ने अब एक बार फिर उन्हें ध्यान से देखा, 'वही उल्लास! वही उमंगों की वेगवती धारा।'

'क्या है यह,' उन्होंने सोचा और म्लान मन, चुपचाप चीनी घोलने लगे। सामने प्लेटों में रसगुल्ले हैं, गुलाबजामुन हैं, पेड़े की डलियाँ हैं और गरम-गरम समोसे, दालबीजी, टिकिया। कहते हैं, हँसते-हँसते और चार जनों में ज्यादा खाया जाता है। प्रोफेसर भी हँसते हैं, और खाते हैं, पर रह-रहकर उनके हृदय में जैसे कोई सुई चुभ उठती है। वे 'सी' करना चाहते थे, पर कर नहीं सकते। इसलिए पीड़ा और भी असह्य हो उठी है। तभी अचानक उन्होंने देखा, बेबी खेलती-कूदती चारों ओर दौड़ रही है। कभी इस खिलौने को छूती, कभी उसको। ध्यान आया कि कहीं कुछ तोड़ न दे। इसलिए पुकार लें, पर जैसे ही उन्होंने पुकारना चाहा, बेबी भागी। उसका पैर तिपाई में लगा। तिपाई उलट गई और उसपर के खिलौने, कीमती फूलदान चूर-चूर होकर फर्श पर बिखर गए। जैसे भूडोल आया। प्रोफेसर चिल्ला उठे, 'कम्बख्त! तूने यह क्या किया।'

जैसे क्षण भर के लिए प्रशांत महासागर उबल उठा। सबकी दृष्टि उस ओर उठी। गृहिणी ने एक बार क्रुद्ध प्रोफेसर को देखा, फिर सहमी-सकपकाई बेबी को, और फिर खिलखिलाकर हँस पड़ी। देखते-देखते बेबी को गोदी में भर लिया और पागलों की तरह चूमने लगी, 'बेबी! मेरी बेबी! जानती हो, तुमने आज एक बहुत बड़ा काम किया है, बहुत बड़ा!'

और फिर प्रोफेसर की ओर मुड़कर उसने कहा, 'आप बड़े निर्दयी हैं। ऐसे प्यारे बच्चे को ताड़ते हैं? खिलौनों का मूल्य खेलने में है और जब उनसे खेला जाएगा, तो उनका टूटना जरूरी है।'

फिर क्षण भर के लिए रुकी, जैसे साँस लेती हो। धीरे से बोली, 'न जाने कब से रखे थे। न कोई छूता था, न खेलता था। देखते-देखते आँखें थक गई थीं। आज बेबी ने उसी थकान को दूर किया है।'

और कहकर उसने फिर बेबी को जोर-जोर से चूमा और फिर उतार-उतारकर सारे खिलौने उसके सामने डालने लगी, 'खेलो और तोड़ो, मेरी बच्ची! खूब तोड़ो। आखिर इनका अंत आना ही चाहिए, आना ही चाहिए।'

जैसे कमरे में निस्तब्धता छा गई। अपलक-अवाक् सब उस नारी को देखते रह गए! वह अब भी उसी तरह हँस रही है, हँसे जा रही है, पर उस हँसी के पीछे

पीड़ा का जो अदृश्य सागर लहराता रहा है, वह आज प्रकट हो गया है। प्रोफेसर ने उसे स्पष्ट देखा। यह उनकी विजय है। उनके हर्ष का अवसर है, पर न जाने क्यों वे एक अनिर्वचनीय सहानुभूति से भर उठे हैं और मन-ही-मन कह रहे हैं—इतने बड़े अभाव को हृदय में छिपाकर भी जो इतना खुलकर हँस सकता है, उस व्यक्ति को मैं बार-बार प्रणाम करता हूँ।

□

(सन् १९४६)

निर्मोही

रामू ने उसी क्षण उत्तर नहीं दिया। चाय बन गई थी, दो प्याले भरकर वह उठा। एक उमेश को दिया, दूसरा स्वयं पीता हुआ बोला, 'भइया! यही बात बार-बार मेरे मन में भी उठती है कि मुझे जाना ही होगा। जो हमारे लिए अप्राप्य है, उसे पाकर हम अपना मस्तिष्क कैसे ठीक रख सकते हैं?'

उमेश ने जो चाय का घूँट भरा था, उसी को गले से नीचे उतारकर कहा, 'रामू! तुम कहना चाहते हो—जो अप्राप्य को पाना चाहते हैं, वे साहसी हैं, पर साथ ही अत्याचारी भी। दुनिया के कुछ लोग उनके साहस पर मुग्ध होकर अत्याचार की बात भूल जाते हैं और इसीलिए अंत में उन्हें दुःख उठाना पड़ता है।'

रामू—'मैं ऐसा ही सोचता हूँ।'

उमेश ने दूसरा घूँट भरा और क्षण भर रुककर फिर कहा, 'परंतु रामू भइया, विधि का विधान क्या इतना ही है? मूर्ति क्या एक ही कोण से देखी जाती है?'

रामू का कौतूहल सहसा जागा, 'तो भइया?'

उमेश—'तो यही कि किसके लिए क्या प्राप्य है, क्या अप्राप्य—इसका निर्णय सत्ताधारियों ने सदा अपनी सहज सुविधा के अनुसार किया है। परंतु वास्तव में इस बात का निर्णय होना चाहिए जनशक्ति के आधार पर…लेकिन सुनो, कोई द्वार खटखटा रहा है।'

रामू ने सुना—कोई पुकार रहा था, 'मिस्टर उमेश!'

'कोई विजातीय महाशय हैं।'

और वह द्वार खोलने चला गया। लौटा तो एक युवक उसके साथ था। उसने कुरता-पाजामे के ऊपर गरम चादर डाल रखी थी। सिर पर ऊन का मोटा मफलर था, पैरों में गरम जुराबें और फुलबूट। मुख पर सौम्यता थी। आकर प्रणाम किया।

उमेश ने उसी प्रकार बैठे-बैठे हाथ जोड़ दिए, 'आइए, यह कुरसी है, बैठिए।

कुरसी पर आगंतुक के बैठ जाने पर रामू बोला, 'भइया, दिन निकल आया है। मैं अब जाता हूँ।'

उमेश—'जाने से पहले इन्हें एक प्याला चाय दो।'

लेकिन रामू उसी तरह खड़ा रहा।

उमेश—'क्यों भइया!'

रामू—'चाय मैंने बनाई है।'

उमेश हँसकर—'ओ! मेरी भूल हुई। (आगंतुक से) महोदय, बात यह है कि चाय बनानेवाला हम लोगों की जाति का नहीं है।'

आगंतुक (मुसकराकर)—'आपका आशय?'

'रामू वास्तव में आपकी सड़क बुहारनेवाला है। जाति का हरिजन है।'

आगंतुक के नेत्र चमक उठे—'सत्य ही क्या यह हरिजन है?'

'जी।'

'तो मैं आपको प्रणाम करता हूँ, महोदय। आप सचमुच कलाकार हैं, क्योंकि कलाकार मानव के भेद नहीं जानता। यही अज्ञान उसके लिए वरदान हो गया है।'

उमेश और रामू ने चकित हो क्षण भर एक-दूसरे को देखा, फिर प्याला भरकर रामू ने आगंतुक को दिया, बोला, 'खाओ तो टोस्ट बना दूँ?'

आगंतुक मुसकराया, 'नहीं, वह फिर किसी दिन खाऊँगा।'

रामू भी मुसकराया, 'तुम तो भइया अपनी ही 'भइया जाति' के जान पड़ते हो?' चाय को सिप करता वह बोला, 'भइया' कोई जाति है क्या?'

उमेश—'जी हाँ, 'भइया' हम लोगों की जाति है, पर उसकी न कोई सीमा है न कोई नियम-बंधन।'

आगंतुक ने प्याला मेज पर रख दिया—'तो भइया लोग अराजकतावादी हैं। लेकिन भइयाजी! अराजकतावाद की भी सीमा है, नियम-बंधन हैं।'

रामू—'ठीक है भइया! हम लोगों की भी सीमा है, पर वह असीम की सीमा है। हम लोगों के भी नियम-बंधन हैं, पर वे हमारी गति हैं, अगति नहीं। अच्छा, मैं जाऊँ। कर्म की उपेक्षा अधर्म है। प्रणाम।'

रामू हाथ जोड़कर चला गया। आगंतुक प्रसन्नता से उमड़कर बोला, 'जब से याद आती है, मैंने अपने को प्यासा पाया है, परंतु यह कभी स्वप्न में भी नहीं

सोचा था कि सरोवर इतना समीप है।'

उमेश—'सरोवर के जल को तो आपने देखा, परंतु उसे आप पी सकेंगे—यह कौन कह सकता है?'

आगंतुक—'जल पीने के लिए होता है, महोदय।'

उमेश—'परंतु हो सकता है, युधिष्ठिर के यक्ष की तरह वहाँ कोई प्राणघातक दस्यु छिपा हो।'

आगंतुक—'आपका उदाहरण-ठीक नहीं है। यक्ष ने किसी का प्राण-हरण नहीं किया था। वह छोटे पांडवों का मोह-जाल था। यक्ष ने तो अंत में उन सबको प्राण-दान ही दिया और आप देख रहे हैं कि मैं उतना मोही नहीं हूँ। यक्ष की चेतावनी बिना ही मैंने आपका टोस्ट खाने से इनकार कर दिया है।'

उमेश यह सुनकर इतना हँसा कि खाँसते-खाँसते आक्रांत हो उठा। किसी तरह अपने को शांत करके उसने कहा—'महोदय, आपसे अनायास ही इस तरह परिचित होकर मैं बहुत प्रसन्न हूँ। आपकी कोई सेवा कर सका तो धन्य होऊँगा।'

आगंतुक संभवत: अपने स्वभाव से अधिक खुल गया था। सहसा गंभीर होकर बोला—'आप चित्रकार हैं न! यही जानकर मैं आया हूँ। अपनी पुस्तक के लिए कवर बनवाना है। पुस्तक की एक प्रति ले आया हूँ। पढ़ लीजिए और उसके उपयुक्त चित्र बना दीजिए। आप कलाकार हैं, प्रोफेसर नहीं हैं, इसलिए आपको कुछ सुझाने की धृष्टता मैं नहीं करूँगा।'

उमेश ने पुस्तक लेकर देखी और फिर मेज पर रख दी; कहा, 'तनिक अस्वस्थ हूँ। स्वस्थ होने पर चेष्टा करूँगा कि आपकी बात रख सकूँ। आपसे मिलकर मुझे बहुत खुशी हुई है। आप तो हमारे सुप्रसिद्ध लेखक हैं···।'

उसी समय किसी ने द्वार थपथपाया। उमेश ने कहा, 'कोई आया है। निशिकांत भइया, नाम लेने के लिए क्षमा कर दीजिए, क्या आप देखेंगे? मैं उठ न सकूँगा।'

निशिकांत को तनिक अचरज हुआ, 'अरे, आप इतने अस्वस्थ हैं, आपने बताया क्यों नहीं? मैंने व्यर्थ आपको इतना कष्ट दिया।'

'कोई चिंता नहीं। मामूली इंफ्लुएंजा है।'

'इंफ्लुएंजा! भइया! क्या कहते हैं? एकदम आराम की आवश्यकता है।' और शीघ्रता से द्वार खोलकर वह फिर उमेश के पास लौट आया। हाथ देखा, माथा छुआ और कंबल को ठीक करता हुआ बोला, 'जान पड़ता है कि आप अकेले हैं, कैसे करेंगे?'

पीछे से नवागंतुक ने कहा, 'इन्हें क्या और कैसे करना होगा, यह मैं जानता हूँ। और फिर चिरपरिचित की भाँति आगे आकर अलमारी खोली, बोलता रहा—'आप नए हैं, इन्हें नहीं जानते। रात में जब मैं गया था तो ये बुरी तरह खों-खों कर रहे थे। इसीलिए हकीम से जाकर दवा ले आया हूँ।'

निशिकांत ने अचरज से नवागंतुक को देखा। वेश ठेठ मुसलमान का था। तंग पाजामा, बंद गले का कोट। दुपल्ली टोपी, जिसपर बेल टँकी थी। हाथ में एक पुड़िया थी। उसीको खोलकर केतली में डाल दिया। फिर स्टोव जलाया, ढककर केतली उसपर रख दी। उमेश के पास गया, बोला, 'आप?'

उमेश, 'आप हिंदी के सुप्रसिद्ध लेखक निशिकांत।'

'निशिकांत! हाँ, मैं जानता हूँ, आबिदवाली कहानी के लेखक हैं न?'

'हाँ, हाँ, और राशिद, तुम जानकर प्रसन्न होओगे कि ये अपनी ही जाति के हैं।'

राशिद ने लपककर निशिकांत का हाथ पकड़ लिया, 'आपसे मिलकर बहुत ही प्रसन्न हूँ। और मेरा नाम जैसाकि आपने सुना, राशिद है। जन्म का जुलाहा हूँ। अब भी कपड़े बुनता हूँ। बहुत दिनों से उमेश की जाति में आ गया हूँ और शेष बातें धीरे-धीरे आप जान ही लेंगे।'

और फिर उमेश की ओर मुड़ा—'दवा तैयार है। उसे पीकर लेट जाना, कंबल खूब लपेट लेना और तब तक न उठना, जब तक मैं आकर न पुकारूँ।'

उमेश मुसकराया, 'परंतु यमराज ने पुकारा तो?'

राशिद—'तो कहना, राशिद भइया के आने पर चल सकता हूँ, पहले नहीं।' और फिर एक अधिकारी व्यक्ति की भाँति प्याले में दवा छानकर उसके पास ले गया। बोला—'देखो उमेश! यमराज की बातें मुझे अच्छी नहीं लगतीं। वह एक दिन आएगा, यह ध्रुव सत्य है, पर यह सत्य कब घटित होगा, यह क्या हमारे जानने की बात है? जब तक शरीर में स्पंदन है, हमें जीना है।'

इतना कहकर उमेश का कंबल ठीक कर दिया और निशिकांत से कहा, 'आओ भइया, चलें।'

निशिकांत यंत्रवत् चल पड़ा। बाहर जाकर राशिद ने उसे प्रणाम किया और बोला, 'संध्या को आ सको तो आना।'

मुसकराकर निशिकांत ने कहा, 'अवश्य, राशिद।'

× × ×

लेकिन राशिद के इतना करने पर भी उमेश का रोग तीव्र से तीव्रतर होने

लगा। तीसरे दिन ही तापमान एक सौ पाँच तक जा पहुँचा। तब रामू ने कहा, 'भइया की माँजी को सूचना देनी चाहिए।'

राशिद—'नहीं! उसकी कोई आवश्यकता नहीं है।'

निशिकांत (किंचित् आश्चर्य से)—'क्या उमेश भइया की माँ जीवित हैं?'

राशिद—'हाँ जी! माँ हैं। तीन भाई हैं। सबसे बड़े रमेशचंद्र संन्यासी होकर पहाड़ों पर घूमते हैं। उनसे छोटे धनेशचंद्र लोहे के प्रसिद्ध व्यापारी हैं। पारसमणि से सोना बनाते हैं। माँ उन्हीं के पास हैं। उनसे छोटे तपेश हैं, विश्वविद्यालय से एम.ए. की डिग्री लेकर 'डॉक्टरेट' के लिए 'थीसिस' लिख रहे हैं। भइया तपेश से बड़े हैं। हम लोगों के विश्वविद्यालय में कला को साधन बनाकर मानवता की साधना कर रहे हैं। इब्सन के डॉक्टर की तरह इनकी मान्यता है कि सबसे शक्तिशाली मनुष्य वही है, जो अकेला है।'

निशिकांत—'लेकिन इन्होंने घर क्यों छोड़ा?'

राशिद—'क्योंकि इन्हें लक्ष्मी की दासता प्रिय नहीं थी। एक दिन ये भइया से कहने लगे—दादा! मनुष्य को लक्ष्मी की पूजा नहीं करनी चाहिए। पूज्य तो मानव है।'

निशिकांत (कौतूहल से)—'दादा क्या बोले?'

राशिद—'दादा बोले—तुम मूर्ख हो।'

'मैं मूर्ख हो सकता हूँ, पर क्या आप एक काम करेंगे? बहुत साधारण बात है। जितने भी मनुष्य आपके लिए परिश्रम करते हैं उनके लिए अपनी संपदा सुलभ कर दीजिए।'

सुनकर दादा क्रोध से भर उठे, बोले, 'उन लोगों की दो-चार पुस्तकें पढ़कर तुम्हारा मस्तिष्क बिगड़ गया है। दो दिन मेरे स्थान पर काम करोगे तो दिन में तारे दिखाई देने लगेंगे। संपदा उनको बाँटकर मुझे क्या भिखारी बनाना तुम्हें अभीष्ट है?'

भइया तो इसके लिए प्रस्तुत थे, कहा, 'दादा! संपदा बँटेगी तो आपको भी मिलेगी। लेकिन आप इतनी दूर नहीं जाना चाहते तो एक काम करिए। लाभ का एक तिहाई रखकर शेष बाँट दीजिए।'

दादा जैसे पागल हो गए हों। बोले, 'मुझे आश्चर्य है, तुम्हें क्या हो रहा है? क्या इसी दिन के लिए एम.ए. की डिग्री ली थी? जिस डाल पर खड़े हो, उसी को काट डालना चाहते हो। दूर हो जाओ मेरी आँखों से। मैं तुमसे बात करना नहीं चाहता।' इत्यादि-इत्यादि।

निशिकांत—'तो यह कहानी है! परंतु माँ नहीं बोलीं?'

रामू—'बोलीं क्यों नहीं भइया। हम लोगों की माँओं की ममता का मुँह सुरसा के मुँह से छोटा नहीं है। उसकी भूख शांत करने के लिए बाल ब्रह्मचारी हनुमान की आवश्यकता होती है, पर भइया का भाग्य सीधा था। ठीक समय पर छींक हो गई। माँ संस्कार को लील न सकीं और इस प्रकार भइया की रक्षा हो गई।'

निशिकांत समझा नहीं—'अर्थात्?'

रामू—'अर्थात् यही की हम लोगों के रहते माँ भइया के साथ नहीं रह सकती थीं। इनकी मानवता उनके ईश्वरत्व में बाधक थी।'

राशिद—'और उसी माँ को तुम बुलाने को कहते हो, रामू भइया!'

रामू—'राशिद भइया। एक बात तुम भूल ही जाते हो। होश रहते मनुष्य जिससे दूर रहना चाहता है, बेहोशी में उसी की माँग कर बैठता है।'

राशिद—'यह दुर्बलता है और मैं किसी भी अवस्था में दुर्बलता के कारणों का समर्थन नहीं कर सकता।'

निशिकांत—'राशिद! यह ठीक है कि दुर्बलता का होना पाप है, परंतु ऐसा कह देने से उसका होना तो नहीं मिटता। अब तो उसके अस्तित्व को स्वीकार करके ही भइया का उपचार करना होगा।'

राशिद—'ऐसा तो मैं मना नहीं करूँगा, पर जान रखो…।'

बात आगे बढ़ती, इससे पहले सहसा पीछे के द्वार खुलने से वे सब चौंक पड़े। निशिकांत मुड़ा। उसने देखा कि खुली दरार में से एक युवती ने सिर निकाला और बोली, 'पिताजी पूछ रहे हैं, अब ज्वर कैसा है?'

उत्तर उसने ही दिया, 'जी ज्वर बढ़ता ही जा रहा है। न्यूमोनिया की शंका है।'

स्वर काँपा—'न्यूमोनिया! ओ भगवान्!'

और उसी क्षण किवाड़ फिर बंद हो गए। निशिकांत ने युवती की पदचापों की ध्वनि को सुना। कोई शीघ्रता से ऊपर चढ़ा और धीरे-धीरे दूर जाकर लय की तरह सब शांत हो गया। निशिकांत ने रामू को संबोधित किया, 'पड़ोसी हैं?'

रामू, 'जी भइया। कलाल हैं, ऊँचे वर्गवाले उनसे घृणा करते हैं, पर हम लोगों के ढंग इन्हें भी नहीं रुचते। हाँ, हाल पूछ लेते हैं। कभी-कभी माँ लड़की के द्वारा खीर-हलुवा भेज देती हैं।'

इसी समय द्वार खुला। युवती बिना झिझके अंदर आ गई। लंबा, छरहरा बदन, गौर वर्ण, मृगनयन। धीमे स्वर में बोली—'पिताजी ने डब्बा भेजा है, कैसी

भी अवस्था हो, प्लास्टर चढ़ा दीजिए।'

वहीं बैठा राशिद बोला, 'रख दो निशा। भइया सोए हैं, जागेंगे तो चढ़ा दूँगा।'

निशा—'और माँ पूछती हैं, भोजन का क्या होगा?'

राशिद—'चिंता न करें। सब प्रबंध हो जाएगा।'

निशा मुसकरा पड़ी, 'आप लोगों के प्रबंध को माँ खूब जानती हैं।' यह कहकर वह लौट गई, द्वार बंद हो गया। राशिद तीव्रता से बोला, 'समुद्र जिस प्रकार ह्वेल आदि जंतुओं के कारण निरापद नहीं है, उसी प्रकार यह संसार ममता, मोह, आसक्ति, सहानुभूति के कारण जंजाल बन गया है। कोई किसी को जीने नहीं देना चाहता। उमेश यदि मर भी गया तो क्या विश्व पर पहाड़ टूट पड़ेगा? और टूट पड़े पहाड़! दुनिया कौन सी भली है, जो व्यर्थ ही आँखों का पानी बहाया जाए।'

राशिद अपनी बात पूरी भी नहीं कर पाया, द्वार फिर खुला। हाथ में तौलिए से ढका हुआ एक थाल लिये निशा अंदर आई और बिना कुछ बोले उसे मेज पर रखकर लौट चली। राशिद ने देखा तो तमतमा उठा, 'क्या है?'

निशा—'भोजन है। खाइएगा नहीं क्या? क्रोध न करिए, माँ कहती हैं, बीमार के कमरे में खाना नहीं बनाया करते।'

राशिद (कुछ अप्रतिभ सा)—'लेकिन भोजन की आवश्यकता नहीं है।'

निशा—'आप झूठ बोलते हैं, जब तक जीवन है, उसकी आवश्यकता सबको है।' और निशा खट से किवाड़ बंद करके चली गई। निशिकांत के मस्तिष्क में फिर वही परिचित पदध्वनि गूँजने लगी, लेकिन राशिद शांत न रह सका। उठकर बोला, 'रामू! लौटा दो उस भोजन को! यह कायरता का पोषक है और कायरता मनुष्य की शत्रु है।'

रामू—'शांत, राशिद भइया! शांत!'

राशिद—'शांत? तुम शांति की बात कब से करने लगे? कब से तुमने दूसरों का सहारा ताकना सीखा?'

रामू—'राशिद भइया, हमने कभी किसी का मुँह नहीं ताका, कभी किसी के आगे हाथ नहीं फैलाया, परंतु स्वयं जो आता है, उसका तिरस्कार क्या मानवता है?'

राशिद—'हाँ, जो कायरता का कारण है, उसका तिरस्कार करना हमारा धर्म है।'

रामू—'कैसे भइया?'

राशिद—'रामू भइया। तुम जान-बूझकर तर्क करते हो। जो भोजन और दवा

दे गए हैं, वे इतने महान् हैं कि देखकर कृतकृत्य हों। वे देते हैं बदले के लिए। बदला मिल न सका तो वे शाप देंगे। वह शाप हमारा बुरा करे या न करे, परंतु उनका मन तो कलुषित होगा ही। मैं दान लेने में नहीं, अर्जन में विश्वास करता हूँ और आवश्यकता पड़ने पर मैं छीनने को भी अर्जन से अलग नहीं मानता।'

निशिकांत ने इस ज्वालामुखी को धधकते देखा और देखा दृढ़ संयत बुद्धिमान रामू को। तीसरा व्यक्ति जो केंद्र-बिंदु था, वह अर्द्धजाग्रत अवस्था में लिपटा पड़ा था शैय्या पर। उसे कुछ सूझ न पड़ा। उसके भीतर कलाकार जाग उठा और मस्तिष्क के असंख्य कोषों को लेकर ताना-बाना बुनने लगा और इसी अर्द्ध-जाग्रत अवस्था में वह लौट चला। उसका मन तनिक भी आश्वस्त नहीं था। इसीलिए अगले दिन डरते-डरते धड़कते हृदय से ईश्वर को न मानकर भी उसका स्मरण करते हुए वह उमेश के घर पहुँचा। द्वार बंद था। थपथपा दिया। क्षण बीता, किवाड़ खुले और एक युवक सामने आ खड़ा हुआ। उसकी सूरत उमेश से मिलती थी। इसीलिए पहचाना तपेश है। पूछा, 'माँ आ गईं?'

'जी।'

'कब आना हुआ?'

'अभी प्रात:काल की ट्रेन से आए हैं।'

'कैसी अवस्था है?'

'विशेष चिंता नहीं है। न्यूमोनिया का प्रकोप है, लेकिन डॉक्टर कहते हैं, रोग असाध्य नहीं है।' वे आगे बढ़े। निशिकांत ने देखा—राशिद और रामू दोनों एक कोने में फर्श पर पड़े गहरी नींद ले रहे हैं। उमेश शैय्या पर निस्तब्ध शांत पड़ा है। मुख पर हलकी शुष्कता झलकने लगी है। पास पट्टी पर सिर रखे बैठी है एक वृद्धा। उन्होंने स्वेटर के ऊपर गरम चादर डाली हुई थी। लंबा मुख वैषम्य और विपता के कारण आक्रांत था। नेत्रों में भगवान् के प्रति करुण गुहार के चिह्न स्थिर हो गए थे। उन्हीं को निशिकांत ने प्रणाम किया। आशीष देकर माँ बोलीं, 'बैठो बेटा, अच्छे हो?'

निशिकांत—'आपकी कृपा से कुशल हूँ, माँ।'

माँ मुसकराईं, 'मेरी कृपा में तुम्हारा विश्वास है क्या बेटा? ज़ान पड़ता है, तुम इन लोगों में नहीं हो।'

निशिकांत—'ठीक है माँ, मैं नया हूँ, पर इन लोगों में नहीं हूँ, यह कहना भी सत्य के साथ अन्याय है। रही कृपा की बात, उमेश क्या आपकी कृपा के प्रति कृतज्ञ नहीं है?'

माँ—'उड़द पर जितनी सफेदी होती है, उतना भी नहीं।'

और फिर उमेश की शांति भंग न हो, वे शैय्या से दूर हटकर बोलीं, 'कृपा की बात बहुत दूर है, वह मेरी सूरत से घृणा करता है।'

'नहीं माँ।'

'अपने बेटे को माँ अधिक जानती है।'

निशिकांत हतबुद्धि माँ के मुख को देखने लगा। तपेश प्रकोष्ठ में इधर से उधर, उधर से इधर शून्य में ताकता घूम रहा था। उसी की ओर संकेत करके वे फिर बोलीं, 'कोख चीरकर चार बेटों को जन्म दिया। चारों चार दिशाओं की भाँति भिन्न-भिन्न हैं। एक को लेकर दूसरे को पाना मेरे लिए असंभव है। केवल यह तपेश है, जिसका मन माँ के प्रति विश्वस्त है। इसी के आश्रय में रहकर मैं अहर्निश मृत्यु की बाट देखती हूँ। मरने पर चारों का हाथ मुझे लगेगा, इसकी आशा मैं नहीं करती, पर जीते जी उनको अपना बेटा करके मानूँ, इतना अधिकार तो मेरा है ही।'

निशिकांत को लगा कि माँ की जाति कहीं भी हो, एक है। उसका मन अपनी माँ की बात सोचकर कुछ करुणा से भर आया। कहा, 'माँ और बेटे का जो संबंध है, उसे मिटाने का दु:साहस कौन करेगा?'

माँ—'करेगा का प्रश्न नहीं बेटा! यह उमेश करता है। होश आते ही मुझे निकालकर यह दम लेगा।'

निशिकांत—'नहीं माँ। ऐसा नहीं होगा।'

इस बार माँ मुसकराईं, 'देख लेना।'

निशिकांत आश्चर्य से भरता ही गया, पर उसे देखकर माँ आश्वस्त हुईं। वह उन्हें लंका में विभीषण की तरह जान पड़ा। उसी का सहारा लेकर वे मातृत्व का दावा करने को प्रस्तुत हो उठीं, परंतु दुर्भाग्य क्या कभी चूकता है? ठीक समय पर माँ का विधान अपने अस्तित्व से इनकार कर बैठा। बात ऐसे हुई। उसके ठीक तीसरे दिन उमेश ने बोलने योग्य शक्ति पाकर राशिद को पुकारा, 'राशिद!'

'भइया!'

'क्या माँ आई हैं?'

'आई हैं।'

'उन्होंने भोजन किया?'

राशिद चुप रह गया।

'क्यों?'

'अभी तुम्हें शांत रहना चाहिए, भइया।'

उमेश रोगी था। बोला, 'मैं जो पूछता हूँ, उसका जवाब दो।'

राशिद ने कहा, 'भइया। इन तीन दिनों में निशा जो भोजन चुपचाप इस मेज पर रख गई है, वह सब इस आलमारी में बंद है। माँ हम लोगों के साथ नहीं खा सकतीं, यह वह जानती हैं, परंतु उन लोगों के भोजन में भी कोई दोष है, यह वह नहीं मानतीं। माँ तो केवल एक बार तपेश के लाए फल खाकर जी रही हैं।' उमेश ने सुनकर कोई भाव प्रकट नहीं किया। केवल उसी तरह बोला, 'राशिद! माँ से कहो वे आज ही लौट जाएँ।'

'कहूँगा।'

'कहूँगा नहीं, आज उन्हें गाड़ी में बैठा आना होगा।'

'अवश्य होगा, भइया।'

फिर उमेश ने मुँह फेर लिया। आँखों की पुतलियाँ एक बार घूमकर स्थिर हो गईं। बहुत देर तक इसी तरह लेटे रहकर सहसा उसे लगा कि कोई प्राणदायक शक्ति मस्तिष्क से होकर धीरे-धीरे उसकी नस-नाड़ियों में संचारित हो रही है। उसका कंठ कुछ आक्रांत हुआ। बोला, 'माँ।'

'बेटा।'

'तपेश कहाँ हैं?'

तपेश वहीं था, बोला, 'भइया, क्या कहते हो?'

'गए नहीं अभी?'

'जाने की तैयारी कर चुकी हूँ। केवल माँ तुम्हारे मुख से सुनना चाहती हैं।'

उमेश सीधा हो गया। बोला, 'जाना ही होगा, माँ।'

'केवल दो दिन और, बेटा।'

'दो क्षण भी नहीं।'

'बेटा!'

'माँ को ले जाओ, तपेश। ममता के आँसुओं को मैं प्रणाम कर सकता हूँ, प्यार नहीं। जिसे प्यार नहीं कर सकता, उससे दूर रहना धर्म है। उन्हें समझाओ कि वे मुझे क्षमा कर दें। मेरी ओर से उन्हें आश्वासन है कि मौत आने तक मैं जीता रहूँगा। एक माँ अपने बेटे से इससे अधिक क्या चाह सकती है?'

और उसने करवट लेकर नेत्र मूँद लिये। माँ के नेत्र भर आए। केवल उन्होंने कहा, 'चलो बेटा।'

और उसका हृदय फटने लगा। नेत्रों के आगे अंधकार छा गया। इस धक्के को सह सकने में असमर्थ वह गिरने वाली थी कि तपेश ने आगे बढ़कर उसे सँभाल

लिया और स्नेह स्निग्ध स्वर में धीरे-धीरे बोला, 'माँ! भइया तुम्हें बहुत प्यार करते हैं, तभी ऐसा कहते हैं। पास रहने पर बहुधा प्यार पीड़ा देने लगता है, विशेषकर तब, जब मतैक्य न हो। दूर रहने पर प्यार की तड़प मतभेद की विषमता को नष्ट कर देती है। इसलिए लौट चलने में ही हमारा कल्याण है। यह दूरी तुम्हें और भइया— दोनों को शक्ति देगी और जो शक्तिमान हैं, वे युग-युग में पूज्य हैं।'

इतना कहकर तपेश माँ का हाथ पकड़कर स्थिर गति से कमरे से बाहर हो गया, फिर सहसा मुड़ा। ड्योढ़ी पर खड़े होकर भइया को मूक प्रणाम किया और मन-ही-मन कहा, कामना करता हूँ, भइया—धरती माता युग-युग तक तुम्हारे जैसे मानवों का भार उठाने का सौभाग्य पाती रहे।

□

(सन् १९४६)

घायल की गति

रात के गहरे अँधेरे के बाद जब उजाला आने को होता है या गहरी नींद के बाद जब जाग अँगड़ाई लेती है, तब जैसी हालत होती है, वैसी ही हालत उसकी थी। वह न सोता था, न जागता था। वह न इस दुनिया में था, न उस दुनिया में। उसे कुछ ज्ञान नहीं था, पर ज्ञान आता जा रहा था और जैसे-जैसे आ रहा था, वैसे-वैसे उसकी पीड़ा बढ़ रही थी। यह एक अजीब बात थी। ज्ञान में रोशनी है और रोशनी में जिंदगी। लेकिन यही जिंदगी आज उसके दर्द का कारण थी। धीरे-धीरे उसे लगा, जैसे उस दर्द में कड़वाहट है, इतनी कड़वाहट कि वह उसे सह न सकेगा। बदन में सनसनी सी उठने लगी। वह कराहना चाहने लगा। वह कराह उठा···।

अब वह इस दुनिया में था। यह बड़ी अजीबोगरीब दुनिया थी, अँधेरे से भरी हुई और ऊबड़-खाबड़। वह जिधर हाथ फेंकता, उधर ही वह किसी गिलगिली चीज से टकरा जाता, या उसे लगता, वह अपने ही बदन पर हाथ फेर रहा है। उसका बदन···वह चौंका। जिंदगी तेजी से लौटी। उसके मुँह से हलकी सी चीख निकली, जो शुरू में तेज होकर फिर एकदम दब गई। वह थर्रा उठा। दर्द ने उसे बेचैन कर दिया, वह जैसे रो पड़ेगा। हाय रे तकदीर! वह अभी तक इसी दुनिया में है! इसी खौफनाक़ दुनिया में···।

उसने जाना मौत ने भी उसे धोखा दिया है। जिंदगी उसे तबाह कर चुकी थी। अब मौत ने भी उसे बेबाक कर दिया। उसके दिमाग में झुंझलाहट, डर और अँधेरा भरने लगा। उसके चारों तरफ एक अजीब बदबू, लहू और मांस की बदबू उठने लगी। मौत के डरावने सन्नाटे में जिंदगी की चिल्लाहट गहरी हो उठी। आसमान से उठती हुई आवाजें एक के बाद एक उसके कानों से जा टकराईं। यह

वही जानी-पहचानी आवाजें थीं जिन्होंने जिंदगी के अमृत को जहरीला बना दिया था। इन आवाजों में हिंदुस्तान की जय की आवाज थी, परमात्मा के प्यार की आवाज थी। ड्रिल के वक्त जिस तरह हर नौजवान एक के बाद एक रटे हुए बोल दोहराता जाता है, उसी तरह धरती और आसमान के बीच ऊँची छतों पर छिपे हुए इनसान एक के बाद एक चिल्लाते थे, 'जय हिंद!' 'अल्लाहो अकबर!' 'हिंदुस्तान की जय हो।' 'परमात्मा सबसे बड़ा है!' कितनी प्यारी आवाज थी! कितनी प्यारी भाषा थी! लेकिन इसी प्यारी आवाज, इसी प्यारी भाषा के पीछे हैवानियत, नफरत और कत्ल की पुकार थी। इसी आवाज के नाम पर आदमी आदमी के खून का प्यासा था। वह हत्या जैसे पाप को ठीक समझने लगा था! वह मासूम और बेगुनाह बच्चों को माँ की गोदी से छीनकर मार सकता था। वह नारी को, जो घर की रोशनी है, जो परमात्मा की सबसे प्यारी रचना है, परमात्मा का नाम लेकर कत्ल करने की हिम्मत रखता था। वह दुनिया से हैवानियत मिटा देने के लिए हैवान बन चुका था, पर वह नहीं जानता था कि हैवानियत को हैवान नहीं मिटा सकते, इनसान ही मिटा सकते हैं।

उसने करवट लेनी चाही, वह उचका। उसकी चीख निकल गई, आँखों से आँसू बहने लगे। उसका दिल दर्द से टीस उठा। उसे लगा, जैसे उसके पैर नहीं हैं। उसका सिर घूम रहा है। माथा फटा जा रहा है। प्राण खिंच रहे हैं। वह जार-जार रो उठा, सुबक-सुबककर रो उठा, और सुबकियों के बीच वह गिड़गिड़ाकर फुसफुसाया—मैं मौत चाहता हूँ, मैं मरना चाहता हूँ···।

और उसने आँखें मींच लीं, शायद इसलिए कि वह जानता था कि आँखें मींचने पर आदमी मर जाता है; लेकिन मौत बुलाने पर कभी नहीं आती। उसे भी नहीं आई। उलटे दर्द बढ़ गया और बहुत सी धुँधली-धुँधली तसवीरें उसकी बंद आँखों में उठने और मिटने लगीं। उन तसवीरों ने उसे और भी बेचैन कर दिया। वह फिर रो पड़ा और आवाजें उसी तरह गूँजती रहीं। बीच में कहीं शंख फूँक उठता। कहीं घंटे-घड़ियाल बज उठते, लेकिन उसके आसपास बिलकुल सन्नाटा था, अँधेरे से भी गहरा सन्नाटा। वह अब अच्छी तरह जानता था कि वह कहाँ पड़ा है? वह लाशों के ढेर में पड़ा था। उसके चारों तरफ उलटे-सीधे, टेढ़े-तिरछे मुर्दे फैले पड़े थे। वह मुर्दों से डरता नहीं था। उसे डर यही था कि वह जिंदा क्यों है? इतने मुर्दों के बीच में उसी की जान क्यों लौट आई है?

लेकिन उसे जवाब कौन दे? इन्हीं लाशों में उसके बाप की लाश थी। इन्हीं में उसकी माँ, उसकी प्यारी बीवी, उसका एकलौता मासूम बच्चा, सब यहाँ

उसके आसपास आखिरी नींद सो रहे थे। वे न बीमार थे, न तूफान आया था, लेकिन उन्हीं की तरह हाड़-मांस के पुतलों ने उन्हें पक्का और बेरहमी से काट डाला, जैसे वह बबूल के पेड़ थे, जो रास्ते में उग आए थे और राहगीरों के पैरों में गड़ते थे। उनका कटना जरूरी था इसीलिए वह काट दिए गए; पर अफसोस यही है कि काँटों का कोई अंत नहीं था। यहाँ तक कि काटनेवाले खुद दूसरों के लिए काँटे थे।

आखिर इनसान इनसान के रास्ते का काँटा क्यों? आखिर मेरे माँ-बाप ने, मेरी बीवी ने, मेरे मासूम बच्चे ने किसी का क्या बिगाड़ा था, क्या··· ?

दर्द फिर टीस उठा। कराहना फिर तेज हो गया। याद ने सिसकियों में बवंडर की तेजी भर दी। उसने अनजाने में मुहब्बत से बेजार होकर अपना हाथ फैला दिया, ताकि वह अपने माँ, बाप, बीवी, बच्चे किसी को छू सके, पर तभी उसने महसूस किया कि उसके पास कोई धीरे-धीरे सरक रहा है।

वह काँप उठा, 'कौन?'

सरकने की आवाज अभी तक आ रही थी और उसका दिल घबराहट व अचरज से धड़क रहा था। उसे लगा कि कोई चीज सरकते-सरकते उसके हाथ पर रेंगने लगी है। पल भर में रेंगना खत्म हो गया और वह चीज भारी पड़ने लगी। दूसरा पल बीता, उसकी पकड़ गहरी हुई। उसने अचरज से जाना कि वह तो किसी का हाथ था। हाथ···कोई आदमी है···उसका बाप, उसकी बीवी, उसकी माँ···उसने हाथ टटोलकर पहचानना चाहा, पर पकड़ ढीली न हुई, हिलकर रह गई।

रेंगने की आवाज फिर आने लगी, धीमी, पर गहरी। उसने दम साधकर उधर आँखें घुमाईं, गहरा अँधेरा था और दूर पुरानी जानी-पहचानी आवाजें गूँज रही थीं। फिर पीछे आग के चटखने और किताबों के जलने की तेज गंध के कारण उसके कराहने की कड़वाहट बढ़ती जा रही थी।

इसी समय एक धीमी दर्द भरी आवाज उसके कानों में पड़ी! कुछ देर से वह उसे सुनने के लिए उतावला था। आवाज ने पूछा, 'तुम जिंदा हो?'

वह जैसे चौंका। उसके मुँह से एक आह निकलकर रह गई।

आवाज फिर बोली, 'क्या तुम बहुत घायल हो?'

वह फुसफुसाया, 'कुछ पता नहीं···।'

तभी पूछनेवाला चीख उठा, 'ओह···ओफ···ओह आ आ।'

उसके दिल में टीस उठी। टूटे स्वर में बोला, 'आह! तुम भी घायल हो? घायल?'

'अभी तक जीता हूँ।'

'मैं भी जीता हूँ।'

'कहाँ चोट लगी है?'

'पूछो कि कहाँ नहीं लगी है।'

कुछ जवाब नहीं मिला। जैसे वे दोनों अपनी इस दर्द और टीस भरी घायल आवाज से ही डरकर घबरा उठे। जिंदगी का मोह मौत के पास आकर भी उनके जाने बिना उन्हें जकड़े हुए था। उसी ने पल भर के लिए उनकी जबान पर ताला लगा दिया। पल भर के लिए फिर वही भयानक सीन उसकी आँखों के सामने नाचने लगा। जैसे रोशनी की एक हलकी सी रेखा, कसौटी पर कंचन की लोक की तरह फैल गई—शायद मेरे बूढ़े माँ-बाप, मेरी प्यारी बीवी कहीं इसी तरह घायल होकर मौत की गोद में पड़े हुए तड़प रहे हों···शायद वह भी मेरी तरह···।

उसका दिल भर आया, आँखों में आँसू बहने लगे; तब तक बहते रहे, जब तक हाथ की पकड़ फिर गहरी नहीं हुई। आवाज बिलकुल पास आ गई, पूछा, 'तुम्हारा यह हाथ ठीक है···?'

'शायद···।'

'हिला सकते हो···?'

'हाँ···पर क्या बात है?'

'आह, भाई मेरे! मेरा एक हाथ बुरी तरह कुचला गया···।'

आवाज फिर भर्राई, 'एक काम करोगे?'

'क्या···?'

'मेरा हाथ उठाकर छाती पर रख दो···लो, मैं तुम्हारे पास खिसक आता हूँ···ठीक है न···तुम्हारा हाथ पहुँचता है···ओह! अभी दूर है···ओह ओ ओ···यह क्या है?'

वह धीरे-धीरे रेंग रहा था। तारीकी उसी तरह कब्जा जमाए हुए थी, लहू की बदबू, कागजों की चिरायँध उसी तरह उठ रही थी। 'अल्लाहो अकबर!' और 'जय हिंद!' की ऊँची आवाज, घंटे-घड़ियालों का झनझनानेवाला शब्द उसी तरह फैल रहा था और दूसरा घायल पहले के पास, और पास खिसक रहा था। उसने कहा, 'अब ठीक है।'

पहले घायल ने टटोल-टटोलकर दूसरे घायल के बदन को धीरे-धीरे सहलाया। फिर काँपते हुए हाथ से उसके कुचले हुए हाथ को थामा। ऐसा लगा जैसे हाथ में कुछ गिलगिला पदार्थ आ गया है। उसका अपना हाथ भीग सा गया। शायद

लहू था, वह काँपा। हाथ उठते-उठते रुक गया··· ।

आवाज फिर आई, 'नहीं उठता!'

बिना जवाब दिए उसने फिर साहस किया। आँखें मींचकर उसने उस कुचले हुए हाथ को उसी की छाती पर रख दिया और रखकर वह पसीना-पसीना हो उठा। कई क्षण तक उसने आँखें नहीं खोलीं। मुर्दे की तरह पड़ा रहा।

आवाज फिर आई, 'जरा और मेरे दोस्त!'

'क्या?'

'मैं कमीज उठाता हूँ, तुम जरा हाथ को उसमें सरका दो।'

पहले घायल ने एक बार फिर जुंबिश की, जैसे मानो बोझ उठाना था। हाँफ उठा और दर्द से दिल में टीसें उठने लगीं, पर हाथ कमीज में अटक जाने पर दूसरे घायल की आँखें चमक उठीं। जैसे जान लौटी, साँस लेकर धीरे से उसने कहा, 'अब मैं तुम्हारी मदद कर सकता हूँ।'

पहला घायल गहरी दुविधा में डूबा हुआ था। उसके सामने मौत की भयानक तसवीर बार-बार उभर आती थी। टीस, कराह और दर्द ने उसे बेचैन कर दिया था, पर इस भयानक तारीकी में रोशनी की एक किरण रह-रहकर चमक उठती थी। आखिर यह कौन है? यह फरिश्ते की तरह प्यारी बानी क्यों बोलता है? क्या मालिक सचमुच मुझे बचाना चाहता है? क्या सच··· ?

आँखें जैसे ही चमकने को हुईं, दिल टीस उठा, फिर एक-एक करके लहू से सनी दम तोड़ती हुई लाशें उसकी आँखों के सामने उभर आईं और वह चिन-चिना उठा—झूठ, धोखा, मकर, फरेब! न राम, न रहीम, न देवता, न फरिश्ते, सब बदमाशी, शरारत, शैतानियत, हैवानियत··· ।

'सुनते हो··· ?'

'...'

'मका जिंदा हो?'

'हाँ··· ।'

'तो सुनो, मैं जा रहा हूँ। मैं अब रेंग सकता हूँ। सामने सड़क है···वहाँ से जरूर कोई फौजी लॉरी या घायलों की गाड़ी गुजरेगी। मैं चिल्लाकर उसे रुकवा लूँगा··· ।'

वह धीरे-धीरे रुक-रुककर बोल रहा था, जैसे कान में फुसफुसा रहा हो। दर्द से उसकी आवाज टीस उठती थी, पर वह रुका नहीं। पहले घायल ने अचरज से सुना, कोई फिर धीरे-धीरे रेंग रहा है। इस बार आवाज दूर हटती जा रही है।

उसने आँखें फाड़-फाड़कर देखा, पर निपट अंधेर के सिवा और कुछ नहीं था। सड़ांध, बदबू, चिरायँध और रह-रहकर कान फाड़नेवाली आवाजें⋯।

उसने पुकारा, 'तुम कहाँ हो?'

कोई जवाब नहीं।

'गए⋯?'

पहले घायल का दिल अब हमदर्दी और करुणा से भर गया। उसकी आँखों से आँसू बहने लगे और उसने चाहा कि सुख की इस घड़ी में वह अपने प्राण तज दे⋯।

और फिर एक लम्हे के बाद लम्हा, छिन के बाद छिन समय की बेअंत कड़ी में एक और फंदा लगाता और मिटाता रहा⋯धरती उसी नामालूम तेजी से चक्कर काटती रही, अँधेरा उसी संजीदगी से सबको अपनी छाती में समेटे रहा⋯पर घायल के दिल के किसी कोने में जिंदगी का प्यार तड़प उठा⋯तब उसे जिंदगी और मौत, प्यार और नफरत, सुख और दुःख में अंतर नजर आने लगा। नतीजा यह हुआ कि कराह और टीसें फिर तेज हुईं। वह फुसफुसाया, 'हाय! मैं मर क्यों नहीं जाता?'

लेकिन वह हमदर्द साथी⋯वह मौत से लड़नेवाला बहादुर⋯तभी अचानक दूर घर्र-घर्र की तेज़ आवाज उठी। फिर किसी ने बंदूक छोड़ी, ठाँय-ठाँय की थर्राती हुई आवाज से सन्नाटा चीख उठा और देखते-देखते 'जय हिंद' और 'अल्ला हो अकबर' के नारे गूँजने लगे। फिर जैसे गाड़ी रुकी और कई धीमी-धीमी इनसानी आवाजें आने लगीं⋯।

घायल का मन अब सबकुछ भूलकर काँपती हुई आशा से उमड़ने लगा। उसे एक-एक लम्हा युग जैसा मालूम हुआ, पर आशा के साथ झुँझलाहट लगी रहती है, जैसे ही लम्हा बीता, वह चिड़चिड़ाया, वह आता क्यों नहीं⋯?

फिर घर्र-घर्र की आवाज उठी, गाड़ी आगे बढ़ गई⋯।

'तो वह गया। साला, कमीना, हरामी⋯!'

और दर्द के मारे उसकी नस-नस तड़क उठी! तभी आवाज आई, 'अरे हो⋯।'

'...'

'मका जीते हो⋯?'

'हाँ⋯।'

'वह फौजी गाड़ी थी। किसी लाला का खानदान भरा हुआ था।'

'फिर··· ?'

'जगह नहीं थी।'

'तो··· ?'

'कहता था, एंबुलेंस भिजवा देगा।'

पहला घायल मायूसी और गुस्से से चिनचिनाया, 'भिजवा लो··· ।'

जवाब नहीं मिला। सिर्फ घिसटने की आवाज आती रही। दूसरा घायल फिर सड़क पर लौटा। वह रास्ते में लाशों से टकराया, लहू से उसका बदन सन गया, एक बार हड्डी इतनी तेजी से बगल में चुभी कि वह तिलमिला उठा, पर वह बढ़ता रहा। उसने ठिकाने पर पहुँचकर ही दम लिया। अब वह मुर्दे की तरह लेटा था और उसकी आँखें रोशनी की टोह में थीं।

वक्त की लंबी कड़ी के लम्हे फिर तेजी से भाग रहे थे।

'जय हिंद!' और 'अल्ला हो अकबर!' की आवाजें फिर उठने लगी थीं।

पर तारीकी की लंबी रात के खत्म होने का कोई असर नहीं था, मानो जो कुछ हुआ था, रोशनी उसे देखने से घबराती थी, मानो सूरज की आँखें दुखने लगी थीं। इसी तरह पहला घायल मायूसी से कराह रहा था। दूसरा उम्मीद के झूले में झूल रहा था। तभी सहसा दूर रोशनी चमकी। उसका दिल खिल उठा। सड़क का अँधेरा भागने लगा, सन्नाटा रो पड़ा। रोशनी पास आने लगी···बिलकुल पास···वह चिल्ला उठा, 'अरे हो हो, आह ओ हो! हा···य···हा···अरे हो··· ।'

और उसने उठने की कोशिश की, कार एक जर्क के साथ रुक गई। जल्दी से कई आदमी उतरे। उन्होंने टॉर्च की रोशनी डाली, पूछा, 'कौन?'

वह दर्द से कराहकर बोला, 'दो घायल हैं।'

आदमियों ने स्ट्रेचर उठाया और उसके पास गए, बोले,' तुम घायल हो?'

'हाँ। मेरा हाथ कुचला पड़ा है। कंधे और कमरे में छुरे के जख्म हैं··· ।'

उन्होंने आहिस्ता से उसे उठाया और स्ट्रेचर पर लेटा दिया। पूछा, 'दूसरा कहाँ है?'

'उधर, गली के मोड़ पर।'

'बहुत जख्मी है?'

'बहुत!'

'वे आगे बढ़े। वह चिल्लाया, 'अरे हो!'

पहला घायल जैसे तैयार था। जल्दी से कराहा, 'हाँ!'

'वह आ गए··· ।'

लेकिन जैसे ही उन्होंने उसे छुआ, वह चीख उठा। उसकी दोनों टाँगें लहूलुहान हो रही थीं! उसका सिर फटा जा रहा था। उसका अंग-अंग टीस रहा था। पर जैसे ही वह स्ट्रेचर पर लेटाया गया, उम्मीद ने उसका दर्द आधा कर दिया। वह मुसकराना चाहने लगा। पर दूसरा लम्हा आया। फिर टीसें उठीं, उसे माँ-बाप, बीवी और बच्चे की याद ने तड़पा दिया…।

वह फुसफुसाया, 'नहीं, नहीं, मैं नहीं जाऊँगा, मैं मरूँगा, मैं यहीं मरूँगा।' दूसरा घायल उससे सटा हुआ था, धीरे से बोला, 'अब मत रोओ। देखो, जिंदगी लौट रही है, सवेरा होने वाला है।'

पहला घायल रो रहा था, उसने कहा, 'सवेरा! मैं चाहता हूँ कि कभी सवेरा हो, कभी न हो, आज रोशनी में मौत है। तारीकी में जिंदगी।'

स्ट्रेचर उठानेवाले कुछ देर रुके! कुछ बातें कीं, फिर स्ट्रेचर अंदर गाड़ी में चढ़ाने लगे। वह हाँफने लगे थे और दोनों घायल कराह रहे थे। स्ट्रेचर फर्श पर टिका दिया गया। घायलों ने आँखें खोलीं। बिजली की नीली हलकी रोशनी में उन्होंने फिर दुनिया को देखा। एंबुलेंस की रंगीन दीवारें, छत, स्ट्रेचर उठानेवालों के संजीदा चेहरे और…।

और…।

जैसे बिजली कौंधी, जैसे धरती डोल उठी, जैसे भूचाल आया और सबकुछ कँपाता हुआ निकल गया। दोनों घायलों ने एक-दूसरे को देखा।

आँखें मिंचीं, खुलीं, गिंचीं, खुलीं…।

पहला घायल फुसफुसाया, 'तुम…!'

'तुम…तुम…!'

उसका दिल डूबने लगा, मानो साँस रुकने लगी हो। दूसरा घायल पसीने से तर था। उसने बहुत धीमे से पहले घायल का हाथ सहलाया, सहलाता ही रहा। पहला घायल साँस लेकर फिर बोला, 'तुमने…तुमने मुझे बचाया, लेकिन…ओह…लेकिन तुमने ही तो…हाँ…तुमने ही…तुम्हारे उन साथियों ने ही मेरे माँ-बाप, मेरी बीवी और बच्चे को मेरी आँखों के सामने काट डाला था। तुम उन्हीं में थे और उन…और उन…ओह…यह क्या है, क्या…?'

दूसरा घायल अभी तक उसका हाथ सहला रहा था। अब धीरे से बोला, 'और तुम उनमें से हो, जिन्होंने मुझे बरबाद कर दिया, जिन्होंने…आह!' उसने अचानक रुककर कहा, 'पर क्या फायदा इन बातों से? हम एक ही नाव में हैं, मेरे दोस्त! अब सिर्फ एक ही रास्ता है। आओ, हम दोनों मिलकर दुआ करें, हमारा यह

वतन सदा घायलों से भरा रहे। सदा इसके जख्म हरे रहें, ताकि इनसान इनसान बन सके, इनसान इनसान का दर्द समझ सके। नहीं तो, नहीं तो...।'

आगे उससे बोला नहीं गया, गला भर आया। उसकी आवाज आप-ही-आप तेज हो गई और तेजी ने उसे मथ डाला था। पहला घायल जार-जार रो रहा था, स्ट्रेचरवाले आदमी अचरज से उन्हें देख रहे थे और गाड़ी तेज रफ्तार से दौड़ रही थी...।

□

(सन् १९४७)

स्वप्नमयी

प्यारे भइया,

२८ मई, १९४७

आपके जाने के बाद मैं बराबर कहानी लिखने की कोशिश करती रही, परंतु जो कुछ भी मैं लिखती हूँ, उससे मुझे संतोष नहीं होता। सच तो यह है कि आपकी कहानियाँ पढ़कर मुझे लगता है कि मैं कभी कहानी नहीं लिख सकूँगी। कभी-कभी तो मैं आपकी कहानी सामने रख लेती हूँ। आपका प्लाट तो नहीं चुराती, पर शैली जरूर चुराती हूँ, लेकिन चोरी की चीज क्या अपनी होती है? पढ़ने पर लगता है, जैसे आपकी वह कहानी पढ़ रही हूँ, जो शायद आपने अपने साहित्यिक जीवन के बचपन में लिखी होगी। तब मुझे अपने ऊपर ग्लानि होने लगती है। जी में उठता है, सबकुछ फाड़कर फेंक दूँ और फिर कभी कहानी लिखने का नाम न लूँ, पर तभी तुम्हारी बात याद आ जाती है—'मनुष्य के कोष में पराजय शब्द नहीं है।' एक दिन वह अवश्य जीतेगा। जीतने के लिए प्रयत्न करना ही सबसे बड़ी सफलता है। तब मैं फिर उत्साह से भरकर पन्ने रँगने लगती हूँ। पन्ने रँग-रँगकर ही तो आप आज एक महान् कथाकार बन गए हैं। मैं भी बनूँगी। तब दुनिया कहेगी, आखिर अमला है अजित की सहोदरा ही न!

लो भइया! मैं कितनी पगली हूँ। कहानी की बात करते-करते अपनी प्रशंसा करने लगी। तभी तो मुझसे कहानी नहीं लिखी जाती, पर इधर एक बड़ा सुंदर प्लाट मुझे मिला है। मैं उसपर कहानी लिख रही हूँ। भेजूँगी, पर मैं चाहती हूँ, आप भी उसी प्लाट को लेकर कहानी लिखें। तुलना करने पर मुझे अपनी कमियाँ आसानी से दिखाई दे सकेंगी।

हमारे घर के सामने एक बहुत सुंदर हवेली है। उसमें एक ब्राह्मणी रहती है।

विधवा है, परंतु एक पुत्र और कई पौत्र हैं। मैंने उसके पुत्र को देखा है। वह सदा बना-ठना रहता है; सिल्क का कुरता, सिल्क की टोपी, सुंदर किनारीवाली महीन धोती और विलायती काला सैंडिल। अकसर वह बैठक में बैठा रहता है। कभी वीणा के तार छेड़ देता है, तो कभी सितार पर मधुर धुन बजाने लगता है। उसे गाना आता है; मैं देखती हूँ वह कभी-कभी पत्नी को सामने बैठाकर कोमल स्वर में गाया करता है। तब मैं लज्जा से सिहर उठती हूँ, पर वह सदा रंगीनियों में बहता रहता है। वह किसी दफ्तर में काम नहीं करता। उसका किसी व्यापार से कोई संबंध नहीं है। सच तो यह है कि वह प्राय: अशिक्षित है। फिर भी वह इतना धन कहाँ से लाता है, यह प्रश्न मेरे मन में बार-बार उठा करता था। कल अचानक एक ऐसी बात हुई, जिसके कारण मुझे बिना परिश्रम उस रहस्य का पता चल गया। आप जानते हैं, स्त्री को स्त्री से मित्रता करने में कुछ देर नहीं लगती है। वह पहली ही भेंट में दिल की दूरी को मिटा देती है।

कल मैं संध्या से कुछ पहले अपने ऊपर के कमरे में बैठकर पत्रिका पढ़ रही थी, तभी सुना कि कोई मुझे पुकार रहा है। दृष्टि उठाकर देखा, उस सुंदर भवन के ओसारे में एक युवती खड़ी है। मैं उसे जानती थी। वह ब्राह्मणी के लड़के की बहू थी, सुंदर और मृदुभाषिणी। मैंने मुसकराकर कहा, 'कहो बहन।'

वह बोली, 'आप तो हमसे बात भी नहीं करतीं।'

मैंने कहा, 'बहन, मैं तो बोलने के लिए तड़पती रहती हूँ, पर तुम्हीं ईद का चाँद बनी रहती हो।'

वह हँस पड़ी, 'तो आओ न, मैं अकेली हूँ। वे माँ के साथ गाँव गए हैं।'

मैं खुशी-खुशी उसके पास गई। अंदर साधारण स्वच्छता थी। हाँ, उसने गहने खूब पहने थे। बातों-बातों में पता लगा, वे लोग जजमानी पर जीते हैं। राजपूताने के बड़े-बड़े सेठ उनके जजमान हैं। इस बार माँ बेटे को साथ ले गई है, जिससे जान-पहचान बनी रहे।

'पर जी,' उसने कहा, 'वे इन कामों को अच्छा नहीं समझते।'

मैंने पूछा, 'तो कुछ और काम करते हैं?'

वह हँस पड़ी, 'जी, जब तक बिना मेहनत धन मिलता है तब तक कुछ और नहीं कर सकते।'

अचरज से मैंने कहा, 'तो क्या इतना धन मिल जाता है?'

बोली, 'मिलता था, पर अब क्या है, अब तो सभी सयाने हो गए हैं। अभी रामगढ़ के सेठ के यहाँ से जो कुछ मिला है, वह पहले से बहुत कम है, सिर्फ पाँच

तोले सोना है।'

'पाँच तोले!' मुझे विश्वास नहीं हुआ। मैंने पूछा, 'पाँच तोला सोना?'

'हाँ जी। केवल पाँच तोले। पहले तो उन्होंने दस-दस तोले तक दिया है। आओ देखो, मैं दिखाती हूँ।'

मैंने देखा तो आँखें खुली रह गईं—दो सुंदर और कीमती तियलें (पोशाक) थीं, एक साड़ी और एक दामन। तीन आभूषण थे, अँगूठी, कर्णफूल और एक ब्रासलेट। इसके अतिरिक्त पलंग की निवार, बिस्तर तथा दूसरी अनेक वस्तुएँ थीं। मैंने पूछा, 'बहन! किसका विवाह था?' उसने मुझे अचरज से देखा। फिर हँसकर बोली, 'यह तो सज्जा है, जी।'

'सज्जा अर्थात्''' ?'

'जी। उनके बड़े लड़के की बहू मर गई थी।'

सहसा जैसे किसी ने मेरी छाती पर मुक्का मार दिया हो। मैंने सोचा, वह मर गई और इनके लिए ऐश करने का रास्ता बन गई। कैसी दुनिया है? कौन जानता है, इस धरती पर ऐसे लोग भी हैं, जिनके लिए मृत्यु विलासिता का साधन है। बिना परिश्रम किए जो खाता है, वही तो विलासी है। इसके बाद भइया! मेरा मन नहीं लगा। वह बेचारी कभी वीणा की चर्चा छेड़ती; कभी सितार का राग सुनाती, परंतु मैं संक्षेप में उत्तर देकर चुप हो जाती। फिर भी मैं मौन नहीं थी। वह संभवत: मेरे दिल का दर्द जान भी नहीं सकी होगी।

मैं पूछती हूँ—भइया, क्या यह कहानी लिखने का प्लाट नहीं है। मैं तो 'समाज के शत्रु' कहानी लिखने लगी हूँ।

हम दोनों प्रसन्न हैं। वैसे उन्हें दफ्तर से फुरसत नहीं मिलती। हेड बनने वाले हैं। अणिमा गई या नहीं? मझले भइया तो मद्रास पहुँच गए हैं। बड़ा लंबा प्रोग्राम है उनका! अरविंद आश्रम, रमन आश्रम, रामेश्वरम्—सभी देखना चाहते हैं। अच्छा है, माँ को शांति मिलेगी। सुना है, अरविंद आश्रम में पुरातन और नवयुग का सुंदर समन्वय है। द्वंद्वात्मक भौतिकवाद के इस युग में ये सब बातें अपना क्या प्रभाव छोड़ेंगी, कौन जानता है?

सबको नमस्कार और प्यार।

तुम्हारी,
अमला

× × ×

२० जून, १९४७

प्यारे भइया,

आपका पत्र मिला। आपका मजाक समझती हूँ; पर भइया, इधर कहानी का वह प्लाट मेरे लिए जीवन का दर्द बन गया है। रह-रहकर मैं सिहर उठती हूँ और मुझे लगता है, जीवन कहानी लिखने के लिए नहीं है, बल्कि उसका काम कहानियों का निर्माण करना है। कहानी-लेखक तो मानो अपनी अकर्मण्यता को शब्दों के आवरण में छिपाना चाहता है।

परंतु मैं आपको उपदेश देने की धृष्टता नहीं करूँगी। आप नंदिता को तो जानते हैं। उसने मेरे साथ मैट्रिक किया था। अरे वही, जो कई बार आपसे कविता के अर्थ पूछा करती थी। उसने लखनऊ से बी.ए. पास करने के बाद, रामगढ़ के सेठ रामदास के छोटे लड़के, जगदीश कुमार एम.ए. के साथ विवाह कर लिया था। वह प्रेम-विवाह था, परंतु एक मित्र के कारण उन्हें किसी प्रकार की तपस्या नहीं करनी पड़ी। उनके घरवाले आज भी नहीं जानते कि नंदिता अपने पति को पाणिग्रहण से पहले ही वरण कर चुकी थी।

कल अचानक उसी का पत्र मुझे मिला। नौकरानी लाई थी। इधर भी उनकी एक फर्म है और अकसर वे लोग यहाँ आकर रहते हैं। पुरानी सहेली का पत्र पाकर मुझे स्वभावतः बड़ी प्रसन्नता हुई। मैं खुशी-खुशी उससे मिलने गई। वे बड़े लोग हैं। उनका भवन विशाल है। उसकी सजावट रईसाना है, परंतु भइया, उनका पहनावा मुझे बड़ा बुरा लगा। ऊँचे और भारी दामन, जिन्हें वे घाघरा कहती हैं, चिते हुए दुपट्टे, ऊँची चोलियाँ, जिनमें से उनका पेट झलकता रहता है। वे गहनों से लदी रहती हैं। पैरों की अंगुलियों में चुटकियाँ, फिर कड़ी, साँठ, नेवरी, छैल कड़ी। कमर में तगड़ी। हाथों में बंद, वगड़ी, पहुँची, छेली, पकड़े, दस्तबंद। गले में गलपटिया, मनिया, कटसरी, रामनामी, फूलहार, लॉकेट। कानों में बालियाँ, बुंदे, माथे पर पट्टी, बोरले। ये कुछ नाम हैं, जो मैं याद कर सकी। बोली भी मैं उनकी ठीक-ठीक नहीं समझ सकती, परंतु मैं जानती थी कि पुराने लोग आदर के भूखे होते हैं। मैंने पुरातन रीति से नंदिता के सास के चरण दाबे तो वे गद्गद हो उठीं। पूछने लगीं, 'तुम किसकी लड़की हो? कहाँ रहती हो? बहू को कैसे जानती हो?' मैंने उन्हें संक्षेप में सबकुछ बताकर कहा, 'नंदिता मेरे साथ पढ़ी थी।'

अचरज से बोलीं, 'तो तू भी कॉलेज में पढ़ी है?'

'जी नहीं,' मैंने कहा, 'मैंने स्कूल के बाद पढ़ना छोड़ दिया था।'

'हाँ बहू,' वे मुँह बनाकर बोलीं, 'औरत जाति के लिए इतना पढ़ना किस

काम का? पर आजकल के छोकरे? ना बाबा! उनका दिमाग तो आसमान पर रहता है। पढ़ी-लिखी बी.ए. पास बहू लेंगे। बहू, हम तो एक बात जानें, खानदान अच्छा हो, और खैर, खूबसूरत होना भी ठीक है। पर यों जो बहू, नई आग लगी है, सब कॉलेज पढ़ी छोकरी पसंद करे हैं। यों तो…'

वे अपना वाक्य पूरा नहीं कर पाई थीं कि एक लड़की वहाँ आकर मुझसे बोली, 'आपको चाचीजी बुला रही हैं!'

मैंने उस लड़की को देखा। कौवों में हंस की तरह वह मुझे बड़ी प्यारी लगी। उसने बूटीदार खद्दर का फ्रॉक पहन रखा था। उसके सुनहले बाल दो वेणियों में गुँथे हुए थे और उसकी हलकी नीली आँखें, गोरा रंग मेरे दिल में यह संदेह पैदा कर रहा था कि कहीं यह अंग्रेज की लड़की तो नहीं है!

मेरे मस्तिष्क में ये विचार एक क्षण में आए और गए। सेठानी क्रुद्ध स्वर में बोली, 'जा बहू, तू वहीं जा! हमें क्या बोलना आता है! मेम साहब!'

मैं घबरा उठी। मैंने शीघ्रता से कहा, 'जी नहीं। नंदिता का यह मतलब नहीं है। शायद वह नहीं जानती; मैं आपसे बातें कर रही हूँ।' परंतु उनकी तनावट ढीली नहीं पड़ी। बोलीं, 'मैं उसे जानती हूँ।' और फिर धम-धम करती हुई अंदर चली गई। मैं भौंचक सी उन्हें देखती रह गई, यह कैसा स्वागत है? एक बार तो जी में उठा कि मैं यहाँ से लौट चलूँ, पर तभी उस लड़की ने मेरा पल्ला पकड़कर कहा, 'आओ मौसीजी!'

जेठ की दुपहरी में मानो पूरबी हवा का झोंका आया। मेरा अंतर्मन एक अनिर्वचनीय आनंद से भर उठा। मुड़कर मैं बोली, 'चलो, कहाँ चलना होगा?'

'ऊपर!'

जीना सामने था। मार्ग में मैंने पूछा, 'तुम्हारा क्या नाम है?'

'अपराजिता।'

'इतना सुंदर!' मैंने मुसकराकर कहा, 'किसने रखा है?'

'चाचाजी ने।'

'और माँ ने नहीं?'

अपराजिता बोली, 'हमारी माँ नहीं है।'

आँखें फिर उठीं। वह उसी तरह शांत थी। मुझे अपने ऊपर क्रोध आने लगा। क्यों मैंने ऐसा प्रश्न पूछा और तभी मैंने सुना कि किसी ने पुकारा, 'अमला!'

मुझे रोमांच हो आया। वर्षों बाद यह प्यारा शब्द सुना था। मैं उसी तरह मुग्ध सी बोली, 'नंदिता!'

देखा, सामने के द्वार पर नंदिता खड़ी है—सुंदर, मुग्ध और प्रसन्न। शीघ्रता से लपकी और मुझे छाती से चिपका लिया। देर तक चिपकाए रही। जब अलग हुई तो मैं रो रही थी और वह उसी तरह शांत थी। केवल आँखें गीली होकर रह गई थीं। बोली, 'अमला, तुम बहुत अच्छी हो।'

मैं हँस पड़ी, 'और तुम बुरी।'

फिर जो बातें हुईं, उसकी चर्चा बड़ी लंबी है। मुझे लगा कि उस क्षण जो आनंद मुझे हुआ, वह उसी क्षण में पैदा हुआ आवेग नहीं था। वह तो अमर और शाश्वत भावना थी, जो समान भाव से मानव जाति को सदा-सदा से ओत-प्रोत किए हुए है। तब हमने बच्चों की तरह अनेक प्रश्न पूछ डाले। पिछले सात वर्षों का सारा जीवन मानो उन कुछ क्षणों में फिर से दोहराया गया हो। उसके बाद मैंने धीरे से कहा, 'नंदिता, तुम्हारी सास क्रुद्ध हो रही थीं।'

नंदिता विद्रूप से बोली, 'वे और क्या करेंगी? मुझे उनकी चिंता नहीं है।'

मैं मुसकराई, 'मालूम होता है, तुम लोगों की बनती नहीं है।'

'छोड़ो भी,' उसने कहा, 'क्या बात ले बैठी। सुनाओ, तुम क्या करती हो।'

'क़हानी लिखना सीख रही हूँ।'

वह मुसकराई, 'तो जीजाजी कहानी लिखते हैं?'

'अजी, वे क्या कहानी लिखेंगे! उन्हें सरकारी काम से फुरसत नहीं।'

'तो फिर?' उसने उत्सुकता से पूछा।

'छोटे भइया।'

'अजित?'

'हाँ! वे तो प्रसिद्ध कहानीकार हैं; सभी प्रसिद्ध पत्रिकाओं में उनकी रचनाएँ छपती हैं।'

नंदिता का मुख प्रकाश से चमक उठा, 'ओह, तो अजित ये है। उनकी कहानियाँ मैंने बहुत पढ़ी हैं। वे मुझे बड़ी प्यारी लगती है, क्योंकि वे मनुष्यों को जीने की प्रेरणा देती हैं।'

सच भइया! तुम्हारी प्रशंसा सुनकर मेरा मन खिल उठा। मैंने गर्व से भरकर कहा, 'आज ही भइया को लिखूँगी, नंदिता तुम्हारी बड़ी प्रशंसक है।'

नंदिता हँस पड़ी, 'अमला, कोई किसी की प्रशंसा नहीं करता। जो इस योग्य है वह अपनी प्रशंसा आप करा लेता है। हाँ, तुमने कितनी कहानियाँ लिखी हैं?'

'अरे, अभी तो सीख रही हूँ। लिखूँगी तो तुम्हें भी दिखाऊँगी।' और फिर

मैंने उसे वही प्लाट बताया। सुनते-सुनते न जाने क्या हुआ नंदिता का मुख विवर्ण हो उठा। किसी तरह सँभलकर बोली, 'वह मेरी जेठानी थीं।'

जैसे कोई अनहोनी बात हुई, मैंने अचरज से कहा, 'तुम्हारी जेठानी?'

'हाँ। यह अपराजिता उन्हीं की लड़की है।'

'उन्हें क्या हुआ था?'

नंदिता की मुद्रा कठोर हो उठी। उसे अपने को सँभालना कठिन हो रहा था। वह सहसा कुछ जवाब न दे सकी। मुझे लगा, जैसे मैं किसी भूल-भुलैया में फँसती जा रही हूँ। मैंने कहा, 'नंदिता, उस दिन उस सज्जा को देखकर मैंने सोचा था, वह बहू अपने कुल की बड़ी प्यारी रही होगी, पर आज तो लगता है⋯।'

बात काटकर नंदिता बोली, 'ठीक ही लगता है, अमला! ये लोग उसे प्यार नहीं करते थे। इन्होंने उसे मार डाला था। ये सबकुछ कर सकते हैं, सबकुछ!'

नंदिता फिर भावावेश में आने लगी। उसकी जेठानी का नाम विमला था। वे मैट्रिक पास थीं परंतु उनकी भावना गहरी थी। वे कविता किया करती थीं और कविता के आवेश में अकसर स्वप्न देखने लगती थीं। वे देश की परतंत्रता, निर्धनता और अशिक्षा की कहानियाँ पढ़तीं और कल्पना करने लगतीं—वे परतंत्रता, निर्धनता और अशिक्षा को दूर कर सकती हैं और करेंगी। वे स्वप्नों में उलझकर यह भूल जाती थीं कि वे धरती पर रहती हैं, जहाँ स्वप्न देखना मानसिक रोग का लक्षण है। वे नंदिता की जेठानी थीं, पर उसका आदर करती थीं और अपनी कल्पना और कविता में उसे साझीदार बनाती थीं। उनमें एक दुर्गुण था, वे दूसरे की भावनाओं को ठीक-ठीक नहीं समझ पाती थीं, विशेषतः दुर्भावनाओं को; इसीलिए वे किसी से अप्रसन्न नहीं होती थीं। वे वस्तुतः बहुत भोली थीं। वे बहुत सुंदर नहीं थीं, परंतु पहली बार जब वे गर्भवती हुईं तो उन्होंने निश्चय किया कि उनकी संतान परमगुणसंपन्न होनी चाहिए। बस, तब उन्होंने अनेक सुंदर नर-नारियों के चित्र मँगवाए। वे पुस्तकें मँगवाईं, जिनमें महापुरुषों और महान् नारियों के चरित्र अंकित थे। चित्रों को देखतीं, चरित्रों को पढ़तीं और यथाशक्ति अपने को शांत और प्रसन्न रखतीं। उनकी इन विचित्र बातों की आलोचना कुटुंबीजन तो करते थे, परंतु उनके प्रिय स्वभाव के कारण कुछ कह न पाते थे। अपने पति को वे बेहद प्यार करती थीं, इसलिए वे उनकी इच्छाओं का आदर करते थे। इन बातों का परिणाम यह हुआ कि उन्होंने एक परम सुंदर नीलनयन कन्या को जन्म दिया। कहते हैं, जन्म के समय दर्द को भूलकर वे दाई से बोलीं, 'मैं शिशु को देखूँगी।' और देखकर उनके नेत्र चमक उठे। दाई बोली, 'बहूजी, तुम्हारे गर्भ से रति ने जन्म लिया है।'

वे अपनी सफलता पर गर्व से फूल उठीं। तब से वे और भी कल्पनाओं में रहने लगीं। उन्होंने निश्चय किया—अपराजिता मेरे देश की दूसरी लक्ष्मीबाई बनेगी।

उन्हें कविता से प्रेम था। वे अब देशभक्तिपूर्ण कविताएँ लिखने लगीं। वे कविताएँ जीवन और मृत्यु—दोनों के प्रगाढ़ प्रेम की कल्पना से ओत-प्रोत होती थीं। साथ-ही-साथ उन्हें लगा, उन्हें स्वयं भी देश के लिए काम करना चाहिए। उन्होंने पति से प्रार्थना की। पतिदेव यद्यपि स्वयं जेल हो आए थे, परंतु पत्नी की यह बात उन्हें अच्छी नहीं लगी। इतने बड़े घराने की बहू जेल जाए, यह कल्पना उन्हें कँपा देनेवाली थी। व्यवसायी आदमी थे, दूर की सोचते थे, इसलिए टाल गए कि समय आने पर वे साथ-साथ देश की सेवा करेंगे! बात कुछ समय के लिए पीछे रह गई। तभी कुछ दिनों के लिए अपने पिता के घर उनका जाना हुआ। उन दिनों वहाँ सत्याग्रह हो रहा था। किसानों ने जमींदार के विरुद्ध युद्ध की घोषणा कर दी थी। उनके वकील पिता किसानों के वकील थे। विमला ने यहाँ आकर अपने स्वप्नों को चरितार्थ होते देखा। वे उस युद्ध में रस लेने लगीं। वे उनके घर जाकर उनसे बात करतीं और उनकी सभाओं में कविता पढ़तीं। एक दिन एक सभा में विद्रोह भरी कविता पढ़ने के अपराध में वह पकड़ी गईं।

समाचार ससुराल पहुँचा। जैसे किसी ने मुँह पर कालिख पोत दी। वे तिलमिलाकर रह गए। पति को भी यह धृष्टता अच्छी नहीं लगी, पर कुल की लाज का प्रश्न था। वे गए और पैसे के बल पर उन्हें छुड़ा लाए। विमला प्रसन्न थीं। विशेषतः इसलिए कि वे फिर गर्भवती थीं। उन्हें विश्वास था, उनकी यह संतान देश पर प्राण देनेवाली होगी। पति से गद्गद होकर कहा, 'हमारी यह संतान परम सुंदर होने के साथ-साथ महान् देशभक्त भी होगी।'

पति मुसकराए, क्योंकि वे भी पिता थे, परंतु बोले, 'विमला! कुछ भी हो तुम्हें जेल नहीं जाना चाहिए था।'

विमला ने जवाब दिया, 'मैं क्या जेल जाना चाहती थी? वे मुझे पकड़कर ले गए। मैं तो केवल किसानों को यह बताने गई थी कि तुम धरती के बेटे हो। माँ बेटों की होती है।'

पति हँस पड़े, 'कवयित्रीजी, तुम निरी कल्पना पर जीना चाहती हो। यह याद रखो, जीवन एक ठोस पदार्थ है।'

विमला बोली, 'यह ठोस पदार्थ कभी अवश्य कल्पना रहा होगा। ज्यों-ज्यों कल्पना क्रिया में पलटती गई त्यों-त्यों जीवन ठोस होता गया। मैं भी यही करती हूँ।'

उन्होंने नंदिता से भी कहा, 'देखो नंदिता! सुंदर कल्पना को जब तक व्यवहार में नहीं परखा जा सकता, तब तक उसका सत्य प्रकट नहीं होता।'

नंदिता ग्रैजुएट थी। वह जेठानी की बातें सुनकर अचरज से भर उठती। वह सोचती, कवि सचमुच क्रांतिद्रष्टा है। वैज्ञानिक अनुसंधान द्वारा जिस सत्य को खोज निकालता है, कवि उसे अनुभूति से पा लेता है। तब से वह विमला के प्रति और भी आदर से भर उठी, परंतु उनकी सास को ये बातें बिलकुल अच्छी नहीं लगती थीं। विशेषकर जेल जाने के बाद से तो वे विमला की शत्रु हो उठीं—उसने उनके कुल की सफेद चादर में काला दाग लगाया था। उसे दंड मिलना आवश्यक था। उसे वह पुत्र द्वारा अपमानित करवाना चाहती थीं, पर यह संभव नहीं था। अतः उन्हें न्याय को अपने हाथों में लेना पड़ा। वे उन्हें रामगढ़ ले गईं। वे अकसर वहीं रहती थीं। वह उनके कुलवालों का पुश्तैनी निवास-स्थान था, पुराना और रूढ़ियों से चिपटा हुआ। वहाँ अब भी नारी का अर्थ था—घर की दासी, जिसका स्थान भोजन-गृह और प्रसूति-गृह तक ही सीमित है। वे घर का काम और बच्चे पैदा करने के लिए खरीदी जाती हैं। जो धनवान हैं, वे हाथों से काम नहीं करतीं, मुँह से करती हैं, अर्थात् खाती और बातें करती हैं। विमला इसी श्रेणी में थीं। उन्हें खाने की आज्ञा थी। उन्हें बात करने की आज्ञा थी, परंतु वह घर से बाहर नहीं जा सकती थीं। वे तड़प उठीं। जैसाकि उनका स्वभाव था, उन्होंने अपनी सास से कहा, 'जी! मैं बाहर घूमना चाहती हूँ।'

सास बोलीं, 'बहू! यह शहर नहीं है। तुम्हें बहू-बेटियों की तरह रहना चाहिए।'

'लेकिन,' विमला ने कहा, 'मुझे हवा की जरूरत है।'

सास अपने गढ़ में थीं। दृढ़ता से बोलीं, 'बहू! सेहत हवा से नहीं, खाने से सुधरती है। मेरे घर में घी की कमी नहीं है।'

विमला सहम गईं। यकायक उन्हें कुछ सूझ न पड़ा। वे अनमनी सी रहने लगीं। परिणामस्वरूप उसका स्वास्थ्य बिगड़ चला।

वे कई बार सास के पास गईं, परंतु वे घृणा की हँसी हँसकर रह गईं। उन्होंने कहा, 'तो मुझे शहर जाने दो।'

जवाब मिला, 'अभी ठहरो।'

विमला ने कई पत्र अपने पति और नंदिता के नाम लिखे, पर उन्हें किसी का उत्तर नहीं मिला। उनके कवि-हृदय को ठेस लगी। विशेषकर अपने गर्भ के कारण उनकी चिंता बहुत बढ़ गई और वे विक्षिप्त सी रहने लगीं। अपराजिता तब नंदिता

के पास थी और बच्चा होने के दिन पास आ रहे थे।

अंत में एक दिन एक बैरंग पत्र किसी तरह नंदिता के पास पहुँचा। पढ़कर नंदिता काँप उठी। उसने उसी वक्त अपने पति को बुलाकर कहा, 'मैं आज ही रामगढ़ जाऊँगी। जीजी बहुत बीमार हैं।'

अचरज से उन्होंने कहा, 'पर नंदिता! मुनीमजी का पत्र आया है, उसने लिखा है कि वे प्रसन्न हैं।'

नंदिता ने पत्र उन्हें दे दिया। पढ़कर वे बोले, 'जान पड़ता है, उनका मस्तिष्क बिगड़ गया है।'

'जी हाँ,' नंदिता ने जवाब दिया, 'कवि के कोमल हृदय को जब ठेस लगती है तो वह विद्रोह करने में असमर्थ होने से पागल ही हो जाता है, पर आप अभी चलिए, अभी।'

रामगढ़ पहुँचकर जब नंदिता ने विमला को देखा तो वह काँप उठी। वे मात्र कंकाल थीं, पीली और डरावनी। आँसुओं को पीकर उसने कहा, 'जीजी, तुमने यह क्या कर डाला!'

विमला ने आँखें खोलकर देखा, कहा, 'तुम आ गई नंदिता! पर अब देर हो चुकी है। मैंने उसकी हत्या कर डाली।'

'नहीं-नहीं,' नंदिता ने प्यार से उसके सिर पर हाथ फेरा, 'तुम ऐसे मत बोलो, जीजी! तुम ठीक हो जाओगी, परंतु तुमने लिखा क्यों नहीं?'

लेकिन विमला ने नहीं सुना। वह यही कहती रहीं, 'मैंने उसकी हत्या कर डाली, मैं चाहती तो उसे बचा सकती थी।'

नंदिता ने लौटकर पति से कहा, 'जीजी पागल हो चली हैं, शीघ्र ही शहर जाकर एक डॉक्टर और नर्स को ले आइए।'

सास पास बैठी थीं, बोलीं, 'अरे नहीं। उसको बच्चा होने वाला है। दिन पास है। ऐसा ही हो जाता है, खासकर जब कोई महात्मा पैदा होता है।'

नंदिता ने तीव्रता से कहा, 'उनके हृदय को ठेस लगी है। उन्हें डॉक्टर की जरूरत है।'

सास बोलीं, 'पर इस घर में आज तक डॉक्टर और नर्स नहीं आए हैं।'

'नहीं आए हैं तो अब आ जाएँगे।'

और वह चली गई, परंतु विमला बहुत दूर पहुँच चुकी थीं। अपराजिता की पुकार भी उन्होंने नहीं सुनी और डॉक्टर के आने से पहले ही वह भोली कवि-आत्मा इस दुनिया को छोड़कर चली गई। उसने उसी रात एक मृत शिशु

को जन्म दिया। वह अति सुंदर था और उसका सिर बड़ा था, परंतु उसके हृदय का स्पंदन बंद था।

क्षण भर के लए जब उसे होश आया, तब अपने पति से उसने इतना ही कहा, 'अपराध मेरा था। मैं चाहती तो उसे बचा सकती थी, परंतु बचा नहीं सकी। इसलिए मुझे जीने का अधिकार नहीं है। मैं जा रही हूँ।'

तुम्हारी अमला

× × ×

२१ जून, १९४७

प्यारे भइया!

कल मन इतना उमड़ा कि आगे लिखा ही नहीं जा सका। नंदिता ने जब मुझे यह कथा सुनाई थी, तब मैं रो-रो पड़ी थी। उसने कहा था, 'अमला! नारी बहुत रो चुकी। रो-रोकर उसने आँचल के दूध को भी पानी कर डाला है। वह भूल गई है, पुरुष का सहारा लेनेवाली नारी पुरुष का निर्माण भी करती है। उसने मुझे विमला की कविताएँ भी दी हैं कि आप उन्हें छपवाने का प्रबंध कर दें। दुनिया देखे तो अंधकार की छाती के नीचे प्रकाश के कितने पुंज दबे पड़े हैं।'

भइया! कहानी कहाँ से कहाँ पहुँच गई। इसको कोई क्या लिखे! यह तो मरकर देखने का सौदा है।

शेष सब ठीक है। अगले पत्र में विशेष हाल लिखूँगी। सबको नमस्कार और प्यार।

तुम्हारी,
अमला

पुनश्च—
विमला का पत्र भेज रही हूँ।

अमला

विमला का पत्र

प्यारी नंदिता,

आखिर मैंने उसकी हत्या कर डाली। मैंने अपने ही हाथों संसार के भावी नागरिकता, जो विश्वास का महान् पुरुष बनने वाला था, का गला घोंट दिया।

उसे मुक्त वायु की आवश्यकता थी, मैं उसे घी पिलाती थी। उसे कठोर कर्म की जरूरत थी, मैं पड़ी-पड़ी उसे लोरियाँ सुनाती थी। उसने मुझसे बार-बार कहा कि माँ, मैं प्रकृति का साहचर्य चाहता हूँ, राजसी भोग नहीं। मुझे मुक्त सूर्य के

दर्शन करने दो, मुझे सरिता की लहरों से खेलने दो। माँ, मुझे तुम पर्वतों की उन चोटियों पर ले चलो, जहाँ से मुक्त झरने झरते हैं; जहाँ प्रकृति और पुरुष, निर्विघ्न और निर्द्वंद्व, गलबाँही डाले खेल खेलते हैं, पर मैं उसकी इच्छा पूरी नहीं कर सकी, क्योंकि इनकी कुल-रीति किसी नारी को प्रकृति से संबंध स्थापित करने की आज्ञा नहीं देती।

मैं चुप हो गई, यही मेरा पाप था। मैंने अपने विचारों को स्वयं झुठलाया। मैं चाहती तो रीति को तोड़ सकती थी। रीति तो शाश्वत नहीं होती। वह तो नित नई बनती है। बननी ही चाहिए। मैंने क्या-क्या सोचा था। मैं आदि शक्ति हूँ। मैंने संसार बनाया है। मैं फिर एक ऐसा संसार बनाऊँगी, जिसमें न परतंत्रता होगी, न निर्धनता और न निरक्षरता, पर···

पर क्या नंदिता, मैंने अपने पैरों पर आप कुल्हाड़ी चलाई। अपने संसार को स्वयं नष्ट कर दिया। मैं भूल गई कि मैं निर्माता हूँ। मुझे अब जीने का अधिकार नहीं है। मैं नहीं चाहती कि मेरा अशक्त बच्चा कल को यों कहे—अपनी माँ के पापों का फल मुझे भोगना पड़ रहा है। इसलिए उसका मरना अच्छा है। मैं उसका गला घोंट रही हूँ और अपना भी। वह मुझे पुकार-पुकारकर कह रहा है—माँ! मुझे पंगु जीवन नहीं चाहिए। माँ, मुझे दुर्बल हृदय नहीं चाहिए!

अपराजिता तुम्हारे पास है। तुम ही रखना। वह एक दिन महान् बनेगी—यह मत भूलना।

तुम्हारी
विमला

□

(सन् १९४७)

समाज के शत्रु

रामनगर की पंचायत के सदर चौधरी बदन सिंह यद्यपि उम्र के लिहाज से जमाने से पिछड़ गए थे, पर मुहब्बत और वचन का मोल जानते थे। वे अदब और लिहाज के तरीकों में बड़े सख्त थे। उनकी वाणी में जितनी कड़ुवाहट थी, दिल उतना ही प्रेम से भरा हुआ था।

उन्हीं के साथ के मुसलमानों के सरगना हाजी जमील खाँ भी थे। हज हो आए थे। पिछले दिनों तक मदरसा चलाते थे। कट्टर मुसलमान थे, पर बदन सिंह की मुहब्बत का दम भरते थे। सुना जाता है, जब पढ़ाते थे तो शहतूत की कमाची से शागिर्दों की खाल उतार डालते थे।

चौधरी बदन सिंह के सभी बेटे इन्हीं की मार खाकर आल्हा पढ़ना सीखे थे। एक बार उनका छोटा लड़का मार न सहकर जब घर भाग आया था तो चौधरी साहब उसका कान पकड़कर सीधे हाजी साहब के पास पहुँचे और बोले, 'हाजी साहब, सुना आपने? यह लौंडा मुझसे आपकी शिकायत करने गया था। मार नहीं डाला कंबख्त को। कह चुका हूँ—मांस-मांस आपका, हड्डी-हड्डी मेरी। मुझे क्या सालों को चाटना है? आज उस्ताद का अदब नहीं करते तो कल मेरा भी नहीं करेंगे।'

हाजी साहब जल्दी-जल्दी तसबीह चला रहे थे। बेतकल्लुफी से बोले, 'कोई फिक्र नहीं, चौधरी साहब! मैं ठीक कर लूँगा। आप जाइए। आपके आने की जरूरत ही नहीं थी। कहला भेजते, बच्चे हैं। और असल बात यह है, आजकल अक्ल कम होती जा रही है, वरना एक हम-आप थे। याद है, अब्बाजान की मार! खुदा की कसम लहूलुहान कर देते थे। उस दिन, जरा मेरी गफलत से जब आप नीम के दरख्त से गिर पड़े थे, तब इतना मारा था, इतना मारा था कि अल्लाह उनपर रहम

करे, दस दिनों तक जमीन पर पैर नहीं टिका सका था। और जब तक ठीक नहीं हो गया, आपके चचाजान ने अब्बा से सीधे मुँह बात नहीं की। सबसे कहते फिरे—मियाँजी का दिमाग बिगड़ गया है, लौंडे को मार डाला। खुदा उनको जन्नत बख्शे। मुझे रोज अपनी गोदी में उठाकर तेलन के घर हाथ-पैर मसलवाने ले जाते थे।'

यह कहते-कहते हाजी की आँखें चमक उठीं। तसबीह रुक गई। चौधरी बदन सिंह ने उन्हें देखा। उनकी आँखें छलछला पड़ीं। लंबी साँस लेकर बोले, 'हाजी साहब, उनकी मार गुड़ की मिठास से भी मीठी होती थी। वे सचमुच प्यार करते थे, प्यार का ढिंढोरा नहीं पीटते थे। वे दिन याद आते हैं तो कलेजे में हूक उठने लगती है।'

इनके अलावा कुछ और लोग थे, जो नए थे और नई दुनिया के अधकचरे तौर-तरीके पालते थे। मसलन, मंडल कांग्रेस कमेटी के प्रधान लाला गोवर्धनदास गाँव के छोटे से बाजार के सरगना थे। एक बार जेल हो आए थे। और उसी के बल पर दम भरते थे। स्वभाव के बुरे नहीं थे। मेल-मिलाप में यकीन रखते थे।

सन् १९२०-२२ में जमील खाँ के साथ उन्होंने काफी काम किया था, पर उसके बाद कांग्रेस कमेटी टूट सी गई। तीस-बत्तीस में फिर चेती, पर इस बार जमील मियाँ खम ठोंककर मैदान में नहीं आ सके। सुना, उनके लड़के ने मना कर दिया था। फिर भी गोवर्धनदास को बुलाकर सलाह-मशविरा देते रहते थे। वैसे बुद्धन मियाँ, खुदाबख्श जैसे कई मुसलमान अभी तक कांग्रेस के साथ थे। चौधरी बदन सिंह खुद तो कम जा पाते थे, पर उनके बेटे, पोते आंदोलन की रीढ़ थे।

पर इधर नई रोशनी के साथ गाँव की जिंदगी पलटा खा रही थी। नहर पार करके जो कच्चा रास्ता जाता था, उसपर कंकरीट पड़ चुकी थी और पों-पों करती मोटरें दिन भर गाँव के बीचोबीच दौड़ा करती थीं। उसी के आसपास सोडावाटर, मिठाई और सिगरेट की कई दुकानें जम गई थीं। जहाँ किसी समय टेढी-तिरछी दो-चार धुँधली लालटेनें टिमटिमाया करती थीं, वहाँ अब बिजली की तेज रोशनी हँसा करती थी। उसी के प्रकाश में वहाँ एक नया दल बन गया था, जो बाजार की भाषा में बातें करता था।

चौधरी बदन सिंह, हाजी जमील मियाँ और किसी हद तक लाला गोवर्धनदास और बुद्धन मियाँ उनके लिए बीती युग की यादगार थे। वे लोग क्रांति की बातें कहते, तेजी से बोलते और सीना तानकर चलते थे। उनमें लगभग सभी हिंदू थे। मुसलमान पिछड़ गए थे। और अकसर मसजिद में इकट्ठे होकर ऐसी बातें करते थे, जो हिंदुओं को बुरी लगे।

बात यह थी कि अखबारों के जरिए उनका रिश्ता बाहरी दुनिया से जुड़ गया था और सन् १९४० के बाद हिंदुस्थान ने जो करवट ली थी, उसने उनकी नींद हराम कर दी थी। कई बार मौके आए, जब गाँव के दोनों नए दलों में तनातनी बढ़ गई, पर चौधरी बदन सिंह और हाजी जमील मियाँ के कारण मामला तूल न पकड़ सका। बाहर की दुनिया में हिंदू-मुसलमान लड़े, खून-खच्चर हुआ, पर रामनगर की पंचायत के सदर चौधरी बदन सिंह हमेशा यही कहते रहे, 'रामनगर में न हिंदू हैं, न मुसलमान। किसान हैं, जो सब मिलकर धरती की छाती चीरते हैं और अन्न उगाते हैं। वह अन्न हमेशा एक सा मीठा, एक सा ताकतवर होता है।'

हाजी साहब उनकी ताईद करते, 'और जब तक उसकी मिठास कायम है, हमारी मिठास में कोई जहर नहीं मिला सकता।'

परंतु बावजूद इन सब बातों के, वे लोग जानते थे कि जो मुहब्बत उनमें थी, वह लाला गोवर्धनदास और बुद्धन मियाँ में एक साथ जेल हो आने पर भी नहीं थी। और नई पौध में तो मुहब्बत का नाम भी नहीं था। वे सोचते, 'आखिर यह क्या हुआ। कहते हैं, दुनिया आगे बढ़ रही है; पर आगे बढ़ने का मतलब क्या एक-दूसरे का गला काटना है!'

चौधरी बदन सिंह कभी इस बात की चर्चा अपने शहर में पढ़े-लिखे पोते से करते तो जवाब मिलता, 'बाबा, यह सब मुसलमानों के कारण है। गांधीजी तो सबसे प्रेम करते हैं। उन्हीं के लीडर जिन्ना साहब कहते हैं, हम पाकिस्तान लेंगे। राजी से दें तो अच्छा है, वरना लड़कर लेंगे।'

'आखिर यह पाकिस्तान क्या है?'

'पाकिस्तान का मतलब है हिंदुस्तान के दो टुकड़े करना। एक पर हिंदू राज करेंगे, दूसरे पर मुसलमान।' सबकुछ सुनकर चौधरी साहब अचरज से कहते, 'समझ में नहीं आता, बड़े आदमी कैसी बातें करते हैं। हिंदुस्तान क्या अमरूद है, जो बँट सकता है? परमात्मा की धरती तो इसी तरह फैली रहेगी। इसी तरह गाँव रहेगा। इसी तरह किसान हल चलावँगे और अनाज पैदा करेंगे। महाजन-किसान की लड़ाई तो ठीक है, पर हिंदू-मुसलमान क्यों लड़ते हैं, यह समझ में नहीं आता।'

इसी तरह हाजी साहब अपने पोते से कहते, 'अरे भाई, हमें तो इसी गाँव में रहना है। लड़कर हम कहाँ जाएँगे?'

जवाब मिलता, 'यहाँ रहना क्या जरूरी है, हम पंजाब जा बसेंगे।'

अचरज से आँखें फाड़कर हाजी साहब बोलते, 'क्या कहता है? बाप-दादे की धरती छोड़ देगा? इस धरती को छोड़ेगा, जो सोना उगलती है। जिसने छाती

फाड़कर हमें इतना बड़ा किया है।'

बहस, जैसाकि उसका स्वभाव है, आगे बढ़ती और कड़ुवाहट पैदा करके खत्म हो जाती। इन बूढ़ों की बूढ़ी अक्ल में जवानी का जोश तनिक भी गरमी पैदा न कर पाता। वे कहते, 'वे बेवकूफ हैं, जो मेरा घर छोड़कर जाने के लिए कहते हैं।' जवाब मिलता, 'बूढ़ों को अक्ल नहीं है, वे क्या समझें।'

× × ×

उस दिन शिव-मंदिर के कच्चे आँगन में हिंदुओं की सभा हुई। बाहर से धारा सभा के तेजस्वी सभासद श्रीमान् रामगुलामजी पधारे थे। रामनगर में रामगुलामजी की इस्तरी की हुई श्वेत पोशाक का जितना असर पड़ा, उससे अधिक असर पड़ा उनकी ओजस्वी वाणी का। उन्होंने गहन-गंभीर स्वर में घोषणा की, 'साथियो, संसार बड़ी तेजी से बदल रहा है। तूफान उठ रहे हैं। आज वही जी सकता है, जो शक्तिशाली है। आज दया का समय नहीं है। आज तुम्हें दंड धारण करना होगा। उन लोगों ने हमारी दया को नपुंसकता समझ लिया है। वे हमारी पवित्र और प्यारी मातृभूमि को हमसे छीनना चाहते हैं। हमारे महान् पूर्वजों की लीलाभूमि, वह पंचनद प्रदेश जहाँ सभ्यता के आदि स्रोत वेदों की रचना हुई, अब हमारा नहीं रहेगा। क्या सचमुच ऐसा होगा? क्या सचमुच हम अपनी मातृभूमि को खंड-खंड होते देखेंगे?'

जनता में से आवाज उठी, 'नहीं, कभी नहीं।'

वक्ता मुसकराए, 'तब ठीक है। आप शक्तिशाली हैं। और शक्तिशाली को कोई नहीं मिटा सकता। सीधा सा बायोलॉजी का उसूल है—जो ताकतवर है, वे ही जीते हैं। शक्तिहीन उनका भोजन है। बड़ी मछली छोटी मछली को खा जाती है। सिंहनी युद्ध में हारे हुए पति का परित्याग कर देती है। नागिन उन्हीं बच्चों को जीता छोड़ती है, जो अपनी शक्ति से कुंड के बाहर हो जाते हैं। बुद्धिहीन जानवर जब इस प्रकार सत्य को पहचानते हैं तो हमें तो बुद्धि मिली है।

'जो बीत चुका, उसकी बात मैं नहीं करता। बहादुर पीछे नहीं देखा करते। जो आगे हैं, उसकी चिंता हमें करनी चाहिए। उन्हें बता देना चाहिए कि हम जीते हैं और जीते रहेंगे। वे और उनका पाकिस्तान हमें मिटा न सकेंगे। हममें कुछ लोग हैं, जो कहते हैं कि आप मुसलमानों को निकाल नहीं सकते। उन्हें इसी देश में रहना है। ठीक है, हम उन्हें निकालना नहीं चाहते, लेकिन अगर वे नौ करोड़, हम तीस करोड़ को निकालने का हौसला रखते हैं तो हम क्यों नहीं निकाल सकते? और यह दलील भी मूर्खतापूर्ण है कि जहाँ मुसलमान थोड़े हैं, वहाँ हमें उनकी रक्षा करनी

चाहिए। उसूल तो यह है कि दुश्मन को जहाँ कमजोर समझो, मारो। बेशक, हिंदू भी मारे जाएँगे, पर हिसाब लगा लीजिए कि किसकी ज्यादा हानि होगी। केवल हमें संगठित और दृढ़ रहने की आवश्यकता है। आज हम कगार पर खड़े हैं। जरा भी चूके तो खाड़ी में जा पड़ेंगे और फिर वहाँ से निकलने की कोई आशा नहीं है। मुझे आशा है कि आप अपना उत्तरदायित्व, अपना कर्तव्य समझते हैं। ओ३म्! वंदे मातरम्!!'

वक्ता महोदय बैठ गए। सभा स्थल तालियों से गूँज उठा। और वह अपनी सफलता पर फूल उठे।

पर उसी सभा में कुछ ऐसे व्यक्ति भी थे, जो दूसरी तरह से सोचते थे। उन्होंने कहा, 'हमें शक्तिशाली होना चाहिए, यह ठीक है, परंतु दूसरों को मिटाने की बात सोचना मूर्खता है। हम अपने दोषो को देखें। ऊँच-नीच आदि व्यवहार को दूर करें और संगठित हों तो कोई हमारा नाश नहीं कर सकता।'

गोवर्धनदास और भी क्रुद्ध हुए, 'कौन किसका नाश कर सकता है? जो दूसरों का नाश करना चाहते हैं, वे खुद नष्ट हो जाते हैं।'

एक सज्जन ने पूछा, 'तो क्या मुसलमानों के सामने दुम दबाकर बैठ जाएँ?'

'दुम दबाकर बैठने का सवाल ही नहीं उठता। जब हम भाई-भाई की तरह…।'

'लेकिन वे तो नहीं समझते?'

'समझेंगे।'

'कब, जब हमारा नाश हो चुकेगा?'

बात आगे बढ़ी और लगा कि वे लड़ पड़ेंगे। यही हालत बुद्धन मियाँ की हुई। शहर से मौलवी अब्दुल हक़ साहब आए थे। मौलवी साहब माने हुए स्पीकर थे। सारी-सारी रात बोल सकते थे। गाँव के मुसलमानों ने उनका बड़े जोरों से इस्तकबाल किया। मसजिद में जलसा हुआ। मौलवी साहब ने फरमाया, 'सोचने की बात है, खुदा और शैतान के बंदों में मेल कैसे हो सकता है। मेल का एक ही रास्ता है कि वे राह पर आ जाएँ, लेकिन वे एकदम राह पर नहीं आएँगे। उनकी जहनियत गुलामी की जहनियत है। इसलिए हमें पहले, जहाँ हम तायदाद में ज्यादा हैं, अपनी खुद-मुख्तार हुकूमत कायम कर लेनी चाहिए। हम मुसलमान हैं, और मुसलमान गुलाम नहीं रह सकता। न अंग्रेजों का, न हिंदू सरमायादारों का। हिंदू पैसे का गुलाम है और पैसे की ताकत से हमें नीचा दिखाना चाहता है। यह उसकी गलती है। हम अंग्रेजों और हिंदुओं के इस नापाक गठबंधन को तोड़ देंगे और

अपनी आजाद हुकूमत कायम करेंगे।

'हम लड़ना नहीं चाहते, पर अगर वे हथियार उठाते हों तो हम देखते नहीं रहेंगे। हमारे एक अब्दुल बिन कासिम ने सिंध फतह किया था। हम नौ करोड़ हैं। पाकिस्तान हमारा पैदाइशी हक है। प्यार से मिलता है, सबका भला है। लड़कर देंगे तो फिर मजबूरी है। खुदा हाफिज।'

सभा में तालियाँ गूँजीं। नाराए तकवीर की सदा गूँजी और गाँव में पाकिस्तान की हवा तेजी से बहने लगी। साथ ही कड़ुवाहट भी बढ़ने लगी। यहाँ तक कि चौधरी बदन सिंह और हाजी जमील मियाँ को खुलकर बातें करने में संकोच होने लगा। कभी-कभी तो उन दोनों को ऐसा लगता था कि वे दोनों भी पक्ष ले रहे हैं। चौधरी साहब कहते, 'हाजी साहब, क्या हो गया?'

हाजी साहब जवाब देते, 'समझ में नहीं आता।'

चौधरी—'रसूल का क्या यही हुक्म है?'

हाजी—'किरशनजी क्या यही कहते हैं?'

चौधरी—'पागल हैं।'

हाजी—'बेवकूफ हैं।'

वे अपने शब्दों का अर्थ नहीं समझ सकते। उनकी आँखें छलछला उठतीं। वे पुराने जमाने की यादगार थे। जमाना बहुत आगे बढ़ गया था।

खबर आई—'कलकत्ता में हिंदू-मुसलमान लड़ पड़े। हजारों आदमी मारे गए।'

फिर सुना, 'नोआखली में मुसलमानों ने हिंदुओं को मुसलमान बना लिया। उनकी औरतों को भगा ले गए। जिन्होंने इनकार किया, उनका कत्ल कर डाला।'

बात आगे बढ़ी, 'बिहार में देखते-देखते हिंदुओं ने मुसलमानों को गाजर-मूली की तरह क़ाट डाला। घरों में आग लगा दी।'

फिर सुना, 'गंगा के मेले में हिंदू-मुसलमान लड़ पड़े। हिंदुओं ने मुसलमानों को मारा। उनके घर जला दिए। उनकी औरतों को जलील किया और भगा ले गए।'

मुसलमानों की साँस रुक गई। आँखों में लहू उतर आया। हाजी साहब और बुद्धन मियाँ के पैरों के नीचे से जमीन खिसकने लगी। उन्होंने आवाज उठाई, 'यह कमीनापन है।'

बदन सिंह बोले, 'यह हरामजदगी है।'

गोवर्धनदास ने कहा, 'है तो, पर इसके लिए मुसलिम लीग जिम्मेदार है।'

बदन सिंह ने जवाब दिया, 'पाप पाप है। कारण कुछ भी हो। मैं चुप नहीं

बैठ सकता। मैं वहाँ जाऊँगा।'

पर अगले दिन ही खबर मिली—'अकबरपुर के मुसलमानों ने लौटते हुए हिंदुओं पर हमला कर दिया। मर्दों को मार डाला, औरतों को भगा ले गए।'

सुनकर मुसलमानों ने राहत की साँस ली। हिंदू बौखला उठे, 'बुजदिल, कमीने, छिपकर हमला करते हैं।'

हाजी साहब ने कहा, 'किया तो बुरा, पर…।'

उनका पोता जहीर बोला, 'पर-वर क्या बाबा, बिलकुल ठीक किया। काफिरों की अक्ल अभी ठिकाने लगेगी। मैं देखता हूँ, कितने बाकी बचते हैं।'

'क्या…क्या…?' हाजी साहब हड़बड़ाकर बोल उठे, 'तू कहाँ जाता है? ओ जहीर, खबरदार जो कहीं गया।'

लेकिन हँसी की एक खिलखिलाहट के सिवा वहाँ कुछ नहीं था। हाजी साहब ने माथा ठोंक लिया। वह समझ नहीं सके। उनका दिल एक अजीब आशंका, एक अजीब डर से भर गया। और तभी उन्होंने सुना कि दूर कुछ अजीब तरह की गूँज सुनाई पड़ रही है। उन्होंने सोचा, 'क्या है यह?'

आवाज आई, 'अब्बा! अब्बा!'

'कौन…?'

वह करीम था। उनका लड़का। वह बुरी तरह घबरा रहा था। उसकी साँस फूल रही थी। उसका चेहरा पीला पड़ गया था। तेजी से लड़खड़ाता हुआ बोला, 'अब्बा, उन्होंने…उन्होंने हमला कर दिया।'

'किन्होंने?'

'हिंदुओं ने।'

हाजी साहब की साँस रुक गई। पसीने से तर-बतर होकर बोले, 'हमला…हिंदुओं ने हमला…हिंदुओं ने…।'

तभी फिर तड़खड़-तड़खड़ मची। वे चीख उठे, 'या अल्लाह…या खुदा…।'

पर जो आए थे, वे बंदन सिंह के लड़के थे। वे बुरी तरह काँप रहे थे। चिल्लाकर उन्होंने कहा, 'हाजी साहब, जल्दी, सब लोग, हमारे साथ आओ, जल्दी!'

क्या हुआ, कैसे हुआ, ठीक नहीं कहा जा सकता। असली बात इतनी है कि हाजी साहब का सारा परिवार चौधरी बदन सिंह के घर में था और चौधरी साहब हाँफते हुए हिंदुओं की भीड़ के सामने खड़े थे। उन्होंने हाथ उठाकर कहा, 'मैं तुम्हें नहीं जाने दूँगा।'

भीड़ ने ठहाका मारा। जो आगे था, उसने कहा, 'चौधरी, अब तुम्हारी

जरूरत नहीं है। आगे से हट जाओ।'

'हट जाओ, नहीं तो कुचल देंगे।'

'गद्दार!'

'जयचंद! विभीषण!'

क्रोध से बदन सिंह काँप उठे। कड़ककर बोले, 'चुप रहो। मैं पंचायत का सदर हूँ। मैं हुक्म देता हूँ...।'

कई आवाजें उठीं, 'हुक्म! उहूँ, चलो साथियो।'

'हाँ, बढ़ो! देर हो रही है।'

वे बढ़े। चौधरी भी बढ़े। नतीजा वही हुआ, जो होना था। वे गिर पड़े और मस्त हाथी की तरह उन्हें रौंदती हुई भीड़ निकल गई। जरा सी देर में रामलीला के रावण की सेना के नकली रावण असली बन गए। उन्होंने बीमारों को मारा, बूढ़ों को मारा। उन्होंने माताओं के स्तन काट डाले, उन्होंने बहनों को नंगा कर नचाया, उन्होंने बेटियों को...।

'आह...।'

उन्होंने घर-घर में आग लगा दी। देखते-देखते गाँव जल उठा। करुण पुकार, धुएँ की दुर्गंध और नारों से वातावरण भर गया।

'बोल बजरंग बली की जय!'

'नाराए तकवीर, अल्ला हो अकबर!'

पर इस महानाश के बीच लाला गोवर्धनदास और बुद्धन मियाँ पागल की तरह घूम रहे थे। उस दिन उस गाँव में सिर्फ दो ही कांग्रेसमैन बचे थे। सिर्फ ये ही दो। बुद्धन मियाँ को बचाते-बचाते लाला गोवर्धनदास का हाथ टूट गया, पर वे उसे कमीज में लटकाए दौड़ रहे थे। खबर मिली, 'उनकी दुकान में आग लग गई है।' बुद्धन मियाँ उधर ही दौड़े।

फिर खबर मिली, 'उनका घर जल रहा है।' वे दौड़े, पर देर हो चुकी थी। उनकी बीवी, उनके दोनों छोटे बच्चे जल चुके थे। उनके मुँह से इतना ही निकला, 'जल गए।'

और वे बेहोश होकर गिर पड़े।

ठीक उसी समय बुद्धन मियाँ ने लपटों से लड़ते-लड़ते उस नापाक हवा में आखिरी साँस खींची।

× × ×

तीसरे दिन जब सूरज की किरणों ने रामनगर की धरती को चूमा तो वहाँ

श्मशान का सन्नाटा छा रहा था। मनुष्यता मर चुकी थी!

और कंकालों की प्रेत छायाएँ इधर-उधर घबराई और सकपकाई घूम रही थीं। वे कदम बढ़ाते थे और काँप उठते थे। ऐसा लगता था, मानो मौत का पंजा उन्हें दबोचने के लिए बढ़ा आ रहा है। उनके सामने जले हुए घर थे, अधजले इनसान थे। वे उन्हें पहचानते थे। उनमें उन्हीं के माँ-बाप, भाई-बहन, बेटा-बेटी थे। उनमें उन्हीं के आदरणीय बुजुर्ग, प्यारे साथी और धूप की तरह खिलखिलाते हुए बच्चे थे; वे बच्चे, जिनके कारण धरती स्वर्ग बनी हुई थी।

वे उन्हें देखते। उनका सिर घूमने लगता, 'आखिर इतना बड़ा महानाश कैसे संभव हुआ? आखिर यह सत्य इतना विकराल क्यों है।'

लेकिन इस लंका-कांड के बाद उत्तर-कांड की कहानी और भी भयंकर था। जैसा सदा होता है, लाशों को पैरों से ठुकराती हुई पुलिस हत्यारों को खोजने आ पहुँची। उन्होंने कहा, 'हम नहीं जानते, तुमने हत्या की या नहीं, पर हमें आदमी चाहिए। तुम आदमी हो। आदमी को हत्यारा बनते देर नहीं लगती।'

उनके साथ-ही-साथ जनता के नेता आए। वे प्रेम और मुहब्बत का संदेश लेकर आए थे। वे नाटक के रिहर्सल की तरह एक ही स्वर में बोलते थे। उनमें हिंदू और मुसलमान—दोनों थे और दोनों कहते थे—आपस में प्रेम से रहो। लड़ना इनसानों का काम नहीं है।

कैसा प्यारा संदेश है!

जैसे कोई घाव पर मरहम लगाता है, लेकिन घाव···।

मानव कैसा व्यस्त है। उसे कहीं चैन नहीं। एक दिन विशेष रूप से एक सभा का आयोजन किया गया। कई नेता मोटरों में बैठकर आए। गाँव में अब केवल हाजी जमील मियाँ और लाला गोवर्धनदास बाकी थे। विपत्ति की खबर सुनकर उनके दूसरे नातेदार भी शहर में आ गए थे। वे सभी सभा में आए। धीरे-धीरे नेता लोग उठे। उन्होंने करुण स्वर में शांति के लिए मार्मिक अपील की। उन्होंने मानवता की दुहाई दी। उन्होंने कहा, 'हमने मुँह पर कालिख पोती है। हमें उसे धो देना चाहिए। ऐसे कामों से हम अपनी गुलामी की जंजीरें और भी मजबूत कर रहे हैं।'

श्रीयुत् रामगुलामजी भी बोले। अपनी स्वाभाविक करुण वाणी से उन्होंने जनता को रुला दिया। वे बैठे तो मौलवी अब्दुल हक़ उठे।

भीड़ में से कुछ लोगों ने पहचाना। श्रीयुत् रामगुलामजी एक बार शिव-मंदिर में बोले थे। मौलवी अब्दुल हक़ ने मसजिद में तकरीर दी थी।

तब तक मौलवी साहब की दर्द भरी आवाज गूँजने लगी, 'मैं मुसलमान हूँ

और मुझे मुसलमान होने पर फख्र है। इसलाम दुनिया में शांति का संदेश लाया है।

'उसका मतलब ही शांति है। सच तो यह है कि दुनिया के सभी पैगंबरों और अवतारों ने प्रेम और शांति का प्रचार किया है। मुझे अफसोस है मेरे कुछ मुसलमान दोस्तों ने कुछ ऐसे काम किए हैं, जो इसलाम के नाम पर धब्बा लगाते हैं। इसी तरह हिंदुओं ने राम और कृष्ण को कलंकित किया है। वे हिंदुओं के दुश्मन हैं। एक-दूसरे को कत्ल करके हमने यह साबित कर दिया है कि न मुसलमान, पाकिस्तान के हकदार हैं; न हिंदू, हिंदुस्थान के। इस तरह के कामों से हमने उन्हीं हकों की जड़ पर कुल्हाड़ा मारा है, जिनके लिए हम अपना खून बहाने के लिए तैयार थे···।'

सहसा सभा में हलचल मची। लोगों ने अचरज से देखा कि हाजी जमील खाँ का पोता अली हसन खड़ा था। उसने कहा, 'मैं एक सवाल पूछना चाहता हूँ।'

मौलवी साहब बोले, 'पूछो, अज़ीज़मन।'

अली हसन ने पूछा, 'आप कहते हैं कि जो कुछ हुआ, वह गलत था। तब पाकिस्तान कैसे मिलेगा?'

मौलवी साहब कुछ सकपकाए। बोले, 'अज़ीज़मन, तुम्हें पाकिस्तान की फिक्र नहीं करनी चाहिए। वह हमारा काम है। तुम्हें तो प्रेम और मुहब्बत···।' उसे बीच ही में टोककर अली हसन चिल्ला उठा, 'प्रेम और मुहब्बत! मौलवी साहब! पहले मुहब्बत के मायने सीखिए। कल तक आप कहते थे कि लड़कर लेंगे पाकिस्तान। आंज कहते हैं मुहब्बत···।'

ठीक उसी समय एक और युवक उठा। यह बदन सिंह का पोता धर्म सिंह था। उसने कहा, 'तुम ठीक कहते हो, हसन! वे जो पंडितजी अभी-अभी बोले थे, उस दिन उन्होंने भी यही कहा था कि हम नौ करोड़ मुसलमानों को बड़ी आसानी से मार सकते हैं और आज उन्होंने ही हमें करुणा की कहानी सुना-सुनाकर पागल बना दिया। आखिर इस मुहब्बत का क्या मतलब है?'

सभा में जैसे भूकंप आ गया। मंच डोल उठा। सभापति ने कहा, 'बैठिए, बैठिए···।'

पर कई युवक और उठे। बोले, 'हम नहीं बैठेंगे। हम पूछना चाहते हैं कि हमें उल्लू क्यों बनाया जा रहा है?'

सभापति ने कहा, 'दोस्तो···।'

युवक बोले, 'लानत है ऐसी दोस्ती पर!'

'आप हमारी जानों से खेल करते हैं।'

'आप घाव करके रेशम भरना चाहते हैं।'

'आप पापी हैं। समाज के शत्रु हैं।'

सभा गड़बड़ा गई। जो जिसके मुँह में आता था, कहता था। कहते-कहते वे यह भी भूल गए कि नेता लोग मंच से जा चुके हैं। केवल जमील मियाँ ने यह सब देखा। वे स्वयं मंच पर बैठे थे। वे उठे और लड़खड़ाती हुई आवाज में उन्होंने कहा, 'मेरे बच्चो, सवाल उनसे क्यों पूछते हो, अपने-आप से पूछो। हम उनके कहने में क्यों आए? हम उल्लू क्यों बने? बने, तभी तो उन्होंने बनाया।'

प्रश्न तीखा था। तीर सा लगा। सभा में सन्नाटा छा गया। हाजी साहब फिर बोले, 'और अब भी आप उन्हीं का रास्ता अपनाना चाहते हैं? अब भी उन्हीं के सुर में बोलते हैं? कौन आपका अपमान कर सकता है? कौन आपकी जानों से खिलवाड़ कर सकता है? कोई नहीं कर सकता। कर सकते हैं तो आप कर सकते हैं और आपने ही किया भी है, लेकिन जो होना था, वह हो चुका। मैं जानता हूँ कि उसकी याद नहीं भूल सकती; परंतु मेरे बच्चो, अब मेरे साथ चलो। हम उन बेगुनाह इनसानों के मजारों के सामने बैठकर सोचें कि क्या हम अब भी मिलकर रह सकते हैं?'

यहीं आकर हाजी साहब रुक गए। उनका गला भर आया था। वे चुपचाप मंच से उतरे और एक ओर चल पड़े। मंत्रमुग्ध की तरह जनता ने उनका पीछा किया। वहाँ सन्नाटा छाने लगा। हवा का चीत्कार जैसे ठंडा पड़ता जा रहा हो। तभी पीछे से आकर धर्म सिंह ने चुपचाप हसन के कंधे पर हाथ रख दिया। बोला, 'हसन, क्या सचमुच हमारे मन में फिर से मिलकर रहने की इच्छा जाग उठी है?'

हसन ने कुछ जवाब नहीं दिया। बस, चुपचाप उसका हाथ थामकर भीड़ के पीछे-पीछे चलने लगा।'

□

मुक्ति-मार्ग

उमेश ने जब अपने संन्यासी भैया को इस प्रकार अपमानित होकर जाते देखा, तो वह विद्रोह से भर उठा। उसने साथियों को संकेत किया और वे शव-यात्रा से अलग हो गए। उमेश बोला, 'राशिद भैया, माँ का साथ निभाने की शक्ति अब मुझमें नहीं है, पर मैं जानता हूँ कि वे जहाँ भी होंगी, मुझे क्षमा कर देंगी!'

उसके साथी परिस्थिति समझ गए थे। फिर भी राशिद ने पूछा,-'वे क्या तुम्हारे भैया थे?'

'हाँ, राशिद!'

'माँ ने अंतिम बार उन्हीं को पुकारा था?'

'हाँ, भैया!'

रामू ने पूछा, 'कहाँ रहते हो?'

उमेश बोला, 'संन्यासी का क्या कोई ठौर होता है? पूरी धरती को वह घर बनाए रहता है!'

राशिद ने कहा, 'उनसे मिलकर बहुत कुछ पूछने को मेरा मन करता है! मेरी दृष्टि में संसार का त्याग करनेवाले निरे कायर होते हैं!'

रामू बोला, 'उनकी पत्नी अभी जीवित हैं। उन्हें देखकर मेरा हृदय फटता है!'

उमेश ने कुछ उत्तर नहीं दिया! वह उसी मार्ग पर चल पड़ा, जिसपर होकर कुछ देर पहले संन्यासी गए थे। कितने ही रास्ते और पार्क लाँघने के बाद आगे देखा, दूर-दूर तक यमुना नदी के किनारे-किनारे जंगल पड़ा है! आने-जानेवाले बहुत हैं। मोटर, ताँगे, बग्घी, फिटन, साइकिल—सभी की आवाजें उन्हें सुनाई देती हैं। सामने दिल्ली का दानवी नगर है। विशाल भवन, आसमान की छाती चीरने की

स्पर्धा करती मसजिद की मीनारें और लाल किले के बेतार के तार, उन सबको बेबस देखते वे सोचने लगे—अब किधर?

तभी रामू ने देखा, पक्की सड़क को पार करके एक साधु उनकी ओर आ रहा है। उसको देखकर वे ठिठक गए। समीप आकर उसने पूछा, 'किसे खोज रहे हो, बच्चा?'

उमेश ने कहा, 'एक संन्यासी इसी रास्ते से आए थे।'

साधु बोला, 'जान पड़ता है, बच्चा, कि तुम रास्ता भूल गए हो। पक्की सड़क के उस पार जो पार्क है, उसमें बहुत से संन्यासी ठहरे हैं।'

संकेत द्वारा बताकर साधु आगे बढ़ गया। वे पीछे लौटे।

पार्क समीप ही था। उसी में जाकर उन्होंने देखा—चबूतरे पर एक संन्यासी को घेरकर बहुत से नागरिक बैठे हैं। आसपास और साधु भी हैं। भोजन की व्यवस्था हो रही है। एक संकीर्ण मार्ग से धुएँ की हलकी-हलकी रेखाएँ उठकर आसमान में बिखर रही हैं।

उमेश ने पहचाना—जिसे वे खोज रहे हैं, वही तो है। संन्यासी ने भी उन्हें देखा। कोई विशेष प्रभाव उनके मुख पर नहीं हुआ। उमेश की इच्छा थी कि भैया से एकांत में मिले, परंतु चारा क्या था? वहीं बैठकर उन्हें राह देखनी पड़ी। उस समय धूप चढ़ आई थी। लोगों के बैठने की आशा कम थी, परंतु जो बात वे कर रहे थे, वह लंबी हो सकती थी।

एक युवक ने कहा, 'कर्म के साथ फल का संबंध है। फिर निष्काम कर्म की महिमा क्यों है?'

संन्यासी बोले, 'कर्म है, तो फल है, परंतु फल में आसक्ति रखना पीड़ा का कारण है। कभी-कभी बुद्धि विपर्यय के कारण मनोवांछित फल नहीं मिलता। तब आसक्ति के कारण कमी विषाद में फँस जाता है। विषाद अकाल मृत्यु है। इसी अकाल मृत्यु से बचने के लिए निष्काम कर्म की व्यवस्था है।'

उत्तर सुनकर युवक प्रभावित हुआ। झिझकते-झिझकते फिर उसी ने कहा, 'स्वामिन्, हृदय से चाहता हूँ कि संध्या-वंदन में मेरा मन लगे, पर वह भटक जाता है। वश में नहीं आता!'

संन्यासी ने मुसकराकर उत्तर दिया, 'ऐसी बात है, तो संध्या करना छोड़ देना होगा। रस के अभाव में कर्म खंडित हो जाता है। और हृदय जिसमें रस ले, वह काम ढूँढ़ने पर मिलना कठिन नहीं है।'

एक प्रौढ़ व्यक्ति ने शंका की, 'महात्मन्, हृदय यदि चोरी करने में रस लेता

है, तब क्या चोरी उचित है?'

जो कुछ स्वामीजी ने कहा, उसे सुनकर सब सोच में पड़ गए, वे बोले, 'जो कर्म हृदय के रक्त से सिंच जाता है, वह पाप नहीं हो सकता। जिन पुरुषों के हृदय चोरी में रस लेते हैं, वे उसी समाज के सदस्य हो सकते हैं, जिसमें चोरी पुण्य है। और चोरी का अर्थ किसी वस्तु को चुराना ही नहीं है। जिस काम को सबके सामने करने में हिचक होती है, वही चोरी है। जो समाज चोरी को वास्तव में पाप की संज्ञा देता है, उस समाज के व्यक्ति का हृदय चोरी में रस नहीं लेगा। यह ध्रुव सत्य है। कुछ शब्द भ्रम पैदा कर सकते हैं। समाज का अर्थ शासक वर्ग से नहीं, जन वर्ग से है। हृदय मस्तिष्क का सहचर है, और पाप-पुण्य सापेक्ष शब्द है। यही बात प्रार्थना की है। आज का समाज ईश्वर के प्रति अनुरक्त नहीं है। उसे प्रार्थना के लिए विवश करना मानवता के प्रति विद्रोह है। नास्तिक विद्रोही हो सकता है, पर वह पापी कभी नहीं है।'

शायद सुननेवालों को यह उत्तर अच्छा नहीं लगा, क्योंकि फिर किसी ने कुछ नहीं पूछा। धीरे-धीरे सब लोग उठने लगे। किसी ने नमस्कार किया, कोई पैर छूकर चला गया। प्रश्न पूछनेवाला युवक, बिना सिर झुकाए, हाथ जोड़कर खड़ा हो गया। बोला, 'स्वामिन्, मेरे घर भोजन करने की कृपा करेंगे?'

संन्यासी मुसकराए, 'जब कहोगे, चलूँगा।'

युवक ने गद्गद होकर कहा, 'तो कल सवेरे आऊँगा।'

संन्यासी ने स्वीकृति दी। युवक चला गया। समूचे चबूतरे पर धूप छा गई थी। संन्यासी ने दृष्टि उठाकर उमेश को देखा। क्षण भर देखते रहे। पुतलियाँ घूमीं। कहा, 'तुम भी माँ को छोड़ गए थे?'

उमेश ने स्वर को यथाशक्ति संयत बनाकर जवाब दिया, 'माँ को छोड़ दूँगा—यह विचार कभी मन में आया हो, याद नहीं पड़ता, परंतु बड़े भैया···स्वामीजी, मैं उनका प्यार पाना चाहता था, इसीलिए उनकी ममता से भागता रहा!'

स्वामीजी मुसकरा दिए। पूछा, 'ये सब कौन हैं?'

'मेरे साथी! भैया जाति के सदस्य!'

उसी तरह मुसकराते हुए स्वामीजी बोले, 'यह भैया जाति कौन है, उमेश? देश की असंख्य जातियों में एक नाम और जोड़कर तुम्हें गर्व होता है क्या?'

उमेश ने कहा, 'भैया, असंख्य के अनेक बिंदु हटाकर एक करनेवाली यह जाति है। कोई नियम, संविधान, सीमा, बंधन इसमें नहीं है। अखंड मानवता में जिसका विश्वास है, उसी का स्वागत हम मुक्त हृदय से करते हैं। पर भैया, यह

अखंडता खंड का नाश नहीं करती, समन्वय करती है। खंडों की मित्रता में उसका विश्वास है।'

संन्यासी ने कुछ नहीं कहा। पुकारने पर एक युवक वहाँ आ गया। उसको संबोधित करके उन्होंने कहा, 'राजू, इनके लिए प्रसाद लाओ।'

उमेश बोला, 'लेकिन माँ की शव-यात्रा में जाने का दोष हमें लगा है।'

संन्यासी ने कहा, 'दोष है, तो शमन भी है। यमुना मैया दूर नहीं हैं। उधर घाट पर स्नान करने का पूरा प्रबंध है।'

उधर माँ की अंत्येष्ठि क्रिया करने के बाद जब वे लोग लौट आए, तो घर में फिर एक बार चीत्कार मच उठा। वह भी यथानियम समाप्त हुआ। लोग धीरे-धीरे चले गए! उनमें उमेश और उसके साथियों को न देखकर बड़ी भाभी ने तपेश से पूछा, 'क्या उमेश श्मशान से ही चला गया?'

'नहीं, भाभी! उमेश भैया तो श्मशान भी नहीं गए!'

'क्या कहता है?'

'ठीक कहता हूँ, भाभी! मार्ग में एक ऐसी घटना हुई, जिसके कारण उन्हें चला जाना पड़ा!'

भाभी चकित सी बोलीं, 'कैसी घटना?'

'मार्ग में एक संन्यासी ने माँ के शव को छू लिया था। इसी बात को लेकर मँझले भैया गुस्सा हुए, और उमेश भैया आगे नहीं बढ़े।'

'फिर कहाँ गए?'

'शायद संन्यासी को ढूँढ़ने गए हैं?'

भाभी हठात् काँपीं। पूछा, 'वह संन्यासी कौन था?'

तपेश ने भाभी की ओर दृष्टि उठाई। उनके मुख पर एक अप्रत्याशित भावना उभर आई थी। शायद उनके हृदय की गति भी तेज हो चली थी। उसी को लक्ष्य करके उसने धीरे से कहा, 'बड़े भैया!'

भाभी सहसा आलोकित हो उठीं। मुँह से निकला, 'कौन?' और फिर हाथ से दीवार थामकर उन्होंने तपेश की ओर अर्थ भरी दृष्टि से देखा, मानो कह रही थीं, 'जो कुछ तुमने कहा, वह क्या सत्य हो सकता है?'

तपेश ने उसी शांत स्वर में कहा, 'हाँ, भाभी, वे ही थे! यद्यपि दस वर्ष पहले मैं समझदार नहीं था, पर अपनों को पहचानने की बुद्धि मुझमें नहीं थी, सो बात नहीं। उनकी तेजस्वी आँखें अब भी उसी तरह तेजपूर्ण हैं। उनका विशाल शरीर काषाय वस्त्रों में भी उसी तरह प्रभावशाली है। जिस समय उन्होंने छोटे भैया को

हटाकर माँ के शव को कंधा दिया, तब मैं उनके बराबर था। भार के असंतुलित होते ही मैंने दृष्टि उठाई। उनके नेत्रों का तेज तरल हो रहा था, पर वे परम शांत थे, और उनके हृदय के किसी निगूढ़तम अंतर में ममता की एक पतली सी धारा उनके अनजाने ही उभर रही थी। मँझले भैया को आगे करके, जब हमारे लोग क्रुद्ध हुए, तो वे बिना कुछ बोले चुपचाप एक ओर चले गए। क्षण भर में यह सब हो गया। छोटे भैया ठहरे विद्रोही। अपने साथियों को लेकर वे भी माँ को छोड़कर चले गए।' तपेश का कंठ यहाँ आकर तनिक अवरुद्ध हुआ। सँभलकर वह फिर बोला, 'भाभी, तब मन में उठा कि मैं भी उन्हीं में मिल जाऊँ, पर माँ की मँडराती हुई आत्मा का ध्यान आ गया, और मैं बिना पीछे देखे आगे बढ़ गया।' और फिर भाभी से पूछा, 'क्यों भाभी, आत्मा तो अपने मृत शरीर के साथ-साथ चलती है न?'

भाभी तन्मय, आत्मविभोर, आलोड़ित तपेश की बातें सुन रही थीं। वह नहीं जानती थीं कि उनमें रस था या विष, पर जो था, वह प्रेम और प्राप्य था। वह प्रश्न को न समझकर चिहुँक उठीं। बोलीं, 'तपेश, उनका पता लगा सकोगे?'

'मैं, भाभी?'

'हाँ? क्या कुछ डर है?'

'कुछ नहीं, भाभी! मैं कोशिश करूँगा!'

'मँझले भैया क्या बहुत नाराज थे?'

तपेश ने धीरे से कहा, 'उनका स्वभाव तो तुम जानती ही हो। उससे अधिक नहीं।'

भाभी की आँखों में आँसू भर गए। उन्हें रोकने की तनिक भी चेष्टा न करते हुए उन्होंने कहा, 'तपेश, अभी माँ चली गई! राजेश अभी मेरा सहारा चाहता है। तब तुम्हीं हो, जिसकी ओर देखकर मुझे माँ की गति की प्रतीक्षा करनी है!'

तपेश ने क्या कहा, भाभी ने स्पष्ट नहीं सुना। केवल देखा, जो कुछ कहा गया है, उसका प्रभाव आँखों में आँसू और होंठों पर मुसकान के रूप में पड़ा है। भाभी आश्वस्त हुईं, पर उनके हृदय की गति माँ की मृत्यु और संन्यासी पति के प्रकट होने से अप्राकृतिक रूप से बढ़ने लगी। मृत्यु के कारण घर में वैसे ही अस्वाभाविक गंभीरता छा गई थी, इस घटना के कारण उस गंभीरता में कड़ुवाहट और मिल गई। सभी बड़े सशंक दृष्टि से एक-दूसरे को ऐसे देखने लगे, जैसे समुद्र-मंथन के समय देव और दानव एक-दूसरे को देख रहे थे।

धनेश ने अपनी पत्नी से क्रुद्ध स्वर में कहा, 'भैया समझते हैं कि माँ के पास कुछ-न-कुछ धन-संपत्ति अब अवश्य रही होगी। उनका हिस्सा कोई हड़प न ले,

इसीलिए वे ठीक समय पर उपस्थित हुए हैं!'

पत्नी विद्रूप से बोली, 'पैतृक संपत्ति के रूप में केवल यही मकान है। शेष जो है, वह तो आपने उपार्जित किया है। संन्यासी होकर उसमें हिस्सा बँटाने की बात उनके मुँह से कैसे निकलेगी?'

'जैसे सबके मुँह से निकलती है!'

'और सब तो गृहस्थ होते हैं!'

'यही नहीं, संन्यास धर्म क्या माँ के शव को छूने की आज्ञा देता है? लेकिन उसने जिस प्रकार आकर अर्थी को कंधा दिया, वह प्रकट करता है कि उसे संन्यास धर्म में कोई आस्था नहीं है!'

'संन्यास धर्म बड़ा कठिन है! अधिकतर लोग ढोंग रचा करते हैं। उनके भागने का कारण परिश्रम से बचना होता है! वे भी ढोंगी हैं, पर वे गए कहाँ?'

'यहाँ किसी मंदिर में ठहरे होंगे!'

'पता लगाना चाहिए!'

'आवश्यकता नहीं पड़ेगी! वे स्वयं आएँगे!'

इस प्रकार उस घर में संन्यासी रमेश के प्रकट होने का समाचार माँ की मृत्यु को लाँघकर सबके हृदय में घुस बैठा। केवल निशा के लिए वह समाचार अब भी विदेशी बना रहा। उमेश के चले जाने पर उसने कोई भय न प्रकट करके सबको आश्चर्य में डाल दिया। बड़ी भाभी ने स्नेहसिक्त वाणी में पूछा, 'अब तुम कैसे जाओगी?'

निशा सरलता से बोली, 'जैसे आई, वैसे ही, भाभी।'

'अकेले?'

'हाँ!'

'डर नहीं लगेगा?'

निशा बोली, 'डर तो लगने से लगता है, भाभी! वह स्वयं कभी नहीं लगता!'

बड़ी भाभी तब कौतूहल से उस विचित्र लड़की को देखती ही रह गई।

× × ×

धूप जो फैली थी, सिमटने लगी। संसार के हाट से सूर्य ने अपना प्रकाश बटोरना शुरू कर दिया। संन्यासी अब भी शांत मन चबूतरे पर बैठे थे, परंतु उनके नेत्रों पर दृष्टि गड़ाने से ऐसा लगता था कि इस प्रशांत महासागर में भीतर-ही-भीतर तरंगें उठ रही हैं। पृथ्वी की गति कितनी तीव्र है, यह हम जानते हैं, परंतु उसे देख

नहीं पाते। मन की गति भी प्रत्यक्ष नहीं देखी जा सकती; उसके फल ही हमें देखने को मिलते हैं। राशिद इस विद्या में पारंगत था। उसने स्वामीजी के अंतर्मन में झाँककर देखा। जान पड़ा, संन्यासीजी समुद्र की तरह गहरे, आकाश की तरह व्यापक और धरती की तरह सुलभ हैं। इसीलिए उनसे बात करने के लिए उसका उत्साह विशेष रूप से जाग गया। और जब वे एकत्र होकर बैठे, तो बातों-बातों में राशिद ने अपने मन की बात कही। पूछा, 'आप संन्यासी क्यों बने थे?'

'मन करता था!'

'मन जो कहे, क्या वही करना उचित होता है?'

'मन को चंचल माना है, पर जब वह चंचलता छोड़कर, एक काम में स्थिर हो, तब उसकी बात मानना अनुचित नहीं है!'

'चाहे वह काम बुरा ही हो?'

'अच्छा-बुरा सापेक्ष शब्द हैं!'

राशिद ने तर्क किया, 'स्वामीजी, किसी की सुंदर स्त्री से मैं प्रेम करता हूँ, और मेरा प्रेम सच्चा है। तब क्या मुझे उस स्त्री से विवाह कर लेना चाहिए?'

बिना झिझक स्वामीजी ने कहा, 'यदि वह स्त्री तुम्हारे प्रति आकर्षित हो, तो उसका अपने पूर्व पति को छोड़कर तुम्हारे साथ आना अनुचित न होगा, क्योंकि तब वह अपने पूर्व पति से प्रेम नहीं कर सकेगी! वस्तुत: वह करती ही नहीं! करती है, तो वह तुम्हारे प्रति आकर्षित नहीं हो सकती, पर संसार इतनी गहराई में कहाँ जाता है? वह तो सतह पर से ही निर्णय करता है। इसलिए अशांति है। सचाई और ईमानदारी की बात करना जितना सरल है, उनको अपने जीवन में उतारना उतना ही कठिन है। तुम्हारा प्रेम सच्चा है, इसका निर्णय उतना सरल नहीं है, जितना तुम समझते हो।'

उत्तर सुनकर राशिद प्रभावित हुआ और उत्साहित भी! इसीलिए एक सीधा प्रश्न पूछ बैठा, 'संन्यासी होते समय क्या आप वास्तव में ईमानदार थे?'

जवाब मिला, 'आज मुझे लगता है कि मैं ईमानदार नहीं था!'

सुनकर सबके मन ज्वार-भाटे के बीच में पड़ी हुई नदी की तरह आलोड़ित हो उठे, पर राशिद शांत मन रहकर बोला, 'क्या संन्यासी फिर से दुनिया में लौट सकता है?'

'हाँ! क्यों नहीं लौट सकता?'

'अपवाद नहीं होगा।'

'अपवाद तो पाप में है और पाप गोपन में। संन्यास में विश्वास जब

विचलित हो गया हो, तब उसपर जमे रहना पाप है। इस पाप से संन्यासी को डरना चाहिए!'

रामू बोला, 'स्वामीजी, संन्यास छोड़ने के कारण दुनिया तो उससे रूठेगी ही?'

'हो सकता है!' संन्यासी मुसकराए। बोले, 'उससे क्या हो सकता है? वह रहे या न रहे, यह तो बहुत ही गौण बात है। मनुष्य का प्रवाह अक्षुण्ण है। 'वह,' 'तुम' और 'मैं' तो संकेत की सुविधा के लिए है। मनुष्य की धर्म-रक्षा के लिए इनका नाश होता है, तो वह इनका गौरव ही है!'

ठीक इसी समय उन सबको चकित करते हुए सहसा तपेश ने आकर संन्यासी के चरणों में प्रणाम किया। संन्यासी का हाथ नहीं उठा। केवल मुसकराकर पूछा, 'अच्छे हो, तपेश?'

तपेश ने स्वामीजी को देखा, और स्वामीजी ने तपेश को। एक क्षण तक दोनों देखते ही रहे। दस वर्ष पहले जब वह एक दिन स्कूल से लौटा, तो उसने देखा, घर में हाहाकार मचा है। माँ और भाभी रोते-रोते मूर्छित हो गई हैं। कारण बिना जाने वह भी रो पड़ा। उस दिन उसके भैया घरवालों की ममता-माया को तोड़कर न जाने कहाँ चले गए थे। उसकी समझ में नहीं आया कि कोई अपना घर कैसे छोड़ सकता है, परंतु बड़े भैया तो चले ही गए थे। बाद में सुना कि वे संन्यासी होकर पहाड़ों में रहते हैं। दस वर्ष बाद उन्हीं भैया को देखकर तपेश का मन आलोड़ित हो उठा। संन्यासी के मन में उसे देखकर क्या विचार पैदा हुए, कहा नहीं जा सकता। क्षण भर के लिए उनकी पुतलियाँ घूमीं, और उन्होंने पूछा, 'कैसे आना हुआ?'

सहसा तपेश को मन की बात कहने का साहस नहीं हुआ। उसने एक बार संन्यासी को देखा, और फिर उन लोगों को। संन्यासी बोले, 'एकांत चाहते हो?'

'जी हाँ!'

'संन्यासी के लिए कहीं एकांत नहीं है। जो कहना चाहते हो, निस्संकोच कहो!'

तपेश फिर झिझका, पर वह झिझक क्षणिक थी। उसने दृढ़ता से कहा, 'बड़े भैया, भाभी आपसे मिलना चाहती हैं।'

सबको अचरज में डालते हुए संन्यासी बोल उठे, 'उन्हीं से मिलने तो मैं आज यहाँ आया हूँ!'

तपेश काँपा। बोला, 'भैया!'

'सच है, तपेश!'

'तो उन्हें बुलाऊँ?'

'उन्हें बुलाने की जरूरत नहीं! मैं स्वयं तुम्हारे साथ चलता हूँ!'

'वे मेरे साथ आई हैं, भैया!' तपेश भावावेश से काँप रहा था।

संन्यासी उठे, और उसी गंभीर स्वर में बोले, 'कहाँ हैं?'

वृक्षों के एक झुरमुट की ओर संकेत करते हुए तपेश ने कहा, 'वहाँ!'

संन्यासी उधर ही चल पड़े, और उनके साथ ही वे सब भी। सबके मन तूफान से आलोड़ित समुद्र की तरह तरंगित हो रहे थे। कोई नहीं जानता था कि प्रभात के सूर्य का उदय होने वाला है अथवा गहन रात्रि का आगमन। इसी उधेड़बुन में वे कुछ पीछे पड़ गए। समीप पहुँचे तो उन्होंने देखा, बड़ी भाभी ने संन्यासी के चरणों को अपनी भुजाओं में बाँध लिया है, और संन्यासी स्थिर खड़े हैं! उनके नेत्रों से टपक-टपककर आँसू की बूँदें बड़ी भाभी के सिर पर पड़ रही हैं। आत्मविभोर हो वे सब जहाँ-के-तहाँ रुक गए। उन्होंने सुना, संन्यासी कह रहे थे, 'जिस दिन तुम्हें छोड़कर गया था, उस दिन यह नहीं सोचा था कि एक दिन लौटना होगा! परंतु दस वर्ष बाद वह धारणा मिथ्या निकली। तुम्हारे प्रेम बिना मेरी मुक्ति नहीं है। यह सार-तत्त्व मुझे इन दस वर्षों में मिला है! साधना वस्तु के त्याग में नहीं है, बल्कि उसके उचित भोग में है। उस भोग से जो भागता है, वह कायर ही नहीं, लालची भी है! विश्वास रखो, अब लौटूँगा, तो तुम्हें लेकर ही लौटूँगा!'

तब बड़ी भाभी ने पैरों को और भी जोर से जकड़कर इतना ही कहा, 'आज मैं मरना चाहती हूँ!'

□

अर्द्धनारीश्वर

शलभ ने रात्रि की नीरवता में दीपशिखा पर चमकती हुई ज्योति को देखा और देखकर उसकी ओर खिंच चला। इतना खिंचा कि ज्योति काँप उठी। क्रुद्ध होकर बोली, 'तुम कौन हो, नेत्रहीन अभागे?'

शलभ मुग्ध मन फुसफुसाया, 'मैं… ?'

'हाँ, तुम! निर्लज्ज, उद्दंड, कामी! देखते नहीं, मैं स्त्री हूँ?'

शलभ हा, हा, करके हँस पड़ा और आगे बढ़ता रहा। ज्योति भयातुर होकर हिल उठी। भय ने उसे शक्ति दी, मुख पर रक्त चमक आया, लेकिन शापग्रस्ता थी, उड़ न सकी, स्नेह-पाश में उलझी हुई काँपती रही। और शलभ आतुर सा उसके पास और पास खींचने लगा। तब अपनी विवशता पर वह जल उठी और नम्रता की सीमा पर आकर उसने कहा, 'मैं कहती थी, मैं स्त्री हूँ।'

शलभ मदहोशी की हँसी हँसा, 'तुम! तुम स्त्री हो?'

'हाँ! मैं स्त्री हूँ। सृष्टि की अनुपम कृति; मानवता का हृदय, विराट् की व्यापकता का कोमलतम अंग…।'

शलभ अनसुना करके मुग्ध मन नृत्य में लगा था। ज्योति फिर तप्त हो उठी, 'तुम नहीं जाते? पुकारूँ…।'

शलभ क्षण भर के लिए रुका। मुसकराकर बोला, 'पुकारोगी; किसे… ?'

ज्योति क्या कहे? वह चिर-एकाकिनी थी। डराने के लिए झूठ बोली थी, पकड़ी गई और भय से काँप-काँप उठी। नेत्र भर आए; विवश होकर उसने स्नेह की ओर देखा। बोली, 'अभागे! तूने ही रूप दिया है, प्राण दिए हैं। तू ही उनकी रक्षा कर!'

स्नेह मृतप्राय पड़ा था, पड़ा रहा। उसी के प्राण ज्योति के रूप का कारण थे।

तो ज्योति क्या करे, क्या करे वह··· ?

सहसा शलभ दया से पूरित होकर बोल उठा, 'सुनो ज्योति, प्रिये!'

'उफ प्रिये,' ज्योति इस विष को पीकर बोली, 'कहो तो, क्या कहते हो?'

शलभ ने कहा, 'जानती हो प्रिये! मैं कौन हूँ?'

ज्योति क्या जाने? तंग आ रही थी, क्रुद्ध स्वर से बोली, 'शैतान!'

मुग्ध शलभ सुनकर हँस-हँस दिया।

ज्योति देखती रही आह्लाद और विषाद के बीच स्थिर होकर। शलभ रुककर बोला, 'ज्योति रानी! तुम कहती हो, तुम स्त्री हो।'

'मैं हूँ।'

'तो सुनो! मैं पुरुष हूँ।'

'पुरुष!' ज्योति अचरज से उमड़-उमड़ आती।

शलभ के संगीत का स्वर मोहजाल पैदा कर रहा था और ज्योति सोचना चाह रही थी, स्त्री और पुरुष···पुरुष और स्त्री। शलभ भी संगीत के स्वर में गुनगुनाया, 'स्त्री और पुरुष···पुरुष और स्त्री।'

क्षण बीते, ज्योति फिर चमकी। बोली, 'तुम पुरुष हो, यह बात ठीक हो सकती है, लेकिन मुझसे तुम्हारा क्या संबंध है?'

शलभ चौंका, 'संबंध··· ?'

'हाँ! तुम्हारा-मेरा क्या संबंध है?'

नृत्य-संगीत रुक गया। शलभ सोचने लगा, संबंध···मेरा और ज्योति का संबंध···स्त्री और पुरुष का संबंध··· ?

क्षण-पर-क्षण बीत गए, उषा की ललित लावनी का मादक स्वर सुनाई पड़ने लगा। शलभ थकित-दुखित अंत में बोला, 'तुममें आकर्षण है, इतना जानता हूँ। तुम्हारा-मेरा संबंध क्या है, यह नहीं जानता।'

ज्योति ने विद्रूप से मुसकराकर व्यंग्य किया, 'जानते नहीं तो क्यों आ रहे हो?'

शलभ मुरझा रहा था। विचारों ने उसे और भी ग्रस लिया। उसे पराजय दिखाई पड़ने लगी। ज्योति और भी गर्विता हुई। बोली, 'सुनो शलभ! जब तक तुम यह नहीं जानते कि स्त्री और पुरुष का क्या संबंध है, तब तक तुम इधर मुँह नहीं कर सकते।'

और उसके उत्तर की प्रतीक्षा किए बिना वह अंतर्हित हो गई। शलभ संतप्त पराजित लौट आया। घर आकर उसने प्रतिज्ञा की—इस संबंध का पता लगाने के

लिए मैं विश्व और विश्व से बाहर पूरे ब्रह्मांड को छान डालूँगा।

और उसने अपनी प्रतिज्ञा पूरी करने के लिए कुछ भी उठा नहीं रखा। देव, किन्नर, गंधर्व, नागादि सभी लोक; तल, अतल, वितल आदि सभी पाताल; ध्रुव आदि सभी नक्षत्र उसने देखे, परंतु कोई भी उसके प्रश्न का उत्तर नहीं दे सका। देवराज इंद्र उसके प्रश्न को सुनकर मुसकराए। बोले, 'पगले शलभ! यह भी कोई समस्या है? पुरुष के मनोरंजन के लिए ही ब्रह्मा ने नारी की सृष्टि की है।'

शलभ को उत्तर नहीं रुचा। उसने तपस्वी विश्वामित्र से पूछा। उन्होंने क्रुद्ध स्वर में कहा, 'मूर्ख! इतना भी नहीं जानता? पुरुष के पतन के लिए विधाता ने नारी का निर्माण किया है।'

कैसा तामसिक उत्तर था!

वहाँ से वह कैलास पर्वत पर गया। शंकर रुद्रावस्था में थे। नारी का नाम सुनते ही उनके नेत्र काँपने लगे। अग्नि की प्रज्वलित लपटें पृथ्वी को झुलसाने के लिए आतुर हो उठीं। जग त्राहिमाम्, त्राहिमाम् कर उठा। किसी तरह प्राण बचाकर शलभ ब्रह्मलोक की ओर दौड़ा। विधाता निद्रा-निमग्न थे; नहीं उठे। उसने विष्णुलोक के द्वार खटखटाए। प्रश्न सुनकर विष्णुप्रिया बोलीं, 'शलभ! तुम्हारा प्रश्न बड़ा जटिल है। मैं स्वयं भगवान् से इस प्रश्न का उत्तर पूछ रही हूँ। युग बीत चुके हैं, पर वे बोलते ही नहीं!'

दुःखी मन शलभ ने पूछा, 'पर मातेश्वरी! आपने किसी और से पूछा है?'

'हाँ! एक बार मैंने यह प्रश्न आदि देवी से किया था।'

'उनका उत्तर क्या था?'

'पुरुष नारी का खिलौना है।'

सुनकर शलभ ने अपना माथा ठोंक लिया। यह अंतिम लोक था। वह अब क्या करे? कुछ सोच न सका। बुद्धि साथ नहीं दे रही थी। इसी समय उसके कानों में अमृत के समान एक पवित्र ध्वनि आई, 'नारायण! नारायण!!'

'देवर्षि नारद!'

'हाँ शलभ! मैं हूँ! कहो, प्रश्न का उत्तर मिला?'

शलभ चकित सा बोला, 'देवर्षि! आप मेरे प्रश्नों को कैसे जानते हैं?'

देवर्षि ने मुसकराते हुए कहा, 'चराचर में आज तुम्हारे प्रश्न की चर्चा है, शलभ! मैं जग से बाहर नहीं हूँ।'

नतमस्तक शलभ बोला, 'इतने पर भी कोई मेरे प्रश्न का उत्तर नहीं दे पाया, महर्षि!'

'कोई नहीं दे सकता। ज्ञान अपने अंदर है और प्रश्न का उत्तर प्रश्न को सुलझाने में है।'

शलभ विमूढ़ सा सुनता रहा।

नारद फिर बोले, 'इसीलिए मैं कहता हूँ, तुम सीधे ज्योति के पास लौट जाओ। वहीं तुम्हारे प्रश्न का उत्तर है।'

और इतना कहकर देवर्षि नारद मुसकराकर पुकार उठे, 'नारायण! नारायण!'

शलभ ने जब तक आँखें उठाकर देखा—वे जा चुके थे।

× × ×

सदा की भाँति ज्योति दीप-शिखा पर बैठी वातावरण को ज्योतिर्मय कर ही थी, परंतु इधर न जाने क्यों, उसका अंतर्मन रह-रहकर एक अप्रत्याशित पीड़ा से कसक उठा था। तभी सहसा एक दिन उसने देखा—शलभ आ गया।

अचरज, वह क्रुद्ध न होकर प्रसन्न हो उठी। उतावली सी बोली, 'आ गए! ज्योति के पास आने से शलभ का मुरझाया मन खिल उठा। उत्साहित होकर कहा, 'हाँ ज्योति! मैं आ गया।'

'प्रश्न का उत्तर लाए?'

'प्रश्न का उत्तर!' शलभ फुसफुसाया और ज्योति की तरफ बढ़ने लगा।

ज्योति काँपी, 'तुम! तुम फिर बढ़े आ रहे हो, लेकिन…।'

'लेकिन क्या ज्योति…?'

'लेकिन अब तुम इतने सुंदर क्यों लगते हो, शलभ?'

शलभ का रोम-रोम पुलकित हो उठा। मुग्ध स्वर में बोला, 'सुंदर लगता हूँ? ज्योति! सुनो प्रिये! सुंदरता तो तुम हो…।'

'तो फिर तुम इतने अच्छे क्यों लगते हो?'

'क्योंकि सुंदरता का उपभोग पुरुष में है। वह सौंदर्य का उपासक है।'

सुनकर ज्योति के मन की घुंडी जैसे खुलने लगी और अपने उत्तर पर आप ही चकित शलभ और भी आगे बढ़ आया—'ज्योति, प्राणाधिके प्रिये!'

ज्योति काँपी, 'नहीं, नहीं, पीछे हटो, पुरुष!'

अनसुना करके शलभ बोलता रहा, 'तुमने पूछा था, स्त्री-पुरुष का क्या संबंध है? तुम्हारे इस प्रश्न का उत्तर तुम्हारे अंदर है, वही मैं आज जानूँगा!'

ज्योति भयातुर सी और मुग्ध सी बोली, 'मेरे अंदर तो मृत्यु है!'

'मृत्यु,' शलभ ने हर्षित मन कहा, 'हाँ! वही लोक तो रह गया है खोजने से। वह असीम की सीमा है; वह असंतुष्ट का संतोष है, वह गूँगे का गुड़ है, प्रिये!

वह प्रश्न का उत्तर है···!'

ज्योति अचरज से भरने लगी, कैसा है पुरुष! निर्द्वंद्व, निःशंक···और उसका मन शलभ के प्रति आदर से, प्रेम से, अनुराग से भरने लगा। वह वाणी खो बैठी···।

शलभ और भी पास आ गया···।

ज्योति जैसे मूर्छित होने लगी। लगा कि शलभ ने आकर उसे अपने आलिंगन-पाश में बाँध लिया—कितना सुखद, कितना मादक है यह आलिंगन···लेकिन···।

लेकिन यह क्या···!

'शलभ! शलभ!!' ज्योति की मादकता आँसुओं में पलट गई। शलभ पड़ा था। मूर्च्छित प्राणहीन···।

'ओह शलभ! अभागे पुरुष···!'

लेकिन पुरुष···।

लेकिन उत्तर···।

ज्योति ने एक बार शलभ को देखा। फिर न जाने क्या हुआ; लुढ़ककर उसी के चरणों पर, नहीं, नहीं, स्नेह-सागर में डूब मरी।

× × ×

प्रकाश डूबा, प्रकाश फूटा, सहसा विष्णुलोक एक दिव्य ज्योति से भासमान हो उठा। चकित-विस्मित लक्ष्मी बोलीं, 'क्या है यह?'

उसी समय नारायण की निद्रा भंग हुई। उत्तर दिया, 'लक्ष्मी प्रिये! यह तो तुम्हारे चिर प्रश्न का उत्तर है। देखो!'

नारायण के इंगित से परे लक्ष्मी ने पुलकित होकर देखा, एक अनंत सौंदर्यमय व्यक्ति है। उसका आधा अंग पुरुष का और आधा नारी का···।

हठात् बोल उठीं, 'ये दिव्य पुरुष कौन हैं, देव?'

'ये अर्द्धनारीश्वर हैं, प्रिये! इनमें तुम और मैं—दोनों हैं, पर दोनों का भेद नहीं है। ये पूर्ण मानव हैं।'

'पूर्ण मानव! तो स्त्री और पुरुष अपने में अधूरे हैं, देव। उस अधूरेपन को दूर करने में ही उनका संबंध बनता है···?'

'हाँ, प्रिये!' कहते-कहते विष्णु ने लक्ष्मी को आलिंगन-पाश में आबद्ध कर लिया।

लक्ष्मी विद्रूप से बोलीं, 'हटो, हटो! स्वार्थी कहीं के!'

□□□